BASTEI
LÜBBE

Von Anne Perry sind bei Bastei Lübbe Taschenbücher lieferbar:

15087 Noch sind die Gräber leer
15278 Und sei des Todes eingedenk
15457 Kein Engel der Finsternis
15581 Der Tod hat kein Erbarmen
15810 Und ruhelos sind die Toten
15693 Du sollst nicht töten (Hg.)

Über den Autor:

Anne Perry wurde 1938 in England geboren. Wegen einer drohenden Tuberkuloseerkrankung lebte sie mit ihrer Familie zeitweise in Neuseeland. In den sechziger Jahren tritt Anne Perry den Mormonen bei und lebt ein paar Jahre in Kalifornien. Bis zur Veröffentlichung ihres ersten Romanes mit knapp 40 Jahren schlug sie sich mit unterschiedlichen Gelegenheitsjobs durch. Anne Perrys fesselnde Bücher sind inzwischen einem Millionenpublikum vertraut, sie wurden in zahlreiche Sprachen übersetzt und stehen regelmäßig auch auf den deutschen Bestsellerlisten.

Anne Perry (Hg.)

Der Tod steht in den Sternen

BASTEI LÜBBE

BASTEI LÜBBE TASCHENBUCH
Band 15937

1. Auflage: Dezember 2008

Vollständige Taschenbuchausgabe

Bastei Lübbe Taschenbücher in der Verlagsgruppe Lübbe

Deutsche Erstausgabe

Titel der Originalausgabe: »Death by Horoscope«

Übersetzernachweise am Ende der einzelnen Geschichten

Titelillustration: Hall Mall/mallpictures/buchcover.com
Umschlaggestaltung: Kirstin Osenau
Satz: hanseatenSatz-bremen, Bremen
Gesetzt aus der Stempel Garamond
Druck und Verarbeitung: GGP Media GmbH, Pößneck
Printed in Germany
ISBN 978-3-404-15937-6

INHALT

EINLEITUNG

Glauben Sie an Horoskope? Nein, ich auch nicht, jedenfalls nicht so richtig – nur wenn darin steht, dass ich einzigartig und aufregend sei und mir lauter wunderbare Dinge winkten. Solch ein Horoskop hat jeder gern, und ich würde unerschütterlich daran glauben und mir nie wieder ein anderes ansehen – nur für den Fall, dass ich sonst am nächsten Morgen vielleicht lesen müsste, ich sei recht durchschnittlich, hätte mich mit dem täglichen Einerlei abzufinden und einen Haufen Pflichten nachzuholen, wie Hausarbeiten erledigen, Rechnungen zahlen und so weiter.

Falls Ihr Horoskop Ihnen sagt, Sie sollten sich amüsieren und dass ein wenig Entspannung und Freude Ihnen gut täte – falls nicht, probieren Sie eben ein anderes –, dann nehmen Sie sich die Zeit, diese Geschichten aus der Hand Gläubiger und Ungläubiger zu lesen: Sie stecken voller Licht und Schatten, Humor, Gewalt, Liebe und Hass. Die Erzählungen sind an vielen unterschiedlichen Schauplätzen angesiedelt, und die meisten spielen in der Gegenwart, zwei früh im vergangenen Jahrhundert (dem 20., nicht dem 19.) und eine im Mittelalter, aber alle verbindet in ihrem Kern das Motiv der Tierkreiszeichen. Bei einigen fällt diese Verbindung recht dünn aus, als Irrtum oder falsche Vorstellung, doch bei anderen steht sie für das unausweichliche Schicksal.

Treffen Sie Berufskiller (mehr als einen!), deren Schicksal in den Sternen geschrieben steht, sehr komisch und bezwingend ist und in einem Fall sogar die Saat der Buße in sich trägt. Besuchen Sie New York, Texas oder Las Vegas in ihrem ganzen Kolorit, ohne dass Ihnen die unschönen Seiten erspart bleiben.

Lernen Sie Polizeibeamte kennen, die entdecken, dass es Astrologen in vielen Variationen gibt und sie die gleichen menschlichen Leidenschaften und Schwächen haben wie jeder andere auch. Sie verlieben sich, sie begehen Verbrechen, sie werden überführt, manchmal werden sie sogar getötet! Warum haben sie das nicht vorhergesehen? Vielleicht hatten sie es ja – aber den Sternen kann man nicht entgehen.

Begegnen Sie Abenteurern und Geschäftemachern zu Wasser und zu Land, die sich im Gewirr aus Glauben und Skepsis, Liebe, Gier und den verborgenen Intrigen anderer verfangen haben. Lernen Sie Möchtegern-Intriganten kennen, die sich in der eigenen Schlinge fangen, und Liebhaber, gegen die der Spieß umgedreht wird. Glauben Sie mir, danach überlegen Sie es sich zwei Mal, ob Sie gegenüber Fremden einen Annäherungsversuch wagen wollen!

Und falls Sie verheiratet sind und erwägen, Ihre Frau oder Ihre Geliebte zu betrügen – die Sterne blicken auch auf einige teuflisch machiavellistische Menschen hinunter, die, sobald sie sich betrogen fühlen, töten können, um dann mit einem Lächeln Ihnen das Verbrechen anzuhängen.

Aber natürlich finden Sie in diesen Seiten auch Liebende, die sanft und sympathisch sind und astrologisches Wissen zu brillanten Schlussfolgerungen einsetzen. Sie finden viel Humor, sowohl der trockenen als auch der derben Art, offenes Lachen oder das verschmitzte zufriedene Lächeln, wie es sich bei einer Parodie des Vertrauten einstellt, bei einer schlagfertigen Antwort oder einem scharfzüngigen, vergnüglichen Wortspiel.

Begegnen Sie Menschen, denen die echten Sterne leidenschaftlich am Herzen liegen, und den Astronauten, die zu ihnen reisen. Träumen Sie vielleicht ein wenig von dem, was die Zukunft bringen mag, weit jenseits unserer eigenen Zeit.

Oder schauen Sie in die Vergangenheit! Die Astrologie ist bei uns gewesen, seit wir zum ersten Mal zum Firmament aufblickten und uns fragten, wer wir sind und woher wir kommen und ob unser Leben einem höheren Zweck dient. Eitelkeit, Habgier und Opportunismus haben uns im Mittelalter ebenso begleitet wie heute.

Verbringen Sie ein wenig Zeit mit verwundeten Soldaten, die sich in einem vom Kriege zermürbten England erholen. Tauchen Sie in diese Atmosphäre ein, bis Sie jeden Schritt des Weges mit ihnen gehen, Anteil nehmen an ihrer Liebe und Treue, ihrem Leiden und ihren Überbezeugungen.

Oder teilen Sie die Gefühle der Menschen nach dem Ersten Weltkrieg, die Seelenmüdigkeit von Männern, die viel Schreckliches gesehen haben, und der Frauen, die sie lieben, die Empfindungen der Ängstlichen, der Gierigen und Orientierungslosen in einer Welt, die nie mehr so sein wird wie einst.

Ob Sie an die Sterne glauben oder nicht, Sie glauben an Menschen, und hier finden Sie Dutzende von ihnen mit reichem Leben – und Tod.

Viel Spaß.

Anne Perry
Ross-shire, Schottland
August 2001
Aus dem Englischen von Dietmar Schmidt

DER ASTROLOGE, DER SEINEN TOD VORHERSAGTE

EIN SCHWESTER-FIDELMA-KRIMI

von Peter Tremayne

Ich weiß es zu würdigen, Schwester, dass der Bischof dich als Verteidigerin von Abt Rígán hergeschickt hat. Ich denke aber, du wirst feststellen, dass dieser Fall völlig klar ist. Der Abt ist nachweislich des Mordes an Bruder Eolang schuldig.«

Brehon Gormán, der Richter, war ein großer, schwarzhaariger Mann mit dunkler Haut. Er lehnte sich zurück und musterte Schwester Fidelma, die ihm gegenüber am Tisch saß, mit einem Ausdruck von zynischer Belustigung. Er strahlte eine arrogante Überheblichkeit aus, die sie irritierte. Sie benutzten die Zelle von Bruder Cass, des Priors von Kloster Fota, der nervös an einer der Zellenwände stand.

»Wie mir die Umstände geschildert wurden, gab es keine Augenzeugen. Wie kann der Abt dann nachweislich schuldig sein?«, fragte sie kalt und benutzte dabei absichtlich die gleichen Worte wie er.

Das Lächeln in Brehons scharf geschnittenem Gesicht wurde noch breiter. Ein Gefühl wie von einem kalten Luftzug strich Fidelma davon uber den Nacken. Er strahlte so viel Wärme aus wie ein Hai, der gerade seine Beute verschlingen will.

»Nach unseren gesetzlichen Bestimmungen gelten auch die Worte eines Mannes vor seinem Tod als Beweismittel«, belehrte sie der Brehon in einem Tonfall, als spräche er mit einem zurückgebliebenen Kind.

»Ich kann Euch nicht folgen«, erwiderte die Nonne.

»Das Opfer hat vor seinem Tod den Abt als seinen Mörder genannt«, erklärte ihr der Brehon.

Diese ruhig vorgebrachte Eröffnung ließ Schwester Fidelma verblüfft verstummen.

Gerade erst an diesem Morgen hatte der Bischof von Cashel sie in seine Amtsräume kommen lassen und gefragt, ob sie als *Dálaigh,* eine gerichtlich zugelassene Advokatin, die sie war, die Verteidigung von Abt Rígán von Fota übernehmen würde. Das Kloster Fota war ganz in der Nähe auf einer Insel gelegen, und der Abt war angeklagt, einen seiner eigenen Klosterbrüder getötet zu haben. Brehon Gormán sollte bei der Verhandlung den Vorsitz führen, und es war allgemein bekannt, dass er kein Freund des Klerus war. Der Bischof von Cashel war in Sorge um den Abt, der, allen Berichten nach, ein freundlicher und großzügiger Mann gewesen war. Unter seinen Brüdern hatte er sich bisher durch seine guten Werke ausgezeichnet. Zugleich aber war er auch für seine strikte Einhaltung der päpstlichen Anweisungen aus Rom bekannt, die ihn schon mit vielen anderen Klerikern in Konflikt gebracht hatte.

Das Kloster Fota beherbergte eine kleine, exklusive und unabhängige Bruderschaft von Mönchen, die sich vor allem mit Lederarbeiten beschäftigten, aber auch einige Gelehrte zählten zu den Brüdern. Wie die Klosterregeln dies verlangten, war Fidelma zuerst bei dem bedrückt dreinschauenden Prior, Bruder Cass, vorstellig geworden, der sie daraufhin dem in seiner Zelle untergebrachten Brehon Gormán vorgestellt hatte. Sie hatte darum gebeten, über die Fakten des Falles informiert zu werden.

Nach der Ansicht des Brehons war der Fall eindeutig. Bruder Eolang, einer der Mönche des Klosters, war unter einem Landungssteg aus Holz in dem See gefunden worden. Er war offensichtlich ertrunken, aber sein Kopf wies Prellungen und Schnitte auf. Bruder Cruinn, der Apotheker der Kongregation, hatte einen Verdacht zu dem Todesfall geäußert: Bruder Eolang war kein alter Mann gewesen, sondern hatte in der Blüte seines Lebens gestanden, und die Verletzungen schienen darauf hin zu deuten, dass er einen Schlag an die Stirn erhalten hatte und in den See gestoßen worden war. Darin war er ertrunken.

Daraufhin hatte man Brehon Gormán benachrichtigt, der gleich nach ersten Untersuchungen Abt Rígán bis zum Prozessbeginn in Haft genommen hatte.

Einen oder zwei Augenblicke lang saß Fidelma nur da und sah Brehon Gormán erstaunt an.

»Wenn ich das richtig verstanden habe, was man mir gerade erzählt hat, war Bruder Eolang doch tot, als er in dem See gefunden worden ist? Ist das nicht richtig?«, fragte sie schließlich. »Nun sagt Ihr, dass er den Abt als Mörder nennen konnte. Wie war dieses Wunder möglich?«

»Er war tatsächlich tot, als er gefunden wurde«, stimmte ihr der Brehon zu.

»Dann erklärt mir dieses Rätsel, das Ihr mir aufgegeben habt«, forderte Fidelma ihn auf.

»Es ist ganz einfach«, antwortete ihr Gormán von oben herab. »Bruder Eolang hat einigen seiner Klosterbrüder schon vor einer Woche mitgeteilt, dass er an einem bestimmten Tag ermordet werden würde und dass der Abt dafür verantwortlich sein werde.«

Fidelma sah sich in der für sie ungewohnten Lage, eine Weile um eine Antwort verlegen zu bleiben. Schließlich schüttelte sie den Kopf und versuchte, aus ihrer Antwort den Sarkasmus heraus zu halten, der sich unwillkürlich einstellen wollte.

»Das ist der Beweis? Dass er vorausgesagt hat, er würde von dem Abt ermordet werden?«, fragte sie.

Wieder lächelte Brehon Gormán, nun sogar noch kälter.

»Bruder Eolang hat auch die genauen Umstände seines Todes vorausgesagt«, erklärte er.

»Ich finde, das müsst Ihr mir genauer erklären, Brehon Gormán«, sagte Fidelma. »War Bruder Eolang denn ein Prophet?«

»So sieht es aus«, antwortete ihr der Brehon mit einem selbstgefälligen Lächeln. »Uns liegt die Beschuldigung und die Voraussagung vor, die Bruder Eolang in seiner eigenen Hand geschrieben hat.«

Schwester Fidelma lehnte sich zurück und faltete die Hände in ihrem Schoß.

»Ich höre Eurer Erklärung aufmerksam zu«, sagte sie ruhig. »Bitte berichtet mir die Tatsachen, damit ich keine Vermutungen anstellen muss.«

»Es herrschte eine tiefe Abneigung zwischen Abt Rígán und Bruder Eolang«, antwortete der Brehon. »Es gab immer wieder Streit zwischen ihnen, dafür gibt es Zeugen. Dazu kam es, weil der Abt mit manchen Überzeugungen und Aktivitäten von Bruder Eolang nicht einverstanden war …«

Fidelma konnte ihm noch immer nicht folgen und runzelte die Stirn.

»Aktivitäten? Welche Aktivitäten denn?«

»Bruder Eolang war der Gehilfe des Kloster-Apothekers«, belehrte sie der Brehon. »Er verstand es, Spekulationen nach dem Stand der Sterne anzustellen.«

»Medizin und Astrologie waren in der Ausübung der ärztlichen Kunst oft Geschwister«, gestand Fidelma ein. »Ihr Gebrauch ist in den fünf Königreichen von Éireann weit verbreitet. Warum stand der Abt dieser Gepflogenheit so ablehnend gegenüber?«

Fidelma selbst hatte die Kunst der Sternenkarten und ihrer Auslegung bei Bruder Conchobar aus Cashel gelernt, der ihr bei einer Gelegenheit gesagt hatte, dass aus ihr eine ausgezeichnete Deuterin von Vorzeichen hätte werden können. Fidelma aber hielt die Astrologen nicht für besonders zuverlässig, denn nach ihrer Einschätzung war deren Kunst allein von der Fähigkeit des jeweiligen Astrologen abhängig, die richtige Interpretation zu liefern. Trotzdem akzeptierte sie durchaus, dass man von den Besten darunter viel erfahren konnte. Die Betrachtung des Himmels, *Nemgnacht*, war eine uralte Fertigkeit der Bewohner von Éireann, und die meisten von ihnen, die es sich leisten konnten, ließen für die Geburtsstunde ihrer Kinder eine Berechnung anstellen, die sie *Neminditbib*, ein Horoskop, nannten.

Die älteren Formen von Astrologie, wie sie die Druiden vor der Verbreitung des Christentums verwendet hatten, waren nicht mehr im Gebrauch, weil mit dem neuen Glauben auch andere astrologische Praktiken importiert worden waren, die unter den Griechen und Römern üblich waren und ihren Ursprung in Babylon hatten.

»Der Abt lehnte Astrologie ab, Schwester«, unterbrach der Prior, Bruder Cass, der die Unterhaltung bisher schweigend verfolgt hatte. »Er konnte Bruder Eolang nicht leiden, weil er Astrologie betrieben hat. Der Abt hatte in der Heiligen Schrift eine Passage gelesen, in der Astrologie ausdrücklich abgelehnt wird, und er hat seine Lehre danach ausgerichtet. Er hat sogar versucht, sie in unserer Gemeinschaft zu verbieten.«

»Etwas zu verbieten ist eine sichere Art, andere zu ermutigen, es doch zu tun«, sagte Fidelma mit einem leisen Lächeln. »Ich dachte, wir wären in solchen Dingen toleranter. Die Kunst des *Réaltóir*, des Astrologen, geht zurück bis auf die Zeit, als unsere Vorfahren zum ersten Mal ihren Blick zum Nachthimmel erhoben haben. Sie ist ein Teil unserer Lebensart, und selbst diejenigen, die den neuen Glauben angenommen haben, haben deshalb die Tatsache nicht bestritten, dass Gott die Sterne für den Gehorsam von Toren und die Lenkung von Klugen an den Himmel gestellt hat.«

Darauf folgte eine kurze Stille, bis Bruder Cass sich wieder meldete.

»Trotzdem gab es zwischen Eolang und dem Abt Zwietracht wegen dieser Sache.«

»Vor mehr als einer Woche«, begann der Brehon, »hat sich Bruder Eolang nach der Angabe von bestimmten Klosterbrüdern, die das auch aussagen werden, solche Sorgen wegen dieses Streits gemacht, dass er sich einen Chart erstellt hat, einen so genannten Horariums-Chart, um festzustellen, ob ihm von dem Abt irgendeine

Gefahr droht. Er hat das getan, weil die Worte der Ablehnung, die der Abt zu den Überzeugungen von Bruder Eolang geäußert hatte, doch recht gewalttätig geworden waren.«

Fidelma sagte dazu nichts, sondern wartete nur darauf, was der Brehon weiter zu berichten hatte.

»Bruder Eolang hat bestimmten Brüdern im Kloster erzählt, dass es von der Erstellung des Charts an noch eine Woche dauern würde, bis er tot wäre. Sein Chart zeigte, so Bruder Eolang, dass er machtlos gegen den Abt sei und von seiner Hand den Tod entweder durch Ertrinken oder durch Gift finden würde.«

Brehon Gormán lehnte sich mit einem triumphierenden Lächeln zurück.

Fidelma musterte ihn skeptisch.

»Ihr scheint das zu glauben«, bemerkte sie.

»Ich habe den Chart gesehen«, gab der Brehon herablassend zurück. »Ich bin in solchen Dingen zwar nur ein Laie, aber so viel weiß ich doch, dass seine Prognose ganz offensichtlich genau richtig war. Ich werde sie zusammen mit den Aussagen der Brüder, mit denen Bruder Eolang über seinen Chart gesprochen hat, als Beweismittel aufnehmen.«

Fidelma dachte einen Augenblick über die Angelegenheit nach. Dann richtete sie sich an Bruder Cass.

»Steht dir jemand zur Verfügung, der für mich eine Nachricht nach Cashel überbringen könnte?«, fragte sie.

Bruder Cass warf dem Brehon einen Blick zu, der daraufhin die Stirn runzelte.

»Was hast du vor, Schwester Fidelma?«, fragte Gormán misstrauisch.

»Nun, da dieser Chart offensichtlich für die vermutete Schuldigkeit des Abtes die zentrale Rolle spielt, möchte ich aus Cashel einen sachkundigen Zeugen kommen lassen, der die Auslegung bestätigt«, sagte Fidelma kühl.

»Welchen sachkundigen Zeugen?«, wollte der Richter nun wissen.

»Da Ihr Euch mit dieser Kunst ja schon befasst habt, habt Ihr doch ohne Zweifel schon von Bruder Conchobar gehört, dem Astrologen von Cashel? Er hat sein Handwerk bei dem berühmten Morales Chuaróc mac Neth Sémon gelernt, dem größten Astrologen, den Cashel jemals hervorgebracht hat.«

»Natürlich habe ich schon von Conchobar gehört«, stieß der Brehon hervor. Sein Ausdruck hatte sich weiter verfinstert. »Aber müssen wir ihn denn wirklich herbemühen, wo doch alles so klar ist?«

»Nun, um der Gerechtigkeit willen«, sagte Fidelma und lächelte mit schmalen Lippen, »müssen wir dafür sorgen, dass der Abt die beste Verteidigung bekommt, und das heißt, wir brauchen jemand, der ein Experte für das Beweismaterial gegen ihn ist. Ihr selbst habt eingeräumt, dass Ihr nur über die Kenntnisse eines Laien verfügt. Auch ich besitze nur oberflächliche Kenntnisse. Also ist es das Beste, einen echten Experten zuzuziehen.«

Der Brehon musterte ihr Gesicht genau. Ihm war der Verdacht gekommen, sie könnte sich vielleicht einen Scherz mit ihm erlauben. Dann aber warf er Bruder Cass einen Blick zu und nickte zustimmend.

»Du darfst Bruder Conchobar kommen lassen.«

Schwester Fidelma lächelte kurz zur Bestätigung.

»Und wenn wir diesen Gestirns-Chart als Beweismittel ernst nehmen sollen«, fuhr sie fort, nachdem Bruder Cass losgegangen war, um seinen Auftrag zu erfüllen, »dann möchte ich einen Beweis dafür haben, dass er von Bruder Eolang zu der angegebenen Zeit erstellt worden ist. Ich werde außerdem die Brüder befragen müssen, mit denen er über ihn und seine Schlüsse daraus gesprochen hat. Und da ich selbst über einige Kenntnisse in dieser Kunst verfüge, möchte ich ihn selbst auch sehen.«

Brehon Gormán zog eine Augenbraue hoch.

»Das klingt, als würdest du meinem Urteil nicht trauen.« Seine Stimme hatte nun eine bedrohliche Qualität angenommen.

»Ihr seid der Brehon, der Richter«, antwortete Fidelma sanft. »Wenn Ihr vor Eurem Gericht sitzt und Euer Urteil aussprecht, nachdem Ihr vorher alle Beweise überprüft und meine Verteidigungsrede gehört habt, dann verdient und erhält dieses Urteil den nötigen Respekt. Bis dahin aber gehe ich davon aus, dass Ihr noch kein Urteil gefällt habt, denn wenn Ihr das getan hättet, so würde das gegen das Gesetz verstoßen.«

Ihre Gesichtszüge waren dabei neutral geblieben, aber sie erwiderte seinen durchdringenden Blick, und in ihren grünen Augen sah er ein zorniges Feuer leuchten.

Die Wangen des Brehon färbten sich tiefrot.

»Ich … ich habe natürlich noch kein Urteil gefällt. Ich habe dich nur darauf aufmerksam gemacht, dass ich diesen Chart als zentral wichtiges Beweisstück anerkannt habe. Außerdem, dass die Brüder, mit denen Bruder Eolang über die Schlussfolgerungen daraus gesprochen hat, zufriedenstellende Zeugen sind. Chart und Zeugenaussagen werden dem Gericht vorgelegt.«

»Habt Ihr den Chart hier?«, fragte Fidelma.

»Ich habe ihn. Und darauf geschrieben ist eine Aussage darüber, wann er erstellt worden ist, sowie die Schlüsse daraus, und zwar in der Hand von Bruder Eolang, sowie die Unterschrift eines Zeugen.«

»Zeigt ihn mir«, forderte ihn Fidelma auf.

Brehon Gormán zog ein Pergament aus einem Behälter und legte es auf dem Tisch zwischen ihnen aus.

»Beachte das Datum, die Zeit und Eolangs Unterschrift in der Ecke«, erklärte er dazu. »Du wirst außerdem feststellen, dass ein Bruder Iarlug als Zeuge unterschrieben und auf den gleichen Tag datiert hat.«

»Steht dieser Bruder für eine Zeugenaussage zur Verfügung?«, erkundigte sich Fidelma.

»Selbstverständlich!«, sagte der Brehon. »Ebenso die Brüder Brugach, Senach und Dubán, mit denen Eolang über seine Voraussage gesprochen hat. Sie werden alle bezeugen, wann dieser Chart erstellt wurde und wann er mit ihnen gesprochen hat.«

Fidelma spitzte nachdenklich die Lippen.

»Nachdem fünf Brüder, darunter das Opfer, vor dem Tag gewarnt worden sind, an dem der Abt angeblich seinen Mord begehen würde, scheint es doch merkwürdig, dass Bruder Eolang keinen Schutz vor diesem Ereignis erhalten hat«, wendete sie ein.

Brehon Gormán schüttelte mit ernstem Gesicht den Kopf.

»Das Schicksal kann man nicht ändern. Das Schicksal kennt keine Gnadenfrist!«, erklärte er theatralisch.

»Das ist ein Konzept, das aus Rom zu uns gekommen ist«, antwortete Fidelma in vorwurfsvollem Ton. »Unsere eigenen Weisen sagen, dass wir alles, was uns einschränkt, Schicksal nennen. Schicksal, das ist aber nicht etwas Unabänderliches. Das ist es nur dann, wenn wir nichts unternehmen.«

Brehon Gormán musterte sie einen Augenblick lang mit durchbohrendem Blick, aber sie kümmerte sich nicht darum.

»Also, sehen wir uns diesen Chart an«, verkündete sie energisch. »Ihr könnt ihn mir erklären, da Ihr ja gesagt habt, Ihr wärt zwar ein Laie in seiner Auslegung, wüsstet aber doch einiges darüber.«

Brehon Gormán brauchte einen oder zwei Augenblicke, bis er sich in dem Chart zurechtgefunden hatte, aber dann trat trotz seiner feindseligen Haltung Fidelma gegenüber fast so etwas wie Begeisterung in seine Stimme.

»Der Chart ist einfach aufzuschlüsseln. Da, sieh nur!«, sagte er und deutete auf die Symbole auf dem Pergament.

Schwester Fidelma beugte sich darüber und schickte dabei im Stillen ein Dankesgebet zum Himmel, weil sie sich die Zeit genommen hatte, sich von dem alten Conchobar in die Geheimnisse der Kunst der Astrologie einweihen zu lassen.

»Wie es scheint, war Eolang so sehr in Sorge, dass er eine Frage gestellt hat: ›Droht mir tödliche Gefahr von Abt Rígán?‹ Man nennt diese eine Horariums-Frage, und der Chart wird zeitlich auf den Moment ihrer Formulierung abgestellt.«

Fidelma konnte nur mit Mühe einen ungeduldigen Seufzer unterdrücken. Sie wusste genau, was eine Horariums-Frage war, sagte aber kein Wort.

»Wie es nach dem Chart scheint, war Eolang von Merkur beherrscht und hatte den Aszendenten Jungfrau unter dem Einfluss des Mondes«, erläuterte Gormán. »Sein Feind, der Abt, wird vertreten vom Beherrscher des siebten Hauses, repräsentiert von Jupiter im siebten Haus von Fische.«

»Sehr gut. So weit kann ich Euch folgen. Fahrt fort.«

»Bruder Eolangs erster Eindruck war, dass Merkur bei Fische nur schwach vertreten war, denn er befindet sich im Schaden und Niedergang und ist dazu im Rückzug begriffen. Außerdem war Merkur dem Scheitelpunkt des achten Hauses des Todes nahe. Jupiter dagegen hatte einen machtvollen Einfluss. Er war beherrschend und stand im rechten Winkel und hat Merkur bestimmt. Wichtig ist auch, dass Jupiter ebenfalls das achte Haus des Todes beherrschte.«

Schwester Fidelmas Blick folgte dem Finger des Brehon, wie er ihr die entsprechenden Positionen auf dem Chart zeigte.

»Und jetzt sieh hier: Der Mond stand in Beziehung zur Sonne, der Beherrscherin des zwölften Hauses der Vernichtung und Verbrennung. Wir Astrologen …« Er stockte kurz und lächelte düster. »Wir betrachten dies schon lange als die schlechteste Bedingung für jeden Planeten. Sonne und Mond standen im achten Haus, und der Mond im Zeichen Widder ist in Wanderschaft und damit völlig machtlos.«

Fidelma musste nun feststellen, dass sie die verschiedenen Konstellationen, die auf dem Chart dargestellt waren, nur mit Mühe oder gar nicht verstehen konnte. Ihre Kenntnisse reichten einfach nicht aus, um auch die feineren Unterschiede zu erkennen.

»Welche Bedeutung hatte all das nach Bruder Eolangs Auslegung?«, fragte sie.

»All das verriet Bruder Eolang, dass er gegen Abt Rígán völlig machtlos war. Es sagte ihm, dass er den Tod durch die Hand des Abtes erleiden würde, und zwar entweder durch Ertrinken oder durch Gift. Ertrinken war wahrscheinlicher, da Fische ja bekanntlich ein Wasser-Zeichen ist. Und sieh hier, Jupiter im Zeichen Fische steht für einen großen, mächtigen Mann, der fromm und in seiner Gemeinde hoch geachtet ist. Wen könnte das sonst bezeichnen als den Abt?«, schloss er triumphierend.

»Und findet Ihr diese Auslegung nach Eurem Kenntnisstand akzeptabel?«, fragte Fidelma interessiert. Sie jedenfalls konnte nach ihrem beschränkten Wissen über das Handwerk der Astrologen keinen Fehler in seiner Darstellung entdecken.

»Ich akzeptiere sie vollständig«, bestätigte Brehon Gormán.

»Also gut. Dann wollen wir jetzt die Zeugen kommen lassen, um uns anzuhören, was sie zu sagen haben«, forderte sie den Brehon auf. »Als ersten Bruder Iarluq, der den Chart als Zeuge seiner Erstellung unterschrieben hat.«

Bruder Iarluq war hager und machte einen bedrückten Eindruck, zögerte aber nicht, zu bestätigen, dass er Zeuge gewesen war, wie Eolang seinen Chart erstellt hatte. Er berichtete weiter, dass der verstorbene Bruder ihn über die Bedeutung des Chart informiert hatte. Nach ihm würde Eolang innerhalb einer Woche sterben, und zwar von der Hand des Abtes.

»Warum wurde dann nichts unternommen, um Eolang zu schützen, wenn er das tatsächlich glaubte?«, fragte Fidelma zum wiederholten Mal.

»Eolang war ein Fatalist«, versicherte ihr Bruder Iarluq. »Er war überzeugt, dass er seinem Schicksal nicht entkommen konnte.« Brehon Gormán hinter ihm lächelte zufrieden dazu.

Die Brüder Brugach, Senach und Dubán berichteten nacheinander übereinstimmend, Bruder Eolang hätte ihnen vor mehr als einer Woche seinen Chart gezeigt. Er hatte genau den Tag vorausgesagt, an dem er in dem See gefunden werden würde. Sie bestätigten alle, dass auch sie von der Unausweichlichkeit des Schicksals überzeugt waren.

Fidelma war außer sich.

»Hier scheint ja jeder ein Sklave der Vorbestimmung zu sein. Hat denn niemand einen freien Willen?«, fragte sie empört.

»Das Schicksal ist ...«, begann Brehon Gormán.

»Das Schicksal ist die Entschuldigung, die der Dummkopf für sein Versagen vorbringt«, unterbrach sie ihn. »Soll ich tatsächlich glauben, dass ihr alle davon überzeugt wart, dieses Ereignis würde eintreten, und dann habt ihr euch einfach hingesetzt und es geschehen lassen?«

»Es ist das Schicksal des Blattes, zu schwimmen, und des Steines, zu sinken«, verkündete Bruder Dubán. »Wir können unser Schicksal nicht ändern. Sogar der neue Glaube sagt uns das. In diesem Kloster haben wir alle die Schriften des großen Augustinus von Hippo studiert – *De civitate Dei*, Vom Gottesstaat. Sagt er darin nicht, dass wir unserem Schicksal nicht entkommen können? Es ist uns schon vor unserer Geburt vorherbestimmt. Schon bevor Gott die Welt geschaffen hat, hat der Allmächtige auch für den Gemeinsten unter uns das Schicksal festgelegt.«

»Im Gegenteil!«, widersprach Fidelma heftig. »Hat nicht unser eigener großer Theologe Pelagius uns in seiner Schrift *De Libero Arbitrio* – Vom Freien Willen – ermahnt, dass es dem Fortkommen des Menschen schadet, wenn er sein Schicksal tatenlos annimmt? Wir erhalten Informationen, um auf ihrer Grundlage Entscheidungen zu treffen, nicht, damit wir uns tatenlos zurücklehnen. Nichts zu tun, wie uns das Augustinus empfiehlt, bringt das gesamte menschliche Moralgesetz in Gefahr. Wir selbst müssen den ersten und grundlegenden Schritt für unsere Rettung tun. Wenn wir für unsere Handlungen nicht verantwortlich sind, seien sie nun gut oder böse, dann kann uns auch nichts von der Sünde fernhalten.«

»Aber das sind druidische Lehren ...«, protestierte der Brehon.

»Und Pelagius wurde beschuldigt, er würde versuchen, die druidische Philosophie wieder einzuführen«, unterbrach ihn Bruder Dubán aufgebracht. »Deshalb wurde er von Rom zum Häretiker erklärt und von Papst Innozenz I. exkommuniziert.«

»Aber dieses Urteil wurde von den Kirchen hier nicht akzeptiert«, gab Fidelma in scharfem Ton zurück. »Und in Britannien und Gallien ebenso wenig wie von zahlreichen römischen Bischöfen. Selbst Papst Zosimus, der Nachfolger von Innozenz, hat dessen Spruch widerrufen und Pelagius der Häresie für unschuldig befunden. Nur die afrikanischen Bischöfe, die Freunde von Augustinus, weigerten sich, das Urteil Zosimus' zu akzeptieren, und brachten den römischen Kaiser Honorius dazu, Pelagius in einem kaiserlichen Dekret zu verurteilen. Allein aus politischen Gründen, nicht um des Glaubens willen, war Papst Zosimus gezwungen, es sich anders zu überlegen und seinen Spruch zu ändern, mit dem er die Exkommunizierung aufgehoben hatte.«

Brehon Gormán musterte Fidelma mit einem Ausdruck von Misstrauen und Verärgerung.

»Du scheint darüber ja eine Menge zu wissen«, sagte er vorwurfsvoll.

»Ist es denn nicht unsere Pflicht als Advokaten, so viele Informationen zu sammeln, wie wir können?«, fragte sie zurück. »Unser Wissen muss doch ganz sicher so breit gefächert wie möglich sein, denn wie sollen wir uns sonst zu einem Urteil über die Handlungen anderer Menschen aufschwingen können?«

Darauf schien Brehon Gormán im Augenblick keine Antwort einzufallen.

Schwester Fidelma senkte ihre Stimme. »Jetzt möchte ich die Person sehen, die Bruder Eolangs Leiche gefunden hat«, erklärte sie bestimmt. »Außerdem den Apotheker, der sie untersucht hat, und natürlich den Abt.«

»Die Leiche ist von Bruder Petrán gefunden worden«, antwortete der Brehon mürrisch. »Der Apotheker ist Bruder Cruinn, und den Abt wirst du in seiner Zelle eingeschlossen finden. Ich halte es nicht für notwendig, dich zu begleiten, da mir das Beweismaterial vertraut ist. Es ist eigentlich unwichtig.«

Schwester Fidelma hob eine Augenbraue, sagte aber nichts. Sie warf dem übellaunigen Bruder Dubán einen Blick zu.

»Dann wird mit vielleicht Bruder Dubán zeigen, wo ich sie finden kann?«, erkundigte sie sich.

Bruder Dubán war von diesem Vorschlag offensichtlich nicht begeistert, führte sie aber zu dem Kräutergarten des Klosters. Ein einziger Mönch arbeitete darin.

»Petrán pflegt den Garten«, brummte Bruder Dubán. »Die Kammer des Apothekers siehst du dort hinten in der Ecke. Dort findest du Bruder Cruinn.«

Damit hielt er seinen Auftrag wohl für erfüllt, denn er drehte sich wortlos um und ging.

Der rundliche, rotgesichtige Mönch, der in dem Kräutergarten mit einigen Büschen beschäftigt war, drehte sich um, als sie näher kam. Einen kurzen Moment lang runzelte er die Stirn, aber dann lächelte er ihr freundlich zu.

»Schwester Fidelma?«, fragte er.

»Kennst du mich?«, antwortete sie erstaunt.

»Allerdings«, bestätigte der Mönch. »Aber du kennst mich sicher nicht. Ich war in dem Gericht dabei, als du Bruder Fergal gegen eine Mordanklage verteidigt hast. Bist du jetzt hergekommen, um unseren Abt zu verteidigen?«

»Nur wenn ich ihn für unschuldig halte«, erwiderte Fidelma.

»Das ist er sicher«, sagte der Mann, jetzt ernst geworden. »Ich bin Bruder Petrán und habe die Leiche des armen Eolang gefunden.«

»Aber du hältst den Abt nicht für schuldig?«, erkundigte sich Fidelma.

»Ich finde es nicht richtig, dass ein Mann auf der Grundlage einer Behauptung verurteilt wird, die auf einer obskuren Sternenkarte beruht«, antwortete Bruder Petrán bestimmt.

»Berichte mir, was passiert ist«, forderte ihn Fidelma auf.

»Ich wollte zum Markt, um neue Pflanzen für den Kräutergarten zu kaufen. Dazu musste ich den See überqueren«, erklärte er überflüssigerweise. »Ich ging also zu dem Steg, an dem unser Boot angebunden ist. Dort sah ich die Leiche von Bruder Eolang in dem Wasser unter dem Steg.«

»Unter dem Steg?«, fragte Fidelma sofort interessiert nach.

»Der Steg besteht aus ziemlich schmalen Holzbrettern«, erklärte Bruder Petrán. »Sie sind zum Teil nicht fest oder fehlen ganz. Man muss also nach unten sehen, damit man nicht daneben tritt. Deshalb habe ich ihn bemerkt. Ich hatte meinen Blick nach unten gerichtet, um sehen zu können, wohin ich trat. Ich bemerkte die Leiche durch eine Lücke zwischen den Brettern. Wahrscheinlich hätte ich aber nicht so genau hingesehen, wenn da nicht ein Mann gewesen wäre, der mir etwas zurief und nach unten deutete.«

Fidelma versuchte, sich ihre Überraschung nicht anmerken zu lassen. »Welcher Mann?«, fragte sie ruhig.

Bruder Petrán schien von der Frage nicht beunruhigt.

»Da war ein Mann zu Pferd am gegenüberliegenden Ufer«, antwortete er. »Als ich auf den Steg kam, fing er an, mir etwas zuzurufen und mir zu winken. Aber er war zu weit weg, um ihn verstehen zu können. Er gestikulierte nur ständig zum Wasser hin. Ich fragte mich schon, was er wollte, dann sah ich nach unten und bemerkte die Leiche.«

»Willst du sagen, dass dieser Mann vielleicht Zeuge davon gewesen sein könnte, was da passiert ist?«, fragte sie nach.

Bruder Petrán zuckte die Achseln.

»Er hat auf jeden Fall die Leiche gesehen und meine Aufmerksamkeit darauf gelenkt.«

»Hast du das auch dem Brehon erzählt?«, fragte Fidelma.

»Er hielt das für irrelevant, wegen der Beweise für die Täterschaft des Abts«, sagte er.

»Kannst du den Mann zu Pferd beschreiben?«, fragte Fidelma erregt. »Kennst du ihn?«

»Er war ein Fremder«, antwortete der Mönch und schüttelte den Kopf. »Er hatte aber ein gutes Pferd und war wie ein Kriegsknecht gekleidet. Er trug das Banner des Königs von Cashel.«

»Dann muss er ein königlicher Bote auf dem Weg nach Cashel gewesen sein«, rief Fidelma erleichtert. »Den können wir finden.« Sie machte eine kurze Pause und fragte dann weiter: »Was dann? Was geschah, nachdem deine Aufmerksamkeit auf die Leiche gelenkt worden war?«

»Zuerst rief ich um Hilfe«, berichtete Bruder Petrán weiter. »Dann sprang ich selbst ins Wasser, denn ich bin ein guter Schwimmer, und holte die Leiche an Land. Inzwischen war auch unser Apotheker, Bruder Cruinn, hergekommen und half mir.«

»Und der Mann am anderen Ufer?«, fragte Fidelma nach.

»Als er gesehen hatte, dass ich die Leiche aus dem Wasser und an Land geschafft hatte, winkte er mir noch einmal zu und ritt weiter. Es blieb ihm auch kaum etwas anderes übrig, denn auf seiner Seite des Sees lag kein Boot am Strand.«

»Du sagst, dass du schwimmen kannst«, fuhr Fidelma fort. »Weißt du, ob Bruder Eolang das auch konnte?«

Bruder Petrán schüttelte ohne Zögern den Kopf.

»Er kam aus einem kleinen Fischerdorf auf einer Insel«, berichtete er. »Die Menschen dort meinen, es ist besser, wenn man nicht schwimmen kann, denn wenn man bei schwerem Seegang in das gnadenlose Meer stürzt, ertrinkt man am besten gleich, statt durch vergebliche Mühen die Qualen noch zu verlängern und Körper und Geist zu quälen.«

Die Vorstellung ließ es Fidelma kalt den Rücken hinunter laufen.

»Ich habe von einer solchen Einstellung schon gehört, auch wenn ich sie nicht teile«, sagte sie. »Ist außer dem Apotheker niemand dazugekommen?«

»Niemand.«

»Weißt du, wie lange Bruder Eolang schon im Wasser war?«, wollte Fidelma noch wissen.

»Nein. Aber der Apotheker, Bruder Cruinn, hat gesagt …«

Fidelma hob eine Hand, um ihn zu unterbrechen. »Vielleicht sollten wir Bruder Cruinn selbst berichten lassen, was er gesagt hat«, empfahl sie. »Du kannst nur deine eigenen Beobachtungen bezeugen.«

Bruder Petráns Blick richtete sich über ihre Schulter. »Dann gibt es dafür keine bessere Gelegenheit, denn da kommt Bruder Cruinn gerade«, verkündete er.

Fidelma drehte sich um und sah einen älteren Mann durch den Garten auf sie zu kommen. Er war kräftig gebaut, und die bis zu den Ellbogen hochgewickelten Ärmel seiner Kutte zeigten starke, muskulöse Unterarme. Er hatte graues Haar und tiefblaue Augen. Er schien verwirrt zu sein, eine Nonne in dem klösterlichen Kräutergarten vorzufinden.

Bruder Petrán stellte sie vor, und das Gesicht des Apothekers entspannte sich wieder.

»Ich war es, der bemerkt hat, dass es sich hier um mehr handelte als nur Ertrinken«, verkündete er stolz. »Der arme Eolang. Er war mein Gehilfe als Apotheker, weißt du.«

»Würdest du mich vielleicht zu dem hölzernen Landungssteg begleiten?«, fragte Fidelma. »Unterwegs kannst du mir berichten, was deinen Verdacht erregt hat.«

Sie gingen aus dem Kräutergarten durch eine kleine Tür in der hohen Klostermauer direkt an den Strand der Insel. Fidelma sah, dass der See an dieser Stelle sehr breit war. Der Landungssteg, der auf Holzpfählen stand, war offensichtlich alt. Die Bretter waren zum Teil schon angefault und machten keinen sicheren Eindruck.

»Das muss aber dringend repariert werden«, konstatierte Fidelma.

»Allerdings«, stimmte ihr Bruder Cruinn zu. »Der Steg wird auch nur benutzt, wenn Material für den Garten geliefert wird. Der eigentliche Steg ist am Haupttor, wie du zweifellos bei deiner Ankunft bemerkt hast.«

»Hatte Bruder Eolang einen bestimmten Grund dafür, dass er hier war?«, erkundigte sich Fidelma.

Der Apotheker rieb sich das Kinn.

»Er hatte an diesem Morgen etwas mit dem Boot zum Festland gebracht«, berichtete er. »Ich nehme also an, dass er es wieder zurückbringen wollte, weil Bruder Petrán es für den Markt brauchen würde. Der hat dann später Bruder Eolangs *Marsupium,* seinen Beutel, noch im Boot gefunden.«

»Sein Beutel ist im Boot gefunden worden?«, fragte Fidelma nach.

»Den hatte er wahrscheinlich vergessen, als er auf den Landungssteg hochgestiegen ist«, vermutete Bruder Cruinn.

»Soweit ich das verstanden habe, hat Bruder Petrán die Leiche von Bruder Eolang aus dem Wasser geholt, und erst dann hast du auf seine Hilferufe reagiert. Ist das richtig?«, fragte Fidelma.

»Ich hörte Bruder Petrán aus dem Kräutergarten und bin dann sofort gekommen«, bestätigte Bruder Cruinn. »Ich habe sofort gesehen, dass der arme Eolang tot war.«

»Wie lange war er schon tot? Konntest du das erkennen?«, wollte Fidelma nun noch wissen.

»Ich verstehe mich gut auf meine Arbeit, Schwester.« Der Apotheker war stolz auf seine beruflichen Fertigkeiten, und das ließ ihn ein wenig hochmütig erscheinen. »Er war noch nicht lange tot. Das Blut floss noch aus seiner Wunde an der Stirn, und da erkannte ich, dass hier ein Mord geschehen war.«

»Wegen der Wunde? Wie sah sie denn aus?«

»Sie war auf der Stirn, zwischen den Augen. Es war deutlich

zu sehen, dass jemand den Bruder mit einem Knüppel geschlagen hatte. Er ist offensichtlich daraufhin ins Wasser gefallen und ertrunken.«

»Und hattest du auch von dieser Geschichte gehört, Bruder Eolang hätte vorausgesagt, er würde an diesem Tag ermordet werden?«, erkundigte sich Fidelma.

Bruder Cruinn schüttelte entschieden den Kopf.

»Von dieser Geschichte habe ich erst später von Bruder Senach gehört«, erklärte er.

»Aber du hast doch mit ihm zusammen gearbeitet. Er war dein Apotheker-Gehilfe. Findest du es nicht merkwürdig, dass er diese Prophezeiung nicht erwähnt hatte?«, wunderte sich Fidelma.

»Er kannte meine Ansichten«, sagte Bruder Cruinn. »Mir war Bruder Eolangs Ruf als Astrologe bekannt. Ich selbst halte davon nicht allzu viel. Ich bin ein praktischer Mensch, aber es gibt viele in meinem Beruf, die die Astrologie zur Unterstützung ihrer medizinischen Tätigkeit benutzen. Es scheint allerdings, als ob Eolang dieses Mal recht hatte.«

»Dieses Mal?«, fragte Fidelma nach.

Bruder Cruinn lächelte verächtlich. »Ich habe es schon oft erlebt, dass Eolang mit seinen Voraussagen unrecht hatte. Deshalb hat er die Angelegenheit mit dieser Prophezeiung wahrscheinlich bei mir nicht angesprochen.«

Fidelma nickte nachdenklich.

Sie machte sich auf den Weg zurück zu der Zelle von Bruder Cass, dem Prior des Klosters, und fand ihn wieder im Gespräch mit Brehan Gormán.

»Habt Ihr nach dem Boten des Königs von Cashel geschickt, um Euch seine Aussage anzuhören?«, fragte sie den Brehon abrupt.

Brehon Gormán sah sie verständnislos an.

»Nach dem Mann zu Pferd, der Bruder Petrán auf die Leiche aufmerksam gemacht hat«, erklärte sie ihm ungeduldig.

»Ach, der? Wie hast du herausbekommen, dass er ein Königsbote war?« Er stockte kurz, als er ihren Gesichtsausdruck bemerkte, und fügte dann entschuldigend hinzu: »Ich dachte nicht, dass seiner Aussage irgendeine Bedeutung zukommen würde. Wir haben schließlich genug Beweismaterial zu dem Zwischenfall.«

Fidelma schien das anders zu sehen, denn sie runzelte missbilligend die Stirn.

»Ist Euch denn nicht klar, dass er vielleicht den gesamten Zwischenfall beobachtet hat?«, herrschte sie Gormán an. Sie richtete sich an Bruder Cass. »Du musst sofort einen weiteren Boten nach Cashel schicken, der diesen Mann finden soll. Da er einer der königlichen Boten ist, dürfte seine Identität leicht festzustellen sein. Er muss als wichtiger Zeuge hergebracht werden.« Damit drehte sie sich auf dem Absatz um und ging, aber an der Tür blieb sie noch einmal stehen und warf einen Blick zurück zu dem finster dreinblickenden Brehon und dann zu dem unglücklichen Prior. »Ich erwarte, dass meine Anweisungen ausgeführt werden, Bruder Cass. Jetzt werde ich mit dem Abt sprechen.«

Abt Rígán machte auf den ersten Blick einen freundlichen, liebenswerten Eindruck. Er schien allerdings von der Lage, in der er sich momentan befand, besorgt und verwirrt zu sein. Nachdem Fidelma sich eine Weile mit ihm unterhalten hatte, stellte sie fest, dass er in Glaubensdingen unbeugsam war und die religiöse Führung von Rom bedingungslos unterstützte.

»Habt Ihr Bruder Eolang getötet?«, fragte Fidelma zur Eröffnung des Gesprächs, nachdem sie sich vorgestellt hatte.

»Gott ist mein Zeuge, das habe ich nicht«, gab der Abt feierlich zurück.

»Habt Ihr von der Art des Beweismaterials gegen Euch gehört?«, wollte Fidelma nun von ihm wissen.

»Das ist doch lächerlich! Kein vernünftiger Mensch würde einen solchen Beweis der Prüfung wert befinden«, protestierte er.

»Brehon Gormán schon«, gab sie zurück. »Dieser Beweis bedarf aber auch einiger Erklärung. Vor mehr als einer Woche hat Bruder

Eolang vorausgesagt, dass er an einem bestimmten Tag entweder durch Ertrinken oder durch Gift umkommen würde. Niemand kann bestreiten, dass er tatsächlich unter genau diesen Umständen gestorben ist.«

Der Abt schwieg.

»Bruder Eolang hat weiter gesagt, wenn das eintreten würde, wäret Ihr für seinen Tod verantwortlich«, erklärte sie ihm weiter.

»Aber das ist doch Unsinn!«, widersprach der Abt heftig.

»Der Brehon argumentiert, wenn ein Teil der Voraussage zutrifft, warum dann nicht auch der andere?«

»Ich weigere mich, auf so abergläubisches Gefasel zu antworten!«, erklärte Rígán verstockt.

»Man hat mir berichtet, Vater Abt, dass Ihr und Bruder Eolang keine Freunde wart«, sagte Fidelma ruhig weiter. »Dass Ihr ihn kritisiert habt, weil er Astrologie betrieben hat. Aberglauben habt Ihr das gerade genannt.«

Abt Rígán nickte entschieden. »Heißt es nicht im 5. Buch Mose – ›Noch sollst du deine Augen gen Himmel richten und sehest die Sonne und den Mond und die Sterne, das ganze Heer des Himmels, und fallest ab und betest sie an und dienest ihnen …?‹«

Fidelma neigte ihren Kopf.

»Ich kenne die Stelle. Unsere Astrologen würden dazu sagen, dass sie die Sterne nicht anbeten, sondern von ihren Mustern geleitet werden, denn genau die Stelle im 5. Buch Mose geht weiter, wo Ihr aufgehört habt ›… welche der Herr, dein Gott geschaffen hat für alle Völker unter dem Himmel.‹ Wenn Er sie geschaffen hat, warum sollten wir dann Angst davor haben, uns ihrer Lenkung anzuvertrauen?«

Der Abt schnaubte abschätzig.

»Du hast eine flinke Zunge, Schwester«, erwiderte er. »Es ist aber trotzdem offensichtlich, dass Gott die Verehrung der Sterne verboten hat. Jeremias sagt ›Ihr sollt euch nicht fürchten vor Zeichen des Himmels …‹«

»Unsere Astrologen würden sagen, dass sie die Sterne nicht fürchten«, beharrte Fidelma. »Sie würden darauf hinweisen, dass Jeremias sogar zugibt, dass es tatsächlich Zeichen des Himmels gibt, und uns nur ermahnt, dass wir sie nicht fürchten sollen. Eigentlich ist darin die Aufforderung enthalten, wir sollten sie verstehen und von ihnen lernen.«

»Keineswegs!«, erwiderte der Abt heftig. »Jesaja sagt:

›Lasset eure Astrologen, eure Sterngucker, die euch die Zukunft verkünden Monat um Monat, weitermachen und euch retten! Aber sehet, sie werden vergehen wie Spreu im Wind; das Feuer verbrennet sie …‹«

»Jesaja richtete sich an die Babylonier während des Exils der Kinder Israel in Babylon«, gab Fidelma zurück, der an Bibelfestigkeit so schnell niemand etwas vormachen konnte. »Natürlich würde er sein Bestes tun, ihre Anführer klein zu machen. Das Wesentliche, Abt, ob es Euch gefällt oder nicht, die Astrologie klagt Euch an, und daher muss sie Euch auch verteidigen.«

»Ich werde mich nicht von etwas verteidigen lassen, was mein Glaube ablehnt!«, verkündete der Abt empört.

»Dann könnt Ihr gar nicht verteidigt werden«, sagte Fidelma knapp und stand auf. »Wenn ein Mann mit einem Stock zu Euch kommt und Euch damit schlagen will, würdet Ihr dann sagen, ich werde mich nicht verteidigen, weil dieser Mann nicht das Recht hat, den Stock als Waffe zu benutzen?«

Sie hatte die Tür schon erreicht, als der Abt nervös hustete. Sie drehte sich erwartungsvoll um.

»Wie würdest du mich denn verteidigen?«, brummelte er.

»Wo wart Ihr, als Eolang ertrunken ist?«, fragte sie ihn.

»An diesem Morgen war ich mit den klösterlichen Rechnungsbüchern beschäftigt. Unsere Brüder stellen Lederwaren her, die wir verkaufen. So können wir unser kleines Kloster halten.«

»War jemand bei Euch?«, fragte Fidelma.

Abt Rígán zuckte die Achseln.

»Ich war den ganzen Vormittag allein, bis mir Bruder Cass gemeldet hat, dass Bruder Eolang gefunden worden ist«, sagte er. »Mir fiel dann gleich die seltsame Stimmung im Kloster auf, denn bis dahin wusste ich nichts von diesem Unsinn mit der Voraussage. Es war daher eine Überraschung für mich, als Bruder Cass mich darüber informierte, dass er wegen der Informationen, die er erhalten hatte, bereits nach einem Brehon geschickt hatte. Noch mehr überrascht aber war ich, als ich nach der Ankunft des Brehons beschuldigt wurde, ich hätte Eolang ermordet.«

»Die Voraussage ist tatsächlich belastend«, erinnerte ihn Fidelma.

»Könnte es denn sein, dass Bruder Eolang sich selbst umgebracht hat, um mir zu schaden?«, spekulierte Rígán.

»Nach meiner Erfahrung schlagen sich Selbstmörder nicht über den Kopf und ertrinken dann«, meinte Fidelma dazu. »Außerdem ist Abneigung wohl kaum ein ausreichendes Motiv, Selbstmord zu begehen.«

»Es klingt ganz so, als würdest du dieser unseligen Prophezeiung glauben und mich für schuldig halten!«, warf Rígán ihr vor.

»Meine Aufgabe, Vater Abt, ist es, die Tatsachen zu prüfen«, erinnerte sie ihn. »Wenn diese Tatsachen Eure Schuld zeigen, so verbietet es mir mein Eid als *Dálaigh,* Eure Schuld dem Gericht zu verheimlichen. Meine Aufgabe wäre es dann nur, auf die besonderen Umstände hinzuweisen, die die Ursache Eurer Schuld waren. Ein *Dálaigh* darf nicht vorsätzliche einen Schuldigen vor Gericht schützen. Ich betone jedoch, dass das Urteil sich nur auf Tatsachen gründen darf.«

Der Abt setzte an, dazu etwas zu sagen, aber sie brachte ihn mit einer kurzen Handbewegung zum Schweigen.

»Im Augenblick habe ich weder so noch so irgendein Urteil gefällt«, fuhr sie fort. »Ich habe einen Verdacht, was geschehen ist, aber ich kann diesen Verdacht noch nicht vor dem Brehon beweisen. Ich bin also noch nicht im Besitz aller Tatsachen.«

Vierundzwanzig Stunden vergingen, bis Bruder Cass meldete, dass seine Boten von Cashel zurückgekehrt waren.

Schwester Fidelma sah vom Haupttor aus zu, wie das Boot über den See zu dem Anlegesteg gerudert wurde. Sie erkannte mit ihren scharfen Augen sofort die gebeugte Gestalt des greisen Bruder Conchobar im Heck des Bootes. Ihr besorgter Blick entdeckte eine zweite Gestalt, einen jungen Kriegsknecht, der neben ihm saß.

»Bruder Conchobar, ich bin froh, dass Ihr gekommen seid«, begrüßte sie ihn, als er aus dem Boot stieg.

Der Alte lächelte ihr etwas traurig zu.

»Ich habe von dem Boten, den ihr geschickt habt, schon von eurem eigenartigen Fall gehört. Das hier ist übrigens Ferchar«, sagte er und machte eine Handbewegung zu dem jungen Kriegsknecht. Der machte eine Verbeugung zu Fidelma hin. Er hatte offensichtlich nicht vergessen, dass sie die Schwester des Königs von Cashel war.

»Schwester, ich habe gehört, dass der Mann ertrunken ist«, sagte er zu Fidelma. »Es tut mir leid, dass ich nicht mehr tun konnte. Leider war es für mich viel zu weit, um zu seiner Rettung über den See zu schwimmen.«

Fidelma kam ein Gedanke, und sie sah besorgt von Ferchar zu Conchobar. »Habt ihr euch während eurer Reise hierher untereinander über den Fall unterhalten?«, fragte sie.

Bruder Conchobar schüttelte den Kopf, und Ferchar antwortete ihr: »Schwester, wir wissen, dass bei Zeugenaussagen kein Zeuge mit einem anderen über das fragliche Ereignis sprechen darf. Wir haben über diese Angelegenheit nicht gesprochen.«

Einer der Klosterbrüder, den Bruder Cass losgeschickt hatte, um sie zu dem Kloster zu bringen, trat vor. »Ich kann das vor dem

Brehon beschwören, wenn es sein muss, Schwester«, verkündete er. »Diese Männer haben über die Sache nicht gesprochen, seit wir sie gefunden und hierher gebracht haben.«

»Ausgezeichnet!«, sagte Fidelma erleichtert. »Dann kommt mit mir.«

Sie führte sie zu der Zelle von Bruder Cass, wo Brehon Gormán sie bereits ungeduldig erwartete.

»Das Urteil in diesem Fall ist bereits volle vierundzwanzig Stunden hinausgezögert worden«, erklärte er übellaunig. »Ich hoffe, dass das keine Zeitverschwendung war.«

»Gerechtigkeit ist niemals Zeitverschwendung, wie Ihr sicher wisst, Brehon Gormán«, gab Fidelma spitz zurück. »Ich habe Bruder Conchobar gebeten, draußen zu warten, während wir uns jetzt den Augenzeugen anhören.«

Sie winkte Ferchar her.

Brehon Gormán musterte den jungen Kriegsknecht.

»Nenne deinen Namen und deine Stellung«, forderte er ihn auf.

»Ich bin Ferchar und gehöre zur Leibwache von König Colgú«, sagte der junge Mann mit fester Stimme. »Außerdem tue ich Dienst als sein Bote.«

»Was kannst du über den Mord an Bruder Eolang berichten?«, fragte der Brehon.

Ferchar schien die Frage nicht zu verstehen, und Fidelma unterbrach: »Er meint den Tod von Bruder Eolang, dem Mönch, der bei dem Steg gefunden worden ist.«

Brehon verzog verärgert das Gesicht, weil sie ihn verbessert hatte.

»Das hatte ich gemeint«, sagte er gepresst.

»Ich ritt auf meinem Weg nach Cashel am See entlang«, begann Ferchar. »Gegenüber auf der Insel sah ich einen Mönch, der sein Boot an einem Steg auf der Seite des Klosters festmachte.«

»Ich glaube nicht, dass wir einen Beweis erbringen müssen, dass das Bruder Eolang war, der das Boot zu dem Steg am Kräutergarten brachte, wo er später gefunden worden ist«, unterbrach ihn Fidelma.

Brehon Gormán forderte Ferchar mit einer ungeduldigen Handbewegung auf, fortzufahren.

»Der Mönch hatte das Boot festgemacht und ging den Steg entlang, dann blieb er abrupt stehen, und es schien, als würde er sich wieder dem Boot zuwenden«, fuhr Ferchar mit seiner Zeugenaussage fort. »Damit war er nun zu mir hin gerichtet. Doch dann wich er seltsam zurück, als hätte ihn etwas aufgehalten. Ich hörte ein Krachen. Dann taumelte er zurück und fiel von dem Steg herunter. Nun fing ich an, hinüberzurufen, um jemand darauf aufmerksam zu machen. Ich rief eine Weile, und dann sah ich einen anderen Mönch aus einer Tür kommen. Er hörte meine Stimme, aber ob er einzelne Worte unterscheiden konnte, bezweifle ich. Ich machte ihn mit Gesten auf die Stelle aufmerksam, an der der andere Mönch ins Wasser gefallen war. Er muss ihn wohl bemerkt haben, denn er winkte mir zu, sprang ins Wasser und machte sich daran, den Körper ans Ufer zu schaffen. Da ich gesehen hatte, dass nun noch ein Mönch zur Stelle war und ich nichts mehr tun konnte, machte ich mich weiter auf meinen Weg. Es war mir nicht klar, dass der erste Mönch schon in dieser kurzen Zeit den Tod gefunden hatte.«

»Bist du sicher, dass niemand anders in der Nähe war, als der erste Mönch ins Wasser fiel?«, fragte Fidelma. »Er war wirklich ganz allein auf dem Steg?«

»Es war niemand sonst da«, bestätigte Ferchar.

»Aber du hast ein Krachen gehört?«, mischte sich Brehon Gormán ein.

»Das habe ich. Als würde ein Zweig brechen«, antwortete Ferchar.

»Vielleicht hat jemand einen Speer nach ihm geworfen, dass er so zurücktaumelte«, mutmaßte der Brehon. »Oder ihn vielleicht mit einer Schleuder getroffen.«

»Er stand mit dem Gesicht mir zugewendet«, sagte dazu Ferchar. »Damit hätte er von meinem Ufer aus getroffen worden sein müssen, aber dafür war die Entfernung viel zu groß, auch für eine Schleuder oder irgendeine andere Waffe. Nein, da war niemand in der Nähe, als er in den See fiel.«

»Soll das heißen, dass er von einer übernatürlichen Kraft getroffen worden ist?«, fragte der Brehon. Dann richtete er sich an Fidelma. »Was ist mit der Voraussagung? Du kannst es nicht abstreiten, dass sie eingetroffen ist. Wie willst du das erklären?«

Fidelma lächelte Ferchar zu. »Warte draußen, und bitte Bruder Conchobar, einzutreten.«

Einen Augenblick später kam der Alte herein, und Fidelma bat den Brehon, den astrologischen Chart vor ihm auszulegen.

»Conchobar, würdet ihr diesen Chart prüfen und mir Eure Auslegung nennen«, forderte sie ihn auf und reichte ihm den Pergamentbogen.

Der Alte nickte und nahm ihr den Chart ab. Er untersuchte ihn eine Weile und sah schließlich auf.

»Es ist ein guter Chart. Professionell ausgeführt«, sagte er anerkennend.

Brehon Gormán lächelte zustimmend. »Weiser Conchobar, Ihr stimmt also Eolangs Auslegung zu?«, fragte er.

»Das meiste stimmt ...«, gab Conchobar zu.

Fidelma sah, dass Brehons Lächeln breiter wurde, aber Bruder Conchobar war noch nicht fertig.

»... bis auf einen wichtigen Punkt. Bruder Eolang scheint vorausgesagt zu haben, dass er innerhalb einer Woche nach der Erstellung dieses Charts und seiner Formulierung der Horariums-Frage sterben würde. Es würde an dem Tag geschehen, an dem Merkur und Jupiter in perfekter Konjunktion stehen würden.«

»Genau. Am ersten Tag des Monates Aibreán. Und genau an diesem Tag ist er getötet worden, genau wie er es vorhergesagt hatte«, bestätigte der Brehon. »Das könnt Ihr nicht bestreiten.«

Der alte Astrologe tippte mit einem Finger auf den Chart und schüttelte den Kopf.

»Sein Irrtum lag aber darin, dass er nicht gesehen hat, dass Merkur einige Stunden später direkt geworden ist«, erklärte er Rígán. »Damit hat er die Konjunktion nie abgeschlossen. Brehon, Ihr besitzt einige Kenntnisse in dieser Kunst und solltet daher wissen, dass es ein Phänomen namens Refranation gibt. Ich habe diese Achtlosigkeit, bei der ein so wichtiger Faktor einfach übersehen wird, leider schon bei vielen Astrologen angetroffen. Zur Entschuldigung von Bruder Eolang kann man sagen, dass er vielleicht zu verwirrt und von Sorgen geplagt war, um die planetarischen Bewegungen genau zu berechnen.«

»Aber er war doch genau!«, protestierte Brehon Gormán. »Wie wollt ihr das erklären?«

»Aber ermordet wurde er nicht«, beharrte Bruder Conchobar. »Einen Mord zeigte der Chart nicht.«

»Wie lässt es sich sonst erklären?«, fragte der Brehon verwirrt.

Nun meldete sich Fidelma mit einem Lächeln. »Wenn Ihr mit mir kommt, werde ich Euch zeigen, was geschehen ist.«

Sie führte sie an den Strand der Insel und blieb am Ende des alten Stegs stehen.

»Bruder Eolang ruderte das Boot zum Ende des Stegs«, erklärte sie und zeigte darauf. »Nun stieg er hoch und ging auf das Kloster zu. Dann fiel ihm ein, dass er etwas in dem Boot vergessen hatte, und zwar sein *Marsupium*, wie Ihr Euch erinnert. Es wurde später von Bruder Petrán gefunden. Also drehte er sich auf dem Steg wieder um, was unser Freund Ferchar vom anderen Ufer aus beobachten konnte.«

Ferchar bestätigte ihr das.

»Jetzt schaut Euch den Zustand der Bretter auf dem Steg an. Manche sind angefault, andere nicht festgenagelt. Er trat mit einem energischen Schritt auf das Boot zu und …«

Fidelma drehte sich um, sah sich die Bretter kurz genau an und trat dann fest auf eines davon. Ein Krachen war zu hören, und sein hinteres Ende flog in die Luft. Sie musste schnell zur Seite treten, um dabei nicht von ihm getroffen zu werden. Sie drehte sich triumphierend zu ihren Zuschauern um.

»Bruder Eolang wurde von dem Ende des Bretts zwischen die Augen getroffen, was die Verwundung verursachte, die der Apotheker fand«, erläuterte sie. »Durch den Schlag wurde er bewusstlos und fiel ins Wasser. Es muss nicht unbedingt lange dauern, bis jemand ertrinkt. Als er aus dem Wasser gezogen wurde, war er bereits tot.«

»Dann war die Voraussagung …?«, fragte zögernd der verwirrte Brehon.

»Falsch«, schloss Fidelma seinen Satz ab. »Es war ein Unfall. Niemand war daran schuld.«

Etwas später, als Ferchar, Conchobar und Fidelma zum Festland zurückgerudert wurden, richtete sich der alte Astrologe mit einem schiefen Lächeln an sie.

»Ich kann mir nicht helfen, aber wenn Bruder Eolang ein besserer Astrologe gewesen wäre, hätte er eine richtige Voraussage treffen können«, überlegte er. »Es war alles da, die Gefahr des Todes durch Wasser, und sogar den Tag, an dem eine solche Gefahr drohen würde, hat er richtig vorausgesagt.«

Fidelma nickte nachdenklich.

»Sein Fehler war, dass er wie unser Freund Brehon Gormán der Überzeugung war, die Konstellation der Sterne würde die Menschen davon entbinden, ihren freien Willen zu gebrauchen«, sagte sie. »Dass der Mensch keine Wahl hat und alles vorherbestimmt ist. So haben die Alten aber nicht die Kunst des *Nemgnacht* gelehrt.«

Bruder Conchobar nickte zustimmend.

»Du weißt also noch, was ich dir beigebracht habe?«

»Ihr habt mir beigebracht, dass es Zeichen gibt, die als Warnung dienen und uns Informationen liefern können, die der Weise benutzen kann, um seine Entscheidungen zu treffen«, sagte sie ihrem alten Lehrer. »Das sind aber nur Optionen, Möglichkeiten, aus denen wir unsere Wahl treffen können. Die neue Schule aus dem Osten erscheint mir fatalistischer. Sogar die Lehren des Augustinus von Hippo sagen uns, dass alles vorherbestimmt ist. Deshalb fühle ich mich mit den Lehren des Pelagius wohler.«

»Obwohl die Anhänger des Augustinus den Pelagius verspottet und von ihm gesagt haben, er hätte im Kopf nichts als irische Hafergrütze?«, fragte Conchobar.

»Besser irische Hafergrütze als blinde Vorurteile«, sagte dazu Fidelma.

Bruder Conchobar lachte leise in sich hinein.

»Sieh dich nur vor, Fidelma, sonst wird man dir noch heidnische Häresie vorwerfen.«

Originaltitel: »The Astrologer Who Predicted His Own Murder«
Aus dem Englischen von Wolfgang Crass

EINE BRÜCKE ZWISCHEN HIMMEL UND ERDE

von Lillian Stewart Carl

Als Jake in die Einfahrt einbog, fielen die Bomben bereits. Er blieb neben dem Auto stehen und betrachtete den Schein ihrer Detonationen, der über die Unterseite der Wolken zuckte wie Blitze. Bald würde es wieder regnen – in Stößen zog der feuchte, mit dem Geruch von Erde beladene Wind in seinen Uniformkragen. Aber Blitze? Nein. Die Luftwaffe bombardierte wieder die Werften in Bristol.

Und er konnte nichts dagegen tun, jedenfalls im Augenblick nicht. Er stieß wütend seinen Stock in den Schlamm. Die Erschütterung durchzuckte die Operationsnähte in seinem Bauch, und er fuhr zusammen. Eigentlich sollte er froh sein, dass er es für eine Zeitlang hinter sich hatte und hier in diesem alten Haus im ländlichen Somerset sicher war. Vor allem sollte er sich darüber freuen, dass er noch lebte.

Der Glastonbury Tor hob sich, schwarz wie ein umgekehrter Tropfen, gegen den Feuerschein am Horizont ab. Jake hatte sich mühsam die schmalen, dunklen Wege von dort nach hier vorgearbeitet. Wenn er geflogen wäre, hätte er für diese Meilen nur Sekunden gebraucht.

Noch einmal konnte er die Vibration seiner Spitfire fühlen, wenn er mit Vollgas die Nase hochzog, den Flickenteppich aus Feldern und Straßen weit unter sich ließ und die Wolken an seinen Tragflächen entlangströmen sah – wie er sich dann von ihnen und der Erde löste und die Sterne von einem Horizont bis zum anderen am Nachthimmel stehen sah, den Lärm seiner Motoren hörte und seine Gedanken in die unendliche Weite um ihn herum aufsteigen ließ … Er kehrte mit einer schmerzhaften Bauchlandung in seine eigene Gegenwart zurück.

Er hatte in Glastonbury zu viel Cider getrunken, den sauren Apfelwein aus Somerset. Die Engländer hatten recht gehabt mit ihrer Warnung, das Zeug hatte es in sich. Die Zweige der Bäume um ihn knarrten und peitschten im Wind. Kalter Regen prasselte ihm in das Gesicht. Unbeholfen tastete er sich die unbeleuchtete Vortreppe empor und öffenete die Haupttür. Früher einmal hätte ihn hier ein Butler empfangen. Nun aber wurde Jake nur noch von dem Geruch von Desinfektionsmitteln und zu lange gekochtem Kohl begrüßt.

Eine musikalische weibliche Stimme erkundigte sich: »Hatten Sie einen schönen Urlaub?«

Er sah sich um. Vor ihm stand der einzige Lichtblick in diesem dunklen, kalten, nassen belagerten Land. Schwester O'Neill. Bridget. Heute Abend bändigten die gestärkten Flügel ihrer Schwesternhaube ihr dichtes rotes Haar. Gestern Abend, auf ihrer Geburtstagsparty, hatte sie es offen getragen, und er hatte kurz seinen Duft erhaschen können, er war berauschender als jeder Alkohol gewesen.

»Er wäre viel schöner gewesen, wenn ich Sie dabeigehabt hätte«, antwortete er ihr mit einem Lächeln. »Jungen vom Land wie ich brauchen einheimische Führung.«

»Sie finden sich schon zurecht, denke ich«, gab sie zurück.

Jake konnte die Wölkchen ihres Atems vor ihren offenen roten Lippen sehen. Er beugte sich vor. »In all diesen schmalen Wegen hier könnte man, wenn es so schnell dunkel wird, jeden Augenblick einen römischen Soldaten oder einen mittelalterlichen Ritter erwarten, der einem in den Weg tritt.«

»Das würde mich hier in der Gegend auch nicht überraschen«, antwortete sie und lächelte ihm zu.

»Die Heizung in dem Auto ging wieder mal nicht. Fühlen Sie bloß meine Hände!« Er nahm ihre warmen Hände zwischen seine klammen Finger.

Sie zog sie zurück, aber nicht sofort. »Finden Sie das jetzt schon kalt?«, fragte sie. »Warten Sie nur ab! Gerade haben wir Herbst, und der Winter kommt erst …«

»Na, was haben wir denn da?« Harry Davenports nasale Stimme hallte penetrant von der hohen Decke wider.

Bridgets Züge erstarrten, und sie trat abrupt einen Schritt zurück. Sie hat doch nichts Böses getan, sagte Jake sich selbst. Ich werde es einfach nicht zulassen, dass ihr jemand das Gefühl einflößt, als wäre es so.

Harrys Nase und Zähne standen vor wie bei einem Raubtier. Eine rote Narbe zog sich über seine Wange. »Du hast also eine Schwäche für Ausländer, wie du selbst einer bist, was, Bridget?«, fragte er höhnisch. »So einem hübschen Hollywood-Gesicht aus Amerika kannst du wohl nicht widerstehen? Na ja, über Geschmack lässt sich nicht streiten, oder? Schönheit liegt im Auge des Betrachters, habe ich mir sagen lassen, was?«

»Und hübsch ist es vor allem, wenn sich jemand benehmen kann«, gab Bridget spitz zurück, warf Jake noch einen kurzen Blick zu und ging in Richtung Küche weg.

Harry sah ihr mit seinen dunklen Knopfaugen nach, bis Jake sich vor ihn stellte. »Sie hat dir doch gestern Abend schon deutlich zu verstehen gegeben, dass sie kein Interesse hat«, wies Jake ihn zurecht.

»Warum sollte ich mich für sie interessieren?«, gab Harry feindselig zurück. »Sie ist doch nichts als eine irische Schlampe.« Damit drehte er sich auf seiner Krücke herum und machte sich mühsam, von einer Stufe zur nächsten polternd, auf den Weg die Treppe hinauf.

Am liebsten hätte Jake ihm nachgerufen, *Such dir doch einen ebenbürtigen Gegner aus*, aber es gab auch andere Flieger, die sich Harry als Ziel für seine Aggressionen aussuchte, wie zum Beispiel Taffy mit seinem walisischen Dialekt und seiner Unmusikalität, oder den ernsten Dicky, der alles wörtlich nahm.

Jake zog seine Jacke aus. Draußen trieb ein Windstoß Regentropfen wie Schrapnellfeuer an die Mahagonitür. Das Oberlicht war mit Pappe abgedeckt. Der Marmorboden der Eingangshalle hätte geglänzt, wäre er nicht von schlammigen Stiefeln völlig verdreckt gewesen – und wenn mehr als zwei Birnen des Kronleuchters gebrannt hätten.

Ein wirklich eindrucksvolles Haus, dachte Jake, oder vielmehr war es das einmal gewesen, verbesserte er sich. Jetzt waren die Holzschnitzereien und die Marmorverzierungen grob verschalt, und nur helle viereckige Flecken an den Wänden waren als Geister der Gemälde zurückgeblieben, die man in Sicherheit gebracht hatte. Anthony Jenkins-Ashe tat sein Bestes, um das Heim seiner Ahnen zu erhalten. Er hatte Jake erzählt, dass seine Familie schon seit Jahrhunderten in Lydford Hall zu Hause war.

Jake dagegen war in einem Bungalow in Kansas City geboren, und es wäre ihm schwergefallen, seine Großeltern mit Namen zu nennen. Die anderen Flieger nannten den alten Gutsbesitzer den »verrückten Andy«, aber Jake fand ihn interessant und unterhaltsam – und das vor allem, weil er es ablehnte, sich von irgendjemand »My Lord« oder »Seine Lordschaft« nennen zu lassen, oder wie die korrekte Anrede eines Baronet auch immer lauten mochte.

Jake zog ein eingewickeltes Päckchen aus der Manteltasche und ging zu dem hinteren Salon durch, inzwischen Andys einziges Refugium. Er klopfte. Nach einer langen Pause meldete sich Andys dünne Stimme: »Herein!«

Das Zimmer war kalt und düster. Ein kleines Kaminfeuer war seine einzige Beleuchtung. Dem alten Mann war es offensichtlich lieber, seine Augen anzustrengen, als die Verdunklung aufzuziehen, auch wenn heute Abend draußen nichts zu sehen war als schwarze Nacht. Sein Sessel stand so nahe am Kamin, dass das Feuer die Falten in seinem Gesicht so tief erscheinen ließ wie die in seinem alten Tweedanzug. Er war gerade damit beschäftigt, Dreck von einem seiner Stiefel zu kratzen.

»Haben Sie Herodot gelesen?«, fragte Andy. »Er sagt ›In Friedenszeiten begraben Kinder ihre Eltern; der Krieg aber verletzt die natürliche Ordnung und lässt Eltern ihre Kinder begraben‹.« Er dachte dabei an seinen Sohn, der bei Dünkirchen gefallen war.

»Ich hatte mich für ein Klassik-Seminar angemeldet«, antwortete Jake. »Dann aber kam der Krieg, und auf einmal kamen mir Geschichte und Literatur völlig überflüssig vor.«

»Überflüssig?«, antwortete Andy. »Nein, das sind Geschichte und Literatur nie. Unser Glastonbury hier ist doch der Beweis dafür.«

»Das ist eine interessante kleine Stadt mit einer langen Geschichte«, gab Jake zu. »Ich habe mir heute ein paar Bücher darüber angesehen, während die Bibliothekarin Ihre Bestellung erledigt hat. Hier, bitte.« Jake reichte ihm die in Papier eingepackten Bücher.

Andy legte den Stiefel neben sein Pfeifengestell und schnitt mit seinem Messer die Schnur des Päckchens durch. »Vielen Dank, Pilot Houston. Sehr freundlich von Ihnen.«

»Das kann man wohl erwarten«, antwortete Jake. »Schließlich habe ich Ihr Auto benutzt.«

»Das Auto gehört jetzt dem Lazarett«, sagte der Alte. »Wir haben doch Krieg.« Papier raschelte, und Andy hob zwei Bücher in den Feuerschein hoch.

In seinem Licht konnte Jake die Titel auf den Buchrücken lesen – *Die Gemeinschaft von Avalon* von Frederick Bligh Bond und Die *Geschichte des Heiligen Grals*. Diese Namen kamen ihm bekannt vor, was er allerdings von dem größten Teil von Andys Büchern nicht sagen konnte. Bevor er hierhergekommen war, hatte er von Heraldik, Astrologie oder von Brett's Peerage so gut wie nichts gehört.

Mit einem tiefen Seufzer legte Andy die Bücher neben sein Notizbuch und den alten Drehbleistift, zwei Gegenstände, die ihn immer begleiteten. Danach richtete er seine Aufmerksamkeit wieder auf seinen Stiefel. »Setzen Sie sich doch, bitte«, forderte er Jake auf.

Jake warf einen kurzen Blick hinter sich, aber Bridget war inzwischen wieder unter die Aufsicht der Oberschwester zurückgekehrt. Er zog sich einen Schemel her und ließ sich darauf nieder. Der Wind pfiff leise im Kamin, und draußen prasselte der Regen an das Fenster. »Konnten Sie heute Nachmittag Ihren Spaziergang machen?«, fragte Jake. »Haben Sie weitere römische Ruinen gefunden?«

»Am Brue, zwischen der Brücke und dem Obstgarten, könnte vielleicht etwas sein«, antwortete Andy. »Wenn dieser Regen jemals aufhört, führe ich Sie herum. Ich halte es allerdings für unwahrscheinlich, dass es so spät im Jahr noch besser wird. Es ist die Tag-und-Nacht-Gleiche, wissen Sie. Wenn Jungfrau zu Waage übergeht ... Was ist das denn für ein Lärm? Spielen die Leute wieder Kricket in der Galerie?«

Von draußen waren laute Stimmen zu hören. Über ihnen hallten schwere Schritte. Eine Tür knallte. »Das glaube ich nicht«, antwortete Jake. »Ich sehe nach.«

Er stand auf, öffnete die Tür und sah hinaus. Jetzt sprachen mehrere Stimmen durcheinander. Foggy Dewar stampfte den Gang entlang, als würde er sich durch tiefen Schlamm kämpfen. »Was ist denn los?«, rief Jake hinaus.

»Es hat wieder einen armen Kerl erwischt«, rief Foggy. »Letzte Woche war es Randy, und jetzt ...« Damit bog er um die Ecke und war verschwunden.

Zum Teufel damit, dachte Jake bei sich. Einen Kameraden im Krankenbett zu verlieren, das war noch schlimmer als im Gefecht.

»Das Schicksal kann grausam sein, nicht wahr?«, sagte Andy leise hinter ihm. »Dieser verdammte Krieg! Viel zu viele junge Männer kostet er uns.«

Jake war der gleichen Meinung, sah aber keine andere Möglichkeit, diesen Krieg zu beenden, als noch mehr Männer zu opfern.

Mit einem halbherzigen militärischen Gruß verabschiedete er sich von Andy und folgte Foggy zur Bibliothek.

Die Doppeltür war von Mitpatienten verstellt. Jake stützte sich auf seinen Stock, um über sie hinweg zu sehen, und erkannte den Militärarzt Doc Skelton, der auf dem Boden kniete. »Ja, er ist tot«, verkündete er. »Seit mehr als einer Stunde.«

Ein Raunen lief durch die Gruppe. Jake schob sich durch die versammelten Männer, bis er Bridget sehen konnte. Sie stand allein neben dem großen viktorianischen Schreibtisch. Ihre sonst so rosigen Wangen waren kalkweiß, und sie hatte die Arme vor der Brust verschränkt.

Skelton stand auf und klopfte sich die Hose ab. Er wendete sich mit gesenktem Kopf und hochgezogenen Schultern, wie ein Kampfstier vor dem Angriff, der Tür zu. »Wie Sie zweifellos bemerkt haben, Gentlemen, hat man ihm den Schädel eingeschlagen«, verkündete er. »Und zwar mit diesem Stück Stein hier, denke ich. Er ist ermordet worden.«

Ermordet. Jakes Gedanken blieben an diesem Wort hängen und wiederholten es immer wieder. In der plötzlich eingekehrten Stille konnte er den Wind draußen heulen und den Regen an die hohen Fenster hinter der schwarzen Verdunklung prasseln hören. Dazwischen mischte sich das laute Atmen der Männer. Dann stieß jemand in der Stille einen leisen Fluch aus. Die Flieger drängten sich unwillkürlich auseinander, und Jake wurde in die Bibliothek geschoben.

Dicky Anderson lag ausgestreckt auf den Dielen. Ein rostroter Fleck umgab seinen Kopf, und seine blonden Locken waren rot verschmiert. Sein Gesicht war so weiß und starr wie der Gipsverband an seinem linken Arm. Seine blauen Augen waren rot gerändert. Vielleicht hatten sie so lange voller Sehnsucht zum Himmel gesehen, dachte Jake, dass das Blut in sie gestiegen war.

Ein faustgroßer grauer Steinbrocken lag zwischen Dicky und dem Schreibtisch. Selbst in der düsteren Beleuchtung konnte Jake die Blutstropfen erkennen, die auf seiner verwitterten Oberfläche verteilt waren.

Er stützte sich auf seinem Stock ab. Dicky. Er hatte Dicky gemocht, auch wenn der Mann keinen Sinn für Humor besessen hatte. Das wäre jedoch wohl kaum ein Grund gewesen, ihn zu ermorden.

Was aber könnte ein solcher Grund gewesen sein? Hatte es nicht weiß Gott schon genug Tote gegeben? Jake sah zu Bridget hinüber. Sie biss sich auf die Lippe, und einen kurzen Augenblick lang stand Angst in ihren Augen.

»Ist innerhalb der letzten Stunde jemand dabei gesehen worden, wie er in die Bibliothek gegangen oder aus ihr gekommen ist?«, fragte Skelton. »Außer Schwester O'Neill, die mich geholt hat.«

Einige der Männer sahen ins Leere, manche auf den Boden, und anderen schauten sich suchend um. Niemand antwortete.

»Hatte jemand Streit mit Richardson«, wollte Skelton nun wissen. »Oder hat vielleicht jemand Geld von ihm geliehen, oder sonst etwas in der Richtung?«

Schweigen.

»Also gut. Houston?«, richtete sich Skelton jetzt direkt an Jake.

Widerwillig löste dieser seinen Blick von Bridget. »Sir?«

»Sie hatten Urlaub?«

»Ja, Sir.«

»Wann sind Sie zurückgekommen?«

»Vor etwa fünfzehn Minuten. Vielleicht zwanzig.«

»Hat Sie jemand gesehen?«, wollte Skelton weiter wissen.

»Ja, warum?«, fragte Jake zurück.

»Weil es den Anschein hat, als wären Sie damit die einzige Person hier im Haus, der Richardson hier nicht umgebracht haben kann«, gab Skelton zurück. »Er ist gestorben, als Sie noch weg waren.«

»Twig hat den ganzen Abend mit mir Karten gespielt«, warf Epsom ein.

»Und ich habe gelesen«, meldete sich Foggy. »Taffy hat bei mir reingeschaut.«

Harrys Stimme übertönte alle anderen. »Es dürfte schwer fallen, sich an jemand anzuschleichen und ihm den Schädel einzuschlagen, wenn man mit einer Scheiß-Krücke gehen muss, oder?«

»Gehen können hier alle«, antwortete ihm Skelton.

Jake nickte. »Und der Wind ist laut genug, um Schritte zu übertönen.«

»Scharf beobachtet!«, meinte Harry dazu höhnisch.

Die Oberschwester schob sich durch die Tür und teilte dabei die Männer mit ihrem enormen Busen wie ein Schiff die Wogen. Sie trug ein sauberes weißes Tuch über dem Arm. »Ich wollte die Polizei anrufen, aber die Leitung ist gestört. Wahrscheinlich ist bei dem Sturm ein Baum umgestürzt. Nur gut, dass wir die Elektrizität von unserem eigenen Generator beziehen. Ich habe den Pfleger mit dem Auto losgeschickt, aber auf den Weg über West Pennard, falls die Straße versperrt oder die Brücke über den Brue überschwemmt ist.«

»Das dauert länger, aber was sein muss, muss sein«, sagte Skelton.

»Was ist, wenn der Pfleger der Mörder ist?«, mischte sich Taffy ein.

»Dann ist er bei der Polizei ja genau richtig, oder?« Die Oberschwester winkte Bridget zu. »Kommen Sie mit, Schwester.«

»Wollen Sie ihn denn nicht wegschaffen und richtig aufbahren?«, fragte Foggy.

Skelton schüttelte den Kopf. »Die Polizei wird ihn so ansehen wollen.«

Die Frauen falteten das weiße Tuch auseinander und legten es wie ein Leichentuch über Dicky. Er hatte seinen Arm ausgestreckt, der nun an der Seite unter dem Tuch herausragte. Bridget beugte sich hinab, um es darüber zu ziehen. Sie sieht aus wie ein Engel auf einem Renaissance-Altarbild, überlegte Jake. Plötzlich fiel ihm etwas auf. »Augenblick mal. Was hat er da in der Hand?«

Skelton schob Bridget beiseite, kniet sich nieder und untersuchte die fest geschlossenen Finger von Dickys rechter Hand. »Einen Federhalter«, konstatierte er. »Er hat Tinte an den Fingern. Hat er etwas geschrieben?«

Jake ging zu dem Schreibtisch hinüber. Ein offenes Tintenfass stand mitten auf dem Löschblatt, der Deckel lag daneben. Daneben ein teilweise zerknülltes Blatt Papier. Jake strich es glatt und sah darauf einige verschmierte Buchstaben, die wie schlecht gezeichnete Hieroglyphen darüber verteilt waren. Die einzigen Worte, die er entziffern konnte, waren »Lydford« und »Verdacht ein v …«. Danach kam nur noch ein unregelmäßiger Strich und ein Tintenklecks, und bei dem ›v‹ war nicht zu erkennen, ob es ein großer oder ein kleiner Buchstabe sein sollte. Neben einem weiteren Tintenklecks war ein »B« auszumachen.

»Dicky war Linkshänder«, sagte Bridget über seine Schulter. »Er war dabei, sich die Benutzung seiner Rechten anzulernen, aber seine Briefe nach Hause an seine Mutter musste ich noch schreiben.«

»Den hier wollte er selbst schreiben«, sagte Jake und reichte Skelton das Blatt Papier.

»Lydford«, las Skelton laut vor. »Verdacht ein, darauf folgt ein Wort, das mit einem ›v‹ beginnt. Noch ein Wort, das mit einem ›B‹ anfängt. Hat jemand vielleicht eine Idee, worum es dabei gehen könnte?«

Jake sah sich zu den Männern um, die sich in der Tür drängten. Merkwürdig, wie klar sein Kopf jetzt war. Die letzten Reste des Ciders waren wie weggeblasen. Er sah jedes Gesicht so deutlich wie die Armatur in seiner Spitfire. Die Gesichtsausdrücke reichten von verwirrt bis total verständnislos, nur die von Harry und Twig nicht.

Natürlich war es Harry, der es aussprach. »Das Wort heißt Verräter. Verdacht ein Verräter …«

»Verräter?«, wiederholte die Oberschwester.

»Raus damit, Mann!«, forderte ihn Skelton auf.

Harry genoss es offensichtlich, im Mittelpunkt der Aufmerksamkeit zu stehen, und richtete sich auf. »Gestern Abend hat Dicky nach der Party für Schwester O'Neill gesagt, er hätte hier jemand im Verdacht, Informationen an die Nazis weiter zu geben.«

»Ich nehme nicht an, dass er dir auch einen Namen genannt hat, oder?«, fragte Jake. Er fragte sich dabei, ob Harrys höhnisches Grinsen auch schon wie eine Karnevalsfratze ausgesehen hatte, bevor es so vernarbt gewesen war.

»Das wollte er gerade, aber dann hat die Oberschwester die Lichter ausmachen lassen.«

»Harry nimmt uns auf den Arm, oder?« Taffy sah mit seiner Nackenstütze aus wie ein Fuchs in seinem Loch. »Er hat Dicky doch ständig verarscht. Na ja, bei Dicky war das aber auch leicht – der hat einem einfach alles geglaubt.«

»Nein«, meldete sich nun Twig und schlurfte vor. »Ich habe auch gehört, was Dicky gesagt hat. Er hatte Beweise dafür, dass es in Lydford Hall einen Verräter gab.«

Jake tauschte mit Skelton einen Blick. Der Arzt wusste ebenso gut wie er, dass Twig ein ehemaliger Theologiestudent war, gegen den George Washington wie ein Lügner und Betrüger dastand.

»Bridget«, wiederholte Skelton nachdenklich. »Das könnte der Anfangsbuchstabe eines Namens sein. Die Person, die Richardson im Verdacht hatte.«

»Das liegt doch wohl klar auf der Hand, oder?«, fragte Harry hitzig. »B wie Bridget. Bridget O'Neill. Sie ist die Verräterin.«

Jake trat vor und hob eine zur Faust geballte Hand. »Also, du ...«

»Nur ruhig Blut!«, beruhigte ihn Skelton.

Bridgets schlanke Gestalt schwankte. Jake dachte schon, sie würde an den Schreibtisch sinken, und drehte sich zu ihr um, aber sie fasste sich wieder. Der Blick, den sie Harry zuwarf, hätte einen normalen Sterblichen in Grund und Boden versinken lassen.

»Überlegt doch mal!«, fuhr Harry fort, ohne sie zu beachten. »Sie hat doch auch Randy letzte Woche tot aufgefunden, oder nicht? Im Bad lag er und hatte nicht die Spur einer Verletzung. Sie hat doch ständig mit Pillen und Spritzen zu tun – wer sagt mir denn, dass sie ihm nicht ein paar Gramm Gift untergejubelt hat?«

»Pilot Randolph hatte zwei gebrochene Oberschenkel«, sagte die Oberschwester und stellte sich näher an Bridget. »Die Todesursache war eine pulmonale Fettembolie.«

»Stellen Sie meine Kompetenz in Frage?«, fragte Skelton empört.

Harry kümmerte sich nicht darum. »Und heute findet Bridget unseren Dicky.«

»Ich bin hier Krankenschwester«, warf Bridget ein. »Meine Aufgabe ist es, die Patienten im Auge zu behalten.«

»Also behält sie sie so genau im Auge, dass sie Dicky dabei erwischt, wie er einen Brief schreibt, in dem er sie enttarnt. Du selbst hast gerade gesagt, Tex, dass sie normalerweise seine Briefe für ihn schreibt, aber den hier hat er selbst schreiben wollen.«

»Ich heiße nicht Tex«, gab Jake zurück. »Und es liegt für jeden, der nur einen Funken Verstand hat, doch ganz klar auf der Hand, dass Dicky Bridg-, Schwester O'Neill doch sicher nicht im Verdacht hatte, bloß weil er seine Vermutungen für sich behalten wollte. Es sei denn, du hast ihm die Idee nicht von vorneherein in den Kopf gesetzt, also wieder einen von deinen blöden Witzen gemacht. Vielleicht wolltest du es ihr nur heimzahlen, weil sie dich hat abblitzen lassen.«

»Und dich nicht, oder wie war das?«, fragte Harry.

Die Oberschwester warf einen schnellen Blick zu Bridget hinüber, die sich plötzlich brennend für ihre Schuhe zu interessieren schien.

»Nein«, gab Jake heftig zurück. »Da ist gar nichts zwischen uns!«

Harrys Stimme nahm nun den gleichen schrillen Tonfall an wie das Pfeifen des Winds im Kamin. »Sie ist Ausländerin, genau wie du. Schlimmer noch, sie ist Irin. Irland sitzt den Krieg bekanntlich aus. Es lässt nicht nur uns im Stich, sondern wimmelt außerdem von Nazi-Sympathisanten, die alles tun und jedes Verbrechen begehen würden, damit wir verlieren.«

Am liebsten hätte Jake eine Hand ausgestreckt und Bridget die Finger gelöst, die sie sich tief in ihre Handflächen gepresst hatte, aber er traute sich nicht, sie zu berühren. War es das, was sie befürchtete, dass von Harrys ständigen Verleumdungen ihrer Heimat schließlich doch etwas hängen bleiben würde? »Amerika ist auch kein Kriegsteilnehmer«, sagte er. »Willst du uns deshalb auch beschuldigen, wir wären eine fünfte Kolonne?«

Harry winkte mit einer Geste ab, die fast schon obszön zu nennen war. Jake ballte wieder die Faust. Er würde aus dem Mann die Vorurteile herausprügeln, ob er nun verwundet war oder nicht.

Skelton trat zwischen sie. »Hört auf damit. Das bringt uns auch nicht weiter. Die Polizei ist benachrichtigt, die regelt das.«

»Sie muss eingesperrt werden«, sagte Harry und deutete mit seiner Krücke auf Bridget. »Im Wäscheschrank, oder in der Speisekammer, damit sie frisch bleibt. Die Polizei nimmt sie dann mit, und wir können froh sein, wenn wir sie los sind.«

Die Oberschwester runzelte die Stirn und nahm Bridget am Arm. »Wir setzen uns in mein Zimmer und trinken eine schöne Tasse Tee«, sagte sie beruhigend zu Bridget. »Was halten Sie davon? Kommen Sie mit.«

Mit einem letzten Blick über ihre Schulter zu Jake – ob als Bitte um Hilfe oder als Warnung, sich herauszuhalten, konnte er nicht sagen – ließ sich Bridget wegführen. Die Polizei, überlegte er. Es könnte gut sein, dass die Polizei Harrys Anschuldigungen ernst nehmen würde. Im Augenblick waren die Menschen hier im Lande sehr empfindlich. Und wer wollte es ihnen verübeln, wo doch Hitlers Armeen auf der anderen Seite des Kanals schlagbereit warteten? Wenn Bridget aber erst einmal verhaftet worden war, hatte sie einen Flecken in ihren Papieren, und auch wenn sie noch so schnell wieder freigelassen werden würde, ein solcher Fleck könnte sie diesen Job kosten, und auch jeden anderen. Das wäre einfach nicht richtig.

Das war Dickys Tod allerdings auch nicht, sagte Jake sich, wirklich und wahrhaftig nicht.

»Und ihr anderen, verschwindet!«, forderte Skelton sie auf.

Die Männer schlurften wortlos davon, von eindringlichen und beunruhigenden Überlegungen gebeugt. Harry warf einen letzten Blick über seine Schulter und bildete die Nachhut.

Bridget hat nichts Böses getan, sagte Jake sich immer wieder. Verdammt will ich sein, wenn ich es zulasse, dass ihr irgendjemand das Gefühl vermittelt, sie hätte etwas falsch gemacht ... Skelton musterte ihn ungeduldig. Er wartete darauf, dass auch er endlich aus dem Zimmer ging, denn er wollte es abschließen.

»Sir«, richtete sich Jake an ihn, »Sir, Sie haben selbst gesagt, dass ich nicht der Mörder sein kann. Lassen Sie mich hier bleiben und das Zimmer untersuchen. Vielleicht finde ich ja etwas, das Schwester O'Neill entlastet. Das Beweismaterial gegen sie besteht doch nur aus Vorurteilen und Zufällen.«

»Sie gefällt Ihnen, diese Schwester O'Neill, nicht wahr, Houston?« Skelton erlaubte sich ein dünnes Lächeln. »Trotzdem, ja, sie könnten durchaus recht haben mit den Zufällen. Und mit den Vorurteilen leider auch, obwohl Sie zugeben müssen, dass wir im Augenblick mit dem Rücken zur Wand stehen, was nicht unbedingt eine gute Voraussetzung für Unvoreingenommenheit ist.«

»Ja, Sir, das ist mir klar«, sagte Jake ruhig. »Lassen Sie mir nur Zeit, bis die Polizei kommt.«

»Also gut, dann«, sagte Skelton. »Ich würde Schwester O'Neill nur ungern verlieren.«

»Nur eines noch, Sir. Haben Sie eine Abschrift der Belegungsliste – eine Liste der …« Beinahe hätte Jake ›Insassen‹ gesagt. »Der Patienten und des Personals?«

»Ihnen geht es um den Anfangsbuchstaben B, nicht wahr?«, vermutete Skelton. Er griff in seine Brusttasche, zog ein kleines Notizbuch heraus und riss eine Seite davon heraus. »Da, bitte. Einen Vorteil wenigstens haben Sie, Houston – wir haben gerade letzte Woche eine ganze Gruppe von Patienten entlassen, und außerdem hat ziemlich viel Personal Urlaub. Es sind also heute Abend nicht allzu viele Leute hier.«

»Aber eines arbeitet gegen mich«, antwortete Jake. »Die Zeit. Vielen Dank, Sir. Ich werde mein Bestes tun.«

»Schließen Sie ab, wenn Sie fertig sind«, erinnerte ihn Skelton noch, nickte ihm zu, ging zur Tür und zog ihre beiden Flügel hinter sich zu.

Jake drehte sich einmal langsam um die eigene Achse und versuchte dabei, das vertraute Zimmer unvoreingenommen zu betrachten. Die Bibliothek war bisher immer seine Zuflucht vor der Finsternis draußen gewesen, sowohl im übertragenen als auch buchstäblichen Sinn. Viele Stunden hatte er hier damit verbracht, zu lesen, Briefe zu schreiben und sich Andys unausgegorene, aber immer interessante Überlegungen anzuhören – *der Fehler, mein Junge, liegt nicht an uns selbst, sondern an unseren Sternen.* Jetzt wurde der vertraute Geruch nach Büchern, Papier und Tinte von dem Gestank des Todes verdrängt.

Zwischen den Büchern war auf den Regalen Andys Sammlung von Kunstgegenständen, Werkzeugen und Geräten verteilt – eine Büste der Athene, eine Apothekerwaage, auf deren einer Schale eine ausgestopfte Taube saß, ein Schiffsmodell und eine römische Amphore. Einige seiner Sternenkarten lagen zusammengerollt auf dem Kaminsims … so war eben Andy. Mit ihm würde er sprechen müssen. Nachdem er sich in der Bibliothek umgesehen hatte. Wenn der Alte gerade von seinem täglichen Spaziergang zurückgekommen war, hatte er vielleicht etwas gesehen oder gehört.

Jake lehnte sich an den Schreibtisch und faltete Skeltons Liste auseinander. Es war natürlich auch möglich, dass Skelton selbst der Mörder war. Zugegeben, es war eine etwas abenteuerliche Theorie, dass ein Arzt seine eigenen Patienten umbringen könnte, aber wenn Skelton der Verräter war, hatte auch er ein Motiv für den Mord, vorausgesetzt, Dicky hatte tatsächlich einen Grund, einen Verräter zu vermuten. Nur zu gern hätte Jake das gesamte Szenario für einen von Harrys bösartigen Scherzen gehalten, aber er konnte sich beim besten Willen nicht vorstellen, wie ein solcher Scherz zu einem Mord führen könnte. Ebenso wenig konnte er sich Harry selbst als Dickys Mörder vorstellen, so leid ihm das auch tat.

Und welche Informationen könnte ein Verräter überhaupt in Lydford Hall finden? Es konnte das Kriegsgeschehen doch sicher nicht nennenswert beeinflussen, ein paar verwundete Piloten umzubringen.

Er sah die Liste nach Namen durch, die mit einem B anfingen. Nein, Skeltons Vorname war Trevor, was ihm aber auch nicht weiterhalf. Die Oberschwester hieß Geraldine White, der Pfleger William Graves … Der Vorname William wurde oft auf Bill verkürzt, aber Jake konnte sich nicht daran erinnern, dass der Mann jemals so genannt worden wäre.

Er verwünschte die Engländer mit ihrer Schwäche für Spitznamen. Harry war nicht der Einzige, der Jake ›Tex‹ nannte, obwohl er Texas nie näher gekommen war als bis Tulsa. Sein Nachname war Houston, und das reichte. Tex klang zumindest besser als manche von den anderen Spitznamen, die ihre Träger klingen ließen wie Charaktere aus einer Komödie von Wodehouse – Epsom Downs, Foggy Dewar, Twig Smallwood, Taffy Evans. Eigentlich hätte Harry Davenport den Namen ›Sofa‹ verdient, aber niemand mochte Harry genug, um ihn mit einem Spitznamen anzureden.

Jake sah auf Dickys verhüllte Gestalt hinab. Er war – zu Lebzeiten – ein großgewachsener Mann gewesen. Jake hatte sich oft gefragt, wie er es schaffte, sich in ein Cockpit zu zwängen. Jetzt war er nicht mehr als eine Last aus totem Fleisch, die entsorgt werden musste. Wenn er Bridget die Wahrheit schuldig war, so überlegte Jake, dann galt das für Dicky auch.

Er sah sich die Liste an. Dickys voller Name war Donald Richardson, aber über sich selbst hatte er wohl kaum etwas schreiben wollen. Das einzige »B« auf der Liste außer Bridget war Twig, der eigentlich Bernard hieß. Selbst wenn Jake es für möglich gehalten hätte, dass Twig ein Spion und Verräter war, was er nicht tat, so war ihm auch klar, dass der Mann nur den Mund über Dickys Verdacht hätte zu halten brauchen. Dann hätten alle Harry kein Wort von seiner absurden Geschichte geglaubt.

Jake faltete den Zettel wieder zusammen und steckte ihn in die Tasche. Das Wetter schien sich etwas gebessert zu haben – zumindest hatte sich der Wind ein wenig gelegt, und der Regen war schwächer geworden. Ein Luftzug wehte am Boden entlang, fuhr unter das Leintuch und hob es kurz von Dickys geballter Hand. Jake fröstelte. Von der Kälte, versicherte er sich selbst. Das Feuer in dem großen, mit Marmorsims verzierten Kamin war heruntergebrannt. Jake starrte in die Glut und sah brennende Städte, explodierende Flak-Granaten und Spitfires, wie sie in das kalte, gnadenlose Wasser des Ärmelkanals stürzten. Er hatte in dem Pub in Glastonbury gesessen, in das Kaminfeuer gestarrt und darin die gleiche Vision gesehen. Die Bilder waren nicht in dem Feuer, sondern allein in seinem Kopf.

Der kleine Stein – die Mordwaffe – lag auf dem Boden. Jake kannte ihn genau. Er war ein Löwenkopf aus den Ruinen des Klosters Glastonbury, der gewöhnlich auf dem Schreibtisch stand. Andy hatte ihn aus einem Schutthaufen geholt, als er vor dem Krieg bei den Ausgrabungen geholfen hatte. Vor dem ersten Krieg.

Und bei Berichten über diese Ausgrabungen hatte Jake zum ersten Mal den Namen gehört, der auch auf einem von Andys Büchern stand, wie Jake nun einfiel. Frederick Bligh Bond hatte die archäologische Leitung der Ausgrabungsarbeiten gehabt. In späteren Jahren war er von seinem Posten abgelöst worden und hatte seinen wissenschaftlichen Ruf verloren, weil er gesagt hatte, die Geister der toten Mönche hätten ihm gesagt, wo er graben solle.

Mühsam und unter Schmerzen hockte sich Jake neben die Skulptur. Abgesehen von den Blutflecken sah der Stein völlig in Ordnung und unbeschädigt aus. Andy würde es nicht freuen, dass eines der Lieblingsstücke seiner Sammlung benutzt worden war, um jemand umzubringen. Er hatte sich speziell für diesen Löwenkopf einen kleinen Sockel aus Holz anfertigen lassen … Jake sah wieder auf den Schreibtisch. Die Skulptur hatte auf ihrem Sockel an der Kante des Schreibtischs gestanden. Jetzt lag der Sockel umgestürzt auf der Seite.

Unter Flüchen über die schlechte Beleuchtung und seine eigenen Verletzungen setzte sich Jake auf den Boden und lehnte sich zu dem Löwenkopf hinab, so nahe er konnte. Ja, er war mit einigen Blutstropfen bespritzt. Einige Tropfen waren aber auch auf dem Boden. Und soweit er das erkennen konnte, hing an dem Stein nicht ein einziges Haar, und mit Blut verschmiert war er auch nicht. War er am Ende gar nicht die Mordwaffe?

Jake stand unbeholfen wieder auf und sah sich die Unterkante des Schreibtischs genau an. Daneben lag ein längliches Dreieck aus glattem Holz. Der Schreibtisch war erst vor kurzer Zeit bewegt worden. Und dort – ja! Die obere Ecke, direkt bei der Stelle, wo die Skulptur immer gestanden hatte, war etwas klebrig. Die Farbe des trocknenden Blutes war der des Kirschholzes so ähnlich, dass es praktisch unsichtbar war. Die beiden blonden Haarsträhnen aber, die mitten in der feuchten Stelle klebten, waren deutlich zu sehen, wenn jemand nachschaute.

Jake ließ sich in den Schreibtischsessel sinken. Das war es! Dick war gar nicht mit der Skulptur geschlagen worden. Er war vielmehr aus irgendeinem Grund nach vorne gestürzt und hatte seinen

Kopf an der Schreibtischecke angeschlagen. Durch den plötzlichen Aufprall war der Schreibtisch verrückt worden, und die Skulptur war heruntergefallen. Dann war Dicky vielleicht noch benommen ein Stück vorgekrochen und dann zusammengebrochen. Kopfwunden bluteten stark. Als Dicky mit seinem Kopf auf den Boden geprallt war, hatten sich überall um ihn Blutstropfen verteilt.

Jake vermutete, dass sich bei der Autopsie erweisen würde, dass Dickys Kopfwunde von einem scharfkantigen Instrument und nicht von einem runden verursacht worden war, also von der Schreibtischecke und nicht von der Skulptur. Das war ja alles schön und gut, wenn da nicht ein wesentlicher Punkt gewesen wäre. Im Gegensatz zu Harry, Foggy oder Jake selbst war Dicky völlig sicher auf den Beinen gewesen. Warum sollte er stürzen? War er vielleicht bei einem Kampf umgestoßen worden?

Die Tür hinter Jake sprang auf. Er fuhr zusammen und rammte sich dabei eine Armlehne des Sessels in den verletzten Bauch. Der Schmerz ließ Sternchen und Kometen durch den Raum tanzen. Als sie wieder verflogen waren, sah er Harry mit einem Blatt Papier in der Hand vor sich stehen, das er ihm mit einem triumphierenden Grinsen hinhielt. Eigentlich wären ihm die Sternchen vor den Augen und die Schmerzen im Zwerchfell lieber gewesen, überlegte Jake. »Was willst du?«, fragte er ihn.

»Das hier habe ich in der Anrichte im Esszimmer gefunden, verkündetet Harry. »Dicky und ich haben beide gesehen, dass Bridget es gestern dort versteckt hat. Ich nehme stark an, er hat es sich nach der Party selbst angesehen. Das ist nun wirklich Belastungsmaterial genug gegen deine kleine irische …«

Jake schlug mit seinem Stock zu und erwischte Harry an seinem unverletzten Bein am Schienbein. Der stieß einen Schrei aus, taumelte zurück und prallte heftig an eines der Bücherregale. Einige Bücher fielen zu Boden.

Jake entschuldigte sich im Stillen bei den Büchern, bückte sich und hob das Blatt auf. Ein Kreis war darauf gezeichnet, von dessen Mittelpunkt einige Linien nach außen verliefen. Andere Linien waren in einem Winkel darüber gezogen. In den verschiedenen Sektionen waren Buchstaben und Symbole verteilt. *Mein Gott nochmal ...*

»Was ist hier los?«, fragte Skelton von der Tür aus.

Harry ratterte seine Antwort in kurzen Stößen, wie ein Maschinengewehr, hervor. »Der Scheiß-Yankee hat mir ein Bein gestellt. Ich habe den Beweis dafür gefunden, dass die O'Neill die Verräterin ist. Da! – Wahrscheinlich eine Navigationskarte, mit der die deutschen Bomber nach Bristol geführt werden. Vielleicht ist es sogar mehr. Ein Invasionsplan!«

»Das ist völlig harmlos«, eröffnete Jake den beiden ruhig. »Es ist nicht einmal Bridgets Schrift.«

Skelton hob Harry von dem Bücherregal hoch und ließ ihn sich wieder auf seine Krücke stützen. Dann nahm er ihm das Blatt aus der Hand. »Wessen Handschrift ist es denn sonst?«

»Die von Andy«, antwortete Jake. »Er hat ihr ein Horoskop erstellt – sie hatte gestern Geburtstag, schon vergessen?« Er bückte sich und hob eines der Bücher auf, die ihm vor die Füße gerutscht waren. Er schlug es auf. Oben auf dem ersten Blatt war kalligraphisch schön, wie es auf einer Urkunde nicht besser hätte sein können, *Anthony Jenkins-Ashe, Lord Brue* geschrieben. Er reichte Skelton das Buch. »So schön schreibt heutzutage doch niemand mehr.«

»Ein Horo-was?«, fragte Skelton skeptisch und ließ seinen Blick zwischen dem Buch und der Zeichnung hin und her wandern.

»Ein Horoskop ist eine Methode, die Zukunft vorauszusagen«, erläuterte ihm Jake. »Dazu werden die Positionen der Sternbilder zur Geburtszeit von irgendjemand bestimmt. Wie in der Bibel, als die drei Könige einem Stern nach Bethlehem gefolgt sind. Astrologie ist nur ein mathematisches Spiel, wenn ihr mich fragt, aber Andy glaubt daran. Er hat mir erzählt, er hätte gewusst, dass er seinen Sohn nie wiedersehen würde, weil er das in seinem Horoskop gelesen hat. Das hat es ihm leichter gemacht, seinen Tod zu akzeptieren.«

Skelton schien nach wie vor nicht überzeugt und schüttelte den Kopf. »Spiritualismus?«, fragte er.

»Nein, er sagt nicht, dass er mit den Toten in Verbindung treten kann«, erklärte Jake. »Er behauptet, er könnte die Zukunft vorhersagen, vielleicht sogar kontrollieren ... Mein Gott!« Plötzlich war Jake die Bestellung wieder eingefallen, die er bei dem Buchhändler in Glastonbury abgegeben hatte. Es war dabei um ein weiteres von Andys Interessengebieten gegangen, wie Titel auf landschaftlichen Besonderheiten basierten. Und die Bestellung war nur mit einem einzigen Wort unterschrieben gewesen: *Brue. Anthony Jenkins-Ashe, Lord Brue.*

Jetzt war ihm alles klar, und es gefiel ihm nicht, was ihm da aufgegangen war. »Ich erinnere mich an ein englisches Geschichtsbuch, das ich als Junge einmal gelesen habe«, sagte er. »Der Autor hat darin immer wieder von Robert Dudley, Earl von Leicester entweder als ›Dudley‹ oder als ›Leicester‹ gesprochen. Ich dachte damals, er meint zwei verschiedene Leute. Ich habe völlig übersehen, dass Dickys ›B‹ auch Andy sein könnte, er war doch immer bemüht, Andy mit seinem Titel anzureden, nicht wahr? Wenn er in einem Brief von ihm sprechen würde, würde er ihn ›Brue‹ nennen.«

Skelton lehnte sich vor und zog den Brief näher. »Ja, das Wort könnte tatsächlich ›Brue‹ heißen«, gab er zu. »Es ist gut möglich, dass Richardson diese Sache mit dem Horoskop irgendwie zwielichtig fand. Wenn er sich Andys Bücher ausgeliehen hat, würde er auch die Handschrift erkennen.«

Jake betrachtete das Tuch, das so sorgfältig über Dickys Leiche gelegt war. Es nahm Blut von der Lache am Boden auf, und auf dem weißen Leinen breitete sich ein bräunlich-roter Fleck aus. Dicky war bereit gewesen, für sein Land im Kampf zu sterben. Vielleicht hatte er auch hier gedacht, er würde seinem Land helfen, indem er einen Verräter auslieferte.

Harry trat übellaunig nach den Büchern, die vor ihm lagen. »Wer sagt denn, dass sich hinter diesem Unsinn mit dem Horoskop nicht mehr verbirgt?«, fragte er aggressiv. »Na gut, vielleicht ist die O'Neill keine Verräterin – obwohl darüber noch nicht das letzte Wort gesprochen ist –, aber wie steht es denn mit unserem verrückten Andy? Der läuft doch jeden Tag durch das Gelände, oder, und ständig schreibt er etwas in sein Notizbuch und hantiert mit seinen Karten herum. Es würde mich gar nicht überraschen, wenn er dem Feind hilft mit seinem übernatürlichen Unsinn. Die Nazis glauben doch an solche okkulten Sachen, oder? Das weiß jeder!«

»Wenn Andy an Astrologie glaubt, dann heißt das noch lange nicht, dass er ein Verräter ist!«, fuhr Jake ihn an.

»Ich habe das schon früher gesagt, und ich sage es wieder«, beharrte Harry, »mit dem Mann stimmt doch etwas nicht! Der würde uns doch alle verkaufen! Und wahrscheinlich hat er deshalb auch Dicky ermordet.«

Jake stand mühsam auf und begann, die heruntergefallenen Bücher mit seiner Krücke zusammenzuschieben. »Hören Sie zu. Ich glaube, Dicky ist überhaupt nicht ermordet worden. Er ist auf diesen Schreibtisch gestürzt – da, sehen Sie, er ist bewegt worden!«, verkündete er und deutete auf den Boden. »Und dort, an der Ecke, sind Blut und zwei Haare. Die Skulptur ist umgefallen, als der Schreibtisch verschoben wurde. Andy war nicht einmal hier.«

Skelton untersuchte den Schreibtisch. »Tatsächlich, jetzt sehe ich es. Sehr gut!«

»Und warum ist er gefallen?«, fragte Harry.

»Ich weiß nicht …«, antwortete Jake zögernd. Neben dem Buch bei der Tür waren einige kleine braune Klümpchen zu sehen. Jake kniete sich langsam neben sie, aber er wusste schon vorher, was das war. Er nahm einen davon auf, rieb ihn zwischen den Fingern, und dann noch einen. Sein Herz fing an, heftig zu klopfen.

»Was haben Sie denn da?«, fragte Skelton.

»Trockenen Schlamm mit vermoderten Blättern«, antwortete Jake.

»Das hat wohl jemand hereingetragen, nehme ich an«, vermutete Skelton.

Jake sah aus der Tür hinaus. In der Eingangshalle waren schmutzige Fußspuren zu sehen, aber zwischen dort und hier konnte er keine ausmachen. Nur die verräterischen Schlammklümpchen, als hätte jemand ein Paar schlammige Stiefel direkt neben der Tür abgestellt, weil er oder sie etwas in der Bibliothek zu erledigen hatte.

Jake biss die Zähne zusammen und richtete sich auf. »Ich muss mit Andy sprechen«, erklärte er.

»In Ordnung«, sagte Skelton. »Ich komme wohl besser mit, oder? Nein, Davenport, ich übernehme das.«

Jake spürte förmlich Harrys wütende Blicke von hinten, als er zusammen mit Skelton an Andys Tür klopfte. Wieder meldete sich die Stimme des Alten: »Herein.«

Er saß noch am Kamin und hielt einen zusammengerollten Papierbogen auf den Knien. Der Geruch von Tabakrauch hing schwer in der Luft, und ein geisterhafter Faden davon schwebte vor dem hellen Fenster. Das Unwetter war vorbei, und der Mond und die Sterne schienen bereits wieder zwischen den Wolken hervor. Vollmond, das war der Mond für die Bomber, überlegte Jake. Bei Vollmond konnte keine Verdunklung ein Ziel verstecken. Das schafften dann nur noch Tarnnetze, die Fabrikgebäude wie Felder und Flakstellungen wie Scheunen aussehen ließen.

»Ich hoffe, wir stören nicht«, sagte Skelton.

»Keineswegs«, gab Andy zurück. »Bitte nehmen Sie Platz.«

Jake setzte sich wieder auf seinen Hocker. Mit einem durchdringenden Blick zu Jake rückte Skelton Andys saubere Stiefel zur Seite und zog sich einen Stuhl her.

»Ich muss sie selbst putzen, wissen Sie«, erklärte Andy. »Wir haben schließlich Krieg. Ich darf mich nicht beschweren.«

»Viel zu viele junge Männer kostet er uns«, wiederholte Jake leise noch einmal die Worte, mit denen ihn Andy vorhin entlassen hatte. »Haben Sie dabei an Ihren Sohn gedacht?«, fragte er den Alten. »Oder vielleicht an jemand anderen?«

Andy ließ seinen Kopf sinken, als würde er von einem schweren Gewicht herabgezogen.

»Sie haben Ihre schmutzigen Stiefel neben die Tür der Bibliothek gestellt«, fuhr Jake fort. »Was ist passiert? Warum liegt Dicky – Pilot Richardson – warum liegt er tot da?«

Das ersterbende Feuer knisterte. Skeltons Stuhl knarrte. »Als ich von meinem Spaziergang zurückkam, wollte ich etwas in einem Nachschlagewerk überprüfen«, sagte Andy langsam und bedächtig. »Als ich die Tür der Bibliothek aufstieß, sah ich Richardson am Schreibtisch sitzen. Er murmelte etwas vor sich hin und spritzte mit Tinte herum, offensichtlich hatte er Probleme damit, mit seiner rechten Hand zu schreiben und zugleich das Blatt mit seiner Linken ruhig zu halten. Ich fragte ihn, ob ich ihm behilflich sein könnte. Er knüllte das Papier zusammen, sprang auf und fuhr herum, als hätte ich auf ihn geschossen.«

»Ah«, sagte Skelton leise.

»Dann wurde er totenblass, stürzte vornüber und schlug seinen Kopf an dem Schreibtisch an«, berichtete Andy weiter. »Ich ließ meine Stiefel fallen und eilte zu ihm hin, um ihm zu helfen, aber er schob sich auf dem Boden weg von mir. Und dann sank er tot in sich zusammen. Ganz schrecklich. Einfach tot.« Andy schloss die Augen. Eine Träne rollte seine faltige Wange herab.

Skelton nickte. »Richardson war noch Rekonvaleszent. Als er so erschrocken aufsprang, hat das seinen Blutdruck absacken lassen. Er hat kurz das Bewusstsein verloren. Einfach Pech, dass er an die Kante gefallen ist.«

»Vor allem war es Pech, dass er Harrys bösartiges Gerede so ernst genommen hat, ganz im Gegensatz zu uns anderen«, sagte Jake. »Sie haben sich wohl nicht den Brief angesehen, den er geschrieben hat, Andy, oder?«

»Fremde Briefe lesen? Ich muss doch sehr bitten!«, antwortete Andy empört.

»Warum haben Sie denn nicht sofort, nachdem es passiert war, die Oberschwester oder mich geholt?«, fragte Skelton.

»Ah. Nun, also …« Andy wendete sich vom Feuer ab und richtete seine zierliche Gestalt auf. »Ich habe mich hergesetzt, eine Pfeife geraucht und alles überdacht«, erklärte er. »Ich habe mich entschlossen, Sie aufzuklären. Vollständig aufzuklären. Verstehen Sie, Richardson hatte eine meiner Karten auf dem Schreibtisch vor sich ausgebreitet und eines meiner Notizbücher aufgeschlagen. Das hatte er wohl in der Bibliothek gefunden. Ich bin etwas enttäuscht, dass er sich einfach die Freiheit nahm, darin zu lesen, aber ich nehme an, die anderen Gentlemen haben wohl mit ihrem Gerede über den verrückten Andy seine Neugier erregt.«

»Um nicht zu sagen, seinen Verdacht«, murmelte Jake in sich hinein.

»Richtig, oder seinen Verdacht«, bestätigte ihn Andy. »Was meinen Sie wohl, was er von mir gedacht hat? Dass ich Karten zeichne, um die deutschen Bomber einzuweisen? Ein haarsträubendes Missverständnis, denn in Wirklichkeit habe ich genau das Gegenteil getan.«

»Wie bitte?«, fragte Skelton. »Wie meinen Sie das?«

In Andys Gesicht waren einige Ausdrücke im Widerstreit, Zweifel, Trauer, Entschlossenheit. »Ich habe Ihnen nichts von Richardsons Verletzung, seinem Tod erzählt, weil ich wusste, dass das eine längere Untersuchung nach sich ziehen würde, und die würde mich aller Wahrscheinlichkeit morgen von Lydford fernhalten. Und morgen ist Tag-und-Nacht-Gleiche. Jungfrau geht zu Waage über, wissen Sie. Dieser Teil des Zodiak muss abgegangen werden.«

»Des Zodiak«, wiederholte Jake. Er verstand kein Wort.

»Ich habe gezögert, davon offen zu sprechen«, erklärte Andy weiter. »Sie wissen ja, was Bligh Bond passiert ist, als er über seine spirituelle Führung gesprochen hat – er wurde seines Postens enthoben, total diskreditiert und starb in erschreckender Unbekanntheit.« Andy schüttelte den Kopf. »Aber persönliche Bedenken beiseite – und dort gehören sie in Kriegszeiten hin, nicht wahr? –, ich hatte einen noch besseren Grund, vorerst Stillschweigen zu bewahren. Richardson und Davenport lagen zwar völlig schief, was meine Loyalität betrifft, aber in anderer Hinsicht hatten sie völlig recht. Gerede muss um jeden Preis vermieden werden. Je mehr Leute von dem Zodiak wissen und die Bedeutung des Äquinoktialganges kennen, desto mehr Gelegenheit wird der Feind haben, davon zu hören, seine Bedeutung zu erkennen und ihn zu zerstören versuchen.«

Jake suchte nach handgreiflichen Fakten in all dem. »Sie haben also niemand von Dickys Tod erzählt, weil Sie befürchteten, Sie müssten dann erklären, warum er vor Ihnen so erschreckt ist oder sogar Angst hatte?«, fragte er nach. »Und dann hätte man Sie von – von dem Gang abgehalten?«

»Richardson war wegen des Horoskops misstrauisch, das Sie für Schwester O'Neill erstellt haben«, sagte Skelton. »Aber was soll das mit dem Zodiak?«

»Sehen Sie selbst«, forderte Andy sie auf und reichte die zusammengerollte Karte hinüber. Jake rollte sie auf und drehte sie in den Schein des Feuers. Skelton lehnte sich darüber.

Jake erkannte problemlos eine Karte von Somerset, oder zumindest von diesem Teil der Grafschaft. Da war Glastonbury, West Pennard, Street, der Fluss Brue und Lydford selbst. Über die üblichen Linien für Straßen und Feldbegrenzungen aber waren schwarze Grenzlinien gezogen, die sich an manchen Stellen schnitten und an anderen verwinkelte Flächen bildeten. Eine davon, im unteren Teil der Karte, hinter Charlton, hatte etwa die Form eines Hundes – oder eines Löwen.

»Die Symbole sind eigentlich ganz deutlich, wenn man erst einmal weiß, wo man suchen soll«, versicherte ihnen Andy. »Der Zodiak von Glastonbury wird durch Hügel, Wege, Flussbette und Ähnliches gebildet. Er ist gerade kürzlich von Katherine Maltwood im Verlauf ihrer Forschungen über die Suche nach dem Heiligen Gral hier in Somerset wiederentdeckt worden. Die Chance, solche Muster im Gelände in so enger Übereinstimmung mit denjenigen am Himmel vorzufinden, stehen 149 000 000 zu eins.«

Skelton sah Jake an, und der betrachtete die Karte. Nur unter größter Anstrengung der Fantasie vermochte er in den angezeigten Mustern eine wie auch immer geartete Ähnlichkeit mit Sternzeichen zu entdecken.

Bei Andy aber ließ seine Vision die Augen leuchten. »Dieses Haus ist zwischen Jungfrau und Waage gebaut. Zur Tag-und-Nacht-Gleiche. Der Zodiak von Glastonbury benutzt jedoch die Friedenstaube statt des traditionellen Symbols für Waage. Sehen Sie, hier ist sie, mitten im Kreis, direkt über Barton St. David's. St. David's Symbol ist die Taube, wie Sie sich sicher erinnern. Und Glastonbury selbst ist im Wassermann, dem Jahresbeginn, der hier kein Wasserträger ist, sondern ein Phoenix, der aus der Asche aufsteigt. Wie hätten uns die Alten die Bedeutung dieses Standorts im Krieg besser zeigen können als durch die Verwendung solcher Symbole?«

Er hatte eine Reihe von Zufällen ebenso miteinander verknüpft wie Harry das Beweismaterial, überlegte sich Jake. Wenn man einen von diesen beiden Männern eine Karte von Missouri in die Hand drücken würde, so würden sie zwischen Kansas City und St. Joseph ohne Probleme Micky Maus aufspüren. »Ich bin über dieses Gelände geflogen«, warf er ein. »Den Tor und das Karree der Klosterruine kann man nicht übersehen, aber von diesen Konturen habe ich noch nie etwas gesehen.«

»Wenn man will, kann man in der Erde immer Muster erkennen«, warnte Skelton.

»Aber der Tempel der Sterne ist auch ein Muster in der Zeit, nicht nur im Raum«, sagte Andy. »Es war die großartigste Ingenieursleistung der Welt, in den natürlichen Formen der Erdoberfläche die Muster der Sterne selbst zu wiederholen. Erde und Himmel sind nämlich miteinander verbunden, und die Kräfte der einen beeinflussen den anderen. Sowohl oben als auch unten.«

»Sie meinen, Bäche, Straßen und Hügel sind so geformt worden, dass sie die Konturen des Zodiak bilden?«, fragte Jake. »Aber Bäche und Straßen ändern doch ständig ihren Verlauf. Die Menschen bauen Umgehungsstraßen oder solche Dinge.«

»Und woher wollen Sie wissen, ob die Gedanken der Planer nicht von planetarischen Kräften gelenkt werden?«, fragte Andy zurück. »Die Römerstraße nach Osten zum Beispiel, der Fosse Way, hat genau bei den gefalteten Händen der Jungfrau einen Knick in ihrem sonst schnurgeraden Verlauf. Diese Hände sind doch zweifellos im Gebet gefaltet.«

»Planetarische Kräfte.« Skelton machte ein etwas benommenes Gesicht, aber er war ein Gespräch mit Andy auch nicht gewöhnt.

Aber auch Jake begann sich langsam zu überlegen, ob er hier vielleicht einen bizarren Nebeneffekt des Ciders verspürte. »Dieser Zodiak ist also von den Römern gebaut worden?«, fragte er.

»Oh nein, der ist viel älter«, antwortete Andy. »Sogar älter als die alten Tempel von Stonehenge und Avebury. Einst glaubten wir an solche spirituellen Dinge und wurden von ihnen unterstützt. Heutzutage setzen wir unser Vertrauen nur auf Rationalität und die Naturwissenschaften, und sehen Sie selbst, wohin uns das gebracht hat – Bomben regnen auf unsere Städte herab.«

Gedämpfte Lichter huschten an Andys Fenstern vorbei. Ein Auto. Mehr als ein Auto. Die Polizei. Jake warf Skelton einen Blick zu.

Mit einem fast verlegenen Gesicht erhob sich Skelton. »Euer Lordschaft, wären Sie so freundlich, mit mir in die Eingangshalle zu kommen?«, forderte er den Alten auf. »Ich fürchte, die Behörden müssen von Pilot Richardsons – tragischem Unfall erfahren.«

»Ja, ja, sicher.« Andy nickte, machte aber keine Anstalten, aufzustehen. Das Leuchten in seinen Augen erlosch, und sein Gesicht wurde so kalt und trostlos wie eine Moorlandschaft im Hagelsturm.

Jake stand auf, sah Skelton nach, der hinausging, und wendete sich dann wieder Andy zu. Seine Symbole waren im Schein des Feuers nur in Umrissen zu erkennen, Flecken aus Tinte – oder aus Blut. Trotzdem sah Jake diese Symbole an, denn er musste es tun. »Warum müssen Sie morgen einen Teil des Zodiak-Musters abgehen, Andy?«, fragte er schließlich. »Was wollen Sie damit erreichen?«

»Ich hoffe, die Mächte aus Englands altem Boden heraufzubeschwören, dem Boden, dem wir entstammen, um eine Invasion der Deutschen abzuwehren«, erklärte Andy und sah ihn direkt an. »Manche Gebete werden durch Auflegen der Hände vollzogen. Diese erfolgt durch die Berührung mit den Füßen.«

»Ein Gebet?«, fragte Jake zurück. »Oder vielleicht eher ein magischer Ritus?«

»Beides«, antwortete Andy. »Selbst eine so aufgeklärte Renaissance-Herrscherin wie Elisabeth I. beschäftigte einen Astrologen, John Dee. Er wohnte hier in Glastonbury. Hier hat er die Mächte heraufbeschworen, die die spanische Invasion durch die Armada zurückgeschlagen haben.«

Die Schiffe der Armada wurden durch einen plötzlichen Sturm zurückgeschlagen, das wusste Jake, aber Dee hatte er bisher immer für einen Scharlatan gehalten.

»Und hier im Tal Avalon ist der größte Held der Britischen Inseln, Arthur, zur ewigen Ruhe gebettet worden«, erklärte Andy weiter. »Weil er zu Lebzeiten nämlich auch den Zodiak abgegangen und damit die Invasionshorden am Berg Badon geschlagen hat.«

Jake sagte nichts davon, dass die einfallenden Angeln die Vorfahren der Engländer waren und ihren Krieg in der nächsten Generation gewonnen hatten.

»Während des 18. Jahrhunderts wurde Glastonbury für kurze Zeit ein Heilbad«, führte Andy seinen historischen Vortrag fort. »Die Menschen sind hergekommen, um das Heilwasser des Chalice-Brunnens zu trinken. Wie viele von ihnen bei ihren Spaziergängen in der Gegend hier wohl ohne ihr Wissen inspiriert worden sind und den Zodiak abgegangen haben, wenn auch ohne ihr Wissen? Kurz darauf hat Napoleon eine Invasion Englands angedroht, sie aber nie durchgeführt.«

Jake konnte über diese Interpretation der Geschichte nur in einer Mischung von Erstaunen und Bewunderung den Kopf schütteln.

»Dieser Abend, dieser Unfall – das Schicksal kann grausam und kapriziös sein –, vielleicht steht es in den Sternen, dass England fallen soll.« Andy sah mit schmerzlich verzogenem Gesicht nach oben. »Und doch ist der freie Wille ein Gegengewicht für das Schicksal, nicht wahr? Jake, mein Junge, Sie haben mir Ihr Geburtsdatum gesagt, Sie sind ein Widder, aktiv und mutig. Warum sollten Sie sich selbst freiwillig zum Kampf melden, obwohl Ihr eigenes Land sich nicht einmal im Kriegszustand befindet?«

»Viele haben sich freiwillig gemeldet«, sagte Jake.

»Aber Sie sind jetzt gerade hier«, beharrte Andy. »Wenn Sie sich also noch ein weiteres Mal dazu überwinden könnten, sich freiwillig zu melden und für ihr bedrängtes altes Ursprungsland einzustehen ...«

Jake sah auf die Karte hinab, die er noch immer in der Hand hielt.

»Das Notizbuch neben meinem Bett, die Seiten, die Jungfrau und Waage gelten«, fuhr Andy mit immer gepressterer Stimme fort. »Sie nennen genau die Wege, denen man folgen muss, die Stellen, an denen man anhalten und ein kleines Opfer darbringen muss – ein wenig Nahrung, einen Tropfen Wein oder Bier, eine Blume. Der Weg ist nicht beschwerlich, den würden Sie auch mit Ihrem Stock gut schaffen. Jake, ich weiß ja, dass Sie mich für verrückt halten, aber ...«

Er war von so weit hergekommen, überlegte Jake, von den Prärien Amerikas zu der alten Landschaft von Somerset. Er hatte angeboten, sein Leben aufs Spiel zu setzen. Warum sollte er nicht auch diesen Gang auf sich nehmen? Was würden diese paar Schritte schon ausmachen?

Nach Andys Meinung sehr viel. Wenn er den Zodiak morgen nicht abging, würden dann die Deutschen einmarschieren, fragte sich Jake. Und wenn er es tat, würden sie es dann lassen? Und er selbst gab sich die Antwort, dass es wohl niemand je würde sagen können, was Ursache und was Wirkung war. Wenn man die Zukunft sah und etwas unternahm, um sie zu ändern, dann war das nicht mehr die Zukunft, die man gesehen hatte. Die Zukunft wurde so, wie vieles aus der Vergangenheit, eine Frage der Wahrnehmung.

Wenn Andy in dem vergossenen Blut, in den Toten des Krieges, so vieler junger Männer, bedeutungsvolle Symbole erkennen wollte, dann sollte er doch. Tragisch war nicht, dass ein bedrückter alter Mann Symbole erkannte, wo keine waren, sondern dass fantasielose Menschen wie Dicky überhaupt keine Symbole mehr erkannten.

»Es wäre mir eine Ehre, den Zodiak an Ihrer Stelle abzugehen«, sagte Jake.

»Ich danke Ihnen.« Einen kurzen Augenblick lang sank Andy erleichtert in sich zusammen. Dann aber richtete er sich wieder auf, erhob sich, nahm Jakes freie Hand und drückte sie fest. »Sehr freundlich. Sehr schön von Ihnen.«

»Das scheint mir doch das Wenigste, das ich tun kann«, sagte Jake mit einem leichten Lächeln.

Laute Männerstimmen klangen von der Eingangshalle herein. Bridget kam den Gang entlanggeeilt und blieb in der Tür stehen. Ihre Stimme klang geradezu musikalisch im Vergleich mit dem Stimmengewirr hinter ihr. »Doc Skelton hat mir gerade erzählt, was passiert ist. Andy, es tut mir so leid.«

Andys Haut fühlte sich in Jakes Hand an wie feines, knittriges Seidenpapier. Er sah in seinem Tweedanzug plötzlich sehr alt und klein, fast ausgetrocknet aus. Trotzdem rang er sich ein leichtes Lächeln ab. »Danke, Schwester O'Neill«, sagte er. »Sie und Pilot Houston geben übrigens ein recht hübsches Paar ab, finden Sie nicht? Habe ich Ihnen schon erzählt, Schwester, dass Ihr Horoskop eine lange, glückliche Ehe mit einem Widder voraussagt? Houston hier ist Widder.«

Jake wollte protestieren, aber die Worte waren schon heraus, der Würfel gefallen. Er warf einen verstohlenen Blick zu Bridget hinüber. In diesem Augenblick fiel ein Holzscheit im Kamin zusammen, ein Funkenregen und die kurz aufflackernde Flamme warfen ihren Schein in das Zimmer. Das rosige Leuchten in Bridgets Gesicht aber kam nicht davon, dachte er. Jake ließ Andys Hand los, legte ihr einen Arm um die Taille und sagte sich, dass manche Voraussagen sich auch dadurch erfüllen konnten, dass sie ausgesprochen wurden.

Sie lehnte sich an ihn. Zusammen sahen sie Andy nach, wie er langsam, aber aufrecht wie ein Soldat aus dem Zimmer und den Gang entlangging.

»Danke, Jake«, murmelte Bridget. »Ich habe mich schon entlassen und deportiert gesehen. Aber dieser arme alte Mann – schicken sie den jetzt in ein Heim?«

»Dies hier ist sein Heim«, sagte Jake. »Und manchmal glaube ich, er ist gesünder und nüchterner als sonst irgendjemand in dieser verrückten Welt.«

»Wirklich?«, fragte Bridget erstaunt. »Obwohl er die Zukunft aus den Sternen liest und alles? Oder liest er dieses Mal die Vergangenheit?«

»Etwas von beidem. Hier, ich zeige es dir.« Bridget protestierte nicht gegen diese vertraute Anrede, während Jake die Karte aufrollte und sie ihr zeigte. »Das Unwetter ist vorbei. Ich finde, wir könnten morgen früh einen Spaziergang machen, manchen dieser

Wege folgen und zusammen zu deinem Geburtstag ein Picknick machen. Die Bewegung wird mir gut tun und die Verkrampfung an meiner Seite lockern.«

Sie musterte mit gesenktem Kopf die vagen Konturen des Zodiak, und dann sah sie zu Jake auf. »Das würde ich gerne«, sagte sie. »Besonders, wenn du mir das alles erklärst.«

»Ich werde es versuchen«, versicherte ihr Jake. »Ich werde es versuchen.

Der Feuerschein aus dem Kamin erstarb. Schatten breiteten sich in den Ecken des Zimmers aus, aber die Fenster glänzten noch schwach. Ein Flugzeug brummte über ihnen und ließ die Scheiben vibrieren. Jake konnte den Tor zwar nicht sehen, aber er richtete seinen Blick in seine Richtung und stellte ihn sich vor, wie er fest und unverrückbar zu den Sternen hinaufreichte, in beruhigender Permanenz, eine Brücke zwischen Erde und Himmel.

Bridget nahm seine kalte Hand in ihre warme, feste und zog ihn zur Tür hin. »Dann auf, machen wir weiter! Wir haben schließlich Krieg.«

»Ja«, sagte er. »Das ist alles, was wir tun können, weitermachen.«

Originaltitel: »The Eye Of The Beholder«
Aus dem Englischen von Wolfgang Crass

WIE EIN LÖWE

von Bill Crider

Frank Packard, Star mehrerer Sandalenfilmepen der Gober Studios, trug keine Sandalen. Er trug auch kein Schwert. Stattdessen trug er Strapse, Nylonstrümpfe, Baumwollhöschen und einen BH.

Er wäre damit noch davongekommen, wenn es ein Filmkostüm gewesen wäre, aber das war es nicht. Er war in seiner Garage und wollte gerade in sein Auto steigen. Er hatte seiner Frau gesagt, dass er es satt hatte, eine Lüge zu leben.

Seine Frau war ein Filmsternchen bei den Gober Studios, und ihr machte es überhaupt nichts aus, eine Lüge zu leben, nicht, solange sie weiterhin Rollen bekam. Also rief sie Mr. Gober an, und Mr. Gober rief mich an.

»Verdammt noch mal, Ferrel!«, sagte Gober. Er fing jede Unterhaltung mit mir so an. Ich verstand nie, wieso.

»Verdammt noch mal, Ferrel! Sie müssen ihn aufhalten. *Der wandernde Römer* läuft nächste Woche an!«

Ich fragte, wen ich aufhalten sollte, und er sagte es mir. Ich legte auf, stieg in meinen 1940er Chevy und holte Packard ein, bevor es ihm gelang, sich mehr als fünf Blocks von zu Hause zu entfernen. Er wollte nicht zurückgehen, aber als ich ihm erklärte, dass er es nicht mehr mit einer Besetzung von tausenden togatragenden Typen zu tun haben müsse, entschloss er, es mit dem Hetero-Leben noch einmal zu versuchen.

Gute Arbeit, dachte ich, auf dem Weg zurück in mein Büro. Ich bin lizenzierter Privatdetektiv. Ab und an bearbeitete ich auch normale Fälle, aber für die Gober Studios zu arbeiten hieß so viel, wie nie wieder ohne Arbeit sein. Als ich gerade zurück in mein Büro gehen und mich hinsetzen wollte, um mir auszumalen, wie hoch der Bonus von Gober sein würde, klingelte das Telefon erneut.

»Verdammt noch mal, Ferrel«, sagte Mr. Gober, »Kommen Sie her! Sidney hat Howard Steele getötet!«

Howard Steele war ein hoch dekorierter Held des Pazifikkriegs gewesen, der im Alleingang Maschinengewehrnester eliminiert hatte, Scharfschützen aus dem Weg geräumt und die amerikanische Flagge auf jedem noch so kleinen Hügel gehisst hatte.

Als er zurück nach Amerika kam, waren die Zeitungen voll mit Photos von seinem wilden, gutaussehenden Gesicht. Mr. Gober, der Publicity liebt, nahm ihn als den neuen Star der Gober Studios unter Vertrag.

Es stellte sich heraus, dass Steele zwar wild und gutaussehend war, auf Photos sah er sogar noch besser aus als in Wirklichkeit, seine Schauspielkünste aber zu wünschen übrig ließen. Im Vergleich zu ihm wirkten die Kinder in den High-School-Stücken wie Lawrence Olivier. Mr. Gober jedoch hätte sich durch eine Kleinigkeit wie diese nie aufhalten lassen.

Für RKO Pictures liefen die Tarzan-Filme gut, und sie hatten einen Helden, der nicht viel zu sagen hatte. So ließ sich Gober von einem seiner Schreiberlinge einen Dschungelhelden namens Karg erfinden, der sogar noch weniger zu sagen hatte als Johnny Weissmüller. Gober hatte Pläne für eine ganze Reihe von Filmen mit Titeln wie *Die Gefahr aus dem Dschungel, Die Flammen aus dem Dschungel* oder *Der Schrecken aus dem Dschungel.*

Als es dazu kam, sah Steele großartig aus in seinem Lendenschurz, viel besser als Weissmüller, der seit seinem ersten Tarzanfilm ein paar Pfunde zugelegt hatte und zu der Zeit ein Outfit tragen musste, das seinen Bauch verdecken sollte. Die Karg-Filme waren ein riesen Erfolg und brachten dem Studio eine Menge

Geld ein. Nicht nur, weil sie ein enormes Publikum anzogen, sondern auch weil sie mit einer Dschungelattrappe schnell und billig gefilmt werden konnten. Die Szenen mit echten Dschungeltieren wurden in den Film später hineingeschnitten, aber ich bezweifle, dass damit irgendjemand über acht Jahre getäuscht werden konnte.

Ich habe nie erfahren, wo das authentische Material herkam. Vermutlich hatte es jemand bei einer Safari aufgenommen und für ein paar Hundert Dollar an Gober verkauft. Dieselben Szenen tauchten in fast jedem Film auf, aber nie hatte sich jemand beschwert. Vielleicht störte es niemanden.

Das einzig reale Tier, das je in den Filmen auftauchte, war Sidney. Ein Löwe, wie Gober behauptete. Es war schwer zu sagen. Sidney hatte keine Reißzähne und Klauen, und wann immer es einen großen Kampf gab zwischen ihm und Steele, was so ungefähr in jedem Film der Fall war, musste Steele sich ungeheuer anstrengen, damit es so aussah, als handele es sich um einen wirklichen Kampf. Sidney selbst schien kein großes Interesse an den Tag zu legen. Die Techniker möbelten den Soundtrack etwas auf, indem sie Gebrülle und Knurren einspielten, und das Publikum schien nie enttäuscht zu sein. Aber ich wusste ganz sicher, dass Sidney niemanden getötet hatte. Sidney konnte keiner Fliege etwas zuleide tun.

Ich schleppte meine schnaufende Kiste von Auto bis zum Pförtnerhaus der Studios, und der alte Ray winkte mich durch. Er hatte mich oft genug gesehen, um zu wissen, dass ich dazugehörte.

Ich fuhr weiter bis zu dem Platz, der als Dschungel diente. Viele Autos waren dort geparkt, aber Polizei war noch keine in Sicht. Auch keine Reporter. Glober hielt nicht viel davon, sie zu rufen, bevor man sich nicht auf eine Story geeinigt hatte, die er der Polizei und der Zeitung erzählen wollte.

Eine der Ersten, die ich am Set sah, war Anna Lonestar. Ich

hatte immer geglaubt, sie sei der wirkliche Grund für den Erfolg der Karg-Filme. Sie war so königlich wie eine Löwin. Ihr kastanienbraunes Haar war durchzogen von goldenen Strähnchen, und wenn sie eines dieser knappen Dschungeloutfits anzog, um Kargs wilde junge Liebe zu spielen, also, da gab es keinen Kerl im Theater, dem nicht zumindest ein bisschen die Augen ausfielen.

Zu meinem Bedauern trug sie das Kostüm gerade nicht. Stattdessen trug sie Reithosen und ein enges weißes T-Shirt und hatte einen roten Schal um ihren Hals gelegt, aber auch das machte keinen Unterschied. Sie war eine der Frauen, die man einfach angucken muss, egal, was sie tragen. Was immer einen Star ausmachte, sie hatte eine ganze LKW-Ladung davon.

Neben ihr stand Doktor Christopher Benton, ihr Astrologe. Wo immer Anna Lonestar hinging, Dr. Benton war mit Sicherheit auch dort. Ich war nicht sicher, wo das »Doktor« herkam. Vielleicht war er genauso wenig ein Doktor, wie Georgie Jessel ein General war. Nicht, dass es mich gestört hätte. Jeder in Hollywood hat irgendeine Betrügerei am Laufen, und einer mehr machte da auch keinen großen Unterschied.

Mr. Gober war natürlich nicht da. Er mischte sich nicht gerne unter die Talente. Aber seine Lakaien waren da, rannten umher und sagten jedem, dass er nichts erzählen sollte, bis von oben das Einverständnis kam. Die Crew war natürlich auch da: Kabelträger, Bühnenarbeiter und Lichttechniker. George Zenko, der Direktor, war da und ein Typ, der der Produzent sein musste. Ich kannte ihn nicht, aber wenn es Schwierigkeiten gab, war ein Produzent immer leicht auszumachen. Er war derjenige, der Blut und Wasser schwitzte.

Es war also der Produzent, der mich festnagelte. Er war um die 1,70 m groß, wodurch er dieselbe Körpergröße hatte wie die meisten der Stars, mit denen er arbeitete, abgesehen von Steele, der ein wahres Gardemaß hatte.

»Sie sind Ferrel, richtig?«, sagte der Produzent.

Ich gab zu, dieser zu sein.

»Ich bin Anderson. Der Produzent.«

Ich sagte, dass ich mir das bereits gedacht hatte.

»Sie müssen etwas tun«, sagte er. »Das wird uns ein Vermögen kosten. Der Film war fast im Kasten, und jetzt ist Steele tot. Es wird hart sein, den Film ohne ihn zu beenden, aber wir können es schaffen. Wir werden einfach ein paar Aufnahmen aus den früheren Filmen reinschneiden. Niemand wird es merken. Obwohl es uns an den Kragen gehen könnte, wenn das Ganze an die Öffentlichkeit kommt. Es geht nicht, dass die Leute glauben, wir haben einen Killerlöwen am Set. Wir könnten verklagt werden.

Anderson schien um Steele nicht allzu besorgt, deshalb sagte ich: »Ihrem Star ist bereits etwas an den Kragen gegangen.«

»Ja, es war der Löwe. Kommen Sie. Ich zeige es Ihnen.«

Ich folgte ihm in die Dschungelattrappe. Ein Haufen anderer Leute schlängelte sich hinter uns her. Es hörte sich an, als wären es richtig viele.

Die Bäume hatten im wirklichen Leben sogar noch weniger Ähnlichkeit mit jungen Dschungelbäumen als in den Filmen. Sie waren zwar echt, aber einigen waren breite Gummiblätter angeklebt worden, um sie noch tropischer aussehen zu lassen, und natürlich gab es überall Kletterpflanzen. Die Kletterpflanzen waren nicht echt. Meist waren es Seile, die als Lianen getarnt waren. Wenn es darum ging, von Baum zu Baum zu schwingen, waren echte Seile erheblich sicherer als die der Pflanzenwelt.

Viele der Pflanzen, die in der Nähe der Bäume wuchsen, brauchten dringend Wasser. In Südkalifornien gibt es nun einmal nicht so viel Regen wie im Dschungel.

Die Geräuschkulisse war auch nicht wie in einem wirklichen Dschungel. Es gab keine zwitschernden Vögel, keine brüllenden Affen. Genau wie in den Szenen mit den echten Tieren wurden all diese Geräusche später in den Film geschnitten.

Howard Steele lag nicht weit entfernt von einem der Bäume auf dem Boden. Über ihm in der Astgabel befand sich das Haus, in dem Karg und die reizende Kiela, dargestellt von Anna Lonestar, lebten. Das Baumhaus war sehr solide, zusammengehalten durch Nägel und Schrauben, auch wenn es so aussah, als würde alles nur durch Lianen zusammengehalten.

Steele erweckte allerdings nicht den Anschein, als wäre er aus dem Baumhaus gefallen.

Er sah aus, als wäre er von einem Löwen gerissen worden.

»Wir hätten ihn warnen sollen«, sagte Benton, und ich drehte mich zu ihm herum.

»Wen warnen sollen?«, fragte ich. »Wovor?«

Er hatte ein engelhaftes Gesicht, sah man davon ab, dass Engel keine Bärte haben. Er hatte schwarze Locken, die langsam grau wurden und die kahle Stelle in der Mitte seines Kopfes nicht mehr ganz bedeckten. Er trug einen schwarzen Anzug, ein weißes T-Shirt, eine schmale schwarze Krawatte, und hielt einen ausgebeulten schwarzen Hut in der Hand, den er, wie ich vermutete, aus Respekt vor dem Toten ausgezogen hatte. Er sah mehr aus wie ein arbeitsloser Rabbi denn wie ein Astrologe.

»Wir hätten Steele warnen sollen«, sagte Benton. »Vor seinem bevorstehenden Schicksal.«

»Ja«, sagte Anna Lonestar zustimmend. Ihre Stimme hatte denselben säuselnden Klang wie in ihren Filmen. Es klang in natura sogar noch besser als auf der Leinwand. Ich fühlte, wie sich meine Nackenhaare aufrichteten.

»Wie hätten Sie davon wissen sollen?«, fragte Anderson, aber ich kannte die Antwort schon, die er bekommen würde. Anna arbeitet nur mit Leuten, dessen Horoskop Benton erstellt hatte.

»Es stand in den Sternen«, sagte Benton. Er sprach wirklich so: *bevorstehendes Schicksal, in den Sternen.* »Er war natürlich Widder, beherrscht vom Mars, wie sein Erfolg im letzten Krieg bestätigte. Pure Energie! Aber dieser Erfolg ist lange vorbei. Sein Geburtsdiagramm zeigt Neptun mit Mars vereint im achten Haus. Und seine Sonne stand im zwölften Haus.«

Er blickte mich an, als hätte ich irgendeine Ahnung von dem, was er meinte, aber natürlich hatte ich das nicht.

Anderson vermutlich ebenso wenig, aber er sagte: »Das ist Quatsch. Tischen Sie mir nicht diesen billigen Zeitungsmist auf.«

Benton blickte schmerzerfüllt drein, so als habe er ständig mit Skeptikern zu tun, was vermutlich auch der Fall war. Er sagte: »Die Horoskope, die Sie womöglich in Zeitschriften und Zeitungen sehen, sind nicht völliger ›Mist‹. Aber meistens sind sie nur nach den Sternzeichen ausgerichtet. Wahre Astrologie, so wie ich sie praktiziere, ist viel komplexer. Sie betrachtet alle Planeten, sowohl die der Gegenwart als auch die des Geburtsdiagramms. Sie –«

»Ja, ja, ja«, sagte Anderson. »Aber was bringt uns das?«

Ich fragte mich dasselbe, aber ich war neugierig geworden. Also sagte ich: »Und wie steht es um Miss Lonestars Horoskop?«

»Sie ist natürlich Löwe«, sagte Benton.

Sie sah also nicht nur aus wie eine Löwin, sie war auch eine. Anna lächelte, als hätte es für jeden offensichtlich sein müssen.

»Ihre anziehende Persönlichkeit«, fuhr Benton fort, »ist typisch für Löwen. Sie lockt die Menschen an. Sie lieben sie. Sie hat so unzählig viele Fans, weil ihre natürliche Wärme durch den Bildschirm hindurchgeht.«

»Aha«, sagte ich, aber überzeugt war ich nicht.

Ich dachte, sie habe so unzählig viele Fans, weil sie so umwerfend aussah in ihrem knappen Dschungeloutfit, besonders nach einer Schwimmszene, und Schwimmszenen gab es in jedem Film. Außerdem war auch ich Löwe, und mir wurde nie gesagt, dass ich eine anziehende Persönlichkeit hätte. Das Einzige, was ich anzog, waren Fussel.

»Was hatten Sie da gesagt von Steeles Sonne im achten Haus?«, fragte ich. »Was hat das mit all dem hier zu tun?«

»Im zwölften«, sagte Benton. »Nicht im achten. Es bedeutet, dass Steele umgebracht wurde von einem –«

»Einem Löwen!«, schrie jemand.

Ich blickte über Bentons Schulter in Richtung der Bäume, und dort kam Sidney.

Er sah ziemlich heruntergekommen aus, wie eine riesige streunende Katze mit einem mottenzerfressenen Fell, das aussah, als habe es jemand auf dem Dachboden gefunden und weggeworfen. Seine Mähne war so grau wie Bentons Bart, und er blickte mit seinen kurzsichtigen wässrigen alten Augen umher.

Ich hörte, wie die Leute hinter mir panisch flohen.

Nicht alle rannten davon. Benton und Anna Lonestar behaupteten ihre Stellung. Ein Bühnenarbeiter und ein Skriptmädchen waren noch geblieben, zusammen mit dem Regisseur, George Zenko, und einem Typen, der aussah, als ginge er auf Safari-Tour: Randall Curry, Sidneys Trainer. Und natürlich war Anderson noch da. Löwen erschrecken keine Produzenten. Sie haben es schließlich ständig mit Schauspielern und Regisseuren zu tun.

»Hol deine Roscoe raus«, befahl Anderson mir.

»Roscoe?«, sagte ich.

»Deinen Revolver, du Idiot. Deinen Heizer.«

Er hatte zu viele von Gobers Gangsterfilmen gesehen. Ich sagte: »Meine Waffe?«

»Ja, deine Waffe. Hol sie raus.«

»Ich habe keine Roscoe.«

»Du bist Detektiv und hast keine Waffe?«

»Ich habe nie eine gebraucht«, sagte ich.

»Tja, jetzt brauchst du eine. Das ist ein ganz hinterhältiges Biest da vorne.«

Sidney stand nur da und blickte uns hoffnungsvoll an, als glaubte er, einer von uns hätte vielleicht eine Büchse Thunfisch für ihn. Seine Kette hing lose an dem ledernen Halsband.

»Ich glaube, ich brauche keine Waffe für Sidney«, sagte ich.

»Was ist mit Ihnen, Curry?«, fragte Anderson. »Haben Sie keine Peitsche oder so?«

»Ich würde nie eine Peitsche verwenden bei Sidney«, sagte Curry. »Er ist zahm wie ein Lamm.«

»Sicher«, sagte Anderson. »Wieso gehen Sie dann nicht zu ihm hinüber und sehen, wie zahm er ist.«

»Das könnte nicht klug sein«, sagte Curry. Er blickte hinunter zu Steele. »In Anbetracht der Tatsachen.«

»Ich gehe rüber«, sagte Anna, was, wie ich annahm, der typische Löwenmut sein musste. Vielleicht glaubte sie auch einfach nicht, dass Sidney gefährlich war.

Anderson packte sie am Arm.

»Oh nein, das wirst du nicht«, sagte er. »Das können wir nicht riskieren. Ferrel geht. Dafür wird er von Mr. Gober bezahlt.«

Sidney kam herübergetrottet und blickte auf Steeles leblosen Körper. Er beugte seinen Kopf nach vorne, um daran zu schnüffeln.

»Um Gottes willen, Ferrel«, sagte Anderson. »Stoppen Sie ihn, bevor er noch reinbeißt!«

Ich glaubte nicht, dass Sidney irgendwen beißen würde, nicht einmal einen toten Mann. Ich ging zu ihm hinüber. Er blickte mich fragend an, und ich sagte: »Hey, Sidney, wie geht's?«

Sidney antwortete natürlich nicht. Er stand einfach nur da, bis ich seine Kette nahm. Ich blickte ans Ende der Kette, sah ein gebrochenes Glied und führte den fügsamen Löwen hinüber zu Curry.

»Er gehört ganz Ihnen«, sagte ich zum Trainer.

Curry nahm die Kette und blickte Anderson an.

»Bringen Sie ihn weg von hier«, sagte Anderson. »Und sorgen Sie dafür, dass er nicht wieder freikommt.«

Während Curry Sidney wegführte, sagte ich: »Wer hat die Leiche gefunden?«

»Ich«, sagte der Bühnenarbeiter mit trauriger Stimme.

Er war groß, hatte dreckiges blondes Haar und trug eine Jeanslatzhose. Es gab sogar eine kleine Schlaufe darin, um einen Hammer reinzuhängen.

»Wer sind Sie«, fragte ich.

»Roger Ruggles. Ich sollte ein paar Arbeiten an dem Haus vornehmen, und als ich hierher zurückkam, fand ich Steele dort liegen.«

»Und was ist mit Sydney?«

»Er stand über dem Körper. Als ich nach Steele gucken wollte, hat der Löwe mich angeknurrt. Ich hatte Angst, er würde mich in Stücke reißen, deshalb habe ich Mr. Zenko gesucht.«

»Ist das richtig, Zenko?«, fragte ich.

»Ja, das ist richtig«, sagte er.

Er kam aus Russland, glaubte ich, oder irgendwie so. Er führte mit gleicher Leichtigkeit Regie bei Western, Dschungelgeschichten und Detektivgeschichten, was nicht viel bedeutete. Aber er arbeitete schnell, und er arbeitete billig. Er war die Art Regisseur, die Gober mochte.

Ich ging hinüber, um einen besseren Blick auf Steele zu bekommen. Ganz gleich, was irgendwer sagte, ich glaubte nicht, dass er von Sidney getötet worden war. Sidney war nur der Sündenbock. Oder der Sündenlöwe.

Als ich mich hinkniete, sagte ich: »Hatte jemand am Set einen Grund, um Steele zu töten?«

Ich konnte die Gesichter nicht sehen, aber ich konnte fast fühlen, wie die Leute hinter mir erstarrten.

»Sie müssen solche Fragen nicht stellen, Ferrel«, sagte Anderson. »Sie kennen doch den Grund.«

»Ich dachte, sie wollten nicht, dass es der Löwe ist.«

»Besser der Löwe als irgendwer vom Set. Wir können einen solchen Skandal nicht gebrauchen. Und es wird auch keinen geben, denn langsam denke ich, dass Steele einfach aus dem Baumhaus gefallen ist.«

»Nicht mit diesen Wunden«, sagte ich.

Jetzt, wo ich ihn besser sehen konnte, konnte ich erkennen, dass sie mit etwas verursacht worden waren, das die Haut aufgeschlitzt und die Knochen aus dem Fleisch gerissen hatte. Kein Wunder, dass Steele aussah, als wäre er von einem Löwen zerfleischt worden. Er wurde zerfleischt, so viel stand fest.

»Er wurde nicht von dem Löwen getötet«, sagte Anna wieder mit dieser Stimme.

Ich war ziemlich sicher, dass sie recht hatte, aber ich sagte: »Woher wissen sie das?«

»Die Sterne«, sagte Benton.

Ich erinnerte mich, dass er unterbrochen worden war, bevor er mir antworten konnte auf meine Frage bezüglich der Sonne und dem achten Haus, oder vielleicht war es das zwölfte. Also fragte ich ihn erneut.

»Sie sind sehr clever«, sagte Benton. »Ich würde gerne irgendwann einmal Ihr Horoskop erstellen.«

»Sicher«, sagte ich. »Aber zuerst möchte ich wissen, was es mit der Sonne auf sich hat.«

»Das achte Haus ist das Haus des Todes«, sagte Benton. »Und Mars und Neptun im achten Haus könnten hinweisen auf einen gewaltsamen Tod, der mit mysteriösen Umständen einhergeht. Die Dinge hier sind deshalb nicht, was sie zu sein scheinen.«

Das hätte ich ihm auch sagen können. Aber das hatte ich nicht.

»Außerdem«, sagte Benton, »deutet die Sonne im zwölften Haus darauf hin, dass Steele versteckte Feinde hatte. Der Löwe war nicht Steeles Feind. Er wurde von einem Menschen getötet.«

Ich hatte das Gefühl, er traf den Nagel auf den Kopf. Ich sagte: »Was tat Steele überhaupt hier draußen? Wieso hat er nicht in seinem Wohnwagen gewartet?«

Ich stand auf und drehte mich herum, während ich das fragte. Niemand schaute mich an. Sie blickten alle auf das Skriptmädchen, das rot anlief. Ich wusste nicht, dass es irgendwen in Hollywood gab, der das konnte. Sie sah dadurch sehr jung und unschuldig aus, was vermutlich trügerisch war. Es gab viele junge Leute in Hollywood. Ob sie allerdings alle unschuldig waren, darüber war ich mir nicht so sicher.

»Wie ist Ihr Name?«, fragte ich sie.

»Martha Varner«, sagte sie.

»Sie kannten Mr. Steele?«

Sie nickte.

»Wie gut?«

Sie antwortete nicht, aber das war auch nicht nötig. Ich wusste nichts über Astrologie, aber Benton hatte gesagt, Steele war Widder. Ich wusste ein wenig über Schafböcke. Und ich wusste ein wenig über Howard Steele.

»Hätten Sie nicht im Wohnwagen ein wenig Privatsphäre haben können?«, fragte ich. »Wieso haben Sie sich hier getroffen?«

Ihr war immer noch nicht danach zu antworten, und Anderson sagte: »Lassen Sie sie in Ruhe, Ferrel. Es war so, dass Steele sie im Baumhaus treffen wollte, hochkletterte und herunterfiel. So würde Mr. Gober es wollen, und so spielen wir es auch. Ich werde jetzt die Polizei rufen und ihnen die Story erzählen.«

»Das glaube ich nicht«, sagte ich ihm. »Es ist ganz offensichtlich, dass es so nicht passiert ist.«

»Wer zahlt eigentlich ihr Honorar?«

Er kannte die Antwort, deshalb machte ich mir nicht die Mühe zu antworten. Ich sagte: »Einen Arzt könnten sie vielleicht bezahlen, damit er eine falsche Todesursache bescheinigt, aber es gibt zu viele Zeugen, als dass sie es totschweigen könnten.«

»Sie arbeiten alle für denselben Boss«, sagte er. »Und das werden auch die Cops, wenn wir es wollen. Wir werden es dabei belassen.«

Vielleicht würde das sogar funktionieren, aber ich würde es nicht zulassen.

»Ich werde es nicht dabei belassen«, sagte ich. »Nicht, wenn es um Mord geht.«

»Mord? Wovon reden sie? Er ist gestürzt, das ist alles.«

Das war nicht alles, und er wusste es. Wir alle wussten es. Aber ich war der Einzige, der es aussprach.

»Er ist nicht gefallen. Das sehen Sie doch. Wir alle können es sehen.«

»Sie haben Recht«, sagte Anderson. Ich schätze, er geriet langsam in Verzweiflung. »Sidney war es. Schauen sie sich nur die Spuren seiner Klauen an.«

Also zurück zum Löwen. Steele hatte Spuren von Klauen, das stand fest, aber sie stammten nicht von Sidney.

»Haben Sie mit Steele gefüßelt?«, fragte ich Martha Varner.

»So würde ich es nicht nennen«, sagte sie immer noch mit hochrotem Kopf.

»Aber Sie haben herumgealbert.«

»Vielleicht ein bisschen. Er war so gutaussehend.«

Sie blickte auf Steeles zerfleischten Körper, dabei liefen ihr Tränen die Wangen hinunter.

Entweder bemerkte Benton ihren Kummer nicht, oder es interessierte ihn nicht. Er sagte: »Mars vereint mit Neptun im achten Haus könnte auch auf einen möglichen Sexskandal oder ein sonstiges Durcheinander hinweisen.«

Ich fragte mich langsam, ob es irgendetwas gab, auf das Mars und Neptun *nicht* hinweisen konnten. Ich sagte zu Martha: »Gab es irgendjemanden am Set, der glaubte, er habe einen Anspruch auf Sie«, fragte ich.

Sie begann zu schluchzen, als sie versuchte zu antworten, aber ich konnte ausmachen, dass es ein »Nein« war.

Ich war nicht sicher, ob sie die Wahrheit sagte. Ich blickte mich um. Ein Gast unserer kleinen Party war verschwunden.

»Was ist mit dem Bühnenarbeiter?«, fragte ich.

Zenko deutete auf die Bäume und sagte: »Er ist da lang.«

Ich dachte, er hat zu viele Westerndrehbücher gelesen. Ich dachte auch, ich hätte besser auf Ruggles Acht geben sollen.

Schließlich hatte ich die letzten zehn Minuten lang gedacht, dass er der Mörder ist. Ich machte mich auf in die Dschungelattrappe zu seiner Verfolgung.

Ein Bühnenarbeiter, der eine Latzhose mit einer Schlaufe für einen Hammer trägt, aber ohne Hammer? Ich hatte mich von Anfang an gefragt, was mit dem Hammer passiert war. Man nennt ihn nicht ohne Grund *Klauenhammer*. Ich vermutete, dass Ruggles seinen Hammer dazu benutzt hatte, Steele zu schlagen und sein Muskelfleisch auseinanderzureißen, und vermutlich hatte er ihn auch dazu benutzt, Sidneys Kette zu durchtrennen und ihn freizulassen, in der Hoffnung, die Schuld für Steeles Tod auf den alten Löwen abzuwälzen.

Ich schlug mich durch das Unterholz, schlug Äste aus dem Weg und versuchte, meine Beine davor zu bewahren, sich in den Kletterpflanzen zu verheddern. Ich war noch nicht weit gekommen, als ich jemanden hinter mir hörte. Ich drehte mich herum und sah Anna Lonestar.

»Sie kennen den Dschungel nicht«, sagte sie, als rezitiere sie einen Satz aus einem ihrer Filme. Ihre Stimme war kein Säuseln mehr.

»Ich kann Spuren lesen«, sagte ich.

»Dann sollten Sie da lang gehen«, sagte sie und zeigte nach rechts. Tatsächlich, ich hatte einen gebrochenen Ast übersehen.

»Wissen Sie etwas über Steele, das ich wissen sollte?«, fragte ich.

»Der Bühnenarbeiter war nicht auf ihn eifersüchtig«, sagte sie, was mich überraschte.

»Roger war eifersüchtig auf das Mädchen«, fuhr sie fort, was mich überraschen sollte, aber nicht tat.

»Sie meinen, Steele würde auf jeder Liane schwingen, die ihm zufällig gerade zur Hand ist.«

»Das ist eine Art und Weise, es auszudrücken. Neptun befand sich im achten Haus, erinnern sie sich? Kommen Sie.«

Sie verschwand in die Richtung, auf die sie gezeigt hatte, und ich folgte ihr. Es dauerte nicht lange, bis wir zu einem künstlich angelegten Fluss und einem Tümpel kamen. Hier wurden die Schwimmszenen gefilmt. Ich hoffte, Anna würde hineinspringen, so wie sie es in *Die Gefahr aus dem Dschungel* getan hatte. Sie trug zwar nicht ihr knappes Dschungeloutfit, aber ich konnte mir vorstellen, dass sie bestimmt bombig aussah in ihrem nassen T-Shirt und den Reithosen.

Sie sprang nicht hinein. Sie nahm Anlauf, schnappte sich eine Liane und schwang hinüber. Als sie die andere Seite erreicht hatte, drehte sie sich um und blickte zu mir herüber.

»Kommen Sie«, sagte sie wieder mit säuselnder Stimme.

Ich wäre dieser Stimme überallhin gefolgt. Ich packte eine Liane und sprang. Im nächsten Moment segelte ich über das offene Wasser, und meine Hände rutschten an der Liane herunter.

Ich hoffte, es gab dort nicht irgendwo richtige Krokodile. Nicht, dass ich das für sehr wahrscheinlich gehalten hätte.

Ich fiel nicht ins Wasser, aber ich glitt so tief an der Liane hinunter, dass ich, am anderen Ufer angekommen, anstatt auf meinen Füßen auf meinen Knien landete und auf meinem Bauch durch das Unterholz rutschte. Ich wusste, dass ich eine gute Hose, eine Jacke, ein T-Shirt und eine Krawatte ruiniert hatte.

Ich rappelte mich auf und versuchte, etwas von dem Schmutz und den zermatschten Pflanzen von meiner Hose zu klopfen. Anna lief schon einen Pfad entlang, sodass ich aufhörte, mich von dem Schmutz zu befreien und ihr folgte.

Es dauerte nicht lange, bis wir auf eine Lichtung stießen, die ein Dorf aus Hütten beherbergte, die alle aus Holz und Stroh gemacht waren. Sie kamen mir aus diversen Karg-Filmen bekannt vor. In einem der Filme, *Die Bedrohung aus dem Dschungel*, glaubte ich, war Anna als Kiela an einem Pfahl befestigt worden, mit zusammengebundenen Händen und den Armen über dem Kopf. Die bösen Jäger, die das Dorf erobert hatten, wollten sie lebendig verbrennen. Diese Szene hatte sie einfach umwerfend aussehen lassen in dem knappen Outfit, während sie sich so vor den Flammen wand, und als Karg zu ihrer Rettung auf dem Rücken eines mächtigen Elefanten heranritt, waren Zuschauer auf der ganzen Welt in einen wilden Applaus ausgebrochen. Sie applaudierten sogar noch lauter, als die entfesselte Anna den Anführer der Bösen mit einem Speer aufspießte.

Jetzt schien das Dorf verlassen zu sein. Es war, wie Karg gesagt hätte, ruhig. Zu ruhig. Ich erwischte mich dabei, wie ich mir wünschte, ich hätte eine Roscoe oder Anna einen Speer.

Ich hörte ein Rascheln hinter einer der Hütten, und ich sah Ruggles hervorspringen und zurück in den Dschungel rennen.

»Er läuft zurück zum Baumhaus«, sagte Anna.

Ich blickte hinab auf meine ruinierten Klamotten und wünschte, wir hätten dort einfach auf ihn gewartet.

»Hier lang«, sagte Anna, und auf ging's in einer heißen Verfolgungsjagd.

Als wir am Baumhaus ankamen, waren die anderen immer noch da, aber sie blickten nicht mehr hinab zu Steele. Sie guckten alle hinauf zum Baumhaus.

»Ruggles?«, sagte ich.

»Da«, sagte Zenko und zeigte nach oben.

Anna Lonestar wollte gerade zur Strickleiter gehen, aber noch bevor sie eine Sprosse egreifen konnte, zog Ruggles die Leiter hoch und außer Sichtweite.

»Was jetzt?«, sagte Zenko und deutete nach oben.

»Ich vermute, jetzt können wir die ganze Sache nicht einfach vergessen«, sagte er, und ich nahm an, jemand hatte ihn über Steeles sexuelle Neigungen aufgeklärt, wenn er es nicht eh schon gewusst hatte. »Oder wir können immer noch behaupten, dass Steele gestürzt ist.«

»Nicht, wenn sein Mörder frei herumläuft«, sagte ich. »Wenn es einen Mord gibt, muss einer dafür bezahlen. Und dieses Mal ist es Ruggles.«

»Das wird uns ziemlich schlecht aussehen lassen«, sagte Anderson.

»Darüber machen wir uns Gedanken, nachdem wir uns um Ruggles gekümmert haben«, sagte ich und drehte mich zu Anna, um sie zu fragen, wie ich auf den Baum klettern konnte.

Sie war bereits auf dem Weg zu einem anderen Baum, mit Benton auf ihren Fersen, der versuchte, sie daran zu hindern.

»Ihr Löwen«, sagte er zu ihr. »Immer wollt ihr im Mittelpunkt der Aufmerksamkeit stehen. Dieser junge Mann könnte dich umbringen. Lass jemand anderen ihn fangen.«

Er legte eine Hand auf Annas Arm, aber sie schüttelte ihn ab. Ich sah, dass sie auf einen großen Baum zuging, der einfach zu erklimmen aussah, und natürlich hatte ich ihn bereits in den Filmen gesehen. In *Der Schrecken aus dem Dschungel* war Steele seinen Verfolgern entkommen (einem Trupp gieriger, durchgeknallter Goldjäger), indem er auf den Baum geklettert war, sich mit einer Liane auf das gegenüberliegende Baumhaus geschwungen und sie mit Kokosnüssen bombardiert hatte. Ich war nicht allzu sicher, ob es in Afrika Kokosnüsse gab, aber die Zuschauer hatte es nicht gestört. Sie liebten die Szene.

»Benton hat recht«, sagte ich zu Anna. »Ich werde gehen. Dafür werde ich von Gober bezahlt.«

Das stimmte nicht ganz. Wofür er mich bezahlte, waren eher Dinge in der Art wie das, was ich an dem Morgen getan hatte, nämlich Skandale zu beenden, bevor sie überhaupt begannen. Aber es hatte keinen Sinn, darüber nachzudenken. Jemand musste hinter Ruggles her. Besser ich als einer der Stars.

Anderson war meiner Meinung. Er sagte: »Lass Ferrel gehen, Anna. Wir können es uns nicht leisten, dich zu verlieren.«

Für eine Sekunde dachte ich, sie würde widersprechen, aber dann ging sie zur Seite. Ich zog meine Jacke und die Schuhe aus und stieg auf den Baum. Ich fühlte mich wieder wie ein Kind, bis ich zu dem Ast kam, wo die Liane auf mich wartete. Ruggles würde mich nicht wie ein Kind behandeln, nicht, wenn er den Hammer wieder bei sich hatte.

Ich versuchte, nicht daran zu denken, als ich nach der Liane griff und von dem Ast absprang. Als die Luft an meinem Gesicht vorbeisauste, kam mir der Gedanke, einen dieser Dschungelschreie à la Johnny Weissmüller auszuprobieren, aber ich überlegte zweimal. Karg hatte keinen Schrei, und ich wollte nicht die Eigenart anderer Studios antasten. Außerdem hätte ich eh nicht wie Weissmüller schreien können.

Meine Hände glitten wieder an der Liane ab, und ich rammte die Kante des Baumhauses mit meinem Bauch. Durch sehr viel Glück klappte ich in der Mitte zusammen und kippte vornüber auf die Veranda, statt in die andere Richtung hinunterzufallen.

Ruggles kam hinausgelaufen und versuchte, mein enormes Glück wieder wettzumachen, indem er mich von der Kante stürzen wollte. Er rammte mir ein paar heftige Stöße in den Brustkorb, aber immerhin hatte er seinen Hammer nicht dabei.

Er hatte jedoch ein kräftiges Bein, und eh ich mich versah, baumelte ich über dem Dschungelboden, gehalten nur durch meine Fingerspitzen, die sich an der Seite des Baumhauses festkrampften.

Ich blickte hoch zu Ruggles, der auf mich hinuntergrinste, während er seinen Fuß hob, um meine Hände zu zerstampfen.

Ich wollte ihm erzählen, dass er damit nicht davonkommen würde, was auch nicht der Fall gewesen wäre. Aber ich hatte nicht das Gefühl, als würde ihn das interessieren.

»Ich breche dir jeden Finger einzeln«, sagte er.

Das hätte er auch gemacht, wenn Anna Lonestar nicht mit steif nach vorne ausgestreckten Beinen vom Baum gegenüber herübergeschwungen wäre.

Ihr rechter Fuß traf Ruggles an der Nase.

Ihr linker Fuß traf ihn am Hals.

Er gurgelte und keuchte, als er zurück in das Baumhaus taumelte und sich das Gesicht hielt.

Anna landete sachte auf der Veranda und blickte hinein, um nach Ruggles zu sehen. Er schien keine Bedrohung mehr zu bedeuten, denn sie beugte sich zu mir herunter und ergriff meine Handgelenke. Mit großer Anstrengung und Annas Hilfe gelang es mir, auf die Veranda zu klettern, wo ich lag und nach Luft rang. Es ist nicht leicht, fünfzehn Meter über dem Boden zu baumeln. Oder sechs. Wie auch immer, mir kamen es vor wie fünfzehn.

Anna warf die Strickleiter hinunter, und als ich wieder zu Kräften gekommen war, stand Benton bereits neben uns.

»Ich vermute, es ist gut, dass sie nicht das Rampenlicht teilen will«, sagte er.

»Für mich ist das in Ordnung«, sagte ich ihm und ging hinein, um einen Blick auf Ruggles zu werfen.

Es ging ihm nicht gut. Durch seine gebrochene Nase hindurch rasselte sein Atem ein und aus, und er zeigte immer wieder auf seinen Hals, als wollte er sagen, dass er nicht sprechen könne. Und das konnte er auch nicht, was aber meiner Meinung nach ganz gut so war.

Ich ließ Anna und Benton alleine mit ihm und kletterte hinunter zu Anderson.

Zenko war zur Seite gegangen und tröstete Martha Varner. Ich hatte gehört, dass er ein Talent für so etwas hat, also ließ ich ihn allein mit ihr und zog Anderson beiseite.

»So werden wir es spielen«, erzählte ich ihm. »Ruggles beschimpfte Sidney, um ihn für eine Szene oder sonst etwas aufzuregen. Steele, der weichherzige Kriegsheld, der er war, fuhr dazwischen, und sie gerieten in einen Kampf. Ruggles zog seinen Hammer hervor und brachte ihn um. Ruggles konnte durch die heldenhaften Bemühungen von Anna Lonestar gefangen genommen werden, was zweifellos die beste Reklame war für ihre eigene Serie von Dschungelthrillern.«

Anderson dachte einen Moment darüber nach und sagte: »Nicht schlecht.«

»Nicht schlecht? Es ist großartig. Steele stirbt einen Heldentod, das Studio macht einen guten Eindruck, Anna Lonestar macht einen guten Eindruck, und ich bekomme einen Bonus. Und vielleicht die unendliche Dankbarkeit von Anna Lonestar.«

Ich lächelte über diese Möglichkeit.

»Benton hat bereits ihre Dankbarkeit«, sagte Anderson. »Alles andere nicht zu vergessen.«

»Oh«, sagte ich. »Na ja, und dann ist da noch dieser Bonus. Gober sollte ihre Staffeln wirklich in Farbe zeigen. Und ein paar mehr Quadratstückchen aus ihrem Kostüm herausnehmen.«

»Warum sagst du ihm das nicht?«, sagte Anderson.

»Vielleicht werde ich das«, sagte ich, aber natürlich habe ich das nie getan.

Originaltitel: »Out Like A Lion«
Aus dem Englischen von Sabine Rissmann

DIE SCHLANGE

von Jane Lindskold

Ich weiß, was Sie sagen werden. Wir hätten das Muster schon viel früher erkennen müssen. Es war von Anfang an da.

Sie haben recht. Es stimmt. Es war da. Doch glauben Sie mir: Man kann ein Puzzle erst zusammensetzen, wenn man im Besitz der Teile ist. Oder hätten Sie in diesem Fall hier wirklich so etwas wie ein Muster erkannt?

9. April: Junger männlicher Weißer wird ermordet in einem Stundenhotel aufgefunden. Das Opfer ist mit dem Gesicht nach unten an das Bettgestell gefesselt, sein Schädel zertrümmert. Die Tatwaffe liegt gleich daneben – ein Reifenmontierhebel. Keine Fingerabdrücke. Alle anderen Sachen im Zimmer gehörten dem Opfer: seine Kleidung sowie ein billiges Plüschtier in Form eines roten Stiers.

Unsere Nachforschungen ergaben, dass das Opfer ein an harten Sexpraktiken interessierter Homosexueller war. Der Hotelbetreiber gab zu Protokoll, dass der Mann das Zimmer an jenem Abend selbst gemietet hatte. Niemand erinnerte sich, das Opfer in Begleitung einer weiteren Person gesehen zu haben.

Der Plüschstier stammt aus dem Dunstkreis des örtlichen Straßenkarnevals. Hunderte wurden im Rahmen verschiedener Glücksspiele an den zurückliegenden beiden Wochenenden als Preise ausgegeben.

10. Mai: Drei Personen – eine weiße Frau, zwei weiße Männer – werden tot im Haus der Frau aufgefunden. Die Frau wurde offenbar überwältigt, dann enthauptet. Die beiden Männer, die, wie sich

herausstellte, eineiige Zwillinge waren, wurden mit einer Waffe erschossen, die der Frau gehörte.

Die Waffe wurde auf Fingerabdrücke untersucht, doch diese waren restlos beseitigt worden. Damit bestätigte sich das Offensichtliche, dass während der Tat eine vierte Person zugegen gewesen sein musste. Gerichtsmedizinische Erkenntnisse weisen darauf hin, dass die Zwillinge an einem anderen Ort getötet und erst danach in die Wohnung der Frau gebracht wurden.

Eine Theorie zum Tathergang besagt, dass die beiden Männer die Frau aus irgendeinem Grund so sehr in Angst und Schrecken versetzten, dass sie die beiden erschoss. Dann, in Panik, könnte sie die beiden Leichen zu sich nach Hause geschafft haben. Dort wiederum könnte sie aus Rache für den Mord an den beiden Männern von einer vierten Person getötet worden sein. Eine andere Theorie geht davon aus, dass die Frau von jemandem ermordet wurde, den sie nach der Tat um Hilfe gerufen hatte, weil diese Person angesichts der Situation in Panik geriet.

Keine dieser Theorien stellte uns zufrieden. Eine sorgfältige Untersuchung konnte keine direkte Verbindung zwischen der Frau und den Zwillingen aufdecken.

18. Juni: Hispanische Frau wird ermordet in einem Mittelklassehotel aufgefunden. Das Opfer wurde geknebelt und dann auf besonders abscheuliche Weise ermordet: Man hatte ihm beide Arme an den Schultergelenken abgetrennt, sodass es verblutete. Die Autopsie ergab, dass die Ermordete eine größere Menge Barbiturat im Blut hatte. Wir können nur inständig hoffen, dass die Frau zum Zeitpunkt der Tat schon so weggetreten war, dass sie nicht mehr allzu viel spürte.

Als Tatwaffe wurde ein Messer mit schmaler Klinge sichergestellt, wie man es zum Filettieren und Ausbeinen benutzt – ein gängiger Artikel in vielen Haushaltswarenläden. Es wurde am Tatort gefunden und wies keinerlei Fingerabdrücke auf. Wir gingen davon aus, dass der Täter einige grundlegende anatomische Kenntnisse besitzen musste. Doch eine Überprüfung von in Frage kommenden Ärzten und Metzgern ergab nichts bis auf die ernüchternde Erkenntnis, dass eine Menge Leute die erforderliche Erfahrung besitzen, diese doch recht simple Art der *Amputation* durchzuführen: Jäger, Tierpräparatoren, ja, im Grunde jeder, der mal vor einer Fleischtheke angestanden hat.

Des Weiteren gab es Hinweise darauf, dass der Täter im Badezimmer des Opfers geduscht hat, bevor er das Hotel verließ. Ein in den Ausguss geschüttetes Reinigungsmittel hatte jedoch alle Hoffnungen, hier brauchbare Spuren sicherzustellen, zunichte gemacht. Fast unnötig zu erwähnen, dass auch das Bad frei von Fingerabdrücken war.

Weitere Gegenstände im Hotelzimmer umfassten das Gepäck des Opfers sowie einige kürzlich geöffnete Päckchen. Unsere Nachforschungen ergaben, dass die Frau genau an ihrem sechzigsten Geburtstag ermordet worden war. Als ehemalige Bewohnerin des Viertels war sie an diesen Ort zurückgekehrt, um den Tag mit ihren Freunden zu feiern. Sie hatte es vorgezogen, in einem Hotel abzusteigen, da alle ihre Bekannten Katzenhalter sind und sie gegen Tierhautschuppen allergisch war.

Obwohl der Täter auch hier mit äußerster Vorsicht zu Werke ging, hatten wir bei diesem Fall zwei viel versprechende Ansatzpunkte: Zunächst einmal baten wir die Freunde des Opfers, das Martina Alvarez hieß, die im Hotelzimmer befindlichen Habseligkeiten der Frau zu überprüfen. Alle Zeugen bestätigten ausnahmslos, dass eine riesige Krabbe aus Keramik, die hoch oben auf Martinas Stapel mit Geschenkpaketen thronte, ursprünglich nicht unter den Geburtstagspräsenten gewesen sei.

Die Krabbe selbst sollte sich indes nicht als heiße Spur herausstellen, denn sie wird in der Hälfte aller Andenkenläden der Stadt verkauft. Wenn man den Deckel abnimmt, kann man das Ding als niedliche Bonbonniere oder Aschenbecher verwenden. Nun gut, nicht gerade das, was ich als niedlich bezeichnen würde, aber Sie wissen schon, was ich meine.

Die zweite Spur bestand darin, dass das Zusammentreffen von Martinas Geburts- und Todestag bei mir eine Alarmglocke auslöste. Also wandte ich mich noch einmal den anderen ungelösten Mordfällen zu. Um ehrlich zu sein: Wir hatten, außer den oben geschilderten, bedauerlicherweise noch mehr ungeklärte Morde zu bearbeiten. Als ich mich noch mal in die Akten vertiefte, stellte sich heraus, dass in den beiden Fällen, die ich oben schildere, zwei der Opfer nur wenige Tage vor ihrem Geburtstag ermordet worden waren.

Der homosexuelle Mann – Allain Fedorov – hatte eine Woche vor seinem Tod Geburtstag gehabt, die enthauptete Frau – Patricia Cooper – nur zwei Tage vor ihrer Ermordung. Die vermeintlich heiße Spur löste sich allerdings in Wohlgefallen auf, als ich zu den Zwillingen – Gus und Julius Howell – kam. Sie hätten ihr Wiegenfest erst im kommenden Januar gefeiert. Auch keiner unserer anderen ungelösten Mordfälle, wir hatten derer drei, passte ins Bild. Daher verwarf ich die Idee mit dem Geburtstag wieder.

Wie sich herausstellte, ein bisschen zu voreilig.

2. Juli: Afroamerikanischer Mann wird tot in einem Mittelklassehotelzimmer aufgefunden. Man hatte ihm die Kehle durchschnitten; die Leiche war nackt bis auf ein enges Nylonunterhemd. Abwehrverletzungen an den Armen deuten darauf hin, dass der Mann die drohende Gefahr zumindest erahnte und Widerstand leistete. Der hohe Alkoholspiegel in seinem Blut könnte allerdings erklären, warum er dabei nicht sonderlich erfolgreich gewesen ist. Die Autopsie kommt weiterhin zu dem Schluss, dass das Opfer bewusstlos geschlagen worden war, bevor man ihm die Kehle durchtrennte.

Der Ermordete – Samuel Morgan – war Vertreter und als homosexueller Szenegänger einer schnellen Nummer nicht abgeneigt. Wie im Fall von Allain Fedorov hatte auch Morgan das Hotelzimmer selbst gebucht. Und wie im Fall von Fedorov hatte niemand Morgan in Begleitung gesehen. Niemand in der Schwulenbar, die Morgan aufgesucht hatte, und auch niemand vom Nachtpersonal des Hotels. Ich glaubte der Aussage des Hotelmanagers, denn der Mann war so angekotzt wegen der blutdurchtränkten Matratze, dass er seine eigene Mutter verpfiffen hätte, wäre sie für die Sache verantwortlich gewesen.

Auf einem Stuhl neben dem Bett stand ein Glasfigürchen in Form eines Löwen. Davon abgesehen befanden sich im Hotelzimmer lediglich Morgans Kleidung und persönliche Habe.

Ach ja, Morgans Geburtstag lag erst anderthalb Wochen zurück. Er war 38 Jahre alt geworden.

Und? Erkennen Sie das Muster schon? Ich könnte wetten, Sie meinen es zu erahnen. Allerdings sind Sie mir gegenüber im Vorteil, denn ich habe Ihnen in meinem Bericht einen Hinweis darauf geliefert. Alles, was ich dagegen hatte, waren sechs Mordopfer, die nichts gemeinsam hatten außer der Tatsache, dass sie tot und dass ihre Fälle unaufgeklärt waren.

Sechs. In den Monaten nach dem Verbrechen an Fedorov klärte ich einen unserer Fälle dahin gehend, dass dieser sich als häusliches Familiendrama entpuppte. Ein Ehepaar. Das Alibi des Mannes konnte unseren sorgfältigen Ermittlungen nicht standhalten. Einer meiner Kollegen löste zwei weitere Fälle – ein Drogen- und ein Bandenmord. Damit blieben uns immer noch sechs. Bei weitem zu viele Morde für eine Kleinstadt, die in der Sommersaison zu einer mittelgroßen Kleinstadt anwuchs.

Okay, wir hatten ermittelt, dass vier der Opfer mehr oder weniger kurz nach ihrem Geburtstag ermordet wurden. Na und? Eine Menge Leute brechen um diese Zeit aus ihren gewohnten Bahnen aus. Sie verreisen oder beschließen, an einen Ort zu fahren, an dem sie noch nie zuvor waren, um den Beginn des neuen Lebensjahres gebührend zu feiern. Das macht sie in gewisser Weise verletzlich, und unser Killer schien ziemlich gut darin zu sein, diese zeitweilige Schwäche für sich auszunutzen.

Ich suchte nach weiteren möglichen Verbindungen zwischen den Opfern. Da wäre zum Beispiel der Beruf. Fedorov war Börsenmakler gewesen. Cooper hatte als Verkäuferin in einem Laden für Gesteine und Mineralien gearbeitet, und die Brüder Gus und Julius waren Taxifahrer gewesen. Martina Alvarez hat ihren Lebensunterhalt als Wahrsagerin bestritten, Samuel Morgan war als Verlagsvertreter herumgereist. Für mich war da beim besten Willen keine Querverbindung erkennbar.

Den Howells war ihr Job indirekt zum Verhängnis geworden. Sie hatten sich nach einem Anruf mit ihren beiden Taxis auf den Weg gemacht, um eine größere Partygesellschaft in ein Restaurant zu fahren – und kehrten niemals zurück. Als wir ihre Wagen schließlich fanden, stellte die Spurensicherung fest, dass man die beiden Männer in ihren Autos erschossen und die Leichen dann in einem der Taxis zu Coopers Haus gebracht hatte. Dieser Wagen war danach in einem Parkhaus hinter einer Einkaufspassage abgestellt worden.

Und obwohl uns die beiden Wagen etwas darüber erzählen konnten, wie die beiden Männer starben, führte uns ihr Tod doch in keinster Weise zu den anderen Fällen, mit Ausnahme von Patricia Cooper, mit deren Waffe die beiden erschossen worden waren. Seltsam genug, denn wenn man dem Gerichtsmediziner glauben darf, so war die Frau schon tot, bevor die Howell-Brüder ermordet wurden.

Auch Alter und ethnische Zugehörigkeit der Opfer erwiesen sich als Sackgassen. Vier der Ermordeten waren weiß, eine war Latina, der andere ein Schwarzer. Das Altersspektrum reicht von sechzig (Alvarez) bis hin zu zweiundzwanzig (Julius und Gus Howell) beziehungsweise fünfundzwanzig (Allain Fedorov), wenn man nur die Opfer berücksichtigt, die um ihren Geburtstag herum starben.

Ein Blick auf die sexuelle Orientierung brachte uns auch nicht weiter. Samuel Morgan und Allain Fedorov waren schwul, die anderen heterosexuell. Julius Howell und Patricia Cooper hatten Ehepartner, Martina Alvarez war geschieden, Gus Howell war Single. (Nur falls Sie sich jetzt wundern: Der Ehemann von Patricia Cooper war zum Tatzeitpunkt nicht in der Stadt. Wir haben sein Alibi überprüft, doch sein Zusammenbruch, nachdem er von der Ermordung seiner Frau erfuhr, ließ wenig Zweifel an seiner Unschuld).

Soweit wir in Erfahrung brachten, kannten sich die Opfer, mit Ausnahme der Howell-Zwillinge, nicht persönlich. Alvarez und Cooper hatten ein paar gemeinsame Bekannte, waren sich aber nie über den Weg gelaufen. Morgans Job hatte ihn einige Male in den Mineralienladen geführt, in dem Cooper gearbeitet hatte, doch dies erst nach ihrem Tod.

An diesem Punkt der Ermittlungen setzte bei mir die Frustration ein – wie auch die Befürchtung, dass jeden Tag ein weiterer Mord dazukommen könnte. Ich berichtete meinem Boss von dem Problem, und er war damit einverstanden, dass wir die *Behavioral Science Unit* des FBI um ein Täterprofil baten.

Wir hatten Glück, denn einer ihrer Männer – Agent Josh Terrell – hielt sich zu dieser Zeit gerade in unserem Bundesstaat auf, um eine Schulung durchzuführen, und man wollte ihn uns zum Ferienbeginn, also ab dem 4. Juli, zur Verfügung stellen. Ekelhafte Sache, mit so was seinen Urlaub verbringen zu müssen, dachte ich, aber ich war ihm dankbar dafür.

Terrell kam in die Stadt und stieg in einem der Business-Hotels ab, die in den letzten Jahren wie Pilze aus dem Boden geschossen waren und die alle nur Suiten im Angebot hatten. Ich fuhr mit meinen gesamten Unterlagen zu ihm; das war mir lieber, als wenn er in der Dienststelle aufgetaucht wäre. Bis jetzt hatten wir es irgendwie geschafft, die Sache unter der Decke zu halten, aber das würde sich schnell ändern, wenn herauskam, dass wir das FBI zu Rate gezogen hatten.

Als ich zu Terrells Suite hinaufging, war ich einigermaßen erleichtert darüber, dass wir diese grässliche Angelegenheit nicht auf seiner Bettkante würden erörtern müssen.

Terrell entsprach genau dem, was ich erwartet hatte, und dann auch wieder nicht. Er war knapp 1,80 Meter groß und in prima Verfassung für sein Alter; ich schätzte ihn auf Ende vierzig. Das braune Haar war kurz und gut geschnitten und seine Kleidung betont unauffällig, was sie wiederum auffällig machte. Doch ihm fehlte der stahlharte Blick und der kantige, grimmig-entschlossene Unterkiefer, den ich unwillkürlich mit einem Agenten vom FBI in Verbindung gebracht hatte. Tatsächlich wirkte Terrell auf mich wie der Typ Mann, mit dem man gut und gern bei einigen Bierchen über die anstehende Football-Saison fachsimpeln konnte.

Was wir allerdings nicht taten. Ich legte meinen Aktenstapel auf den runden Tisch im Vorraum, akzeptierte Terrells Angebot eines Kaffees aus der kleinen Kanne, die auf der ebenfalls winzigen Spüle stand, und begann, ihn über die grundlegenden Fakten ins Bild zu setzen.

Und obwohl mich Terrell nicht sehr häufig unterbrach, bis auf einige wenige Male, um sicherzustellen, dass er Namen und Daten richtig notiert hatte, brauchte ich fast zwei Stunden, bis ich ihm alles Wesentliche über die sechs Mordfälle berichtet hatte. Danach, durch sein aufmunterndes Nicken bestätigt, ging ich dazu über, ihn über unsere Ermittlungen, eine mögliche Verbindung zwischen den Opfern zu finden, zu informieren. Auch das dauerte ziemlich lange, weil in diesem Zusammenhang eine Unmenge an Details zusammengekommen war, auf die ich natürlich an dieser Stelle verzichte.

Als ich mit meinem Report fertig war, saßen wir einen Moment lang schweigend da und starrten uns an.

Dann sagte Terrell: »Lassen Sie mich ein paar Minuten darüber nachdenken.«

Er erhob sich und setzte eine weitere Kanne Kaffee auf. Ich

ging zum Pinkeln in das kleine, aber schmucke Badezimmer. Hier fanden sich tatsächlich einige Spuren von Terrell, dem Menschen. Wie ich feststellte, benutzte er das gleiche Deo wie mein Vater. Außerdem sorgte er sich offenbar um sein Äußeres, denn die Zahnpasta, deren Tube aus der unverschlossenen Seitentasche seines Kulturbeutels ragte, war eine von denen, die mit Extra-Weißmacher warben. Kein Wunder, bei den Mengen an Kaffee, die er trank.

Ich ging wieder zurück und fühlte mich gleich in mehrfacher Hinsicht erleichtert. Es war gut zu wissen, dass dieser so korrekt wirkende Zeitgenosse schwitzte und Angst vor Zahnverfärbungen hatte. Terrell bemerkte meinen Stimmungswandel und schenkte mir ein knappes Lächeln.

»Das Erste, an was ich Sie erinnern möchte«, begann er, »ist die Tatsache, dass, unabhängig davon, was uns Bücher oder Filme weismachen wollen, ein Täterprofil keine Wunder vollbringen kann. Es kann uns einen Eindruck davon vermitteln, mit welcher Art von Person wir es zu tun haben, aber es kann uns nicht den Namen des Täters auf dem Silbertablett präsentieren. Falls Sie also irgendwelche Verdächtigen haben –«

»Hab ich nicht«, murmelte ich und griff nach meiner Kaffeetasse.

»... dann mag das Profil dabei helfen, den Kreis der in Frage kommenden Personen einzugrenzen«, fuhr Terrell freundlich fort und ignorierte meine Unterbrechung. »Da es nun in diesem Fall keine Verdächtigen gibt, kann Ihnen das Profil vielleicht einen Hinweis darauf liefern, wo Sie bei Ihren weiteren Ermittlungen ansetzen könnten. Zumindest jedoch können Sie und ich ein Brainstorming versuchen. Manchmal öffnet ein unverstellter Blick auf die Dinge neue, bisher verschlossene Türen.«

Ich nickte schweigend. All das hatte ich natürlich schon selbst gewusst – immerhin arbeite ich bei der Polizei. Aber mir war nicht klar gewesen, wie sehr ich darauf gehofft hatte, dass Terrell mir eine Antwort – *die* Antwort – liefern würde, bis zu dem Moment, als er mir mitteilte, dass er genau das eben nicht konnte.

»Gut«, sagte er. Er zog einen gelben Schreibblock zu sich und wandte sich seinen Notizen zu. »Sie erhalten von mir selbstverständlich noch eine sorgfältig ausgearbeitete Analyse, doch hier schon einmal meine ersten Erkenntnisse zu den geschilderten Fällen. Zunächst: Es könnte sich bei Ihrem Killer auch um zwei Killer handeln. Einer Ihrer Fälle erscheint ohne offensichtliche Verbindung zu den anderen und fällt damit aus dem Rahmen.«

Ich nickte wieder und fühlte einen Anflug von Ärger in mir aufsteigen. Konnte es sein, dass der Mann vom FBI mich, den Kleinstadt-Cop, womöglich ein wenig herablassend behandelte? Rasch strich ich meine eigenen Notizen glatt, um meinen Unmut zu überspielen.

»Fahren Sie fort«, sagte ich.

Und das tat Terrell.

»Ihr Mörder – und nehmen wir für den Moment einmal an, wir haben es tatsächlich nur mit einem zu tun – ist höchstwahrscheinlich ein weißer Mann Mitte dreißig. Mit ziemlicher Sicherheit ist er gut aussehend, wenn nicht sogar ausgesprochen attraktiv sowie in ausgezeichneter körperlicher Verfassung. Er lebt allein, ist überdurchschnittlich intelligent, doch steht er nicht unbedingt mit beiden Beinen fest im Leben, genauer gesagt, dem Leben, wie Sie und ich es sehen. Es hat eine Art Erschütterung in seiner Vorstellung von der Realität gegeben, und zwar irgendwann in den zwölf Monaten vor Beginn der Morde – vielleicht der Tod eines ihm nahe stehenden Menschen. Es mag auch eine Scheidung oder Trennung gewesen sein, aber das glaube ich eher nicht.

Der Killer kommt aus dieser Gegend und hat mindestens fünf Jahre am Stück hier gelebt. Wahrscheinlich kannte ihn eines – oder mehrere – seiner Opfer auch vom Sehen. Er mag im Militärdienst gestanden haben, ist jedoch nicht mehr dort aktiv. Zu seinen Hobbys zählen Jagen, Schießen oder Gewichtheben. Vielleicht ist er auch ein Fan der Polizeiarbeit. Mit Sicherheit hat er jedoch mehr als nur ein flüchtiges Interesse an der Kriminologie. Aus diesem Grund ist es sehr wahrscheinlich, dass Sie im Rahmen Ihrer Ermittlungen von ihm hören werden. Vielleicht sollte ich besser sagen, *wieder* von ihm hören werden, weil ich der Meinung bin, dass Sie bereits mit ihm in Kontakt stehen.«

Ich starrte Terrell an und konnte mich nicht entscheiden, ob ich ihn nun für einen brillanten Ermittler oder einen ausgemachten Schwätzer halten sollte. Seiner Miene nach zu urteilen, schien er diese Art von Reaktion schon mehr als einmal erlebt zu haben.

»Lassen Sie mich erklären, wie ich zu diesen Schlussfolgerungen kam«, sagte er.

»Die Sache mit dem männlichen Weißen grenzt fast ein bisschen an Mogelei«, begann er, »denn die meisten Serienmörder in diesem Land scheinen männliche Weiße zu sein. Dennoch gibt es unabhängig von der Statistik gute Gründe für meine Annahme. Wenn wir uns die schiere Kraftanstrengung vergegenwärtigen, die in drei der Fälle vonnöten war – nämlich bei der Ermordung von Fedorov, Alvarez und Morgan –, dann können wir wohl annehmen, dass wir es mit einem Mann zu tun haben. Laut Autopsiebericht wurde Coopers Hals mittels eines sauberen Schnittes, der fast bis zum Genick reichte, durchtrennt. Das wiederum weist auf körperliche Stärke hin, wie auch der Transport der beiden Taxifahrer-Leichen – immerhin ausgewachsene Männer.«

»Fahren Sie fort«, sagte ich.

»Was die ethnische Zugehörigkeit des Killers angeht, so besteht die Mehrheit der Einwohner dieser Stadt aus Weißen, gefolgt von Schwarzen und einer wachsenden Zahl an Latinos. Ihrem Mann ist es gelungen, in mindestens drei Hotels hineinzuspazieren, und das völlig unbeachtet. Unwahrscheinlich, wenn er schwarz oder ein Latino gewesen wäre, besonders vor dem Hintergrund, dass er ziemlich groß und kräftig sein dürfte.«

»Zu diesem Schluss sind wir auch gekommen«, meinte ich eine

Spur zu vorwurfsvoll, »er hätte sich aber auch einfach nur als Gepäckträger ausgeben müssen.«

Terrell schenkte mir ein knappes Lächeln.

»Ich habe nie behauptet, Ihnen nur jene Dinge mitzuteilen, die Sie nicht schon selbst herausgefunden haben«, erinnerte er mich, »sondern lediglich, dass ich all diese Dinge in mein Täterprofil miteinbeziehen werde.«

Peinlich berührt darüber, dass ich so mürrisch reagiert hatte, nickte ich.

»Fahren Sie fort.«

Terrell tat mir den Gefallen.

»Zu meiner Einschätzung, dass der Killer attraktiv sein muss … Nun, ich schließe das aus der Tatsache, dass es ihm offenbar gelang, zwei Männer aufzureißen, und dass auch Cooper und Alvarez sich auf irgendeine Art auf ihn eingelassen haben müssen. Selbst die beiden Taxifahrer – bekanntlich ein eher misstrauischer Berufsstand – hegten gegen ihn keinen Argwohn. Und diese Leichtigkeit, mit der sich seine Opfer auf ihn einließen, führt mich zu der Annahme, dass er einem oder mehreren von ihnen durchaus bekannt gewesen sein dürfte. Ich glaube allerdings nicht, dass eine enge Verbindung zwischen ihnen bestand, denn in diesem Fall wären Sie im Rahmen Ihrer äußerst sorgfältigen Ermittlungen irgendwann mal über seinen Namen gestolpert.«

Ich fühlte mich geschmeichelt, doch ich schwieg und bedeutete Terrell, fortzufahren.

»Wenn ich behaupte, dass der Killer allein lebt, bewege ich mich damit schon eher auf dem Feld der Spekulation, doch sollte er mit jemandem zusammenwohnen, kann es sich nicht um eine wirklich intime Beziehung handeln. Immerhin kann er sich in Schwulenbars und Hotels rumtreiben, ohne in seinem Umfeld Verdacht zu erregen. Allerdings bin ich mir ziemlich sicher, dass wir es mit einem recht intelligenten Menschen zu tun haben. Diese Fälle – das sind keine unvorbereiteten, impulsiven Morde. So was erfordert

Planung. Und das Ausmaß an Planung, das hier vonnöten war, lässt mich vermuten, dass der Killer die dreißig überschritten haben muss.

»Daran habe ich noch nicht gedacht«, sagte ich und fühlte mich nach diesem Geständnis wieder etwas besser. »Ich verstehe, was Sie damit sagen wollen, wenn Sie behaupten, seine Realität sei irgendwie verdreht – ich meine, immerhin schlachtet er Leute ab –, aber was lässt Sie vermuten, dass er eine Art Schock oder Trauma erlebt haben muss?«

Terrell zuckte die Achseln. »Ein Teil meiner Analyse basiert auf den Studien der Behavioral Science Unit. Es gibt für gewöhnlich eine Art Auslöser, der den Killer losschlagen lässt, ein Ereignis, das ihm eine Rechtfertigung dafür liefert, das zu tun, worüber er vielleicht schon seit Jahren fantasiert. Der Grund, warum ich einen Todesfall gegenüber einer Scheidung oder Trennung für wahrscheinlicher halte – vermutlich der Tod eines Elternteils, wenn ich mich hier mal ein bisschen aus dem Fenster lehnen darf –, besteht in der sexuellen Neutralität der Morde.«

»Neutralität?«

»Er hat sich nicht einem seiner Opfer auf sexuelle Weise genähert, weder vor noch nach deren Tod. Noch nicht einmal den Männern, die ihm mit eindeutigen Absichten auf den Leim gegangen sind. Es gibt eine große Bandbreite an sexuell motivierten Serienmorden, mit der ich Sie hier nicht langweilen möchte. Daher: Der Auslöser bei Ihrem Mann ist höchstwahrscheinlich kein sexuell motiviertes Erlebnis wie beispielsweise die Zurückweisung durch einen Ehepartner oder Liebhaber.«

Ich dachte eine Weile darüber nach, dann nickte ich.

»Bisschen weit hergeholt vielleicht«, sagte ich, »aber ich kann Ihrer Argumentationskette folgen. Ich verstehe allerdings nicht, inwiefern uns das Wissen darum, ob die Morde nun sexuell motiviert sind oder nicht, dabei helfen kann, den Killer zu finden.«

Terrell zuckte die Achseln. »Vielleicht tut es das nicht, aber dieses Wissen könnte hilfreich sein, wenn er wieder mit Ihnen Kontakt aufnimmt.«

»Ach ja, der Kontakt«, sagte ich, »das erwähnten Sie bereits. Wie kommen Sie nur darauf? Wir hatten bisher keinen Kontakt zu dem Killer.«

»Doch, den hatten Sie«, sagte Terrell ruhig. »Die Krabbe aus Keramik in Martina Alvarez' Hotelzimmer wurde höchstwahrscheinlich vom Mörder selbst dort zurückgelassen.«

»Die könnte sie sich auch selbst gekauft haben«, protestierte ich. »Die werden in der ganzen Stadt angeboten, sogar im Andenkenladen ihres Hotels.«

»Dort hat sie das Ding aber nicht gekauft«, sagte Terrell.

»Nein, hat sie nicht«, musste ich zugeben. »Aber sie hätte es überall sonst in der Stadt erwerben können.«

»Und warum hätte sie das tun sollen«, fragte Terrell, »wenn sie dazu nur in den Andenkenladen ihres Hotels hätte gehen müssen? Und wieso thronte das Ding mitten auf dem zuletzt ausgepackten Geschenkestapel? Die Freunde, die an diesem Abend mit ihr im Hotel waren, erinnerten sich, dass alle Geschenke auf den Stuhl gestellt worden waren. Aber an die Krabbe konnten sie sich nicht erinnern. Irgendwann in den darauffolgenden Stunden wurde Alvarez ermordet. Wann nach der Party hat sie also die Krabbe gekauft, und warum hat sie das Ding oben auf den Stapel gestellt?«

Ich presste die Finger gegen mein Gesicht und versuchte, mich nicht aus der Ruhe bringen zu lassen.

»Gut«, sagte ich, darum bemüht, meine Stimme normal klingen zu lassen. »Nehmen wir an, es war der Mörder, der diese Keramikkrabbe im Hotelzimmer zurückgelassen hat. Ich vermute, Sie behaupten, er hätte auch den Stier aus Plüsch und diesen Löwen aus Glas bei seinen Opfern deponiert?«

»Warum nicht?«, erwiderte Terrell so überaus vernünftig, dass ich ihm am liebsten eine reingehauen hätte. »Ist doch ziemlich komisch, dass sich erwachsene Männer mit solchem Plunder umgeben, finden Sie nicht?«

»In Patricia Coopers Haus wurde aber nichts dergleichen zurückgelassen«, erinnerte ich Terrell. »Insofern nehme ich an, dass sie diejenige ist, deren Fall nicht ins Bild passt, diejenige, deren Ermordung Sie einem anderen in die Schuhe schieben wollen.«

»Ich schiebe«, sagte Terrell und schien zum ersten Mal einen Hauch seiner Contenance zu verlieren, »niemandem irgendetwas in die Schuhe, aber Sie müssen zugeben, dass in Coopers Haus nichts dergleichen zurückgelassen wurde.«

Doch ich hörte ihm schon nicht mehr zu. In meinem Kopf wirbelten plötzlich die Dinge durcheinander auf eine Weise, die mir nicht gefiel.

»Es sei denn«, begann ich mit heiserer Stimme, sodass ich meine Kehle mit einem Schluck Kaffee befeuchten musste, »es sei denn, der Killer hat die Zwillinge zurückgelassen.«

Diese Erkenntnis schockierte selbst Terrell. Die Vorstellung, dass ein Mensch so skrupellos vorgehen könnte, indem er zwei Menschen tötet, nur um sich eine Requisite für seinen dritten Mord zu beschaffen, war widerwärtig. Bis jetzt hatten wir nach einem Grund für diese Morde gesucht, doch nun war es längst nicht mehr sicher, dass es tatsächlich einen Grund für all das gab. Vielleicht bestand das Motiv ganz einfach nur in sinnloser Blutgier.

»Keinen Grund?«, wiederholte Terrell, nachdem ich ihm meine Befürchtung mitgeteilt hatte. »Es gibt immer einen Grund. Manchmal ergibt dieser nur für den Killer selbst einen Sinn, aber es liegt immer ein Grund vor.«

»Vielleicht hat es ja doch was mit den Geburtstagen zu tun«, schlug ich vor. »Vielleicht hat unser Mann den Toten ja eine Art Geschenk hinterlassen wollen.«

»Absurd, aber möglich«, stimmte Terrell zu. »Und selbst, wenn diese Gegenstände nichts mit den vorangegangenen Geburtstagen zu tun haben, so hinterlässt so ziemlich jede Kultur ihren Toten

Geschenke. Allein unser modernes Bestattungswesen verhindert, dass die Menschen auch heute noch mit geliebten Habseligkeiten beigesetzt werden können.«

»Ja, um Grabräuber abzuhalten«, ich nickte, »oder Diebstähle in den Beerdigungsinstituten zu verhindern. Doch lassen wir das mal einen Moment beiseite und konzentrieren uns wieder auf das Täterprofil. Was war noch mal Ihr nächster Punkt?«

Überraschend schnell schwang Terrell auf den Themenwechsel ein.

»Der Mann ist von hier. Ich nehme an, der Killer ist ein Einheimischer, weil er die örtlichen Schwulentreffs genau zu kennen scheint – nicht gerade etwas, womit Ihre Stadt öffentlich wirbt.«

Ich nickte, doch ich hatte das Gefühl, dem widersprechen zu müssen. »Selbst Samuel Morgan hat einen solchen Laden gefunden, und es war sein erster Besuch in der Stadt.«

»Außerdem«, fuhr Terrell unbeeindruckt fort, »wurde das Taxi von Howell hinter einer Einkaufspassage geparkt, die an diesem Abend geschlossen war, sodass das Fahrzeug erst am nächsten Tag bemerkt werden würde.«

»Wenn überhaupt«, sagte ich. »Die Passage ist sonntags nämlich gar nicht geöffnet.«

»Umso besser«, erwiderte Terrell. »Kommen wir nun zu meinen Schlussfolgerungen hinsichtlich der Hobbys und des möglichen Militärdienstes.«

Allmählich begriff ich, wie dieser Profiler dachte.

»Lassen Sie mich raten«, sagte ich. »Gewichtheberei, weil er diese schweren Körper herumtragen konnte, also der gleiche Grund, aus dem Sie annehmen, er sei männlichen Geschlechts.«

Terrell nickte.

»Und auf die Sache mit der Jagd und dem Schießen kamen Sie wegen der Art und Weise, wie er die Howell-Brüder tötete und Martina Alvarez' Arme abtrennte. Tja, wissen Sie, daran haben wir auch schon gedacht, aber das hat sich nicht gerade als heiße Spur entpuppt. Drei viertel aller Männer hier in der Gegend gehen zur Jagd. Tatsächlich ist der erste Tag der Jagdsaison hier fast so was wie ein Staatsfeiertag.«

Abermals zuckte Terrell die Achseln. »Ich habe nie behauptet, dass alle Punkte in meinem Täterprofil einer Offenbarung gleichkommen.«

»Ich weiß«, gab ich zu. »Ich wünschte, es wäre so. Allerdings kapiere ich die Sache mit dem Militärdienst noch nicht.«

»Ich könnte mich irren«, gestand Terrell. »Das ist eine ziemlich vage Vermutung, die darauf basiert, mit welcher Abgebrühtheit der Killer sich verstümmelten Leichen und Unmengen an Blut aussetzt. Ich vermute, irgendwas hat ihn in dieser Hinsicht ziemlich abgestumpft.«

»Genauso gut könnte er für ein Bestattungsunternehmen arbeiten«, wandte ich ein, doch ich schmunzelte, damit Terrell sah, dass ich seiner Begründung folgen konnte.

»Vielleicht«, sagte Terrell. »Und wäre er Mitglied der Armee, ist er bestimmt nicht mehr im aktiven Dienst. Es gäbe dort einfach zu viele Leute, denen es auffallen würde, wenn er dauernd verschwindet.

»Dauernd verschwindet?«, wiederholte ich skeptisch. »Wir haben doch nur vier Vorfälle dieser Art, sofern man den Mord an Cooper und den Zwillingen als einen Fall betrachtet.«

»Vier, von denen Sie wissen«, erwiderte Terrell. »Und ich glaube auch nicht, dass es sich um Gelegenheitsmorde handelt. Es ist ziemlich wahrscheinlich, dass er eine gewisse Zeit darauf verwandte, geeignete Opfer zu finden, und nach Personen Ausschau hielt, die man nicht sofort vermissen würde. Ich kann nicht glauben, dass er jedes Mal, wenn er loszog, einfach nur wahnsinniges Glück gehabt haben soll.«

Das war ein entsetzlicher Gedanke. Denn das bedeutete, dass der Killer in eben diesem Moment irgendwo da draußen sein konnte, um Opfer Nummer fünf auszuwählen.

»Der letzte Punkt in meinem Profil«, fuhr Terrell fort, »betraf die Vermutung, dass der Mörder ein Fan der Polizeiarbeit sein könnte. So komisch es klingt, aber dies trifft auf viele Serienkiller zu. Doch darüber hinaus achtet unser Mann offenbar penibelst darauf, keine Fingerabdrücke zurückzulassen –«

»Was jeder, der Fernsehen schaut, auch tun würde«, wandte ich ein.

»Doch wäre jeder Fernsehzuschauer mit kriminalistischem Interesse auch in anderen Punkten so übervorsichtig? Alle verwendeten Waffen waren alltägliche Gebrauchsartikel, die man nicht zum Mörder zurückverfolgen kann. Er ließ sie am Tatort zurück – hat also kein blutverschmiertes Messer oder verräterisches Stemmeisen in seinem Besitz, sodass Nachbarn oder zufällige Besucher misstrauisch werden könnten. Er schüttete Chemikalien in den Abfluss, um keine forensisch verwertbaren Spuren zu hinterlassen. Das alles lässt auf mehr als nur Fernsehwissen schließen.«

»Ich verstehe, was Sie meinen«, sagte ich, »doch für mich spricht das eher für Ihre Annahme, er sei recht intelligent, als dafür, dass wir es mit einem Polizei-Groupie zu tun haben.«

»Nur«, begann Terrell, und die Art, wie er sich auf seinem Stuhl aufrichtete, ließ mich ahnen, was nun kam, »wenn man geflissentlich ignoriert, dass er es war, der diese komischen Gegenstände an den Tatorten zurückgelassen hat – den Löwen, den Stier und die Krabbe. Was, wenn er diese Dinge allein für die Polizei dort platziert hat?«

Ich fühlte mich ausgelaugt und dumm, ungeachtet der Tatsache, dass es erst Mittag war und meine Nerven den Koffein-Boogie tanzten.

»Schön und gut, er hat uns also Nachrichten hinterlassen, und wir haben sie nicht verstanden. Aber was zum Teufel will er uns denn damit sagen?«

»Ich wünschte, ich wüsste es«, seufzte Terrell.

Noch wollte ich es mir nicht eingestehen, dass Terrell richtig lag mit der Vermutung, der Mörder würde uns Botschaften hinterlassen, doch einige Tage nach unserem Treffen nahm sich der Killer dieser Angelegenheit höchstpersönlich an. Fast schien es, als hätten wir lahmen Kleinstadtpolizisten ihn beleidigt, da wir seine Cleverness nicht sofort erkannt hatten und er uns nun ein bisschen auf die Sprünge helfen wollte.

Der Brief traf in meiner Dienststelle ein und war an mich persönlich adressiert. Außerdem stand unter der Anschrift, wohl um ganz sicher zu gehen: »An den Officer, der für die Untersuchung des Mordes an Samuel Morgan zuständig ist.« Nach der Grußzeile war zu lesen:

Ich vernichte die Schlange und ihre Schergen. Ja, sind Sie denn so dumm, dass Sie das nicht sehen? Martina Alvarez hätte die Zeichen erkennen können, wie auch Patricia Cooper und Samuel Morgan. Allain Fedorov vielleicht nicht, aber er war ja auch mein Erster und vielleicht war diese Wahl nicht gut genug.

Ich gebe es zu, sie war es nicht. Ich war noch neu und hatte eine leichte Exekution der Perfektion vorgezogen. Vielleicht muss ich ihn noch einmal töten, aber dazu muss ich den Kreis erst schließen. Und so eine schlechte Wahl war er dann auch wieder nicht, eben nur nicht die beste.

Ihre Einfalt enttäuscht mich. Jedes Mal habe ich Ihnen einen Hinweis darauf geliefert, wer als Nächstes fallen wird, und Sie wursteln immer noch herum. Ich bin gespannt, ob Ihnen meine nächste Botschaft gefallen wird. Sie wird Ihnen höchstwahrscheinlich das Herz brechen, so wie ich jemandes Herz brechen werde.

Mehr kann ich Ihnen dazu nicht sagen. Andernfalls würde am Ende die Schlange nicht vernichtet – und vernichtet werden muss sie, sonst würde der Welt ihre verlogene Niedertracht niemals enthüllt. Die Welt muss zuhören. Die Schlange muss sterben, auf dass die Welt zuhört, und ich werde den Kreis eins ums andere Mal vollenden, bis mich jemand aufhält – und dann, ja, dann wird man mir zuhören.

Immerhin bin ich so nett, Ihnen einige Wochen Schonfrist zu gewähren. Nutzen Sie sie.

Ich hab das verdammte Ding natürlich sofort auf Fingerabdrücke untersuchen lassen, doch ohne Erfolg. Auch das verwendete Papier lieferte keine Aufschlüsse über den Absender. Der Text war aus einem Tintenstrahldrucker gekommen, keine abgenutzten Typen, mit deren Hilfe man die verwendete Schreibmaschine hätte ausfindig machen können. Manchmal hasste ich Computer.

Ich übermittelte eine Kopie des Briefes an Terrell und zog meinen Chef ins Vertrauen. Der war mit mir der Meinung, dass es das Beste war, wenn man die Sache auch weiterhin unter Verschluss hielt. Wir konnten in diesem Fall die Presse nun wirklich nicht gebrauchen. Ich mochte mir die Panik nicht vorstellen, die falschen gegenseitigen Beschuldigungen, die …

Ich hatte keine Zeit, darüber nachzudenken. Der Killer schrieb, ich hätte einige Wochen Gnadenfrist. Das konnte gelogen sein. Oder auch nicht. Wie dem auch sei, ich war nicht gewillt, auch nur einen kostbaren Tag ungenutzt verstreichen zu lassen.

Nein, ich war nicht zu blöd, um zu erkennen, dass der Killer Cooper, Alvarez und Morgan auf irgendeine Weise miteinander in Beziehung gesetzt hatte. Und wieder machte ich mich daran, herauszufinden, was die Opfer gemeinsam hatten. Unsere früheren Ermittlungen, die darauf basierten, dass wir Coopers Arbeitskollegen und Alvarez Partygäste verhört hatten, hatten ergeben, dass einige wenige Befragte beide Frauen gekannt hatten. Auch die Alibis der Verhörten wurden überprüft, doch niemand schien auch nur ansatzweise verdächtig, einen der Morde begangen zu haben, geschweige denn beide.

Alvarez' Freunde waren, wie sie selbst, Wahrsager und irgendwie alle vom gleichen Schlag. Viele waren mal ihre Schüler gewesen. Ich beschloss, den Ehemann von Patricia Cooper anzurufen und ihn zu fragen, ob Patricia Cooper sich vielleicht für Wahrsagerei interessiert hatte.

Mr. Cooper, noch immer tief erschüttert durch den gewaltsamen Tod seiner Frau, war sehr hilfsbereit. Ich glaube, er war noch immer viel zu geschockt, als dass ihm irgendeine meiner Fragen irritiert haben könnte.

»Wahrsagerei?« Er überlegte. »Nun, nicht direkt. Pat hat sich mehr für die magischen Eigenschaften besonderer Steine interessiert. Sie hat eine Kristallkugel befragt, verstehen Sie …?«

Das tat ich nicht, aber ich ließ es mir nicht anmerken. Was ich da hörte, war einfach zu faszinierend.

»… und hatte damit auch einigen Erfolg. Ich war immer wieder erstaunt, wie viel sie aus dieser Kristallkugel herauslesen konnte, wie viel sie von der menschlichen Natur verstand. Sie war sehr süß und einfühlsam, meine Pat.«

Seine Stimme brach, und ich schenkte ihm ein paar tröstende Worte.

»Noch eine Frage, Mr. Cooper«, sagte ich. »Hat Ihre Frau jemals etwas von einer Schlange erwähnt oder jemanden, der vielleicht den Spitznamen *Schlange* trägt?«

Es war ein Schuss ins Blaue, doch Mr. Cooper schien tatsächlich darüber nachzudenken.

»Nein, ich glaube nicht.«

Ich dankte ihm und beendete grübelnd das Gespräch. Ich hatte eine Gemeinsamkeit zwischen zweien der Opfer herausgefunden: Beide hatten sich mit Wahrsagerei beschäftigt. Und es gab auch eine Verbindung zwischen Cooper und Morgan. Der Verlagsvertreter hatte den Laden, in dem sie angestellt gewesen war, mit Büchern beliefert, wenngleich sein Kontakt nur zu Mina Ross, der Inhaberin, bestanden hatte. Ich rief die Frau an.

»Ms. Ross«, sagte ich, nachdem ich mich vorgestellt hatte.

»Ich habe da vielleicht eine mögliche Spur im Mordfall Patricia Cooper.«

»Das ist ja wunderbar«, sagte sie ehrlich erfreut. »Wird auch langsam Zeit.«

»Ja, Ma'am«, sagte ich und fühlte mich irgendwie getadelt. »Dürfte ich Sie in diesem Zusammenhang noch einmal etwas, nun ja, *unter vier Augen* fragen?«

Ich hörte, wie sie aufstand und eine Tür schloss. Als sie wieder an den Hörer kam, klang ihre Stimme kühl und geschäftsmäßig.

»Ich bin nun hier allein, um was geht es denn?«

»Sie erinnern sich, dass Samuel Morgan, der Verlagsvertreter, letzten Monat ermordet wurde?«

»So was vergisst man nicht so schnell«, sagte sie. »Die Zeitungen schrieben irgendwas über einen brutalen Übergriff von Schwulenhassern oder so ...«

»Das kann gut sein«, sagte ich, »doch wir verfolgen in diesem Fall auch andere Spuren. Gab es zwischen Morgan und Patricia eine Verbindung – irgendeine, und mag sie auch noch so unbedeutend erscheinen.«

»Das haben Sie mich schon mal gefragt«, erwiderte sie, »und ich sagte Ihnen, ich glaube nicht. Morgan war ein neuer Vertreter und reiste herum, um erst mal alle Ladeninhaber kennenzulernen. Er kam in mein Büro, und kurz darauf ging er auch schon wieder. Im Übrigen war Pat zu diesem Zeitpunkt schon tot.«

Ihre Stimme brach, wie schon die von Mr. Cooper. Patricia Cooper musste eine wirklich liebenswerte Person gewesen sein.

»Was ist mit Wahrsagerei?«, fragte ich. »Hatte Samuel Morgan Interesse daran?«

Mr. Ross schien darüber nachzudenken.

»Ich kannte ihn ja nicht sehr gut, hab ihn ja nur einmal getroffen, aber der Verlag, für den er arbeitete – McWeylan Press – veröffentlicht 'ne Menge New-Age-Zeug. Wir haben einiges davon im Programm, zum Beispiel Bücher, die sich mit den magischen

Eigenschaften von Kristallen befassen und so. Früher oder später fragen die Kunden danach, und bevor man sich da auf irgendwelche Diskussionen einlassen muss, ist es einfacher, man empfiehlt ihnen gleich ein Buch zum Thema.«

Ganz offenbar, dachte ich, glaubte Mina Ross nicht an die magischen Eigenschaften von Kristallen.

»Ich danke Ihnen«, sagte ich. »Eine letzte Frage noch. Können Sie sich daran erinnern, ob Patricia Cooper mal den Namen *Schlange* erwähnt hat? Oder vielleicht jemanden, der diesen Namen trug?«

Und hier sollte mich Mina Ross, die Ungläubige in Bezug auf die geheimnisvollen Kräfte der Kristalle, überraschen.

»Ach, das …« Sie kicherte. »Wenn Sie sich mit der Geschichte der Wahrsagerei beschäftigen, werden Sie feststellen, dass der Begriff Schlange eine uralte Bezeichnung für den Zodiac ist – also für die zwölf Sternzeichen des Tierkreises.«

In diesem Moment war ich froh, nur mit ihr zu telefonieren und ihr nicht gegenüber zu sitzen. So sah sie nicht den überaus bestürzten Ausdruck in meinem Gesicht. Ich verabschiedete mich von Mina und nahm ihr das Versprechen ab, niemandem gegenüber unser Gespräch zu erwähnen. Dann schnappte ich mir noch einmal die Akten sowie meinen Notizblock.

Ein Stier. Zwillinge. Eine Krabbe. Ein Löwe.

Mit gerunzelter Stirn verließ ich das Büro, besorgte mir eine Tageszeitung aus dem Aufenthaltsraum und machte mir weitere Notizen.

Widder, Stier, Zwillinge, Krebs, Löwe, Jungfrau.

Ich hätte nach *Krebs* schon mit der Arbeit aufhören können, ja, schon nach *Zwillinge* war alles klar, doch ich zwang mich dazu, die Liste zu vervollständigen. Ein rascher Trip in die Zentralbibliothek, für den ich nur den Hauptplatz überqueren musste, ließ mich mit einem Stapel Kinderbücher über Astrologie sowie Linda Goodmans *Sonnenzeichen* zurückkehren.

Ich war gerade mit meiner Lektüre und meinen Aufzeichnungen fertig, als das Telefon klingelte. Es war Terrell vom FBI.

»Hab gerade den Brief erhalten«, sagte er, und irgendwie schwang in seiner Stimme eine gewisse Genugtuung mit. Wer wollte es ihm verdenken? »Also hat der Killer sich mit Ihnen in Verbindung gesetzt.«

»Genau wie Sie es vermutet haben«, erwiderte ich. Er wollte offenbar gebauchpinselt werden, und ich tat ihm den Gefallen. »Außerdem hab ich noch was anderes herausgefunden.«

»Großartig«, sagte Terrell. »Schießen Sie los.«

Und ich erzählte es ihm. Angefangen bei meinen Telefonaten mit Mr. Cooper und Mina Ross über meine Recherchen bis hin zu meiner jüngsten Entdeckung.

»Sie hatten recht«, sagte ich. »Der Killer hat uns Botschaften hinterlassen. Jeder der Gegenstände, die er in den Zimmern platziert hat, steht nämlich in Verbindung zu einem Sternzeichen. Es ist jedoch nicht das Sternzeichen der Person, die er gerade getötet hat, sondern ein Hinweis auf das nächste Zeichen im Tierkreis.«

»Mit dem er uns«, sagte Terrell, und es gefiel mir, dass er *uns* sagte, »mitteilt, dass das nächste Opfer irgendetwas mit diesem Zeichen zu tun haben und dass er damit weitermachen wird, die ›Schlange zu vernichten‹, wie er es in seinem Brief formuliert hat.«

»Richtig«, sagte ich, »aber er hat uns sogar noch mehr Hinweise geliefert. Die Position der tödlichen Verletzungen steht in direkter Verbindung zum Sternzeichen der Opfer, denn in der Astrologie wird jedem Sonnenzeichen eine bestimmte Körperregion zugeordnet. Fedorov war Widder. Der Widder ist das erste Zeichen im Tierkreis und wird mit dem Kopf in Beziehung gesetzt.«

»Und Fedorov«, sagte Terrell, »wurde der Schädel zertrümmert.«

»Richtig.« Die Worte sprudelten jetzt nur so aus mir heraus. »Der Killer arbeitet sich praktisch den menschlichen Körper hinab. Der Hals repräsentiert den Stier. Die Arme werden mit dem

Sternzeichen Zwillinge assoziiert – das erklärt auch die besondere Grausamkeit des Mordes an Alvarez. Er hat in seinem Brief sogar schon die Beziehung zum Löwen angedeutet. Der Löwe steht für das Herz, und er schrieb, er werde das Herz seines nächsten Opfers brechen.«

Terrell gab einen zustimmenden Laut von sich, und ich fuhr fort.

»Eine Sache, die mich allerdings beunruhigt, betrifft das Muster, das dieser Killer entwirft. Das Zeichen Löwe folgt auf das Zeichen Jungfrau, und wenn man bedenkt, dass er die Howell-Zwillinge leibhaftig getötet hat, anstatt nur zwei Puppen oder das Bild berühmter Zwillinge am Tatort zurückzulassen, befürchte ich, er wird beim nächsten Mal vielleicht ein kleines Mädchen ermorden, oder eine Nonne, um das Zeichen zu hinterlassen.«

»Klingt einleuchtend«, erwiderte Terrell, doch der Zorn in seiner Stimme ließ keinen Zweifel daran, dass er ein solches Vorgehen alles andere als einleuchtend fand. »Checken Sie alle Vermisstenanzeigen, die über Ihren Schreibtisch gehen. Vielleicht kann man ihm zuvorkommen. Er muss die Howell-Brüder eine gewisse Zeit beobachtet und herausgefunden haben, wie man sie ohne großes Aufhebens aus dem Verkehr ziehen konnte. Auf ein Kind oder eine Nonne hat er vermutlich viel leichter Zugriff.«

»Haben Sie eine Idee, wie wir seinen *Löwen* lokalisieren könnten?«

»Nur eine«, gab Terrell zurück. »Alle vier Opfer – sofern wir die Howell-Zwillinge lediglich als Fingerzeig betrachten – hatten auf irgendeine Weise etwas mit Wahrsagerei zu tun.«

»Und wie passt Fedorov da hinein?«, fragte ich.

»Er war Börsenmakler«, Terrell lachte humorlos auf. »Wenn die Beschäftigung mit dem Aktienmarkt nichts mit Wahrsagerei zu tun hat, was dann? Allerdings gibt der Killer ja selbst zu, dass Fedorov nicht halb so perfekt ins Bild passte, wie er es sich wünschte.«

»Also gut«, meinte ich. »Wenn Ihre Theorie zutrifft, brauche ich mir also nur sämtliche hier aus der Gegend stammenden Löwe-Geborenen herauszupicken, die was mit Wahrsagerei im weitesten Sinne zu tun haben.«

»Fast unmöglich, ich weiß«, sagte Terrell, »besonders angesichts Ihrer begrenzten personellen Möglichkeiten.«

»Fast unmöglich, aber eben nicht völlig unmöglich«, stimmte ich zu. »Das Schwierigste dabei wird sein, die Presse aus dem Fall rauszuhalten. Mein Chef hat mit dem Bürgermeister gesprochen, und beide werden darüber Stillschweigen bewahren.«

»So wird es wohl das Beste sein«, sagte Terrell. »Großes öffentliches Interesse könnte das Ego unseres Killer nur noch mehr aufblasen. Im Moment spielt er allein mit Ihnen. Ich denke, wir sollten das Ganze auf diesem Level belassen.«

Ich stimmte ihm zu. Wir hatten ja durchaus einige Hinweise darauf, dass das Selbstvertrauen des Killers mit jedem Mord wuchs. Der Mann, der Fedorov ermordet hatte, weil ein im Zeichen Widder geborener Börsenmakler halbwegs in sein Schema passte, war nicht mehr derselbe, der nur einen Monat später die Howell-Zwillinge getötet und mir in seinem Brief diese Standpauke gehalten hatte.

Die Sonne würde nicht vor dem 23. Juli ins Sternbild Löwe eintreten (wie es die einschlägigen Bücher fomulieren). Wir hatten also Zeit. Es sei denn, irgendetwas veranlasste den Killer, noch vor diesem Termin in Aktion zu treten.

Um nichts in der Welt möchte ich die folgenden Wochen noch einmal durchleben müssen. Als Erstes kümmerte ich mich darum, meine Familie aus der Stadt zu schaffen. Ich fühlte mich ein bisschen schäbig dabei, aber ich konnte mich nicht auf meine Arbeit konzentrieren, solange ich sie nicht in Sicherheit wusste. Ich bin geschieden, doch meine Mutter lebt in meinem Haushalt und kümmert sich um die Kinder. Sie fuhren nach Kalifornien, um die Schwester meiner Mutter zu besuchen.

Dann stellte ich mich auf einen 18-stündigen Arbeitstag um, wobei ich die restlichen sechs Stunden des Tages gleich an meinem Schreibtisch schlief. Mein Chef teilte mir ein paar Officer zu, darunter auch denjenigen, der den Fall mit den Bandenkrieg-Morden aufgedeckt hatte. Sie nahmen die Sache ganz gut auf, nachdem ich ihnen berichtet hatte, worum es bei unseren verdeckten Ermittlungen ging, und ackerten fortan fast ebenso hart wie ich. Ich sorgte allerdings dafür, dass sie regelmäßige Auszeiten nahmen, weil ich nicht wollte, dass irgendjemand wegen der Überstunden dumme Fragen stellte. Ich bin als Workaholic verschrien, und nun, da meine Familienangehörigen nicht mehr in der Stadt waren …

Der Brief des Killers traf am 5. Juli ein. Bis zum folgenden Tag hatte ich alles Nötige in die Wege geleitet, zwischen dem 7. und 20. Juli hatten mein Team und ich alle potenziellen Löwe-Geborenen erfasst. Glücklicherweise findet sich auf den Führerscheinen auch das Geburtsdatum, ebenso auf den Anträgen für Gewerbeanmeldungen. Einige Mitglieder meiner Sondereinsatztruppe nahmen die ansässigen Spiritisten, Wahrsager und Kartenleger unter die Lupe. Wir überprüften sogar alle registrierten Börsenmakler, nur für den Fall, dass der Killer noch einmal auf jemanden aus den Reihen dieser doch eher unzuverlässigen Propheten zurückgreifen wollte.

Die potenziellen Opfer stuften wir auf einer Gefährdungsgrad-Skala von eins bis fünf ein, wobei diejenigen, die in direkter Verbindung zum Tierkreis standen, eine Eins erhielten. Diejenigen, deren Lebensweise sie darüber hinaus zur idealen Zielscheibe machte, erhielten ein Plus. Immerhin hatte sich Samuel Morgan, soweit wir wussten, nichts zuschulden kommen lassen. Er hatte einfach nur Bücher verkauft, doch sein Lebensstil hatte ihn verwundbar gemacht.

Diejenigen, die regelmäßig zu Wahrsagern und einschlägigen Veranstaltungen gingen, erhielten ebenfalls ein Plus. Diese Okkultismus-Groupies – wie ich insgeheim nicht umhin kam, sie zu nennen – wären für unseren Killer leicht aufzustöbern und in ein Gespräch zu verwickeln. Eine Mitarbeiterin aus meinem Team schleuste sich sogar undercover in die Szene ein, um so vielleicht einen direkten Kontakt zum Mörder herzustellen.

Klingt alles ziemlich abgeklärt und wohl organisiert, nicht wahr? Wenn Sie allerdings wüssten, wie sich an jedem weiteren Tag, der ohne Ergebnis zu Ende ging, unsere Innereien mehr und mehr zusammenkrampften und unsere Nerven blank lagen, würden Sie das anders sehen. Irgendwann trank ich fast so viel Kaffee wie Terrell. Ich las in den Vermisstenmeldungen wie ein Prediger in der Bibel. Jeder Todesfall – Mord oder Unfall – musste aufs Genaueste daraufhin abgeklopft werden, ob er nicht vielleicht ins Schema unseres Killers passte.

Und dann, am 20. Juli, wurde das kleine Mädchen, das im Haus neben mir wohnte, entführt. Sie hieß Sabrina und war der wohl süßeste blonde und blauäugige kleine Engel, den man sich nur vorstellen kann. Ich kannte sie schon, als sie noch im Bauch ihrer Mutter herumgetragen wurde, und da sie nur ein Jahr jünger als meine Tochter Elaine war, sah ich sie sehr oft bei uns. Sabrina und Elaine waren in derselben Pfadfindertruppe, gingen auf dieselbe Schule, spielten zusammen und zankten miteinander.

Doch das Schlimmste daran war, dass Sabrina aus *unserem* Garten heraus entführt worden war. Als ich das erfuhr, überlief mich ein Schauder bis hinab zu meinen Füßen, denn in diesem Moment wusste ich, dass das Ganze ein Missverständnis war, dass der Killer es eigentlich auf Elaine abgesehen hatte. Ich hatte meine Tochter in Sicherheit gebracht, doch auf Kosten ihrer besten Freundin.

Ich rief Terrell an, und er konnte mich wieder ein wenig beruhigen. Denn nun, da ein Entführungsfall vorlag, konnten wir das FBI offiziell einbinden, ohne Misstrauen zu erregen. Tatsächlich wäre das Misstrauen wohl größer gewesen, wenn wir das FBI nicht angefordert hätten.

Natürlich berichtete die Presse von der Entführung, doch sie stellte keinerlei Verbindung zu den zurückliegenden Morden her. Wir konnten nur hoffen, dass der Killer das nicht an ihrer Stelle tat. Schlimm genug, dass einige besonders helle Journalisten darüber spekulierten, ob statt Sabrina nicht eigentlich Elaine hätte entführt werden sollen. An der Erörterung der Frage nach dem Warum beteiligten wir uns natürlich nicht. Wir ließen sie in dem Glauben, die Sache habe irgendwas mit Bandenkriegen oder Rache zu tun, und glücklicherweise forschten sie nicht weiter nach.

Und dann zahlten sich die beiden Wochen Knochenarbeit endlich aus. Wir hatten eine Liste von Verdächtigen. In aller Stille und mit äußerster Sorgfalt gingen wir daran zu überprüfen, ob einer von ihnen durch ungewöhnliches Verhalten auffiel. Ungewöhnlicher als ungewöhnlich sollte ich wohl sagen, denn die meisten dieser Typen machten auf mich einen ziemlich schrägen Eindruck.

Carry, meine Undercover-Mitarbeiterin, hatte dazu ein paar brauchbare Hinweise geliefert. Just an dem Tag, an dem Sabrina entführt worden war, schien einer der Verdächtigen seine gewohnte Routine durchbrochen zu haben. Er hieß Floyd Fletcher, und er passte besser in unser Profil, als mir lieb war.

Floyd war groß und muskulös. Wenn auch nicht von überragender Schönheit, so stach er doch aus der sanftmütigen, bibliophilen Szene, die wir in den letzten Wochen unter die Lupe genommen hatten, heraus wie ein Bulle aus einer Kuhherde. Er war ein Einheimischer, er ging zur Jagd, war eine Zeitlang in der Armee gewesen und lebte ohne feste Bindung. Und obwohl man ihn nicht gerade als Polizei-Groupie bezeichnen konnte, so war er doch genau der Typ Mann, der stets ein wachsames Auge auf alles hatte, was seiner Vorstellung von einem Feind nahe kam. Und schließlich war Floyds Mutter, zu der er stets ein sehr enges Verhältnis gehabt hatte, im letzten Winter verstorben. Ihr Tod hatte, nach allem, was wir in Erfahrung brachten, Floyd einigermaßen aus der Bahn geworfen.

Für gewöhnlich besuchte Floyd jeden Sonntag ein nettes Café mit angeschlossenem Buchladen namens Danu's Children, um zu

Mittag zu essen und einige Wochenmagazine zu kaufen. Am Tag von Sabrinas Entführung erschien er jedoch nicht. Eine der Angestellten, die sich ein bisschen in Floyd verknallt hatte, diente Carrie als Informantin. Sie war mehr als erfreut, als Carrie sie nach dem Objekt ihrer Begierde ausfragte, und gab sogar zu, Floyd zu Hause angerufen, jedoch nur dessen Anrufbeantworter erreicht zu haben.

Carrie, aus der meiner Meinung nach mal ein großartiger Cop werden würde, fuhr nun nicht etwa auf eigene Faust zu Floyds Adresse, sondern rief mich umgehend an. In Terrells Wagen machten der FBI-Agent und ich uns auf den Weg zu dem Verdächtigen. Das Haus, eine ehemalige Farm, war umgeben von einigen Hektar Land. Alles wirkte ruhig, doch Floyds Kleinlaster, ein Dodge Ram Pick-up stand in der Auffahrt.

Die Straße, in der ich wohne, ist gepflastert, doch die Spurensicherung des FBI hatte einen unvollständigen Reifenabdruck von der staubigen Bordsteinkante vor Sabrinas Haus sichergestellt. Und er passte exakt zu denen, die uns nun vom Boden der schmutzigen Einfahrt wieder und wieder ins Auge stachen.

»Reicht das?«, fragte ich.

Terrell zuckte die Achseln. »Ein entgegenkommender Richter könnte uns vielleicht einen Durchsuchungsbefehl ausstellen. Ohne diesen würde ich es nicht riskieren.«

Ich wusste, er hatte recht, doch ich hasste es, noch länger warten zu müssen. Der Gedanke, dass die kleine Sabrina dort im Haus sein könnte, zu Tode geängstigt, vielleicht schon ermordet, machte mich krank. Dennoch versuchte ich ruhig zu bleiben, rief die Dienststelle an, und als wir wieder dort eintrafen, hatte mein Chef schon den Durchsuchungsbefehl, ausgestellt von unserem freundlichen Richter, auf dem Tisch.

»Ich liebe es, mit den hiesigen Behörden zusammenzuarbeiten«, war alles, was Terrell sagte, als uns das Papier ausgehändigt wurde.

Im Team für den Zugriff war auch Carrie. Wir hatten vor, sie zuerst zu Floyd zu schicken, weil wir befürchteten, er könne allzu rasch darauf kommen, dass die Polizei ihm auf den Fersen war, und Sabrina aus Panik womöglich etwas antun.

Undercover spielte Carrie die Rolle einer Gypsy-Goth, wie sie es nannte. Ich glaubte ihr und war erfreut zu sehen, dass der flatternde Rock und die weite Bluse bedeuteten, dass sie sowohl mit einem Körpermikrofon als auch mit einer Waffe ausgerüstet war. Sie war stark geschminkt – blasses Make-up zu schwarzem Eyeliner à la Nofretete –, um sicherzustellen, dass sie nicht erkannt wurde, selbst wenn jemandem die ums Haus herumlungernden Cops auffielen.

Mit einem mattschwarzen Sedan, auf dem Aufkleber wie »Die Macht sei mit mir« oder »Der Göttin sei Dank« prangten, fuhr sie auf Floyds Auffahrt. Wir warteten hinter Terrells Wagen, dankbar für die üppige Sommervegetation, die zu beiden Seiten der Straße wucherte. Unsere Officer standen eine halbe Meile entfernt und bereit, auf mein Kommando hin das Haus zu stürmen.

Carrie ging den seitlichen Hauseingang hinauf – die Vordertür wurde offenbar so gut wie nie benutzt – und trug Floyds übliche Wochenlektüre unter dem Arm. Sie rüttelte an der Tür, dann noch einmal. Wir konnten hören, dass ihr Herzschlag sich beschleunigte, was man angesichts der Zuversicht, die sie ausstrahlte, nie vermutet hätte. Gerade, als sie sich umwenden wollte, schwang die Tür auf.

Carrie: »Hi. Floyd! Misty hat sich Sorgen gemacht, weil du heute nicht ins Café gekommen bist. Ich hab ihr gesagt, ich fahr mal rasch vorbei und schaue, ob alles okay ist bei dir.«

Ihr Ton war heiter und freundlich, und nur ein Hauch von Koketterie schwang in ihrer Stimme mit.

Floyd: »Das ist aber nett von dir, Carissa.«

Carrie: »Hier wohnst du also. Was dagegen, wenn ich kurz reinkomme?«

Floyd (offensichtlich unwillig): »Na ja, ist nicht sehr aufgeräumt gerade. Ich bin nicht eben ein Ausbund an Ordnung, wie Mutter immer zu sagen pflegte.«

Carrie (lachend): »Ja, das sagte meine Mutter auch immer, aber wenn du nicht willst, dass ich –«

Floyd: »Na ja, 'ne kleine Hausbesichtigung kann ja nicht schaden.«

Wir bewegten uns nun zügig am Rand der Auffahrt auf das Haus zu, denn Floyds Blick auf diesen Teil des Grundstücks wurde durch Carrie verdeckt. Ihr »Gern, wenn's dir nichts ausmacht« ließ uns wissen, dass der Weg frei war.

Wir verloren keine Zeit. Als sie Floyd ins Haus folgte, stürmten wir schon die Holztreppe hinauf. Ich hielt ihm den Durchsuchungsbefehl vor die Nase und leierte die Formalien herunter. Terrell war direkt hinter mir, die Hand nah genug an der Waffe, dass er sie im Anschlag haben würde, noch bevor Floyd uns Ärger machen konnte.

Was Floyd allerdings nicht tat. Er grinste nur. Es war ein seltsames, irgendwie dümmliches Grinsen, und auch irgendwie erleichtert.

»Sie haben mich also gefunden?«, sagte er, und dabei sah er nur mich an. Es war, als ob Terrell und Carrie gar nicht da waren. »Keine Sorge, dem Mädchen geht's gut. Ich wollte nicht, dass sie hier vermodert und rumstinkt, bis ich den Löwen getötet habe, verstehen Sie?«

Er sagte das so nüchtern, dass ich fast würgen musste. Ich schaffte es, cool zu bleiben, und wies Carrie an, Sabrina zu suchen. Nachdem ich Floyd über seine Rechte aufgeklärt hatte, fragte ich:

»Warum haben Sie das getan, Floyd?«

Er grinste. »Die Schlange hat gelogen. Ich hab versucht, es allen zu sagen, aber ihr habt mir ja nicht zugehört. Also brauchte ich eine Bühne.«

Ich kapierte nicht, was er meinte. Erst später, nachdem Floyd wie ein Wasserfall geredet hatte – mit mir und seinem Pflichtverteidiger –, bekam ich so etwas wie eine Ahnung von seiner verqueren Sicht der Realität.

Seine Mutter war eine Astrologie-Verrückte gewesen, so viel wurde klar. Ihr ganzes Leben hatte sie nach dem verdammten Horoskop ausgerichtet. Auch der Sohn wurde in diesem Sinne erzogen und wuchs mit dem Versprechen auf, dass ihm die Sterne Ruhm und finanzielle Sicherheit bringen würden.

Gewissermaßen hatte sie damit ja nicht ganz unrecht gehabt. Wenn man wegen mehrfachen Mordes und Entführung hinter Gitter wandert, dann wird man zwangsläufig berühmt und verbringt den Rest seinen Lebens durchaus in finanzieller Sicherheit.

Doch das war es nicht allein, was Floyd am Ende ausrasten ließ. Seine Mutter hatte stets behauptet, die Sterne hätten ihr ein langes Leben vorausgesagt. Als sie dann mit 57 Jahren an einem Herzleiden verstarb, fühlte sich der Sohn persönlich betrogen.

Also machte er sich daran, den Tierkreis auf rituelle Art zu vernichten, indem er diejenigen tötete, welche die Zukunft voraussagten. Darüber hinaus strebte er danach, ähnlich berüchtigt zu werden wie Charles Manson, Ted Bundy oder John Wayne Gacy, und natürlich war er darauf aus, dass man sich seine spektakuläre Geschichte noch nach Generationen erzählen würde. Er steckte gewissermaßen in der Zwickmühle. Er wollte geschnappt werden, damit er der Welt vom Betrug der Schlange verkünden konnte, doch er wollte auch weiter töten, um seinen Ruhm zu mehren.

Als Floyd am letzten Verhandlungstag aus dem Gerichtssaal geführt wurde, drehte er sich noch einmal zu mir um und lächelte:

»Ich wusste, Sie würden mich kriegen«, sagte er. »Hab's gewusst, als ich erfuhr, dass Sie an der Sache dran sind. Wissen Sie, Mutter hat mir nämlich immer prophezeit, dass es eine Frau sein würde, die mich mal zu Fall bringen wird.«

Originaltitel: »Slaying The Serpent«
Aus dem Englischen von Christina Neuhaus

DAS SEEPFERDCHEN

von Edward Marston

»Willkommen an Bord der *Sirius!*«, sagte Luke Sanderson und salutierte leicht spöttisch. »Ihr Kapitän steht Ihnen zu Diensten.«

»Das möchte ich sehen«, antwortete sie mit neckischem Lächeln.

»Ist das eine Einladung oder eine Herausforderung?«

»Wer weiß?«

»Du bist heute sehr provozierend, Tania.«

»Ich hoffe, du hast nichts dagegen.«

»Ganz im Gegenteil.«

»Gut.« Ihr Lächeln wurde breiter. »Ich habe eine leichte Schwäche für Matrosen.«

Sie lachten, und dann half ihr Luke, das Gepäck an Bord zu bringen. Als es in der Kabine verstaut war, betrachtete er Tania Kew etwas genauer und signalisierte sein Wohlgefallen mit einem Augenrollen. Sie war klein, aber wohlgeformt und trug ein rotes T-Shirt, eine weiße Hose und ein Paar marineblaue Bootsschuhe mit weißen Schnürsenkeln. Luke hatte sie nur einmal vorher gesehen, er hatte ihr in einem Restaurant am Tisch gegenübergesessen, als Tania makellos gekleidet war in eines ihrer nüchternen Outfits, die sie gern bei der Arbeit trug. Würden ihre Klienten sie jetzt sehen, sie würden sie kaum wieder erkennen als die tüchtige junge Anwältin, mit der sie geschäftlich verkehrten. Das dunkelbraune Haar, sonst ordentlich zu einem Knoten zurückgebürstet, hing ihr nun lose um die Schultern. Doch auch Luke war völlig verändert. Der Finanzberater einer angesehenen Firma des Londoner Finanzviertels trug eine Uniform zur Schau, die dem Kapitän eines Kreuzfahrtschiffes in der Karibik gerecht geworden wäre. Sie ließ den eher hässlichen Mann in den Dreißigern entschieden unkonventionell aussehen.

»Wann kommen die anderen?«, fragte Tania.

»Jeden Moment«, sagte er. »Neil fährt wahrscheinlich mit Kit Greeves her.«

»Und was ist mit Faith?«

»Ja, sie kommt auch.«

»Kommt sie etwa nicht mit Neil?«, sagte Tania verwundert. »Ich dachte, sie wären ein Paar.«

Luke seufzte. »Ja, waren sie auch bis letztes Wochenende. Ich muss dich warnen. Offenbar hatten sie wieder eine ihrer explosiven Auseinandersetzungen und haben sich getrennt.«

»Und trotzdem gehen sie zusammen *segeln*?«

»So ist Neil nun mal, auf keinen Fall würde er sich dieses Vergnügen entgehen lassen.«

»Es wird kein großes Vergnügen sein, wenn Faith ihn die ganze Zeit böse anstarrt«, sagte Tania mit einem Stirnrunzeln. »Und ich kann mir nicht vorstellen, dass sie ihre Freude daran hat, zusammen mit ihrem frisch gebackenen Ex auf einem Boot eingepfercht zu sein. Das könnte eine echt miese Atmosphäre geben.«

»Nicht solange ich da bin«, versprach Luke mit einem Grinsen. »Das ist eine Spaßreise. Neil und Faith akzeptieren das beide. Es wird kein Problem geben. Außerdem«, fuhr er fort, »werden sie zu beschäftigt sein, um sich wilde Beschimpfungen zu leisten. Neil wird mir helfen, das Boot zu segeln, und Faith wird mit ihrer neuen Freundschaft beschäftigt sein.«

Tania war überrascht. »Sie hat schon einen neuen Freund?«

»Nein«, sagte Luke und schüttelte den Kopf. »Selbst Faith ist nicht so schnell. Es handelt sich um eine alte Mitbewohnerin von ihr, die nach zehn oder zwölf Jahren wieder aufgetaucht ist. Sie waren zusammen in Cambridge. Faith war entzückt, als sie wieder Kontakt hatten, und hat mich angebettelt, dass sie mitkommen kann. Sie sagt, es wäre, als habe sie eine wundervolle neue Freundin gefunden.«

»Und wer ist diese wundervolle neue Freundin?«

»Miranda Hart.«

»Ist sie Akademikerin wie Faith?«

»Nein. Sie ist beratende Astrologin.«

»Sie ist was?«

»Miranda legt Horoskope aus.«

»Nur den Idioten, die an so etwas glauben«, sagte Tania skeptisch.

»Du offensichtlich nicht.«

»Horoskope sind ein Haufen Scheiße.«

»Ich weiß. Und trotzdem werfen wir morgens alle einen heimlichen Blick darauf in der Zeitung. Miranda scheint eine interessante Frau zu sein«, stellte Luke fest. »Vielleicht haben wir mit ihr eine Menge Spaß.«

»Ach ja?«

»Ja, Tania.«

»Solange sie nicht ihre Madame-Miranda-Prozedur bei mir ausprobieren will.«

»Du unterschätzt sie. Miranda sitzt in keinem Zelt mit Kristallkugel. Sie ist viel weiter oben in der Nahrungskette. Astrologie bringt ziemlich viel Geld. Sie schreibt Bücher, hält Vorträge, besucht Kongresse.«

»Es gibt wohl viele leichtgläubige Menschen auf der Welt.«

»Gott sei Dank«, sagte Luke fröhlich. »Die meisten gehören zu meinen Kunden. Drei Mal Hurra auf die Leichtgläubigkeit! Durch sie habe ich mir dieses unglaubliche Schiff leisten können.«

Tania wurde etwas milder. »Und es ist wunderbar, Luke«, sagte sie und blickte um sich, »so geräumig.«

»Sechs können ganz komfortabel hier schlafen, acht, wenn alle ein bisschen zusammenrücken.«

»Wer entscheidet, wer wo schläft?«

Er grinste. »Mutter Natur.«

Luke war sehr stolz auf das Schiff. Er hatte es recht spontan auf der Bootsschau erworben, aber es war die Quelle andauernder Freude für ihn. Er liebte es, seine Freunde auf Wochenendtrips auf der *Sirius* mitzunehmen. Die Rolle des Kapitäns zu übernehmen gab ihm ein Gefühl von Macht und Erregung. Er führte Tania auf dem Schiff herum und zeigte ihr einige besondere Funktionen. Sein Gast war jedoch mehr interessiert an den Mitseglern.

»Wie alt ist diese Sternguckerin?«, fragte sie.

»So alt wie Faith, vermute ich. Anfang dreißig.«

»Single?«

»Verwitwet, soweit ich das entnehmen konnte.«

»Heißt das, sie ist jetzt auf Männerschau?«

»Das hoffe ich«, sagte Luke mit selbstgefälligem Grinsen. »Ich mag Frauen auf Männerschau.«

»Faith wird auch wieder frei sein, wenn die Sache mit Neil jetzt vorbei ist. Das Boot wird überlaufen mit freistehenden Frauen. Das wird dir gefallen, Luke.« Er lachte fröhlich. »Wer war der andere Typ, den du erwähnt hast?«

»Kit Greeves? Er ist Buchhändler.«

Tania war enttäuscht. »Er arbeitet an einem Schalter bei Waterstone's?«

»Nein, Tania. Er hat sich spezialisiert auf seltene Bücher und Kartographie. Kit ist ein Experte.«

»Worin?«

»In dem, was wir alle tun«, sagte Luke selbstgefällig.

»Und was ist das?«

»Gesunden Profit zu schlagen aus den von uns gewählten Berufen.«

»Ich würde Astrologie nicht als Beruf bezeichnen«, erwiderte sie säuerlich.

»Miranda verdient ein Vermögen damit.«

»Ich bin Anwältin, denk dran. Ich würde das als Betrug bezeichnen.«

Luke strahlte sie an. »Ich stehe selbst oft mit einem Bein im Gefängnis«, gab er zu. »Einen Großteil meiner Arbeit könnte man als Schwindel bezeichnen.«

»Das ist etwas anderes.«

»Ist es das?«

»Ja, Luke«, sagte sie scharf. »Es tut mir leid, aber ich habe etwas gegen so genannte Astrologen. Das sind alles Gauner. Nur ein Idiot würde sich von ihnen betrügen lassen.«

»Miranda könnte deine Meinung ändern.«

»Darauf solltest du nicht bauen.«

Die Männer waren die Ersten. Neil Ambrose, dick, bärtig und unbarmherzig freundlich, war ein ehemaliger Koch, der nun seine eigene Kolumne in einer nationalen Zeitung hatte. Abgesehen davon, beim Segeln zu helfen, bestand seine Aufgabe darin, sich um die Mahlzeiten an Bord zu kümmern, wozu er Essenskisten mitgebracht hatte. Tania mochte Neil, obwohl sie sich fragte, ob sie sein herzliches Lachen das ganze Wochenende über aushalten würde. Kit Greeves war der älteste der Passagiere. Er war knapp vierzig und hatte es irgendwie geschafft, sein Haar sowie seinen schlanken Körper und die hübschen Züge zu behalten. Tania hatte sich sogleich für ihn erwärmt. Kit war ein intelligenter Mann mit einem trockenen Sinn für Humor. Er spendete der Bordküche vier Flaschen Champagner. Ebenso wie Neil und Luke war er deutlich entschlossen, den Ausflug zu genießen. Tania sonnte sich in der Glut ihrer Aufmerksamkeit.

Als die Frauen kamen, gab es ein plötzliches Durcheinander der Entschuldigungen. Der Zug war spät aus Charing Cross losgefahren, und sie hatten Schwierigkeiten gehabt, am Bahnhof von Folkestone ein Taxi zu finden. Sie kletterten an Bord der *Sirius.* Faith Brightwell war eine attraktive Frau, sie war mittelgroß, hatte einen fülligen Leibesumfang, und ihre augenfällige Schönheit wurde geschmälert durch ihre wulstigen Wangen und ein Doppelkinn. Sie lehrte Mathematik in einer Londoner Fachhochschule, die nun auf Universitätsstatus erhoben worden war, was ihr einen Hauch von Überlegenheit verlieh. Offensichtlich hatten sie und Neil zuvor eine Abmachung getroffen, denn sie küssten sich liebevoll, tauschten ein paar neckische Worte und gingen dann auseinander, um zu zeigen, dass sie nicht gewillt waren, aufgrund ihrer Entfremdung den anderen das Wochenende zu verderben. Luke war erleichtert. Spannung an Bord wäre für alle schlecht gewesen.

Die Offenbarung war Miranda Hart. Nach dem Lob, mit dem Faith sie überhäuft hatte, hatte er ein weibliches Musterbild erwartet. Stattdessen wurde er einer hochgewachsenen, dünnen und knochigen Frau vorgestellt, die furchtbar gebückt ging und schrecklich schüchtern war. Ihr Haar war struppig, das Gesicht gewöhnlich, und Make-up schien ihr fremd. In ihrem Wollpullover und dem senffarbenen Rock sah sie aus wie ein lächerlicher Matrose. Luke begrüßte sie herzlich.

»Ich hätte das Boot nach dir benennen können«, sagte er zu ihr.

»Hättest du?«, murmelte sie.

»*Sirius.* Der hellste aller Sterne.«

»Ah, ja.«

»Sei ehrlich, Luke«, sagte Neil scherzhaft und gab ihm einen Stups in die Rippen. »Du hast es nach dir selbst benannt. Sirius ist der Hunde-Stern. Ich sag's euch, Luke Sanderson ist nicht nur der Star der Finanzwelt, er ist auch noch der lüsternste alte Hund überhaupt.«

Miranda stimmte nicht ein in das allgemeine Gelächter. Sie schien Zweifel zu haben, ob es klug war, die Einladung der Gruppe angenommen zu haben. Selbst als die erste Flasche Champagner geöffnet war, entspannte sie sich nicht. Tania tat die Frau langsam leid, aber sie war auch erleichtert. Miranda Hart würde keine Bedrohung darstellen für ihre Vorrangstellung, genauso wenig die übergewichtige Faith Brightwell. Sie hatte freies Feld. Luke, Neil und Kit Greeves gehörten ganz ihr. Tania konnte die drei gegeneinander ausspielen. Das war genau die Art Spiel, die sie mochte.

Die Fahrt verlief erstaunlich ruhig. Mit Luke am Steuer glitt die *Sirius* mühelos über das Wasser, ihr mächtiger Motor säuselte beständig vor sich hin. Neil bereitete einen Snack vor für die Passagiere und löste dann Luke ab, sodass dieser den Imbiss gemeinsam mit den anderen genießen konnte. Es war erheiternd, an Deck zu sitzen, die Sonne brannte auf sie nieder, und der Wind zerzauste ihr Haar. Schnell waren sie bei der dritten Flasche Champagner. Miranda Hart wurde durch Faith in den Mittelpunkt gerissen, die endlos in Erinnerungen schwelgte an ihre gemeinsame Zeit in Cambridge.

»Ich hätte mir nie träumen lassen, dass du mal bei Astrologie landen würdest«, sagte sie.

»Ich genauso wenig, Faith.«

»Du warst Linguistin.«

»Das war ein Pluspunkt«, sagte Miranda leise. »Dadurch konnte ich französische und deutsche Astrologen im Original lesen. Nichts bleibt ungenutzt.«

»Das war dein Motto in Cambridge.«

»Ich habe einmal ein Exemplar von *Zadkiels Almanach* verkauft«, sagte Kit Greeves und baute sich auf diese Weise höflich in die Konversation ein. »Eine seltene frühe Ausgabe. Ich habe einen hervorragenden Preis dafür bekommen.«

»Das wundert mich nicht«, sagte Miranda.

»Wer war Zadkiel?«, fragte Faith.

»Wen interessiert's?«, murmelte Tania vor sich hin.

»Sein wirklicher Name war Richard James Morrison«, erklärte Miranda. »Er war ein Schiffsoffizier, der später Astrologe wurde und 1830 den Almanach begründete. Als Seefahrer wusste er, wie wertvoll es ist, die Sterne lesen zu können.«

»Ich könnte den Kurs nach ihnen steuern, wenn ich müsste«, rühmte sich Luke.

Miranda lächelte. »Ich hoffe, dazu wird es nicht kommen.«

»Was hat dein Mann gemacht?«, fragte Tania, die verärgert darüber war, dass Miranda im Mittelpunkt stand, ohne sich überhaupt bemüht zu haben. »Hat er dieselbe Art Beruf gehabt, oder hat er sich sein Geld ehrlich verdient?«

»Oh, Howard war kein Astrologe«, sagte Miranda liebevoll.

»Nein?«

»Er hat Schwimmbäder verkauft.« Sie seufzte. »Es war wirklich ironisch.«

»Wieso?«

»Ich kann nicht schwimmen.«

Luke lachte. »Dann habt ihr ja nicht gerade gut zusammengepasst.«

»Doch, das haben wir«, sagte Miranda treu. »Es war in jeder Hinsicht eine Heirat verwandter Seelen. Aber unglücklicherweise hat sie nicht angedauert. Howard ist letztes Jahr gestorben. Es war das einzige Mal, dass ich mich schuldig gefühlt habe, Astrologin zu sein.«

»Schuldig?«, wiederholte Faith. »Warum?«

»Weil ich seinen Tod vorhergesehen habe.«

»Niemand kann das«, behauptete Tania streitsuchend.

»Bei mir war es der Fall«, sagte Miranda.

»Du lügst.«

»Nein, das tue ich nicht«, sagte Miranda feierlich. »Ich habe sein Horoskop gelesen. Es war ein ganz ruhiger Moment. Ich habe sowohl den Zeitpunkt als auch die Art und Weise des Todes meines Mannes vorausgesagt.«

Sogar Tania wurde durch diese Aussage zum Schweigen gebracht. Tränen lagen in Mirandas Augen. Faith legte tröstend den

Arm und sie, Kit blickte zutiefst mitfühlend drein, und Luke fragte sich, ob er nach Details drängen sollte. Neils Stimme schallte über das Deck.

»Ist noch etwas von dem Champagner übrig?«

Als sie an diesem Nachmittag Boulogne erreichten, gingen sie sofort an Land, um die Stadt zu erkunden. Tania hakte sich vertraut bei Neil und Luke ein. Da sie entschlossen war, im Zentrum der Aufmerksamkeit zu stehen, war sie sauer, als Miranda ihr wieder einmal das Rampenlicht stahl. Nicht nur dass die schäbige Astrologin fließend Französisch sprach, sie schien auf Kit Greeves auch noch eine Faszination auszuüben. Er schmeichelte ihr mit endlosen Titeln obskurer Bücher über Astrologie in dem Versuch, ihre Gunst durch das Zurschaustellen verborgenen Wissens zu gewinnen. Faith war angespornt, ihr eigenes Fachwissen darzulegen, und sprach geringschätzig über ihre Studenten, indem sie sie unvorteilhafterweise mit den Kommilitonen aus ihrer Studienzeit in Cambridge verglich.

Abends aßen sie auf der Terrasse eines Restaurants, von wo aus man den Hafen überblicken konnte. Tania war darauf bedacht, zwischen Luke und Kit zu sitzen, um mit beiden zu flirten, während sie hin und wieder mit Neil Ambrose Blicke austauschte. Als anerkannter Chefkoch durfte dieser aus der Speisekarte auswählen, jedoch wurden Mirandas Sprachkenntnisse bei dem Gespräch mit dem Kellner wieder benötigt. Der Wein floss reichlich und machte Faith noch attraktiver, Kit noch verzweifelter in dem Versuch, Miranda zu beeindrucken, und Neil wurde noch anfälliger, in unangebrachtes Gelächter auszubrechen. Luke war in seinem Element als Partyveranstalter und erfreute die Gruppe mit Geschichten darüber, wie er geschickt von einigen Kunden fünfzehntausend Pfund zu viel kassiert hatte. Tania fühlte seine Hand auf ihrem Oberschenkel. Die Blicke, die Neil ihr zuwarf, wurden noch lüsterner. Sie war gerade dabei, die Situation zu genießen, als die Stimmung plötzlich drehte.

»Tania hält Astrologie für einen Haufen Schrott«, erklärte Luke.

»Die meisten Leute tun das«, sagte Miranda tolerant. »Ich auch am Anfang.«

»War das, bevor du darin ein wirtschaftliches Potential gesehen hast?«, fragte Tania spitz.

»Nein, das war, bevor ich mein eigenes Horoskop ausgelegt habe und es unheimlich treffend fand.«

»Nichts als Zufall!«

»Meinst du wirklich, Tania?«

»Ja klar.«

»Wie erklärst du dann die Tatsache, dass ich vorausgesehen habe, dass mein Mann im Monat April bei einem Autounfall ums Leben kommen würde? War das auch nichts als Zufall?«

»Er hätte nicht mehr fahren sollen«, sagte Neil mit einem deplatzierten Lachen.

»Ist er auch nicht«, sagte Miranda ruhig. »Er hat es sogar abgelehnt, dass *ich* ihn fahre.«

»Und was ist passiert?«

»Howard ist überallhin mit dem Bus oder dem Zug gefahren. Unglücklicherweise hatte der Zug auf dem Rückweg von einem Kunden eine Panne. Die Passagiere mussten mit einer Taxikolonne bis zur nächsten Haltestelle gebracht werden. Howard war in einem der Taxis«, erinnerte sie sich. »Es kam nie an der Haltestelle an. Er war die einzige Person, die bei dem Zusammenstoß ums Leben kam.«

»Was für ein scheußlicher Zufall!«, sagte Kit.

Faith nickte inbrünstig. »Das muss ein furchtbarer Schlag gewesen sein.«

»Es kann trotzdem Zufall gewesen sein«, sagte Tania.

»Sei nicht so zynisch«, tadelte sie Luke.

»Irgendeiner hier muss schließlich bei der Realität bleiben.«

»Howard ist genau so gestorben, wie ich es vorausgesehen habe«, sagte Miranda. »Das war meine Realität.«

»Und hast du irgendwelche Voraussagen über dich selbst gemacht?«, fragte Kit.

»Ja«, antwortete sie. »Ich lese mein Horoskop immer zu Anfang jeden Jahres.«

»Was hält also 2002 so für dich bereit?«, sagte Tania mit einem spöttischen Lächeln. »Ein Treffen mit einem hochgewachsenen, dunklen, gutaussehenden Mann? Oder eine Reihe leichtgläubiger Kunden, die bezahlen, um deinem Geschwätz zu lauschen?«

»Es ist kein Geschwätz«, sagte Faith verteidigend.

»Glaubst *du* etwa daran?«

»Na ja … nicht ganz, vielleicht.«

»Ich auch nicht«, fügte Neil hinzu und stieß sein gewaltiges Lachen aus.

»Astrologie hat eine viel wissenschaftlichere Grundlage, als ihr glaubt«, insistierte Kit. »Diejenigen, die ihre Geheimnisse gelüftet haben, können erstaunliche Vorhersagen machen.«

Tania war nicht überzeugt. »Ist es das, was Miranda getan hat?«, stichelte sie. »Geheimnisse gelüftet? Oder hat sie einfach nur Glück mit ihren Vermutungen?«

Die Auseinandersetzung verlagerte sich auf eine andere Ebene. Luke und Kit waren auf Mirandas Seite, aber Tania und Neil äußerten sich verächtlich über die Behauptungen der Astrologen. Faith war in der Mitte gefangen, bemüht, ihre Freundin zu unterstützen. Dennoch hatte sie Bedenken bezüglich ihrer Fähigkeit, exakte Voraussagen zu machen. Miranda sagte gar nichts. Als die Argumente hitziger wurden, zog sie sich in ihr Schneckenhaus zurück. Es war Neil Ambrose, der sie wieder herauszog.

»Beweis es!«, stichelte er. »Komm schon, Miranda. Beweis es!«

»Was denn beweisen?«, sagte sie.

»Dass an diesem ganzen Unsinn etwas dran ist.«

»Ja«, stachelte Tania sie an. »Beweis es!«

Miranda zuckte mit den Achseln. »So einfach ist das nicht.«

Neil und Tania spotteten über sie. »Ist irgendjemand hier am Tisch praktizierender Christ?«, fragte sie.

»Ich«, sagte Luke. »Aber egal, wie sehr ich es versuche, ich bekomme es nie richtig hin.«

Miranda sprach über Neils gellendes Lachen hinweg. »Das war eine ernst gemeinte Frage. Was ist mit dir, Kit?«

»Ich bin so 'ne Art von-allem-etwas-Christ«, gestand er.

»Damit lässt sich *meine* Position auch ganz gut zusammenfassen«, sagte Faith. »Trotz meines Namens kommt und geht mein Glaube. Allerdings würde ich darauf bestehen, kirchlich zu heiraten«, fuhr sie fort und warf Neil einen feindseligen Blick zu. »Aber die einzige Person, die mir je einen Antrag gemacht hat, war ein eingefleischter Atheist.«

»Überführt und schuldig«, sagte Neil mit einem Kichern. »Was ist mit dir, Tania?«

»Ich hasse alle Religionen«, sagte Tania mit plötzlicher Heftigkeit. »Und mit gutem Grund. Ich wurde in China geboren, wo mein Vater katholischer Missionar war. Es war entsetzlich. Ich glaube, ich war zehn, als ich die ganze Farce durchschaut hatte. Ich hasste meine Eltern dafür, dass sie versuchten, aus mir eine gute Katholikin zu machen. Aus meiner Sicht ist die ganze Sache ein einziger Widerspruch.«

»Gut«, sagte Miranda ruhig. »Offensichtlich haben wir keine potentiellen Heiligen an unserem Tisch, aber jeder hat irgendwie eine christliche Erziehung genossen. Was war doch gleich das Zeichen, das die Geburt Jesu Christi ankündigte? Ein Stern im Osten. Wenn ihr daran geglaubt habt – was ihr alle einmal getan habt«, betonte sie, »dann habt ihr an Astrologie geglaubt.«

Die Bemerkung riss eine erneute Lawine von Beschwerden und Anschuldigungen los. Luke bestellte zwei weitere Flaschen Wein, bevor er in die Diskussion einstieg. Tanias Bein unter dem Tisch streichelnd, wendete er sich Miranda zu.

»Ich bin Stier«, erklärte er. »Was sagt das über mich?«

»Der Bulle der Herde«, sagte Neil.

»Ich habe Miranda gefragt.«

»Die erbärmliche Kuh!«, sagte Tania zu sich selbst.

»Taurus ist ein starres Sternzeichen«, erklärte Miranda. »Bei Stress macht es den Geist kompromisslos, beständig, zielstrebig, umsichtig, arbeitsam, genau, streng, achtsam auf Schäden, beständig in der Verfolgung seiner Ziele –«

»Was ist das denn?«, unterbrach Tania sie. »Eine Art Mantra, das du deinen Kunden vorsingst?«

»Ich habe den berühmtesten Astrologen vergangener Zeiten zitiert – Ptolemäus.«

»Er schrieb im dritten Jahrhundert v. Chr.«, sagte Kit kennerhaft. Tania kritisierte scharf. »Die wussten damals nicht einmal, dass die Welt rund ist.«

»Du hast noch nichts *bewiesen*, Miranda«, forderte Neil sie heraus.

»Wo genau liegt der Sinn darin, denen Beweise zu liefern, die sie doch nicht anerkennen würden?«, sagte sie.

»Ich *würde* es anerkennen«, versprach Faith.

»Ich auch«, sagte Luke und leerte sein Glas, da der neue Wein gebracht wurde. »Gerade hast du die hervorragenden Eigenschaften eines Stiers beschrieben. Könntest du das auch andersherum, Miranda? Wenn du jemanden gut genug kennst, kannst du dann sein Sternzeichen erraten?«

»Normalerweise schon«, sagte Miranda. »Zum Beispiel, selbst wenn ich nicht wüsste, dass Faith' Geburtstag im Dezember liegt, würde ich sagen, sie ist Schütze. Sie gehört zum Feuer-Element. Sie ist eine große Optimistin, die bei Herausforderungen aufblüht. Nie macht sie halbe Sachen. Sie verfolgt ihre Interessen voller Elan. Oh, und sie ist auch sehr ehrlich. Betrügereien sind nicht ihre Sache.«

Faith war zufrieden. »Du hast mich genau richtig zusammengefasst.«

»Was sie nicht erwähnt hat, ist, dass du einen schlechten Charakter hast«, sagte Neil bitter.

»Okay«, sagte Luke und füllte ihre Gläser mit der neuen Flasche. »Faith und mich hast du beschrieben. Was ist mit Tania, Kit und Neil? Wie lange würdest du brauchen, ihre Sternzeichen herauszufinden?«

»Nicht zu lange«, sagte Miranda. »Ich habe schon viel, mit dem ich etwas anfangen kann.«

Kit war belustigt. »Geben wir uns so leicht preis?«

»Bestimmte Eigenschaften kommen immer durch.«

»Dann finde sie heraus«, entschied Luke. »Sag mir die Monate, in denen die drei geboren wurden, und ich werde nie wieder Zweifel haben an Astrologen. Ist das ein Deal?«

Miranda blickte herum. Der Ausdruck auf ihren Gesichtern schwankte zwischen Neugier und kaltem Antagonismus. Sie nippte an ihrem Wein, bevor sie ihre Ankündigung preisgab.

»Ich werde eine Voraussage machen«, sagte sie selbstsicher. »Vor Ende diesen Jahres wird einer von uns eines vorzeitigen Todes sterben.« Sie lächelte wissend. »Wer wird es sein?«

Als sie zum Boot zurückgingen, waren die meisten von ihnen so betrunken, dass sie nur noch in ihre Schlafkojen taumelten. Miranda blieb an Deck, eingewickelt in ihre warme Bettdecke, und schaute hoch zu den Sternen. Schließlich leistete Kit Greeves ihr Gesellschaft.

»Die hast du bestimmt zum Schweigen gebracht«, sagte er mit Bewunderung.

»Wen?«

»Neil und Tania. Die haben dich ködern wollen, Miranda.«

»So was bin ich gewöhnt«, sagte sie müde.

»Diese Voraussage, dass einer von uns sterben wird, hat sie wirklich geschockt. Es braucht schon einiges, um Neil Ambrose in seine Schranken zu verweisen«, fuhr er fort, Seite an Seite mit ihr.

»Faith hat das nie geschafft. Deshalb hat sie sich von ihm getrennt. Neil lacht einfach über alles.«

»Ja, ich weiß. Faith hat mir alles über ihn erzählt auf dem Weg hierhin.«

»Ich glaube, in ihrem Innersten liebt sie ihn noch. Das ist ihre Schwäche.«

»Was ist deine Schwäche, Kit?«

»Oh, da gibt es keinen Zweifel. Bücher. Ich kann ihnen nicht widerstehen.«

»Das habe ich mitbekommen.«

»Sie lassen dich nie im Stich, Miranda. Bücher sind immer da, wenn du willst, um dir ihren Schatz zu überlassen. Keine zornigen Launen, keine Plänkeleien, keine gegenseitigen Beschuldigungen. Eine gedruckte Seite ist der verlässlichste Freund.«

»Das hängt sicherlich davon ab, mit was sie bedruckt ist.«

»Natürlich«, sagte er erhaben. »Man muss wählerisch sein.«

»Du klingst, als wärst du sehr wählerisch, Kit.«

»Das bin ich, glaub mir.«

»Du wählst nur das Beste.«

»Darum bin ich hier«, sagte er und ließ etwas unbeholfen einen Arm um sie gleiten. »Ich hatte es satt, Neils Schnarchen zu hören und bin an Deck gekommen. Es wäre doch eine Schande, eine so wundervolle Nacht wie diese zu vergeuden.«

Miranda sträubte sich weder, noch ermutigte sie ihn. Als er sie behutsam auf die Wange küsste, tadelte sie ihn nicht. Kit zog sie näher zu sich heran und drehte sie herum, sodass sie ihm ins Gesicht sah. Ein Blick in ihre Augen ließ ihn sie sofort loslassen.

»Stimmt etwas nicht?«, flüsterte er.

»Du hast das falsche Buch gewählt.«

»Ist es wegen deines Ehemannes? Trauerst du immer noch um ihn?«

»Ja, aber das ist nicht der Grund.«

»Was ist es dann? Wir wollen doch hier nicht die Außenseiter sein, oder?«

»Was meinst du?«

»Ach komm schon, Miranda«, sagte er und nahm ihre Hand. »So naiv bist du doch nicht. Luke hat uns nicht auf diesen Ausflug eingeladen, um unsere intellektuelle Gesellschaft zu genießen. Er hat es auf Tania abgesehen. Früher oder später werden sie sich die Koje teilen. Das Gleiche gilt für Neil und Faith, wenn du mich fragst«, prophezeite er. »Hast du bemerkt, wie er sie zum Boot begleitet hat? Das Erste, was er morgen früh nach dem Aufwachen tun wird, ist, nach ihr die Hände auszustrecken, und Faith wird für ihn da sein.« Er lehnte sich näher zu ihr. »Damit blieben noch du und ich.«

»Ist das so?«

»Man muss kein Mathematiker wie Faith sein, um das auszurechnen.«

»Sechs minus vier gleich zwei.«

»Drei Männer, drei Frauen, drei Partnerschaften.«

»Ich dachte, du bevorzugst Bücher.«

»Nicht, wenn du in der Nähe bist«, sagte er, kurz davor, sie auf die Lippen zu küssen.

Miranda hielt schützend ihre Handfläche vors Gesicht. »Nein, Kit.«

»Wieso nicht?«

»Weil ich einfach nur eine ruhige Nacht unter den Sternen genießen wollte.«

»Aber das *tun* wir doch, oder etwa nicht?«

»Ich fürchte nein. Du hast andere Ziele, Kit. Ich mache mir nichts vor«, sagte sie ruhig. »Ich bin weder so attraktiv wie Faith noch so sexy wie Tania. Wenn du wirklich eine Frau würdest haben wollen, hättest du ihnen nachstellen können, aber du bist freiwillig zu mir gekommen – dem letzten Ausweg.«

»Das ist nicht wahr«, protestierte er.

»Doch, ist es. Sie drohen dir. Ich nicht.« Sie drückte ihn von sich. »Aber es tut mir leid, Kit. Ich kann das einfach nicht tun.«

»Was tun?«

»Dir helfen zu beweisen, dass du nicht schwul bist. Warum die Mühe machen? Wir wissen beide, dass das die Wahrheit ist.«

Mit funkelnden Augen sprang er auf die Füße. »Tania hatte recht mit ihrer Einschätzung«, sagte er heftig. »Du bist eine Schlampe, Miranda. Eine grausame, kalkulierende, widerliche kleine Schlampe!«

Und er stürzte zurück in die Kajüte.

Am Sonntagmorgen befanden sich alle in unterschiedlichen Genesungsphasen. Neil Ambrose war in bester Stimmung, zeigte keinerlei Anzeichen eines Katers und brachte jeder neuen Person, die aus der Kajüte auftauchte, um der Mahlzeit *al fresco* beizuwohnen, das Frühstück. Als er dem schlaftrunkenen Kit Greeves einen Teller reichte, stellte er einige Kunstgriffe zur Schau, die er auch als Chefkoch benutzt hatte, um seine Kunden davon zu überzeugen, dass sie etwas weit mehr Exotisches aßen, als es tatsächlich der Fall war. Es war für Miranda offensichtlich, dass eine der Vorhersagen eingetreten war. Irgendwann in der Nacht war Faith Brightwell offensichtlich ihrem ehemaligen Partner erlegen. Neil verbreitete einen Hauch von Triumph, während er zwischen Bordküche und Deck auf und ab lief. Faith dagegen war mürrisch und zurückgezogen. Sie bereute ihre Kapitulation und ärgerte sich über die Art und Weise, auf die Neil es herumposaunen musste. Tania Kew war höchst gereizt. Die Fummelei mit Luke Sanderson bei Tagesanbruch war zutiefst enttäuschend gewesen, und das hatte sie ihn mit den heftigsten Worten wissen lassen. Als der Kapitän der *Sirius* schließlich ans Tageslicht kam, litt er immer noch an den Auswirkungen von zu viel Wein und Brandy. Er vermied Blickkontakt mit Tania.

Irgendwann im Laufe des Vormittags war Luke erholt genug, das Schiff an der Küste entlang zu einer ruhigen kleinen Bucht zu fahren. Es lag in einiger Entfernung vom Ufer vor Anker, sodass es den Schwimmern als Sprungbrett diente. Neil sprang als Erster hinein, darauf erpicht, seinen Körperbau zu zeigen. Luke legte einen spektakulären Hechtsprung an den Tag, darauf bedacht, Tania zu beeindrucken und zu zeigen, dass er sich völlig von den Ausschweifungen der letzten Nacht erholt hatte. Auch Faith wurde schließlich ins Wasser gelockt, aber sie blieb in einiger Entfernung von Neil, der wild um sich schlug. Auch Tania konnte der Versuchung, an einem heißen und sonnigen Morgen schwimmen zu gehen, nicht widerstehen, wenngleich sie lange am Rand des Schiffes posierte, bevor sie ins Wasser sprang, sodass die Männer ihren durchtrainierten Körper in dem knappen Bikini begutachten konnten.

Kit wagte als Letzter den Sprung. Er war dünn, muskulös und leicht gebräunt und trug eine elegante blaue Badehose. Er sah hinüber zu Miranda.

»Kommst du nicht rein?«, fragte er.

»Ich habe es dir schon gesagt. Ich kann nicht schwimmen.«

»Dann tu uns allen einen Gefallen, und spring über Bord.«

Miranda ignorierte die Stichelei und das Wasser, das über sie spritzte, als Kit hineinsprang. Sie blieb an Deck in Bluse und Hose, froh, endlich alleine zu sein. Als sie spontan anfingen, Wasserball zu spielen, begann bei den Männern der Konkurrenzkampf. Miranda sah ihnen vom sicheren Boot aus zu und beobachtete, wie leicht sie in ihre kindische Art verfielen. Faith lief träge durch das Wasser, aber Tania schnellte in Richtung Ufer, als wolle sie beweisen, was für eine gute Schwimmerin sie war. Schnell verging eine Stunde. Da sie Hunger bekommen hatten, kamen sie alle zurück zur *Sirius.* Luke ließ sich in der Sonne trocknen.

»Wir warten immer noch auf deinen Beweis, Miranda«, sagte er.

»Ja«, fügte Neil mit einem Grinsen in ihre Richtung hinzu. »Du hast mir noch nicht gesagt, welches Sternzeichen ich bin.«

»Vollidiot!«, murmelte Faith.

»Fang bei Kit an«, schlug Luke vor. »Was ist sein Sternzeichen?«

Miranda überlegte. »Ich denke, er ist Fisch«, entschied sie. »Richtig oder falsch?«

»Richtig«, gestand Kit mit finsterem Blick.

»Da hast du's!«, rief Luke. »Es funktioniert.«

Tania war immer noch skeptisch. »Eine zufällige Vermutung.«

»Es war mehr als das. Sag uns, wie du das gemacht hast, Miranda.«

»Einfach durch Beobachtung«, sagte sie. »Fisch ist das letzte der Wasser-Zeichen und das elfte Zeichen im Tierkreis. Es hat eine privilegierte Stellung. Fische sind in der Regel außergewöhnliche Menschen. Mitfühlend und verständnisvoll. Sie sind sehr edel gesinnt. In praktischer Hinsicht«, fuhr sie fort, »sind sie vom Wasser angezogen, weshalb Kit ein so guter Schwimmer ist.«

»Ich bin auch ein guter Schwimmer«, führte Luke an. »Aber mein Sternzeichen ist nicht Fisch.«

»Nein, Luke. Du wirst von der Venus beherrscht.«

Er kicherte lüstern. »Darüber lässt sich nicht streiten.«

»Auf der anderen Seite wird Kit beherrscht von Neptun, dem Planeten der Geheimnisse, der Weltflucht und der Verschleierung. Das ist leider die negative Seite daran, ein Fisch zu sein. Fische sind ausgezeichnete Märtyrer, aber tendieren auch zu Selbsttäuschung.« Sie zog wissend eine Augenbraue hoch. »Ist das eine angemessene Beschreibung von dir, Kit?«

»Nicht im Geringsten«, erwiderte er scharf.

»Ich würde sagen, sie war goldrichtig«, sagte Luke. »Was ist mit Neil und Tania?«

»An den beiden arbeite ich noch«, räumte sie ein.

»Lass mich da raus«, sagte Tania schnippisch, während sie ihr Haar trocknete. »Ich spiele nicht mit bei diesem blöden Spiel.«

Luke bewegte warnend den Zeigefinger. »Das ist kein Spiel, Tania. Es ist ein wissenschaftliches Experiment unter kontrollierten Bedingungen. Bislang hat Miranda hundert Prozent erzielt.«

»Nett zu erfahren, dass hier wenigstens einer etwas erzielt hat«, raunzte sie ihn an.

»Tania!«

»Ich gehe mich umziehen.«

Sie stürmte in die Kajüte, und Luke folgte ihr wild gestikulierend.

Neil hatte die Situation erfasst. »Vielleicht sollte ich ihm ein paar Tipps geben«, sagte er.

»Sei still, Neil!«, sagte Faith vorwurfsvoll.

»Sex ist nur eine Form von Astrologie. Himmlische Körper, die sich im selben Orbit bewegen.«

Sie war außer sich vor Wut. »Musst du es allen erzählen?«

»Die einzige Person, die nicht zu wissen scheint, dass es passiert ist, bist du, Faith.«

Jetzt war sie diejenige, die in die Kajüte stolzierte. Neil folgte ihr und überschüttete sie mit einer Mischung aus Entschuldigungen und Schmeicheleien. Eine Zeitlang hörte man laute Stimmen. Kit war mittlerweile trocken geworden und ging zu Miranda hinüber. Er schien reuevoll.

»Es tut mir leid, was ich gestern gesagt habe«, begann er. »Du hast einen wunden Punkt bei mir erwischt.«

»Dein Geheimnis ist bei mir sicher.«

»Es ist wohl kaum ein Geheimnis, Miranda. Ich glaube, Luke hat mich schon vor Jahren durchschaut.«

»Faith nicht. Sie hat mir erzählt, du seist ein wählerischer Junggeselle.«

»Genau genommen bin ich das auch.«

»Ein wählerischer Junggeselle, der nach einem anderen Junggesellen sucht.«

»Nein, Miranda. Einer, der in der Regel am liebsten mit sich alleine ist.«

»Und dennoch warst du gestern Nacht gewillt, mit mir einen Schritt zu weit zu gehen.«

»Das war ein Fehler«, sagte er herb.

»War es das?«

»Ein Beispiel dieser Selbsttäuschung, von der du gesprochen hast.«

»*Selbsttäuschung*?«

Er war ernsthaft verletzt. »Und ich dachte, du wärst eine Freundin.«

Neil Ambrose kochte ein solch hervorragendes Mittagessen für sie alle, dass er sogar Faith für sich gewinnen konnte. Reichhaltiges Essen und guter Wein halfen, die fröhliche Atmosphäre wieder herzustellen, und schon bald plauderten und scherzten sie wieder, als habe es keine Spur von Reiberei an Bord gegeben. Kit zeigte sich von seiner besten Seite, Tania schien Luke verziehen zu haben, und Miranda wurde nicht weiter belästigt, mehr Beweise für ihre astrologischen Fähigkeiten zu liefern. Die Zeit verstrich langsam. Irgendwann hatte Neil einen Arm besitzergreifend um Faith gelegt, Luke tanzte langsam mit Tania zu der Musik, die aus seinem CD-Spieler herausströmte, und Kit unterhielt sich mit Miranda über das neutrale Gesprächsthema Bücher. Es herrschte eine zufriedene Stimmung. Doch sie hielt nicht an. Neil und Faith, die ein wenig entfernt von dem Rest saßen, waren verwickelt in eine leise, aber intensive Diskussion. Als sie etwas in sein Ohr flüsterte, drehte er sich herum, um Miranda eine Beschuldigung entgegenzuwerfen.

»Stimmt es, dass du das gesagt hast?«, fragte er wütend. »Hast du Faith gesagt, sie wäre besser dran ohne mich?«

»Ja«, antwortete Miranda.

»Wieso?«

»Sie hat mich nach meiner Meinung gefragt.«

»Das geht dich einen Scheißdreck an.«

»Vermutlich.«

»Du kennst mich nicht einmal.«

»Ich weiß genug, um zu sehen, dass mein Rat vernünftig war.«

Er torkelte auf sie zu. »Was meinst du?«

»Ein Schütze kommt selten klar mit einem Krebs«, sagte sie ausgeglichen. »Und ich würde alles darauf wetten, dass du Mitte Juli geboren bist. Alles weist darauf hin, Neil. Wenn du willst, bist du liebevoll, verständnisvoll und zärtlich. Hinter all diesem Gelächter hast du eine sehr empfindliche Seele. Du bist jemand, der gerne zu Hause ist, der sein leibliches Wohl mag. Du kochst sogar. Und?«, sagte sie, »habe ich recht? Bist du Krebs?«

»Leck mich doch!«

»Das *bist* du, Neil«, sagte Faith und fiel ihm in den Rücken. »Dein Geburtstag ist der fünfzehnte Juli.«

Neil funkelte sie zornig an, als wäre er kurz davor, sie zu schlagen, dann wendete er seinen Zorn wieder Miranda zu.

»Schade, dass du nicht zusammen mit deinem Ehemann im Taxi saßt«, stieß er wütend hervor.

Immer noch in Shorts und T-Shirt sprang er über Bord ins Wasser.

Beim Abendessen herrschte eine schweigsame Atmosphäre. Obgleich sie zum selben Restaurant in Boulogne zurückgekehrt waren, konnten sie die Stimmung vom Vorabend nicht wieder aufkommen lassen. Miranda konnte merken, dass hauptsächlich ihr die Schuld dafür gegeben wurde. Tania hatte sie von vornherein nicht gemocht, aber in Kit und Neil hatte sie sich zwei neue Feinde gemacht. Als Gastgeber fühlte Luke sich verpflichtet, alle bei Laune zu halten, aber seine Freundlichkeit war halbherzig. Als Miranda sich entschuldigte und aufstand, konnten die anderen ihrer Wut freien Lauf lassen.

»Warum zum Teufel hast du diese Hexe eingeladen?«, sagte Neil an Faith gerichtet.

»Miranda ist keine Hexe«, widersprach sie.

»Na, auf jeden Fall hat sie diesen Ausflug verhext. Sie hat alles vermiest.«

»Nicht zwangsläufig«, sagte Luke. »Versucht, sie zu ignorieren.«

»Wenn wir das nur könnten!«, seufzte Tania.

»Sie ist so etwas einfach nicht gewohnt«, sagte Kit schroff. »Während wir anderen uns vergnügen, spielt Miranda die Spaßbremse.«

Neil nickte zustimmend. »Sie einzuladen war eine Katastrophe.«

»Sie hat mir leidgetan, Neil«, sagte Faith.

»Du hättest Mitleid mit *uns* haben und sie uns vom Leibe halten sollen.«

»Miranda ist gar nicht *so* schlimm«, meinte Luke und versuchte, sie zu beruhigen.

»Sie ist teuflisch!«

»Und so selbstgefällig!«, fügte Tania zu Faith gerichtet hinzu. »Miranda ist das Letzte. Was zum Himmel siehst du in ihr, Faith?«

»Ich weiß es nicht«, gestand die andere. »Sie hat sich so sehr verändert. Miranda war so lustig in Cambridge. Wir haben manchmal richtig gut zusammen gelacht. Aber jetzt …«

Neil war böse. »Sie könnte mich nur zum Lachen bringen, wenn ich hören würde, dass sie eine ihrer Prophezeiungen verschluckt hätte und daran tödlich erstickt wäre.«

»Das ist gemein!«, sagte Faith.

»Oh, ich kann noch viel gemeiner sein«, bot Tania an.

»Ich auch«, sagte Kit leise. »Ich würde die Schlampe am liebsten umbringen.«

»Das reicht jetzt!«, befahl Luke, der durch die Intensität ihres Hasses ganz beschämt war. »Wir haben Miranda nun mal am Hals, also müssen wir das Beste aus der Situation machen. Sie ist bei Weitem nicht meine Lieblingsperson, aber ich ertrage noch eine weitere Nacht mit ihr. Und ihr könnt das auch. Einverstanden?«

Ihr einwilligendes Nicken war langsam und zögernd.

Als sie zum Boot zurückgingen, entkorkte Luke ein paar Flaschen Wein und startete dann den Motor. Während die anderen an Deck scherzten, steuerte er sie zurück zu der kleinen Bucht, wo sie den

Morgen verbracht hatten. Es war der ideale Ort für eine ruhige Nacht. Er machte den Motor aus, ließ in einiger Entfernung vom Ufer den Anker herunter und gesellte sich zu den anderen. Das Trinken hatte sie alle besänftigt. Faith äußerte sich geringschätzig über das Hochschulsystem, Neil schüttelte sich vor Lachen, Tania nährte neue Hoffnung bezüglich Lukes Männlichkeit, und Kit war in allerbester Weinlaune. Als Luke ihnen von den unsauberen Geschäften erzählte, in die er von Zeit zu Zeit verwickelt war, sah Kit eine günstige Gelegenheit, sein Wissen zur Schau zu stellen.

»Ich fühle mich, als sei ich in *Das Narrenschiff*«, sagte er mit gespielter Verachtung.

»Was ist das?«, fragte Neil.

»*Das Narrenschiff* ist ein bekanntes erzählendes Gedicht von Sebastian Brant. Es wurde vor über fünfhundert Jahren geschrieben.«

»Und wieso erzählst du uns jetzt davon?«

»Weil du darin vorkommst, Neil«, sagte Kit. »Einer der Charaktere auf dem Schiff ist ein unehrlicher Koch. Ja, Luke, auch ein Wucherer ist an Bord. Ebenfalls ein völliger Dummkopf. Es gibt sogar einen skrupellosen Anwalt wie Tania und einen anmaßenden Gelehrten wie Faith.«

»Ich bin nicht anmaßend!«, stritt Faith ab.

»Doch, das bist du«, sagte Neil und lachte.

»Was ist mit Miranda?«, fragte Luke. »Ist sie auch auf diesem Narrenschiff?«

»Oh ja«, sagte Kit. »Es gibt eine trendige Theologin, die genau so klingt wie Miranda.«

»Du vergisst den Büchernarren«, sagte Miranda schroff. »Der Büchernarr nimmt die erste Stelle ein auf dem Schiff. Er sitzt am Bug, umgeben von nutzlosen Büchern. Du hättest ihm als Vorbild dienen können, Kit.«

Kit warf ihr einen stechenden Blick zu, aber sagte nichts. Die anderen kicherten auf seine Kosten. Als sein Glas leer war, war er der Erste, der ins Bett ging, aber nicht aus Müdigkeit. Als er in seiner Koje lag, kochte Kit Greeves vor Wut. Oben an Deck erlaubte Tania Luke, einen Arm um sie zu schlingen und eine Brust zu liebkosen. Neils Hoffnungen auf eine Versöhnung mit Faith waren zum Scheitern verurteilt. Jedes Mal, wenn er versuchte, ihr näherzukommen, wich sie ihm aus. Er warf Miranda vor, sich zwischen sie gestellt zu haben. Nach langem Warten brachte er seine verletzten Gefühle zu Bett. Luke und Tania waren das einzige Pärchen, das sich die Koje teilen würde. Als sie in Richtung Kabine gingen, erinnerte er sich an etwas.

»Du hast uns nicht gesagt, was Tanias Sternzeichen ist, Miranda.«

»Und das wird sie auch nicht«, sagte Tania und zog ihn weg. »Es reicht mit diesem Unsinn für heute.«

Die beiden Frauen blieben alleine zurück. Ihre Freundschaft war leise zerbrochen.

»Wenn man alles bedenkt«, sagte Faith reumütig, »wäre es wohl besser gewesen, du wärst nicht mitgekommen.«

»Du warst diejenige, die mich gedrängt hat, Faith.«

»Ich wollte dich als Puffer gegen Neil.«

»Um genau zu sein, hatte ich gehofft, du hättest mich meinetwegen eingeladen.«

»Ja«, fügte Faith schnell hinzu. »Das auch, natürlich. Es tut mir leid, dass es nicht funktioniert hat. Ich dachte, du würdest alle mögen.«

»Habe ich auch«, sagte Miranda. »Das Problem war, dass sie *mich* nicht mochten.«

»Besonders Tania. Sie hat kein gutes Haar an dir gelassen.«

»Tania hat viele Probleme. Wer würde das nicht, wenn er im Fernen Osten von einer Familie katholischer Missionare aufgezogen worden wäre?« Sie lachte hohl. »Das reicht, um irgendjemanden zu verfluchen.«

»Kommst du ins Bett?«

»Nein«, sagte Miranda. »Ich bleibe noch hier und genieße die Sterne. Solange ich kann.«

Es passierte Stunden später, nachdem sie endlich auf dem Deck der *Sirius* eingeschlafen war. Es war eine feuchte Nacht, und das Schiff tanzte behutsam auf der Dünung. Miranda Hart hörte nicht die Schritte, die aus der Kajüte kamen und sich ihr heimlich näherten. Ihre Träume wurden jäh unterbrochen durch etwas Hartes und Metallisches, das die Seite ihres Schädels traf. Gefangen zwischen Schlaf und Wachsein konnte sie die Hände nicht abwehren, die sie über die Reling ins unversöhnliche Wasser stießen. Als der Anker gezogen wurde, trieb die *Sirius* langsam mit der Strömung ins Meer hinaus. Schnell war sie weit entfernt vom Ort des Verbrechens.

Kurz vor Sonnenaufgang erwachte Luke Sanderson aus einem tiefen Schlaf und realisierte, dass sein Schiff nicht länger vor Anker lag. Er stieg über den nackten Körper von Tania neben ihm, stieg an Deck und sah, dass sie sich draußen auf dem Ärmelkanal befanden und von den Wellen hin- und hergeworfen wurden. Er startete den Motor, um Kontrolle über das Schiff zu bekommen. Es dauerte nicht lange, bis die anderen von dem Geräusch wach wurden. Einer nach dem anderen torkelten sie an Deck. Faith war die Letzte, die an Deck kam.

»Wo ist Miranda?«, sagte sie.

»Ist sie nicht in ihrer Koje?«, fragte Luke.

»Nein, sie ist hier oben geblieben letzte Nacht. Als ich schlafen gegangen bin, wollte sie noch Sterne gucken.«

»Sie muss irgendwo auf dem Schiff sein«, sagte Kit und rieb sich den Schlaf aus den Augen.

Luke war beunruhigt. »Wo kann sie sonst sein?«

Die Suche war kurz, aber gründlich. Es gab keinen Zweifel, Miranda war verschwunden. Die einzige Erklärung war, dass sie irgendwie über Bord gegangen war. Da sie mehrere Meilen von ihrem Ankerplatz in der Bucht entfernt waren, hatten sie keine Ahnung, wo und wann es zu ihrem Verschwinden gekommen war. Alle waren in Aufruhr. Luke fühlte sich persönlich verantwortlich für das Verschwinden eines Passagiers. Kit fragte sich, ob sie die vermisste Person der französischen Küstenwache melden sollten. Tania wies darauf hin, dass Miranda irgendwie an Land hätte gehen können, verunsichert durch die allgemeine Antipathie, die ihr entgegengebracht wurde. Faith betonte, dass ihre Freundin nicht ohne ihre persönlichen Sachen gegangen wäre, und ging in die Kajüte, um nach ihnen zu gucken. Es war Neil Ambrose, der den Gedanken in Worte fasste, der sie alle am meisten beunruhigte.

»Jemand hat sie über Bord geworfen«, schlussfolgerte er. »Miranda konnte nicht schwimmen.«

»Wer würde so etwas tun?«, sagte Kit ungläubig.

Neil war ehrlich. »Es gab einen Moment gestern, wo ich es liebend gern getan hätte«, gestand er. »Die Frau ist mir dermaßen auf den Wecker gegangen.«

»Mir auch«, sagte Tania. »Aber sie tot zu wünschen und sie tatsächlich zu töten sind zwei unterschiedliche Dinge. Ich meine, wo ist der Beweis?«

»Jemand hat den Anker hochgezogen«, sagte Luke. »Das ist unser Beweis.«

»Es ist nur eine Vermutung«, argumentierte sie. »Miranda könnte das auch selbst getan haben.«

»Da stimme ich dir zu«, sagte Kit. »Vielleicht wollte sie uns allen einen Streich spielen und ist dabei über Bord gegangen.«

Neil war nicht überzeugt. »Warum hat sie dann nicht um Hilfe gerufen?«

»Vielleicht hat sie das. Und wir waren zu betrunken, um es zu hören.«

»Ich habe tief und fest geschlafen«, sagte Luke. »Selbst ein Taifun hätte mich nicht geweckt. Eins ist sicher«, fügte er hinzu und blickte auf das Wasser hinaus. »Es ist sinnlos, nach ihr zu suchen. Miranda könnte überall in einem Umkreis von mehreren Meilen sein. Wir werden nie wissen, was passiert ist.«

»Da bin ich mir nicht so sicher«, verkündete Faith und kam mit einem großen Tagebuch in der Hand an Deck. »Das habe ich in Mirandas Tasche gefunden. Darin steht das persönliche Horoskop, was sie erwähnt hat.«

Kit schauderte. »Es war so unheimlich präzise. Miranda hat uns gewarnt, dass einer von uns frühzeitig sterben würde. Sie wusste nicht, dass sie es sein würde.«

Faith hielt das Tagebuch hoch. »Oh doch, das wusste sie. Sie hat sogar den Namen des Mörders genannt.«

»Das ist unmöglich!«, stieß Tania aus.

»Wir können nicht einmal sicher sein, dass sie ermordet *wurde*«, sagte Neil.

»Doch, das können wir«, sagte Faith und blickte sie der Reihe nach an. »Du hattest Grund, sie über die Reling zu stoßen, Neil. Das Gleiche gilt für Kit. Irgendwie hat sie es geschafft, ihn richtig zu verärgern. Und ich glaube nicht, dass du, Luke, außer dir vor Freude warst über sie.«

»Ich?«

»Du arrangierst diesen Trip, und dann kommt Miranda und ruiniert ihn.«

»Nicht absichtlich.«

Tania war aufmerksam. »Und was war das mit dem Namen des Mörders?«

»Dazu komme ich noch«, sagte Faith. »Jetzt wird mir klar, warum du nicht mitmachen wolltest bei diesem Ratespiel über die Sternzeichen, Tania. Die Sternzeichen zählen nicht so für dich, nicht wahr? Du bist in China geboren. Da haben sie ihre eigene Astrologie.«

»Und?«

»Ich vermute, dass du Anfang 1978 geboren wurdest, sagen wir im Februar.«

»Was wäre, wenn das stimmt?«

»Dann wärst du im Jahr des Pferdes geboren. Guck, was dazu in Mirandas Tagebuch steht, Tania«, sagte Faith und streckte es ihr hin. »Lies es. ›Dieses Jahr werde ich von einem Pferd getötet werden.‹ In diesem Fall war es ein Seepferdchen, aber es kommt aufs selbe hinaus. Du hast sie über Bord gestoßen, stimmt's, Tania? Du steckst hinter all dem.«

Tania versuchte es eisern zu leugnen, aber ihre Schuld war für alle offensichtlich. Mit wild hin- und herblickenden Augen stützte sie sich gegen die Reling. Neil und Kit blickten sie voller Abscheu an. Luke war entsetzt von der Vorstellung, dass er mit einer Frau geschlafen hatte, die mitten in der Nacht ihre Koje verließ, um einen Mord zu verüben. Faith ließ das Tagebuch zuschnappen.

»Sag ihnen, was 2002 für ein Jahr ist, Tania«, sagte sie. »Das chinesische Jahr des Pferdes.«

Originaltitel: »The Sea Horse«
Aus dem Englischen von Sabine Rissmann

DIE AQUARIUS MISSION

von Brendan DuBois

Wie bei den meisten Problemen, mit denen ich in der Vergangenheit zu kämpfen hatte, fing auch diesmal alles mit meinen Eltern an.

Meine Mutter rief an, kaum dass ich an einem Tag im März in meinem Apartment nahe des Campus der University of New Hampshire offline gegangen war. Ich hatte einen weiteren deprimierenden Vormittag im Internet zugebracht und die spärlich gesäten Jobangebote für studentische Hilfskräfte durchforstet, die von anderen Colleges und Universitäten in Neuengland für das Herbstsemester angeboten wurden. Meine Noten waren ganz passabel gewesen, doch der Versuch, das Niveau zu halten und gleichzeitig noch zwei bis drei Halbtagsjobs nachzugehen, hatte sich als schwierig erwiesen.

»Jason?«, rief sie. »Hast du etwa den ganzen Morgen telefoniert?«

Ich lehnte mich in dem durchgesessenen Sofa zurück, das an einer Ecke nur durch den geschickten Einsatz eines Betonblocks in der Waagerechten gehalten wurde. »Ich war im Internet, Ma, hab mich dort nach einem Job für den Herbst umgesehen. Du weißt doch, wie wichtig das für mich ist.«

»Na ja, wenn du es sagst«, entgegnete sie. Selbst über die zirka einhundert Meilen hinweg, die uns trennten, war ihr missbilligender Tonfall nicht zu überhören. Meine Mutter und mein Vater sind schon ein ganz besonderes Paar: Sie lernten sich in der Glanzperiode der 1960er Jahre kennen, und anders als die meisten ihrer Altersgenossen haben sie den Mantel der ständigen Auflehnung gegen das System nie abgestreift. Ich glaube, die Tatsache, dass ich ans College ging, gute Noten nach Hause brachte und nun auch noch studierte, ist für sie eine herbe Enttäuschung gewesen. Vermutlich hätten sie es lieber gesehen, wenn ich stattdessen nach Mexiko durchgebrannt wäre und mich irgendeiner landwirtschaftlichen Genossenschaft oder Guerillatruppe angeschlossen hätte. Meine Eltern betreiben ein Café in Maine, wo sie auch Bio-Tofu, fair gehandelte Kaffeebohnen und mit jeder Bestellung eine gehörige Portion Gesinnung an den Mann bringen.

»Wie geht's Dad?«, fragte ich.

»Der ist nicht da«, sagte sie. »Er ist zur Demo vor dem Postamt gegangen.«

Ich massierte mir die Stirn und schloss die Augen. »Man wird ihn doch wohl hoffentlich nicht wieder verhaften, oder?«

»Nur wenn die Cops überreagieren«, erwiderte sie.

»Wogegen protestiert er denn diesmal?«

»Genmanipulierte Tomaten, darum geht's«, sagte sie.

»Und die Post ist schuld an genmanipulierten Tomaten, weil …«

»Ach, was soll's«, schnappte sie. »Ich hab dich nicht angerufen, um mir dein Gespött anzuhören. Es geht um deinen Großvater Morris.«

»Was ist mit ihm?«, fragte ich, während ich an den alten Mann dachte, George Morris, der Vater meines Vaters, der vor Jahren aus dem Auswärtigen Amt ausgeschieden und in Pension gegangen war. Ich hatte mir immer vorgestellt, dass die Gespräche beim Abendessen zwischen Dad und Großvater recht interessant gewesen sein mussten, damals in den Sechzigern, doch Vater hatte nie ein Wort über diese lang zurückliegenden Debatten verloren. Inzwischen lebte Großvater Morris unten im Süden, und abgesehen von gelegentlichen Geburtstags- oder Weihnachtsgrußkarten hatte ich seit Jahren nichts mehr von ihm gehört.

»Er hat gestern Abend hier angerufen«, sagte meine Mutter.

»Großvater möchte dir bei deiner Ausbildung unter die Arme greifen.«

Ich fuhr mit einem solchen Ruck in die Höhe, dass die Couch von dem Zementblock rutschte und ich um ein Haar auf dem Boden gelandet wäre. Dennoch hielt ich den Hörer auch weiterhin fest umklammert: »Du machst doch Witze, Ma, oder?«

»Nein, ganz und gar nicht«, antwortete sie. »Ich hätte dich eigentlich gar nicht angerufen, aber dein Vater hat darauf bestanden. Wenn du mich fragst, ich bin der Meinung, dass du dir dein Studium selbst finanzieren solltest.«

»Ja, vielen Dank«, entgegnete ich trocken.

»Wie dem auch sei«, sagte sie. »Großvater Morris ist jedenfalls ganz versessen darauf, dir zu helfen. Er hat sogar schon die nötigen Unterlagen geschickt, da Vater eine Vollmacht für die Spar- und Girokonten deines Großvaters besitzt. Der alte Mann will für deine Ausbildung aufkommen, so lange, wie du möchtest.«

So lange, wie ich … »Sag das noch mal.«

Sie seufzte. »Du hast richtig gehört. Solange du möchtest. Studium und Aufbaustudium, falls du noch weitere Abschlüsse oder deinen Doktor machen möchtest, oder was auch immer. Kann man das als Astrologie-Student überhaupt? Seinen Doktor machen?«

»Astronomie«, korrigierte ich sie mechanisch, während ein Teil von mir bei dem Gedanken, mein Studium fortsetzen zu können, ohne mir Gedanken ums Geld machen zu müssen, Luftsprünge vollführte. Großvater war schon immer gut betucht gewesen, aber auch nicht gerade für seine Verschwendungssucht bekannt. Seinen Geburtstagskarten, die jedes Jahr eintrafen, war stets eine Eindollarnote beigelegt, doch in dem Moment, in dem man achtzehn wurde, war es mit dem Geldsegen vorbei. Mit achtzehn, so seine Einstellung, konnte man gut und gerne für sich selber sorgen.

»Wie bitte?«, fragte sie.

»Astronomie, Ma«, wiederholte ich. »Ich studiere Astronomie, nicht Astrologie. Ein großer Unterschied.«

»Na ja«, meinte sie geringschätzig. »Bei beidem geht's doch um Sterne und Planeten. Ich kann da keinen Unterschied erkennen.«

Wäre es möglich, sich auf die Zunge zu beißen, ohne dabei die Zähne zu benutzen, so tat ich es in diesem Moment. Meine Mutter redete weiter, und beinahe hätte ich überhört, dass sie sagte: »Ach, übrigens. Großvater meinte, dass du seine finanzielle Unterstützung nur unter einer Bedingung erhältst.«

Oh-oh, dachte ich und hatte plötzlich das Gefühl, als wären sämtliche Fenster meines Apartments aufgeflogen und ließen den kalten Märzwind herein. »Los, sag schon, was für eine Bedingung?«

»Er will, dass du ihn auf eine Reise begleitest. Nach Florida. Auf seine Kosten.«

»Für wie lange?«

»Nun, hast du demnächst nicht Frühjahrssemesterferien oder so was?«

»Ja …«

»Wäre da nicht eine kleine Reise nach Florida ganz nett?«

Sicher. Strände, kalte Drinks, Mädels, so knapp bekleidet wie gerade noch erlaubt und ganz scharf darauf, sich in weniger als einer Woche die perfekte Bräune zuzulegen. Ja, das wäre nett, sah man einmal davon ab, dass ich in Begleitung eines senilen alten Herrn dort sein würde, der vermutlich noch nicht mal mehr alleine zur Toilette gehen konnte. Dennoch, für das Angebot, das er mir unterbreitete, hätte ich ihn fast überallhin begleitet.

»Wohin in Florida soll's denn gehen? Hat er das gesagt?«

»Zu diesem Kap da unten, wo das Spaceshuttle immer startet.«

Oh. Cape Canaveral. Swinging Miami oder Fort Lauderdale konnte ich mir wohl abschminken. Na ja, Cocoa Beach würde eben auch reichen müssen. »Okay«, sagte ich. »Wie machen wir's? Soll ich runter nach Charleston fliegen, und von da aus geht's dann gemeinsam weiter nach Orlando?«

»Äh, nein«, erwiderte sie. »Er will nicht fliegen. Er möchte, dass du ihn nach Florida fährst.«

»Fährst?« Die Vorstellung von langen Tagen an den beschaulichen Stränden von Cocoa Beach begann zu verblassen. Stattdessen stieg in mir das Bild von langen Tagen in einem Leihwagen auf, auf dem Weg nach Süden und mit Großvater auf dem Beifahrersitz, der mir wirre Geschichten über seine diplomatischen Heldentaten im Auswärtigen Amt erzählte, während er gleichzeitig nach Restaurants mit Sonderangeboten für Frühaufsteher Ausschau hielt …

Aber ein Vollstipendium … Keine Jagd auf irgendwelche Studentenjobs mehr. Die Aussicht, sich etwas mehr Zeit lassen, sich bei ein paar wirklich guten Hochschulen bewerben zu können, sich keine Sorgen mehr über Studiengebühren machen zu müssen. Alles wurde bezahlt.

»Klar, Ma, mach ich. Selbst per Pferdekutsche, wenn er darauf bestehen sollte. Sag mal, hat er –«

»Bleib dran, da kommt gerade ein anderer Anruf«, unterbrach sie mich und schickte mich prompt in die Warteschleife. Ich starrte an die rissige Zimmerdecke und auf den abbröckelnden Putz an den Wänden und musste plötzlich grinsen. Die Übernahme der kompletten Studiengebühren, für welches Studium auch immer ich wollte. Das klang zu schön, um wahr zu sein.

»Das war dein Vater«, verkündete die aufgekratzte Stimme meiner Mutter. »Ich muss los.«

»Ist er wieder verhaftet worden?«, fragte ich, doch die Leitung war bereits tot. Sie hatte aufgelegt. Das tat ich auch, dann klatschte ich in die Hände und hüpfte vor Freude in meinem Apartment umher. Gib dir ordentlich Mühe als Reiseleiter, mein Junge, sagte ich mir, dann rückt der alte Knabe vielleicht noch ein paar Dollar zusätzlich heraus, damit du dir ein Apartment mit einem Sofa leisten kannst, das vier Beine hat.

Was für ein Deal.

Eine Woche später saß ich, noch ein wenig unvertraut mit den vielen Hebeln und Schaltern am Armaturenbrett, hinter dem Steuer eines Leihwagens und hielt vor einem städtischen Gebäude für betreutes Wohnen, in dem mein Großvater, etwas außerhalb von Charleston, South Carolina, lebte. Ich hatte befürchtet, ihn erst noch eine Weile in der Anlage suchen zu müssen, doch er überraschte mich damit, dass er vor dem weißen Betonbau bereits auf einer hellgrünen Parkbank auf mich wartete. Ich parkte den Wagen und stieg aus, woraufhin er sich erhob und mir zuwinkte. Er trug einen leichten blauen Anzug zu einem weißen Hemd und keine Krawatte. Sein weißer Bart war kurz, und abgesehen von einem ebenfalls weißen Haarkranz war er kahl. Ich ging auf ihn zu; die blauen Augen hinter der Brille mit Metallgestell wirkten wässrig.

»Jason, mein Junge, meine Güte, bist du gewachsen!«, sagte er und empfing mich mit festem Händedruck. Ein kleiner gelbbrauner Koffer stand zu seinen Füßen, daneben ein schwarzes Gepäckstück, das wie eine Sporttasche aussah.

»Danke, Großvater«, erwiderte ich und griff nach seinem Koffer. »Du siehst auch gut aus. Bereit zur Abreise?«

Er grinste. »Und ob. Es ist so wunderbar, diese erstickende Enge einfach mal hinter sich zu lassen, wenn auch nur für kurze Zeit. Nichts gegen die netten Leute, die den Laden hier schmeißen, aber die denken immer gleich, man wäre krank, wenn man mal keine Lust hat, Scrabble zu spielen oder an Bastelkursen teilzunehmen oder – hey, fass das nicht an!«

Mit seinem Koffer in der Hand trat ich einen Schritt zurück. »Verzeihung«, sagte ich und bereute es fast schon, dieser Reise zugestimmt hatte. »Ich wollte nur deine Sporttasche nehmen.«

»Nichts da, die trage ich selbst«, entgegnete er. Er hob die Tasche vom Boden auf und umklammerte sie vor der Brust. Seltsamerweise waren, als er mich angeschnauzt hatte, auf seinem Gesicht rote Flecken erschienen, als ob er seine Wut nur mit Mühe hatte zurückhalten können. Doch jetzt schüttelte er nur den Kopf und lächelte erneut, ganz der freundliche alte Herr, als den ich ihn in Erinnerung hatte.

»Aha«, erwiderte ich. »Okay. Also, bist du so weit?«

Er lächelte immer noch. »Ja, Jason, brechen wir auf.«

Kurz darauf befanden wir uns auf der Route 17 und fuhren Richtung Interstate 95. Während ich am Steuer die Landschaft in mich aufzunehmen versuchte – noch nie hatte ich, der ich in Neuengland aufgewachsen war, eine derart flache Gegend gesehen, mit all den Sümpfen, Flüssen und Marschen –, bemühte ich mich gleichzeitig, ein Gespräch mit Großvater in Gang zu halten. Doch schon bald wurde die Konversation ebenso flach wie die Umgebung.

»Großvater, ich weiß es wirklich sehr zu schätzen, dass du mich bei meiner Ausbildung unterstützen willst«, sagte ich.

»Hm-hm.«

Einige Meilen später setzte ich abermals an: »Das eröffnet mir hinsichtlich der in Frage kommenden Hochschulen und Studienziele ganz neue Möglichkeiten.«

»Hm-hm.«

Ich wandte den Kopf. Er saß einfach nur da, mit einem leichten Lächeln auf den Lippen, die schwarze Sporttasche auf dem Schoß, und schaute zu, wie die Landschaft an uns vorüberrauschte. Ich räusperte mich. »Brauchst du irgendwas, Großvater? Möchtest du was trinken? Oder eine Kleinigkeit essen? Irgendetwas?«

Prüfend schaute er mich an, nach wie vor mit diesem Lächeln im Gesicht, doch in den Augen einen Anflug von Unmut. »Hör mal, Jason. Ich melde mich schon, wenn ich irgendwas brauche, okay? Was zu trinken, einen Snack, eine Pinkelpause. Und bis es so weit ist, entspannen wir uns einfach und hören etwas Musik. Wir müssen nicht versuchen, von heute auf morgen irgendwelche besonderen Bande zwischen uns zu knüpfen. Wir machen einfach eine gemütliche Reise und kommen frisch und ausgeruht in Florida an. Ist das in deinem Sinne?«

»Sicher.«

»Oh. Noch was. Ich möchte, dass wir in kleinen Motels übernachten, etwas abseits vom Rummel. Nicht in diesen großen Rasthausketten. Ich will dahin, wo es einen ordentlichen Nachthimmel gibt.«

»Warum?«, fragte ich.

»Dumme Frage«, sagte er. Er wandte sich ab und blickte aus dem Fenster. »Damit ich die Sterne sehen kann.«

Wir kamen gut voran auf der Interstate 95, und noch vor Einbruch der Dunkelheit ließen wir die Grenze zu Georgia hinter uns. Ich verließ die Schnellstraße und hielt kurz darauf an einer Raststätte namens Welcome Place Inn. Ich hatte mich für sie entschieden, weil sie in einer abgelegenen, nur spärlich beleuchteten Gegend lag und somit Hoffnung bestand, dass der Nachthimmel für Großvaters Ansprüche finster genug sein würde. Es war eine typische Motelanlage mit Parkplätzen, einstöckigen Unterkünften und einem stillgelegten Swimmingpool. Nachdem wir in dem gegenüberliegenden Restaurant ein Abendessen zu uns genommen hatten, über das man besser den Mantel des Schweigens breitete, kehrten wir dorthin zurück. Großvater hakte sich bei mir ein und sagte: »Noch einen Blick in den Sternenhimmel, Jason, und dann ab ins Bett. Einverstanden?«

»Klingt gut«, erwiderte ich in dem immer stärker werdenden Bedürfnis, mich hinzulegen, damit sich meine aufgewühlten Magensäfte wieder beruhigen konnten. Wir schlenderten um den Motelparkplatz herum, an dessen Ende sich uns ein eindrucksvoller Blick auf den westlichen Nachthimmel bot. Der östliche Sternenhimmel wurde fast völlig von den Lichtern Savannahs überstrahlt. Seufzend legte Großvater den Kopf in den Nacken. »Wunderschön, findest du nicht auch?«

Ich musste ihm recht geben, es war wunderschön. Es war eine mondlose Nacht, und die Sterne erstrahlten heller und klarer, als ich sie jemals zuvor wahrgenommen hatte. Und im Westen, tief am Himmel, leuchteten drei Sterne, die eigentlich gar keine waren: Jupiter, Saturn und Mars.

»Ja, Großvater. Ein herrlicher Nachthimmel. Hoffentlich bekommen wir weiter südlich noch mehr davon zu sehen.«

Eine Weile standen wir einfach nur da und lauschten dem Dröhnen des Verkehrs in der Ferne. »Hat es nicht etwas Erhebendes«, begann er schließlich, »wenn man sich vorstellt, dass du und ich gerade dieselben Himmelskörper betrachten, die schon Franklin D. Roosevelt gesehen hat, zu denen auch Lincoln und Napoleon und Washington aufgeschaut haben, die mittelalterlichen Ritter, die römischen Eroberer, die Pharaonen Ägyptens – den ganzen weiten Weg zurück durch die Zeit, durch die gesamte Geschichte. All diese Menschen, all unsere Ahnen, sahen exakt das, was wir in diesem Augenblick sehen. Häuser wachsen in den Himmel und stürzen wieder ein, Flüsse verändern ihren Lauf, ja, selbst ganze Berge werden abgetragen, aber diese Lichter da oben, sie sind unvergänglich.«

Mein Magen bereitete mir inzwischen echte Probleme, und mir fiel ein, dass sich in meinem Koffer auch Tabletten gegen Sodbrennen befanden. »Ja, wirklich ein erhebender Gedanke, Großvater.«

»Die Sterne. Glaubst du nicht auch, dass die Sterne dein Leben bestimmen, Jason?«

Ich musste mir ins Gedächtnis rufen, dass Großvater der Vater meines Vaters war und nicht der meiner Mutter. Zwar neigten beide ein wenig zu Spinnereien, aber Vater stand doch etwas fester mit den Füßen auf dem Boden, als Mutter es tat, obwohl Großvater allmählich klang, als ob er ihrem Familienzweig angehörte. »Nein, nicht wirklich, Großvater.«

»Oh. Du hältst nichts von Astrologie?«

Ich seufzte. Mein Magen revoltierte. »Nein. Tut mir leid, damit kann ich nicht dienen.«

»Aber du studierst doch Astronomie, richtig? Lernst du da nicht auch etwas über die Sterne?«

»Na ja, eher etwas über die Planeten«, erwiderte ich. »Ich interessiere mich mehr für planetarische Astronomie als für stellare. Insbesondere für den Mars. Es gibt da mehr Raum für neue Entdeckungen mithilfe von Sonden und Satelliten oder bodengestützten Beobachtungssystemen. Stellare Astronomie ist mir zu theoretisch.«

»Oh. Aber ist dir denn nicht bewusst, dass sich die Astronomie überhaupt erst aus der Astrologie heraus entwickelt hat, Jason? Dass es ohne die Astrologie, dem Vorläufer dieser Wissenschaft, die moderne Astronomie nicht einmal gäbe?«

»Kann schon sein«, sagte ich. »Aber das ist ungefähr so, als wolltest du einem Medizinstudenten erzählen, er solle sich eingehender mit der Alchemie befassen. Das alles ist so lange her, dass es heute so gut wie bedeutungslos ist.«

»Aber eine Menge Leute glauben an Astrologie«, entgegnete er.

»Ja«, konterte ich. »Und eine Menge Leute glauben auch, dass Elvis noch lebt.«

Er lachte. »Was ist dein Sternzeichen, Jason?«

»Weiß ich nicht.«

»Natürlich weißt du das. Jeder kennt doch sein Sternzeichen, selbst wenn er nicht an Astrologie glaubt. Du bist Wassermann, stimmt's? Aquarius, der Hüter der Quellen. Das bist du doch, hab ich recht?«

»Ich schätze, ja«, erwiderte ich.

Er zog mich am Arm. »Komm, ich will dich nicht länger vom Schlafen abhalten. Lass uns zurück in unser Zimmer gehen. Wir haben einen langen Tag vor uns. Und schon bald wirst du erkennen, wie alles auf Aquarius hinausläuft.«

Mit Erleichterung nahm ich zur Kenntnis, dass Großvater weder schnarchte noch im Schlaf redete, noch ein halbes Dutzend Mal in der Nacht zur Toilette musste. Ich schlief in Unterhosen, er in einem beigefarbenen Pyjama. Er übertrug mir die Verantwortung über Fernbedienung und Zimmerbeleuchtung, verkroch sich in sein Bett und war bereits zehn Minuten später im Reich der Träume. Nach einem Frühstück, das nur geringfügig besser war als das Abendessen zuvor, machten wir uns wieder auf den Weg nach Süden, Richtung Florida. Wir fuhren spät los, aber das war nicht weiter schlimm. Wenn wir gut durchkamen, würden wir unser Ziel in knapp zwei Tagen erreicht haben. Was mir Gelegenheit bot, ihn während der Fahrt etwa eine Stunde lang mit Fragen zu löchern.

»Gibt es etwas Bestimmtes, das du in Cape Canaveral sehen möchtest?«, fragte ich ihn.

»So dies und das, im Grunde genommen alles«, entgegnete er, die Sporttasche wieder auf dem Schoß. »Sogar eine bestimmte Person.«

»Wen denn?«

Er lächelte und lehnte sich im Beifahrersitz zurück. Seine Augenlider flatterten. »Das wirst du schon früh genug erfahren. Jedenfalls ist es jemand, für den ich mich einmal sehr interessiert habe, bevor ich in den Ruhestand getreten bin.«

»Ach ja?«

»Ja«, erwiderte er. Er schloss die Augen. »Damals, während meiner Zeit in Langley.«

»Langley?«, fragte ich.

Doch er antwortete nicht. Nur sein regelmäßiges Atmen war noch zu hören. Er war eingeschlafen.

Langley.

An einer Fernfahrerraststätte südlich von Brunswick, Georgia, nicht weit von der Grenze zu Florida, machten wir Halt, um zu tanken und zu Mittag zu essen. Während Großvater sich auf der Herrentoilette frisch machte, rief ich von einem Münztelefon, das sich im Eingangsbereich befand, bei meinen Eltern an und sprach, wieder einmal, mit meiner Mutter.

»Wie läuft's auf eurer Reise?«, fragte sie.

»Ganz gut, schätze ich. Hör mal, kannst du –«

»Bring mir doch ein paar Heilkristalle mit, wenn du zurückkommst, kannst du das machen?«

»Bitte?«

»Ihr kommt doch bestimmt unterwegs an irgendeinem Laden vorbei, in dem sie Heilkristalle verkaufen«, sagte sie. »Ich brauche eine ganz bestimmte –«

Großvater kam von der Toilette zurück und schnappte sich eines der ausgelegten Werbeblättchen. »Ma«, unterbrach ich sie. »Wir müssen gleich weiter. Hör mal, wo hat Großvater eigentlich gearbeitet, als er in Washington war?«

Sie seufzte. »Das weißt du doch. Beim Auswärtigen Amt. Er war dort Konsulatsbeamter oder so was.«

»Niemals für die CIA?«

»Die was?«

»Hat Großvater jemals für die CIA gearbeitet? In Langley, Virginia?«

Sie lachte. »Hat er dir das etwa erzählt? Hör zu, Jason, er kommt allmählich in die Jahre und entwickelt wohl Schuldgefühle für das, was er getan hat, dafür, dass er während der Vietnam-Ära für die Regierung gearbeitet hat. Also erfindet er sich einfach neu und erzählt dir irgendwelche Geschichten –«

Mir war klar, dass sie tagelang sauer auf mich sein würde, aber wir mussten los. Ich legte auf.

Großvater kam zu mir herüber, das Gratisblättchen unter dem Arm. »Mit wem hast du telefoniert?«

»Mit meiner Mutter.«

Er verzog das Gesicht. »Und? Alles in Ordnung zu Hause?«

»Klar«, erwiderte ich. »Alles bestens.«

Mit der Zeitung verpasste er mir einen leichten Schlag in die Seite. »Wer's glaubt, wird selig. Wie sieht's aus, fahren wir weiter?«

Nachdem wir erneut eine Weile gefahren waren, hielt ich es nicht länger aus. »Großvater«, fragte ich, »für wen hast du eigentlich vor deiner Pensionierung gearbeitet?«

»Für die Regierung, das ist dir doch bekannt«, antwortete er.

»Ich weiß, dass du für die Regierung gearbeitet hast, aber für welche Abteilung?«

Er trommelte mit den Fingern auf der Sporttasche. »Für das Auswärtige Amt natürlich.«

Ich kam mir völlig idiotisch vor, aber ich ließ nicht locker. »Nicht für die CIA?«

»Die CIA?«, fragte er und lachte. »Wer hat dich denn auf diese Idee gebracht?«

Du, dachte ich, doch ich sagte: »Oh, ich glaube, Ma ... früher mal irgendwann.«

Er lachte erneut. »Sei mir nicht böse, Jason. Aber deine Mutter ...«

Ich beschloss, das Thema fallen zu lassen.

Ein weiterer Abend, ein weiteres Motel, diesmal in Nordflorida. Abermals hatte ich das Glück, eine Unterkunft zu finden, die Großvaters Wünschen entsprach. Die Gegend war sumpfig und flach, und wieder hatten wir eine hervorragende Sicht nach Westen. Am Himmel war die schmale Sichel des Neumondes zu erkennen, gleich neben den drei Lichtern von Jupiter, Saturn und Mars. Wir hockten auf einem großen Steinblock am Ende des Parkplatzes, und Großvater fragte: »Was hast du eigentlich gegen Astrologie?«

Ich seufzte. »Wo soll ich anfangen? Es existiert doch keinerlei wissenschaftlicher Beweis dafür, dass es so etwas wie astrologische Zusammenhänge überhaupt gibt. Zu glauben, dass eine bestimmte Position der Sterne und Planeten zum Zeitpunkt deiner Geburt dein ganzes Leben bestimmt, deine Persönlichkeit, deine Zukunft ... vollkommen lächerlich. Besonders wenn man bedenkt, dass sich seit der Erfindung des Horoskops vor Tausenden von Jahren die Sternenkonstellationen nicht unwesentlich verändert haben.«

»Okay, zugegeben, aber glaubst du nicht trotzdem, dass die Sterne und Planeten irgendeinen Einfluss auf uns haben?«

»Großvater, selbst der Arzt und die Krankenschwestern, die bei der Geburt anwesend sind, haben einen stärkeren Gravitationseinfluss auf das Kind als die Position des Saturns.«

»Wer hat denn was von Gravitation gesagt? Vielleicht gibt es ja da draußen irgendetwas, das in einer wie auch immer gearteten Weise Einfluss darauf hat, was für eine Art von Mensch man ist, irgendeine Kraft, die sich mit wissenschaftlichen Methoden nicht messen, ja nicht einmal erfassen lässt? Wäre das nicht denkbar?«

Da es schon reichlich spät geworden war und ich ihm darüber hinaus nicht die gute Laune verderben wollte, beschloss ich, die Diskussion nicht weiter zu vertiefen. »Sicher, Großvater. Denkbar ist alles.«

»Schau doch nur«, sagte er mit sanfter Stimme. »Sieh dir doch bloß diesen traumhaften Neumond an. Und die Sterne, dort bei diesen drei Planeten. Seit Jahrtausenden versucht die Menschheit, sie zu entschlüsseln, zu ihnen zu gelangen, ihnen ihre Geheimnisse zu entreißen. So entstand die Astrologie. Es ist absolut nichts Lächerliches daran. Rein gar nichts.«

Schweigend blieben wir noch eine Weile sitzen, bis er schließlich aufstand und ich ihm in unser Zimmer folgte.

Um zwei Uhr morgens wachte ich auf; meine Blase verlangte dringend nach Entleerung. Nachdem ich mich einige Zeit hin und her gewälzt hatte, gab ich es endlich auf und schlich mich so leise wie möglich ins Badezimmer. Als ich wieder zurückkam, bemerkte ich im schwachen Lichtschein etwas, das mir vorher gar nicht aufgefallen war: Großvater, in seinem beigen Pyjama, schlief tief und fest, doch an seinem Handgelenk befand sich eine dünne Kette, die von eben dort bis zu seiner Sporttasche reichte. Ich blieb stehen und sah mir die Sache genauer an. Das Kettchen war um den Griff der Tasche geschlungen und durch die Reißverschlussöse geführt. Ich rieb mir das Gesicht und fragte mich, was hier eigentlich los war. Seitdem wir in Charleston aufgebrochen waren, hatte er sich nicht von dieser Tasche getrennt, nicht eine Sekunde. Er nahm sie mit in die Restaurants und auf die Toilette, und während der Fahrt hielt er sie auf dem Schoß fest wie ein verhätscheltes Hündchen, das man nicht einen Moment aus den Augen lassen durfte.

Er drehte sich ein wenig auf die Seite und schnaufte. Ich schätze, ich hätte mich ohne weiteres heranschleichen und versuchen können, die Kette zu lösen, um mir Klarheit über den Inhalt der Tasche zu verschaffen. Oder mir eine Strategie ausdenken, wie ich ihn von der Tasche loseisen konnte, um den Reißverschluss zu öffnen und einen raschen Blick hineinzuwerfen. Natürlich gab es da auch noch die direkte Methode: ihn einfach fragen, was er da eigentlich die ganze Zeit mit sich herumschleppte.

Aus irgendeinem Grund fiel mein Blick in diesem Moment auf das Sofa auf der anderen Seite des Zimmers. Ein typisches, winziges Motel-Sofa, vermutlich eines von Tausenden, wie man sie in Unterkünften an der gesamten Atlantikküste Floridas fand. Dennoch, klein und billig, wie es daherkam, war es immer noch um einiges besser als die Couch, die bei mir zu Hause stand. Zu Hause, wo ich mich noch vor wenigen Tage darum bemüht hatte, die Landkarte meiner Zukunft zu skizzieren.

Mein persönlicher Kartograf, den ich inzwischen besaß, schnaubte und wälzte sich auf die andere Seite. Ich ließ die Sache mit der Tasche erst mal auf sich beruhen, ebenso wie den Gedanken daran, Großvater irgendwelche Fragen zu stellen, und legte mich wieder ins Bett.

Wir kamen ziemlich gut voran, als wir am nächsten Tag auf der Interstate 95 weiter Richtung Süden fuhren. Nachdem wir Jacksonville hinter uns gelassen hatten, flackerten vor uns plötzlich Bremslichter auf, und ich musste vom Gas gehen. Großvater presste seine Tasche fest an sich und beugte sich nach vorn. »Was ist da los? Was ist da los?«, fragte er aufgeregt.

Ich war versucht, ihn zu fragen, wie er dazu kam anzunehmen, dass ich einen sofortigen Straßenzustandsbericht parat haben könnte, doch stattdessen sagte ich: »Ich schau mal, ob ich einen lokalen Radiosender reinkriege, vielleicht bringen sie irgendwas darüber.«

Gesagt, getan. Nachdem ich einige Mittelwelle-Kanäle durchprobiert hatte, landete ich schließlich bei einem Nachrichtensender, über den wir erfuhren, dass wenige Meilen vor uns ein Sattelschlepper umgekippt war und nun die Straße blockierte. Der Verkehr würde voraussichtlich für mindestens einige Stunden völlig zum Erliegen kommen. Großvater fluchte und schaute sich um. »Und keine Ausfahrt weit und breit, oder?«

»Nein.«

»Mist, dabei lagen wir so gut in der Zeit«, schimpfte er. »Das verstehst du nicht. Wir müssen zum Kap, und zwar schleunigst.«

»Na ja, bis jetzt hat doch alles ganz prima geklappt, Großvater.«

»Aber das reicht nicht!«, schrie er mich beinahe an.

Ich schaute ihn an. »Wenn du 's so verdammt eilig hast, warum fahren wir dann überhaupt? Du hättest nur zwei Flugtickets zu kaufen brauchen. Eigentlich kein Problem, wenn man bedenkt, was du bis jetzt schon alles für Übernachtung, Sprit und Essen hingeblättert hast. Also: Warum sind wir nicht einfach geflogen?«

Großvater schien ein wenig in sich zusammenzusinken. Er schlang seine dürren Arme um die Tasche. »Tut mir leid«, sagte er langsam, »du hast recht.«

»Schon gut.«

Wir warteten, aber es ging einfach nicht voran. »Ach ja, eines noch«, sagte er.

»Ja, Großvater?«

»Wenn du noch ein einziges Mal so mit mir redest, kannst du dich von deiner akademischen Ausbildung verabschieden. Zumindest von dem Teil, den ich zu bezahlen gedenke. Hast du verstanden?«

Oh ja, das hatte ich nur zu gut, und allmählich wurde ich dermaßen wütend, dass ich kurz davor stand, ihm zu sagen, wohin er sich sein Stipendium stecken konnte. Doch dann fiel mir wieder dieses verdammte dreibeinige Sofa ein, das auf mich wartete, zu Hause, in New Hampshire.

»Sicher, Großvater«, sagte ich seufzend, während ich mit den Fingern auf dem Lenkrad trommelte. »Ich habe verstanden.«

Wir verbrachten die Nacht etwa eine Fahrtstunde nördlich von Cape Canaveral, in der Nähe von Daytona Beach. Großvater wollte weiterfahren, doch ich ließ ihn höflich wissen, dass ich kaum noch die Augen aufhalten konnte und mir, ohne sein Urteilsvermögen oder seine Entscheidungen in Frage stellen zu wollen, auch ziemlich sicher sei, dass er wenig Wert darauf lege, in einem Entwässerungsgraben zu landen und Bekanntschaft mit einer Alligatorenfamilie zu machen. Großvater grunzte und meinte, das leuchte ihm ein. Oh Mann, was für ein Sieg.

Trotz allem schlug er wie üblich vor, noch einen kleinen Spaziergang beim Motelparkplatz zu machen. Ich war einverstanden, und wenig später gingen wir zu einem schmalen Anlegesteg hinunter, der auf einen breiten Fluss hinausführte. Wieder bot sich uns ein beeindruckender Blick nach Westen, wo die drei Amigos – Jupiter, Saturn und Mars – in all ihrer Pracht am Himmel standen und die Sichel des Mondes sogar noch deutlicher zu sehen war als am Abend zuvor. Großvater seufzte und bat mich, ihm dabei zu helfen, sich auf der Kante des Holzstegs niederzulassen. Ich nahm neben ihm Platz, und mit baumelnden Beinen saßen wir da. Der beunruhigende Gedanke an hungrige Alligatoren, die mit einem Riesensatz nach einer kleinen Zwischenmahlzeit schnappten, drängte sich mir auf, doch ich schob ihn einfach beiseite.

»Der Mond ist schon ein ganzes Stück größer geworden«, stellte er fest.

»Ja.« Ich war müde und hungrig, aber wenn er unbedingt mit jemandem reden wollte, na gut.

»Lust auf einen kleinen Wissenstest?«, fragte er.

»Schieß los.«

»Wie viele Menschen haben schon einen Spaziergang auf dem Mond gemacht?«

»Ist das 'ne Fangfrage?«

»Nein«, erwiderte Großvater.

»Okay, zwölf Menschen waren bisher auf dem Mond«, antwortete ich. »Apollo Elf, Zwölf, Vierzehn, Fünfzehn, Sechzehn und Siebzehn. Zufrieden?«

Er kicherte. »Gut, Jason, sehr gut«, sagte er. »Immerhin hast du mir ein bisschen von meinem verloren gegangenen Glauben an deine Generation zurückgegeben. Weißt du, ich kann mir nicht vorstellen, dass dein Vater sich etwas aus der ersten Mondlandung gemacht hat. Der war zu der Zeit oben in Woodstock oder sonst wo. Hat sich zusammen mit Zigtausend anderen Gegenkulturgenossen im Matsch rumgewälzt und sich Rockmusik aus schlechten Verstärkern angehört. Er hat sich nicht einmal dafür interessiert. Kannst du dir das vorstellen? Zum ersten Mal hatte die Menschheit ihren Fuß auf eine andere Welt gesetzt, zum ersten Mal konnte sie zurückschauen und die Erde von einem anderen Himmelskörper aus betrachten. Wie dem auch sei ... daran werden sich die Menschen noch in tausend Jahren erinnern, und nicht an irgendeine Schlammschlacht in Woodstock.«

Großvater atmete schwer und musste husten. Ich gähnte vernehmlich in dem Versuch, in ihm die Vorstellung heraufzubeschwören von ihm und mir und wie wir zusammen diesen Steg wieder verließen, doch nichts davon drang zu ihm durch. Er fragte: »Jason, warum Astronomie?«

»Was meinst du?«

»Ich meine, warum sich damit aufhalten, die Dinge aus der Ferne zu betrachten? Warum nutzt du deine Fähigkeiten nicht dazu, Menschen und nicht nur Maschinen nach dort oben zu befördern?«

»Worauf willst du hinaus?«

»Worauf ich hinauswill?«, wiederholte er fassungslos, als hätte ich soeben vorgeschlagen, einen Wurf Welpen einzuschläfern. »Ich will darauf hinaus, dass die Sterne, der Mond und die Planeten schon immer nach uns, nach unserer Seele, gerufen haben, so wie nach den Seelen unserer Vorfahren, seit Tausenden von Jahren. Denkst du nicht, dass wir dort oben hingehören, dorthin, von wo wir gekommen sind?«

»Was soll das heißen, *von wo wir gekommen sind*?«, fragte ich. »Du redest doch nicht etwa von Prä-Astronautik, oder? Von diesen idiotischen Geschichten über Adam und Eva, die als Besucher von einem anderen Planeten auf unserer Erde gestrandet sind, oder irgend so einen Schwachsinn?«

»Natürlich nicht«, sagte er. »Ich rede von dem, was in uns ist – in dir, in mir und in jedem anderen Wesen, das auf unserem Planeten lebt. Über Milliarden von Jahren hinweg existierte nichts als Gas und Staub, bis sich die Sterne und Planeten bildeten. Und mit diesen Sternen nahmen auch wir unseren Ursprung, vor langer, langer Zeit. Meinst du nicht, dass wir dorthin zurückkehren sollten, eins werden sollten mit ihnen?«

Wenn ich nur ein bisschen energischer gewesen wäre, ging es mir durch den Kopf, dann würden er und ich in diesem Moment noch ein Stück Käsekuchen zum Nachtisch verdrücken und uns anschließend in unser Motelzimmer verziehen. Doch stattdessen saßen wir nun hier, am äußersten Ende eines Anlegestegs mitten im Sumpf von Florida, und erörterten kosmologische Probleme.

»Ich bin der Auffassung, unsere Maschinen gehören dorthin und nicht wir«, entgegnete ich.

»Aber wieso?«

»Das liegt doch auf der Hand, oder nicht?«

»Für mich nicht«, sagte er. »Bitte kläre mich auf.«

»Sieh mal«, begann ich, im Geiste Anlauf nehmend zu einer Debatte, die ich bereits mit anderen Studenten an der University of New Hampshire geführt hatte. »Nichts gegen die bemannte Weltraumforschung, aber ich halte das für eine einzige Verschwendung von Zeit, Geld und Ressourcen. Satelliten und Sonden benötigen keinen Schutz gegen Strahlung, sie brauchen kein Wasser, keinen Sauerstoff, keine Nahrung, und sie können Millionen von Meilen zurücklegen, ohne dass man sich Gedanken über medizinische Notfälle machen muss. Mit dem Geld, das man für eine Space-Shuttle-Mission braucht – nur eine einzige! – könnte man zwei bis drei planetare Sonden finanzieren. Das Jahresbudget für eine bemannte Weltraummission würde ausreichen, jedes Jahr Dutzende von Satelliten auf die Reise zu schicken, um die Marsoberfläche zu erforschen, auf den Saturn- und Jupitermonden zu landen oder Pluto anzusteuern.«

Großvater murmelte irgendetwas, und ich hakte nach: »Entschuldigung, was hast du gesagt?«

»Ich sagte, es ist keine Poesie in diesen Maschinen.«

»Das mag sein, aber man gewinnt nun mal leider keine Erkenntnisse über die Tiefen des Alls, indem man Raumlaster um die Erde kreisen lässt.«

Eine Weile saßen wir noch da, bis Großvater schließlich unruhig wurde und ich ihm aufzustehen half. Dabei legte er die Sporttasche nicht einmal aus der Hand. Ich konnte darin etwas hin und her rutschen hören, und wieder einmal fragte ich mich, was er wohl so ungeheuer Wichtiges in ihr aufbewahren mochte. Doch ich zwang mich, nicht zu lange auf die Tasche zu starren, um seinen Argwohn nicht zu erregen.

Während wir zum Motel zurückgingen, sagte Großvater: »Unterschätze niemals die Kraft der Poesie, Jason, sie ist das Einzige, woran wir uns festhalten können, Jahrhundert für Jahrhundert.«

Am nächsten Tag befanden wir uns wieder auf der Interstate 95 und setzten unsere Reise fort. Inzwischen begann sich auch meine seit Tagen zurückgedrängte Neugier wieder zu regen. Je weiter wir nach Süden kamen, umso munterer schien Großvater zu werden, und als das erste Hinweisschild erschien, auf dem KENNEDY SPACE CENTER zu lesen stand, klatschte er vor kindlichem Vergnügen in die Hände. Ich fand, dass dieser Zeitpunkt so gut war wie jeder andere, und fragte: »Wen werden wir dort unten treffen, Großvater?«

»Oh, irgendjemanden.«

»Das hab ich schon verstanden. Aber wen?«

Mit düsterer Miene sah er mich an. »Einen Mann, der den Lauf der Geschichte verändert hat. Einen ziemlich berühmten Mann.«

»Wirklich? Jemand, von dem ich vielleicht schon gehört haben könnte?«

»Nein, nicht direkt«, erwiderte er. »Aber möglicherweise hast du schon von dem gehört, was er getan hat.«

»Und was hat er getan?«

Großvater wandte den Blick und schaute wieder nach vorn auf die Straße. »Das erzähl ich dir später. Wenn alles glatt läuft, sehe ich ihn vielleicht schon heute. Und dann wird alles einen Sinn ergeben.«

Wir fuhren noch ein paar Meilen dahin, dann nahm ich eine Ausfahrt, die uns auf die Route 405, Richtung Osten, führte. Weitere Hinweisschilder auf das Kennedy Space Center tauchten auf, und ich sagte: »Was ist mit Aquarius?«

»Was soll mit ihm sein?«

»Na ja, du hast doch letztens etwas über Aquarius erzählt, darüber, dass alles auf ihn hinauslaufen würde. Was hast du damit gemeint?«

Er lachte. »Jason, sagen wir einfach, es ist ein Teil der Gleichung, dass du im Zeichen des Wassermanns geboren bist.«

»Und der andere Teil?«, fragte ich.

»Das wirst du schon noch herausfinden«, gab er zurück.

»Werde ich das?«

»Bestimmt«, sagte Großvater. »Andernfalls wäre das Geld, das ich in deine akademische Ausbildung stecken will, wohl verschwendet, oder?«

»Das will ich nicht hoffen«, erwiderte ich.

Die nächsten Stunden versanken hinter dem Schleier der Ereignislosigkeit, bis wir schließlich am US-Raumfahrtzentrum, dem Besucherkomplex vor dem Kennedy Space Center, eintrafen. Die maßstabsgetreue Nachbildung eines Spaceshuttles, komplett mit orangefarbenen Treibstofftanks und zwei Startraketen, dominierte die Zufahrt. In einem als Rocket Garden bezeichneten Bereich gab es noch weitere, kleinere Raketen zu bestaunen, und Großvater – immer die Sporttasche in der Hand – schien wieder zum Kind geworden zu sein, während wir uns die Ausstellung ansahen. Er wollte alles, wirklich alles sehen und zeigte sich ausgesprochen geduldig – geduldiger sogar noch als ich –, wenn wir bei besonders umlagerten Highlights Schlange stehen mussten. Draußen in Rocket Garden tätschelte er liebevoll die Hülle einer in den Himmel ragenden Startrakete. »Kannst du dir vorstellen, dass sich jemand ganz oben in diesem Ding festgurten lässt, um sich dann in den Weltraum katapultieren zu lassen?«

»Nein, kann ich nicht«, antwortete ich.

»Poesie«, sagte er. Er schüttelte den Kopf, und wir setzten unsere Tour fort. Es gab in dem Besucherkomplex auch ein IMAX-Kino, in dem Filme über das Spaceshuttle gezeigt wurden – bei einigen Demonstrationen von Schwerelosigkeit wurde mir allein vom Zuschauen schlecht –, und als wir wieder aus dem Zuschauerraum kamen, trocknete Großvater sich mit einem Taschentuch die Augen.

»Ich werde niemals dorthin kommen, verstehst du?«

»Wohin?«

»In den Weltraum.« Wir setzten uns auf eine der gepolsterten Bänke, die vor dem Kino standen, und ruhten uns aus. »Als ich in deinem Alter war, habe ich immer diese billigen Science-Fiction-Magazine gelesen. Großartiges Zeugs, aufregendes Zeugs, lauter Geschichten über die Welt, wie sie am Ende des zwanzigsten Jahrhunderts sein würde. Raumstationen, die im Orbit kreisen, Kolonien auf dem Mond und dem Mars. Vergnügungsreisen durchs All. Für jemanden, der in den 1940er und 50er Jahren aufwuchs, bestand überhaupt kein Zweifel daran, dass das alles einmal Wirklichkeit werden würde. Und jetzt? Wir sind zum Mond geflogen und haben es dabei bewenden lassen, und nun, am Anfang eines neuen Jahrtausends, haben wir kaum damit begonnen, die erste größere Raumstation zu bauen.«

»Manchmal dauern die Dinge eben etwas länger, als die Menschen es sich in ihren Träumen vorstellen«, sagte ich.

»Ja, und manchmal nehmen andere Menschen ihnen ihre Träume einfach weg«, erwiderte er und schaute hinüber zu einer Halle, in der Zeichnungen und Gemälde zum Thema »Erforschung des Weltraums« ausgestellt waren. »Für einen kurzen, ganz kurzen Moment, während der Ära der Mondlandungen, bot sich uns die Chance, nach dem Erfolg der Missionen in diese Richtung weiterzugehen. Eine Mondkolonie zu errichten. Uns für den Mars bereit zu machen. Tatsächlich eins zu werden mit den Sternen, Jason. Unsere Bestimmung zu erfüllen, die schon mit der Astrologie ihren Anfang nahm. Und wir haben es vermasselt. Wir haben diese Chance schlichtweg vertan. Aber vielleicht bietet sie sich ja noch einmal. Wer weiß, vielleicht wirst du ja noch die Gelegenheit bekommen, dort hinaufzufliegen, bevor du zu alt dafür bist. Ich jedoch nicht mehr. Ich werde dann schon lange tot sein.«

»Na ja, ich habe nicht die Absicht –«

Er fiel mir ins Wort. »Die Bustour zur Apollo-Ausstellung geht gleich los. Das darf ich auf keinen Fall verpassen, Jason. Los, komm.«

Und damit brachen wir auf.

Zusammen mit einer langen Schlange anderer Touristen stiegen wir in einen der Shuttlebusse, die mit dröhnenden Dieselmotoren unter der heißen Sonne Floridas auf uns warteten. Ich musste lächeln, als ich all die aufgeregten Kindergesichter um mich herum sah, und ich hoffte, dass wenigstens ein paar von ihnen diesen Ort mit neu gewecktem Wissensdurst verließen, mit der Lust darauf, etwas zu lernen. So viele meiner Kommilitonen konnten – danach gefragt – nicht einen Stern am Nachthimmel identifizieren, aber ihr Sternzeichen, das kannten sie alle. Das war nicht einmal annähernd nachzuvollziehen, aber so war es nun mal.

Wir nahmen vorn im Bus Platz und spähten aus den getönten Fenstern, während der Fahrer uns kurz begrüßte und gleichzeitig in Richtung des Geländes losstartete, wo die Geschichte des Apollo-Programms und seiner Mondmissionen im Mittelpunkt stand. Wir passierten ein gigantisches viereckiges Gebäude, das Vehicle Assembly Building – einer der größten Hangars der Welt –, das der Montage des Spaceshuttles diente. Großvater beugte sich zu mir und verkündete stolz: »Da bin ich schon mal drin gewesen.«

»Tatsächlich? Wann denn?«

Er grinste. »Darf ich nicht verraten. Ist ein Geheimnis.«

Und sogleich fragte ich mich: Ein Langley-Geheimnis oder ein Geheimnis des Auswärtigen Amts?

Nachdem wir den Gebäudekomplex hinter uns gelassen hatten,

bog der Bus rechts ab und fuhr über eine frisch planierte Zufahrtsstraße auf einen großen Parkplatz. Andere Busse standen bereits dort, und an den Ufern eines breiten, träge dahinströmenden Flusses konnte ich einige Aussichtspunkte erkennen. Vor uns ragte eine kolossale Ausstellungshalle empor, in die wir hintereinander eintraten, um uns sodann in einem nachgebauten Kontrollzentrum eine Präsentation über die Apollo-Mondlandungen anzuschauen. Anschließend wurden wir in einen riesigen Raum verfrachtet, in dem selbst mir der Atem stockte. In liegender Position war dort die größte Rakete der Welt aufgebockt, genau die, die zwölf Männer zu einem Spaziergang auf der Mondoberfläche ins All befördert hatte, die Saturn V. Hinter der Rakete hingen große Embleme mit den Logos jeder einzelnen Apollo-Mission von den Deckenträgern herab. Langsam wanderten Großvater und ich von einem Schaukasten zum nächsten, legten eine gebührende Gedenkminute ein, als wir vor jenem ankamen, der das schreckliche Brandunglück von Apollo I dokumentierte, und schlenderten von dort aus weiter zu Apollo VII, dem Projekt, mit dem die Mondflüge einst ihren Anfang genommen hatten.

Wir ließen uns Zeit, und Großvater ging jedes Mal ganz dicht an die Schaukästen heran, damit ihm ja nichts entging. Und ungeachtet dessen, was ich noch am vorherigen Abend zu ihm gesagt haben mochte, übte dieser Ort eine seltsame Faszination auf mich aus. Es war fast so, als würde man durch eine gewaltige mittelalterliche Kathedrale wandeln, in der in jeder Ecke Heiligenreliquien aufbewahrt wurden. Mein großspuriges Gerede über die Nutzlosigkeit von Männern und Frauen im All erschien mir, hier, an diesem Ort, von dem aus wir einst tatsächlich zu den Sternen hinauf gereist waren, mit einem Mal kindisch und dumm.

Wir machten eine kleine Pause, um ein Eis zu essen, und Großvater sagte: »Geh nicht so hart ins Gericht mit der Astrologie, Jason. Vielleicht war sie nur der zwangsläufige Beginn, ein nahe liegendes Terrain, auf dem es möglich war, in Wort und Tat unserer

Sehnsucht nach den Sternen Ausdruck zu verleihen. Abertausende von Jahren sind seitdem vergangen, und wir haben kaum über den Tellerrand geschaut. Vielleicht wird eure Generation, oder die eurer Kinder, es schaffen, dort hinauf zu gelangen und ihre Bestimmung zu erfüllen.«

»Vielleicht«, sagte ich.

Er wischte sich die Hände an einer Papierserviette ab und griff nach seiner Sporttasche. »Einen Schaukasten noch. Hab ihn extra für den Schluss aufgespart. Los, komm.«

Er führte mich zur Apollo-XIII-Ausstellung. Ich musste unwillkürlich an den gleichnamigen Kinofilm denken, den ich mir im vergangenen Jahr anlässlich einer Wiederaufführung auf dem Uni-Gelände angeschaut hatte. Ich war mit ein paar befreundeten Astronomiestudenten dort gewesen, und wir hatten Witze gerissen über den Film. Dies insbesondere vor dem Hintergrund, dass unser Professor – wieder einmal! – eine Abfuhr von der NASA erhalten hatte, die nicht bereit war, Geld in die Entwicklung eines Satelliten zu stecken, an dessen Konstruktion er seit Jahren herumwerkelte und mit dem man angeblich in der Lage sein würde, irgendwelche exotischen Röntgenemissionen zu messen. Wir hatten uns darüber lustig gemacht, dass das Budget für die Special Effects des Films vermutlich für zwei oder drei seiner grandiosen Satelliten ausgereicht hätte, doch jetzt, da ich vor dem Schaukasten zur echten Apollo-XIII-Mission stand und vor den Fotos der Astronauten – Jim Lovell, Jack Swigert und Fred Haise –, nun ja, da fühlte ich mich ziemlich klein.

Großvater nickte und trocknete sich abermals die Augen, während er wieder und wieder das Infomaterial studierte. »Von diesem Punkt an ist alles schiefgelaufen, weißt du?«

»Wieso?«, fragte ich. »Sie sind doch alle heil zurückgekommen.«

Er steckte sein Taschentuch ein. »Ja, aber das Projekt hat die NASA mitten ins Herz getroffen, ihr Selbstvertrauen zutiefst erschüttert und sie zudem den Rückhalt in der Öffentlichkeit gekostet. Die Leute fingen an, Fragen zu stellen, was die Sicherheit und den finanziellen Aufwand anging, und die NASA wurde in der Folge viel zu vorsichtig, wenn es darum ging, zukünftige Projekte zu planen, gewisse Risiken einzugehen oder beim Kongress und beim Präsidenten an die Tür zu klopfen, um die notwendigen Gelder lockerzumachen. Nun, Apollo XIII war ein erfolgreicher Fehlschlag, wie sie es selbst immer gern bezeichnen, aber ... ich glaube, dass diese Mission das Ende einer Ära markierte. Danach ging alles nur noch seinen routinemäßigen Gang. Und davon haben wir uns niemals wirklich erholt.«

Wieder ließ ich meinen Blick über den Schaukasten schweifen, und etwas fiel mir ins Auge, genau in dem Moment, als Großvater meinen Ellbogen ergriff und sagte: »Komm, Junge, wir müssen los.«

Also ging ich mit ihm weiter, nicht jedoch, ohne noch einmal einen Blick über die Schulter zu werfen.

Während der Apollo-Missionen war es üblich, dem Kommandomodul – dem Raumschiff, das die Astronauten zum Mond und wieder zurück beförderte – und dem Lunarmodul, der eigentlichen Mondlandefähre, Namen zu geben. Die meisten Menschen können sich noch an die berühmten Worte Neil Armstrongs erinnern: »Houston, hier ist das Meer der Ruhe, der Adler ist gelandet.« Adler – Eagle – so hieß das Landefahrzeug, und Columbia das Kommandomodul.

Auch bei Apollo XIII gab es solche Namen.

Das Kommandomodul wurde Odyssey getauft.

Und die Mondlandefähre, die als *Rettungsboot* diente und die Besatzung versorgte, jedoch niemals die Oberfläche des Mondes berührte, hatte ebenfalls einen Namen.

Aquarius.

Es war bereits spät am Nachmittag, und wir fuhren mit dem Bus zum Besucherzentrum zurück. Dort angekommen, meinte Großvater zu mir: »Es wird Zeit.«

Wir stiegen in unseren Leihwagen, und ich zuckte zusammen, als mein Rücken die heiße Lehne des Fahrersitzes berührte. »Zeit für was? Ein verfrühtes Abendessen? Ein Motel zu suchen?«

»Nein«, erwiderte er, die Sporttasche auf seinem Schoß zurechtrückend. »Zeit für mich, den Mann zu treffen, von dem ich dir erzählt habe.«

Und hol's der Teufel, kaum hatte ich den Wagen angelassen und setzte rückwärts aus der Parklücke heraus, da öffnete Großvater die Tasche und zog einen mehrfach zusammengefalteten Zettel hervor. Wäre ich nur ein kleines bisschen mehr auf Zack gewesen, hätte ich vielleicht einen Blick in die Tasche werfen können, doch als ich auf den Highway-Zubringer zusteuerte, war das Ding schon wieder fest verschlossen.

»Okay«, sagte Großvater. »Halt dich links, wenn wir am Highway sind. In ungefähr einer halben Stunde sollten wir da sein.«

»Und wen werden wir dann treffen?« Ich reihte mich in die lange Schlange von Autos ein, die offenbar allesamt ebenfalls nach links abbiegen wollten. »Diesen berühmten Mann, der, wie du sagst, den Verlauf der Geschichte verändert hat? Fahren wir zu ihm?«

»Ja«, erwiderte er knapp.

»Und weiß er, dass du ihn besuchen kommst?«

Entsetzt schaute Großvater mich an. »Großer Gott, ich hoffe, nicht.«

Er hatte nicht gelogen, denn ziemlich genau eine halbe Stunde später hatten wir unser Ziel, ein Wohnviertel in Rockledge, erreicht. Es bestand ausnahmslos aus einstöckigen und im Farmhausstil erbauten Eigenheimen, die eines wie das andere auf völlig identischen Grundstücksparzellen errichtet worden waren. Es dauerte nicht lange, da hatte Großvater die Hausnummer, die er suchte – Nummer 119 – entdeckt. »Okay«, sagte er, »fahr da vorn bei dem Stoppschild rechts ran.«

Nachdem ich seiner Aufforderung Folge geleistet hatte, wandte er sich mir zu und streckte mir die Hand entgegen. Verblüfft schüttelte ich sie und fragte mich, was zur Hölle jetzt wohl wieder kam. »Also, hör gut zu«, erklärte Großvater, »ich sage dir jetzt, wie unsere Abmachung lautet, und sie ist nicht widerrufbar, damit das klar ist. Jedenfalls nicht, wenn du auf meine finanzielle Unterstützung Wert legst. Ich werde jetzt dort hinübergehen. Allein. Du fährst ein bisschen spazieren und kommst in einer halben Stunde zurück. Sollte ich dann hier an der Straße stehen, hältst du an und nimmst mich mit. Wenn nicht, fahr einfach weiter. Ruf in diesem Fall deinen Vater an, und sag ihm, er soll von meinem Geld für dich ein Rückflugticket buchen. Ansonsten unternimmst du nichts. Verstanden?«

Meine Lippen waren trocken. Ich versuchte abzuschätzen, was hinter diesen wässrigen Augen vorgehen mochte, doch vergebens. »Ja, Großvater. Verstanden.«

»Fein. Du bist ein guter Junge gewesen, die letzten paar Tage. Es hat mir viel Freude bereitet, mit dir die Sterne zu betrachten und ein wenig über Astronomie und Astrologie zu plaudern. Mach mir keine Schande an der Uni.«

Ich wollte noch etwas erwidern, da hatte er bereits die Wagentür aufgestoßen und stand kurz darauf auf dem Gehweg. Zielstrebig steuerte er auf ein blassrosa Haus zu, die Sporttasche in der Hand.

Ich startete den Wagen und fuhr davon.

Hinter der nächsten Ecke hielt ich an und stellte den Motor ab. Dad würde mir den Kopf abreißen, wenn ich ihm erzählte, ich hätte seinen Vater irgendwo vor einem kleinen Haus in Florida abgesetzt und einfach dort zurückgelassen. Zu meinem Glück waren viele der Eigenheime von kunstvoll geschnittenen, hohen Heckengebilden umgeben. Also stieg ich aus und lief zurück, um das betreffende Haus im Auge zu behalten. Dreißig Minuten. Ich sah auf die Uhr. Vermutlich waren die Leute in dieser Gegend in erster Linie mit sich selber beschäftigt, aber ich nahm an, dass es dem einen oder anderen dennoch verdächtig erscheinen mochte, wenn sich hier jemand eine halbe Stunde lang die Beine in den Bauch stand.

Ich fragte mich gerade, wie lange es mir wohl gelingen würde, reglos in der Hocke zu verharren, als aus dem rosafarbenen Haus ein dumpfer Knall zu hören war. Ich richtete mich wieder auf. Es folgte ein weiterer Knall, und in der nächsten Sekunde flog die Haustür auf, und ein kleiner dicklicher Mann, mit nichts als weißen Unterhosen bekleidet, stolperte die Vordertreppe hinunter. Direkt hinter ihm tauchte Großvater auf, lauthals schimpfend und fluchend und den größten verdammten Revolver in der Hand, den ich in meinem Leben gesehen hatte.

Mit einem lauten Krachen löste sich ein weiterer Schuss; der kleine Dicke zog den Kopf ein, flitzte wie ein geölter Blitz über seinen winzigen Rasen und sprang – obwohl ich das niemals für möglich gehalten hätte – mit einem beherzten Satz über den Zaun seines Nachbarn, offenbar beflügelt durch reichlich Adrenalin und das blanke Entsetzen. Großvater nahm sogleich die Verfolgung auf und fuchtelte dabei wild mit seiner Knarre herum.

»Großvater!«, brüllte ich und rannte nun meinerseits hinter Großvater her, als ein vierter Schuss die Stille zerriss, und noch bevor ich ihn einholen konnte, waren herannahende Polizeisirenen zu hören.

Ein paar hektische und verwirrende Stunden später gestattete man mir endlich in einem kleinen Verhörzimmer des örtlichen Sheriffbüros mit Großvater zu sprechen. Er trug einen orangefarbenen Overall, und seine Hände waren an einen auf der Tischplatte befestigten Metallring gekettet. Das Erste, was er zu mir sagte, war: »Ich hatte dir doch gesagt, du solltest warten.«

»Ich konnte nicht.«

Und dann: »Verdammt, meine scheiß zittrigen Hände. Ich hab daneben geschossen. Es ist einfach nicht zu fassen, meilenweit danebengeschossen. Dabei ist dieser kleine Bastard so fett wie ein Schwein und konnte sich zuerst kaum rühren vor Schiss.«

»Großvater, wer war das?«

Er blinzelte mit seinen wässrigen Augen. »Der Mann, der uns die Sterne gestohlen hat, niemand sonst. Der Mann, der uns daran gehindert hat, unserer Bestimmung zu folgen.«

»Und deshalb hast du versucht ihn umzubringen?«

»Selbstverständlich«, erwiderte er. »Hör mal, du bist doch heute Nachmittag mit mir auf dieser Ausstellung gewesen, oder? Dann erklär mir doch bitte mal, aus welchem Grund die Apollo-Dreizehn-Mission gescheitert ist.«

»Ein Sauerstofftank ist explodiert.«

»Und wieso?«, fragte er.

Ich konnte kaum glauben, dass wir hier und jetzt diese Diskussion führten, aber fast schon mechanisch antwortete ich: »Aufgrund eines Fehlers. Ein Thermostat in einem der Tanks war beschädigt worden, schon vor dem Start.«

Er lächelte und schüttelte den Kopf. »Das hat man der Öffentlichkeit erzählt, über drei Jahrzehnte hinweg. Nein, Jason, das war Sabotage. Glatte Sabotage. Und nur der Gnade Gottes, oder was auch immer dort oben ist und unsere Geschicke lenkt, haben wir es zu verdanken, dass die Sache noch einmal glimpflich ausgegangen ist. Dieser Mann ...«, bei diesen Worten sprach aus seinem Tonfall die pure Verachtung, »... ist einmal Miles Grayson gewesen. Vor mehr als dreißig Jahren hat er für die North American Aviation, den Hersteller sämtlicher Apollo-Kommando- und -Servicemodule, gearbeitet. Doch er ging noch einem kleinen Nebenjob nach, und zwar für den KGB. Die Sowjets standen kurz davor, uns beim Wettlauf zum Mond zu schlagen, und sie setzten alles daran zu verhindern, dass Apollo Elf ihnen einen Strich durch die

Rechnung machte. Also manipulierte Grayson an dem Sauerstofftank herum, von dem er annahm, dass dieser in das Raumschiff für die erste Mondlandung gelangen würde. Doch ein paar Unterlagen gerieten durcheinander, der Tank wurde versehentlich beiseitegeräumt, und Apollo Elf machte das Rennen. Und gleich im Anschluss an die Landung verkündeten die Sowjets – oh Wunder! –, dass auf ihrer Seite nie irgendwelche Pläne für eine bemannte Mondlandung existiert hätten. Bedauerlicherweise kam der Tank bei Apollo Dreizehn doch noch zum Einsatz. Und ich schwor mir, sollte ich jemals herausbekommen, wer für diese Sauerei verantwortlich war, würde er teuer dafür bezahlen. Dafür, dass er uns die Sterne gestohlen hatte.«

Ich wusste nicht im Geringsten, was ich darauf erwidern sollte, daher sagte ich: »Also darum sind wir mit dem Auto gefahren. Weil du mit diesem Revolver nicht durch die Flughafenkontrollen gekommen wärst.«

Ein Grinsen, ein Nicken. »Sehr gut.«

»Und du bist auch nicht beim Auswärtigen Amt beschäftigt gewesen, hab ich recht?«

Er bewegte sich leicht, und die Kette an seinem Handgelenk rasselte. »Dazu kann ich nichts sagen, Jason. Tut mir leid.«

Ich veränderte meine Sitzhaltung auf dem unbequemen Plastikstuhl. »Und warum *jetzt*? Nach über dreißig Jahren?«

Er zuckte die Achseln. »Die alten Kontakte aus meiner Dienstzeit … sie haben mich gelegentlich so über dies und das in Kenntnis gesetzt. Und nach dreißig Jahren sind gewisse Unterlagen freigegeben worden. Wir haben alte Nachrichten entschlüsselt. Ein paar Dienstgeheimnisse wurden gelüftet. Und als ich von diesem hier erfuhr, na ja … du siehst ja selbst.«

Ich schaute ihn an. »Das klingt doch völlig absurd.«

»Ich weiß, aber das ist mir egal. Er hat mir die Sterne gestohlen, mir und allen anderen auch.«

»Die Polizei und der örtliche Staatsanwalt halten dich für verrückt«, ließ ich ihn wissen. »Diese Geschichte über Apollo Dreizehn, ehemalige KGB-Agenten, dein Rachefeldzug –«

Er beugte sich über dem Tisch zu mir vor. »Nein. Ich werde ihnen kein verdammtes Wort darüber erzählen, wieso ich hierhergekommen bin und getan hab, was ich tat. Und du wirst es auch nicht.«

»Großvater … du hast versucht einen Mann umzubringen! Und du willst ihnen nicht sagen, warum?«

Mit einem Ausdruck der Befriedigung im Gesicht lehnte er sich wieder zurück. »Nein. Und wie ich schon sagte, du wirst es auch nicht.«

»Hör zu, wenn du denkst, du könntest mir damit drohen, mir deine finanzielle Unterstützung zu streichen, dann vergiss es. Ich will sie nicht. Nicht einen verdammten Penny. Hast du verstanden? Ich werde für dich nicht irgendwelche Dinge vertuschen.«

Großvater grinste erneut. »Schön zu sehen, dass du auch ein kleines bisschen Rückgrat hast, Jason. Na gut, ich mach dir einen Vorschlag. Du hältst noch eine Stunde lang den Mund. In Ordnung? Wenn ich dann immer noch in meiner Zelle hocke, kannst du ihnen von mir aus erzählen, was du willst. Alles Mögliche. Ist mir egal. Das Geld gehört dir. Nur eine einzige Sache noch. Okay?«

Plötzlich fühlte ich mich so müde, dass ich mich am liebsten unter dem Tisch verkrochen und eine Woche lang durchgeschlafen hätte. »Okay. Eine Sache noch. Und zwar?«

Er kratzte sich die Hand. »Ich geb dir mein Geld, und du nutzt es zum Wohle von uns allen. Dieser Schwachkopf, den ich leider verfehlt habe, hat uns für Generationen die Sterne genommen. Also wirst du dein Bestes tun, um sie uns wiederzubringen, in Ordnung? Um uns dorthin zurückzuführen, wohin wir gehören.«

Ich rieb mir die Stirn. »In Ordnung. Also eine Stunde.«

»Gut.«

Die nächsten fünfundfünfzig Minuten brachte ich damit zu, in dem schmuddeligen Empfangsbereich eines Sheriff-Reviers herumzusitzen und wieder und wieder eine zwölf Monate alte Ausgabe des *Time Magazine* zu lesen. Ich hatte den zuständigen Mitarbeitern der Dienststelle gesagt, dass ich etwas Zeit für ein paar Anrufe benötigte, damit ich einen Anwalt auftreiben und mich um die Kaution kümmern konnte, doch ehrlich gesagt brauchte ich nur etwas Zeit für mich, um einfach dasitzen und in Ruhe über alles nachdenken zu können. Obwohl es, wie ich gestehen muss, mit dem Nachdenken nicht weit her war, während ich durch die zerfledderten Seiten blätterte. Immer wieder drifteten meine Gedanken ab zu den Ausstellungsobjekten und Schaukästen und zu dem hasserfüllten Ausdruck in Großvaters Gesicht, als er versuchte, den Mann zu töten, der uns angeblich die Sterne gestohlen hatte.

Sechsundfünfzig Minuten. Oder hatte er uns tatsächlich die Sterne gestohlen, dieser armselige Kerl namens Miles? Mom und Dad hatten immer behauptet, dass Großvater für das Auswärtige Amt tätig gewesen sei. Vielleicht war der alte Mann ja nicht mehr ganz bei Verstand. Vielleicht dachte er sich wirklich nur irgendwelche Storys aus.

Siebenundfünfzig Minuten. Ich warf das Magazin beiseite und legte mir in Gedanken schon einmal zurecht, was ich Dad sagen würde, wenn ich ihn anrief, als sich die Tür öffnete und drei gut gekleidete Männer in Anzügen in den Eingangsbereich traten. Zwei von ihnen schienen etwa Mitte dreißig zu sein, der dritte war ungefähr in Großvaters Alter. Nachdem sie mit dem Mann hinter dem Empfangsschalter ein paar leise Worte gewechselt hatten, zogen sie sich in ein Hinterzimmer zurück, aus dem kurze Zeit später erbostes Geschrei zu hören war. Einer der beiden jüngeren Männer kam wieder heraus und fragte mich: »Sind Sie Jason?«

Ich stand auf. »Ja.«

»Können wir Sie bitte einen Moment sprechen?«

»Sicher.«

Aber es gab kein »wir«, als er mich in einen Aufenthaltsraum mit Stühlen und Tischen und einigen Verkaufsautomaten führte. Dort saß lediglich der ältere Herr, korrekt gekleidet mit gestärktem weißen Hemd, roter Krawatte und dunkelblauem Anzug, das Gesicht sonnengebräunt und das weiße Haar kurz geschnitten. Er nippte an einer Tasse Kaffee und machte sich nicht die Mühe, mir ebenfalls eine anzubieten. Ich konnte es ihm nicht verübeln.

»Sie sind Jason, Georges Enkel?«, fragte er mich.

»So ist es«, erwiderte ich.

»Da hat er uns ja ganz schön was eingebrockt, hm?«

»Wer ist *uns,* wenn ich fragen darf?«

Er lächelte, das kleine, hintergründige Lächeln eines Mannes, der jede Menge Geheimnisse hatte und nicht die geringste Lust verspürte, sie mit irgendjemandem zu teilen. »Sagen wir einfach, sehr gute Freunde eines äußerst respektierten ehemaligen Arbeitskollegen.«

»Ich verstehe. Und was ist mit dem Kerl, den dieser äußerst respektierte ehemalige Arbeitskollege umzubringen versucht hat?«

»Nehmen wir für einen Moment mal an, dass es so einen Kerl gab – rein hypothetisch natürlich –, nun, in diesem Fall wird man sich um ihn kümmern. Ihn von hier fortschaffen. An einen Ort, wo niemand ihn findet.«

»Oh«, sagte ich.

»Hören Sie, ich mache Ihnen einen Vorschlag«, fuhr er fort. »Sie lassen uns einfach ein wenig Zeit, und wir bringen die Sache mit Ihrem Großvater so weit in Ordnung, dass Sie ihn wieder mit nach Hause nehmen können.«

»Wirklich?«

Er nahm einen weiteren Schluck von seinem Kaffee. »Sicher. Warum denn nicht?«

Ich verschränkte die Arme vor der Brust. »Wer seid ihr Typen eigentlich?«

Er antwortete nicht. Hielt nur stumm die Kaffeetasse in der

Hand. Ich sagte: »Großvaters Geschichte, darüber, was damals vorgefallen ist. Entspricht sie der Wahrheit?«

Ein Schulterzucken. »Dazu kann und will ich nichts sagen. Und jetzt kommen Sie, mein Junge. Am besten, Sie gehen auf den Parkplatz und schnappen ein bisschen frische Luft. Er wird gleich nachkommen – keine Probleme, kein Gerichtstermin, keine Akte, absolut gar nichts. Er ist frei wie ein Vogel, Sie brauchen ihn nur noch mit nach Hause zu nehmen.«

Ich atmete auf. »Ihr Typen seid doch die Guten, oder?«

Sein Grinsen wurde breiter. »An manchen Tagen sind wir sogar die Besten.«

Und so verließ ich ihn und ging nach draußen.

Der Abend war schwül, doch der nächtliche Himmel vergleichsweise klar, obschon die Lichter der Stadt die der meisten Sterne verschluckten. Unter meinem Arm klemmte ein zerlesenes Exemplar der heutigen *Florida Today*, das ich auf dem Weg nach draußen im Empfangsbereich eingesteckt hatte. Ein bisschen was zu schmökern, damit mir die Zeit nicht zu lang wurde. Ich schlang die Arme um mich und lehnte mich gegen den Leihwagen, der unter einer der Straßenlaternen stand. Ich konnte noch immer kaum glauben, welche Entwicklung diese Reise genommen hatte. Doch so sehr sich mir auch der Kopf drehte und wie viele Albträume mich in nächster Zeit auch heimsuchen würden, meine Gedanken kreisten immer nur um ein dreibeiniges Sofa in New Hampshire und um eine wunderbare Verheißung. Die Verheißung, dass mir nun die bestmögliche Ausbildung zuteil werden würde, die ich für Geld bekommen konnte.

Ich schlug die Zeitung auf, blätterte sie durch und schaute mir, nur so zum Spaß, das aktuelle Horoskop für Aquarius, den Wassermann an. Und als ich den einzigen Satz, der dort stand, las, war mir, als wäre ich wieder daheim in New Hampshire, an einem eiskalten Tag im Winter:

Ein Versprechen einem Angehörigen gegenüber wird Ihnen den Weg zu einem neuen Leben weisen.

Ich schaute hinauf in den leicht verschleierten Himmel. Ließ meinen Blick wandern, bis ich sicher war, in die richtige Richtung zu sehen. Am Horizont war ein diffuser Lichtschein zu erkennen. Das Kennedy Space Center am Cape Canaveral. Und plötzlich hatte ich das Gefühl, dass ich eines Tages dorthin zurückkehren würde. Und zwar für eine ganze Weile. Ein weiteres Versprechen. Ich blickte auf die Tür, durch die ich eben noch hinausgetreten war, und wartete darauf, dass Großvater herauskam.

»Okay«, flüsterte ich. »Großvater, ich werde mein Bestes tun. Um uns nach Hause zu bringen.«

Originaltitel: »The Aquarius Mission«
Aus dem Englischen von Michael Neuhaus

GLAUBENSGRÜNDE

von Mat Coward

»Sehe ich das richtig, dass Sie überhaupt nicht an Astrologie glauben?«

»Ganz recht.«

»Darf ich fragen, warum nicht?«

»Da ich«, sagte er, »einen Penis habe.«

Sie wirkte nicht verblüfft oder empört, auch nicht verärgert oder gar überlegen. Sie lachte nur: Hatte die Augen weit aufgerissen und lachte. Das gefiel Harry. Wenn sie lachte, röteten sich ihre Ohren, und das mochte er auch. Gerne würde er mal an ihrem Ohrläppchen lecken, falls sich dazu je eine Gelegenheit ergeben sollte. Allerdings hielt er das eher für unwahrscheinlich, wollte es dennoch im Auge behalten.

»Es wird Sie vielleicht überraschen«, fuhr sie fort, »wenn ich Ihnen sage, dass viele meiner Kunden Männer sind. Aber vielleicht überrascht Sie das auch nicht so sehr.«

Gewiss, dachte er, aber die sind alle homosexuell, und das macht den Unterschied. Sie glauben nicht an Astrologie um der Astrologie willen – sie glauben an Astrologie, da *Frauen* daran glauben.

Emma Gillie lachte wieder, beugte sich über den Tisch und knuffte Harry leicht in den Oberarm. »Und ich weiß, was Sie jetzt denken«, sagte sie, »aber meine Kunden sind nicht ...«

Knuffte ihn leicht in den Oberarm?

Harry war Detective Sergeant bei der Metropolitan Police, und er war ein großer Mann. Wenn jemand DS Harry Peacock auf den Arm schlug, ob nun leicht oder in anderer Absicht, so kam das der Bitte gleich ›Ich möchte gerne in die Notaufnahme des örtlichen Krankenhauses. Könnten Sie mich bitte dorthin bringen?‹

»… *alle* schwul! Viele Männer, heterosexuelle und anders ausgerichtete, haben großes Interesse daran, dass ein persönliches, ausführliches Horoskop von einer professionellen Astrologin ausgearbeitet und interpretiert wird. Einige von diesen Männern sitzen sogar mit einer Flasche Bier in der Hand vorm Fernseher und rufen ›Wow!‹, wenn sie tanzende Mädchen sehen.«

Sie hingegen hatte ihn in den Arm geknufft, wie nur eine Frau einen Mann anstupsen kann: Nichts hinter den Knöcheln außer Lippenstift und Pheromone. Harry war schon zuvor so geknufft worden, denn obwohl er sehr groß war, war er keineswegs dick oder hässlich, aber für gewöhnlich kam es zu diesem Knuffen, wenn er nicht im Dienst war. Er glaubte nicht, dass er bislang jemals – und er hatte bereits zweiundzwanzig Dienstjahre auf dem Buckel – von einem Verdächtigen in einem Mordfall in flirtender Absicht in den Arm geknufft worden war.

Natürlich durfte er das weder ihr noch sonst irgendjemandem gegenüber erwähnen, da er eigentlich nicht davon ausgehen konnte, dass es sich um Mord handelte. Jedenfalls noch nicht.

»Gewiss, Miss Gillie …«

»Sagen Sie doch Emma«, meinte sie.

Vielleicht gehörte sie zu den Frauen von Anfang vierzig, die eines Morgens in dem festen Glauben erwachen, dass sie für immer ihre Gelegenheit verpasst haben, wenn sie nicht noch diese Woche heiraten. Also machen sie sich daran, gleich den nächstbesten Mann zu heiraten, der ihnen über den Weg läuft, ganz gleich ob es sich um einen schwulen Klempner mit einem großen Schnurrbart, einen Franziskanermönch mit Vergangenheit oder sogar um einen großen Detective handelt, der sie des Mordes verdächtigen müsste.

»Ich weiß, dass wenigstens einer Ihrer Kunden heterosexuell ist,

Miss Gillie«, sagte er. »Zumindest ist er ein verheirateter Mann. Mr. Alex Croft.«

Ihr Lächeln schwand, und sie presste die Lippen so fest aufeinander, als versuchte sie, eine Nuss ohne Hilfe der Zähne zu knacken. »Ja, der arme Alex. Und Sie sagen, er wird vermisst?«

»Nicht ich sage das, sondern seine Frau. Mrs. Bridget Croft.«

»Ja«, meinte sie. »Bridget.«

»Sie kennen sie also?«

Sie dachte einen Moment darüber nach und sagte dann: »Ich habe sie noch nicht kennengelernt.«

Emma Gillies Arbeitsräume befanden sich über einem Geschäft für Küchengeräte in West Hampstead. Den Raum, in dem sie saßen, betrat man durch ein kleines Wartezimmer. Die zweite Tür im Wartezimmer führte, so mutmaßte Harry, zu einer Toilette oder möglicherweise zu einem Abstellraum. Der Raum, in dem Emma Gillie arbeitete, sah sehr nach einem Büro aus – es standen dort ein Schreibtisch mit Computer, ein Telefon, kombiniert mit Fax und Anrufbeantworter und einige Bücherregale –, aber irgendwie wirkte er auch wie das Behandlungszimmer eines Psychiaters. Dieser Eindruck entstand vielleicht durch die pastellfarbenen Vorhänge, die Wahl der Tapeten und des Teppichs, die beiden Lehnstühle, den niedrigen Kaffeetisch und die Couch. Emma und Harry tranken Kaffee, saßen sich aber an dem Schreibtisch gegenüber.

Während sie Kaffee einschenkte, hatte Harry sich zu einer, wie er meinte, beiläufigen Bemerkung hinreißen lassen – vielleicht hatte er sich auch nur eingeredet, es für eine beiläufige Bemerkung zu halten. Er hatte lediglich gesagt: »Das ist ein schönes Büro, Ms. Gillie. Das Geschäft läuft bestimmt gut.« Sie hatte darauf erwidert, sie habe es lieber, wenn man sie mit ›Miss‹ oder einfach ›Emma‹ anredete und schließlich gesagt *Sehe ich das richtig, dass Sie überhaupt nicht an Astrologie glauben?* Das stimmte. Er stand diesen Dingen aus Überzeugung ablehnend gegenüber. Harry Peacock hatte in seinem Leben wenig übrig gehabt für Agnostizismus, obwohl er fairerweise zugeben musste, sich nie ausführlich damit beschäftigt zu haben.

»Mrs. Croft glaubt, ihr Mann habe den letzten Termin am Freitag bei Ihnen gehabt, um 18.30 Uhr.«

»Das stimmt.«

Für eine Astrologin wirkt Emma Gillie recht groß, dachte Harry. Vielleicht kam sie ihm einfach als Frau groß vor. Ihr Haar war auffallend blond, und die Linien in ihrem Gesicht mochten daher rühren, dass sie allzu oft und allzu lange aufgesetzt lächelte.

»Mit der Vermutung liegt sie demnach richtig?«

»Ja, da liegt sie richtig. Alex kam unmittelbar nach der Arbeit her.«

»Er hielt den Termin also ein?«

»Oh ja. Alex hat nie einen Termin abgesagt und kam auch nie zu spät.«

»Seine Frau beschrieb ihn mir als einen sehr pünktlichen Menschen. In seinem Leben war alles wohl geordnet.«

Emma nippte an ihrem Kaffee und sah durch den aufsteigenden Dampf der Tasse hindurch ins Leere. »Er war sehr pünktlich, da würde ich Ihnen zustimmen.«

»Und wann ist er …«

»Sie gehören doch nicht zu diesen Christen, oder?«

»Zu welchen Christen?«

»Sie wissen schon, zu diesen Fanatikern, die in der Astrologie das Böse sehen. Wie in Amerika.«

»Ich bin nicht religiös, Miss Gillie. Wann ist …«

»*Ah.* Sie sind also einer von *denen*.« Sie lächelte. Ihre Augen waren braun, aber wenn es in ihren Augen aufblitzte, meinte man, eine grüne Färbung wahrzunehmen.

»Miss Gillie, wann ist Mr. Croft am Freitagabend gegangen?«

»Er war eine Dreiviertelstunde hier.«

»Er ging also gegen 19.15 Uhr?«

»Ja, da verabschiedete er sich.«

Harry trank seinen Kaffee aus und dachte daran, eine Pfeife zu kaufen. Er hatte zwar nie Pfeife geraucht, aber von Zeit zu Zeit ging ihm das durch den Kopf. »Und als er hier war, kam er Ihnen da normal vor? War er in irgendeiner Weise erregt, oder hat er irgendetwas gesagt, das Ihnen Grund zu der Annahme gab …«

Sie stellte die Kaffeetasse ab und schüttelte recht entschieden den Kopf. Da die Tasse längst auf der Untertasse stand, verschüttete Miss Gillie auch keinen Tropfen. »Sergeant Peacock, ich kann mit Ihnen nicht über die Dinge sprechen, die Mr. Croft während unseres Gesprächs gesagt oder vielleicht auch nicht gesagt hat. Aus erklärlichen Gründen.«

Harry sah sie einen Moment an. Dann zuckte er die Schultern. »Nein, tut mir leid, da fällt mir nichts ein.«

»Wie bitte?«

»Ihre erklärlichen Gründe erklären sich mir nicht.«

Ihre Lippen bewegten sich kaum, als sie sagte: »Ich genieße das Vertrauen meiner Kunden. Sie wissen schon, die Schweigepflicht.«

»Oh, natürlich. Ja, natürlich, das verstehe ich schon eher.«

»Gut … ja. Ich bin froh, dass Sie das verstehen, weil …«

»Ich kann nachvollziehen, dass jemand, der an den Einfluss der Sterne auf das Liebesleben glaubt, womöglich auch die Ansicht vertritt, Astrologen seien gesetzlich nicht verpflichtet, einem Polizeibeamten, der in einem Fall eines Vermissten ermittelt, wichtige Beweise mitzuteilen.«

Ihre Lippen bewegten sich kein bisschen, als sie sagte: »Verpissen Sie sich.«

Harry beugte sich vor. »Was haben Sie eben gesagt?«

»Verpissen Sie sich.«

»Oh, da bin ich erleichtert. Ich dachte schon, Sie hätten gesagt ›Verpissen Sie sich‹.«

Sie wiederholte die Worte.

Harry stand auf und bedankte sich, dass sie sich Zeit für ihn genommen hatte. Als sie ihm unten die Tür zur Straße aufhielt, fragte sie: »Warum denken Sie, dass er tot ist?«

»Miss Gillie ...«

»Oder Emma.«

»Ich glaube nicht, dass er tot ist. Ich glaube gar nichts. Mir liegt hier nur der Bericht vor, dass eine Person vermisst wird.«

»In diesem Fall«, sagte sie und schloss langsam die Tür hinter Harry, »weiß ich wirklich nicht, warum Sie glauben, ich hätte ihn umgebracht.«

Detective Inspector Wrights Büro war ein durch Trennwände abgeteilter Raum in einer Ecke des Gemeinschaftsraums der kriminaltechnischen Abteilung. Der kleine Raum bot lediglich Platz für einen Schreibtisch, zwei Stühle und einen Hutständer. DI Wright hatte keinen Hutständer, daher wirkte der Raum größer, als er war.

»Er ist also wirklich verschwunden?«

Harry war zu groß, um auf einem von DI Wrights Stühlen Platz zu finden, also blieb er stehen. »Seit Freitagmorgen ist er nicht nach Hause gekommen. Heute ist schon Dienstagnachmittag. Mr. Croft ist offenbar sonst ein sehr pünktlicher und organisierter Mensch.«

»O.k., dann ist er also verschwunden. Weil er es so wollte oder aus anderen Gründen. Was macht er beruflich?«

Nichts, dachte Harry; er ist tot. »Er fährt einen LKW, holt volle Altglascontainer vom Recyclinghof und stellt leere Container hin. Dann bringt er die vollen Altglascontainer ...«

»*Ist gut*, Harry, er ist also LKW-Fahrer?« DI Wright war ein kleiner Mann mit einem grauen Schnurrbart, aber er war nicht annähernd so klein wie Harry Peacock groß war. Harry Peacock hatte keinen Schnurrbart.

»Ja, Sir.«

»Und gestern und heute ist er nicht bei der Arbeit erschienen?«

»Heute hätte er arbeiten müssen, gestern war allerdings sein freier Tag.«

»Ah«, sagte DI Wright. Mit dem Ende des Füllers kratzte er sich den Schnurrbart. »Hat er es darauf angelegt, zu verschwinden? Ist da eine Geliebte im Spiel?«

»Möglich, Sir.«

»O.k. Wäre es Ihnen recht, diese Sache noch ein wenig im Auge zu behalten?«

Harry fragte sich, was geschehen würde, wenn er stattdessen sagte, dass es ihm nicht recht sei, diese Sache im Auge zu behalten; dass er es vorziehen würde, den Rest des Tages im Freibad zu verbringen. Es war wirklich ein heißer Tag. Er hätte nichts dagegen, schwimmen zu gehen.

»Ja, Sir«, sagte Harry.

»Gut. Was werden Sie als Nächstes tun?«

Die Badehose anziehen, dachte Harry, und einen echten Bauchklatscher machen. »Ich werde mich noch einmal mit der Frau des Vermissten unterhalten. An seinem Arbeitsplatz vorbeischauen. Bislang habe ich mit seinem Chef nur am Telefon gesprochen.«

»Ausgezeichnet.« DI Wright erhob sich. »O.k., Harry, machen Sie das – ich halte Sie nicht auf.«

Harry musste daran denken, was geschehen würde, wenn er sagte: »Nein, keine Sorge, Sie halten mich nicht auf. Ich habe keine Eile.«

»Danke, Sir«, sagte Harry und machte sich auf den Weg, noch einmal mit der Frau des Vermissten zu sprechen.

»War Ihr Mann schon immer an Astrologie interessiert?«

»Nein«, erwiderte Bridget Croft. »Das würde ich nicht sagen.«

Im Wohnzimmer der Crofts herrschte für Harrys Geschmack zu viel Rosa vor. Die ganze Einrichtung wirkte unnötig dekorativ; die Kissen hatten kleine Fransen, und die Vorhänge waren zu stark in Falten gelegt. Dennoch, das Sofa hatte eine breite Sitzfläche, sodass Harry sich bequem dort niederlassen konnte. Endlich einmal ein Platz, auf dem es sich entspannt sitzen ließ. Mrs. Croft selbst hatte nichts Dekoratives an sich. Ihr Gesicht, ihr Haar, ihre Kleidung, die Art, wie sie sich bewegte – in all diesen Dingen hatte sie sich zurückgenommen und wirkte dadurch unauffällig. Nicht, dass sie unattraktiv war; sie gehörte nur nicht zu den Frauen, die großen Wert auf ihr Äußeres legten.

Natürlich hatte auch das unerklärliche Verschwinden ihres Mannes Spuren in ihrem Gesicht hinterlassen. Ihre Lippen bebten leicht, die Augenlider zuckten nervös: Harry glaubte, dass diese Art von Zuckungen sich besonders bei Witwen zeigte.

»Demnach hat er sich der Astrologie erst kürzlich zugewandt?«

»Das könnte sein.«

»Findet er für gewöhnlich Geschmack an solchen Dingen?«

»An was für Dingen?«

»An Dingen, die in die gleiche Richtung wie Astrologie gehen, meine ich. Tarot, Feng-Shui, Kristallkugeln, Religion, Reinkarnation, Séancen. Wahrsagen. Die spirituellen Dinge eben.« Harry zuckte die Achseln. »Jeder hat so seine Überzeugung.«

»Nein, das war nichts für Alex.« Sie lächelte und strich sich über die Stirn. Die Geste wirkte unbeholfen auf Harry, vielleicht deshalb, da Bridget gar keine Haare in die Stirn fallen konnten. Sie trug nämlich ein Haarband. »Ganz im Gegenteil.«

»Könnten Sie das erläutern?«

»Nun … meine Eltern stammen aus Irland. Sie sind katholisch. Ich meine, Sie wissen schon – keine praktizierenden Katholiken oder so etwas, aber eben Katholiken. Und als Alex und ich heirateten, verlangten Mum und Dad, dass wir uns in einer katholischen Kirche das Jawort geben. Aus deren Sicht ist eine Kirche dafür da, wissen Sie? Man muss nicht an Religion oder an sonst etwas glauben, es hat nichts mit Gott zu tun. Die Kirche ist nun einmal der Ort, an dem man heiratet und bestattet wird.«

Auf dem Sideboard stand ein Hochzeitsfoto, auf dem Alex wie

ein zu groß geratener Junge aussah, und Bridget wie ein Mädchen, das keinen Wert auf ihre äußere Erscheinung legte.

»Haben Sie dann kirchlich geheiratet?«

»Nein. Alex wollte davon nichts wissen. Er sagte, keiner von uns glaube an die Lehre der katholischen Kirche. Wissen Sie, wir gingen nie in die Messe. Er hielt es für irrational, in einer Kirche zu heiraten, geradezu heuchlerisch, und obendrein sei es eine Beleidigung aller überzeugten Katholiken.«

»Was haben Ihre Eltern dazu gesagt?«

»Dad meinte, es tue nichts zur Sache, ob man glaubt oder nicht, man könne trotzdem in einer Kirche heiraten. Aber Alex sagte, wenn man das Clubhaus mietet, sollte man auch dem Club beitreten, und wenn man dem Club beitritt, sollte man sich an die Regeln halten.«

Ich wünschte, du wärst nicht tot, Alex, dachte Harry. Ich würde dich gern kennenlernen. »Davon war er also überzeugt?«

»Ich denke, ich weiß, woher diese Einstellung kommt – von der Gewerkschaft hier im Viertel. Die haben ihre eigene Bar. Wissen Sie, Getränke zu moderaten Preisen und so weiter. Und Alex wurde immer stinksauer, weil es Leute gibt, die der Gewerkschaft nicht beitreten, aber nichts dagegen haben, einen preiswerten Drink zu bekommen.«

»Die Vergangenheitsform.«

»Die Vergangenheitsform?«

»Ja, Sie sagten eben, *er wurde* immer stinksauer.«

»Oh ja, richtig. Nein, das wurde dann alles geregelt. Jetzt gibt's nur noch Getränke für Mitglieder.«

»Hat Alex sich wegen der Hochzeit mit Ihren Eltern überworfen?«

»Keineswegs.« Sie lachte. Ein kleines, unauffälliges Lachen. Nach Harrys Einschätzung gerade so bemessen, dass man es gemäß der landläufigen Meinung noch als Lachen durchgehen lassen konnte. »Keiner überwirft sich mit Alex. Er gehört nicht zu den

Leuten, mit denen man in Streit gerät. Letzten Endes machte er einen Witz aus der ganzen Sache. Er nahm meinen Dad auf den Arm und sagte ihm, da er – also Alex – praktizierender Atheist sei, müsste ich zum Atheismus übertreten, ehe wir heirateten! Unterweisung in Glaubensfragen und so weiter, wissen Sie, wie es die Katholiken machen. Und die Juden, denke ich.«

»Fand Ihr Vater das lustig?«

»Nun, irgendwann schon, als ihm aufging, dass Alex ihn mit seinen eigenen Waffen geschlagen hatte, wissen Sie? Er wusste, dass Alex anderen gern einen Streich spielt. Alex sagt immer, ein Witz kann sehr viel ausrichten.«

»Ich habe nichts für Streiche übrig«, meinte Harry.

»Oh?«

»Nein. Habe sie noch nie gemocht. Ich mag lieber die unmöglichen Streiche. Ich würde gern am Weihnachtstag bei jemandem aufs Dach klettern und dort zwei lebende Elefanten hinterlassen.«

Ihrer Miene nach zu urteilen, wusste Bridget nicht recht, was sie dazu sagen sollte. »Das wäre bestimmt nicht durchführbar.«

Harry nickte. »Dann würde ich bei ihm anrufen und sagen *›Jetzt möchte ich sehen, wie Sie das Ihrer Frau erklären!‹*«

»Richtig«, meinte Bridget. »Da hätte er was zu tun.«

Hätte Harry sich inzwischen eine Pfeife gekauft, hätte er jetzt gepafft. Aber vielleicht würde man in einem so rosafarbenen Raum gar nicht gerne rauchen. Man würde Flecken und Krümel hinterlassen. »Sie müssen überrascht gewesen sein, als Sie herausfanden, dass Alex eine Astrologin aufsuchte.«

»Ich fand es nicht heraus. Es war ja kein Geheimnis.« Bridgets Nasenspitze war rot. »Er verheimlichte es nicht vor mir.«

»Wann haben Sie es herausbekommen?«

»Ich habe es nicht herausbekommen. Er sagte es mir. Letzte Woche.«

»Er besuchte die Astrologin schon seit elf Wochen.«

»Ja. Und?«

»Er hat Ihnen nicht erzählt, dass er eine Astrologin aufsuchen wollte. Er sagte es Ihnen erst, nachdem er schon elf Wochen lang zu ihr gegangen war. Also hat er es doch vor Ihnen verheimlicht.«

»Hat er nicht.«

»Wie darf ich das verstehen, wenn Sie sagen, dass er es nicht vor Ihnen verheimlichte, Mrs. Croft?«

»Sie dürfen es so verstehen, wie ich es sage. Er verheimlichte mir nichts.« Bridget verschränkte die Arme vor der Brust. Schließlich gab sie diese Haltung wieder auf und zündete sich eine Zigarette an.

»Können Sie sich einen Grund vorstellen, warum Ihr Mann den Wunsch verspüren könnte, zu verschwinden?«

»Nein, keinen.«

»Gab es kürzlich irgendwelche Probleme zu Hause, zum Beispiel …«

»Absolut nicht.«

»Ich meine, gab es vielleicht Streit, wegen Kleinigkeiten, oder haben Sie …«

»Absolut nicht.« Sie schüttelte den Kopf.

»Oder haben Sie Grund zu der Annahme, dass Ihr Mann über etwas unglücklich war, oder gar …«

»Absolut nicht.«

Harry holte hörbar Luft. Das gefiel ihm, also tat er noch einen kräftigen Atemzug. »Absolut nicht?«

»Absolut nicht.«

Harry stand auf. »Danke, Mrs. Croft. Ich melde mich wieder bei Ihnen, sobald ich etwas Neues erfahren habe.«

Aber wenn er darüber nachdachte, würde er sich nicht bei ihr melden. Wenn sie Alex Crofts Leiche fänden, würden sie einen Streifenbeamten vorschicken, um die Nachricht zu überbringen.

Ein kleiner Mann in einer viel zu großen Jacke saß in einem kleinen Baucontainer. Detective Sergeant Harry Peacock war zu groß, um in dem Container Platz zu nehmen. Richtig darin stehen konnte er aber auch nicht, und daher ging er ein wenig in die Knie und zog den Kopf etwas ein und beschloss, es bei einer kurzen Befragung zu belassen. In dem Bauwagen war es kalt, obwohl draußen die Sonne brannte. Es war nicht kühl; es war richtig kalt.

Der kleine Mann hieß Len. Er war Alex Crofts Boss.

»Keine Ahnung, Kumpel. Gestern hatte er frei, aber heute müsste er hier sein.«

»Und morgen rechnen Sie also auch mit ihm?«

»Klar. Ich hoffe, dass er kommt. Oder erzählen Sie mir jetzt, dass er vermisst wird?«

»Seine Frau hat ihn das ganze Wochenende nicht gesehen. Hat Alex eine Freundin, soweit Sie das beurteilen können?«

»Nicht, dass ich wüsste. Habe nie etwas Derartiges gehört.«

»Also nie etwas Derartiges gehört«, sinnierte Harry halblaut.

Der kleine Unternehmer nahm seine Brille ab, spuckte auf die Gläser und rieb sie dann an seinem Hemd. »Nicht mal eine Andeutung. Und Sie schätzen, er könnte bei seiner Geliebten sein?«

»Wissen Sie, ob Alex an Astrologie interessiert ist?«, fragte Harry weiter. »Oder an derartigen Dingen?«

»An Astrologie?« Len setzte die Brille wieder auf. Er verzog die Mundwinkel nach unten und runzelte die Stirn. »Nein, bestimmt nicht.«

»Sie scheinen sich da ja sehr sicher zu sein.«

»Bin ich auch, Kumpel. Für ihn ist das doch alles Schwachsinn. Das sagt er selbst. Immer wenn das Thema aufkommt, sagt er *Ist doch alles Schwachsinn*.«

Wegen der abnormen Haltung schien das Blut in Harrys Körper zwischen den Knien und dem Halsbereich gestaut zu sein. Das, davon war er überzeugt, war eine unerwünschte und ungerechte Verteilung.

»Er wirft nicht mal einen Blick auf sein Horoskop.«

»Welches Horoskop?«

»Sie wissen schon, während der Frühstückspause oder so. Einer holt die Zeitung raus, guckt nach, was am Abend im Fernsehen läuft, schaut sich die Fußballergebnisse an. Und dann sagt er zu den anderen, was ist denn euer Sternzeichen? Liest die Horoskopspalte vor. Stier: Halte heute Nachmittag die Augen offen. Dir könnte sich eine unerwartete Gelegenheit bieten.«

»Was?«, merkte Harry an. »Das machen selbst Männer?«

»Natürlich rede ich von Männern. Von den Fahrern. Alle Fahrer hier sind Männer.«

»Und Alex macht da nicht mit? Will gar nicht wissen, was in seinem Horoskop steht?«

»Hält das alles für Schwachsinn. Aber eigentlich hat er ja recht.« Len schaute zu dem Detective auf und nickte. »Es ist Schwachsinn.«

»Echter Schwachsinn«, meinte Harry. Auch er nickte.

»Das Zeug in den Zeitungen, das ist doch keine richtige Astrologie.«

»Ach nein?«

»Natürlich nicht. Wie will man für Millionen von Lesern ein Horoskop erstellen, das genau gleich ist? Ich meine, denken Sie nach: Wie gut stehen die Chancen für einen Großteil der Bevölkerung, dass sich für ein und denselben Nachmittag unerwartete Gelegenheiten für alle Stiere bieten?«

»Ja«, meinte Harry. »Das habe ich mich auch schon oft gefragt.«

»Das kann doch nicht sein, oder? Statistisch gesehen ist das unmöglich.«

»Schwachsinn, statistisch betrachtet.«

»Natürlich. Nein, schauen Sie, wenn Sie wissen möchten, was die Sterne Ihnen zu bieten haben, dann müssen Sie die Sache richtig angehen.«

»Genau.«

»Sie müssen sich Ihr eigenes, persönliches Horoskop anfertigen lassen. Mit Diagrammen und Schautafeln und so weiter. So macht man das. Suchen Sie jemanden auf, der das professionell macht, einen qualifizierten Astrologen, der ein Zertifikat hat und all das.«

»Zertifikate für Astrologie«, sinnierte Harry halblaut.

»Exakt. Die kann man bekommen. Da gibt es Kurse und all das.«

»Die wird es bestimmt geben.«

»Die gibt es«, beteuerte Len. »Das ist eine vollkommen andere Sache. Es geht nicht nur um die Sonnen- und Mondsymbolik, es geht um Aszendenten und aufsteigende Dinge und wer weiß, was sonst noch alles. Verschiedene Häuser und Quadranten. Alles Mögliche. Das ist eine Wissenschaft für sich.«

»Wie die Physik«, merkte Harry an. »So heißt es jedenfalls.«

»Nun, *das* – ein richtiges, persönliches Horoskop – das lohnt sich schon. Es kann viel aussagen über den Lebensstil einer Person.«

»Der Lebensstil«, wiederholte Harry. »Ja, das verstehe ich.«

»Aber Alex – er meint, auch das ist alles nur Schwachsinn. Und genau in diesem Punkt irrt er sich, verstehen Sie?«

»Weil es eine Wissenschaft ist.«

Len nickte wieder. Vielleicht hatte er auch gar nicht mit dem Kopfnicken aufgehört. Von Harrys Blickwinkel aus war das schwer zu sagen. »Natürlich ist es eine Wissenschaft. Mathematik und Logarithmen und so weiter. Aber schauen Sie, Alex war für derlei Dinge nicht offen.«

»Nein?«

»Nein. Was schade ist.«

Harry wartete, und als er lange genug gewartet hatte, sagte er: »Warum?«

»Warum?«

»Warum finden Sie das schade?«

»Was soll ich sonst dazu sagen? Ich meine, kommen Sie! Wenn man anderen Dingen gegenüber nicht aufgeschlossen ist, wie soll man dann etwas Neues kennenlernen?«

»Ganz recht«, sagte Harry. »Wie etwa Physik. So, Sie haben sich demnach eines dieser professionellen Horoskope anfertigen lassen, nicht wahr?«

»Natürlich habe ich das machen lassen.«

»Kürzlich?«

»Schon länger her. Ich meine, die Sache ist doch die – ich bin ein verheirateter Mann. Weshalb sollte ich einen Blick in meine Zukunft werfen? Ich kenne meine verdammte Zukunft verdammt gut, besten Dank!«

»Immer die gleichen Abläufe, was?«, bot Harry an.

»Sie haben es erfasst, Kumpel. Immer das Gleiche und dann der Tod. Und raten Sie mal, wer die verdammte Beerdigung bezahlen muss?«

Harry fand es faszinierend, dass er sich mit einem Mann unterhielt, der etwas dagegen hatte, seine eigene Beerdigung bezahlen zu müssen, aber inzwischen war sein Nacken steif und seine Knie zitterten, daher verabschiedete er sich.

»Sie haben drei Zimmer. Ihr Wartezimmer, Ihr …«

»Ich habe gerade einen Kunden«, sagte Emma Gillie. »Wenn Sie mich sprechen wollen, hätten Sie dann die Güte, vorher anzurufen?«

»Was ist in dem dritten Raum?«

Sie zog die Haustür hinter sich zu, sodass sie nun neben ihm auf dem Gehweg stand. »Ein Badezimmer.«

»Ein Badezimmer im amerikanischen Sinn, also nur mit Toilette? Oder ein richtiges Badezimmer mit Dusche und so?«

»Mein Badezimmer hat beides«, erwiderte sie. »Es ist ein kleiner Raum mit einer Toilette, einem Waschbecken und einer Duschkabine.«

»Danke.«

»Und mit einem Abfalleimer. Einem Arzneischrank. Einer Box mit Papiertüchern.«

Er quittierte ihre Ausführungen mit einem Nicken und wandte sich zum Gehen.

»Möchten Sie es sehen?«, fragte sie. »Wollen Sie mein Badezimmer durchsuchen?«

Harry hielt inne und drehte sich wieder zu ihr um. »Nein, nicht nötig. Trotzdem danke.«

»Warum sind Sie dann an meinem Badezimmer interessiert?«

»Ich bin nicht sonderlich daran interessiert. Ich habe mich nur gefragt, was in dem dritten Raum ist, mehr nicht. Jetzt weiß ich es.«

»Sie sind also nicht sonderlich daran interessiert, aber Ihr Interesse ist groß genug, um mich bei einem Gespräch mit einem Kunden zu stören. Warum haben Sie nicht angerufen? Wäre das nicht etwas höflicher gewesen?«

»Tut mir leid.« Harry klopfte sich auf die linke Manteltasche. »Der Akku ist leer.« Plötzlich war ein Klingelton aus der Tasche zu hören. »Oh, das macht es manchmal, wenn ich gegen die Tasche klopfe«, erklärte er. »Wohl falsch verbunden.«

Emma Gillie wollte wieder ins Haus, aber als sie gegen die Tür drückte, musste sie feststellen, dass sie sich ausgesperrt hatte. Daher klingelte sie lange und energisch. »Ich könnte mich an höherer Stelle über Sie beschweren.«

»Es gibt aber keine Höheren«, meinte Harry. »Meine Vorgesetzten sind alle klein und haben einen Schnurrbart.«

Der Türöffner an Emmas Haustür summte. Sie drückte gegen die Tür und ging ins Haus. Harry holte das Handy aus der Tasche und schaute auf das Display. Eine unbekannte Nummer. Plötzlich sah er etwas auf dem Display, was ihm noch nie aufgefallen war: eine neue Nachricht. Er drückte mehrere Tasten und erfuhr, dass seine Glückszahl für den heutigen Tag die 77 war.

Er bog links in die Hauptstraße und ging geradewegs in ein Wettbüro. Entschlossen hielt er auf die ältere Dame hinter dem Schalter zu. »Ich möchte eintausend Pfund auf ein Pferd mit Namen Siebenundsiebzig setzen.«

Die Frau runzelte die Stirn. »Siebenundsiebzig?«

»Auf Sieg, bitte.«

»Wo läuft es?«

»Das weiß ich nicht. Tut mir leid.«

Die Frau sog hörbar die Luft ein und ging ihre Listen durch. »Ich glaube nicht, dass es hier ein Pferd mit Namen Siebenundsiebzig gibt«, meinte sie.

»Wie ich's mir gedacht habe«, sagte Harry. »Haben Sie vielen Dank.« Er nickte der Dame freundlich zu und verließ das Wettbüro.

In einem Café aß Harry ein Brötchen mit Käse und Gewürzgurken und einen Doughnut. Dazu trank er sieben Tassen Tee. Er schrieb Dinge in sein Notizbuch, über die er noch nachdenken musste.

1. Wo ist die Leiche?
2. Warum sucht ein Mann, der mit Astrologie nichts am Hut hat, eine Astrologin auf?
3. Pfeifenkauf – ja oder nein?

Zwischen der vierten und fünften Tasse Tee fand er eine akzeptable Antwort auf die zweite Frage: Alex Croft war eben *nicht* ein Mann, der kein Interesse an Astrologie hatte. Genau das Gegenteil war der Fall.

Als er zum Tresen ging, um die Rechnung zu bezahlen, fragte Harry den Griechen, dem das Café gehörte, ob man in seinem Lokal rauchen dürfe.

Der Grieche sah ihn argwöhnisch an. Er wusste, was Harry von Beruf war. »Was wollen Sie rauchen?«

»Pfeife.«

»Nein, keine Pfeife. Zigaretten sind o.k., nur keine französischen. Aber Pfeifen und Zigarren – nein. Zu viel Qualm.«

»Gut«, meinte Harry. »Das wäre ja dann geklärt. Danke.«

»Rauchen Sie Pfeife?«

Harry schüttelte den Kopf. »Habe ich nie probiert.«

Der Grieche gab ihm das Wechselgeld, wobei er ihn unverwandt ansah. »Nun, zumindest haben wir besseres Wetter.«

»Stimmt«, sagte Harry. »Nicht gerade das Wetter, um eine Leiche herumliegen zu lassen.«

Der Grieche drückte Harry die letzte Pfundmünze fest in die Hand und meinte. »Nun, es ist alles möglich.«

»Ich habe meine Meinung geändert.«

»Zu was?« Emma Gillie trat beiseite, damit Harry vor ihr die Treppe hinaufgehen konnte. »Zur Astrologie? Zur Kopfsteuer? Oder dazu, dass jetzt auch Weiße den Blues singen können?«

»Ich würde doch gern einen Blick in Ihr Badezimmer werfen.«

»Wie ich sehe, haben Sie Ihre Meinung in einem Punkt nicht geändert. Sie kommen immer noch her, ohne vorher anzurufen.« Sie standen in ihrem Wartezimmer. Beide schauten auf die Tür zum Bad. Sie war geschlossen. »Gestern wollten Sie nicht auf meine Frage antworten, warum Sie glauben, dass Alex tot ist. Also muss ich mir selbst einen Reim darauf machen. Sie haben so ein Gefühl, eine Ahnung, nicht wahr? Intuition.«

»Nein, keine Intuition. Instinkt.«

Sie zuckte die Schultern. »Wie auch immer …«

»Das ist nicht dasselbe. Intuition hat etwas Magisches. Was ich besitze, ist Instinkt, durch Erfahrung geschärft. Vielleicht auch durch *unbewusste* Erfahrungen. Da ist nichts Mystisches dran.«

»Ja, gut. Möchten Sie eine Tasse Tee?«

»Nein, danke. Ich hatte schon Tee.«

Emma lachte. »Tee gehört zu den Dingen, die man mehr als einmal zu sich nehmen kann.«

»Offen gestanden hatte ich schon sieben Tassen Tee«, sagte er. »Innerhalb der letzten Stunde.«

»Ah, gut. Möchten Sie deshalb mein Badezimmer aufsuchen?«

Harry lächelte. »Nein. Das hat mit dem Mord an Alex Croft zu tun.«

Sie nahm auf dem Zweisitzer Platz. Harry blieb stehen. »Sie folgen wohl nur Ihrem Instinkt, oder wie Sie es auch nennen wollen, nicht wahr? Es gibt keinen handfesten Beweis, das Alex tot ist, richtig? Ich meine, Sie haben keine Leiche gefunden.«

»Stimmt. Noch nicht.«

Emma lehnte sich entspannt in den Kissen auf dem Sofa zurück. »Dachte ich mir. So entscheiden Sie also, ob jemand ermordet wurde oder nicht: Sie benutzen Ihren *Instinkt.* Hey, Sergeant Peacock – kein Wunder, dass Sie Astrologie hassen!«

Harry umschloss den Türknauf der Badezimmertür mit einer Hand. »Darf ich?«

»Benötigen Sie meine Erlaubnis?«

»Im Moment, ja.«

Sie stand auf. Sehr elegant, fand Harry, wenn man in Betracht zog, wie niedrig das Sofa war. »Sie dürfen. Aber sie ist abgeschlossen.«

Harry drehte den Knauf nicht, um ihre Aussage zu überprüfen. Er zog die Hand zurück. »Schließen Sie Ihre Badezimmertür immer ab?«

Emma schüttelte den Kopf, sodass ihre Locken zu tanzen begannen. »So funktionieren Schlösser eigentlich nicht, Harry, wissen Sie? Immer abgeschlossen oder immer auf. Verschwendet man da nicht ein gutes Schloss?«

»Würden Sie für mich aufschließen?«

»Sie brauchen immer noch meine Erlaubnis?«

»Im Augenblick, ja.«

Emma holte einen kleinen Schlüsselbund aus ihrer Tasche. »Darf ich mitkommen? Oder möchten Sie lieber allein sein?«

Mit einer einladenden Handbewegung ließ Harry ihr den Vortritt. Der schmale Raum war genau so, wie sie ihn beschrieben hatte: an der gegenüberliegenden Wand eine Toilette; rechts ein Waschbecken; links eine Duschkabine, die einem Mann von Harrys Größe als Fußbad dienen könnte, vielleicht auch, in einer unwürdigen Haltung, als Bidet. Unter dem Waschbecken stand ein geflochtener Papierkorb. Er war leer. Über dem Waschbecken hing ein Arzneischrank, über der Dusche befand sich ein Ventilator und über der Toilette ein Fenster.

»Ich sehe keine Box mit Papiertüchern«, sagte Harry.

»Das habe ich erfunden«, meinte Emma und setzte sich auf den Toilettendeckel. »Eine *Ausschmückung*. Ich dachte, das würde Ihnen gefallen.«

»Nun«, sagte Harry, »solange Ihnen bewusst war, was Sie taten. Es ist immer riskant, die Polizei zu belügen.«

»Soll ich einen Schraubendreher holen?«

»Wenn Sie möchten. Wofür brauchen Sie den?«

Sie stieß mit dem Ellbogen gegen das türkisfarbene Plastik. »Damit Sie den Spülkasten aufmachen können. Dann können Sie nachsehen, ob ich Alex zerstückelt und dann in den Kasten gestopft habe, nachdem ich ihn in der Dusche umgebracht habe.«

Harry zeigte kein Interesse an dem Spülkasten. »Dürfte ich bitte mal ans Fenster?«

»Ans Fenster?«

»Ja, hinter Ihnen ans Fenster. Ich bin auf den Ausblick gespannt.«

Das Bad war so schmal, dass die beiden sich gerade so aneinander vorbeizwängen konnten, allerdings nur Bauch an Bauch: Sie strebte zur Tür, er zur Toilette. Er konnte ihr Shampoo riechen.

Es war ein sauberes, einfach verglastes Fenster, das Harry gerade bis zum Kinn reichte. Er öffnete es und schaute hinab auf einen engen Hinterhof mit Garagentoren, Mülltonnen und Haufen mit

Unrat. Da das Haus vorne höher war als hinten, befand sich das Fenster keine zwei Meter über dem Boden.

»Sie sollten sich bei Gelegenheit mit Leuten von unserer Präventivabteilung unterhalten«, sagte er. »Es bedarf nur einer Leiter, und schon kann man hier einbrechen.«

»Ganz recht. Vielleicht sind so meine Papiertücher verschwunden.« Sie ging aus dem Bad zurück ins Wartezimmer. Harry folgte ihr. Sie setzte sich wieder auf das Sofa, und er lehnte sich an die Wand.

Dann sagte er: »Meine Glückzahl für heute ist die 77.«

»Sie haben ein Faible für abrupte Themenwechsel, nicht wahr? Wussten Sie, dass Otter eine Dauererektion haben?«

»Das wusste ich nicht«, sagte Harry. »Aber das erklärt wahrscheinlich, warum sie kein Krocket spielen.«

»So, die 77. Woher wissen Sie das?«

Harry hielt sein Handy hoch. »Stand auf meinem Display.«

Emma rümpfte die Nase und verzog verächtlich die Lippen. »Das ist doch nun wirklich Mist.«

»So, das ist also Mist, aber das, was Sie machen, natürlich nicht, oder?«

Sie stützte die Ellbogen auf die Knie und legte den Kopf in die Hände. »Schauen Sie, Harry, in allen Bereichen gibt es Leute, die wissen, wovon sie sprechen, und solche, die keine Ahnung haben. Wenn Sie Schmerzen in der Brust hätten, dann könnten Sie entweder zu einem Quacksalber gehen, der Ihnen sagen würde, Ihre Glückszahl ist 77, oder Sie könnten einen richtigen Arzt aufsuchen, der die Diagnose Verdauungsstörung oder Herzinfarkt stellen würde.«

»Vielleicht auch beides«, meinte Harry. »Ich habe mich schon oft gefragt, woher die das wissen wollen. Manchmal muss es beides sein. Nur weil man einen Herzanfall hat, bedeutet das noch lange nicht, dass man nicht vielleicht auch unter Verdauungsstörungen leidet, oder?«

Sie ließ ihre Haarsträhnen durch ihre Finger gleiten und atmete hörbar aus. »Das wäre genug, um einen Mann skeptisch werden zu lassen, nicht wahr?«

»Wer hat Sie vorhin hereingelassen?«

»Worauf wollen Sie jetzt wieder hinaus?«

»Sie hatten sich ausgesperrt. Sie klingelten, und die Tür ging auf. Wer hat Ihnen geöffnet?«

Ruckartig setzte sie sich auf, als habe ihr Erstaunen ihr einen Schlag versetzt. »Das passt offensichtlich nur zu *männlichen* Ottern. Mein Kunde. Mein Kunde hat mich hereingelassen. Warum fragen Sie?«

»Ich dachte, es wäre vielleicht Ihr Komplize. Offensichtlich habe ich mich geirrt.«

»Schauen Sie, Sie sind schon zu lange bei der Polizei, Sergeant. Die Leute brauchen nur dann einen Komplizen, wenn sie Böses im Sinn haben. Die übrige Zeit begnügen wir uns mit Freunden und Bekannten.«

»Warum hat Alex so viele Termine mit Ihnen vereinbart? Sobald ein Horoskop erstellt ist, hat sich die Sache doch erledigt, oder?«

»Nicht unbedingt.«

»Erzählen Sie mir von der Astrologie?«

»Was, ich soll Ihnen alles über Astrologie erzählen? O.k., aber dann sollten Sie die Krawatte lösen. Wir werden zwei oder drei Jahre brauchen.«

»Soll mir recht sein. Sagen Sie mir Folgendes: Wie lange dauert es, um ein professioneller Astrologe zu werden?«

»*Zwei oder drei Jahre.* Und das reicht gerade mal, um eine gewisse Kompetenz zu erwerben. Wenn man alles über Astrologie wissen wollte, bräuchte man mehrere Leben. Buchstäblich.«

»Sie haben wohl noch nicht versucht, mein Sternzeichen zu erraten?«

Emma schlug sich auf die Knie. »Ich bin eine professionelle Astrologin! Kommen professionelle Polizisten daher und *raten,* wer ein Verbrechen begangen hat? Oops, tut mir leid, ich wollte Ihnen nicht zu nahe treten.«

»Ich mag es, wenn Frauen auf Partys versuchen, mein Sternzeichen zu erraten.«

»Sie gehen auf Partys? Das muss lustig sein.«

»Ich bringe sie dazu, ihre Vermutung auf ein Stück Papier zu schreiben. Und dann sage ich ihnen, dass sie falsch liegen, ohne überhaupt einen Blick auf die Zettel zu werfen.«

»Das«, meinte Emma, »hört sich verdächtig nach einem Streich an.«

Harry sah sie eine Weile an und sagte schließlich: »So?«

»So? Nichts *so.* Was ist also jetzt?«

Harry ging im Kopf die verschiedenen Gespräche durch, die er in den vergangenen Tagen geführt hatte. Dann trat er mit einem gemurmelten »Entschuldigen Sie mich kurz« an den Treppenabsatz, um zu telefonieren.

Als er wieder das Wartezimmer betrat, sagte Emma: »Ich habe noch nie so lange auf eine Pointe gewartet.«

»Die Pointe ist, dass mein Geburtsdatum aufgrund der besonderen Umstände meiner Kindheit unbekannt ist.«

»Verstehe. Ich vermute, dass Sie eine interessante Kindheit hatten.«

»Daran kann ich mich nicht erinnern. Damals war ich zu jung. Ich mag Ihre Ohren.«

»Wie dem auch sei«, meinte Emma, »wenn Sie nicht wissen, wann Sie geboren sind, könnten die Vermutungen der Partygäste richtig sein, nicht wahr?«

»Vermutlich. Danke, Sie haben soeben meinen einzigen Partytrick ruiniert.«

»Vermutlich haben Sie einen offiziellen Geburtstag wie die Königin?«

»Ja«, sagte er. Er wartete auf ihre Frage, um welchen Tag es sich handelte, und war froh, als Emma schwieg. »Vielleicht können Sie mir ein Geburtshoroskop für meinen wahllos festgelegten Geburtstag erstellen. Wäre doch interessant, wenn sich herausstellte, dass die Ergebnisse unheimlich genau sind, oder?«

»Haben Sie sich je gefragt, warum Sie sich so vehement gegen die Astrologie sperren?«

Harry schüttelte den Kopf. »Nein. Man kann schwer begründen, warum man nicht an etwas glaubt. Es gibt nur Gründe, warum man an etwas glaubt. Den Leuten scheint diese offensichtliche Tatsache entfallen zu sein, und genau deshalb läuft in der heutigen Welt so vieles falsch.« Er holte ein rotes Taschentuch hervor und schnäuzte sich. »Das war die Meinung eines Polizeibeamten und sollte nicht für die vorherrschende Meinung bei der Metropolitan Police gehalten werden.«

Emma stand auf. »Möchten Sie jetzt vielleicht eine Tasse Tee?«

»Nein, danke.«

»Sie möchten keine Tasse Tee und sind doch davon überzeugt, dass ich Alex Croft in meiner Dusche ermordete und ihn dann, kräftig wie ich bin, aus dem Badezimmerfenster gehievt habe, richtig? Aber jetzt frage ich Sie: *Was* hatte er überhaupt in meiner Dusche zu suchen? Sergeant Peacock, ich erstelle keine Horoskope in der Dusche. Eine derartige Dienstleistung erhält man vielleicht in einigen Teilen Londons, aber nicht hier bei mir.«

»Er war Ihr Geliebter«, sagte Harry. »So muss es gewesen sein. Warum sollte er sonst so oft zu Ihnen gekommen sein, wenn er gar nicht an Astrologie glaubte? Zumal er wusste, dass Sie ein Scharlatan sind.«

»Ich soll *was* sein?«

»Sie sind eine Schwindlerin. Jonglieren mit Glückszahlen. Sie sind gar keine qualifizierte Astrologin. Und Alex wird das sicherlich gleich durchschaut haben, eingefleischter Skeptiker, der er war. Er hat sofort gemerkt, dass er mehr von Astrologie verstand als Sie.«

Sie wirbelte unkoordiniert mit den Armen durch die Luft und

ließ sie dann schlaff nach unten hängen. Ihr klappte der Unterkiefer herunter. »Wow! Wenn man bedenkt, dass Sie bloß raten, ist das eine wirklich verrückte Idee! Selbst für einen Mann wie Sie.«

»Könnte ich Ihre Zertifikate sehen?«

»Nein, können Sie nicht. Nicht ohne Durchsuchungsbefehl. Das geht Sie gar nichts an. Warum wollen Sie die überhaupt sehen?«

Zufälligerweise fragte Harry sich das auch gerade. »Sie klingen irgendwie nicht authentisch. Ihre Bewegungen. Sie sind einfach ...«

»Haha!« Sie richtete beide Zeigefinger auf ihn. »Intuition, Harry – ich sagte es ja!«

»Sie könnten mich widerlegen, denke ich, indem Sie mir Alex' Horoskop zeigten.«

»Ich habe es nicht hier. Der Kunde behält ...« Sie unterbrach sich und biss sich auf die Unterlippe.

»Ich kann mich aber nicht entsinnen, das Horoskop gesehen zu haben, als ich bei Alex und Bridget vorbeischaute.« Harry fragte sich, warum man es immer als viel befriedigender empfand, nicht ganz bei der Wahrheit zu bleiben, anstatt eine echte Lüge zu erzählen.

Emma verschränkte die Arme vor der Brust. »Also gut, Mr. Intuition, sehr clever von Ihnen. Alex kam aus einem anderen Grund zu mir. Er wollte, dass ich ein gefälschtes Horoskop für einen Freund erstelle, für einen Arbeitskollegen.«

»Hieß der zufällig Len?«

Sie nickte. »Da war keine böse Absicht im Spiel, wissen Sie. Nur ein bisschen Spaß unter Kumpeln.«

»Würde eine professionelle Astrologin so etwas gutheißen?«

»Das dürfte, denke ich, von der Differenz zwischen ihrer Miete und ihren Einkünften abhängen. Astrologie ist längst nicht mehr so heiß begehrt wie damals, als ich damit anfing. Die Leute sind unzuverlässig geworden.«

Harry nickte mitfühlend. »Diese Feng-Shui Bastarde, wie? Kommen einfach hierher und nehmen uns die Jobs weg.«

»Schauen Sie, Sergeant, es handelte sich bloß um einen Witz. Nichts Ernstes.«

Detective Constable Ali betätigte die Türklingel und wurde hereingelassen. Harry machte ihn mit Emma Gillie bekannt und trug ihm dann auf, sich einmal auf dem kleinen Hinterhof unterhalb des Badezimmerfensters umzusehen. »Es könnte sein, dass eine Leiche aus dem Fenster geworfen wurde.«

Als Ali fort war, sagte Emma: »Für einen Forensiker scheint er mir nicht besonders gut ausgestattet zu sein. Vielleicht möchten die Vorgesetzten bei der Met einem Detective Sergeant, der nur seinem Instinkt folgt, keine hochwertige Ausrüstung anvertrauen?«

Harry mochte ihre spitzen Bemerkungen. Eigentlich wünschte er, sie würde das Sticheln sein lassen, aber irgendwie gefiel ihm ihre forsche Art. »DC Ali ist nur die Vorhut, Miss Gillie. Und er verfügt über genügend Ausrüstung, um festzustellen, ob wirklich eine Leiche in den Hof geworfen wurde, das versichere ich Ihnen. Selbst wenn die Leiche auf einen Berg Müll fiel, der dann fein säuberlich beiseitegeräumt wurde, wird man Spuren von Alex finden.«

Sie zuckte die Schultern.

Harry fuhr fort: »Und um dieses falsche Horoskop zu erstellen, brauchten Sie elf Wochen?«

Sie hatte die Schultern noch hochgezogen, brauchte das Achselzucken also nicht zu wiederholen. »Alex und ich, wir waren gerne zusammen. Und ich wäre Ihnen *dankbar,* wenn Sie nicht Ihre Brauen in dieser anzüglichen Weise hochziehen würden!«

»Oh, tut mir leid. Das war mir nicht bewusst.«

»Dann wäre ich Ihnen eben verbunden, wenn Sie mit diesem unbewussten Augenbrauenhochziehen aufhören würden. Wir saßen gern im Sprechzimmer zusammen, auch hier im Wartezimmer, aber nicht in der Dusche.«

»Wenn Alex in der Dusche war, werden wir das feststellen, ganz gleich wie gründlich Sie sauber gemacht haben.«

Sie saß wieder auf dem Sofa, hatte die Hände unter die Oberschenkel geschoben. »Vielleicht hat er mal geduscht. Er hatte einen schweißtreibenden Job. Ich weiß es nicht mehr. Wichtig ist doch, dass ich nicht mit ihm in der Dusche war.«

Harry ging nach unten und sprach mit DC Ali, der übertriebene Messungen unterhalb des Badezimmerfensters vornahm, wobei er allerdings darauf achtete, keine Spuren eines möglichen Verbrechens zu verwischen.

»Ich möchte, dass Sie Miss Gillie mit aufs Revier nehmen und …«

»Sie haben sie festgenommen?«

»Nein, ich werde ihr erzählen, dass wir davon ausgehen, dass der Vermisste entführt wurde. In diesem Zusammenhang soll sie einen Blick in die Verbrecherkartei werfen. Vielleicht kann sie ja den Entführer identifizieren, falls er sich hier in der Gegend herumtrieb. Ablehnen kann sie kaum. Ich möchte nur, dass Sie Miss Gillie in ein freies Verhörzimmer bringen und dort mindestens eine Stunde beschäftigen.«

»Und wie viele Aufnahmen aus der Kartei soll ich ihr zeigen?«

»Ganz egal. Aus der Kategorie Dieb, Vergewaltiger, Bankräuber. Oder Fotos von Ihnen aus Ihrem Toskanaurlaub. Hauptsache, sie hat gut eine Stunde zu tun.«

»Für heute habe ich mich dann genug als Forensiker betätigt?«

»Haben Sie, danke.«

DC Ali stopfte seine Ausrüstungsgegenstände wieder in seine Ledertasche. »Sergeant, ich habe einen Abschluss in Kriminologie gemacht.«

»Wie dem auch sei, ich vertraue Ihnen.« Harry ging zu seinem Auto, blieb dann stehen und rief Ali nach: »Und sorgen Sie dafür, dass Miss Gillie das Foto Nummer 77 aus der Kartei zu Gesicht bekommt.«

»Die 77? Wessen Foto ist das?«

»Keine Ahnung«, meinte Harry. »Woher soll ich das wissen?«

Auf der Fahrt zu Bridget Crofts Haus beschloss Harry, dass es sich bei dem Tatmotiv um Folgendes handelte: Angst, entlarvt zu werden. Alex war ein Mann, der seine Hausaufgaben gemacht hatte. Er hätte Emma als Scharlatan entlarvt. Um ihn davon abzuhalten, sie bloßzustellen, tötete sie ihn.

Während er das Auto vor Bridget Crofts Haus parkte, kam Harry noch ein weiteres Motiv in den Sinn: Zorn. Alex und Emma hatten eine Affäre. Bridget kam dahinter. Und brachte ihren Mann um.

Als er über die Auffahrt zum Haus der Crofts ging, war sich Harry in einem Punkt sicher: Jede der beiden Frauen hätte Alex Croft töten können, aber eine Frau allein wäre nicht in der Lage gewesen, die Leiche verschwinden zu lassen. Dafür wog Alex zu viel.

Während er vor der Tür stand und darauf wartete, dass ihm jemand auf sein Klingeln öffnete, blieb ihm genug Zeit zum Nachdenken: Die Leiche war weder hier noch in Emma Gillies Räumlichkeiten. Keine der beiden wäre so dumm.

»Mrs. Croft, ich halte es für fair, wenn ich Ihnen mitteile, dass Emma Gillie im Augenblick auf dem Polizeirevier ist und uns bei den Ermittlungen hilft.«

»Möchten Sie vielleicht eine Tasse Tee?«, fragte Bridget.

»Ganz ehrlich, Mrs. Croft, ich denke, Sie haben zu zittrige Hände, um mir einen Tee zu machen. Ich halte es für besser, wenn Sie mit einem Anwalt sprechen.«

»Ich brauche keinen Anwalt. Ich bin nicht festgenommen.«

»Also gut.« Harry holte sein Handy hervor. »Haben Sie etwas dagegen, wenn ich kurz telefoniere?«

»Nur zu. Soll ich …?«

»Nein, Sie können ruhig im Zimmer bleiben.«

Harry tippte die Nummer von Alex Crofts Arbeitsplatz ein und fragte, ob Len zu sprechen sei. »Ich rufe Alex' Boss an«, erklärte er Bridget.

»Gut«, meinte sie und klemmte ihre zittrigen Hände unter die Achselhöhlen.

»Len, hier ist DS Peacock. Bezüglich Ihres vermissten Kollegen. Ich wollte bloß wissen, ob bei Ihnen rund um die Uhr gearbeitet wird?«

Len erzählte ihm, dass der Recyclinghof um acht Uhr schließe, wie es die örtliche Gesetzgebung verlangte. Harry wiederholte diese Information laut, für seine Zuhörerschaft.

»Und was haben Sie für Sicherheitsvorkehrungen?«

Die seien gut, erklärte Len. Hohe Zäune und Tore. Sowie die recycelbaren Materialien durchsortiert seien, besäßen sie einen gewissen Handelswert. Harry nickte, als er Lens Worte wiederholte.

»Und Sie haben auch einen Müllabladeplatz für das Zeug, das nicht wiederverwertbar ist? Aha, außerhalb des Zauns. Könnte jemand dorthin gelangen? Nein, mir geht es nicht darum, dass jemand den Müll klauen könnte – ich dachte eher, ob jemand heimlich etwas dazulegen könnte.«

Ja, das komme leider hin und wieder vor, räumte Len ein. Die eigentliche Müllhalde sei zwar nur die Straße weiter runter, aber manche Leute seien eben zu faul, um die halbe Meile zu fahren.

»O.k., nur noch eine Frage. Sind Sie Löwe? Nein? Dachte ich mir. Danke, Len.«

Harry steckte das Handy in die Tasche. »Bridget, als Nächstes werde ich ein Team losschicken, das Lens Müllplatz durchsuchen wird. Wenn wir dort die Leiche Ihres Mannes finden, werden die Forensiker Ihr Auto unter die Lupe nehmen und alle anderen Fahrzeuge, zu denen Sie Zugang haben. Vielleicht möchten Sie ja jetzt einen Anwalt einschalten und sich mit ihm auf dem Revier verabreden.«

Bridget starrte eine Weile auf den Boden und sagte dann: »Alex war Wassermann.«

Die beiden Frauen wurden getrennt verhört, erst die eine, dann die andere, dann wieder die erste und so weiter.

»Ich habe zufällig herausgefunden, dass er nicht bei einem Gewerkschaftstreffen war. Ich rief im Gewerkschaftsclub an, um Alex zu sagen, dass seine Mutter krank geworden sei, aber er war nicht da. Als er nach Hause kam, sagte er, er habe eine Verabredung mit einer Astrologin gehabt. Er wolle etwas nachforschen. Das sagte er wie beiläufig, wissen Sie?« Bridget Croft nahm einen Schluck Wasser. »Als ginge mich das ohnehin nichts an. Als wieder so ein Gewerkschaftstreffen anstand, folgte ich ihm. Und wieder ging er zu dieser Astrologin …«

»In Emma Gillies Büro?«

»Dort, wo sie arbeitet, ja. Also wartete ich draußen. Dann klingelte ich, nannte einen falschen Namen und sagte, ich bräuchte einen Termin. Viele Termine. Ich wollte etwas über mich selbst herausfinden und über meine Zukunft. Sie bat mich, im Wartezimmer Platz zu nehmen, sagte, sie wäre gleich für mich da, müsse nur noch etwas in ihrem Sprechzimmer wegräumen. Angeblich vertrauliche Papiere. Ich weiß nicht, was sie gemacht hat – vermutlich musste sie sich noch schnell ihre Unterhose anziehen.«

»Drohte er Ihnen, Sie bloßzustellen?«, fragte Harry. »Eine Sache, die ein Skeptiker nicht ausstehen kann, ist ein Scharlatan. Vielleicht haben Sie ihn deshalb umgebracht.«

»Wir hatten eine Affäre«, räumte Emma Gillie ein.

»Sie verführten ihn, um zu verhindern, dass er Sie bloßstellte. Ich bin von Alex ein wenig enttäuscht. Ich dachte, er hätte mehr Selbstbeherrschung gehabt.«

Emma gab ein verächtliches Schnauben von sich, das Harry nach kurzer Überlegung nicht besonders anziehend fand. »Es tut nichts zur Sache, wie skeptisch ein Mann womöglich ist; ein Säugetier bleibt immer ein Säugetier.« Sie nahm einen Schluck Wasser und hinterließ Lippenstift am Glasrand. »Harry, wenn eine Frau wie ich beschließt, Sex mit einem Mann zu haben, der seit zwanzig Jahren verheiratet ist, dann kommt es auch dazu. Sie haben doch schon von der Anziehungskraft der Gestirne gehört, oder nicht?«

»Er war in der Dusche«, sagte Bridget Croft. »Ich hörte das Wasser rauschen und sein Flöten. Ich hörte es schon, als ich noch auf der Treppe war.«

»Ich schloss die Bürotür hinter mir«, sagte Emma, »und räumte rasch auf. Die Strumpfhose unter die Couch, die Kondome in die Schreibtischschublade, Sie wissen schon. Nahm mir die Zeit, um mich neu zu schminken. Als ich damit fertig war und die Tür wieder aufmachte, war niemand mehr im Wartezimmer. Zuerst dachte ich, die Kundin sei einfach fortgegangen, aber dann sah ich, dass die Tür zum Badezimmer offen stand. Ich ging hinein, und da war Alex. Er lag tot in der Dusche, in seinem Rücken steckte ein Küchenmesser. Und da stand diese Frau …«

»Bei der es sich, wie Sie jetzt wissen, um Bridget Croft handelte?«, fragte DI Wright.

»… da stand diese Frau …«

»Anmerkung zur Aufnahme«, sprach DI Wright in das kleine Mikrofon, »die Verdächtige nickte zustimmend.«

»Das habe ich *nicht* getan. Hören Sie auf, etwas hinzuzudichten.«

»Hier wird nichts hinzugedichtet«, erwiderte DI Wright. »Anmerkung zur Aufnahme …«

»Möchten Sie, dass ich jetzt nicke?«

»Anmerkung …«

»Emma«, schaltete sich Harry ein. »War es Bridget?«

»Natürlich war sie es. Und sie trat nach ihm. Sie trug rosafarbene Pantoffeln, und sie trat nach ihm.«

»Aber nicht sehr hart«, sagte Bridget, »weil es so rutschig im Bad war, und ich wollte nicht fallen.«

Sie hielt inne und schenkte DI Wright ein unsicheres Lächeln, als ginge sie davon aus, dass die Bemerkung, sie habe nicht fest auf ihren toten Mann eingetreten, den Richter interessieren könnte.

»Was hat Emma zu Ihnen gesagt, als sie sah, was Sie taten?«

»Sie sagte: ›Schon gut, keine Panik, ich werde es niemandem sagen.‹«

Harry dachte nach: Emma hätte es bestimmt für sich behalten. Für ihr Geschäft wäre es gewiss nachteilig gewesen, wenn herausgekommen wäre, dass ein Kunde in ihrer Dusche ermordet wurde. Auf der anderen Seite, wenn die beiden Frauen damit durchgekommen wären, hätten sie eine gute Lösung für das Problem Alex gefunden.

»Ich glaube, das stimmt, auch wenn es schrecklich klingt«, sagte Emma. »Obwohl ich nicht gleich so dachte – mir tat diese arme kleine Frau in ihren rosafarbenen Pantoffeln einfach nur leid.«

»Alex hätte Ihrer irgendwann überdrüssig werden können. Und dann hätte er Sie bloßstellen können.«

»Alles ist denkbar, nehme ich an. Sicher ist, dass der Tod länger dauert als Sex.«

»Das stimmt«, pflichtete Harry ihr bei. »Selbst bei Ottern.«

DC Ali kehrte mit der Nachricht aufs Revier zurück, dass es sich bei der Leiche, die auf dem Gelände des Recyclinghofs in einem Berg sich zersetzenden Unrats gefunden wurde, tatsächlich um Alex Croft handelte. Seine Schwiegereltern hatten ihn einwandfrei identifiziert.

Bridget Croft wurde offiziell des Mordes an ihrem Mann angeklagt. Sie weinte und sagte kein Wort.

Zehn Minuten später wurde Emma Gillie offiziell im Zusammenhang mit dem Mord an Alex Croft gemäß verschiedener Paragrafen angeklagt. Sie beschloss, nicht zu weinen; eine Entscheidung, die auch sie dazu veranlasste, kein Wort zu sagen. Erst als man sie abführte, sagte sie zu DS Peacock gewandt: »Wie meinten Sie das, Sie mögen meine Ohren?«

»Ich weiß nicht«, erwiderte Harry und dachte, *ich wünschte, Sie wären in keinen Mord verwickelt und Alex würde noch leben, da ich mit euch beiden gern einen Drink genommen hätte. Nacheinander, denke ich.*

Sie zuckte die Schultern. »Na gut, trotzdem alles Gute zum Geburtstag.«

»Warum gratulieren Sie mir?«

»Wer weiß?«, sagte Emma. »Heute könnte Ihr Geburtstag sein.«

Originaltitel: »Reason To Believe«
Aus dem Englischen von Holger Hanowell

WIE MAN EINEN FISCH FÄNGT

von Marcia Talley

Ich möchte nicht, dass irgendjemand denkt, dass ich an diesen Astrologiemist glaube, nur weil ich jeden Tag im Pisces Bar & Grill unter dem gottverdammten Saturn sitze, der mit seinen Ringen und allem an Schnüren von der Decke hängt. Sicher, ich lese jeden Tag mein Horoskop im *Island Packet,* aber ich lese auch die Nachrufe, und da sagt ja auch niemand, dass ich eine Todessehnsucht verspüre. Der Grund, warum ich hier tagaus, tagein sitze, ist schlichtweg, dass Mary Beth den besten Kaffee auf den Bahamas macht. Ungelogen.

Natürlich bekommt man auch einen Ratschlag von ihr mit auf den Weg, wenn sie den Cappuccino serviert. »Wann willst du dir endlich einen richtigen Job suchen, Honey?« (Sie nennt mich immer ›Honey‹, obwohl ich Stuart heiße). »Mit deinem alten Kahn wirst du nie viel Geld machen.«

Und da hat Mary Beth recht. Eigentlich möchte ich ja schreiben, aber bis ich die Rechte an meinem Roman an die Filmbosse verkaufe – *hahaha!* Entschuldigen Sie, dass ich lache –, muss ich die Dinge eben so nehmen, wie sie kommen. Und das heißt, dass ich fast immer gegen Mittag und auch abends im Pisces Bar & Grill sitze, mich mit einem Sandwich und einem Kaffee begnüge und in meinen gelben, linierten Schreibblock aus Collegezeiten kritzele.

Am Anfang war Mary Beth' Lokal nicht größer als ein Schneckenhaus. Über die Jahre wurde mal hier und mal dort angebaut, bis sich das Gebilde zu einem Restaurant mit Veranda unter freiem Himmel mauserte. Erbaut auf dem käsegelben Kalkstein, aus dem die Insel von Bonefish Cay besteht. Am Eingang schwingt ein handgemaltes Schild an einem schmiedeeisernen Stab – zwei Fische, die jeweils der Schwanzflosse des anderen hinterherjagen. Innen drängen sich Leitungsrohre und Elektrokabel an der Decke, verbinden alle Lampen und Deckenventilatoren, aber eigentlich ist alles schwarz gehalten, und deshalb fällt das einem nicht auf. Auf eine Tafel schreibt Mary mit farbiger Kreide die Tagesgerichte, aber da schaue ich schon gar nicht mehr hin. Barsch, Mahi-Mahi oder Muscheln, dazu Erbsen und Reis und der beste Krautsalat – daran ändert sich nichts. Und Mary Beth lässt immer diese New Age Musik laufen – singende Wale und dieser Mist mit dem Regenwald –, aber diese Klänge trocknen die Kreativität nicht so aus wie andere Musik. Wie die von Whitney Houston zum Beispiel. Wenn ein Hund so jaulen würde, würden die Leute ihn einschläfern. Aber wenn Mary Beth mich kommen sieht, macht sie die CD meistens aus, damit ich mit meinem Schreiben vorankomme.

Auch an diesem Tag sitze ich wieder da, wo ich immer sitze. Ich höre, wie der Wellenschaum die Muscheln überspült, die vor dem Fenster aufgestapelt liegen, knabbere an einer Salzbrezel und versuche, aus einem entlegenen Winkel meiner Vorstellungskraft meine Heldin hervorzuzaubern, als sie hereinkommt. Nein, wirklich. Patience Bledsoe, meine Heldin. Dasselbe Haar, dieselben Augen, die Grübchen und die Stupsnase. Sie stand an der Bar und schaute auf die Tafel mit den Gerichten, daher wusste ich gleich, dass sie noch nie im Pisces Bar & Grill gewesen sein konnte.

»Einen Latte macchiato, nicht zu stark«, sagte sie zu Mary Beth, genau wie Patience es gesagt hätte.

Ich blätterte in meinem Schreibblock zurück. Mir war so, als wäre Patience geradewegs meiner Seite entstiegen. Ich rechnete schon damit, auf Seite siebenundzwanzig einen weißen Fleck zu entdecken, aber nein, sie stand dort vor der Bar, kein Zweifel. Ich konnte den Blick nicht von ihr wenden, von Patience, meine ich. Ihr langes Haar hatte die Farbe von Karamellsirup. Sie hatte es an den Schläfen zu kleinen Zöpfen geflochten und am Hinterkopf mit einer silbernen Haarspange befestigt. Dann schaute sie zu mir herüber, mit Augen wie Gasflammen und genauso heiß, und ich musste mir auf die Brust klopfen, damit mein Herz wieder schlug.

»Neu auf der Insel?«, fragte Mary Beth.

Patience zuckte die Schultern. »Auf der Durchreise.« Sie nahm den Latte macchiato, ging seitlich zu dem Stehtisch und schüttete braunen Zucker in ihren Becher.

»Danke, dass Sie vorbeischauen«, meinte Mary Beth mit einem Anflug von Enttäuschung in der Stimme. Ich konnte sehen, wie sie den neuen Gast taxierte. Verdammt, Mary Beth konnte wahrscheinlich an der Art, wie Patience ihren Latte macchiato umrührte – den kleinen Finger gespreizt –, sehen, dass sie Steinbock war, der von Saturn regiert wird und den Mond im Zehnten Haus hat. Gib Mary Beth zwei Tage Zeit und sie hat dein ganzes Leben vor dir ausgebreitet – von den Tierkreiszeichen her betrachtet, meine ich.

Ich zum Beispiel bin Fische, obwohl ich nicht sagen kann, was das je in meinem Leben bewirkt haben sollte. Ich war mal mit einem Steinbock verheiratet, was eigentlich absolut gut zueinander passt – wie Bohnen und Frankfurter Würstchen oder Cola und Rum –, aber dann brannte sie mit einem Tageshändler aus Boca Raton durch, seines Zeichens Schütze, der eigentlich überhaupt nicht zu Steinbock passt. Was soll ich dazu sagen? Mary Beth meint, es läge daran, dass Saturn in meinem Siebten Haus ist, aber das ist doch Mist. Der Händler hatte Geld, und meine Ex mochte Männer mit Geld, weil die nämlich größere … Spielzeuge haben.

Aber darüber bin ich seit langem hinweg.

Daher saß ich also im Pisces Bar & Grill und sandte telepathische Botschaften an Mary Beth – *finde ihren Namen heraus* – in der Hoffnung, sie habe sich an diesem Morgen schon auf den Kosmos eingestimmt, insbesondere da ihr Tellerwäscher immer noch nicht aufgetaucht war.

»Schauen Sie doch mal wieder vorbei«, sagte Mary Beth.

Patience nippte an ihrem Latte macchiato, probierte. »Oh, ich komme wieder«, sagte sie gedehnt und zeigte dann mit ihrem Becher auf das Blue Dolphin auf der anderen Straßenseite, eins der wenigen B&Bs auf unserer Insel. Sie schlenderte mit ihrem Getränk zum Fenster und setzte sich unter ein Bild, auf dem der Maharishi Mahesh Yogi zu sehen war. Mary Beth ging immer auf Nummer sicher.

Patience schlug den *Island Packet* auf, die Inselzeitung, in die wir immer den Fisch einschlagen, legte die Ausgabe vor sich auf den Tisch und begann zu lesen. Ich versuchte, mich wieder auf das Schreiben zu konzentrieren, aber was sollte ich machen, nachdem meine Heldin aus der Seite herausgetreten war? Ich malte mir aus, dass große Teile meines Romans verschwunden waren – der Bulle müsste sich mit der Luft unterhalten, und Patience' Freund würde in einem großen, leeren Himmelbett aufwachen. Mama hat mir beigebracht, dass es nicht höflich ist, Leute anzustarren, daher widmete ich mich wieder meinem Schreibblock, und zwar der Szene, die im Gerichtssaal spielt. Eine Weile feilte ich an Todd Blackburns Kreuzverhör, schaute allerdings immer wieder auf, um sicherzugehen, dass Patience – die echte Patience – nicht verschwunden war. Sie war noch da. Einmal merkte sie, dass ich zu ihr hinübersah, und ihre Augen lächelten mich über den Rand ihres Bechers an. Als ich wieder atmen konnte, erwiderte ich das Lächeln. *Sag doch was. Sag mir, wie du heißt.* Aber an diesem Morgen war wohl Stillstand im Äther, denn Patience trank ihren Kaffee schweigend aus. Ich sah, wie sie ihren leeren Becher wegwarf, zur Tür schlenderte und die Straße überquerte. Sie ging in den Blue Dolphin, blieb ungefähr zehn Minuten im Haus, kam dann wieder heraus und ging in östlicher Richtung die Queen Street hinunter Richtung Marktplatz. *Gut. Keine Koffer.*

Ich bezahlte mein Frühstück, winkte Mary Beth zu und machte mich auf zum Blue Dolphin. An der Rezeption schlug ich mit der flachen Hand auf die Klingel, bis Mrs. Brozman angewatschelt kam. »Diese junge Frau«, sagte ich, »die eben gegangen ist, mit

Haaren wie Honig. Ich glaube, mit der bin ich zur Schule gegangen. Heißt sie nicht Patience sowieso?«

Mrs. Brozmans weiße Locken zitterten, als sie den Kopf schüttelte. »Nein. Sie heißt Lily. Lily Farmer.«

Lily. Ich stand auf der Veranda des Blue Dolphin und ließ mir den Namen auf der Zunge zergehen wie edlen Wein. *Lily.* Passte zu ihr. Besser als Patience, wenn ich ehrlich sein soll. Ich richtete meine großen Plattfüße auf das Dock aus, stieg auf mein Boot, schaltete mein Laptop ein und gab den Suchen/Ersetzen-Befehl ein: *Patience* ersetzen durch *Lily.*

Lily sah den Officer finster an. Klang o.k.

Das Herz schlug ihr zu beiden Seiten des Halses hoch, als Lily hinter dem Baum in die Hocke ging. Das passte.

Aber eins hatte ich vergessen: Ich hatte der verdammten Software gesagt, sie solle ›Alle ersetzen‹, und deshalb stand an den Stellen, wo Patience Geduld bedeuten sollte: *Captain Faraday zeigte bemerkenswerte Lily mit dem D.A.* Ich lehnte mich in meinem Stuhl zurück und lachte, bis ich Seitenstechen bekam.

An diesem Abend aß ich mit Lily zu Abend, sozusagen. Sie war schon da, als ich hereinkam, saß an meinem Platz unter Saturn und aß ein vegetarisches Club Sandwich.

»Hi, Stu«, rief Mary Beth, als ich die Tür zumachte. »Was soll's sein? Das Übliche?«

»Nein«, erwiderte ich und kam mir verwegen vor. Das musste an Lily liegen, die in einer kosmischen Art und Weise an meiner unsichtbaren Kette zog. »Wie wär's mit dem Portobello Burger?«

»Aber klar, Honey.« Sie stellte eine Flasche Kalik auf einen Papieruntersetzer und schob mir das eiskalte Gebräu über die Theke. Ich nahm einen guten Schluck und überlegte gerade, wo ich mich hinsetzen sollte, als ich Lilys amerikanischen Akzent hörte, die Stimme einer Göttin: »Stu? Setzen Sie sich doch zu mir.«

»Woher …?«, stammelte ich und fragte mich für einen Moment, ob ich mein Bowling-Shirt trug, auf dem mein Name eingestickt war, als mir einfiel, dass Mary Beth ja eben meinen Namen laut durch den Raum gerufen hatte. »Ah, klar«, stotterte ich weiter – oh, wie verbindlich. Ich nahm meinen Schreibblock, den ich mir unter den Arm geklemmt hatte, warf ihn auf den Stuhl gegenüber von Lily und nahm Platz. »Danke. Ich dachte schon, ich müsste an der Bar sitzen.«

»Nichts zu danken.« Sie biss von ihrem Sandwich ab und kaute nachdenklich. »Mary Beth sagt, es liege daran, dass ich Jungfrau bin. Versuche immer, andere zu managen.«

»Oh, ist Sie Ihnen schon damit gekommen?« Ich musste laut lachen. »Für gewöhnlich dauert es ein paar Tage. Sie gefallen ihr bestimmt.«

Lily zuckte die Schultern und nahm einen Schluck von ihrem Eistee. Ihre vollen Lippen formten ein schönes ›O‹ um den Strohhalm, als sie die bernsteinfarbene Flüssigkeit langsam aufsog. Ich stellte mir vor, wie der Tee über ihre pinkfarbene Zunge flutete und ihr die Kehle hinablief. Es juckte mir in den Fingern, nach meinem Stift zu kramen, aber der steckte in dem Spiralblock, der sich unangenehm in meinen Hintern bohrte, sodass ich an die Prinzessin auf der Erbse denken musste. »Passen Sie auf«, sagte ich und verspürte plötzlich Hitze auf meiner Stirn. »Wenn sie die Tarotkarten herausholt, dann nichts wie weg. Das bedeutet, dass Mary Beth Sie adoptieren will.«

Lilys Mund verzog sich an dem Strohhalm zu einem Lächeln. »Werd's mir merken, aber ich glaube nicht, dass ich lange genug auf der Insel sein werde, damit die Adoption über die Bühne gehen kann.«

Selbst der Portobello Burger, der mir in diesem Augenblick serviert wurde, konnte mich nach dieser Nachricht nicht aufmuntern. Plump und saftig lag der Burger auf einem Bett aus selbstgemachten Pommes frites, und der Mozzarella lief schon an den Seiten heraus.

»Sind Sie auch Vegetarier?«, fragte sie unvermittelt.

»Wie? Oh, der Burger. Nein, den mag ich einfach. Ich stehe nicht auf Sprossen und Sojabohnen, wenn Sie das meinen.« Ich probierte die Pommes frites. »Woher kommen Sie?«, fragte ich.

»Pittsburgh.«

»Und was führt Sie nach Bonefish Cay?«

»Ich brauchte eine Auszeit.«

»Wann reisen Sie wieder ab?«

»In ein oder zwei Wochen.«

Ich kaute auf dem Kartoffelstäbchen, bemühte mich, gleichgültig auszusehen, und hoffte, dass das Wort Enttäuschung nicht dick auf meiner Stirn zu lesen war. Ich hatte das verrückte Gefühl, dass mein Roman sich ganz von allein schreiben würde, wenn ich mich an Lily heftete.

»Ich heiße übrigens Lily.«

»Ach?« Meine Reaktion musste sich ziemlich dämlich angehört haben. Dann fiel mir ein, dass Lily ja gar nicht wissen konnte, dass ich ihren Namen kannte. »Schöner Name«, sagte ich und war immer noch der Meinung, dass er besser zu ihr passte als Patience.

»Was machen Sie so, Stu?«, fragte sie.

Ich verfing mich in den Tiefen ihrer Augen. Die Zunge wurde mir schwer. »Kapitalanlagen«, log ich.

Lily schaute ruckartig zu Mary Beth hinüber, die Gläser hinter der Theke spülte. »Ich habe mehr Vertrauen zur Astrologie als zur Börse«, sagte sie und fing meinen Blick mit ihren blauen Augen ein.

»Wenn Sie beides miteinander in Einklang bringen könnten«, meinte ich und war selbst fasziniert von der Idee, »wäre das womöglich gefährlich.«

»Oh«, machte Lily. »Träumen Sie weiter.«

Plötzlich erschien Mary Beth neben meinem Ellbogen und brachte mir frischen Kaffee. »Bei Stu kann man Angeltouren chartern«, sagte sie. Ich war ihr dankbar, dass sie nicht darauf hinwies, dass mein Unternehmen nicht mehr lukrativ war. Hurrikan Floyd hatte auf der Insel großes Unheil angerichtet, und nun blieben die Touristen aus.

Ich zeigte auf den Pier, an dem ein gut zehn Meter langer Kabinenkreuzer festgemacht war. »Das ist mein Boot.« Die *Reel Life* war auch mein Zuhause, aber das verschwieg ich. Natürlich sagte ich ihr auch nicht, dass ich seit kurzem hauptsächlich für den Eigenbedarf fischte und den gefangenen Mahi-Mahi, Barsch und Schnapper bei den hiesigen Restaurants gegen Mahlzeiten eintauschte. Ich biss in meinen Burger.

»Mary Beth erzählte mir, Sie sind Schriftsteller.«

Ich nickte, den Mund noch voller Käse. Sie saß mir gegenüber, hatte eine Braue hochgezogen und wartete höflich, bis ich geschluckt hatte.

»Stu schreibt einen Krimi, in dem ein Mord passiert«, erklärte Mary Beth.

Lily lächelte ein langsames, verführerisches Lächeln. »Was John D. MacDonald kann, können Sie bestimmt schon lange, Stu«, sagte sie. »Es gibt eine Gedenkstätte für die *Busted Flush* in Fort Lauderdale, wussten Sie das?«

In diesem Moment verliebte ich mich hoffnungslos in Miss Lily Farmer.

Während ich sie mit einer bestimmt blöden Miene ansah, aß Lily ihr Sandwich auf, verdrückte die restlichen Pommes frites, legte eine Zehn-Dollar-Note auf den Tisch und schob sich dann an mir vorbei Richtung Tür wie ein nach Lavendel duftender Frühlingshauch. Nachdem sie gegangen war, hielt Mary Beth wieder auf meinen Tisch zu, die Kaffeekanne in der Hand. »Was ist denn die *Busted Flush*?«, wollte sie wissen und goss mir Kaffee nach.

»Ein Boot. MacDonalds Detective, Travis McGee, wohnt auf dem Boot.«

»Oh«, sagte sie nur.

»Von allen Kaschemmen der ganzen Welt kommt sie ausgerechnet in meine«, grummelte ich.

»Stu? Erde an Stu?« Mary Beth knuffte mich in den Arm. »Deine Augen sind ganz glasig geworden.«

»Tut mir leid. Ich habe zu viel in Bogartfilme reingezappt. Empfange seit kurzem Filmdialoge durch meine Zahnfüllungen. Könnte an den Sonnenflecken liegen.«

Mary Beth schlug den *Island Packet* auf und blätterte zu der letzten Seite, auf der sich immer die Cartoons und Kreuzworträtsel befinden. Mit ihrem kurzen Finger tippte sie auf die Horoskopspalte. »Schauen wir mal, was Madame Zara heute dazu sagt.«

»Als ob du das nicht wüsstest«, gluckste ich. Mary Beth *war* Madame Zara. Schrieb jeden Tag die dämliche Spalte. Vermutlich war es das am schlechtesten gehütete Geheimnis auf der ganzen Insel.

Mary Beth ignorierte mich. »Unerwartete romantische Begegnungen sind sehr wahrscheinlich«, las sie vor. »Gehen Sie raus, und mischen Sie sich unter die Leute. Sie könnten den idealen Partner finden.« Sie schob die Zeitung über den Tisch, bis das Papier gegen meine Tasse drückte.

Ich schaute mit einem Grinsen zu Mary Beth auf. »Vielleicht ist ja doch etwas an diesen Horoskopen dran«, sagte ich.

Am nächsten Morgen ging ich früh zum Pisces Bar & Grill. Lily war noch nicht aufgetaucht, und ich fühlte mich leer und verlassen. Mary Beth goss mir Kaffee nach und schaute mir über die Schulter, als ich mein Horoskop las: *Nicht schüchtern sein. Lassen Sie Ihren verführerischen Charme spielen und bemühen Sie sich um den leidenschaftlichen Partner, von dem Sie geträumt haben.*

»Na los, Honey«, sagte sie.

Mary Beth brauchte mich gar nicht erst wachzurütteln. Während der nächsten Wochen stellte ich Patience Bledsoe auf die Warmhalteplatte und verbrachte jede freie Minute mit Lily Farmer – mit der bezaubernden Lady aus Pittsburgh, Pennsylvania. Ich zeigte ihr die Cays. Wir schnorchelten an der Nordküste von Man-o-War Cay, bekamen einen Schwips vom Punch in der Nipper's Beach Bar auf Guana und oben auf dem rotweiß gestreiften Leuchtturm in Hopetown. Das Meer vor Abaco umrahmte ihr hübsches Gesicht, als ich ihr Kinn mit einem Finger anhob und sie zum ersten Mal küsste.

Wir freuten uns auf ein gemeinsames romantisches Wochenende in Port Lucaya, als sich ein alter Kunde aus Miami Beach meldete und mein Boot für eine Woche charterte. Bei dem Angebot von fünfhundert Dollar pro Tag konnte ich dem Mann kaum absagen. Also holte ich ihn am Marsh Harbor Airport ab, brachte ihn und seine Kumpel auf der *Reel Life* unter und verbrachte die nächste Woche mit vier Bier trinkenden, Zigarre rauchenden Kerlen, von denen jeder wie verrückt vor Freude war, seine Braut für eine Zeitlang los zu sein. Ich angelte, klopfte den Jungs auf die Schultern, erzählte schmutzige Witze und pinkelte mit ihnen in hohem Bogen über die Reling. In dieser Weise steuerten wir eine Inselbar nach der anderen an, und ich dachte: Diese Männergesellschaft ist ja ganz lustig – insbesondere da jemand anders die Zeche zahlt –, aber ich hätte das alles eingetauscht gegen eine Stunde mit Lily Farmer.

Als ich meine Kunden endlich abgesetzt und die *Reel Life* wieder am Pier vor dem Pisces Bar & Grill festgemacht hatte, erzählte mir Mary Beth, sie habe Lily seit meiner Abfahrt nicht gesehen. Ich ging zum Blue Dolphin und erfuhr, dass sie abgereist sei und keine Adresse hinterlassen habe. Niedergeschlagen streunte ich durch die Straßen von Bonefish Cay und suchte nach ihr, aber Lily war unauffindbar. Schließlich war ich beinahe davon überzeugt, dass ich sie mir bloß eingebildet hatte.

Aber das stimmte natürlich nicht. Das führte mir Mary Beth auf ihre unverwechselbare Art vor Augen, als sie mir das zweite kalte Bier über die Theke schob. »Sie war nicht für dich bestimmt, Stu. Sie ist Jungfrau.«

»Jungfrau«, äffte ich sie übellaunig nach.

»Vergiss sie einfach.«

Das konnte Mary Beth leicht sagen. Sie hatte eine Ehefrau zu Hause – die obendrein toll aussah –, und bevor man mich jetzt bezichtigt, gegen die Political Correctness zu verstoßen: Es ist Mary Beth, die ihre Kathy »meine kleine Frau« nennt, ich hab mir das nicht ausgedacht. Ich hielt es für besser, das große schwarze Loch in meinem Block zu füllen, als über die gähnende Leere in meinem Leben nachzudenken.

Dann kam der Brief bei mir an. Wurde eines Tages durch den Lukendeckel geworfen und fiel mit einem *Plop* auf den Kombüsentisch. Der Umschlag war mit Briefmarken beklebt, die wie Muscheln aussahen; es war ihre nach links geneigte Handschrift.

»Stu«, schrieb sie. »Bitte versteh mich. Ich mag dich wirklich, aber ich habe diesen Mann kennengelernt, Jack Browning, und es hat gleich Klick gemacht. Ich hoffe, wir können trotzdem noch Freunde sein. Liebe Grüße, Lily.«

Was sollte ich tun? Ich schleppte mich zum Pisces Bar & Grill und versuchte, den Geist des Verstehens über mich kommen zu lassen.

Beim dritten Margarita platzte es aus mir heraus: »Sie hat mich verlassen, Mary Beth. Durchgebrannt mit einem Typen namens Jack Browning.«

Mary Beth wischte mit einem feuchten Tuch über die Theke. »Gott, Stu. Browning ist doppelt so alt wie du und stinkreich. Hat ein Haus drüben auf Egg Island. Ihm gehört die ganze verdammte Insel.«

Ich klammerte mich mit beiden Händen an das Glas und stierte Mary Beth über den Salzrand hinweg an. »Und jetzt soll ich mich besser fühlen? Da ich weiß, dass sie mich wegen dieses verfluchten Bastards fallen gelassen hat?«

»Besser, du erfährst es jetzt als später«, entgegnete Mary Beth philosophisch.

»Ja«, sagte ich und musste daran denken, wie sich Lilys Haar kaskadenartig über ihr linkes Auge ergoss und wie klein und weich ihre Hand war. Am liebsten hätte ich den Kopf auf die Theke gelegt und geheult.

Mary Beth machte mich auf mein Tageshoroskop aufmerksam: *Unerwartete romantische Verbindungen können kurzlebig sein. Seien Sie vorsichtig bei trügerischen Aussagen. Gehen Sie einfach weg.* Also ging ich. Ich kam darüber hinweg. So gut sogar, dass ich ziemlich cool zusagte, als Lily mich einen Monat später auf Kanal 68 anfunkte und mich zum Dinner auf Egg Island einlud.

Ich zog meine saubere Chinohose an und mein bestes T-Shirt, warf den Motor an, brauste davon und steuerte die *Reel Life* durch den Kanal in die Bucht, richtig neugierig auf das Treffen der Rivalen. Ich hatte damit gerechnet, Lily würde am Pier in Egg Island auf mich warten. Stattdessen standen dort zwei Handlanger in Shorts und blauen Polohemden und machten die *Reel Life* neben Brownings Boot fest: Über dreißig Meter poliertes Holz und Chrom. Neben dieser Yacht sah die *Reel Life* wie eines dieser kleinen Boote aus, mit denen man im Teich des Central Parks im Kreis herumfährt. Selbst sein Rettungsboot, das am Heck an den Davits hing, war größer als mein Kahn. Es war so erniedrigend.

»Danke«, grummelte ich zu einem der Jungs gewandt, als er mein Tau auffing und es mit einem hübschen Seemannsknoten an einer Klampe festmachte. Am Heck von Brownings Yacht prangte in dicken goldenen Lettern der Name *Liquid Asset.* Darunter stand in kleineren Buchstaben: Georgetown, C.I. Eine Cayman Island Registrierung. Warum überraschte mich das nicht?

Ich klemmte mir ein Sixpack kaltes Bier unter den Arm, schnappte mir einen frisch gefangenen, zehn Pfund schweren Barsch – niemand soll mir nachsagen, Stuart Anderson, der Vorzeigegast, sei mit leeren Händen gekommen –, sprang behände auf das Dock und hastete die steinernen Stufen zu Brownings Villa hinauf.

Lily begrüßte mich an der Tür, eine Sommerfantasie in einem

weißen Strandkleid aus Baumwolle. Sie hatte sich eine rote Blume hinters Ohr gesteckt, Schuhe trug sie nicht. Während ich wie ein Dummkopf dastand, das Sixpack umklammert hielt und schon befürchtete, der Fisch könnte auf den Teppich tropfen, tauchte eine Hausangestellte auf, die mir den Fisch abnahm. Lily hauchte einen Kuss in die Luft neben meinem Ohr, ergriff meine Hand und zog mich in den Garten, um mich ihrem Freund vorzustellen.

Jack Browning war alt. Steinalt. Offenbar hatte man ihn aus dem Rollstuhl gehievt und für das Dinner mit Kissen gestützt. Irgendwie gelang es mir, den Abend zu überstehen. Lily sprang dauernd auf, holte dies und das, umsorgte den alten Knacker und nahm zwischendurch einen Bissen von ihrer Pasta Primavera. Dabei gab es genug Angestellte, die sich bei Tisch um den Hausherrn gekümmert hätten. Dann raste ich nach Hause und begoss das Essen, das der alte Bursche und ich gegessen hatten – Kansas City Steak, Salat, dazu Rotwein und Cognac – mit drei Flaschen Bud Lite. Am nächsten Morgen hatte ich einen mächtigen Kater. Kann nicht gerade behaupten, dass mir nach Schreiben zumute war.

Zwei Tage später knisterte es in meinem Funkgerät.

»Reel Life, Reel Life, Reel Life. Hier Liquid Asset. Over.«

Ich war gerade an Deck, schnitt neue Leinen und sengte die Enden mit dem alten Sturmfeuerzeug meines Vaters an, damit sie nicht ausfransten. Mit dem großen Zeh stieß ich gegen eine Klampe und eilte mit schmerzverzerrtem Gesicht unter Deck, um den Funkspruch zu beantworten. »Hier *Reel Life*«, keuchte ich in das Mikro. »Over.«

»Stu!« Lilys Stimme klang schrill und hysterisch. »Jack ist krank. Schwer krank. Wir müssen ihn ins Krankenhaus in Marsh Harbor bringen. Können wir uns da treffen? Bitte!«

»Klar«, sagte ich und war froh, dass meine Dienste benötigt wurden.

Ich startete den Motor und ließ meinen Schrei über die Bucht fliegen, aber als ich am Krankenhaus ankam, war es zu spät für den armen Jack Browning. Lily war im Warteraum, Tränen benetzten ihre Wangen. »Er ist tot«, weinte sie. »Ich kann es nicht fassen.«

Ich reichte ihr eine Serviette, die ich mir irgendwann in die Tasche gesteckt hatte, und Lily putzte sich laut die Nase. »Die Schwester sagt, der Arzt würde gleich kommen und mit mir sprechen.«

Eine Weile saßen wir schweigend da, mein Knie berührte ihrs, meine Hand war mit ihrer verschränkt. »Gestern Abend nach dem Essen war ihm schlecht«, schluchzte sie. »Ihm war übel, er musste sich übergeben, hatte Magenkrämpfe, Durchfall. Ich gab ihm etwas Wasser, aber er beklagte sich, das Eis würde auf seinen Lippen brennen. Oh, Stu, ich habe Angst, dass die denken, ich hätte ihn vergiftet oder so.« Sie schaute auf, und die kleinen Tränen schillerten wie Perlen in ihren hellen Wimpern. »Er hat sein Testament geändert, Stu«, wisperte sie. »Zu meinen Gunsten.«

»Großer Gott …«, entfuhr es mir, aber in diesem Augenblick eilte der Arzt, die Arme nach vorn gestreckt, durch die Flügeltür. Als Lily ihn sah, sprang sie auf. Ich tat es ihr gleich. Dann standen wir da, ich hatte ihr den Arm um die Schulter gelegt. »Ciguatera«, sagte der Arzt. »Nicht ungewöhnlich in diesen Breiten.«

»Was ist Ciguatera?«, fragte Lily und legte die Stirn in niedliche kleine Falten.

»Eine Fischvergiftung«, erklärte er. »Normalerweise nicht tödlich, aber bei alten und schwachen Menschen …« Er zuckte die Achseln.

»Aber wie ist das möglich?«, fragte sie und tupfte sich die Augen mit der Serviette. »Der Barsch war ganz frisch.« Sie warf mir einen Seitenblick zu. »Mein Mann sagte noch, es wäre der köstlichste …« Ihre Stimme erstarb in einem Schluchzer.

»Das Gift ist in einigen Fischarten, die sich von den Korallenriffen ernähren«, erläuterte der Arzt. »Insbesondere die großen Exemplare oben an der Nahrungskette sind betroffen, wie Barsch, Amberfisch und der Rote Schnapper.«

Lily blinzelte und war wirklich verwirrt. »Aber in Restaurants werden diese Fische doch jeden Tag serviert! Man kann sie auf dem Markt kaufen. Woher soll man wissen, welcher Fisch nun genießbar ist und welcher nicht?«

»Das ist schwer«, meinte der Arzt, »weil es keinen verlässlichen Nachweis für Ciguatera gibt. Aber wenn Sie sichergehen wollen, fragen Sie einen der örtlichen Fischer. Die kennen sich aus.«

Lilys Schulter verspannte sich unter meiner Hand. Dann entspannte sie sich. Sie lehnte sich an mich, schmiegte ihren Körper an meinen. »Werde ich mir merken«, schniefte sie.

Wie ich schon sagte, für Horoskope habe ich nicht viel übrig, aber wenn Madame Zara dir sagt, *Ihre Pläne verlaufen vielleicht nicht so, wie Sie es sich wünschen. Daher sollten Sie sich auf Verzögerungen einstellen und Kompromisse eingehen, wenn Sie am Ende Erfolg haben wollen* – nun, warum etwas riskieren?

Originaltitel: »To Catch A Fish«
Aus dem Englischen von Holger Hanowell

DAS GESPRÄCH

von Jon L. Brenn

Und, wie war *dein* Tag so?«

»Was sind wir, ein altes Paar? Wie mein Tag war!«

»O.k., o.k., ich weiß, dass ich manchmal eine Klette sein kann. Du brauchst deinen Freiraum und so weiter. Ich bin dafür bekannt, dass ich dauernd nachhake und die Leute vergraule. Dieser Fehler ist mir bewusst, und ich arbeite daran. Aber überleg doch mal, was für eine einfache und nachvollziehbare Frage ich dir gestellt habe. Wie dein Tag war.«

»Prima.«

»Nein, du kannst nicht einfach mit prima antworten. Also nochmal. Wie war dein Tag?«

»Wenn ich mit dir zusammen bin, dann möchte ich meinen Tag am liebsten gleich vergessen, verstehst du?«

»Ach, wie nett von dir, aber das zieht nicht. In einer echten Beziehung muss der eine den anderen an seinem Leben teilhaben lassen. Ich habe dir von meinem Tag erzählt, oder etwa nicht?«

»Ja, gut, aber das, was du täglich erlebst, finde ich witzig. Ich meine, deine Tage sind echt lustig. Versteh mich nicht falsch, ich weiß, dass du deine Arbeit sehr ernst nimmst und auch verdammt gut bist, aber all diese Leute, die du in deinem Schönheitssalon triffst …«

»Wir sagen Friseursalon.«

»Na, wie auch immer. Alle lassen sich ihre Haare komisch zurechtmachen, und dann erzählen sie von den Problemen, die sie mit ihren Kindern haben. Die Mädchen haben Stress mit den Freunden, die Jungs mit den Freundinnen, Männer mit ihren Frauen und umgekehrt. Wie eitel alle sind, dann die verrückten Moden, die sie mitmachen, die Tattoos und Piercings, das finde ich alles lustig und unterhaltsam. Da komme ich endlich auf andere Gedanken. Und deshalb höre ich dir gerne zu. Ich meine, die Leute bringen sich für gewöhnlich doch nicht um, oder?«

»Höchstens mit Worten und gelegentlich mit finsteren Blicken. In der Regel. Nun, lass mich sehen. Ich vermute, du hast dir einen Mord an Land gezogen. Stimmt's?«

»Einen Mord an Land gezogen. Du hast den Jargon schon drauf, was?«

»Ich denke, ja. Hast du was dagegen?«

»Ich weiß nicht. Ich meine, nein, warum sollte ich etwas dagegen haben?«

»Und, wer wurde ermordet?«

»Ein Psychiater.«

»Und wo?«

»In seinem Haus.«

»Weißt du, wer es getan hat?«

»Nein, noch nicht.«

»Also ein echter Krimi, was? Wie *Mord ist ihr Hobby* oder Agatha Christie.«

»Bei der richtigen Polizeiarbeit, das musst du mir glauben, gibt es keine klassischen Krimis wie *Mord ist ihr Hobby* oder Agatha Christie. Versteh mich nicht falsch. Ich habe nichts dagegen, wenn Kriminalgeschichten der Unterhaltung dienen, wirklich nicht. Ich habe immer gern *Columbo* geguckt, auch wenn kein Bulle so arbeitet wie er.«

»Kriminalgeschichten sind vielleicht oft nicht besonders realistisch, aber wenn darin Leute vorkommen, die glaubwürdig wirken, können sie recht aufschlussreich sein. Sie sind mehr als nur Spielereien.«

»Ja, gut, das mag sein. Wie hieß noch gleich die Autorin, die du immer mochtest und bei der du nicht wusstest, ob der Detective nun ein Mann oder eine Frau war?«

»Sarah Caudwell. Sie lebt nicht mehr.«

»Diesen Ansatz habe ich ihr nie abgekauft, weißt du? Wie kann man eine handelnde Person beschreiben und den Leser im Ungewissen lassen, ob es sich nun um eine Frau oder einen Mann handelt?«

»Hast du je ein Buch von ihr gelesen?«

»Nein.«

»Dann lies eins, bevor du verallgemeinerst. Denk an all die Leute, die du kennst. Wenn man dir das, was die sagen, in gedruckter Form vorlegen würde, könntest du dann sagen, ob es sich um eine Frau oder einen Mann handelt?«

»In den meisten Fällen, ja.«

»Ich glaube, du würdest meistens danebenliegen.«

»Und, was gibt's zum Abendessen?«

»Aha, du bist also nur wegen des Essens gekommen, gib es zu.«

»Komm schon, du weißt doch, dass ich noch aus anderen Gründen hier bin. Gibt es Hühnchen mit Rosmarin? Mit Zimt und Kürbis? Oder bilde ich mir diese Düfte bloß ein?«

»Setz dich. Und nicht in die Küche gehen, verstanden?«

»Dieser Wein würde hervorragend zu dem Rosmarinhühnchen passen.«

»Ein Gewürztraminer passt eigentlich zu allem, also lass dich überraschen. Aber jetzt schweif nicht vom Thema ab. Du weißt nicht, wer diesen Psychiater ermordet hat, richtig?«

»Nein.«

»Erzähl mir mehr davon. Lass mich teilhaben. Ich möchte mehr über deine Arbeit wissen. Vielleicht könnte ich dir ja sogar helfen. In meinem Job muss ich immer viel Verständnis für die Leute aufbringen. Für Männer, Frauen, Schwule, Heteros. Ich habe gelernt, genau zu beobachten. In gewisser Hinsicht bin ich auch so eine Art Psychologe. Beim Hairstyling kommt man den Leuten näher, genau wie beim Tätowieren, oder als Barkeeper oder Zahnarzt. Gib mir eine Chance, o.k.?«

»Schau, es ist schon schlimm genug, dass wir uns den lieben langen Tag auf dem Revier mit diesem Kram herumschlagen müssen. Ich möchte das keiner Privatperson, insbesondere keiner, an der mir sehr viel liegt, zumuten.«

»Das ist ja sehr lieb von dir, aber so schnell falle ich nicht in Ohnmacht. Zumal ich dich nicht gebeten habe, mir die Autopsiebilder zu zeigen. Kannst du mir nicht trotzdem von dem Fall erzählen und vielleicht die Stellen weglassen, bei denen man sich besser die Augen zuhält? Das ist wichtig für mich. Ich möchte an deinem Leben teilhaben.«

»Was ist das für ein Duft. Riecht nach Ananas. Sind das deine Haare, die so duften?«

»Lass das. Keine Anspielungen mehr auf das Essen, bis du mir etwas über den Mord erzählt hast.«

»Na gut. Wenn du davon keine Albträume bekommst, dann wird es dich vermutlich langweilen, aber gut, hör zu. Der Psychiater heißt Dr. Sanford Klingman. Er hat eine Praxis in einem der Hochhäuser in der Innenstadt, empfängt seine Patienten aber manchmal auch bei sich zu Hause. Er lebt allein, hat ein nettes Haus draußen in Windy Acres. Ich wette, diese Seelenklempner ziehen sich immer die dicksten Fische an Land. Ich hoffe, du fasst das nicht als Anspielung aufs Essen auf. Wie dem auch sei, an diesem Morgen kommt seine Haushälterin zur Arbeit. Sie hat einen eigenen Schlüssel, kommt rein und findet Klingman tot in seinem Arbeitszimmer. Jemand hat mehrmals mit einem Brieföffner auf ihn eingestochen. Das Ding lag sogar wieder auf dem Schreibtisch, mit blutverschmierter Klinge. Leider waren die Fingerabdrücke verwischt.«

»Du müsstest die DNA im Blut untersuchen lassen, falls der Täter sich selbst verletzt hat. Oder die Täterin. Bei einem solchen Angriff kann das schon mal passieren.«

»Ja, ich denke, das werden wir machen. Ich hoffe, diese Story verdirbt dir nicht den Appetit.«

»Nein, und wenn du jetzt weitererzählst, dir deinen auch nicht.«

»Stimmt. Die Untersuchung ergab, dass Klingman irgendwann in der Nacht starb, was wir uns auch selbst schon zusammengereimt hatten. Heute Morgen fuhren wir zu seiner Praxis und sprachen mit seiner Sekretärin. Sie sagte, er habe ihr gestern erzählt, dass er an jenem Abend einen Patienten zu Hause erwartete, nannte ihr aber nicht den Namen dieser Person.«

»Stand der Name nicht in seinem Terminkalender? Oder in einem dieser kleinen elektronischen Kalender?«

»Wir haben nichts gefunden. Allerdings hatten wir in einer Hinsicht Glück. Wie sich herausstellte, bewahrte er seine Patientenkartei auf Disketten auf. Das hielt er wahrscheinlich für sicherer und einfacher, anstatt die Daten auf der Festplatte zu speichern oder auf altmodischem Papier. Als er gestern die Praxis verließ, nahm er eine Diskette mit, auf der die Daten von vier Patienten gespeichert waren. Die Sekretärin meinte, er habe die Diskette nur deshalb mitgenommen, da er einen dieser Patienten noch am Abend bei sich zu Hause erwartete.«

»Und du erzählst mir, dass das hier kein echter Krimi ist?«

»O.k., es geht in die Richtung eines klassischen Krimis.«

»Vermutlich hast du die Alibis der vier Patienten überprüfen lassen?«

»Nein, das ging nicht. Auf der Diskette befinden sich die Patientenakten mit einigen Details, aber Namen werden nicht genannt. Seine Sekretärin meinte, das mache Klingman mit allen Patienten. Er war immer sehr auf Diskretion bedacht. Zu seinen Patienten gehören auch Prominente, und daher hatte Klingman immer schreckliche Angst, es könnten vertrauliche Informationen an die Öffentlichkeit dringen.«

»Und wo erscheinen dann die richtigen Namen? In den Abrechnungen?«

»Ja, bestimmt. Aber Klingman hatte sehr viele Patienten. Es dürfte eine Weile dauern, bis wir alle überprüft haben und die Informationen mit den Patientenakten auf der Diskette abgeglichen haben. Es sei denn, irgendein Anwalt setzt gerichtlich durch, dass Patienteninformationen aufgrund der ärztlichen Schweigepflicht nicht herausgegeben werden dürfen.«

»Wenn es triftige Gründe gäbe, einen der Patienten für den Mörder zu halten ...«

»Dafür müssten wir erst mal wissen, wer die Leute sind.«

»Dr. Klingman hatte doch bestimmt einen Computer auf seinem Schreibtisch?«

»Klar.«

»Als Klingman gefunden wurde, war der Computer da eingeschaltet?«

»Nein. Und die Diskette war nicht im Laufwerk; sie steckte in der Kladde auf seinem Schreibtisch.«

»Ich wette, er hat sich die Patientenakte noch einmal angesehen, bevor er oder sie kam, meinst du nicht? Wenn ich einen Termin mit einem Kunden habe, schaue ich immer kurz im Computer nach, um schnell nachzusehen, was für Eigenarten und Vorlieben der Kunde hat. Wenn das schon für Hairstylisten wichtig ist, dann bestimmt auch für einen Seelenklempner. Und wenn sein Computer genauso wie meiner funktioniert, könntest du das Schreibprogramm aufrufen und nachsehen, welche Dateien zuletzt geöffnet wurden. Dann hättest du es nicht mehr mit vier, sondern nur mit einem einzigen Patienten zu tun.«

»Ja, daran haben wir auch gedacht. Ein bisschen kennen wir uns mit Rechnern aus, wir Bullen unten auf dem Revier. Aber nichts zu machen.«

»Dann hast du es wirklich mit einem echten Krimi zu tun. Ein enger Kreis von vier unbekannten Verdächtigen.«

»Nun übertreib mal nicht. Wir wissen ja nicht einmal, ob einer dieser vier Leute ihn umgebracht hat.«

»Aber so muss es doch gewesen sein, oder nicht? Gibt es noch andere Hinweise?«

»Gott, Hinweise. Warum unterhalten wir uns überhaupt über den Fall?«

»Komm schon, ich will doch nur helfen. Jetzt lass mich bitte nicht außen vor! Das ist wichtig für unsere Beziehung.«

»Wichtig für deine schreckliche Neugier, wolltest du wohl sagen.«

»O.k., o.k., dann ist es eben meine schreckliche Neugier. Gab es nun einen Hinweis?«

»Ja, da gibt es tatsächlich einen Hinweis. Eine Art ...«

»Was? Warum nuschelst du so? Sprich lauter.«

»O.k., o.k., es gab eine Nachricht vor dem Tod. So eine Art.«

»Hey, Detective Ellery Queen lebt! Das wird ja immer besser. Aber warte einen Moment: Auf den Psychiater wurde mehrfach eingestochen, richtig? Und dann hatte er noch Zeit, eine Botschaft zu hinterlassen? Ich meine, war das zwischen den Stichen oder hinterher, oder wie soll ich das verstehen?«

»Er hinterließ die Nachricht nicht im Todeskampf oder so. Es ist keine Botschaft mit Blut. Deshalb sagte ich, so eine Art. Auf seinem Schreibtisch lag eine Papierunterlage, und darauf hatte er sich eine Notiz gemacht. Vermutlich hat er sich das während des Gesprächs mit dem Patienten aufgeschrieben. ›Deprimiert. Planet degradiert‹. Was das auch immer heißen soll. Vielleicht wurde der Patient von Aliens gekidnappt, was weiß ich. Ich wette, du bereitest Seebarsch zu, stimmt's? Passt das zu dem Wein?«

»Sicher, aber wenn du weiter so säufst, müssen wir zum Essen eine andere Flasche aufmachen.«

»Wäre das meine Schuld?«

»Soll keine Kritik sein. Ich weiß, dass du abschalten musst. Hier, ich fülle dir dein Glas noch einmal, und dann erzählst du mir von den Verdächtigen. Welche Namen hatte Klingman seinen Patienten auf der Diskette gegeben?«

»O.k., ich sehe, dass du mich nicht vom Haken lässt. Bei den vier Patienten handelt es sich um zwei Männer und zwei Frauen. Die Männer nannte er Sylvester und Louis B. Die Frauen heißen Doris und Buster.«

»Buster ist eine Frau?«

»Ja, niedlich, was?«

»Warum bloß Buster?«

»Wenn man in ihrer Akte liest, geht das vielleicht in Richtung Männerhasserin.«

»Erkennst du da ein Muster in diesen vier Namen?«

»Nein, Muster könnte man das eigentlich nicht nennen. Hast du eine Idee?«

»Vielleicht. Aber dafür ist es noch zu früh. Erzähl mir zuerst von Doris. Was du auf die Schnelle so behalten hast. Für so etwas seid ihr ausgebildet. Du behältst doch alles.«

»Ja, das ist mein Fluch. Ich kann mich an jedes schmutzige Detail jedes Falls erinnern, an dem ich je gearbeitet habe, selbst wenn ich es lieber vergessen würde. Manchmal ist ein gutes Gedächtnis natürlich ein Segen. Ich erinnere mich zum Beispiel an jedes Essen, das es hier bei dir gab, und ich weiß auch noch genau, wie wir dann …«

»Du wolltest mir gerade von Doris erzählen.«

»O.k., es geht los. Doris ist eine fünfundzwanzigjährige Rechtsberaterin, ist unverheiratet und lebt allein. Laut Klingmans Notizen wirkte sie nach außen hin sehr ruhig und beherrscht, aber in ihrem Innern brodelte es. Sie war wie besessen von ihrer Gesundheit und ihrem Aussehen und wollte immer die Probleme anderer Leute lösen. Eines ihrer Probleme war offenbar, dass sie sehr erfolgreich war und immer auf die Fehler der anderen hingewiesen hat. Dadurch hat sie sich bei der Arbeit unbeliebt gemacht.«

»Hört sich an wie jemand, der zu Gewaltausbrüchen neigt, oder?«

»Sie müsste eine große, kräftige Frau sein, wenn sie es war, die

Klingman so traktiert hat. Aber aus der Akte geht nicht hervor, wie groß sie ist.«

»Nun, es gibt schon kräftige Frauen, und ein Adrenalinstoß kann ungeahnte Kräfte freisetzen. Das weiß doch jeder. An ihr Geburtsdatum erinnerst du dich aber nicht zufällig, oder?«

»Ihr Geburtsdatum? Nein, warum?«

»Ist nur so eine Idee. Jetzt erzähle mir von Sylvester.«

»Genau. Sylvester ist ein vierzigjähriger arbeitsloser Buchhalter, geschieden. Laut Klingmans Notizen war er deprimiert, als er seinen Job verlor. Dachte, er sei gefeuert worden, weil er einen betrügerischen Kunden hat auffliegen lassen. Ist dann vor Gericht gezogen. Sylvester verbrachte seine Wochenenden mit verschiedenen waghalsigen Aktivitäten: Fallschirmspringen und Freeclimbing gehören da noch zu den gemäßigten Aktionen. Als Sylvester arbeitslos wurde, schien er noch mehr mit der Gefahr gespielt zu haben, jeden Tag, und Klingman befürchtete schon, sein Patient verspüre eine unbewusste Todessehnsucht. Außerdem setzte er seiner Ex-Frau als Stalker zu; sie hatte eine einstweilige Verfügung gegen ihn erwirkt.«

»Was für ein netter Zeitgenosse. Könnte der nicht unser irrer Mörder sein?«

»Willst du auch sein Geburtsdatum wissen?«

»Kennst du es?«

»Nein.«

»Dachte ich mir. Vielleicht brauche ich es später. Als Bestätigung.«

»Du brauchst es vielleicht später, soso. Als Bestätigung. Warum sitze ich eigentlich hier und rede mit dir über Polizeiangelegenheiten? Hey, gibt es hier nun etwas zu essen oder nicht?«

»Wir essen ja gleich, keine Sorge. Aber zuerst musst du mir etwas über Louis B. erzählen.«

»Louis B., richtig. Fünfundsechzig Jahre alt, seit fünfunddreißig Jahren verheiratet, wohlhabend, Geschäftsführer. Wo er tätig ist, geht aus den Aufzeichnungen allerdings nicht hervor. Der Mann hatte sein ganzes Leben eine Führungsposition, und jetzt macht er sich Sorgen, dass er aufs Abstellgleis geschoben wird. Ist seit Jahren im Vorstand des städtischen Theaters aktiv, flog da aber raus, weil er wegen der letzten Aufführung Streit mit dem Theaterdirektor hatte. Ist es gewohnt, die Dinge in die Hand zu nehmen.«

»O.k., hab ich. Und was ist jetzt mit dieser Buster?«

»Die Frau ist achtunddreißig Jahre alt, zum dritten Mal verheiratet, arbeitet in der Immobilienbranche. Klingmans Notizen lässt sich entnehmen, dass sie die neurotischste Person der vier Verdächtigen ist.«

»Verrückter als Sylvester?«

»Das vielleicht nicht, aber neurotisch, tagaus, tagein. Ist schnell beleidigt, vergisst nie eine Kränkung, spielt Leute immer gegeneinander aus, behauptet, all ihre Ehemänner geliebt zu haben. Aber Klingman glaubt, dass sie ihre Männer geradezu erdrückt hat, bis sie das Weite suchten. Eine von Klingmans Notizen war wirklich lustig: Sie hat in den Sitzungen mehr über ihn herausgefunden, als er über sie herausfinden konnte.«

»Oh, das ist so typisch.«

»Typisch für was?«

»Das sage ich dir gleich. Hast du dir Klingmans Bücher angesehen?«

»Seine Bücher?«

»Ja, was für Bücher stehen in seinen Regalen? Außer den Fachbüchern für Psychiatrie. Ich habe mich schon gefragt, ob er viele Bücher über Filme hat.«

»Ist mir nicht aufgefallen. Aber außerhalb einer Videothek habe ich noch nie bei jemandem so viele Videos und DVDs gesehen wie bei ihm.«

»Ja, ein echter Filmkenner, das dachte ich mir. Diese Namen, die er sich für seine Patienten ausgedacht hat, spielen alle auf Hollywood an.«

»Oh, komm schon. Wenn man es darauf anlegt, haben doch die meisten Namen irgendetwas mit Filmen zu tun.«

»Doris zum Beispiel. Da denkt man gleich an Doris Day, nicht wahr?«

»Ich nicht. Wie viele Frauen, die du kennst, heißen Doris? Meine Mutter hieß Doris. Die Kassiererin an der Kasse bei Safeway heißt Doris. Vielleicht kaufte Klingman bei dem gleichen Supermarkt ein wie wir.«

»Nicht sehr wahrscheinlich, wenn er ein Haus in Windy Acres hat. Aber ich sehe, was du meinst. Eine Nagelpflegerin bei uns im Salon heißt auch Doris. Aber von wie vielen Louis B. hast du schon gehört? Einer, der mir einfallen würde, wäre Louis B. Mayer, der Filmboss.«

»Ja, o.k.«

»Und was ist mit Sylvester.«

»Ist das nicht dieser Kater, der immer hinter dem kleinen gelben Vögelchen Tweety her ist?«

»Vielleicht.«

»Der hieß doch Sylvester, oder nicht?«

»Ja, stimmt. Ich meine bloß, vielleicht dachte Klingman ja genau an diesen Sylvester.«

»Er stellt dem Kanarienvogel nach und Sylvester seiner Frau, das könnte die Verbindung sein. Sylvester ist es nie gelungen, Tweety zu verspeisen, und ich weiß, wie er sich gefühlt haben muss, weil ich jetzt echt Hunger habe. Ich weiß, dass du dir generell nicht viel aus Essen machst, aber …«

»Stimmt, jedenfalls nicht so viel wie du. Und ich kann auch nicht diese Mengen verdrücken, aber in einigen Kreisen gelte ich als Gourmetkoch. Was ich dir bald aufs Neue beweisen werde, aber vorher müssen wir das hier zu Ende bringen. Was ist mit Buster?«

»Wie wär's mit Buster Keaton?«

»Möglich.«

»Und was soll das alles beweisen?«

»Nichts. Einzeln betrachtet, meine ich. Aber wenn man es mit einem anderen Interessengebiet verbindet, das Klingman mit seinen Patienten gemein hatte ...«

»Und was sollte das, bitte schön, sein?«

»Astrologie.«

»Astrologie? An diesen Mist glaube ich nicht.«

»Es tut nichts zur Sache, an was du glaubst. Klingmans Patienten glauben daran, und selbst wenn Klingman vielleicht nicht davon überzeugt war, so wusste er doch eine Menge darüber.«

»Woher willst du das wissen?«

»Darauf komme ich gleich zu sprechen. Sehen wir uns zunächst die Dinge an, von denen der Patient überzeugt ist. Warum sucht ein Patient seinen Psychiater noch abends auf? Weil er in eine Krise geraten ist. Und was könnte bei einem Patienten, der von der Astrologie überzeugt ist, eine Krise auslösen?«

»Keine Ahnung. Vielleicht ein ungünstiges Horoskop in der Zeitung?«

»Diese Horoskope sind selten ungünstig formuliert, aber das gehört eben dazu. Am nächsten Tag könnte das Horoskop dir schon wieder die tollsten Dinge in Aussicht stellen. Aber wenn ich bei einem Psychiater in Behandlung wäre, weil ich psychisch angeschlagen bin, dann könnte mich das schon mächtig runterziehen, wenn ich erführe, dass es schlecht um meinen regierenden Planeten steht.«

»Dein regierender Planet?«

»Ja. Jedes Tierkreiszeichen hat einen so genannten Regenten, also einen Planeten, der das jeweilige Zeichen regiert. Manchmal auch mehr als einen. Und welchem Himmelskörper in unserem Sonnensystem drohte erst kürzlich die Degradierung von einem Planeten zu einem großen aufgeblasenen Asteroiden?«

»Keine Ahnung.«

»Pluto. Irgendein großer Astronom hat gesagt, vielleicht sei Pluto gar kein richtiger Planet, sondern eher ein Asteroid oder ein inaktiver Komet. Wie es scheint, gibt es da Gemeinsamkeiten zwischen Pluto und Objekten des Kuipergürtels. Pluto ist zwar größer als die meisten Objekte, aber eiskalt und hat eine ähnliche Umlaufbahn. Aus dem Kuipergürtel kommen die meisten Kometen. Also meinte dieser Astronom, man solle Pluto den Planetenstatus aberkennen. Wenn das mein regierender Planet wäre, könnte mir schon der Schweiß ausbrechen. Ich meine, wer möchte schon gerne einen in Ungnade gefallenen und dadurch geschwächten Regenten haben? Das könnte Unheil bringen.«

»Und über so etwas unterhaltet ihr euch im Schönheitssalon?«

»Friseursalon, und hör auf, zu grinsen. Wir sprechen nicht viel über Astronomie, dann schon eher über Astrologie. Aber davon habe ich in der Zeitung gelesen, in einer Pause zwischen zwei Kunden. Und jetzt vermute ich, dass dein polizeilicher Spürsinn dich automatisch zur nächsten Frage bringt.«

»Und welche Frage wäre das?«

»Also ehrlich! Deine Frage müsste lauten: Für welche Tierkreiszeichen ist Pluto der Regent? Und ich kenne die Antwort. Pluto ist, wie sich herausstellt, einer der beiden Regenten für die Sternbilder Widder und Skorpion. Wenn also einer deiner vier Verdächtigen unter einem dieser Zeichen geboren wurde, hast du deinen Mörder.«

»Ich sehe da kein Motiv.«

»Vielleicht hat Klingman während der Behandlung gepfuscht, das Falsche gesagt. Was hätte er tun müssen, oder was hätte ich getan, wenn ein Patient sich Sorgen machte, dass sein oder ihr Planet degradiert wurde? Ich hätte den Patienten daran erinnert, dass es noch Mars als Regenten gibt, selbst wenn Pluto offiziell nicht mehr als Planet angesehen wird. Übrigens ist selbst der Mond, der nicht einmal ein Planet ist, der Regent für den Krebs. Demnach braucht man nicht unbedingt einen anerkannten Planeten, der die Rolle des Regenten erfüllt. Wenn du Löwe bist, dann ist die Sonne dein Regent. Und das ist doch sogar noch besser als ein offizieller Planet, meinst du nicht auch?«

»Jetzt mal langsam. Ich habe schon Kopfschmerzen. Ich hätte nicht gedacht, dass du an diesen Mist glaubst.«

»Hab ich gesagt, dass ich daran glaube? Aber einige meiner Kunden sind von der Astrologie überzeugt, und da habe ich einiges aufgeschnappt. Also, wenn Dr. Klingman eher ein Skeptiker war, wenn er sich über die Überzeugung seines Patienten lustig gemacht hat, könnte es zu dieser Bluttat gekommen sein. Wenn der Patient den Brieföffner des Arztes benutzt hat, dann kann der Angriff wohl kaum geplant gewesen sein, oder? Es war offensichtlich Mord im Affekt. Da war keine Eifersucht oder dergleichen im Spiel, sondern religiöser Eifer. Für manche Leute ist Astrologie so etwas wie Religion. Ich würde mich genauso wenig über den Glauben an die Astrologie lustig machen wie über den christlichen Glauben oder den Buddhismus.«

»Weißt du, das war eben kein Scherz. Ich habe wirklich Kopfschmerzen. Vielleicht würde es schon helfen, wenn es etwas zu essen gäbe. Versteh mich nicht falsch, ich weiß deine Hilfe wirklich zu schätzen.«

»Gott, wie herablassend das klingt! Vielleicht willst du mir auch noch den Kopf tätscheln.«

»Nein, nein, keine Sorge. Wir werden das alles überprüfen.«

»Was überprüfen? Ich habe dir noch nicht einmal gesagt, wer es getan hat.«

»Weißt du es denn?«

»Ich weiß zumindest, von welchem Patienten der regierende Planet degradiert wurde. Schau, ich weiß, ich bin bloß im Friseurgeschäft und kein Polizist wie du, o.k.? Aber ich weiß, auf was sich Klingmans Notiz bezieht. Und er muss sich mit Astrologie ausgekannt haben, denn die Spitznamen, die er seinen Patienten gab, sind Hinweise auf die Tierkreiszeichen. Fangen wir mit einem einfachen Namen an, nämlich Louis B., für den, da dürften wir uns einig sein, Louis B. Mayer Pate stand. Und welches Tierkreiszeichen würde zu Louis B. Mayer gehören?«

»Woher, zum Teufel, soll ich das wissen?«

»Streng deine grauen Zellen an! Louis B. Mayer war der Leiter der MGM-Studios. Das Maskottchen von MGM ist ein brüllender Löwe. Also steht er für Löwe. Kapiert?«

»O.k.«

»Und ganz zufällig sind die Eigenschaften, die Klingman in seiner Akte dem Patienten Louis B. zuordnet, typische Eigenschaften des Löwen. Die Fähigkeit, die Führung zu übernehmen, das Bedürfnis, seinen Willen durchzusetzen.«

»Ich dachte, du glaubst nicht an diesen Kram.«

»Tu ich ja auch nicht, aber manchmal frage ich mich, ob nicht doch etwas dran ist.«

»O.k., ich gebe zu, dass du mich neugierig gemacht hast. Und welches Tierkreiszeichen hat Buster Keaton?«

»Ich glaube nicht, dass Buster Keaton gemeint ist.«

»Wer dann? Buster Brown, die alte Comicfigur, die in einem Schuh lebt?«

»Nein, wir haben es mit Anspielungen auf Filme zu tun. Denk an einen anderen berühmten Buster.«

»Ah … hab einen. Vielleicht der Kerl, der Flash Gordon in der alten Serie spielte? Buster Crabbe?«

»Sehr gut. Er steht für das Zeichen Krabbe, also Krebs. Und die Eigenschaften dieses weiblichen Busters – die Empfindlichkeit, der Groll, die Verschlagenheit – sind typisch für den Krebs. Und wenn wir uns dann Doris zuwenden und die Kassiererin oder die Nagelpflegerin außer Acht lassen. Später in ihrer Karriere war Doris Day scherzhafterweise als professionelle Jungfrau bekannt. Da haben wir die Jungfrau, klar? Und die Eigenschaften von Klingmans Doris …«

»Verstehe, die typischen Eigenschaften der Jungfrau. Ich lerne schnell, was? Und für welches Tierkreiszeichen steht der Kater Sylvester?«

»Es ist nicht der Kater gemeint. Ein anderer Sylvester.«

»Doch nicht Stallone?«

»Doch. Und was war Sly Stallones berühmteste Rolle?«

»Rocky.«

»Genau, und wofür ist er noch berühmt?«

»Vielleicht Rambo?«

»Rambo der Rammbock! Also Widder mit gesenkten Hörnern! Und was hab ich dir gesagt? Der Widder gehört zu den Sternzeichen, die von Pluto regiert werden. Sylvester ist ein typischer Widder – geht Risiken ein, ist wie besessen von etwas. Und er ist auch der Mörder, den du suchst.«

»Fantastisch. Danke. Du hast deinen Spaß gehabt. Können wir dann jetzt essen?«

»Sicher können wir das. Es wird dir schmecken, und wir haben es uns beide verdient. Aber erst musst du mir noch eine Sache versprechen.«

»Ich bin so hungrig, dass ich dir alles verspreche. Fast alles.«

»Ich weiß, dass das Ganze nur Spaß war, klar? Ein Gedankenspiel, richtig? Ich mache mir doch selbst nichts vor. Ich weiß, dass es bei den wirklichen Verbrechen nicht um Todesbotschaften oder verschlossene Räume oder so etwas geht. Das verstehe ich. Nein, wirklich. Also ist das, was wir eben gemacht haben, eine Art Gesellschaftsspiel, und meine Schlussfolgerungen sind wahrscheinlich alle falsch. Du wirst den Spuren natürlich nachgehen, weil du ein echter Profi bist, der jeden Stein umdreht.«

»So bin ich eben. Ich sagte, ich werde das überprüfen, und dann tue ich das auch.«

»Aber wenn ich zufällig recht haben sollte, dann kommst du wieder, nicht wahr?«

»Was?«

»Das musst du mir versprechen. Du kommst wieder, wenn es sich herausstellt, dass ich recht habe.«

»Warum sollte ich nicht wiederkommen? Ich liebe dich. Natürlich komme ich wieder.«

»Weil es reiner Zufall wäre, wenn ich recht hätte. So eine Art Anfängerglück. Und ich würde auch nicht sagen, siehst du, ich wusste es ja gleich. Werde ich wirklich nicht tun.«

»Ich komme wieder. Ich werde immer wiederkommen. Aber können wir jetzt essen?«

Originaltitel: »Sharing«
Aus dem Englischen von Holger Hanowell

NICHT IN DEN STERNEN

von Catherine Dain

Also, wenn es jemanden gibt, der die eigenen Fehler nicht bei sich selbst sucht, sondern immer die Sterne für alles verantwortlich macht, dann bist du das, Bobby«, sagte Faith. Sie klang verärgert, da sie sich beim Sprechen nach hinten drehen musste. Sie unterhielt sich nicht gern mit Leuten, die auf der Rückbank des Autos saßen. Es sei denn, sie fuhr selbst, weil sie dann nicht dazu verpflichtet war, nach hinten zu schauen. Die Notwendigkeit, den Blick immer auf die Straße zu richten, war ihr in Fleisch und Blut übergegangen.

»Es geht nicht allein darum, Faith, und das weißt du«, erwiderte Bobby. »Ich möchte bloß wissen, was auf mich zukommt, damit ich mich darauf einstellen kann und für den Notfall auf alles vorbereitet bin. Und mehr über Astrologie zu lernen kann da nur hilfreich sein.«

»Außerdem«, sagte Michael, »kannst du dann deine Freunde beeindrucken, wenn du ihnen mit aufschlussreichen Kommentaren über ihre Persönlichkeit kommst. Und das nur, weil du ihr Geburtsdatum kennst. Die Leute werden sich auf Partys um dich reißen.«

Michael fuhr, und da er sich sehr auf die schwach beleuchtete Canyon Road konzentrieren musste, brauchte er weder zum Beifahrersitz noch nach hinten zu schauen.

Faith wandte sich wieder Michael zu, erleichtert, dass er sich eingemischt hatte. »Ich glaube nicht, dass mein Sonnensymbol irgendetwas über mich aussagt.«

»Du bist Löwe«, meinte Bobby, »und stehst daher gern im Mittelpunkt. Was willst du dagegen sagen?«

»Was? Du reduzierst mich auf eine Eigenschaft? Eine oberflächliche Eigenschaft? Auf einen Charakterzug, der nicht mal annähernd beschreibt, wie ich bin?« Diesmal schaute Faith nach hinten und zum Fahrer und krallte ihre Hände seitlich in den Sitz.

»Schon gut, Kinder, das ist doch alles nur Spaß«, sagte Michael. »Es war nett von Bobby, dich zu dem Kongress einzuladen, Faith, und keiner hat dich gezwungen mitzukommen.«

»Und du bist Waage«, sagte Bobby, »und daher versuchst du, zwischen uns zu vermitteln.«

Faith unterdrückte das Verlangen, Bobby zu sagen, was er ihrer Ansicht nach war. Stattdessen lehnte sie sich in ihrem Sitz zurück und schaute wieder auf die Straße. Sie fuhren durch ein wohlhabendes Viertel, und sie verstand nicht, warum die Leute nicht darauf bestanden hatten, die Straßen besser auszuleuchten.

»Außerdem«, fuhr Bobby fort, »geht es gar nicht nur um Sonnensymbolik. Es gibt aufsteigende Zeichen, Mondzeichen, es kommt darauf an, wo deine Planeten stehen, und es geht um die Aspekte.«

»Bitte«, seufzte Faith. »Bitte sag mir, dass das jetzt alles nur ein Spaß ist und du nicht wirklich daran glaubst, dass die Umlaufbahn von Pluto dein Leben beeinflusst. Der ist vielleicht nur ein Eisbrocken und gilt nicht einmal mehr als richtiger Planet.«

»Das ist Spaß«, sagte Bobby. »Und trotzdem stimmt es. Ob Pluto nun ein Planet ist oder nicht. Die Stellung Plutos in deinem Geburtshoroskop sagt etwas über dich aus, ich weiß aber nicht mehr, was genau. Ich kann das aber in meiner Ephemeride nachschauen und dir heute Abend sagen, was es bedeutet.«

»Eine Ephemeride? Sprichst du von dem dicken blauen Buch, das du da auf dem Schoß hast?«, fragte Faith.

»Ja. Eine Ephemeride ist eine Tabelle, und da kannst du nachsehen, in welchen Tierkreiszeichen die Himmelskörper zu jeder bestimmten Zeit in der ersten Hälfte des 21. Jahrhunderts stehen. Ich nehme das Buch immer mit. Es eignet sich hervorragend, um ein Gespräch zu beginnen«, erwiderte Bobby.

»Wisst ihr«, sagte Michael, »das könnte ein Beispiel für Niels Bohrs berühmte Maxime sein, dass das Gegenteil einer Wahrheit stets eine andere Wahrheit ist. Die Umlaufbahn von Pluto kann keinen Einfluss auf dein Leben haben. Trotzdem könnte die Astrologie recht haben.«

»Was? ›Berühmte Maxime‹? Wann hast du Niels Bohr gelesen?«, wollte Faith wissen.

»Ich habe nie etwas von ihm gelesen. Aber ein Freund von mir schreibt gerade ein Buch über zwischenmenschliche Beziehungen für Selbsthilfegruppen und dergleichen, und da habe ich einen Blick auf sein Manuskript geworfen. Er benutzt den Spruch von Bohr, um über Männer und Frauen zu reden. Die Unterschiede zwischen uns sind wichtiger als unsere Gemeinsamkeiten, und unsere Gemeinsamkeiten sind wichtiger als die Unterschiede zwischen uns«, erklärte Michael. »Und das lässt sich beliebig auf andere Beispiele übertragen.«

»›Es war die beste Zeit, es war die schlechteste Zeit‹«, sagte Faith.

»Dickens, *Tale of Two Cities*, genau.«

»Hier musst du rechts abbiegen«, sagte Bobby. »Und einen Parkplatz suchen.«

Michael folgte der Aufforderung und bog ab. Sie waren über eine der anstrengenden Strecken in die Hollywood Hills gefahren, und als sie nun rechts abbogen, erreichten sie eine schmale, gewundene Straße, auf der man nur auf einer Seite parken konnte. Michael fuhr langsam an den parkenden Autos vorbei und suchte nach einer Auffahrt ohne Tor, um wenden zu können.

»Wir hätten einen Block weiter hinten parken sollen«, sagte Bobby.

»Woher willst du wissen, wo wir hin müssen?«, fragte Faith. »Die Häuser sind alle hinter Mauern und Hecken versteckt, und

Hausnummern kann man auch nicht sehen, weil die Straßenlaternen zu schwach sind.«

»Ich habe mir den Weg vorher erklären lassen. Irgendwo da vorne muss eine Sackgasse sein. Da können wir wenden. Und die Hausnummern stehen auf der Bordsteinkante, also werden wir sie sehen, wenn wir aussteigen. Aber wir gehen einfach in die Richtung, in die alle anderen auch gehen«, beschloss Bobby.

Für Bobby waren ›alle anderen‹ zwei Paare, die hintereinander zwischen den parkenden Autos und den Mauern hergingen und dann durch ein Tor in eine Auffahrt abbogen.

»Die sehen aber nicht gerade wie professionelle Astrologen aus«, sagte Faith.

»Und wie sehen professionelle Astrologen deiner Ansicht nach aus?«, meinte Bobby mit einem Seufzer.

»Keine Ahnung. Jedenfalls nicht so normal.«

»Wenn du normale Leute willst, Faith, schließt das uns aus«, sagte Michael.

Sie gaben schon ein seltsames Dreigestirn ab, das musste Faith zugeben, obwohl sowohl Michael als auch Bobby das ewig jugendliche Aussehen der Leute aus West Hollywood besaßen. Und Faith war davon überzeugt, dass sie besser in der Menge abtauchen könnte als die meisten Fernsehstars, die ungewollt eine andere berufliche Laufbahn einschlagen müssen. Nicht, dass sie das Dasein als Therapeutin als zweite Wahl empfand; das war einmal. Außerdem war sie immer schon an Leuten interessiert gewesen.

Michael fand die Sackgasse, drehte dort und fuhr den Hügel langsam wieder hinunter.

»Da ist eine Parklücke«, sagte Faith.

»Eher eine Einfahrt«, entgegnete Michael.

»Ja, aber da ist genügend Platz zwischen dem Torpfosten und dem parkenden Auto weiter vorne.«

»Dann blockieren wir die halbe Ausfahrt«, sagte Michael und fuhr nicht langsamer.

Inzwischen hatten sie fast wieder die Hauptstraße erreicht, als Michael einen Parkplatz fand, mit dem er zufrieden war. Er parkte ein, und Faith stieß einen Seufzer der Erleichterung aus.

Bobby führte sie über den schmalen Gehweg zu der Auffahrt, die auch die beiden Paare genommen hatten.

Sowie sie an der Mauer vorbei waren, blickten sie auf ein Anwesen, das gleichsam in den Abhang gehauen war. Eine kreisförmig angelegte Auffahrt führte hinauf zu einem zweistöckigen, hell erleuchteten weißen Haus mit Stuckverzierungen. Faith meinte sich vage erinnern zu können, dieses Gebäude schon einmal auf einer Doppelseite des *Los Angeles Times Magazine* gesehen zu haben. Einige moderne Autos standen auf dem Weg, der zu der stilvollen Haustür führte. Sie stand offen.

Faith blieb stehen, ehe der Lichtschein des Hauses sie erfasste.

»Wir sind doch wohl nicht die einzigen Nichtastrologen, oder?«

»Für die Frage ist es nun zu spät«, sagte Michael.

»Natürlich sind wir nicht die Einzigen«, antwortete Bobby. »Eigentlich ist der Kongress ja nur für Mitglieder, die alle professionell mit Astrologie zu tun haben, aber es können auch alle kommen, die das Thema interessiert und die eine Einladung bekommen haben. Wie beim Magic Castle. Das sagte ich euch ja. So hat es Avery Whitlock in seinem Testament verfügt.«

»Wer hätte gedacht, dass man so viel Geld mit Astrologiekolumnen machen kann?«, meinte Faith.

»Avery Whitlock hat nicht nur eine Kolumne am Tag geschrieben«, sagte Bobby. »Er war jahrzehntelang der Astrologe der Stars, der großen Filmstars. Es heißt, Nancy Reagan habe ihn aufgesucht, um sich Rat bei einem Seelenfreund zu holen, ehe sie Ronnie kennenlernte. Aber kommt jetzt.«

Bobby ging als Erster ins Haus. Sie betraten ein Foyer, in dem ein Tisch aufgestellt war, der den weiteren Eintritt versperrte. Ein grau melierter Mann mittleren Alters, dessen Bauch sich unter einem grünen Polohemd wölbte, lächelte sie an. Neben ihm saß eine jüngere Frau, die in ihrem maßgeschneiderten Hosenanzug so aussah, als wäre sie eben erst aus dem Büro gekommen. Sie war zu ernst, um sich ein Lächeln abzuringen.

»Haben Sie eine Einladung?«, fragte sie.

Bobby nannte die Namen und erklärte, ein Freund von ihm, ein Mitglied, habe sie eingeladen. Während die Frau eine Liste durchging, spähte Faith durch eine Tür in den großen Saal zur Linken, der kaum Möbel aufwies. Anscheinend erwartete man von den Gästen, dass jeder stand. Hier und da standen Besucher in kleineren Gruppen zusammen und plauderten, aber Faith hatte mit weitaus mehr Leuten gerechnet. Außerdem wirkten die Gäste gewöhnlicher, als sie vermutet hatte: Viele waren unauffällig gekleidet wie für den täglichen Job und schienen nichts mit den Weissagungen für das New Age zu tun zu haben. Schließlich erregte ein Gemälde über dem Kamin ihre Aufmerksamkeit. Es handelte sich um ein Porträt eines dünnen, alten Mannes, der einen blauen Anzug, ein weißes Hemd und eine rote Krawatte trug. Das musste Avery Whitlock sein, der sich hatte porträtieren lassen, als er schon über achtzig war.

»O.k.«, sagte die Frau schließlich. »Ihre Namen sind auf der Liste.«

Der grau melierte Mann hielt den Ankömmlingen drei Programmhefte hin.

»Hier stehen die Vorträge und die Räume, in denen die Veranstaltungen stattfinden. Sie können frei entscheiden, an welcher Sie teilnehmen möchten. Kommen Sie einfach zu mir, wenn Sie noch Fragen haben. Erfrischungen gibt es draußen beim Pool«, meinte er und deutete auf einen Gang, der in den hinteren Bereich des Hauses führte.

Faith warf einen Blick auf ihren Programmzettel, aber da ergriff Michael ihre Hand und zog Faith mit sich fort, um den Leuten Platz zu machen, die nach ihnen angekommen waren. Bobby ging bereits den Gang entlang, und sie folgten ihm zu einer anderen Tür, die offen stand. Durch sie gelangte man auf eine großzügige Terrasse mit Blick auf eine Rasenfläche, die einen Swimmingpool von beachtlicher Größe einschloss.

Auch im Garten standen die Teilnehmer des Astrologenkongresses in kleineren Gruppen zusammen. Nicht wenige Gäste hatten sich bei einem langen Tisch in der Nähe der Terrassentür eingefunden. Dort standen drei große Silberpokale, dazu Teller mit Gebäck, Tassen und Servietten. Zu beiden Seiten der Tafel standen eisgekühlte Kübel mit Getränken auf dem Boden.

»Möchtet ihr etwas trinken?«, fragte Michael.

Faith schüttelte den Kopf. Sie holte ihre Brille aus ihrer Handtasche, um die kleine Schrift in dem Programm besser lesen zu können.

»Astrologische Psychologie«, meinte sie. »Es gibt tatsächlich eine Veranstaltung, die sich mit der Psychologie der Astrologie beschäftigt.«

»Dann ein Vortrag über Karma und Astrologie, über spezielle Fälle in der Stundenastrologie und sogar über die Umlaufbahn von Pluto. Nur für den Fall, dass du erfahren möchtest, welchen Einfluss dieser Eisbrocken auf dein Leben hat. Hier ist eine Veranstaltung zur siderealen Astrologie als wahrer interpretativer Ansatz für das New Age. Was das auch immer heißen soll«, meinte Michael, der nun von seinem Programmheft aufschaute.

»Hattet ihr erwartet, es ginge hier nur um Wahrsagerei?«, fragte Bobby.

»Ja, irgendwie schon«, sagte Faith.

»Dann hast du dich geirrt«, meinte Bobby triumphierend. »Du könntest sogar noch was lernen über astrologische Psychologie.«

»Mag sein«, sagte Faith.

Sie schaute wieder in ihr Programmheft und fragte sich, um was es sich bei astrologischer Psychologie handeln mochte. Bobby klemmte sich seine Ephemeride unter den Arm und suchte in dem eisgekühlten Kübel nach zwei kleinen Plastikflaschen mit Mineralwasser. Eine davon reichte er Michael.

»Ich höre mir an, was die über die Vergleichbarkeit der Horoskope erzählen«, meinte er. »Sonnensymbolik allein ist nicht alles, das habe ich schon gelernt.«

Faith verkniff sich eine Bemerkung, hatte dann aber sowieso rasch vergessen, was sie eigentlich sagen wollte.

Denn auf der anderen Seite des Pools war zwischen zwei Männern ein Streit entbrannt, der Faith' Aufmerksamkeit auf sich zog. Einer der beiden Männer war klein und zwergenhaft und hatte einen dunklen Spitzbart. Er trug ein maßgeschneidertes Seidenjacket über einem schwarzen Rollkragenpullover. Schräg auf dem Kopf, der im Verhältnis zum Körper ein wenig zu groß wirkte, trug er eine purpurrote Baskenmütze. Der andere Gast war ein untersetzter, grauhaariger Mann in einem grünen Poloshirt, der der Zwilling des Mannes am Eingang hätte sein können. Auch die umstehenden Leute wurden still und verfolgten die verbale Auseinandersetzung.

»Avery Whitlock hätte Sie achtkantig rausgeworfen«, rief der größere der beiden Streithähne. »Diese Art von Häresie hätte er in seinem Haus nicht geduldet.«

»Whitlock war ein Gentleman«, konterte der Gnom. »Er war freundlich zu jedem. Und er würde sich im Grab umdrehen, wenn er wüsste, was für engstirnige und rückschrittliche Stümper seine Stiftung führen.«

»Eigentlich ließ Avery sich einäschern«, murmelte eine Frau vor sich hin, die in Faith' Nähe stand. »Seine Asche liegt in einer Urne auf dem Kaminsims, unterhalb seines Porträts.«

Faith schaute zu der Frau hinüber und war erleichtert, als sie sah, dass sie sich mit einem anderen Besucher unterhielt. Diese Frau und ihr männlicher Begleiter entsprachen schon eher der Vorstellung, die Faith von klassischen Astrologen hatte. Die Frau, eine schlanke Blondine mit üppig aufgetragenem Make-up, das trotzdem nicht die Fältchen um die Augen verbergen konnte, hatte sich in mehrere Schichten gazeartiger Kleidung mit Leopardenfellmuster gehüllt. Sheena, Königin des Dschungels, nur zwanzig Jahre zu alt, dachte Faith sofort. Der Mann, glatzköpfig und bärtig, zeigte sich in einem Hawaiihemd und trug im linken Ohr einen hellgrünen Federohrring, der ihm bis auf die Schulter hing.

»Die Astrologie, die gut genug für Ptolemäus war, war auch gut genug für Avery Whitlock.« Dem untersetzten Mann stieg die Zornesröte ins Gesicht.

»Wollen Sie damit andeuten, dass Ptolemäus wusste, dass die Sonne das Zentrum des Sonnensystems darstellt? Und er heimlich die äußeren Planeten entdeckte? Averys Astrologie war heliozentrisch, er integrierte Pluto in sein Horoskop, und er wäre offen dafür gewesen, was den Einfluss von Chiron, Ceres und anderer Asteroiden anbelangt. Und das wissen Sie.« Der zwergenhafte Mann ließ sich nicht einschüchtern.

»Aber nicht offen für die Beatles! Zu behaupten, die Gruppe der vier Asteroiden, die nach den Beatles benannt ist, habe Einfluss auf die Ausbildung eines musikalischen Talents, ist eine Verspottung all unserer Ansätze und aller Dinge, für die Avery Whitlock stand.« Tiefer Schmerz beherrschte die Stimme des großen Mannes.

»Avery folgte den Erkenntnissen von Jung. Er glaubte an das Prinzip der Synchronizität, demzufolge alle zeitlichen Ereignisse sinnhaft aufeinander bezogen sind. Deswegen wurden die vier Asteroiden nach den vier Beatles benannt, da sie kosmische Strahlen aussenden, die ein musikalisches Talent begünstigen, ob die Wissenschaftler, die den Asteroiden diese Namen gaben, das nun wussten oder nicht«, entgegnete der kleine Mann. »Und Avery hätte das verstanden. Hätten Sie nicht ein Komplott mit diesen Anwälten geschmiedet, als Avery alt und schwach war, dann hätte er mich zum Vermögensverwalter ernannt und nicht Sie, und das wissen Sie genau!«

Der grauhaarige Mann wich zurück, sprachlos und nach Atem ringend.

Der kleinere Mann hob beide Fäuste in einer triumphierenden Geste.

Einige Leute lachten, und eine Frau applaudierte sogar.

»Recht so, Carlo!«, rief sie.

Der kleine Mann machte eine Verbeugung in ihre Richtung. Der untersetzte Mann aber wandte sich ab, entfernte sich vom Pool und rang immer noch nach Atem, als er aus dem Lichtkreis der Terrassenlampen verschwand.

»Ich denke, den Vortrag über den Einfluss der Asteroiden kann ich mir schenken«, meinte Michael.

Faith nickte, aber inzwischen war sie mehr an dem eigenartigen Paar interessiert, das neben ihr stand.

»Wie konntest du ihn nur heiraten?«, fragte der Mann mit dem extravaganten Ohrring.

»Carlo ist wirklich brillant. Als ich sein Horoskop sah und die Konjunktion von seinem Mars und meiner Venus erkannte, wusste ich sofort, dass unsere Wege sich zwangsläufig kreuzen mussten und dass etwas Bedeutsames geschehen würde«, sagte die Dschungelkönigin. »Aber er war zunächst so schwierig, dass ich den Hochzeitstermin so legte, als Merkur wieder rückläufig war. Ich wusste, dass ich früher oder später würde aussteigen wollen.«

»Sieben Jahre sind eine ziemlich lange Zeit«, sagte der Mann. »Obwohl diese Ehe für dich lukrativ gewesen sein dürfte.«

Die Dschungelkönigin blickte ihn finster an. »Ich habe mein Geld verdient, Kevin.«

Kevin beugte sich zu ihr hinab und gab ihr einen Kuss auf die Wange. »Ja, meine Liebe. Jede Frau, die mit einem Astrologen verheiratet ist, der seinen Ruf mit der Vorhersage aufs Spiel setzt, Rom werde von einem Kometen getroffen, hat ihr Geld verdient. Er hätte vorher Avery Whitlock konsultieren sollen.«

Die Frau entzog ihm ihre Wange.

»Avery bewunderte Carlo«, betonte sie. »Carlos Irrtum mit dem Kometen amüsierte ihn, und bei der Gelegenheit wies Avery darauf hin, dass Wassermann das Sternbild der Genies und der Narren ist. Carlo war eben beides zur selben Zeit. Und er hat uns wirklich Grund zu der Annahme gegeben, dass wir die Vermögensverwalter werden.«

»Du und Carlo?«

»Avery war der Ansicht, wir seien auf geistiger Ebene miteinander verheiratet. Es war ihm gleich, was wir auf weltlicher Ebene taten«, erwiderte die Frau.

»Hast du dich deshalb nicht bemüßigt gefühlt, dein verdientes Geld zu behalten? Dachtest du, du könntest dich an Averys Stiftung gütlich tun?« Es klang so, als amüsierte Kevin sich. »Du standest weit unten auf der Liste, meine Liebe.«

Faith konnte nicht verstehen, was die Dschungelkönigin darauf zischend erwiderte, aber Kevins feistes Lächeln schwand jedenfalls.

»Nun gut, liebe Gäste«, rief ein Mann von der Terrassentür aus. »Ich hoffe, jeder hat sich entschieden, zu welcher Veranstaltung er möchte, denn es wird Zeit, dass wir anfangen.«

Die Dschungelkönigin strebte dem Haus zu, gefolgt von Kevin.

»Was wirst du dir anhören?«, fragte Michael.

»Oh, das mit Psychologie natürlich«, antwortete Faith. »Und du?«

»Das ist die einzige Veranstaltung, bei der ich vielleicht etwas verstehen werde«, meinte Michael.

»Wir treffen uns dann später wieder hier, o.k.?«, sagte Bobby. »Und ich mache mir Notizen zur Vergleichbarkeit der Horoskope. Dann kann ich euch auf der Rückfahrt davon erzählen.«

Die drei blieben bewusst zurück, da sie sich nicht an den Leuten vorbeidrängeln wollten, die offenbar genau wussten, in welchen Raum sie wollten. Erst als die meisten Besucher durch die Terrassentür ins Haus geströmt waren, machten sie sich auf den Weg.

Der Mann, der sie eben gerufen hatte, war der grau melierte Herr, der sie im Foyer begrüßt hatte und den man für den Zwillingsbruder des Mannes hätte halten können, der sich mit Carlo gestritten hatte. Faith hielt ihm ihr Programmheft hin und zeigte auf die Veranstaltung zur astrologischen Psychologie. Er schaute auf das Heft und sah dann wieder Faith an.

»Die Treppe hinauf, zur Vorderseite des Hauses, dann die erste Tür auf der rechten Seite«, erklärte er.

Während des Streits am Pool mussten noch mehr Besucher angekommen sein, denn als die Leute jetzt aus dem Garten ins Haus strömten, kam es auf der Treppe zu einem regelrechten Stau. Faith und Michael blieben erneut zurück, um dem Andrang zu entgehen.

»Hast du schon mal von einem Astrologen gehört, der vorhergesagt hat, Rom werde von einem Kometen getroffen?«, fragte sie.

»Das war doch dieser Modedesigner Carlo Firenza«, sagte Michael. »Ich habe gehört, dass er bankrott ist. Er war nicht ganz so gut wie Nostradamus. Sollte dieser Firenza etwa der kleine Carlo am Pool gewesen sein?«

»Wahrscheinlich. Ich möchte gerne wissen, wer die Zwillinge sind.«

»Das sind keine Zwillinge«, warf ein Mann ein, »aber sie sind Brüder. Larry und Ed Martin. Der Mann im Foyer ist Ed. Sie sind die Vermögensverwalter von Whitlocks Anwesen.«

Faith errötete, als sie sah, dass niemand anders als Kevin mit dem Federohrring neben ihr stand. Sein nachsichtiges Lächeln verriet ihr, dass es ihn nicht störte, dass sie kurz vorher belauscht hatte, was er und die Dschungelkönigin gesagt hatten. Hätte er ihr sonst so freundlich erklärt, um wen es sich bei den vermeintlichen Zwillingsbrüdern handelte?

»Danke«, sagte sie. »Wir sind zum ersten Mal hier und kennen noch niemanden. Ich heiße Faith Cassidy, das ist Michael Haver.«

»Kevin Solis«, sagte er und begrüßte beide mit Handschlag.

»Wenn ich richtig gehört habe, wollen Sie zum Vortrag über astrologische Psychologie.«

»Ja, stimmt«, sagte Faith und erwiderte das Lächeln.

»Dürfte ein interessanter Abend werden. Sophia leitet die Gruppe.« Kevins Federohrring pendelte gegen seinen Hals. Aus einem unerfindlichen Grund wirkte der extravagante Schmuck nicht mehr ganz so festlich wie zuvor.

»Sophia?«

»Ehemals Signora Firenza. Sie war Studentin der Astrologie, ehe sie Carlo kennenlernte.«

»Und sie hat auch Psychologie studiert?«, wollte Faith wissen.

»Ja, auch das«, antwortete Kevin. »Sie kannte eine von Jungs Geliebten ziemlich gut.«

»Ich kann es kaum erwarten«, meinte Michael.

»Dann sollten Sie jetzt losgehen«, riet Kevin ihnen. »Sie wird pünktlich anfangen wollen.«

Faith nickte Kevin dankend zu und hielt auf die Treppe zu. Inzwischen hatte der Stau sich ein wenig gelichtet, und so stiegen Faith und Michael die Stufen hinauf in den zweiten Stock.

Sie hatten den oberen Treppenabsatz noch nicht ganz erreicht, als von draußen ein gellender Schrei zu hören war. Die Leute auf der Treppe blieben wie angewurzelt stehen.

Dann zerriss ein zweiter Schrei die plötzliche Stille.

Niemand bewegte sich. Faith und Michael steckten in der Menge auf der Treppe fest.

»Wir brauchen einen Notarzt!«, hörte man einen Mann rufen.

Ängstliches Gemurmel wogte die Treppe hinauf und hinunter.

»Kennt sich jemand mit Herzlungenwiederbelebung aus?«

»Was ist passiert?«

»Larry ist gestürzt und mit dem Kopf aufgeschlagen. Man fand ihn am Whirlpool.«

»Wie geht es ihm?«

»Gar nicht gut.«

Die Frau in dem maßgeschneiderten Anzug, die am Eingang die Gästeliste durchgegangen war, bahnte sich ihren Weg zur Treppe.

»Bitte begeben Sie sich zu Ihren Veranstaltungen«, rief sie mit lauter und angespannter Stimme. »Wir lassen Sie dann wissen, wie es Larry geht, sobald der Rettungswagen eingetroffen ist.«

»Wer war dieser Larry noch gleich?«, flüsterte Michael Faith zu.

»Der Mann, der sich mit Carlo gestritten hat«, flüsterte sie zurück.

In die Menge auf der Treppe kam wieder Bewegung, und Faith und Michael wurden gleichsam in den zweiten Stock gedrängt.

Vor dem Haus war eine Sirene zu hören, die abrupt verstummte.

»Ich habe mir das anders überlegt mit dem Seminar«, sagte Faith. »Ich möchte lieber wissen, was passiert ist.«

Michael schüttelte den Kopf. »Wahrscheinlich ein Unfall, und außerdem geht uns das nichts an.«

»Ja, du hast recht. Aber nehmen wir mal an, die beiden haben sich wirklich über die Stiftung und nicht in erster Linie über die Asteroiden gestritten. Was, wenn keiner der beiden es dabei bewenden lassen wollte? Also ich bin erst etwas ruhiger, wenn ich weiß, dass es sich wirklich nur um einen Unfall handelt«, sagte Faith.

Sie drehte sich um und drängte sich an den Leuten vorbei, die hinter ihnen die Stufen erklommen. Michael folgte ihr.

Sowie sie die Terrassentür erreichte, bekam Faith einen Schreck, hatte sie doch augenblicklich das Gefühl, in einen Zeitsprung geraten zu sein. Schon wieder stritten sich der Zwerg und der große Mann auf der anderen Seite des Pools. Doch diesmal war es Ed, der mit Carlo aneinandergeraten war.

»Sie haben ihn geschubst!«, rief Ed. »Larry ist nicht ausgerutscht – Sie haben ihn gestoßen!«

»Larry war dick und ungelenk«, rief Carlo. »Genau wie Sie! Ihr Dummköpfe! Ich war überhaupt nicht in seiner Nähe! Er ist gestürzt!«

Faith schaute sich um, denn sie wollte wissen, wo sich der Whirlpool befand. Am Ende der Terrasse führten ein paar Stufen auf eine kleinere Plattform, die mit dem Haus verbunden war. Dort standen drei Leute mit betroffenen Mienen und schauten offenbar den Rettungssanitätern zu.

»Larry wäre niemals von selbst auch nur in die Nähe des Whirlpools gegangen«, rief Ed erregt. »Sie haben ihn dorthin gelockt und ihn dann hineingestoßen! Sie hassen uns beide!«

»Ja, ich hasse Sie und Ihren Bruder!«, entgegnete Carlo scharf. »Aber Larry hätte sich nie von mir zum Whirlpool locken lassen. Er ist doch viel größer als ich! Er hätte mich in das Becken gestoßen!«

»Carlo! Ed! Hört sofort auf!« Plötzlich stand Sophia neben Faith auf der Schwelle der Terrassentür. Sie wartete so lange, bis auch alle in ihre Richtung schauten, und ging dann zu den beiden Männern. »Wir wissen doch gar nicht, ob Larry gestoßen wurde. Wie geht es ihm?«

»Nicht gut«, sagte einer der Männer, die an der Treppe zur Plattform standen. »Die Sanitäter haben ihn noch nicht wiederbeleben können.«

»Mörder!«, schrie Ed außer sich vor Zorn. »Polizei! Jemand muss die Polizei rufen!«

»Die ist schon unterwegs«, sagte der Mann.

»Was?«, rief Carlo. »Ich soll ein Mörder sein? Sophia! Sophia hat die Konjunktion von Pluto und Mars in ihrem zwölften Haus! Sophia wäre in der Lage, einen Mord zu begehen!«

»Ich war oben und wollte gerade mit meinem Seminar beginnen«, entgegnete Sophia ruhig. »Wer auch immer Larry gestoßen hat – wenn ihn überhaupt jemand gestoßen hat –, ich war es jedenfalls nicht. Du hast den größten Vorteil von Larrys Tod, Ed, und bei dir stehen sich Pluto und Mars genau gegenüber, also hör mit deinen Anschuldigungen auf!«

Faith bahnte sich ihren Weg zum Whirlpool.

Michael packte sie beim Arm, doch sie schüttelte seine Hand ab.

»Es gibt da noch jemanden, der damit zu tun haben könnte«, flüsterte sie. »Die andere Person, die gern Vermögensverwalter geworden wäre.«

»Die Polizei wird ihn schon finden«, flüsterte Michael zurück.

»Aber dann könnten die Beweise fort sein.«

»Was für Beweise?« Michael hatte die Frage ein wenig zu laut gestellt, sodass Faith einen mahnenden Finger an die Lippen legte.

Die Plattform mit dem Whirlpool ragte etwa einen Meter über den Boden, sodass man durch eine Glastür der Herrensuite bequem zum Whirlpool gelangte. Larry Martin lag auf den polierten Holzplanken neben dem sprudelnden Becken. Einer der Rettungssanitäter versuchte immer noch, den leblosen Mann mit Herzmassage wiederzubeleben, der andere kniete daneben. Mehrere Leute standen auf der Treppe und ließen niemanden hinauf.

Faith ging von der Terrasse auf den Rasen und näherte sich dem Whirlpool von der anderen Seite. Sie beugte sich etwas vor, um besser sehen zu können. Die Brille brauchte sie nur zum Lesen, und da sie weitsichtig war, entdeckte sie gleich, wonach sie Ausschau hielt.

»Da!«, flüsterte sie. »Am Beckenrand!«

»Was soll da sein?«

»Die grüne Feder.« Sie richtete sich wieder auf und wich von der Plattform zurück, um sicherzustellen, dass nur Michael ihre Worte hörte. »Kevin ging vor uns ins Haus, weißt du noch? Aber dann war er plötzlich wieder hinter uns, als wir in den zweiten Stock hinaufgehen wollten. Er war es, der Larry Martin beim Whirlpool aufgelauert hat.«

»Und vielen Dank, dass Sie das Beweisstück gefunden haben,

das mir zum Verhängnis werden könnte.« Offenbar hatte auch Kevin auf der kleinen Treppe zur Plattform gestanden, war jedoch von den anderen Leuten verdeckt gewesen. »Ich habe eine Pistole. Sie gehen jetzt schön langsam um das Haus herum.«

»Sie haben eine Waffe? Bei einem Astrologenkongress?« Kaum dass sie die Frage gestellt hatte, spürte Faith den Lauf der Pistole in ihrem Rücken.

»Ich war Deputy des hiesigen Sheriffs«, erwiderte Kevin. »Als Reservist habe ich immer eine Waffe bei mir. Und ich kann auch damit umgehen, obwohl ich das ungern tue.«

»Warum haben Sie Larry dann nicht einfach erschossen?«, fragte Michael trocken. Er versuchte, sich langsam von Faith zu entfernen, in der Hoffnung, die Aufmerksamkeit der anderen Leute auf sich zu ziehen, die auf der Plattform standen.

»Kommen Sie wieder zurück«, drohte Kevin ihm leise. Michael tat, wie ihm geheißen. »Ich wollte mit Larry bloß über die Vertragsklauseln der Stiftung sprechen. Aber er ging auf mich los, genau wie er auch auf Carlo losging. Stürzte sich auf mich. Ich habe mich bloß verteidigt.«

»Und warum greifen Sie mich dann an?«, fragte Faith.

»Weil ich nicht in die Sache hineingezogen werden möchte. Wenn Larry mir nicht mehr im Weg steht, werde ich zum zweiten Vermögensverwalter ernannt, solange es keine Hinweise auf ein Verbrechen gibt. Tut mir leid, Sie bedrohen zu müssen, aber wenn Sie sich bereit erklären, den Mund zu halten, können wir uns vielleicht irgendwie einig werden«, sagte Kevin.

»Ich weiß nicht, ob ich das versprechen kann«, meinte Faith.

»Natürlich halten wir den Mund«, schaltete sich Michael ein.

»Da um die Ecke«, befahl Kevin und drängte Faith unsanft mit dem Pistolenlauf weiter.

Faith hatte kaum einen Schritt gemacht, als ein Gegenstand Kevin hart am Kopf traf. Kraftlos sackte er in sich zusammen.

»Ein guter Wurf!«, rief Michael.

Neben Kevin lag ein dickes blaues Buch am Boden. Langsam kam der Mann mit dem Ohrring wieder zur Besinnung, richtete sich auf und hielt sich den Kopf. Die Waffe war ihm aus der Hand geglitten, und Faith beförderte sie mit einem gezielten Tritt weg. Als sie nach oben schaute, sah sie, dass Bobby ihnen aus einem der Fenster im zweiten Stockwerk zuwinkte.

»Ich bin Zeuge!«, rief Bobby von dort oben. »Er hat dich mit einer Waffe bedroht! Das kann ich bezeugen!«

Inzwischen waren Faith und Michael von Leuten umringt, die erst dann Platz machten, als sich ein Mann in Uniform durch die Menge der Schaulustigen drängte.

»Sie müssen alle zur Aussage ins Haus kommen«, sagte er.

Die Zeugenbefragungen dauerten bis spät in die Nacht.

Als der Detective Faith, Michael und Bobby mitteilte, dass sie jetzt gehen könnten, waren sie vollkommen erschöpft. Schweigend fuhren sie zu Faith' Wohnung.

Michael ließ den Motor laufen, während Faith neue Kraft für den kurzen Fußweg zur Haustür sammelte.

»Ich kaufe dir eine neue Ephemeride«, meinte sie. »Und danke für deine Hilfe.«

»Nichts zu danken«, erwiderte Bobby.

»Es will immer noch nicht in meinen Kopf, wie du diesen Wurf hinbekommen hast.«

»Ich war im Football-Team auf der Highschool. Manchmal spiele ich samstags noch ein bisschen bei den alten Herren mit. Außerdem hatte ich Glück.«

»Glück«, sinnierte Faith. »Ja. Diese Astrologen diskutierten darüber, wer was in seinem Horoskop hat, und Kevin wurde mit einem echten Glückstreffer ausgeschaltet.«

»Eigentlich hat Sophia den Vorfall anhand von Kevins Horoskop erläutert, während ihr noch mit dem Detective spracht«, meinte Bobby. »Es hatte nichts mit Pluto zu tun. Sie erzählte irgendetwas von Neptun.«

»Schlag mich mit einer Ephemeride zu Boden. Dann ist Ruhe«, sagte Michael müde.

»Sag so etwas nie wieder«, ermahnte Faith ihn.

»Gute Nacht.«

Originaltitel: »Not In The Stars«
Aus dem Englischen von Holger Hanowell

KELLERS HOROSKOP

von Lawrence Block

An der Ecke Bleecker Street/Broadway stieg Keller aus dem Taxi. Das war einfacher, als zu versuchen, dem haitianischen Fahrer klarzumachen, wie man zur Crosby Street kam. Zu Fuß legte er den Rest des Weges zu Maggies Wohnung zurück, die sich in einem ehemaligen Lagerhaus mit grottenhässlicher Fassade befand. Mit dem Aufzug fuhr er hinauf zu ihrem Loft in der fünften Etage.

Sie wartete bereits auf ihn, in einen schwarzen Mantel aus Segeltuch gehüllt, ähnlich denen, wie man sie in Wildwestfilmen sah. Staubmantel wurden sie auch genannt, vermutlich deshalb, weil sie lang genug waren, um einem den Staub vom Leibe zu halten. Maggie war eine eher klein gewachsene Frau – die Bezeichnung *Elfin*, fand er, passte ganz gut zu ihr –, und dieser Staubmantel reichte definitiv hinab bis zum Boden.

»Überraschung«, rief sie und riss ihren Mantel auf. Darunter zum Vorschein kam nichts als sie selbst.

Keller, der Maggie Griscomb in einer Kunstgalerie kennengelernt hatte, traf sich inzwischen seit geraumer Zeit gelegentlich mit ihr. Erst gestern hatte eine beiläufige Bemerkung von ihm Dot zu der Frage veranlasst, ob er augenblicklich mit jemandem liiert war. Die Frage hatte ihn ein wenig ins Schleudern gebracht. War er? Schwer zu sagen.

»Ach, bloß so eine oberflächliche Beziehung«, hatte er leichthin erklärt.

»Klar, was auch sonst, Keller.«

»Die Sache ist«, erwiderte er, »dass sie es so möchte. Etwa einmal die Woche treffen wir uns und steigen miteinander ins Bett.«

»Ihr geht nicht einmal essen vorher?«

»Ich hab's aufgegeben, es ihr vorzuschlagen. Sie ist ziemlich zierlich, musst du wissen, wahrscheinlich isst sie nicht viel. Vielleicht braucht sie auch einfach nur ihre Privatsphäre beim Essen.«

»Du wärest überrascht, wie viele Leute bezüglich Sex ganz ähnlich denken«, entgegnete Dot. »Jedenfalls scheint sie der sprichwörtliche Traum eines jeden Seemanns zu sein, das muss ich schon sagen. Sie besitzt nicht zufällig einen Schnapsladen?«

Maggie war eine erfolglose Künstlerin, die sich aufs Schmuckhandwerk verlegt hatte. »Der letzten Frau in deinem Leben hast du ein Paar Ohrringe spendiert«, erinnerte ihn Dot. »Diese bastelt sich ihre selbst. Was willst du ihr also schenken?«

»Nichts.«

»Wie ökonomisch. Sie kriegt keine Präsente, ihr geht nicht essen – man kann nicht gerade behaupten, dass diese Frau dein Budget stark belastet. Willst du ihr nicht wenigstens ein paar Blumen schicken?«

»Hab ich schon gemacht.«

»Na ja, das ist etwas, das man mehrmals machen kann, Keller. Das ist ja das Schöne an Blumen. Die kleinen Scheißdinger halten nie lange durch, also rupft man sie irgendwann aus der Vase und schmeißt sie weg, um Platz für neue zu schaffen.«

»Sie mag Blumen«, erwiderte er, »aber sie hat gemeint, einmal würde reichen. Ich soll das nicht noch einmal tun, hat sie gesagt.«

»Weil sie die ganze Sache klein halten will.«

»Das war wohl der Gedanke.«

»Keller«, sagte sie, »eins muss man dir lassen. Du fängst wahrhaftig nicht mit jeder Frau etwas an, aber wenn, dann pickst du dir mit Sicherheit die verdrehtesten Exemplare heraus.«

»Mann, das war echt klasse«, sagte Maggie. »Bilde ich mir das bloß ein, oder kam das einem stärkeren Erdbeben gleich?«

»Ganz weit oben auf der Richterskala«, erwiderte Keller.

»Ich dachte mir, dass es heute Abend etwas Besonderes werden würde. Wir haben morgen nämlich Vollmond.«

»Heißt das, wir hätten vielleicht noch warten sollen?«

»Meiner Erfahrung nach«, sagte sie, »ist es der Tag *vor* Vollmond, an dem ich ihn am meisten spüre.«

»Wen?«

»Den Vollmond.«

»Und was genau spürst du dann? Welche Wirkung hat er denn auf dich?«

»Er macht mich ganz kribbelig. Verstärkt meine Stimmungen. Lässt mich alles viel intensiver erleben. Das Gleiche, wie bei allen anderen, schätze ich. Was ist mit dir, Keller? Was macht der Mond denn für dich?«

Soweit es Keller betraf, war das Einzige, das der Mond für ihn tat, den nächtlichen Himmel ein wenig aufzuhellen. Als jemand, der in einer Stadt lebte, wo zahllose Lichter die Straßen beleuchteten, schenkte er dem Mond wenig Beachtung. Vermutlich wäre es ihm nicht einmal aufgefallen, wenn ihn jemand beiseitegeschafft hätte. Neumond, Halbmond, Vollmond – nur wenn inmitten all der Häuser sein Blick zufällig auf den Himmelskörper fiel, konnte er sagen, welche Phase gerade dran war.

Maggie indes widmete dem Mond offenbar mehr Aufmerksamkeit als er und maß ihm entschieden größere Bedeutung bei. Nun, wenn der Mond irgendetwas mit den irdischen Freuden zu tun hatte, die sie soeben miteinander geteilt hatten, dann war Keller ihm auf jeden Fall dankbar dafür, dass es ihn gab.

»Übrigens«, sagte sie jetzt, »in meinem Horoskop steht, dass in puncto Erotik die Zeit momentan sehr günstig für mich sei.«

»In deinem Horoskop?«

»Hm-hm.«

»Soll das etwa heißen, du liest es jeden Morgen?«

»Du meinst das in der Zeitung? Na ja, ich will nicht behaupten, dass ich nie einen Blick darauf werfe, aber ich würde mich genau so wenig auf den Ratschlag eines Zeitungshoroskops verlassen wie auf eine Empfehlung von Ann Landers, zu wem ich lieb und nett sein soll, um erfolgreich zu sein.«

»Da wir gerade bei ›lieb und nett‹ sind«, sagte er, »es ist vielleicht nicht unbedingt nötig, aber schaden könnte es auch nicht.«

»Und wer weiß«, erwiderte sie und schlang ihre Arme um ihn, »vielleicht macht es mir ja sogar Spaß.«

Eine Weile später sagte sie: »Zeitungshoroskope sind ganz witzig, so wie die *Peanuts* oder *Doonesbury,* aber sie sind eben nicht sehr präzise. Allerdings habe ich mir mein persönliches Jahreshoroskop erstellen lassen, und einmal im Jahr lasse ich es auf den neuesten Stand bringen. So weiß ich immer, was mich in den nächsten zwölf Monaten erwartet.«

»Du glaubst also an solche Sachen?«

»An Astrologie? Damit ist es doch so ähnlich wie mit der Schwerkraft, oder?«

»Sie sorgt dafür, dass nicht alles ins Weltall davonfliegt?«

»Es funktioniert, ob ich daran glaube oder nicht«, erwiderte sie. »Also kann ich es genauso gut auch tun. Übrigens glaube ich an alles.«

»Auch an den Weihnachtsmann?«

»Und an die Zahnfee. Nein, an dieses ganze esoterische Zeugs, wie Tarot zum Beispiel oder Numerologie und Handlesen und Phrenologie und –«

»Was ist das?«

»Die Schädellehre«, entgegnete sie. »Dabei geht's um die Typbestimmung anhand charakteristischer Schädelausbuchtungen.« Sie legte ihm ihre Hand auf den Kopf. »Du hast auch welche.«

»Ich hab Schädelausbuchtungen?«

»Hm-hm, aber frag mich nicht, was das bedeutet. Ich war noch nie bei einem Phrenologen.«

»Würdest du?«

»Zu einem gehen? Klar, wenn mir jemand einen guten empfehlen würde. Auf diesem Gebiet tummeln sich gute und weniger gute Leute. Du weißt schon, da gibt's diese Zigeuner in ihren kleinen Ladenlokalen, die dich bloß abzocken wollen, aber davon abgesehen findest du auch unter den seriösen Vertretern ihrer Zunft solche und solche. Einige haben den Dreh raus, und andere eben nicht. Aber das ist wohl in jeder Branche so, oder?«

In seiner auf jeden Fall.

»Was ich nicht ganz verstehe«, sagte er, »ist, wie das alles funktioniert. Was macht es denn für einen Unterschied, wie die Sterne zum Zeitpunkt meiner Geburt standen? Was soll das denn groß beeinflussen?«

»Ich kann dir auch nicht erklären, wie es funktioniert«, erwiderte sie, »oder warum es das sollte. Wieso geht das Licht an, wenn ich auf den Schalter da drücke? Wieso werde ich feucht, wenn du mich berührst? Alles ein einziges großes Mysterium.«

»Aber Schädelausbuchtungen, grundgütiger Himmel. Und Tarotkarten.«

»Manchmal stellen solche Dinge für jemanden lediglich eine Möglichkeit dar, zu seiner Intuition Zugang zu finden«, sagte sie. »Ich kannte mal eine Frau, die konnte Schuhe lesen.«

»Die Label? Ich verstehe nicht ganz.«

»Sie schaute sich ein Paar Schuhe an, die du eine Zeitlang getragen hast, und konnte dir dann was über dich selbst erzählen.«

»So was wie ›Sie sollten dringend Einlagen tragen‹?«

»Blödsinn. Dass du zu viel Kohlenhydrate zu dir nimmst, zum Beispiel, oder dass du deine feminine Seite stärker ausleben solltest, dass die Beziehung, in der du lebst, deine Kreativität unterdrückt. Solche Sachen halt.«

»Das alles nur mit einem Blick auf meine Schuhe? Und das ergibt für dich einen Sinn?«

»Ergibt denn Sinn einen Sinn? Sieh mal, weißt du, was Holismus ist?«

»So was wie Naturreis essen?«

»Nein, das ist Vollwertkost. Beim Holismus ist es so ähnlich wie mit Hologrammen, im Prinzip geht es darum, dass jede deiner Körperzellen das Abbild allen Lebens in einem Mikrokosmos darstellt. Daher kann ich auch, indem ich deine Füße massiere, deine Kopfschmerzen verschwinden lassen.«

»So was kannst du?«

»Na ja, ich selbst vielleicht nicht, aber ein Fachmann für Fußreflexzonenmassage bestimmt. Aus dem gleichen Grund ist ein Chiromant in der Lage, aufgrund der bloßen Betrachtung deiner Hände Aussagen über physische Zustände zu treffen, die mit deinen Händen eigentlich gar nichts zu tun haben. Sie lassen sich dort ablesen, ebenso wie an der Iris deiner Augen, oder an den Ausbuchtungen an deinem Schädel.«

»Oder an unseren Schuhabsätzen«, sagte Keller. »Ich hab mir auch mal aus der Hand lesen lassen.«

»Ach wirklich?«

»Vor etwa ein oder zwei Jahren. Auf einer Party, wo eine Handleserin zur Unterhaltung der Gäste engagiert worden war.«

»Wahrscheinlich war sie nicht sehr gut, wenn sie sich für Partys buchen ließ. Was hat sie dir denn Schönes erzählt?«

»Gar nichts.«

»Hast du nicht eben noch gesagt, du hättest dir aus der Hand lesen lassen?«

»Ich wollte ja. Sie aber nicht. Ich hab mich mit ihr an einen Tisch gesetzt und ihr meine Hand gezeigt. Sie sah sie sich genau an und gab sie mir wortlos und sichtlich erschrocken wieder zurück.«

»Wie furchtbar. Bestimmt warst du völlig geschockt.«

»Worüber?«

»Darüber, dass sie womöglich den drohenden Tod in deiner Hand gesehen hat.«

»Der Gedanke ist mir auch gekommen«, gab er zu. »Aber dann hab ich mir gesagt, sie ist bestimmt nur eine Schauspielerin und so was gehört zur Show. Allerdings war ich schon ein bisschen nervös, als ich das nächste Mal in ein Flugzeug stieg –«

»Darauf möchte ich wetten.«

»– aber der Flug verlief völlig normal. Wochen und Monate vergingen und nichts geschah, und ich vergaß die Sache irgendwann. Ich kann dir wirklich nicht sagen, wann ich das letzte Mal überhaupt daran gedacht habe.«

Sie streckte eine Hand aus. »Gib mal her.«

»Was?«

»Gib mir mal deine Hand. Wollen mal schauen, was das Rabenaas so aus der Fasson gebracht hat.«

»Du kannst aus der Hand lesen?«

»Nicht wirklich, aber ganz so unbedarft bin ich auch wieder nicht. Lass mal sehen, ich will auch nicht zu viel erfahren, es könnte die Unbeschwertheit unserer Beziehung gefährden. Das hier ist deine Kopflinie, dies deine Herz- und das da deine Lebenslinie. Und keine Heiratslinie. Na ja, du hast ja auch behauptet, dass du niemals verheiratet gewesen bist, und deine Hand bestätigt mir, dass du mich nicht angelogen hast. Alles in allem kann ich hier nichts erkennen, das mir Anlass dazu gäbe, dir vom Kauf einer Langspielplatte abzuraten.«

»Da bin ich aber erleichtert.«

»Aber ich wette, ich weiß, was ihr solch einen Mordsschrecken eingejagt hat. Du hast den Daumen eines Mörders.«

Keller sortierte seine Briefmarken. Dann und wann unterbrach er seine Arbeit und betrachtete seinen Daumen. Da war er also, fasste in trauter Kooperation mit seinem Zeigefinger die Pinzette, nahm einen Pergaminumschlag auf, hielt das Vergrößerungsglas. Für jedermann sichtbar, sein ganz persönliches Kainsmal. Sein Mörderdaumen.

»Es ist die besondere Art, wie dein Daumen geformt ist«, hatte Maggie ihm erklärt. »Schau mal die Rundung hier. Und nun vergleich das mal mit meinem Daumen, oder mit deinem linken, soweit das geht. Siehst du den Unterschied?«

Sie vermochte den Daumen eines Mörders deshalb zu erkennen, hatte er erfahren, weil ihre Jugendfreundin Jacqui, eigentlich ein absolut friedfertiger und sanftmütiger Mensch, genauso einen hatte. Eine Handleserin hatte Jacqui erzählt, dass es ein Mörderdaumen sei, und die beiden hatten daraufhin in einem schlauen Buch nachgeschlagen. Und tatsächlich hatten sie eine Abbildung gefunden, originalgroß und in Farbe: Der Daumen eines Mörders. Und er hatte ganz genau so ausgesehen wie der Daumen von Jacqui.

Und wie Kellers Daumen.

»Aber diese Wahrsagerin hätte dir niemals einfach so deine Hand zurückgeben dürfen«, hatte Maggie sich empört. »Ich hab keine Ahnung, ob es darüber eine Statistik gibt, aber ich bin mir ziemlich sicher, dass der größte Teil der Mörder unter uns zwei völlig normale Daumen besitzt, aber andererseits die meisten, die mit einem Mörderdaumen herumrennen, in ihrem ganzen Leben noch nie jemanden umgebracht haben. Und es auch nicht werden.«

»Wie tröstlich.«

»Wie viele Leute hast du schon auf dem Gewissen, Keller?«

»Niemanden, um Gottes willen.«

»Und? Verspürst du den Wunsch, daran in absehbarer Zeit etwas zu ändern?«

»Eigentlich nicht.«

»Dann würde ich sagen, bleib locker. Mag sein, dass du den Daumen eines Mörders hast, aber ich glaube nicht, dass du deswegen beunruhigt sein musst.«

Er war nicht beunruhigt. Nicht wirklich jedenfalls. Allerdings musste er zugeben, dass ihn das alles ein wenig verwirrte. Wie war das möglich, dass ein Mann sein Leben lang mit einem Mörderdaumen herumlief und es nicht einmal wusste? Und was bedeutete das letzten Endes überhaupt für ihn?

Er hatte seinen Fingern niemals viel Beachtung geschenkt. Sicher, es war auch ihm nicht entgangen, dass er zwei nicht völlig identische Daumen besaß, dass sein rechter Daumen ein ganz klein wenig von der Norm abzuweichen schien. Aber es war keine besonders auffällige Sache, nichts, das den anderen Kindern sofort ins Auge gesprungen wäre und ihnen Anlass gegeben hätte, ihn deswegen zu hänseln. Er hatte in all den Jahren nicht mehr Gedanken daran verschwendet als an den Nagel seines linken dicken Zehs, der von tiefen Rinnen zerfurcht war.

Der Zeh eines Killers, dachte er.

Er hatte sich gerade in eine Preisliste von France & Colonies vertieft und rang mit einigen der kleinen Entscheidungen, die ein Briefmarkensammler von Zeit zu Zeit zu treffen hatte, als das Telefon klingelte. Er griff zum Hörer. Es war Dot.

Er machte seine übliche Tour mit der Bahn, Grand Central, White Plains und wieder zurück. Dann packte er seine Tasche, bevor er sich schlafen legte, und am nächsten Morgen nahm er ein Taxi zum John F. Kennedy Airport und stieg in ein Flugzeug nach Tampa. Dort mietete er sich einen Ford Escort und fuhr nach Indian Rock Beach, ein Name, der mehr nach einer Schlagzeile in *Variety* klang als nach einem Ort, an dem es sich zu leben lohnte. Und auch wenn er dort nirgends auf Indianer oder Felsbrocken stieß, so war der Strand doch nicht zu verfehlen. Es war ein sehr schöner Strand, und Keller konnte durchaus verstehen, warum es hier so viele Eigentumswohnungen und Timesharing-Urlaubsimmobilien gab.

Die Person, nach der Keller suchte, ein Mann aus Ohio namens Stillman, war gerade erst für einen einwöchigen Aufenthalt im

Gulf Water Towers eingetroffen – Apartment im vierten Stock mit Blick aufs Meer. In der Eingangshalle konnte Keller einen Sicherheitsmann entdecken, aber er nahm an, dass an ihm vorbeizukommen nicht halb so schwer sein würde, wie hinter die Maginot-Linie zu gelangen.

Doch war das überhaupt notwendig? Stillman war soeben aus dem tristen Cincinnati hier angekommen. Wie lange würde es wohl dauern, bis er sein Zimmer verließ? Wahrscheinlich nicht länger als unbedingt erforderlich, vermutete Keller. Der Mann würde sich in der Sonne aalen, vielleicht ein wenig im Golf herumplantschen und sich danach noch einmal die Hitze auf den Pelz brennen lassen.

Unter den Sachen, die Keller eingepackt hatte, befand sich auch eine Badehose. In der nächsten freien Umkleidekabine, die er fand, zog er sie an. Zwar hatte er kein Handtuch, auf das er sich legen konnte – bislang hatte er nicht einmal ein Zimmer –, aber er konnte sich ja immer noch auf dem Sandstrand ausbreiten.

Was allerdings nicht nötig war, wie sich herausstellte. Als er den öffentlichen Badestrand entlangwanderte, fiel sein Blick auf eine Frau, die, ihre Hände zu einer Schale geformt, auf einen Mann zueilte. Schon hatte sie das Wasser, das sie herbeitrug, über dem Mann ausgeschüttet, der sogleich mit einem Sprung auf den Beinen war und der Fliehenden nachsetzte. Kurz darauf stürzten sich die beiden lachend in die Fluten und balgten miteinander herum. Ein Paradebeispiel für hormongesteuerte Ausgelassenheit also, und Keller ging davon aus, dass sie sich noch eine ganze Weile im Wasser verlustieren würden. Die beiden hatten am Strand zwei Badetücher zurückgelassen, gewöhnliche weiße Frotteelaken, wie es sie zu Tausenden gab. Keller entschied, dass sie nur eines davon brauchten, wenn sie des Herumplantschens müde geworden waren und es satt hatten, sich gegenseitig die Köpfe unter Wasser zu tauchen.

Unauffällig schnappte er sich eines der Badetücher und zog sich diskret zurück. Am Privatstrand für die Gäste des Gulf Water Towers breitete er es vor sich aus. Ein rascher Blick nach links und rechts überzeugte ihn davon, dass niemand in der Nähe war, der George Stillman auch nur annähernd ähnlich sah, und so streckte er sich auf dem Rücken aus und schloss die Augen. Die Sonne, in New York um diese Jahreszeit eine absolut seltene Erscheinung, war in Florida offensichtlich gänzlich zu Hause. Und sie fühlte sich herrlich an auf der Haut.

Wenn es eine Weile dauern sollte, bis er Stillman fand, so war dies Keller ganz recht.

Doch das tat es nicht.

Etwa eine halbe Stunde später öffnete er wieder die Augen, richtete sich auf und schaute sich um. Er kam sich ein bisschen vor wie Punxsutawny Phil am Tag des Murmeltiers. Da er weder Stillman noch seinen eigenen Schatten ausmachen konnte, legte er sich kurzerhand wieder hin und schloss erneut die Augen.

Als er sie das nächste Mal öffnete, geschah dies, weil er jemanden fluchen hörte. Wieder setzte er sich auf. Keine zwanzig Meter von ihm entfernt stand ein bulliger Mann, mit Hängebacken und beginnender Glatze, und beschimpfte seine rechte Hand nach allen Regeln der Kunst.

Wieso war der Kerl nur so sauer auf seine Hand? Natürlich konnte es sein, dass er einen Mörderdaumen hatte, doch was änderte das? Keller hatte selbst einen, hatte aber trotzdem noch nie das Bedürfnis verspürt, in einer solchen Weise mit ihm zu reden.

Ach so, verdammt, natürlich. Der Typ telefonierte mit seinem Handy. Und, bei Gott, es war Stillman! Keller hatte dem Gesicht des Mannes zunächst kaum Aufmerksamkeit geschenkt, die wütende Stimme und der tonnenförmige, von einem dichten schwarzen Pelz überwucherte Oberkörper hatten ihn völlig davon abgelenkt. Nichts von dieser Massigkeit war zu erkennen gewesen auf dem Porträt des Mannes, das Dot ihm gezeigt hatte, und dabei war es das, was man zuerst von ihm wahrnahm. Aber es war Stillman, keine Frage, und da stand er, direkt vor ihm. War das nicht ungemein praktisch?

Als Stillman sich in die Sonne legte, tat Keller es ihm gleich. Als Stillman aufstand und zum Wasser ging, erhob sich Keller ebenfalls von seinem Handtuch. Als Stillman hineinwatete, um sich mutig in die Brandung zu stürzen, hielt Keller sich in seinem Kielwasser.

Doch als Keller wieder ans Ufer kam, war von Stillman nichts mehr zu sehen.

Und als Keller den Strand verließ, über dem Arm zwei Badetücher und in der Hand ein Mobiltelefon, war Stillman noch immer nicht wieder aus dem Wasser aufgetaucht.

Wieso ausgerechnet der Daumen?

Keller, wieder zurück in New York, grübelte über genau dieser Frage. Er konnte einfach nicht begreifen, was ein Daumen mit Mord zu tun haben sollte. Wenn man einen Revolver benutzte, dann war es der Zeigefinger, der den Abzug betätigte. Gebrauchte man ein Messer, so hielt man es in der Handfläche und legte sämtliche Finger um den Griff. Zwar mochte hierbei auch der Daumen gegen den Knauf gepresst sein, als eine Art stabilisierende Führung, doch es war durchaus möglich, dass selbst jemand ohne Daumen es schaffte, das spitze Ende eines Messers genau dort zu versenken, wo er es haben wollte.

Benötigte man seine Daumen, wenn man jemanden strangulierte? Er ahmte den Ablauf nach, ließ seine Hände sich erinnern, konnte jedoch nicht feststellen, dass die Daumen eine besondere Rolle dabei spielten. Okay, manuelles Erwürgen, das war etwas anderes, dazu brauchte man die Daumen, und zwar beide, sonst würde man ziemlich schnell Probleme bekommen.

Aber trotzdem. Wieso der *Daumen* eines Mörders?

»Eins kapier ich nicht«, sagte Dot. »Du fährst in irgend so ein elendes Kaff am Arsch der Welt und treibst dich dort ein oder zwei geschlagene Wochen herum. Und dann fliegst du mitten im kältesten New Yorker Winter in ein Urlaubsparadies und bist noch am gleichen Tag wieder zu Hause. Am gleichen Tag!«

»Es bot sich mir eine einmalige Gelegenheit, und ich hab sie genutzt«, erklärte er. »Eine solche Chance hätte ich wahrscheinlich kein zweites Mal bekommen.«

»Ich weiß, Keller, und ich will mich ja auch weiß Gott nicht beschweren. Ich find's nur einfach eine Affenschande, das ist alles. Da kommst du, kommt ihr beide, geradewegs mit dem Flieger aus dem kalten Norden, und bevor auch nur einer von euch die Kälte aus den Knochen hat, bist du schon wieder auf dem Rückflug nach New York, und Stillman nähert sich rapide Zimmertemperatur an.«

»Wassertemperatur.«

»Von mir aus auch das.«

»Etwa so wie in der Badewanne.«

»Wie schön«, sagte sie. »Er hätte sich darin also auch hervorragend die Pulsadern aufschneiden können, aber nachdem du ihm den Kopf etliche Minuten lang unter Wasser gehalten hast, hat er dazu ja wohl keine Veranlassung mehr gehabt. Aber hättest du nicht wenigstens ein paar Tage warten können? Du hättest ein bisschen Farbe bekommen, und er wäre nicht ganz so blass über den Jordan gegangen. Ich meine, wenn man vor seinen Schöpfer tritt, da will man doch möglichst gut aussehen.«

»Sicher«, erwiderte er. »Sag mal, Dot, ist dir eigentlich mal was Merkwürdiges an meinem Daumen aufgefallen?«

»An deinem Daumen?«

»Ja, an dem hier. Findest du nicht, dass er ein bisschen komisch aussieht?«

»Weißt du«, sagte sie, »das war wohl der krasseste Themenwechsel, der mit jemals untergekommen ist. Um ein Haar hätte ich tatsächlich glatt vergessen, worüber wir gesprochen haben, bevor du von deinem Daumen angefangen hast.«

»Und?«

»Die Frage war also ernst gemeint? Na gut, dann zeig mal her. Hm, für mich sieht er aus wie ein ganz gewöhnlicher alter Daumen. Wie heißt es doch so schön? Kennst du einen, kennst du …«

»Du verstehst nicht, Dot. Darum geht es ja gerade, dass sie eben nicht identisch sind. Siehst du die Krümmung von dem anderen hier?«

»Oh, ja, genau. Er ist ein bisschen …«

»Oh-oh.«

»Sehen denn meine gleich aus?« Dot betrachtete ihre Daumen. »Ja, die gleichen sich wie ein Ei dem anderen. Der eine hat hier unten eine kleine Narbe, aber frag mich nicht, woher die stammt, ich kann mich absolut nicht erinnern. Okay, Keller, du hast mich überzeugt: Du hast einen ungewöhnlichen Daumen.«

»Glaubst du an Bestimmung, Dot?«

»Halt, stopp! Keller, entscheide dich mal für einen Kanal. Ich dachte, wir reden gerade über Daumen.«

»Ich musste nur gerade an Louisville denken.«

»Ich nehm dir gleich die Fernbedienung weg, Keller. Sie ist bei dir in denkbar schlechten Händen. Was ist mit Louisville?«

»Erinnerst du dich noch daran, dass ich dort war?«

»Lebhaft. Basketball spielende Kinder, ein Typ in einer Garage, und, wenn ich mich recht entsinne, der subtile Zauber von Kohlenmonoxid.«

»Genau.«

»Und?«

»Weißt du noch, was für ein komisches Gefühl ich bei der Sache hatte? Und dann wurde in dem Hotelzimmer, das ich kurz zuvor gegen ein anderes eingetauscht hatte, ein Pärchen ermordet, und –«

»Ja, ja, ich erinnere mich an die Geschichte, Keller. Was ist damit?«

»Ich hab mich nur gerade gefragt, wie viel in unserem Leben vorherbestimmt, Schicksal ist. Ob der Mensch tatsächlich eine Wahl hat.«

»Wenn wir eine Wahl hätten«, entgegnete sie, »könnten wir uns vielleicht über andere Dinge unterhalten.«

»Ich hab niemals darauf hingearbeitet, das zu werden, was ich bin. Es ist ja nicht so, dass ich an der Highschool einen Eignungstest gemacht und der Typ von der Berufsberatung mich beiseitegenommen hätte, um mir eine Karriere als Auftragskiller ans Herz zu legen.«

»Du bist einfach so da reingeschliddert, hab ich recht?«

»Das hab ich bisher auch immer gedacht. Genau so habe ich es empfunden. Aber mal angenommen, ich erfülle lediglich mein Schicksal?«

»Was weiß ich«, entgegnete sie. Sie neigte den Kopf. »Sollten wir nicht für etwas Musik im Hintergrund sorgen? In einer von den Seifenopern, die ich mir manchmal anschaue, machen sie das bei solchen Gesprächen immer so.«

»Dot, ich habe den Daumen eines Mörders.«

»Du lieber Himmel, jetzt sind wir wieder bei dem Daumen. Wie machst du das bloß, und wovon, zum Teufel, redest du überhaupt?«

»Handlesen«, erwiderte er. »In der Handlesekunst wird ein Daumen wie meiner Mörderdaumen genannt.«

»In der Handlesekunst?«

»Genau.«

»Ich gebe ja zu, dass dein Daumen etwas ungewöhnlich aussieht«, sagte sie, »obwohl mir das in all den Jahren, die ich dich kenne, nie aufgefallen ist, und wahrscheinlich auch nie aufgefallen wäre, wenn du mich nicht mit der Nase drauf gestoßen hättest. Aber an welcher Stelle kommt dabei der Mörder ins Spiel? Bringst du die Leute etwa um, indem du mit dem Daumen über ihre Lebenslinie fährst?«

»Ich nehme an, du machst rein gar nichts mit deinem Daumen.«

»Ich kann mir einfach nicht vorstellen, was du mit ihm machen *könntest,* abgesehen von Trampen. Oder von unflätigen Gesten.«

»Alles, was ich weiß«, antwortete er, »ist, dass ich einen Mörderdaumen habe und nur vom Kind zum Erwachsenen heranwuchs, um als Mörder zu enden.«

»Ich sehe schon die Schlagzeilen vor mir: ›Sein Daumen zwang ihn zum Töten.‹«

»Oder war es vielleicht umgekehrt? Möglicherweise war mein Daumen bei der Geburt ja völlig normal und hat sich erst verändert, als sich mein Charakter veränderte.«

»Das klingt völlig meschugge«, sagte sie, »aber auf jeden Fall ist das etwas, das sich klären lassen sollte. Immerhin läufst du bereits dein Leben lang mit diesem Daumen herum. *Ist* er denn schon immer so gewesen?«

»Woher soll ich das wissen? Ich hab mich nie großartig um ihn gekümmert.«

»Keller, es ist dein Daumen.«

»Aber muss mir deshalb auch automatisch aufgefallen sein, dass er sich von anderen unterscheidet? Ich habe keine Ahnung, Dot. Vielleicht sollte ich jemanden aufsuchen.«

»Das wäre bestimmt nicht die schlechteste Idee«, meinte Dot. »Aber ich würde es mir zweimal überlegen, bevor ich mich unter irgendwelche Medikamente setzen ließe.«

»Das meine ich nicht«, erwiderte er.

Die Astrologin entsprach in keinster Weise dem, was er sich vorgestellt hatte.

Schwer zu sagen, was er erwartet hatte. Vielleicht jemanden mit tonnenweise Make-up im Gesicht, langem, zu einem Knoten hochgestecktem schwarzen Haar und großen runden Ohrringen – irgendetwas zwischen einer jungen Zigeunerwahrsagerin und einer Hippiebraut.

Louise Carpenter hingegen war eine liebenswürdige Frau in den Vierzigern, die in dem endlosen Kampf um den Erhalt ihrer mädchenhaften Figur offensichtlich längst das Handtuch geworfen hatte. Sie hatte große blaugrüne Augen, einen pflegeleichten Kurzhaarschnitt und bewohnte ein gemütlich möbliertes Apartment in der West End Avenue. Sie trug lässig-bequeme Kleidung, las Liebesromane, aß gern Schokolade und schien alles in allem sehr im Einklang mit sich selbst zu sein.

»Es wäre hilfreich«, sagte sie zu Keller, »wenn ich die genaue Uhrzeit Ihrer Geburt wüsste.«

»Ich glaube nicht, dass ich das noch herausfinden kann.«

»Ihre Mutter ist von Ihnen gegangen?«

War sie von ihm gegangen? Im Stich gelassen, dachte er, würde es wohl eher treffen. »Sie ist schon vor vielen Jahren gestorben«, erwiderte er.

»Und Ihr Vater ...«

»Starb vor meiner Geburt«, sagte Keller, von einigen Zweifeln geplagt, ob dies tatsächlich stimmte. »Sie fragten mich bereits am Telefon, ob es noch irgendjemanden gäbe, der sich daran erinnert. Nein, ich bin der Einzige, der noch übrig geblieben ist, und ich kann mich an rein gar nichts erinnern.«

»Man kann eine Menge früher Erinnerungen wieder an die Bewusstseinsoberfläche holen«, sagte sie und schob sich rasch ein Stück Schokolade in den Mund. »Erinnerungen, die in manchen Fällen bis zur Geburt zurückreichen. Ich kenne sogar Leute, die sich an ihre eigene Zeugung erinnern. Aber ich weiß nicht recht, was ich davon halten soll. Ist es Erinnerung, oder ist es erst später erworbene und abgespeicherte Kenntnis? Abgesehen davon haben Sie zu dem Zeitpunkt vermutlich auch keine Uhr umgehabt.«

»Ich habe mir wirklich den Kopf darüber zermartert«, entgegnete er. »Ich kenne zwar den Namen des Arztes nicht, und es ist gut möglich, dass er ebenfalls schon tot ist, aber immerhin habe ich eine Kopie von meiner Geburtsurkunde gefunden. Leider ist darauf nicht die exakte Uhrzeit meiner Geburt vermerkt, lediglich das Datum. Aber vielleicht gibt es ja bei der Meldebehörde irgendwelche Akten, die Aufschluss darüber geben, was meinen Sie?«

»Gut möglich«, sagte sie, »aber machen Sie sich keine Sorgen deswegen. Wir kriegen das schon raus.«

»Übers Internet? Oder so etwas in der Art?«

Sie lachte. »Aber nein. Sie sagten, dass Ihre Mutter erwähnt hat, sie sei frühmorgens ins Krankenhaus eingeliefert worden?«

»Das hat sie mir jedenfalls erzählt.«

»Und Sie waren eine ziemlich problemlose Geburt.«

»Als die Wehen einsetzten, so hieß es, kam ich auch schon heraus.«

»Sie konnten es nicht abwarten. Und so kamen Sie im Zeichen Zwilling zur Welt, John, und … ich darf Sie doch John nennen?«

»Wie Sie möchten.«

»Wie spricht man Sie denn im Allgemeinen an?«

»Keller.«

»Sehr schön, Mr. Keller. Wir können das Ganze auch gern in etwas formellerem Ton abhalten, wenn Ihnen das lieber ist, es –«

»Nicht Mr. Keller«, unterbrach er sie. »Einfach nur Keller.«

»Oh.«

»So reden mich die Leute normalerweise an.«

»Ich verstehe. Nun, Keller … nein, ich glaube nicht, dass es so funktioniert. Ich fürchte, ich werde Sie John nennen müssen.«

»Okay.«

»In der Highschool haben wir uns immer beim Nachnamen genannt. In gewisser Weise gab es uns das Gefühl, erwachsen zu sein. ›Hey, Carpenter, hast du die Mathe-Hausaufgaben gemacht?‹ Wie dem auch sei, ich kann unmöglich Keller zu Ihnen sagen.«

»Kein Problem.«

»Ich weiß, ich bin ein wenig neurotisch, aber …«

»John ist völlig in Ordnung, wirklich.«

»Nun gut«, sagte sie, eine andere Sitzposition einnehmend. »Sie sind Zwilling, John, wie Sie sicherlich wissen. Ein später Zwilling, 19. Juni, also hart an der Grenze zum Krebs.«

»Ist das gut?«

»In der Astrologie gibt es kein gut oder schlecht, John. Allerdings ist es gut in dem Sinne, dass ich gern mit Zwillingen zusammenarbeite. Ich finde, es ist ein äußerst interessantes Sternzeichen.«

»Und wieso?«

»Die Dualität. Der Zwilling ist das Zeichen der Zweiheit, Sie verstehen?« Sodann klärte sie ihn ausführlich über die Eigenschaften seines Sternzeichens auf, und er nickte eifrig dazu, beipflichtend, doch nicht wirklich bei der Sache. Schließlich sagte sie: »Der spannendste Aspekt beim Zwilling ist für mich sein Verhältnis zur Wahrheit. In diesem Punkt existiert bei Zwillingen naturgemäß stets eine gewisse Ambivalenz, da in ihrer Einstellung zur Wahrheit immer auch die Stimme ihres Gegenparts im Tierkreis Widerhall findet. Ich spreche natürlich vom Schützen, der in seiner typischsten Ausprägung nicht einmal dann in der Lage wäre, die Unwahrheit zu sagen, wenn sein Leben davon abhinge. Ein Zwilling dagegen ist durchaus fähig zu lügen, ohne auch nur mit der Wimper zu zucken, obwohl er jedoch zeitweilig die gleiche entwaffnende Offenheit an den Tag zu legen vermag wie ein Schütze.«

»Aha.«

Auch der Krebs, in dessen Wirkungsbereich seine Sonne stand, hatte Einfluss auf ihn, wie sie ihn wissen ließ. Zudem hatten zum Zeitpunkt seiner Geburt einige Planeten ebenfalls in diesem Zeichen gestanden. Und sein Mond stand im Zeichen Stier, wie er erfuhr, und das war die denkbar günstigste Position, die sein Mond einnehmen konnte. »Der Mond befindet sich im Zeichen des Stiers im Aufstieg «, erklärte sie. »Ist Ihnen im Laufe Ihres Lebens jemals aufgefallen, dass sich für Sie immer alles zum Besten wendet, auch wenn es mal nicht danach aussieht. Und gibt es da nicht eine innere Mitte, eine Art Fels in der Brandung, die Ihnen stets sagt, wer Sie sind?«

»Was den zweiten Punkt betrifft, bin ich mir nicht sicher«, sagte er. »Schließlich bin ich jetzt hier, oder?«

»Möglicherweise hat der Mond im Stier Sie zu mir geführt.« Sie angelte sich ein weiteres Stück Schokolade. »Ihr Aszendent lässt sich nur anhand des Zeitpunkts Ihrer Geburt ermitteln und ist in vielerlei Hinsicht von entscheidender Bedeutung, aber in Ermangelung verfügbarer Informationen bin ich gerne bereit, ihn mithilfe meiner Intuition herauszufinden. Mein Fachgebiet ist die Astrologie, John, doch sie ist nicht das alleinige Hilfsmittel, dessen ich mich bediene. Ich besitze übersinnliche Kräfte, ich kann Dinge spüren. Meine Eingebung sagt mir, dass Ihr Aszendent der Krebs ist.«

»Wenn Sie das sagen.«

»Und auf der Basis dieser Annahme habe ich ein Horoskop für Sie erstellt. Ich könnte Ihnen jetzt eine Menge wissenschaftliches Zeug zu dieser Grafik erzählen, aber ich bezweifle, dass Sie das sonderlich interessiert, liege ich da richtig?«

»Sie besitzen in der Tat übersinnliche Kräfte.«

»Daher lassen Sie es mich, anstatt lang und breit über Dreiecke und Quadrate und Aspekte zu dozieren, einfach so sagen: Es ist eine äußerst interessante Horoskopgrafik. Sie sind ein sehr sanftmütiger Mensch, John.«

»Ach ja?«

»Aber es gibt viel Gewalt in Ihrem Leben.«

»Oh.«

»Das ist die berühmte Dualität des Zwillings«, fuhr sie fort. »Auf der einen Seite sind Sie ein fürsorglicher, empfindsamer, friedliebender, ja, überaus friedliebender Mensch. Sind Sie jemals richtig wütend geworden, John?«

»Nicht sehr oft.«

»Nein, und ich glaube auch nicht, dass Sie jemand sind, der seine

Wut unterdrückt. Meiner Erfahrung nach ist das keine Sache der Erziehung. Aber um Sie herum herrscht Gewalt, habe ich recht?«

»Es ist eine gewalttätige Welt, in der wir leben.«

»Ihr ganzes Leben lang waren Sie permanent von Gewalt umgeben. Sie sind praktisch untrennbar mit ihr verbunden, doch auf eigentümliche Weise sind Sie bisher von ihr unberührt geblieben.« Sie tippte auf das Radix, auf dem all seine Sterne und Planeten eingezeichnet waren. »Sie haben kein ganz einfaches Horoskop«, stellte sie fest.

»Habe ich nicht?«

»Eigentlich ist das etwas, worüber man sich freuen sollte. Ich habe schon Horoskope gesehen von Menschen, die ohne jegliche problematische Oppositionen zur Welt gekommen sind, ohne irgendeinen komplizierenden Aspekt. Und sie alle führten schließlich ein Leben, in dem nicht wirklich viel geschah. Sie mussten sich nie besonderen Herausforderungen stellen, waren niemals gezwungen, die ihnen innewohnenden Möglichkeiten auszuschöpfen, und das Ende vom Lied war ein Dasein, das leidliche Bequemlichkeit versprach, ein sicherer Job und die Aussicht, dem eigenen Nachwuchs in behüteten Vorstadtnestern beim Heranwachsen zuzusehen. Und nie hat auch nur einer von ihnen etwas fürchterlich Interessantes aus sich gemacht.«

»Ich habe auch nicht viel aus mir gemacht«, wandte er ein. »Ich bin weder jemals verheiratet gewesen, noch habe ich ein Kind in die Welt gesetzt. Oder ein Unternehmen gegründet, oder für irgendein Amt kandidiert, oder einen Baum gepflanzt, ein Theaterstück geschrieben, oder … oder …«

»Ja?«

»Es tut mir leid«, sagte er. »Ich hätte nicht gedacht, dass es mich …«

»Emotional so aufwühlt?«

»Ja.«

»Das passiert jedes Mal.«

»Oh.«

»Erst neulich habe ich einer Frau erzählt, dass ihr Jupiter und ihre Sonne zueinander im Quadrat standen, ihr Jupiter und ihr Mars jedoch trigonal, und sie ist in Tränen ausgebrochen.«

»Ich wüsste nicht einmal, was das bedeutet.«

»Wusste sie auch nicht.«

»Oh.«

»Anhand Ihres Horoskops lässt sich sehr vieles erkennen. Sie machen gerade eine schwere Zeit durch, nicht wahr?«

»Ich schätze, dann wird es wohl so sein.«

»Nicht finanziell gesehen. Ihr Jupiter ... – nun ja, Sie sind nicht eben reich, und werden es wohl auch niemals sein, aber Geld scheint immer irgendwie da zu sein, wenn Sie welches brauchen, stimmt's?«

»Geld war nie mein Problem.«

»Und wird es auch nie sein. Es gab in den letzten paar Jahren stets etwas, für das Sie es ausgegeben haben –« Briefmarken, dachte er »– und das ist gut so, weil Sie damit ein wenig Freude aus Ihren Investitionen ziehen. Aber Sie werden niemals Ihr Budget überschreiten und immer in der Lage sein, neues Geld zu verdienen.«

»Das ist gut.«

»Aber Sie sind nicht wegen Geldsorgen zu mir gekommen.«

»Nein.«

»Geld bedeutet Ihnen nicht allzu viel. Es gefällt Ihnen, es zu besitzen, und Sie geben es auch gern wieder aus, aber Sie haben sich nie besonders viele Gedanken darum gemacht.«

»Nein.«

»Ich habe hier mal ein Solarhoroskop für Sie vorbereitet«, fuhr sie fort, »um Ihnen eine Vorstellung davon zu vermitteln, was in den nächsten zwölf Monaten auf Sie zukommen wird. Manche Astrologen sind diesbezüglich sehr präzise – ›Der 17. Juli ist das perfekte Datum, um ein neues Projekt in Angriff zu nehmen, und denken Sie am 5. September nicht einmal daran, sich auf irgendein Gewässer zu begeben‹. Mein Ansatz ist da eher allgemeinerer Art, und … John? Warum halten Sie Ihre rechte Hand so komisch?«

»Wie bitte?«

»Mit den Fingern um den Daumen? Haben Sie ein Problem mit ihm?«

»Nein, eigentlich nicht.«

»Ich habe Ihren Daumen längst gesehen, John.«

»Oh.«

»Hat Ihnen irgendwann mal jemand etwas über Ihren Daumen erzählt?«

»Ja.«

»Dass es ein Mörderdaumen ist, stimmt's?« Sie verdrehte die Augen. »Handleser«, stöhnte sie.

»Sie glauben nicht daran?«

»Selbstverständlich glaube ich daran, aber dieses Thema ist wie geschaffen für krasse, extrem grobe Vereinfachungen.« Sie streckte die Arme aus und nahm seine Hand. Ihre Hände fühlten sich fleischig an und weich, aber nicht wirklich unangenehm. Mit den Fingerspitzen fuhr sie seinen Daumen entlang, seinen mörderischen Daumen.

»Sich ein einzelnes anatomisches Merkmal herauszupicken und es dann mit einem solch dramatischen Fachausdruck zu belegen«, sagte sie kopfschüttelnd. »Noch nie hat ein Daumen irgendjemanden dazu veranlasst, seine Mitmenschen umzubringen.«

»Und wieso nennt man ihn dann so?«

»Ich fürchte, ich bin in Chiromantie nicht allzu bewandert. Ich nehme an, jemand hat irgendwann einmal diese Besonderheit bei ein paar berüchtigten Mördern festgestellt, dem Kind einen Namen gegeben und dann auch gleich für die Verbreitung des Begriffes gesorgt. Ich bin mir nicht einmal sicher, ob er statistisch tatsächlich häufiger bei Mördern als unter der normalen Bevölkerung zu finden ist. Ich bezweifle, dass *irgendjemand* das weiß. John, es ist eine völlig unbedeutende Eigentümlichkeit, nicht wert, überhaupt zur Kenntnis genommen zu werden.«

»Aber Sie haben meinen Daumen zur Kenntnis genommen«, entgegnete er.

»Mein Blick ist ganz zufällig darauf gefallen.«

»Und Sie haben sofort begriffen. Sie haben kein Wort darüber verloren, bis Ihnen auffiel, dass ich ihn in der Faust verberge. Das geschah völlig unbewusst, ich hab es nicht einmal bemerkt.«

»Ich verstehe.«

»Also muss etwas dran sein«, stellte er fest, »denn wieso sollte er Ihnen sonst aufgefallen sein?«

Sie hielt immer noch seine Hand. Keller hatte im Laufe der Jahre die Erfahrung gemacht, dass dies eine Art war, auf die eine Frau jemandem mitteilte, dass sie interessiert an ihm war. Frauen berührten einen oft auf völlig unschuldige Weise, an der Hand oder am Arm oder an der Schulter, oder sie hielten die Hand ihres Gegenübers länger, als sie eigentlich sollten. Wenn ein Mann so etwas machte, war das sexuelle Belästigung, doch für eine Frau war es ein legitimes Mittel, den anderen wissen zu lassen, dass sie nichts dagegen hätte, ein klein wenig belästigt zu werden.

Aber dies hier war etwas anderes. Nicht das geringste erotische Knistern ging von dieser Frau aus. Wäre er aus Schokolade gewesen, hätte er sich vielleicht Sorgen machen müssen, aber jemand aus Fleisch und Blut war in ihrer Nähe vollkommen sicher.

»John«, sagte sie, »ich habe bewusst darauf geachtet.«

»Geachtet worauf?«

»Auf Ihren Daumen. Oder auf irgendetwas anderes, das mir bestätigen könnte, was ich längst über Sie wusste.«

Sie schaute ihm in die Augen, während sie sprach, und er fragte sich, wie viel von seinem jähen Schrecken sich in ihnen widerspiegelte. Er versuchte, keine Reaktion zu zeigen, doch wie sollte man verhindern, dass das, was man empfand, dem Gegenüber gänzlich verborgen blieb?

»Und das wäre, Louise?«

»Was ich über Sie weiß?«

Er nickte.

»Dass Ihr Leben voller Gewalttätigkeit ist, aber ich glaube, das erwähnte ich bereits.«

»Sie sagten, dass ich sanftmütig und nicht von Zorn erfüllt bin.«

»Aber Sie waren gezwungen, Menschen zu töten, John.«

»Wer hat Ihnen das erzählt?« Inzwischen hielt sie nicht mehr seine Hand. Hatte sie sie losgelassen? Oder hatte er sie ihr entzogen?

»Wer mir das erzählt hat?«

Maggie, schoss es ihm durch den Kopf. Wer sollte es sonst gewesen sein? Maggie war die einzige gemeinsame Bekannte, die sie hatten. Aber woher wusste Maggie davon? Für sie war er bloß ein Spießer, wie er im Buche stand, auch wenn er ein Singleleben im Herzen der Innenstadt führte.

»Na ja«, meinte sie, »ich hab da so meine Quellen.«

Sein Herz hämmerte wie wild. Was hatte sie da eben gesagt? Das konnte doch unmöglich sein.

»Schauen wir mal, John. Hier steht Saturn, und hier Mars, und dort Merkur, nicht zu vergessen.« Ihre Stimme war so sanft, ihr Blick so voller Mitgefühl. »John«, sagte sie, »es steht hier, in Ihrem Horoskop.«

»Meinem Horoskop?«

»Ich habe es sofort gespürt. Als ich an Ihrem Horoskop gearbeitet habe, traf es mich wie ein Peitschenschlag, und als Sie geläutet haben, wusste ich, dass ich einem Mann die Tür öffnen würde, der bereits mehrere Menschen auf dem Gewissen hat.«

»Es wundert mich, dass Sie unseren Termin nicht abgesagt haben.«

»Ich gebe zu, dass ich es kurz in Erwägung gezogen habe. Aber irgendetwas sagte mir, dass ich es nicht tun sollte.«

»Ein kleines Vögelchen vielleicht?«

»Eine innere Stimme. Vielleicht war es aber auch nur Neugier. Ich wollte wissen, wie Sie aussehen.«

»Und?«

»Nun, mir war augenblicklich klar, dass mir bei Ihrem Horoskop kein Fehler unterlaufen war.«

»Wegen meines Daumens?«

»Nein, obwohl es eine ganz interessante Übereinstimmung war. Und am aufschlussreichsten daran war, wie krampfhaft Sie sich Mühe gaben, ihn vor mir zu verbergen. Doch die Schwingungen, die ich von Ihnen empfing, waren noch viel aufschlussreicher für mich.«

»Schwingungen?«

»Ich weiß nicht, wie ich es sonst ausdrücken soll. Manchmal erfasst der intuitive Teil unseres Verstandes Dinge, für die unsere fünf Sinne blind und taub sind. Manchmal *weiß* man etwas einfach.«

»Ja.«

»Mir war klar, dass Sie ...«

»Ein Killer sind?«, schlug er vor.

»Na ja, jedenfalls jemand, der schon mal getötet hat. Und zudem in einer sehr leidenschaftslosen Art und Weise. Es ist nichts Persönliches dabei im Spiel, nicht wahr, John.«

»Ab und an kommt eine persönliche Komponente hinzu.«

»Aber nicht sehr häufig.«

»Nein.«

»Es ist ein Job.«

»Ja.«

»John? Sie müssen keine Angst vor mir haben.«

Konnte sie etwa seine Gedanken lesen? Er hoffte, nicht. Denn was ihm in diesem Moment durch den Kopf ging, war nicht, dass er Angst vor ihr hatte, sondern was er ihr unter Umständen anzutun gezwungen war.

Und er wollte ihr nichts antun. Sie war eine nette Frau, und irgendwie hatte er das Gefühl, dass sie ihm Dinge zu sagen vermochte, bei denen er gut daran tat, sie sich anzuhören.

»Sie brauchen nicht zu befürchten, dass ich etwas unternehmen werde oder auch nur irgendjemandem irgendetwas erzähle. Nicht einmal meine Missbilligung müssen Sie befürchten.«

»Ach?«

»Ich fälle nur selten ein moralisches Urteil, John. Je mehr ich erblicke, desto weniger bin ich in der Lage zu sagen, was falsch oder richtig ist. Nachdem ich es geschafft habe, mich selbst zu akzeptieren –« sie grinste und schnappte sich abermals ein Stück Schokolade »- fällt es mir auch leichter, andere Menschen zu nehmen, wie sie sind. Mit Daumen und allem.«

Er betrachtete seinen Daumen. Dann hob er den Blick und sah ihr in die Augen.

»Übrigens«, sagte sie mit sanfter Stimme, »ich denke, Sie haben Ihr Leben bisher wunderbar gemeistert, John.« Sie tippte auf sein Horoskop. »Ich weiß, womit Sie angefangen haben. Und ich finde, Sie haben sich großartig gemacht.«

Er wollte etwas erwidern, aber die Worte blieben ihm im Halse stecken.

»Es ist schon in Ordnung«, sagte sie. »Lassen Sie es raus, und weinen Sie sich aus. Sie sollten sich niemals Ihrer Tränen schämen, John. Es ist völlig okay.«

Dann zog sie seinen Kopf an ihre Brust und hielt ihn, während er sich, zutiefst bestürzt, das Herz aus dem Leibe schluchzte.

»So was ist mir noch nie passiert«, sagte er. »Ich bin nicht ganz sicher, was ich mir von der Astrologie eigentlich versprochen habe, aber bestimmt keine Tränen.«

»Sie mussten einfach raus. Sie haben sie bestimmt schon eine ganze Weile unterdrückt, hab ich recht?«

»Andauernd. Ich bin eine Zeitlang in Therapie gewesen, aber selbst da bin ich niemals derart aus der Fassung geraten.«

»Wann war das? Vor drei Jahren?«

»Woher wissen Sie ... geht das auch aus meinem Horoskop hervor?«

»Nicht die Therapie an sich, aber ich kann erkennen, dass es eine Phase in Ihrem Leben gab, die von der Bereitschaft geprägt war, sich mit dem eigenen Ich zu konfrontieren. Aber ich glaube nicht, dass sie sehr lange angedauert hat.«

»Ein paar Monate. Ich habe das Innerste nach außen gekehrt, wieder und wieder, aber am Ende hatte ich das Gefühl, dass damit irgendwann Schluss sein musste.«

Dr. Breen, der Therapeut, hatte bei diesem Thema ganz eigene Vorstellungen gehabt, und die hatten entschieden im Widerspruch zu denen Kellers gestanden. Und so hatte die Therapie ein abruptes Ende genommen, ebenso wie, nicht ganz zufällig, der Herr Doktor.

Mit Louise Carpenter wollte er es auf keinen Fall so weit kommen lassen.

»Dies hier ist zwar keine Therapie«, sagte sie in diesem Moment, »aber es kann trotzdem eine sehr intensive Erfahrung sein. Wie Sie ja eben selbst festgestellt haben.«

»Das kann man wohl sagen. Aber die fünfzig Minuten müssten doch längst vorbei sein.« Er warf einen Blick auf seine Uhr. »Wir haben ein wenig überzogen. Tut mir leid. Hab ich gar nicht gemerkt.«

»Ich sagte doch, das hier ist keine Therapie, John. Wir brauchen uns nicht hetzen zu lassen. Mehr als zwei Kunden am Tag nehme ich sowieso nicht an, einen morgens und einen am Nachmittag. Wir haben also so viel Zeit, wie wir wollen.«

»Oh.«

»Und wir sollten unbedingt über das reden, was Sie im Moment durchmachen. Es ist eine sehr schwierige Zeit für Sie, nicht wahr?«

War es das?

»Ich fürchte, die kommenden zwölf Monate werden schwierig für Sie bleiben«, fuhr sie fort, »solange Saturn so steht wie jetzt. Schwierig und gefährlich. Aber ich nehme an, dass Gefahr etwas ist, womit Sie zu leben gelernt haben.«

»Es ist gar nicht so gefährlich«, erwiderte er. »Was ich tue, meine ich.«

»Tatsächlich?«

Gefährlich höchstens für die anderen, dachte er. »Nicht für mich«, sagte er. »Nicht besonders jedenfalls. Sicher, es ist immer ein gewisses Risiko dabei, und man muss stets wachsam sein, aber es ist nicht so, als würde man die ganze Zeit unter Hochspannung stehen ...«

»Was, John?«

»Wie bitte?«

»Ihnen ist doch gerade ein Gedanke durch den Kopf geschossen, ich konnte es an Ihrem Gesicht ablesen.«

»Es würde mich wundern, wenn Sie mir nicht auch sagen könnten, was es war.«

»Wenn ich raten müsste«, entgegnete sie, »würde ich sagen, dass es irgendetwas mit Ihrer letzten Äußerung zu tun hatte. Damit, dass man nicht die ganze Zeit unter Hochspannung steht.«

»So ist es. Ganz richtig.«

»Und es bezog sich auf etwas, das noch nicht allzu lange her ist.«

»Woher wissen Sie das alles? Okay, schon gut, ich mach ja schon weiter. Ja, es ist noch nicht allzu lange her. Ein paar Monate erst.«

»Ich erkenne es daran, dass die Zeit der Gefahr im vergangenen Herbst eingesetzt haben muss.«

»Ganz genau. Es war im letzten Herbst.« Und dann, ohne sich in Details zu verlieren, erzählte er ihr von seinem Trip nach Louisville und davon, wie seitdem scheinbar alles schiefgegangen war. »Schließlich klopfte es an meiner Zimmertür«, berichtete er, »und ich geriet in Panik, was mir eigentlich gar nicht ähnlich sieht.«

»Nein.«

»Ich schnappte mir irgendetwas –« einen Revolver »– und stellte mich neben die Tür. Mein Herz hämmerte wie verrückt, doch dann war es nur ein Betrunkener, der seinen Kumpel nicht finden konnte. Um ein Haar hätte ich ihn in Notwehr getötet, und das Einzige, was er verbrochen hatte, war, an der falschen Tür anzuklopfen.«

»Sie müssen sich ziemlich erschreckt haben.«

»Was mich am meisten erschreckt hat, war, wie sehr ich die Nerven verloren habe. Nicht, dass es meinen Puls in ähnliche Höhen schnellen ließ wie das Klopfen an der Tür, aber die Wirkung war nachhaltiger. Um die Wahrheit zu sagen, es macht mir immer noch zu schaffen.«

»Weil die Reaktion völlig überzogen war. Aber möglicherweise befanden Sie sich ja wirklich in Gefahr, John. Einer Gefahr, die nicht von dem Betrunkenen ausging, sondern von irgendetwas anderem, etwas Unsichtbarem.«

»Wie zum Beispiel was? Anthrax-Sporen vielleicht?«

»Unsichtbar für Sie, aber nicht notwendigerweise unsichtbar für andere. Ein unbekannter Gegner, irgendein verborgener Feind.«

»So ähnlich war das Gefühl, das ich hatte. Aber es ergibt überhaupt keinen Sinn.«

»Wollen Sie mir mehr darüber erzählen?«

Wollte er?

»Ich ließ mir ein anderes Zimmer geben.«

»Wegen des betrunkenen Mannes, der an Ihre Tür geklopft hat?«

»Unsinn, warum hätte ich das tun sollen? Aber in den darauf folgenden Nächten konnte ich wegen des Lärms, den die Leute über mir machten, nicht schlafen. Alle übrigen Zimmer waren belegt, also musste ich an diesem Abend mein altes noch behalten, doch gleich am nächsten Morgen ließ ich mir ein anderes geben. Und in der nächsten Nacht ...«

»Ja?«

»Zwei neue Gäste wurden in meinem ehemaligen Zimmer untergebracht. Ein Mann und eine Frau. Sie wurden ermordet.«

»In dem Zimmer, aus dem Sie gerade ausgezogen waren.«

»Es war der Ehemann. Sie war mit einem anderen in dieses Hotel gegangen, aber ihr Mann muss ihnen gefolgt sein. Er hat sie beide erschossen. Und der Gedanke, dass es in meinem ehemaligen Zimmer passierte, ließ mich einfach nicht los. Als ob dieser Mann, wäre ich nicht in ein anderes gezogen, mir die Rübe weggepustet hätte.«

»Aber es war niemand, den Sie kannten.«

»Nein, ganz und gar nicht.«

»Trotzdem hatten Sie das Gefühl, gerade noch einmal davongekommen zu sein.«

»Und das ist natürlich völliger Schwachsinn.«

Sie schüttelte den Kopf. »Sie hätten getötet werden können, John.«

»Wie denn? Dasselbe ist mir auch immer wieder durch den Kopf gegangen, aber es ergibt keinen Sinn. Der einzige Grund, warum der Täter das Zimmer betreten hat, waren die zwei Personen, die sich darin befanden. Sie waren es, die ihn angezogen haben, nicht das Zimmer an sich. Wie hätte er also jemals zu einer Gefahr für mich werden können?«

»Trotzdem befanden Sie sich in Gefahr.«

»Sagt Ihnen das meine Grafik?«

Mit ernstem Nicken hob sie eine Hand, Daumen und Zeigefinger berührten sich kaum. »Leben und Tod«, sagte sie, »lagen für Sie so dicht beieinander.«

»Ja, so hat es sich *angefühlt!* Aber –«

»Vergessen Sie den eifersüchtigen Ehemann. Vergessen Sie das Zimmer. Der Mann der erschossenen Frau war niemals eine Bedrohung für Sie. Doch jemand anderes durchaus. Zur Zeit Ihres Aufenthalts dort bewegten Sie sich auf sehr dünnem Eis, John, was eine wirklich treffende Metapher ist, denn ein Schlittschuhläufer bemerkt niemals, wie dünn das Eis wirklich ist, bevor es bricht.«

»Aber –«

»Aber es ist nicht gebrochen«, fuhr sie fort. »Wer oder was auch immer Sie bedroht haben mag, die Gefahr ging an Ihnen vorbei. Dann wurden diese beiden Leute ermordet, und das ließ sie vorsichtig werden.«

»Wie brechendes Eis«, sagte er, »allerdings auf einem anderen Weiher. Ich werde darüber nachdenken.«

»Ich bin sicher, dass Sie das werden.«

Er räusperte sich. »Louise? Steht das alles in den Sternen geschrieben, und wir bewegen uns hier auf Erden lediglich in vorbestimmten Bahnen?«

»Nein.«

»Sie werfen einen Blick auf das Blatt Papier da«, fuhr er fort, »und können mir sagen: ›Fein, an diesem und jenem Tag lauert der Tod auf Sie, aber Sie werden ihm noch einmal ein Schnippchen schlagen.‹«

»Nur was den ersten Teil betrifft. ›Auf Sie lauert der Tod‹ – mit einem Blick auf dieses Horoskop hätte ich Ihnen zumindest das prophezeien können. Aber dass Sie davonkommen würden, hätte auch ich nicht wissen können. Die Sterne geben uns zwar über gewisse Neigungen und Wahrscheinlichkeiten Aufschluss, aber die Zukunft ist niemals gänzlich vorhersagbar. Wir haben immer noch unseren eigenen freien Willen.«

»Wenn diese beiden Menschen nicht umgebracht worden wären, und ich wäre einfach nach Hause gefahren –«

»Ja?«

»Nun, dann säßen wir jetzt hier beieinander, und Sie würden mir erzählen, was für ein verdammtes Glück ich gehabt hab, und ich würde denken, Sie meinen damit meine Sterne. Ich hätte irgendwann einmal ein komisches Gefühl verspürt und es längst wieder vergessen. Also würde ich Sie freundlich anschauen und sagen ›Ja, das stimmt, da haben Sie wohl recht‹ und keinen Gedanken mehr daran verschwenden.«

»Sie können dem Mann und der Frau wirklich dankbar sein.«

»Und dem Burschen, der sie erschossen hat, insoweit das geht. Und den Bikern, die diesen Höllenlärm in der Nacht veranstaltet haben. Und Ralph.«

»Wer war jetzt noch mal Ralph?«

»Der Kumpel von diesem betrunkenen Kerl, der, nach dem er überall, nur nicht an den richtigen Orten gesucht hat. Und dem Trunkenbold selbst kann ich auch dankbar sein, obwohl ich nicht einmal weiß, wie er heißt. Aber andererseits kenne ich auch die Namen der anderen nicht, bis auf den von Ralph.«

»Vielleicht sind die Namen ja gar nicht so wichtig.«

»Die von dem Mann und der Frau wusste ich mal, und auch den von dem Typen, der sie erschossen hat, aber ich kann mich nicht mehr erinnern. Wahrscheinlich haben Sie recht, vermutlich sind die Namen nicht wichtig.«

»Nein.«

Er schaute sie an. »Das nächste Jahr …«

»Wird gefährlich für Sie.«

»Worüber muss ich mir Sorgen machen? Sollte ich es mir zweimal überlegen, bevor ich in ein Flugzeug steige? Soll ich mir an windigen Tagen einen zweiten Pulli überziehen? Gibt es irgendeinen Hinweis darauf, von welcher Seite mir Gefahr droht?«

Sie zögerte. Dann sagte sie: »Sie haben einen Feind, John.«

»Einen Feind?«

»Einen Feind. Da draußen ist jemand, der Sie umbringen will.«

»Ich weiß nicht«, sagte er zu Dot.

»Du weißt nicht? Keller, was gibt's denn da nicht zu wissen? Einfacher geht es doch nicht. Es ist in Boston, Himmelherrgott noch mal, nicht auf der anderen Seite vom Mond. Du düst mit dem Taxi zum La Guardia, springst ins Delta-Shuttle, du brauchst nicht einmal eine Ticketreservierung dafür, und eine halbe Stunde später gehst du am Logan Airport wieder von Bord. Dann nimmst du ein Taxi in die Innenstadt, tust das, was du am besten kannst, und noch bevor der Tag sich dem Abend zuneigt, sitzt du wieder im Shuttle und bist rechtzeitig zur Jay-Leno-Show wieder zu Hause. Die Kohle stimmt, der Auftraggeber ist erste Sahne und der Job das reinste Kinderspiel.«

»Das habe ich alles kapiert, Dot.«

»Aber?«

»Ich weiß nicht.«

»Keller«, sagte sie, »offensichtlich habe ich da was nicht mitbekommen. Hilf mir doch bitte, wenn du kannst. Welchen Teil von ›Ich weiß nicht‹ habe ich nicht verstanden?«

Ich weiß nicht, hätte er beinahe erwidert, doch er konnte sich rechtzeitig bremsen. An der Highschool hatte einer der Lehrer seiner Klasse auf genau diese Worte immer äußerst allergisch reagiert. »So wie es bei dir rüberkommt«, sagte sie, »ist ›Ich weiß nicht‹ doch glattweg gelogen. Du meinst damit doch eigentlich eher so etwas wie ›Ich will es dir nicht sagen‹ oder ›Ich trau mich nicht, es dir zu sagen‹.«

»Hey, Keller«, hatte einer der anderen Jungs gerufen. »Wie heißt die Hauptstadt von South Dakota?«

»Ich trau mich nicht, es dir zu sagen«, erwiderte er.

Doch was traute er sich nicht, Dot zu sagen? Dass für seinen Job in Boston die Sterne einfach nicht gut standen? Dass der Tag, den der Auftraggeber als ideal befunden hatte, der kommende Mittwoch, ausgerechnet einer von den Tagen war, die nach Aussage seiner Astrologin – seiner Astrologin! – für ihn besonders gefahrenreich waren, ein Tag also, an dem er dem allerhöchsten Risiko ausgesetzt sein würde?

(»Was soll ich an solchen Tagen denn Ihrer Meinung nach machen?«, hatte er sie gefragt. »Die Tür abschließen und im Bett liegen bleiben? Mir alle Mahlzeiten von einem Bringdienst anliefern lassen?« »Das mit der Tür abschließen und im Bett liegen bleiben ist sicher keine schlechte Idee«, hatte sie ihm geraten, »aber ich würde mich dreimal vergewissern, wer auf der anderen Seite der Tür steht, bevor ich sie öffne. Und ebenso vorsichtig wäre ich mit dem, was ich esse.« Der Junge vom Chinarestaurant könnte ein Ninja-Attentäter sein, dachte er, und das Rindfleisch in Austernsoße mit Zyankali versetzt.)

»Keller?«

»Die Sache ist, dass mir Mittwoch nicht so gut passt. Ich hatte an dem Tag eigentlich was vor.«

»Was kann das bloß sein? Hast du etwa Karten für eine Matinee?«

»Nein.«

»Nein, natürlich nicht. Es ist eine Briefmarkenauktion, hab ich recht? Hör zu, am Mittwoch wird der betreffende Herr seine Freundin in deren Apartment in Back Bay besuchen, und er wird sich möglichst ungesehen dorthin schleichen wollen, ergo lässt er seine Bodyguards zu Hause. Es ist also der bei Weitem günstigste Zeitpunkt, um an ihn heranzukommen.«

»Und seine Freundin ist quasi Teil eines Pauschalarrangements?«

»Deine Sache, ganz wie du willst. Entweder ist sie dabei, oder sie ist es nicht, wie's gerade passt.«

»Und das Wie ist völlig egal? Es muss nicht wie ein Unfall oder eine Exekution aussehen?«

»Was immer dir Spaß macht. Meinethalben kannst du den Hurensohn in eine Badewanne mit Lanolin tauchen und darauf warten, dass seine Haut zu Pudding wird. Spielt überhaupt keine Rolle. Hauptsache, er hat keinen Puls mehr, wenn du mit ihm fertig bist.«

Nicht einfach, zu so etwas nein zu sagen, dachte er. Nicht einfach, bei einem solchen Auftrag mit *Ich weiß nicht* zu kommen.

»Ich denke, der Mittwoch danach wäre auch noch okay«, sagte Dot. »Der Auftraggeber möchte zwar nur ungern warten, aber ich nehme an, er wird es, wenn es sein muss. Er hat behauptet, ich sei die erste Person, die er in dieser Angelegenheit angerufen hätte, aber das nehme ich ihm nicht ab. Er gehört zu der Sorte Mann, der es unangenehm ist, mit Frauen Geschäfte zu machen. Vor allem Geschäfte wie dieses. Ich vermute daher, dass er vorher schon mit drei oder vier anderen Leuten gesprochen hat und eine Woche stillhalten wird, wenn ich ihm sage, dass es nicht anders geht. Soll ich mal versuchen, was sich da machen lässt?«

Wollte er sich an diesem Tag allen Ernstes in sein Bett verkriechen und darauf warten, dass der Boogeyman ihn holte?

»Nein, lass mal«, sagte er. »Der kommende Mittwoch ist völlig okay.«

»Bist du dir sicher?«

»Ich bin mir sicher«, erwiderte er. Er war sich zwar überhaupt nicht sicher, war sich sogar ganz und gar nicht sicher, aber es klang für ihn allemal besser als *Ich weiß nicht.*

Am Dienstag, dem Tag vor seiner Abreise nach Boston, verspürte Keller den dringenden Wunsch, Louise Carpenter anzurufen. Es waren ein paar Wochen vergangen, seit sie mit ihm zusammen seine Horoskopgrafik durchgegangen war, und er würde sie nun ein Jahr lang nicht wiedersehen. Er hatte gedacht, das Ganze würde vielleicht auf so etwas wie eine Therapie hinauslaufen, mit wöchentlichen Sitzungen und so. Es gab, wie er wusste, tatsächlich ein paar Klienten, die häufiger für einen astrologischen Motorcheck und Ölwechsel bei ihr hereinschauten, aber er wusste auch, dass Astrologie für diese Leute eine Art Steckenpferd war. Nun, er hatte bereits ein Steckenpferd, und darüber hinaus schien Louise der Auffassung zu sein, dass ein jährlicher Check-up absolut ausreichend war, und das war vollkommen in Ordnung für ihn.

Also würde er sie erst in einem Jahr wiedersehen. Falls er dann noch lebte.

Die Wettervorhersagen für Mittwoch lauteten Regen, Regen und nochmals Regen, und als er aufwachte, sah er, dass sie sich bewahrheitet hatten. Es war ein trostloser, grauer Tag, und es goss in Strömen. Ein Meteorologe auf New York One verkündete mit bekümmerter Miene, es sei damit zu rechnen, dass die Wolkenbrüche den ganzen Tag lang und auch die kommende Nacht anhalten würden, einhergehend mit heftigen Sturmböen und niedrigen Temperaturen. So wie er es vortrug, konnte man fast meinen, dass er sich die Schuld daran gab.

Keller entschied sich für Anzug und Krawatte, eine ausgezeichnete Mimikry in einer Stadt wie Boston, wo man Wert auf gewisse Förmlichkeiten legte, und zudem Standardkluft im Delta-Shuttle. Er nahm seinen Trenchcoat aus dem Schrank, zog ihn über und war nicht wirklich begeistert von dem, was er im Spiegel erblickte. Der Verkäufer hatte ihm etwas von olivfarben erzählt, und vielleicht war der Mantel das auch, zumindest unter der Neonbeleuchtung im Laden. Doch hier und jetzt, im kalten, dunstigen Licht eines verregneten Morgens, war das verdammte Ding einfach bloß grün.

Nicht flaschengrün, nicht moosgrün, ja, nicht einmal irisch grün. Jedenfalls grün, nun gut. Zumindest konnte man in dem Ding am St. Patrick's Day auf der Fifth Avenue entlangmarschieren, und kein Mensch würde einen für einen Orangeman halten. Kein Zweifel, der beschissene Trenchcoat war grün.

Unter normalen Umständen hätte ihn die Farbe des Mantels nicht gestört. Immerhin war er nicht so grün, dass die Leute ihm abfällige Blicke und Buhrufe hinterherwerfen würden, aber allemal grün genug, um bei dem einen oder anderen Passanten auf würdigende Beachtung zu stoßen. Und es hatte ja auch durchaus seine Vorteile, einen Mantel zu tragen, der nicht wie jeder andere von der Stange gekaufte aussah. Man erkannte ihn auf einen Blick wieder, und man konnte in der Theatergarderobe einfach darauf zeigen, wenn man seine Abholmarke nicht mehr fand. »Da hinten, ein kleines bisschen mehr links«, brauchte man bloß zu sagen. »Der grüne da.«

Wenn man aber nach Boston flog, um einen Mann umzubringen, legte man für gewöhnlich wenig Wert darauf, aus der Menge hervorzustechen. Man wollte in ihr untertauchen, so aussehen wie jeder x-beliebige andere.

Keller, in seinem unauffälligen Anzug und mit seiner Krawatte, sah so ziemlich aus wie jeder x-beliebige andere.

Keller, in seinem grünen Mantel, das stand völlig außer Frage, stach aus der Menge hervor.

Sollte er den Trenchcoat lieber zu Hause lassen? Nein, draußen war es kalt, und in Boston würde es noch kälter sein. Seinen anderen Übermantel anziehen, den beigen? Besser nicht, der war nicht imprägniert, und er würde klatschnass werden. Er könnte einen Regenschirm mitnehmen, aber das würde auch nicht viel nützen, wenn ein starker Sturm aufkam, der den Regen vor sich her peitschte.

Was, wenn er sich einfach einen anderen Mantel kaufte?

Völlig lächerlich. Er würde warten müssen, bis die Geschäfte aufmachten, und dann etwa eine Stunde damit vergeuden, sich einen neuen Trenchcoat auszusuchen und den alten wieder zu Hause abzuliefern. Und wozu? Es würde in Boston keine Zeugen geben, und wenn ihn zufällig jemand dabei beobachtete, wie er das Gebäude betrat, würde er sich später bestenfalls noch an den Trenchcoat erinnern.

Und das mochte sich durchaus als ein Vorteil erweisen. So wie wenn man sich eine Briefträgeruniform oder einen Priesterkragen oder ein Weihnachtsmannkostüm anzog. Die Leute erinnerten sich in solchen Fällen lediglich daran, was man angehabt hatte, doch niemand konnte sich an irgendwelche anderen, entlarvenden

Merkmale entsinnen. Einen außergewöhnlichen Daumen zum Beispiel. Und hatte man die Uniform oder den Kragen oder das rote Kostüm und den Bart erst einmal abgelegt, war man praktisch unsichtbar geworden.

Normalerweise hätte er an diese Sache keinen zweiten Gedanken verschwendet. Aber dies war ein unheilschwangerer Tag, einer von den Tagen, vor denen seine mütterlich treusorgende Astrologin ihn gewarnt hatte, und das machte aus jedem noch so winzigen Detail etwas, worüber es sich lohnte, zweimal nachzudenken.

Doch war das alles nicht völlig absurd? Er hatte einen Feind, und dieser Feind trachtete ihm nach dem Leben, und an diesem einen Tag war er besonders gefährdet. Noch dazu hatte er den Auftrag, einen Mann umzubringen, ein Job, der naturgemäß seine ganz eigenen Risiken barg. Und er machte sich Sorgen wegen seines Mantels? Dass sein Grünton, heiliger Himmel, vielleicht eine Spur zu aufdringlich war?

Schluss damit, rief er sich daher selbst zur Räson.

Mit dem Taxi fuhr er zum La Guardia Airport und flog zum Logan. Dort nahm er ein weiteres Taxi und stieg vor dem Ritz-Carlton-Hotel aus. Er durchquerte die Lobby, kam auf der anderen Seite auf der Newbury Street heraus und ging los, um nach einem Sportgeschäft Ausschau zu halten. Nachdem er bereits eine ganze Weile gelaufen und seine Suche ergebnislos geblieben war, überkamen ihn erste Zweifel, ob die Newbury Street der richtige Ort dafür war. Antiquitäten, Lederwaren, Designerklamotten, Emailmalerei aus Limoges – solche Dinge kaufte man hier, nicht Polartec-Sweatshirts und Kletterausrüstungen.

Oder Jagdmesser. Falls man ein solches hier in Back Bay überhaupt fand, dann kam es vermutlich mit einem Elfenbeingriff, einer Klinge aus Sterlingsilber und einem dreistelligen Preisschild daher. Es wäre, davon war er überzeugt, ganz gewiss ein prachtvolles Exemplar, jeden einzelnen Penny wert, aber wie würde er sich dabei fühlen, wenn er es, nach getaner Arbeit, in irgendeinem Gully versenken musste?

Ganz abgesehen davon, war es wirklich eine gute Idee, an einem verregneten Frühjahrstag im Zentrum einer Großstadt mitten in der Woche ein Jagdmesser zu kaufen? War die Jagdsaison nicht – ja, seit wann eigentlich? – seit sieben oder acht Monaten vorbei? Wie viele Jagdmesser mochten an einem Tag wie diesem in Boston wohl über den Ladentisch gehen? Und wie viele davon wurden von einem Mann in grünem Trenchcoat gekauft?

In einer Schreibwarenhandlung durchstöberte er das Angebot an Schreibtischutensilien und suchte sich einen Brieföffner mit stabiler verchromter Stahlklinge und Onyxgriff aus. Ohne nachzufragen, packte die Verkäuferin ihn in eine Geschenkschachtel ein. Offensichtlich hatte sie noch nie erlebt, dass jemand einen Artikel wie diesen für sich selbst erwarb.

Und in gewisser Weise tat Keller das ja auch nicht. Er hatte das gute Stück für Alvin Thurnauer gekauft, und nun war es an der Zeit, es ihm zu überbringen.

Alvin Thurnauer, so lautete der Name der Zielperson. Keller hatte ein Foto gesehen von dem großen, rustikal wirkenden Mann mit dem vollen Gesicht und hellbraunem Haar. Zusammen mit dem Bild hatte der Auftraggeber ihnen eine Adresse auf der Emerson Street und zwei Schlüssel zukommen lassen, einen für die Haustür und einen für die Wohnung im zweiten Stock, wo Thurnauer und seine Freundin das Spiel »Gott sei Dank, es ist Mittwoch« spielen würden.

Gewöhnlich traf Thurnauer gegen zwei Uhr dort ein, hatte Dot ihn informiert, und bereits eine halbe Stunde vorher bezog Keller in einem gegenüberliegenden Türeingang Position. Das Klima war ein wenig kälter hier in Boston, und es ging ein etwas kühlerer Wind, doch der Regen war nicht anders als der in New York. Keller trug einen wasserabweisenden Mantel, und bisher war auch sein Schirm noch nicht umgeschlagen, dennoch konnte man nicht behaupten, dass er hundertprozentig im Trockenen stand. Das war auch schwerlich möglich, wenn es in Strömen goss, als hätte der Himmel ein Leck.

Vielleicht bestand darin ja die drohende Gefahr. Dass er an diesem schicksalsträchtigen Tag hier in Boston im Regen herumstand und sich zu Tode fror.

Doch Keller blieb eisern, und kurz vor zwei hielt vor dem Haus gegenüber ein Taxi, und ein Mann stieg aus, vermummt in Mantel und Hut, beides weit entfernt von grün. Kellers Pulsschlag beschleunigte sich. Es konnte Thurnauer sein – aber auch jemand völlig anderes. Einige endlose Sekunden lang betrachtete der Mann das Gebäude, dann wandte er sich ab und stapfte die Straße hinunter. Nachdem er sich ein paar Häuser entfernt hatte, gab Keller es auf, ihm nachzusehen, zog sich wieder in die Schatten zurück und wartete weiter auf Thurnauer.

Der auf die Sekunde genau eintraf. Es war Punkt zwei nach Kellers Uhr, als sein Opfer in persona die Szene betrat, nur schwerlich zu verwechseln, als es aus seinem Taxi stieg, denn es trug keinen Hut. Der Mopp aus braunem Haar auf seinem Kopf war das perfekte Erkennungsmerkmal und mit Leichtigkeit zu identifizieren.

Sollte er die Sache jetzt gleich hinter sich bringen?

Es war durchaus machbar. Nur weil er die Schlüssel besaß, hieß das noch lange nicht, dass er sie auch benutzen musste. Er konnte einfach über die Straße rennen und bei Thurnauer sein, noch bevor dieser die Haustür geöffnet hätte. Konnte ihn blitzschnell erledigen und dann in den dunklen Korridor stoßen, wo niemand ihn sah, und binnen weniger Sekunden wieder von hier verschwunden sein.

Um die Freundin brauchte er sich in dem Fall keine Gedanken mehr zu machen. Allerdings mochte es andere Zeugen geben, zufällige Passanten oder irgendwelche Anwohner, die verdrießlich aus dem Fenster in den Regen starrten.

Und er wäre ein ziemlicher Blickfang, wenn er in seinem grünen Trenchcoat über die Straße fegte. Hinzu kam, dass sich der Brieföffner noch in seiner Verpackung befand, sodass er den Job mit bloßen Händen würde erledigen müssen.

Und mit der Zeit, die verstrich, um das Für und Wider abzuwägen, war auch der günstige Augenblick dahin und Thurnauer im Haus.

Auch gut. Wenn schon sein kleines Tête-à-Tête Thurnauer zum Verhängnis werden sollte, so sollte er wenigstens etwas davon haben. Allemal besser jedenfalls, als einfach vorzupreschen und ihn auf offener Straße abzumurksen. Thurnauer würde einen kleinen Bonus von dreißig oder vierzig Minuten auf sein Leben erhalten – und Keller die Gelegenheit, aus diesem gottverdammten Regen herauszukommen und sich einen Kaffee zu gönnen.

Als er an der Theke eines Imbisses saß, sich ein wenig wie einer der einsamen Typen auf dem berühmten Edward-Hopper-Poster fühlend, fiel Keller auf, dass er den ganzen Tag noch nichts gegessen hatte. Irgendwie war er nicht dazu gekommen zu frühstücken, was eigentlich nicht seiner Gewohnheit entsprach.

Aber schließlich war dies ein extrem risikoreicher Tag für ihn, oder etwa nicht? Lungenentzündung, Tod durch Entkräftung – der Gefahren, die auf ihn lauerten, waren viele.

Doch das Essen musste warten. Dazu hatte er jetzt keine Zeit, und außerdem hatte er noch nie gern mit vollem Bauch gearbeitet. Es machte einen träge, verlangsamte die Reflexe, behinderte das Urteilsvermögen. Besser war es, zu warten und hinterher eine ordentliche Mahlzeit zu sich zu nehmen.

Während er seinen Kaffee etwas abkühlen ließ, ging er auf die Herrentoilette und nahm den Brieföffner aus der Geschenkbox, die er bei der Gelegenheit gleich entsorgte. Er ließ die improvisierte Waffe in seiner Jackentasche verschwinden, sodass er sie schnell zur Hand hatte. Zum Schneiden war das Utensil denkbar ungeeignet, da die Kanten der Klinge abgerundet waren, doch dafür war es schön spitz. Aber war es auch spitz genug, um einige Schichten Kleidung zu durchdringen? Gott sei Dank war er draußen auf der Straße nicht voreilig seinem ersten Impuls gefolgt. Hatte sich Thurnauer erst einmal seines Mantels, der Jacke und seines Hemdes entledigt, würde der Brieföffner auf wenig Widerstand stoßen.

Er trank seinen Kaffee aus, zog seinen grünen Mantel an und schnappte sich seinen Schirm. Dann ging er zurück, um seinen Job zu Ende zu bringen.

Es war ein Kinderspiel, ganz ohne Frage.

Die Schlüssel passten. Im Hausflur und auf der Treppe kam ihm niemand entgegen. Er lauschte an der Wohnungstür im zweiten Stock, vernahm Musik und das Plätschern von Wasser und ließ sich selber ein.

Drinnen schloss er den Schirm, streifte den Mantel ab, schlüpfte aus seinen Schuhen und schlich sich durchs Wohnzimmer und einen schmalen Flur zur Schlafzimmertür. Hier war die Quelle der Musik, und hier befand sich auch die Freundin, eine schlanke, aschblonde Frau mit beinahe durchschimmernd weißer Haut. Die Beine übereinandergeschlagen, kauerte sie auf der Kante des zerwühlten Betts und rauchte eine Zigarette.

Sie wirkte so überaus verletzlich auf Keller, dass er hoffte, er würde ihr nichts antun müssen. Wenn er Thurnauer allein erwischte und es schaffte, ihn zu erledigen und danach unbemerkt aus der Wohnung zu verschwinden, konnte er sie am Leben lassen. Falls sie ihn jedoch sah, nun, dann war alles möglich.

Die Duschgeräusche verstummten, und kurz darauf öffnete sich die Badezimmertür. Ein Mann tauchte auf, ein dunkelgrünes Handtuch um die Hüften geschlungen. Der Kerl war völlig kahl, und Keller fragte sich bereits, wie zur Hölle es hatte passieren können, dass er im falschen Apartment gelandet war. Doch dann stellte er fest, dass der Mann sehr wohl Thurnauer war. Der Typ hatte lediglich seine Perücke abgelegt, bevor er unter die Dusche gestiegen war.

Thurnauer ging hinüber zum Bett, verzog das Gesicht, nahm dem Mädchen die Zigarette weg und drückte sie im Aschenbecher aus. »Bei Gott, ich wünschte, du würdest endlich damit aufhören«, sagte er.

»Und ich wünschte, du würdest damit aufhören, dir zu wünschen, dass ich aufhören würde«, gab sie zurück. »Ich hab's versucht. Ich kann nicht aufhören, okay? Nicht jeder verfügt über so eine gottverdammte Willensstärke wie du.«

»Da liegen die Kaugummis«, erwiderte er.

»Ich hab mit dem Rauchen angefangen, um mir das Kaugummikauen abzugewöhnen. Ich finde, erwachsene Frauen mit Kaugummi im Mund sehen total bescheuert aus. Wie eine Herde Kühe.«

»Wie wär's mit einem Pflaster«, sagte er. »Warum versucht du's nicht damit?«

»Das war meine letzte Zigarette«, entgegnete sie.

»Du weißt, wie oft du mir das schon versprochen hast, und so gern ich es auch glauben würde –«

»Blödsinn, du Idiot«, fuhr sie ihn an. »Es war die letzte, die ich dabei hatte, nicht die letzte, die ich je rauchen werde. Wenn du hier schon den strengen Daddy markieren und mir die Kippe wegnehmen musst, muss es dann unbedingt meine letzte sein?«

»Du kannst dir ja neue kaufen.«

»Was du nicht sagst«, blaffte sie. »Da hast du verdammt recht, ich kann mir neue kaufen.«

»Geh erst mal duschen«, sagte Thurnauer.

»Ich hab keine Lust zu duschen.«

»Du wirst dich beruhigen und besser fühlen danach.«

»Du meinst, ich werde mich beruhigen, und *du* wirst dich besser fühlen danach. Außerdem, du warst gerade duschen und bist danach so mies gelaunt aus dem Bad gekommen wie ein Bär mit einem schlimmen Fuß. Zum Teufel mit deinem Duschen.«

»Tu's einfach.«

»Wieso? Was ist los? Stinke ich etwa? Oder willst du nur, dass ich aus dem Zimmer gehe, damit du in Ruhe telefonieren kannst?«

»Mavis, in Herrgotts Namen …«

»Von mir aus kannst du irgend 'ne andere Braut anrufen, eine, die nicht raucht und nicht stinkt und –«

»Mavis –«

»Ach fahr doch zur Hölle«, fiel ihm Mavis ins Wort. »Gehe ich eben duschen. Und tu mir einen Gefallen, okay? Setz deine Perücke wieder auf. Du siehst aus wie 'ne verdammte Billardkugel.«

Kurz darauf war wieder das Rauschen von Wasser zu hören, und Thurnauer saß über Mavis' Make-up-Spiegel gebeugt und stülpte sich sein Haarteil wieder über. Keller schlich sich von hinten an ihn heran, presste ihm eine Hand auf den Mund und stieß ihm mit der anderen den Brieföffner zielsicher zwischen zwei Rippen hindurch und mitten ins Herz. Der hünenhafte Mann hatte nicht einmal Zeit, sich zu wehren; noch ehe er begriff, was mit ihm geschah, war es auch schon vorbei. Noch ein letztes Mal bäumte sich sein Körper auf, dann sackte er in sich zusammen, und Keller ließ ihn auf den Boden sinken.

Immer noch plätscherte im Bad die Dusche. Keller konnte zur Tür hinaus sein, bevor diese Mavis wieder auftauchte. Doch sobald sie ins Zimmer käme, würde sie Thurnauer entdecken und mit einem Blick erkennen, dass er tot war; sie würde kreischen und schreien und in einem fort Zeter und Mordio brüllen und schließlich die 911 anrufen.

Nicht gut.

Im Übrigen hatte sein Mitleid mit ihr während der kleinen Diskussion mit ihrem Lover deutlich nachgelassen. Er war dem Anschein von Schwäche aufgesessen, den sie verbreitete, dem Eindruck von Verletzbarkeit, den ihre zarte, durchscheinende Haut ihm vermittelt hatte. In Wahrheit war sie eine weinerliche, durchtriebene, zänkische Nervensäge, die ungefähr so empfindsam wie ein Armeestiefel war.

Also stürzte er sich, als sie aus dem Badezimmer kam, von hinten auf sie und brach ihr das Genick. Dort, wo sie zu Boden sank, ließ er sie liegen, so, wie er es zuvor mit Thurnauer gemacht hatte. Natürlich hätte er versuchen können, das Ganze etwas mehr in Szene zu setzen, es so aussehen zu lassen, als hätte sie ihn erst erstochen und sich dann bei einem Sturz den Halswirbel gebrochen, aber darauf würde ohnehin niemand hereinfallen, warum sich also die Mühe machen? Mit dem Auftraggeber war vereinbart, dass der Mann das Zeitliche segnen sollte, und dafür hatte er gesorgt.

Um das Mädchen war es zwar irgendwie schade, aber so schade nun auch wieder nicht. Immerhin war sie keine Mutter Teresa gewesen. Und von Sentimentalitäten durfte man sich in seinem Job ohnehin nicht leiten lassen. Das war generell keine gute Idee, und schon gar nicht an einem so riskanten Tag wie diesem.

In Boston gab es eine Reihe ausgezeichneter Restaurants, und Keller spielte kurz mit dem Gedanken, ins Locke-Ober zu gehen, um sich selbst zu einem exquisiten Menü einzuladen. Aber das Timing war schlecht. Es war kurz nach drei, zu spät für ein Mittagessen und zu früh für ein Dinner. Wenn er zu solch unüblicher Zeit bei einer derart noblen Adresse auftauchte, würde er gewiss verständnislose Blicke ernten.

Er könnte ein paar Stunden totschlagen. Leider hatte er seinen Katalog nicht dabei, sodass es ziemlich witzlos war, die einschlägigen Briefmarkenhändler abzuklappern, aber er könnte sich einen Film anschauen oder ins Museum gehen. Herrgott noch mal, es konnte doch nicht so schwierig sein, in einer Stadt wie Boston den Nachmittag herumzukriegen.

An einem freundlicheren Tag hätte es ihm schon gereicht, einfach in Back Bay oder Beacon Hill spazieren zu gehen. Boston war eine gute Stadt, um spazieren zu gehen, nicht so gut wie New York, aber besser als die meisten anderen Städte. Doch bei dem anhaltenden Regen war ein Spaziergang nicht wirklich ein Vergnügen, und Taxis waren hier schwer zu bekommen.

Wieder auf der Newbury Street, ging er weiter, bis er ein Bistro gehobener Preisklasse fand, das ganz ordentlich aussah. Es ähnelte zwar in keinster Weise dem Locke-Ober, aber es hatte geöffnet, und man würde ihn um diese Zeit anstandslos bedienen. Außerdem war er viel zu hungrig, um noch länger zu warten.

Die Bedienung eilte herbei und fragte ihn, ob es ein Problem gebe.

»Mein Mantel«, erklärte ihr Keller.

»Was ist mit Ihrem Mantel?«

»Na ja, er ist das Problem«, sagte er. »Ich hab ihn an diesen Haken dort gehängt, und nun ist er weg.«

»Sind Sie sicher, dass er nicht mehr da ist?«

»Absolut.«

»Mäntel neigen nämlich dazu, sich ziemlich ähnlich zu sehen, und dort hängen einige Mäntel, und –«

»Meiner ist grün.«

»Grün grün? Oder mehr olivgrün?«

Was für einen Unterschied machte das? Genau drei Mäntel hingen dort an der Garderobe, und allesamt kamen sie in diversen Beigetönen daher, nicht ein einziger farblich auch nur annähernd so wie seiner. »Der Verkäufer hat ihn olivfarben genannt«, erwiderte er, »aber eigentlich war er ziemlich grün. Und er ist definitiv nicht mehr da.«

»Und Sie sind sicher, dass Sie ihn anhatten, als Sie hereinkamen?«

Keller deutete durch das Fenster auf den strömenden Regen. »So geht das nun schon den ganzen Tag«, sagte er. »Welcher Idiot würde bei so einem Wetter ohne Mantel aus dem Haus gehen?«

»Vielleicht haben Sie ihn irgendwo anders liegen lassen.«

Konnte das sein? Er hatte den Mantel in der Emerson Street ausgezogen. Hatte er ihn vielleicht dort vergessen?«

Nein, unmöglich. Er konnte sich klar und deutlich daran erinnern, wie er ihn wieder übergezogen und seinen Regenschirm geöffnet hatte, bevor er auf die Straße getreten war, und wie er beides, Mantel und Schirm, hier bei der Garderobe deponiert hatte, bevor er sich an einen Tisch in einer der Nischen gesetzt und sich der Speisekarte gewidmet hatte. Und wo war, apropos, überhaupt sein Schirm? Nicht mehr da, genau wie der Mantel.

»Ich hab ihn nirgendwo vergessen«, versicherte er der Frau bestimmt. »Ich hatte ihn an, als ich hereinkam, und ich habe ihn genau dorthin gehängt, und nun ist er verschwunden. Wie übrigens auch mein Schirm.«

»Bestimmt hat ihn jemand aus Versehen mitgenommen.«

»Wie denn? Der Mantel ist ziemlich grün.«

»Vielleicht ist die betreffende Person farbenblind«, mutmaßte sie. »Oder sie hat zu Hause ebenfalls einen grünen Mantel und nicht daran gedacht, dass sie heute den hellbraunen angezogen hat. Also hat sie irrtümlich Ihren mitgenommen. Wenn sie ihn wieder zurückbringt, dann –«

»Kein Mensch wird ihn wieder zurückbringen. Der Mantel wurde geklaut.«

»Warum sollte jemand einen Mantel stehlen?«

»Vielleicht weil er selbst keinen hat«, schlug Keller geduldig vor, »und draußen schüttet es wie aus Eimern. Wahrscheinlich möchte er ebenso wenig nass werden wie ich. Die drei Mäntel, die dort noch hängen, gehören Ihren anderen drei Gästen, und ich bin nicht gewillt, meinerseits einen zu stehlen. Und der Kerl, der sich meinen unter den Nagel gerissen hat, wird wohl keinesfalls wieder auftauchen, um ihn zurückzugeben. Was soll ich also Ihrer Meinung nach tun?«

»Für Garderobe übernehmen wir keine Haftung«, erwiderte sie, auf ein kleines Schild deutend, auf dem genau dies zu lesen stand. Keller hatte seine Zweifel, dass das winzige Schildchen juristisch ausreichend war, das Restaurant jeglicher Verantwortung zu entheben, doch was spielte das für eine Rolle. Er hatte ohnehin nicht vor, gerichtliche Schritte einzuleiten.

»Wenn Sie wollen, dass ich die Polizei rufe, damit Sie eine Anzeige …«

»Ich will einfach nur endlich los«, unterbrach er sie. »Ich bräuchte ein Taxi, aber wahrscheinlich bin ich längst ersoffen, bis ich dort draußen eines erwische.«

Sie strahlte ihn an, froh, endlich einen hilfreichen Beitrag leisten zu können. »Gleich dort drüben«, sagte sie. »Sehen Sie das Hotel? Unter dem Vordach stehen Sie im Trockenen, und Taxis halten dort alle Nase lang. Und wissen Sie was? Ich würde wetten, Angela an der Kasse hat noch einen Regenschirm für Sie, den Sie nehmen können. Die Leute lassen die Dinger andauernd hier stehen, und wenn es nicht gerade regnet wie heute, fällt ihnen in aller Regel auch nicht ein, zurückzukommen und sie zu holen.«

Das Mädchen an der Kasse überließ ihm einen schwarzen Taschenknirps, etwas fadenscheinig, aber brauchbar. »Ich erinnere mich an den Mantel«, sagte sie. »Grün. Ich sah ihn hereinkommen und auch wieder hinausgehen. Aber dass zwei verschiedene Personen darin steckten, hab ich nicht bemerkt. Ein ziemlich unverwechselbares Kleidungsstück, würde ich sagen. Meinen Sie, Sie bekommen ihn ersetzt?«

»Das dürfte nicht so einfach werden«, erwiderte er.

»Und du wolltest es erst gar nicht machen«, sagte Dot. »Ich hab das nie verstanden. Es sah aus wie ein Parkspaziergang, und genau das wurde es dann ja auch.«

»Ein Spaziergang im Regen«, korrigierte er. »Sie haben mir meinen Mantel geklaut.«

»Und deinen Schirm. Ja, ja, es gibt schon skrupellose Menschen da draußen, Keller, selbst in einer so ehrbaren Stadt wie Boston. Kauf dir einfach einen neuen Mantel.«

»Ich hätte diesen erst gar nicht nehmen sollen.«

»Er war grün, sagtest du?«

»Viel zu grün.«

»Was hattest du mit ihm vor? Warten, bis er reif wird?«

»Das ist jetzt das Problem von jemand anderem«, erwiderte er. »Der nächste Mantel wird jedenfalls beige sein.«

»Mit Beige liegt man nie verkehrt«, meinte sie. »Es darf allerdings nicht zu hell sein, sonst sieht man jedes noch so kleine Fleckchen darauf. Ich würde dir empfehlen, deine Suche am braunen Ende der Farbskala zu beginnen.«

»Wie auch immer.« Er schaute auf ihren Fernseher. »Ich möchte mal gern wissen, worüber die sich da gerade unterhalten.«

»Jedenfalls über nichts, was interessanter als Regenmäntel wäre, vermute ich mal. Ich kann den Ton wieder einschalten, wenn du willst, aber wir sollten uns über überhaupt nichts wundern.«

»Wahrscheinlich hast du recht. Ich frage mich, ob es das war. Dass mir mein Mantel abhandenkommt, meine ich.«

»Wovon redest du?«

»Von diesem unguten Gefühl, das ich hatte.«

»Es hatte mit Boston gar nichts zu tun, stimmt's? Und es gab auch keine unaufschiebbare Briefmarkenauktion. Du wolltest den Job einfach nicht machen, richtig?«

»Aber ich hab ihn gemacht, oder etwa nicht?«

»Allerdings nur äußerst widerwillig. Erzähl mir doch mehr von deinem unguten Gefühl, Keller.«

»Ach, eben einfach nur so ein Gefühl«, wich er aus. Er hatte nicht vor, ihr von seinem Horoskop zu berichten. Er konnte sich nur zu gut vorstellen, wie sie darauf reagieren würde.

»Du hattest schon mal so ein ungutes Gefühl«, erinnerte sie ihn. »In Louisville.«

»Das war ein klein bisschen anders.«

»Und beide Male gab es nicht das geringste Problem.«

»Das stimmt.«

»Also, was glaubst du, woher dieses Gefühl kommt? Irgendeine Idee?«

»Nicht wirklich. Diesmal ist es allerdings nicht ganz so stark gewesen. Und ich hab den Auftrag übernommen und ihn auch erledigt.

»Und alles ist wie am Schnürchen gelaufen.«

»Mehr oder weniger«, entgegnete er.

»Mehr oder weniger?«

»Ich hab einen Brieföffner benutzt.«

»Wofür? 'tschuldigung, blöde Frage. Und woher hattest du den? Von seinem Schreibtisch?«

»Hab ihn unterwegs gekauft.«

»In Boston?«

»Na ja, ich wollte nicht durch die Metalldetektoren mit dem Ding. Also hab ich mir in Boston einen besorgt. Und hinterher hab ich ihn dann wieder mitgenommen.«

»Klar. Um ihn in irgendeinen Müllcontainer oder Abflusskanal zu werfen – es sei denn, du hast ihn nur deshalb zur Sprache gebracht, weil du eben genau das nicht getan hast … um Himmels willen, Keller. Er steckt noch in der Manteltasche, stimmt's?«

»Zusammen mit den Schlüsseln.«

»Welche Schlüssel? Ach ja, die Wohnungsschlüssel, verdammt. Zwei kompromittierende Schlüssel und die Tatwaffe … Und du schleppst das Zeug einfach so in deinem Mantel mit dir herum?«

»Ich hatte vor, die Sachen, bevor ich zum Flughafen fahre, in einem Gully zu entsorgen«, verteidigte er sich, »aber erst einmal brauchte ich was Ordentliches zu beißen und hab mir ein Bistro gesucht. Und das Nächste, was ich weiß, ist, dass auf einmal mein Mantel weg war.«

»Tja, und so ergatterte der Dieb mehr als nur einen Mantel.«

»Und einen Regenschirm.«

»Vergiss doch bitte mal diesen Regenschirm, ja? Der Kerl besitzt jetzt nicht nur einen neuen Mantel, sondern außerdem ein Paar Schlüssel und einen Brieföffner. An den Schlüsseln hing nicht zufällig ein kleines Schildchen mit der Adresse darauf, oder?«

»Nein, es waren einfach nur zwei Schlüssel an einem schlichten Metallring.«

»Und du hast dir auch nicht deine Initialen in den Brieföffner eingravieren lassen, hoffe ich.«

»Nein, und ich habe ihn nach der Tat sorgfältig abgewischt«, erwiderte er. »Und trotzdem.«

»Es gibt also nichts, was die Spur auf dich lenken könnte.«

»Nein.«

»Hm«, meinte sie, »und trotzdem.«

»Sag ich doch. ›Und trotzdem‹.«

Wieder zurück in der City, ging Keller die Bostoner Tageszeitungen durch. Beide berichteten ausführlich von dem Mord. Alvin Thurnauer war, so erfuhr er, ein prominenter örtlicher Geschäftsmann gewesen, mit ausgezeichneten Beziehungen zu politischen und, wie in den Artikeln angedeutet wurde, auch zu weniger ehrwürdigen Kreisen. Dass er in einem Liebesnest in Back Bay einen gewaltsamen Tod gefunden hatte, zusammen mit einer Blondine, mit der er nicht verheiratet gewesen war, trug nicht eben dazu bei, den Sensationswert seines Dahinscheidens zu schmälern.

Beide Blätter versicherten ihren Lesern, dass die Polizei bereits diversen Hinweisen nachgehe. Keller, durchaus in der Lage, zwischen den Zeilen zu lesen, zog daraus den Schluss, dass sie nicht den geringsten Anhaltspunkt hatten. Möglicherweise hegten sie die Vermutung, dass Thurnauer von einem Auftragskiller umgebracht worden war, und vielleicht kam der eine oder andere sogar auf die Idee, wer dieser Killer wohl gewesen sein mochte, doch würden sie nicht das Geringste damit anfangen können. Es gab keine Zeugen, keinen brauchbaren stichhaltigen Beweis.

Um ein Haar hätte er den Bericht über den zweiten Mord übersehen.

Im *Globe* stand nichts darüber zu lesen. Im *Herald* jedoch fand sich ein kleiner Artikel dazu, relativ unscheinbar, auf einer der letzten Seiten. Demnach war im Boston Common ein Mann tot aufgefunden worden. Todesursache: zwei Schüsse in den Kopf, aus einer kleinkalibrigen Waffe.

Keller konnte den armen Kerl bildlich vor sich liegen sehen, mit dem Gesicht nach unten auf dem Rasen ausgestreckt, während der Regen unbarmherzig auf ihn herniederprasselte. Auch der Mantel des Opfers drängte sich ins Bild. Der *Herald* hatte ihn zwar mit keiner Silbe erwähnt, aber das spielte keine Rolle. Keller sah ihn deutlich vor sich.

Grün wie das Gras.

Wie betäubt starrte er auf seinen Daumen. Dann öffnete er eine Schublade und kramte den Ausdruck von seinem Horoskop hervor, den Louise ihm mitgegeben hatte. Es wirkte nun noch fantastischer auf ihn, ja, beinahe unfassbar. Er legte es wieder in die Schublade zurück.

Später, als es draußen dunkel geworden war, ging er hinaus und blickte auf zu den Sternen.

Originaltitel: »Keller's Horoscope«
Aus dem Englischen von Michael Neuhaus

SUPERNOVA

von Peter Lovesey

An jenem Septemberabend war die untergehende Sonne nur noch eine schmale Sichel am Horizont, und über dem Meer lag ein Glitzern und Funkeln.

Ich lehnte auf dem Geländer am Ende des Piers, wo die Fischer für gewöhnlich ihre Netze auswarfen. Um diese Zeit jedoch hatten sie ihr Tagewerk bereits beendet, und der Steg lag fast verlassen da. Mit mir sahen nur einige wenige unverbesserliche Romantiker dem spektakulären Sonnenuntergang entgegen.

Ich hatte die Frau, die direkt neben mir stand, nicht bemerkt, bis sie zu sprechen begann. Ihre Stimme war dunkel und angenehm. Sie trug eine Art Umhang, wie ich mit einem flüchtigen Seitenblick feststellte.

»Da ist schon der erste Stern zu sehen«, sagte sie.

»Jupiter«, gab ich zurück, während ich in die hereinbrechende Dämmerung starrte.

»Sicher?«

»Ganz sicher.«

»Könnte es nicht auch die Venus sein? Der Planet leuchtet ja normalerweise ziemlich hell.«

»Nein, denn derzeit steht die Venus in Konjunktion mit der Sonne, weshalb wir sie den ganzen Monat lang nicht zu Gesicht bekommen werden.«

»Sie scheinen sich ja richtig auszukennen.«

»Nicht wirklich. Ich bin nur ein interessierter Laie.« Das stimmte. Ein Experte in Sachen Sternkunde war ich weiß Gott nicht zu nennen.

»Dieser Platz hier ist wirklich ideal, um den Nachthimmel zu beobachten«, bemerkte sie. »Ich bin übrigens das erste Mal hier.«

Bis zu diesem Moment hatte ich sie mir noch nicht näher angesehen; das Geschehen am Himmel hatte meine ganze Aufmerksamkeit in Anspruch genommen. Doch als ich mich jetzt zu der Unbekannten umwandte, erblickte ich im Licht der rötlichen Abendsonne ein fein geschnittenes schmales Gesicht. Das lange dunkle Haar fiel glatt und schlicht über die Schultern. Ein Antlitz von klassischer Schönheit, wie es Modigliani nicht besser hätte malen können. »Ja, ich hab Sie noch nie zuvor hier gesehen«, erwiderte ich. »Ich schätze, jemand hat Ihnen diesen Aussichtspunkt empfohlen?«

Ihre Augen weiteten sich. »Woher wissen Sie das?«

»Ach, nur so eine Vermutung.«

»Das glaube ich nicht. Sie müssen über große Hellsichtigkeit verfügen. Wissen Sie, ich lese immer mein Horoskop in der örtlichen Tageszeitung, in der *Argus.* Und diese Woche hieß es, dass der Freitagabend ein guter Zeitpunkt wäre, einen Ort von ›großer Weite‹ aufzusuchen. Ich könnte mir keinen besseren Platz dafür vorstellen als diesen.«

»Ich auch nicht.« Eine eher höfliche Antwort, denn Zeitgenossen, welche die Astrologie erst nahmen, stand ich, gelinde ausgedrückt, eher skeptisch gegenüber.

»Es ist eine richtige Wissenschaft«, versicherte sie mir, als ob sie meine Gedanken gelesen hätte.

»Interessante Behauptung.«

»Der Tierkreis lügt nicht. Wenn die Aussagen mal nicht zutreffen, dann nur aufgrund menschlicher Fehlinterpretationen. Jeder kann sich heutzutage Astrologe nennen, und es sind viele Scharlatane darunter, doch die besten gehen bei ihrer Arbeit mit äußerster Sorgfalt zu Werke. Das habe ich schon mehr als einmal feststellen dürfen.«

Äußerungen, die mit solcher Inbrunst getroffen werden, stellt man besser nicht in Frage. Insbesondere nicht, wenn sie von einer wunderschönen Frau kommen, die man gerade erst kennengelernt hat. »Stimmt«, sagte ich daher. »Wenn etwas Positives dabei rauskommt, umso besser. Immerhin sind Sie auf diese Weise in den Genuss eines einzigartigen Sonnenuntergangs gekommen.«

Erst viel später – Stunden später – erkannte ich, was ich ihr stattdessen hätte antworten sollen: *Sehr interessant. Und hat Ihnen das Horoskop vielleicht auch gesagt, was Sie als Nächstes tun sollen?* Das oder etwas in dieser Art wäre der perfekte Aufhänger gewesen, Sie zum Essen einzuladen. Warum nur fallen mir solche Sachen erst immer viel zu spät ein?

Es stimmte. Sie hatte mich nachhaltig beeindruckt, und ich hatte sie nicht einmal nach ihrem Namen gefragt.

Ich Idiot.

In den folgenden Tagen spielte ich die Szene am Pier im Geiste wieder und wieder durch. Keine Frage, ich hätte den nächsten Schritt tun sollen. Und dazu war es nun zu spät, es sei denn, sie lief mir irgendwann noch einmal zufällig über den Weg.

Die folgenden drei Sonnenuntergänge beobachtete ich ebenfalls vom Pier aus. Um ehrlich zu sein, blickte ich mir dabei die meiste Zeit den Hals verrenkend über die Schulter.

Doch sie kam nicht.

Es fiel mir schwer, mich auf meinen Job zu konzentrieren. Ich arbeite als Korrekturleser bei der *Argus* – ja, bei genau der Zeitung, die sie erwähnt hatte. Und ich kann nicht behaupten, dass ich in diesen Tagen wirklich bei der Sache war. Das führte so weit, dass Mr. Peel, unser Chefredakteur, mich eines Tages in sein Büro bestellte und mir drei von mir übersehene Schreibfehler in einem Absatz unter die Nase rieb. »Was ist denn los mit Ihnen, Rob? Ich schlage vor, Sie nehmen Ihren Job allmählich wieder ernst, sonst werden Sie ihn nämlich nicht mehr lange haben.«

Doch es half nichts, ich musste auch weiterhin ständig an die

Frau mit dem Umhang denken. Es fällt mir schwer zu beschreiben, welcher Art der Eindruck war, den sie auf mich gemacht hatte. Klar, von Liebe auf den ersten Blick hatte ich schon gehört, aber das hier, das war mehr als spontane infantile Vernarrtheit. Immerhin bin ich zweiunddreißig Jahre alt und sollte die Phase unkontrollierbarer pubertärer Verzückung eigentlich überwunden haben …

Es dauerte noch eine weitere quälende Woche, bis ich erkannte, dass ich sie unbedingt wiedersehen musste. Und ich war bereit, mir einiges dafür einfallen zu lassen. Das Einzige, was ich über sie wusste, war, dass sie ihr Horoskop in der *Argus* las und sich auch danach richtete. Und die *Argus* war, welch glücklicher Zufall, nun einmal mein Arbeitgeber.

Die Horoskop-Rubrik wurde von einer freien Mitarbeiterin verfasst – einer alten Frau, die ihn Tunbridge Wells lebte. Ihr Manuskript traf stets am Montag in der Redaktion ein, heruntergetippt auf einer klapprigen Schreibmaschine mit ausgelaugtem Farbband. Durchweg nichtssagende Zeilen meiner Meinung nach, doch die Alte war eine Überzeugungstäterin, das war allgemein bekannt. Da der Spaltenplatz für das Horoskop streng begrenzt ist, fanden sich darin weder Füllwörter noch Vertipper. Woche für Woche hatte ich ihren Sermon in meinen Computer übertragen, ohne ihn wirklich gelesen zu haben.

Doch diese Woche würde ich tun, wofür ich bezahlt wurde, und dem Elaborat ein paar »Korrekturen« verpassen.

Als Erstes las ich die Horoskope der letzten Woche, bis ich schließlich auf die Zeilen stieß, welche die geheimnisvolle Unbekannte erwähnt hatte. *Suchen Sie am Freitag einen anderen Ort auf. Das Gefühl der Weite wird eine befreiende Wirkung auf Sie haben.* Gut, demnach war die junge Frau also eine Wassermann-Geborene. Endlich wusste ich noch etwas über sie: Sie musste zwischen Ende Januar und Mitte Februar Geburtstag haben.

Ich nahm den dünnen Manuskriptstapel zur Hand, der gerade

aus Tunbridge Wells eingetroffen war, und studierte den Humbug für die kommende Woche. Man konnte es drehen und wenden, wie man wollte, den Wassermännern stand eine durchweg langweilige Zeit ins Haus. *Eine gute Gelegenheit, auszumisten und aufgeschobene Arbeiten zu erledigen,* hieß es da. Ich fand, das konnte man durchaus noch optimieren.

Samstag, schrieb ich stattdessen, *ist für alle Wassermann-Singles der ideale Rendezvous-Tag. Anstatt alleine zu Hause zu essen, sollten Sie sich lieber mit einem exklusiven Menü in einem Restaurant beschenken. Möglicherweise werden Sie bei dieser romantischen Gelegenheit ja ein weiteres Mal beschenkt werden.*

Eines der Worte in meinem Text war in seiner Zweideutigkeit nur von einem Einheimischen zu verstehen. Es gibt da nämlich ein stadtbekanntes Restaurant namens *Rendezvous* direkt an der Promenade. Und ich war zuversichtlich, dass meine Lady die versteckte Botschaft verstehen würde.

Es überraschte mich nicht sonderlich, dass am Tag nach Erscheinen der neuen Ausgabe ein empörter Brief von der »Wahrsagerin« eintraf, wie sich die Alte aus Tunbridge Wells für ihre Leser nannte. Das Schreiben war an den Chefredakteur adressiert, doch Peels Sekretärin Linda – die Diskretion in Person – öffnete es zuerst und legte es sodann auf meinen Poststapel, noch bevor der Chef die erbosten Zeilen zu Gesicht bekommen konnte. In ihrem Brief führte die Wahrsagerin lang und breit aus, dass jedes von ihr erstellte Horoskop das Ergebnis stundenlanger Studien von Planetenstellungen und Einflüssen sei und dass es in den siebzehn Jahren ihrer Arbeit für das Blatt noch niemand gewagt hatte, Hand an ihr Manuskript zu legen. Die mutwilligen Eingriffe in das Horoskop für die kommende Woche wurden von ihr als »fürchterlicher Vandalismus«, ja, als »ungeheuerlicher Sabotageakt« bezeichnet, der nur mit dem Ziel begangen worden sein konnte, das Vertrauen ihrer Zigtausend Leser in ihre Person zu erschüttern. Zu guter Letzt forderte die Wahrsagerin den Verleger in ihrem Schreiben auf, den

Fall gründlichst zu untersuchen und den Verantwortlichen »unverzüglich zur Rechenschaft« zu ziehen. Falls ihr dies alles nicht innerhalb einer Woche schriftlich zugesagt würde, würde sie sich persönlich an den Verleger (und ihren guten Freund), Sir Montagu Willingdale, wenden, der, dessen sei sie sich sicher, »außer sich« über den Vorfall sein würde.

Eine ziemlich überzogene Reaktion, wie ich fand. Doch ich mochte meinen Job, weshalb ich mich dazu hinreißen ließ, unter Peels Namen ein Entschuldigungsschreiben aufzusetzen. Ja, man sei »überaus entsetzt«, versicherte ich der Alten, und habe den Vorfall untersucht. Als Urheber für den Fauxpas wurde ein Schüler ermittelt, der im Verlag ein Praktikum absolviert hatte. Der Junge hätte gestanden, einen Teil des Manuskripts an seinem Computer versehentlich gelöscht und sich in Panik irgendetwas ausgedacht zu haben – in der Hoffnung, dass es niemandem auffallen würde. Leider sei die Kolumne in Druck gegangen, ohne dass irgendjemand den Schwindel bemerkt hätte. »Fast unnötig zu erwähnen«, schloss ich, »dass diesem Praktikanten keine weitere journalistische Zukunft bei der *Argus* beschert sein wird.« Nach einer unterwürfigen Abschlussformel setzte ich Peels Unterschrift unter den Schrieb und hoffte, das Ergebnis würde das Risiko, das ich mit dieser Aktion einging, auch rechtfertigen.

Verliere nie die Zuversicht, so heißt es. In diesem Sinne bestellte ich für den kommenden Samstagabend einen Tisch für zwei Personen im *Rendezvous* – einem gehobenen Lokal mit französischer Küche und guten Weinen zu akzeptablen Preisen.

Das Restaurant öffnete seine Pforten um sieben Uhr, und ich war der erste Gast. Der Geschäftsführer suchte meinen Namen im Reservierungsbuch, und ich sah, dass der Laden an diesem Tag völlig ausgebucht sein würde.

»Mir scheint, Sie haben samstags viel zu tun?«, bemerkte ich.

»Ehrlich gesagt, so voll wie heute ist es eigentlich nie, Sir. Wir können uns das auch nicht so recht erklären. Sicher, unser Lokal erfreut sich großer Beliebtheit, aber an diesem Wochenende sind wir wirklich komplett ausgebucht. Man könnte meinen, es wäre schon wieder Valentinstag oder so ...«

Genau das hatte ich gehofft.

Nachdem man mich zu meinem Tisch geleitet hatte, trafen weitere Gäste ein. Es waren in der Hauptsache Männer und Frauen ohne Begleitung, die sichtlich nervös ihre Tischreservierung anmeldeten. Ich konnte mir den Grund für ihre Beklommenheit denken und amüsierte mich im Stillen darüber, wie ihre Blicke hektisch von einem besetzten Tisch zum nächsten flogen. Mit Sicherheit hatten diese Leute alle dasselbe Sternzeichen.

Man unterschätze nie die Macht der Presse, dachte ich.

In den nächsten zwanzig Minuten füllte sich das Restaurant stetig. Hier und da begannen einige der zufällig an einem Tisch zusammengekommenen Singles ein Gespräch miteinander. Plötzlich fühlte ich mich wie ein Kuppler.

Leider jedoch erkannte ich in keiner der eintreffenden Frauen diejenige wieder, die ich an jenem Abend am Pier getroffen hatte. Da saß ich also und schlürfte meinen Chablis, nachdem ich dem Kellner gesagt hatte, ich würde mit der Bestellung warten, bis meine Verabredung eingetroffen war.

Nach weiteren zwanzig Minuten des Wartens orderte ich das zweite Glas Wein. Der Blick des Obers ließ mich wissen, dass es wohl an der Zeit war, der Wahrheit ins Gesicht zu sehen: Man hatte mich versetzt.

Einige der Gäste waren bereits beim Hauptgang angelangt. Eine hübsche Rothaarige, die allein an einem Tisch am anderen Ende des Gastraums saß, lächelte mir scheu zu und blickte dann kokett zur Seite. Eine Charmeuse ganz offensichtlich. Vielleicht sollte ich Schadensbegrenzung betreiben und mich einfach zu ihr setzen, dachte ich.

In diesem Moment sah ich sie, und mein Herz machte einen

Satz. Da stand sie, gleich neben der Tür, wo sie ihren Umhang gerade einem Kellner aushändigte. Die Person, für die all das hier überhaupt arrangiert worden war. Sie trug ein langes blaues Samtkleid, dessen Oberteil mit Glitzer besetzt war, und sie war unbeschreiblich schön.

Ich erhob mich und schwebte praktisch durch den Raum, doch ich verlor dabei nicht unnötig Zeit, damit mir am Ende nicht noch jemand zuvorkam.

»Sie hier?«, sagte ich. »Wir haben uns doch vor ein paar Tagen am Pier getroffen, erinnern Sie sich?«

»Wie? Aber ja! Was für ein Zufall.« Ihre blauen Augen leuchteten, als sie mich wiedererkannte. Oder leuchteten sie vor Freude darüber, dass ihr Horoskop wieder einmal ins Schwarze getroffen hatte?

Ich ließ sie wissen, ich wäre allein gekommen, und schlug ihr vor, doch gemeinsam mit mir zu essen. Zu meiner Freude erwiderte sie, dass sie nichts lieber täte. Ausgezeichnet!

Am Tisch sitzend durchliefen wir zunächst einmal das übliche Kennenlernritual. Sie hieß Helena und arbeitete als Chemikerin in der Forschungsabteilung von Plaxton, einem Unternehmen für Agrarprodukte. Vor drei Jahren war sie von Norfolk hierhergezogen, nachdem man ihr den Job angeboten hatte.

»Helena? Was für ein schöner Name«, sagte ich.

»Eigentlich wäre es mir lieber, ich würde einfach nur Helen heißen. Dauernd muss ich die Leute auf das ›a‹ am Ende aufmerksam machen.«

Ich erzählte ihr, dass ich noch nie woanders gelebt hatte als in dieser Stadt. »Ich bin Journalist«, ließ ich sie wissen.

»Wie aufregend. Arbeiten Sie für ein Magazin?«

»Nein, bei einer Zeitung.«

»Bei welcher denn?«

»Welche Wochenblätter lesen Sie denn so?«

»*The Independent* zum Beispiel.«

»Dann haben Sie sicherlich den einen oder anderen Artikel von mir gelesen. Ich bin Freiberufler, müssen Sie wissen.« Das entsprach nicht ganz der Wahrheit, aber ich wollte die *Argus* nicht erwähnen, um sie nicht misstrauisch werden zu lassen.«

»Sollte ich Ihren Namen kennen?«

»Eher unwahrscheinlich«, erwiderte ich mit größtmöglicher Bescheidenheit. »Ich heiße Rob – Rob Newton.«

»Kommt mir irgendwie bekannt vor.«

»Ja, es gab mal einen Schauspieler dieses Namens. Aber der nannte sich Robert. Ist allerdings schon tot.«

»Stimmt! Hat der nicht den Bill Sikes in *Oliver Twist* gespielt?«

»Richtig. Und den Long John Silver in der *Schatzinsel.* Der Mann war wohl auf Schurken abonniert.«

»Ich hoffe doch, Sie sind kein Schurke?«

»Nein, und auch kein Filmstar.« In Wahrheit bilde ich mir auf mein gutes Aussehen ziemlich viel ein, aber das sagte ich ihr nicht.

»Und was hat Sie heute Abend hierher geführt?«, fragte sie. »Essen Sie regelmäßig hier?«

Diese vermeintlich unschuldige Frage durfte nicht auf die leichte Schulter genommen werden. Immerhin wusste ich ja, wie ernst sie diesen ganzen Astrologie-Quatsch nahm.

»Nein«, erwiderte ich und bemühte mich, einen halbwegs entrückten Eindruck zu machen. »Es war irgendwie seltsam. Fast schon mysteriös. Es war, als ob eine innere Stimme mich dazu gedrängt hätte, für heute Abend genau hier einen Tisch zu reservieren. Und ich bin so glücklich, dass ich dieser Stimme gefolgt bin. Sie müssen nämlich wissen, nach unserer ersten Begegnung am Pier, da wollte ich Sie unbedingt wiedersehen.«

Sie antwortete nicht darauf, doch ihr Blick verriet mir, dass ich mich mit diesem Geständnis nicht zu weit vorgewagt hatte.

Der Kellner erschien, und beflügelt ob des Erfolgs meines Plans bestellte ich erst einmal eine Flasche Champagner, bevor wir uns in die Speisekarte vertieften. Helena schlug vor, die Rechnung zu teilen, doch ich lehnte ab, nicht ohne mich galant für das Angebot zu bedanken. Immerhin musste ich meinen eigenen Worten Taten folgen lassen: *Möglicherweise werden Sie bei dieser Gelegenheit ja ein weiteres Mal beschenkt werden?* Der Champagner war dabei erst der Anfang.

»Und was ist mit Ihnen«, fragte ich sie, nachdem wir bestellt hatten. »Warum sind Sie heute Abend hier?«

»Die Sterne wiesen mir diesen Weg.« Keine Frage, auch sie konnte überaus entrückt aus der Wäsche schauen.

»Glauben Sie denn wirklich, die haben irgendeinen Einfluss auf unser Leben?«

Aus ihren Augen sprach nichts als unerschütterliche Gewissheit. »Davon bin ich überzeugt.« Gott sei Dank erwähnte sie das *Argus*-Horoskop mit keinem Wort.

Nach dem Essen gingen wir zum Strand und sahen uns die Sterne an. Es war einer dieser magischen Spätsommernächte, in denen der Himmel wirkte, als ob jemand einen Sack Diamanten auf einem schwarzen Samttuch ausgeschüttet hätte. Helena deutete hinauf auf das Sternbild, das den Wassermann bildet, ihr eigenes Zeichen und in der Mythologie die Verkörperung von Ganymed, Zeus' Mundschenk. Um ehrlich zu sein, ich konnte nichts dergleichen anhand der völlig unsignifikanten Konstellation am Nachthimmel ausmachen, doch ich ließ mir nichts anmerken und nickte heftig.

»Lassen Sie mich raten«, sagte sie. »Sie sind auch ein Wassermann?«

Ich schüttelte den Kopf. »Steinbock – oder Ziegenbock, wenn Ihnen das lieber ist.«

Sie kicherte verhalten.

»Ich weiß«, gab ich zu. »Ziegenböcke stehen nicht im besten Ruf. Aber ich weiß mich zu benehmen, ehrlich.«

»Wie schade.« Sie legte ihre Hand auf meinen Nacken und

küsste mich. Einfach so und ohne, dass ich sie dazu ermuntert hätte.

Man muss den Sternen gegenüber sein Wort halten, oder? Ich nahm sie mit zu mir und sorgte dafür, dass das Schicksal sich erfüllte. Sie war eine leidenschaftliche Liebhaberin. Und ganz unter uns: Manchmal habe ich durchaus etwas von einem Ziegenbock.

In der folgenden Woche gingen wir jeden Abend aus. In Clubs, zum Skaten, ins Kino, ins Theater. Danach landeten wir regelmäßig in meinem Bett. Es hätte perfekt sein können und wäre es auch gewesen, wenn ich einen Goldesel im Keller gehabt hätte. Der Wassermann wird bekanntlich mit dem Wasser in Verbindung gebracht, doch Helena war ganz und gar auf Champagner abonniert. Sie besaß einen exklusiven, teuren Geschmack und hatte seit unserem ersten Abend auch nie wieder angeboten, die Rechnung zu teilen. Es schien beschlossene Sache zu sein, dass ich ab sofort alle gemeinsamen Vergnügungen bestritt – unwiderruflich.

Und dann, am Freitagabend, lief die Sache aus dem Ruder.

Wir waren nach London gefahren, weil Helena gerne im Ivy speisen wollte. Danach war es ins Royal Ballet gegangen. Ich hätte mich nie darauf einlassen sollen. Mein Konto war bereits heillos überzogen. Ich zahlte inzwischen nur noch mit Kreditkarte und versuchte dabei nicht an mein drohendes Finanzdesaster zu denken. Dennoch trieben mir die Ausgaben für diesen Abend mehr als einmal den kalten Schweiß auf die Stirn. Sie hatte nicht mal angeboten, ihr Zugticket selbst zu zahlen.

»Und wieder ist ein Tag zu Ende«, sagte sie auf der Rückfahrt und seufzte. Kein Wort über das Ballet.

»Hat's dir denn gefallen?«

»Sag mal, wo gehen wir eigentlich morgen hin?«

»Wie wäre es, wenn wir den Abend zur Abwechslung mal bei mir verbringen?«, schlug ich so heiter wie möglich vor.

»Also wirklich! Man kann doch an einem Samstagabend unmöglich zu Hause bleiben!«

»Warum denn nicht? Ich habe Pizza im Gefrierfach und jede Menge gekühltes Bier.«

»Soll das ein Witz sein?«

»Wir könnten uns auch einen Videofilm ausleihen.«

»Jetzt hör aber auf, Rob.«

»Ehrlich gesagt hab ich keine andere Wahl«, gestand ich. »Um genau zu sein, seit heute Abend bin ich total pleite.« Das wäre jetzt das Stichwort gewesen, auf das hin sie mich hätte eine Weile freihalten sollen, doch meine dahin gehenden Hoffnungen sollten enttäuscht werden.

»Soll das heißen, du kannst es dir nicht leisten, mit mir auszugehen?«

»Diese Woche war ziemlich kostspielig, Helena.«

»Willst du damit sagen, ich bin es dir nicht wert?«

»Keineswegs! Ich finde dich einfach großartig. Doch ich kann nicht weiterhin Geld ausgeben, das ich nicht habe, so einfach ist das.«

»Aber du bist doch freischaffender Journalist. Hast du mir jedenfalls erzählt. Und soweit ich weiß, zahlen die hiesigen Blätter doch schon Unsummen für nur einen einzigen läppischen Artikel.«

An diesem Punkt hätte ich ihr sagen sollen, dass ich nur ein einfacher Korrekturleser bei der *Argus* bin. Dummerweise tat ich es nicht. Stattdessen versuchte ich mich herauszureden. »Ja, aber man muss schon 'ne Topstory abliefern, um ein fettes Honorar herauszuschlagen. Das bedeutet Monate der Recherche, Reisen, Interviews. Kurz: Man muss als Freelancer in Vorleistung treten, bevor der Rubel rollt. Das ist das Problem.«

»Nun übertreib mal nicht. Ich sehe schon, du bist ein typischer Steinbock. Eine einzig und allein aufs Geld fixierte Buchhalterseele. Ich wette, du notierst dir vor dem Zubettgehen Haare raufend all deine Ausgaben, hab ich recht?«

»Das ist jetzt aber nicht fair, Helena.«

Eine Weile schwieg sie und starrte aus dem Zugfenster in die Nacht hinaus. Schließlich sagte sie: »Du hast mich die ganze Zeit kurzgehalten, stimmt's? Dabei hab ich wirklich gedacht, dass du und ich dazu bestimmt wären, den Rest unseres Lebens miteinander zu verbringen. Ich habe mich dir hingegeben – mit Leib und Seele. Glaube ja nicht, dass ich mich an jeden dahergelaufenen Kerl verschenke. Und jetzt hast du's geschafft, dass ich mir billig vorkomme und das Gefühl habe, du bereust insgeheim jeden Penny, den du für mich ausgegeben hast. Das lässt all die schönen Dinge, die wir miteinander geteilt haben, in keinem angenehmen Licht erscheinen, weißt du.«

»Was für einen Schwachsinn du doch redest!«

»Was für ein Schwein du doch bist!«

Das war's. Am Bahnhof angekommen, marschierte sie schnurstracks zum Taxistand und fuhr von dannen. Ich habe sie nie wiedergesehen. Wütender auf mich selbst als auf sie ging ich nach Hause. Mein ganzer Einfallsreichtum hatte mir nichts genützt. In dem Gefühl, die Dinge auf geniale Weise ins Rollen gebracht zu haben, war mir völlig entgangen, dass man mir das Fell über die Ohren gezogen hatte. Ein Ziegenbock ohne Fell. Kein schöner Anblick.

Wenigstens hatte ich nicht ihr Taxi bezahlen müssen.

Ich vergaß die Sache mit Helena, als ich begann, mich mit Denise zu treffen. Sie erinnern sich vielleicht noch an die lächelnde Rothaarige aus dem *Rendezvous*? Nun, ich hatte sie eines Nachmittags an einer Bushaltestelle wiedergetroffen. Es folgte jener sprachlose Moment, im dem man einander anstarrt und versucht, sich zu erinnern, wo man sich schon mal gesehen hat. Schließlich schnippte ich mit den Fingern und rief: »Ich weiß! Im Restaurant!«

Wir verstanden uns auf Anhieb prächtig und wurden rasch ein Paar. Ich spielte gleich zu Anfang mit offenen Karten und gestand ihr die Sache mit dem von mir umgeschriebenen Horoskop in der *Argus.* Sie amüsierte sich köstlich darüber. Überhaupt lachte Denise sehr viel, was zur Abwechslung höchst erfrischend war. Sie gab zu, jede Woche ihr Horoskop zu lesen und dass sie an jenem Samstag »nur zum Spaß« in dieses Restaurant gegangen war, um vielleicht jemanden Nettes kennenzulernen. Mit Helena, die alles in allem so viel ernster, ja, humorloser gewesen war, wäre eine solche Offenheit nie möglich gewesen. Ich erzählte Denise alles über Helena, und es machte ihr nicht das Geringste aus. Mehr noch, sie fand, dass Frauen, die von ihrem Lover erwarteten, dass dieser sie bis in alle Ewigkeit freihielt, an Realitätsverlust litten. Besser hätte man Helena nicht beschreiben können, wie ich fand.

»War sie denn arbeitslos oder so?«, fragte Denise.

»Nein, sie hat sogar recht gut verdient, soweit ich weiß. Sie war Chemikerin bei Plaxton.«

»Kaum zu glauben, dass eine Wissenschaftlerin an Astrologie glaubt.«

»Glaub mir, sie hat die Sache ziemlich ernst genommen. Tatsächlich war auch die Astrologie für sie so was wie eine Wissenschaft.«

Denise kicherte. Ich glaube, das Thema Helena war danach eine ganze Weile abgehakt. Wir hatten schließlich Besseres zu tun.

Auf der Arbeit hatte ich stets ein Auge auf mögliche Briefe aus Tunbridge Wells. Sicher war sicher. Möglicherweise ließ sich die Alte doch noch dazu hinreißen, auf Peels Entschuldigungsschreiben zu antworten, doch es traf nichts dergleichen in der Redaktion ein. Stattdessen erhielten wir auch weiterhin ihre Manuskripte für die wöchentliche Kolumne (die ich natürlich unverändert für die Setzerei erfasste), als sei nichts geschehen. Kurz: Es schien, als ob mein unterwürfiger Brief die gewünschte Wirkung erzielt hatte.

So ging ich auch weiterhin meinem langweiligen Job als Korrektor nach, wobei ich mich die ganze Woche auf den Freitagabend freute. Freitags traf ich mich immer mit Denise. Als eines Tages ein wattierter brauner Umschlag in der *Argus* eintraf, der an die Wahrsagerin adressiert war, verfuhr ich damit, wie mit allen Anfragen, in denen die Leser die Autorin um persönliche Horoskope oder Lebenshilfe ersuchten: Ich leitete das Ganze ungeöffnet weiter nach Tunbridge Wells.

Bei unserem nächsten Treffen dann berichtete mir Denise, dass sie ein unangenehmes Zusammentreffen mit Helena gehabt hatte. »Es war letzten Montag während meiner Mittagspause«, erzählte sie. »Am Sandwich-Stand in der King Street. Da gehe ich jeden Tag hin. Ich stand also in der Schlange und wartete, als mir plötzlich jemand von hinten auf die Schulter tippte. Ich drehte mich um, und die Frau sagte: ›Sie sind doch Rob Newtons neueste Eroberung, stimmt's?‹ Ich zuckte die Achseln und wandte mich wieder um. Doch sie ließ nicht locker und erzählte mir, wer sie ist und was für ein Mensch du bist und – na ja, Dinge, die ich jetzt lieber nicht wiederholen möchte. Ich versuchte, sie zu ignorieren, aber sie hörte nicht auf, auf mich einzureden, selbst als ich mit meinem Baguette und meinem Getränk dem Imbiss wieder den Rücken gekehrt hatte. Mann, die war richtig in Fahrt. Irgendwann sagte ich ihr, dass sie mir nichts erzählen könne, was ich nicht schon längst wüsste. Und dass ich mich über die Art und Weise, wie du mich behandelst, nicht beschweren könne.«

»Danke.«

»Trotzdem hab ich's damit offenbar nur noch schlimmer gemacht. Zu erwähnen, wie du mich *behandelst*, war wohl das Stichwort für sie. Sie wollte mein Sternzeichen wissen. Ich hab ihr nicht gesagt, dass ich Wassermann bin, und doch hat sie es einfach angenommen. Und dann hat sie mir von dem Horoskop in der *Argus* berichtet, das sie überhaupt erst mit dir zusammengebracht hätte. ›Hören Sie, Helena‹, hab ich ihr gesagt, ›bevor Sie noch mehr falsche Schlüsse ziehen, sollten Sie etwas wissen: Rob arbeitet für die *Argus* und hat das betreffende Horoskop seinerzeit selbst verfasst.

Er hatte sich damals am Pier in Sie verknallt und wollte Sie unbedingt wiedertreffen. Und er wusste ja, dass Sie naiv genug sind, auf so einen Humbug reinzufallen.‹ Wie vom Donner gerührt starrte sie mich an.«

»Das kann ich mir bildhaft vorstellen.«

»Ich fand, es war an der Zeit, ihr reinen Wein einzuschenken, meinst du nicht? Sie scheint mir eine ziemlich gestörte Persönlichkeit zu sein, Rob.«

»Was hat sie denn darauf geantwortet?«

»Nichts. Sie wurde totenbleich und ging einfach davon. Hab ich womöglich einen Fehler gemacht?«

»Nein, den Fehler hab ich gemacht. Ich hätte ihr beizeiten die Wahrheit sagen sollen. Gut, dass sie es jetzt weiß. Tiefer konnte ich in ihrer Achtung ohnehin nicht mehr sinken.«

Am Samstagmorgen riss mich das Klingeln meines Handys unsanft aus dem Schlaf. Denise neben mir stöhnte ungehalten ob der Störung. »Sorry«, sagte ich und griff über sie hinweg nach dem Mobiltelefon, das auf dem Nachttisch lag. »Keine Ahnung, wer das sein kann.«

Es war mein Chef, Mr. Peel. »Arbeit für Sie, Rob«, sagte er. »Haben Sie schon die Nachrichten gehört?«

»Nein, ich bin gerade erst aufgewacht.«

»Ein Briefbombenattentat. Eine Frau in Tunbridge Wells. Sie ist tot.«

»Tunbridge Wells fällt nicht gerade in den Zuständigkeitsbereich der *Argus*«, murmelte ich schlaftrunken.

»Das nicht, und doch ist es ’ne Topstory für uns. Die tote Frau ist nämlich unsere allseits geschätzte ›Wahrsagerin‹. Fahren Sie sofort dahin, Rob, und finden Sie heraus, wer die arme alte Frau ermordet haben könnte.«

Nun, das hätte ich ihm auch so sagen können.

Am Montagmorgen wurde ich wegen Mordes festgenommen. Ich erzählte der Polizei alles, was ich wusste, doch man glaubte mir nicht. Vielmehr hieß es, ich hätte ein sonnenklares Motiv für den Mord an der alten Dame. Man hatte in ihrem Haus nämlich eine Kopie ihres Beschwerdebriefes an Mr. Peel gefunden, in dem sie sich bitterlich über die Manipulationen ihres Horoskops beklagt und den Chefredakteur aufgefordert hatte, den dafür Verantwortlichen »unverzüglich zur Rechenschaft« zu ziehen. Man verhörte Linda, Peels Sekretärin, und diese bestätigte, dass jener Brief direkt an mich weitergeleitet worden war. Des Weiteren wurde in Tunbridge Wells mein Entschuldigungsschreiben gefunden, das ich im Namen von Mr. Peel verfasst und mit dessen gefälschter Unterschrift an die Alte verschickt hatte. Man unterstellte mir daher, ich hätte so sehr um meinen Job gebangt, dass ich der Frau auch die Briefbombe ins Haus geschickt hätte, um ganz sicher zu gehen, dass da nichts mehr nachkam. Zu allem Überfluss wurde auf einem der Umschlagfetzen ein Fingerabdruck sichergestellt. Es war meiner.

Ich erklärte der Polizei, dass und warum ich das Päckchen sofort an die Wahrsagerin weitergeleitet hatte, nachdem es in der Redaktion eingetroffen war. Und ich teilte den Beamten mit, dass die Bombe mit ziemlicher Sicherheit für mich bestimmt gewesen war. Dass Helena sie verschickt haben musste in der irrigen Annahme, ich sei der Verfasser des wöchentlichen *Argus*-Horoskops. Dass ich eine Weile mit ihr ausgegangen war und sie für eine ziemliche Psychopathin hielt. Und ich informierte die Polizei auch darüber, dass Helena als Chemikerin bei einem Betrieb arbeitet, der unter anderem Düngemittel herstellt, womit sie, wie jeder halbwegs gebildete Mensch weiß, auch Zugang zu hochexplosiven Ammoniumnitrat hat. Und ich ließ keinen Zweifel daran, dass ich ihr ein solches Attentat auch zutraute.

Zu meinem Entsetzen glaubte man mir kein Wort. Man verhörte Helena, die selbstverständlich leugnete, etwas mit der Briefbombe zu tun zu haben. Stattdessen gab sie zu Protokoll, die Beziehung zu mir beendet zu haben, weil ich ein pathologischer Lügner und Hochstapler sei, der vorgegeben hatte, zu Londons Top-Journalistenriege zu zählen. Und zu meinem noch größeren Entsetzen glaubte man *ihr!* Plötzlich war ich der Geistesgestörte, der sich einer psychologischen Begutachtung würde unterziehen lassen müssen. Die Tatsache, dass ich das Horoskop manipuliert hatte, untermauere nur, so hieß es, dass ich ein absoluter Kontrollfreak sei. Es wurde von krankhaft gesteigertem Zwang zur Machtausübung gesprochen und davon, dass es mir einen Kick versetzen würde, andere dazu zu bringen, die absurdesten Dinge zu tun – und Briefbomben zu verschicken.

Grundgütiger Himmel, warum glaubt mir denn niemand, dass ich unschuldig bin? Ich schwöre, alles, was ich hier niedergeschrieben habe, hat sich genau so zugetragen.

Originaltitel: »Star Struck«
Aus dem Englischen von Christina Neuhaus

DER BOSS

von P. N. Elrod

Hier steht, du hast einen starken Willen«, zitierte Caitlin aus dem brandneuen Astrologie-Ratgeber mit dem grellen Umschlagbild. »Du liebst die Herausforderung, den Wettbewerb, die Jagd. Aber dein Interesse erlahmt ziemlich schnell, sobald du dein Ziel erreicht hast.« Sie sah Nick an. »Ich finde, da ist was dran.«

»Stimmt, ich bin so gut wie fertig hier«, erwiderte Nick Tarrant. Er ließ den Worten Taten folgen und leerte sein Guinness in einem Zug. »Und jetzt an die Arbeit, Mäuschen.«

Caitlin verstaute das Buch wieder in der Manteltasche und warf sich ihre Umhängetasche über die Schulter. Tarrant durchquerte das Restaurant Richtung Ausgang und hielt seiner Begleiterin die Tür auf. Die Sonne Texas' brannte vom Himmel und versprach einen heißen Sommer, wenngleich draußen noch vorfrühlingshafte Temperaturen herrschten.

»Verdammt, es ist März und wir befinden uns immer noch im Haus des Löwen«, murmelte Caitlin. Fröstelnd schlug sie den Mantelkragen hoch, um sich gegen den beißenden Wind zu schützen.

Sie stiegen in Tarrants Wagen – ein unspektakuläres US-Modell in dezenter Farbe. Er fuhr schnell. Der halbe Liter Bier, mit dem er Burger und Fritten heruntergespült hatte, schien seine Reflexe nicht im Mindesten zu beeinträchtigen.

»Um was geht's eigentlich bei diesem Job?«, fragte Caitlin, während sie erfolglos versuchte, den Sicherheitsgurt um ihre Tasche herum zu führen.

»Alles, was ich weiß, ist, dass die Auftraggeberin in Highland

Park wohnt. Schätze, da lässt sich diesmal 'ne Menge Geld rausholen.«

Caitlin schnaubte. »Reiche Leute wären nicht reich, wenn sie ihr Geld verprasst hätten, so wie sich das unsereins immer vorstellt.«

»Wie dem auch sei, checken wir die Lady erst mal ab.«

»Du checkst sie ab. Aber was genau soll *ich* dabei tun?«

Du wirst mitkommen, um sie in ihrer Entscheidung zu bestärken. So viel ich weiß, interessiert sie sich sehr für Astrologie.«

»Ja und?«

»Na ja, du doch auch.«

»Allzu weit ist es damit bei mir aber nicht her. Okay, ich lese mein Horoskop in der Zeitung oder im Internet, wenn ich nichts Besseres zu tun habe, aber das war's auch schon.«

»Deshalb habe ich dir ja dieses Buch besorgt.« Er spielte auf den Ratgeber in ihrer Tasche an. Auf dem Umschlag prangte ein stilisiertes Mond- und Sonne-Gespann – eines jener plakativen Motive, denen man ständig in New Age-Läden oder Gartencentern begegnete.

»Aha«, Caitlin nickte. »Hatte mich schon darüber gewundert. Wie dem auch sei, wenn die Alte wirklich 'ne Expertin in Sachen Astrologie ist, dann wird sie mich ziemlich schnell durchschaut haben. Ich glaube an diesen Hokuspokus nämlich nur, wenn er lustig oder schmeichelhaft ist. Die ganze Sache ist mir einfach zu kompliziert. Da sind Tarotkarten doch um einiges besser. Die kommen ganz ohne diesen pseudowissenschaftlichen Kram aus und konzentrieren sich aufs Wesentliche.«

Tarrant nickte knapp. Caitlins zeitweilige Überspanntheit störte ihn nicht sonderlich. Es gab weiß Gott nervigere Frauen. »Keine Sorge«, meinte er. »Falls das Thema aufkommt, dann versuche einfach möglichst interessiert zu tun. Das Buch ist nur als kleine Stütze gedacht. Wenn man weiß, wie ein Kunde tickt, dann ist das schon die halbe Miete. Bevor die Frau den Termin vereinbart hat, wollte sie mein Sternzeichen wissen. Schien ihr irgendwie wichtig zu sein.«

»Aber dieser ganze Horoskopquatsch ist doch schon längst widerlegt.« Caitlin war im Kampf mit dem Sicherheitsgurt als Siegerin hervorgegangen und zog das Buch wieder aus der Manteltasche hervor. »Die Astrologie ist ja vor langer, langer Zeit entstanden, und heute weiß man, dass sich alle Gestirne und damit auch die zwölf Sternbilder durch die Präzession im Laufe der Jahrtausende verschoben haben.«

»Was soll das heißen?«

»Ich hab mal irgendwo gelesen, dass wir, was unsere Sonnenzeichen betrifft, inzwischen einen ganzen Monat weiter sind ... oder zurückliegen. Ich kann mich nicht mehr erinnern, wie es genau war. Jedenfalls wäre ich in Anbetracht der derzeitigen Sternenpositionen zum Beispiel gar kein Wassermann mehr, sondern Steinbock oder Fische. Und du wärst kein Widder, sondern Fische oder Stier.«

»Da ist ja ein Ding.«

»Das Kuriose an der Sache ist jedoch ...« Caitlin blätterte in dem Ratgeber. »... dass du dich trotzdem wie ein Widder verhältst und ich mich ganz wie ein Wassermann benehme. Jedenfalls meistens. Diese Typenbeschreibungen sind nämlich so allgemein gehalten, dass sie irgendwie auf jeden zu passen scheinen. Zudem kann es sein, dass wir uns unbewusst die Verhaltensweisen zu eigen machen, die mit unserem Sternzeichen gemeinhin assoziiert werden. Und komischerweise trifft das auch auf diejenigen zu, die gar nicht an so was glauben. Also auf Leute wie dich zum Beispiel. Fakt ist, dass du all diese Führungseigenschaften, die man dem Widder nachsagt, auch besitzt. Und in deinem Liebesleben kommt's dir ganz auf die Jagd und die Eroberung an. Doch früher oder später erlischt bei jeder dieser Affären das Feuer der Leidenschaft.«

»Na ja, manche von ihnen sind auch ziemlich spektakulär in

Flammen aufgegangen. Glücklicherweise bin ich noch immer mit heiler Haut davongekommen.«

Ja, weil du entweder ein typischer Widder, ein Hurensohn oder ein Testosteronmonster bist.«

Tarrant grinste. »Wahrscheinlich ein bisschen was von allem.«

Sie kicherte und verstaute das Buch wieder in ihrer Tasche. »Eigentlich brauchst du mich für diesen Job doch gar nicht.«

»Doch. Während ich mich mit der Klientin unterhalte, tust du so, als ob du dir wie eine Sekretärin Notizen dazu machst.«

»Dazu muss ich nicht so tun als ob.«

»Gut, dann muss ich ja auch nicht so tun, als ob ich dich dafür bezahle.«

Tarrant zog den Zettel mit der hingekritzelten Wegbeschreibung hinter der Sonnenblende hervor und studierte ihn. Die Häuser und Grundstücke in diesem Teil von Highland Park waren ausnahmslos riesig. Keine der Immobilien war unter anderthalb Millionen Dollar zu bekommen. Als er schließlich rechts in eine Seitenstraße abbog, kam das Haus der Auftraggeberin in Sicht, dessen Wert Tarrant sogleich auf zwei Millionen schätzte. »Wow«, entfuhr es Caitlin beim Anblick des Anwesens. »Es gibt also tatsächlich Menschen, die in etwas wohnen, das ich nur aus dem Kino kenne?«

»Yup.«

»Woher kennst du diese Leute?«

»Ich kenne sie gar nicht. Die Frau hatte meine Pagernummer von jemandem erhalten und meinte, ich wäre ihr empfohlen worden.« Tatsächlich nahm er diese Art von Jobs nur an, wenn sie auf diese Weise zustande kamen. Das war einfach sicherer.

»Von wem?«

Tarrant hatte diesbezüglich eine Ahnung. »Wenn ich dir das verraten würde, müsste ich dich danach töten.«

»Du machst mir Angst, wusstest du das?«, meinte sie nur halb im Spaß.

Das Haus war im Südstaatenstil erbaut worden. Vermutlich nach dem zweiten Weltkrieg, doch offenbar zu einer Zeit, als hohe Fenster und Klimaanlagen bereits in Mode waren. Auf Tarrant wirkte es wie ein überdimensioniertes kleinstädtisches Beerdigungsinstitut.

Als Caitlin aus dem Staunen wieder heraus war, setzte sie eine unverbindlich-freundliche Miene auf. Er wusste, sie würde diesen Grad an Professionalität aufrechterhalten, bis das Geschäft gelaufen war. Dass sie beeindruckt war, wunderte ihn nicht. Auch er konnte sich dem Bann des Geldes, das dem Haus förmlich aus allen Poren zu quellen schien, nicht völlig entziehen. Allein die Vorstellung, was es kostete, so einen Luxusbunker zu unterhalten, machte ihn fast schwindelig.

»Sicher, dass wir durch die Vordertür reingehen sollten?«, murmelte Caitlin. »Ich hab während meiner Collegezeit mal Blumen ausgeliefert. Und einmal hat mich der Besitzer eines Hauses, das nur halb so groß war wie dieses, zusammengestaucht, weil ich's gewagt hatte, mit meinem Körbchen vor der hochherrschaftlichen Haustür aufzukreuzen. Man hat mich dann zum Dienstboteneingang geschickt. Kein Freudentag für mein Ego, das kann ich dir sagen.«

Tarrant grunzte und klingelte, wobei er sein Pokerface aufsetzte. Er hatte sich für einen seiner besseren Anzüge und einen dezenten, wenngleich teuren Schlips entschieden. Die Rolex lugte diskret unter der Manschette seines Leinenhemdes hervor. Keine Frage, er würde auf jeden, dem das Lifestyle-Magazin »GQ« ein Begriff war, einen passablen Eindruck machen. Caitlin trug brandneue Designerjeans, Stiefel und einen weiten olivfarbenen Sweater, der gut zum blassen Teint einer Rothaarigen passte. Der Ledermantel vervollständigte ihr Outfit perfekt. Sie hatte auch hinsichtlich dieses Details gute Arbeit geleistet. Einmal mehr gratulierte sich Tarrant zu der grandiosen Idee, seine Computerexpertin zu diesem Termin mitgenommen zu haben. Einer souveränen Krankenschwester nicht unähnlich verströmte seine Begleiterin nichts als Kompetenz und Zuversicht.

Caitlin straffte sich, als von drinnen sich nähernde Schritte zu hören waren. »Showtime«, flüsterte sie Tarrant zu.

Die Tür wurde von einer Latinohausangestellten geöffnet, die sie offensichtlich schon erwartet hatte. Mit einem Lächeln geleitete sie die beiden Besucher ins Innere des Hauses, das ausnahmslos mit sündhaft teuren Möbeln und Accessoires glänzte.

Mit Kennerblick stellte Tarrant fest, dass die Bewohner dieses Anwesens keine Neureichen waren. Sämtliches Mobiliar schien vor wenigstens drei Generationen angeschafft und sodann weitervererbt worden zu sein. Die Frau, die sich mit ihm hatte treffen wollen, hatte ihm ihren Namen nicht genannt, doch eine Recherche im Internet hatte ihm »Familie Pangford« als Hauseigentümer geliefert. Soweit er wusste, waren die Pangfords in der Textilbranche tätig. Mehr hatte er nicht herausfinden können, bevor Caitlin in seiner Eigentumswohnung eingetroffen und das Briefing während des Mittagsessens erfolgt war. Normalerweise ging er bei solchen Aufträgen gründlicher zu Werke, doch die unbezahlten Rechnungen liefen auf. Falls dieser Job hier zustande kam, würde er wieder einige Zeit über die Runden kommen, ohne seine Ersparnisse antasten zu müssen.

Der Weg durch das Haus endete in einem luxuriös ausgestatteten Salon, von dem man über eine Terrasse Zugang zum Garten hatte. Auf den makellos gepflegten Beeten wuchsen unzählige goldene Osterglocken. Auch der Raum geizte nicht mit Farben mit all den Büchern, Gemälden und den ausgesucht stilvollen Möbeln. Für Tarrants Geschmack gab es hier zu viele Kissen und Zierdeckchen, als dass es sich um die Gemächer eines Mannes hätte handeln können. Astrologische Symbole und Motive suchte man in diesem Zimmer jedoch vergebens.

Da betrat eine zierliche Frau Anfang vierzig den Raum durch eine Seitentür, ohne die Hausangestellte auch nur eines Blickes zu würdigen. »Ich bin Mrs. Dolly Pangford«, sagte sie und streckte Tarrant eine schmale Hand entgegen. Die pfirsichblonde Erscheinung trug ein schlichtes Kleid, das beinahe den gleichen Farbton besaß wie ihr cremefarbener Teint.

»Nick Tarrant«, erwiderte er. »Und das ist meine Assistentin Caitlin McGill.«

Artig schüttelte auch Caitlin die Hand der Frau und murmelte eine leise Begrüßung im Ostküsten-Dialekt, den sie sich zur Collegezeit während eines Schauspielkurses zugelegt hatte. Tarrant wusste, sie würde nicht eher in ihren schleppenden Texas-Akzent zurückfallen, bis sie wieder in seinem Wagen saßen.

Mrs. Pangford absolvierte das übliche gesellschaftliche Geplänkel, indem sie ihre Besucher bat, Platz zu nehmen, und ihnen Erfrischungen anbot. Nachdem ihre Gastgeberin über die Haussprechanlage in einer fernen Küche Kaffee in Auftrag gegeben hatte, konnte man zum Geschäftlichen übergehen.

»Was kann ich denn für Sie tun, Mrs. Pangford?«, fragte Tarrant.

Die Angesprochene warf Caitlin, die einen kleinen roten Notizblock und einen Stift gezückt hatte, einen raschen Seitenblick zu. »Ich muss Sie in dieser Angelegenheit um absolute Diskretion ersuchen.«

»Das versteht sich von selbst.«

Caitlin lächelte zuversichtlich und nickte, wodurch sie mehr Verlässlichkeit ausstrahlte, als wenn sie die Bemerkung ihres Chefs kommentiert hätte.

»Gut.« Mrs. Pangford holte tief Luft und hob das Kinn. »Es geht um meine Stieftochter. Sie weiß nicht, dass ich mich gerade in ihr Leben einmische, und sie darf es auch niemals erfahren. Ich schätze, Sie haben dergleichen schon öfter gehört, aber leider ist es so, dass sie sich mit dem falschen Mann eingelassen hat.«

»Fahren Sie fort.«

»Amanda und dieser Nichtsnutz trafen sich in einem dieser

Clubs, in denen sie herumhängt, seit sie 16 ist und sich mit einem gefälschten Personalausweis Zugang zu solchen Etablissements verschafft hatte. Inzwischen ist sie fast 21, aber die wilden Jahre scheinen noch längst nicht vorbei zu sein. Ich war ihr weiß Gott nicht die beste Mutter in all der Zeit. Wir kommen einfach nicht gut miteinander aus, wissen Sie. Und nach dem Tode ihres Vaters, als mir auch noch dieses Erbe aufgebürdet wurde, da wurde es besonders schlimm. Wir hatten böse Auseinandersetzungen, keine Frage, aber ich möchte einfach nicht, dass sie in ihr Unglück rennt … oder um ihr Vermögen gebracht wird.«

»Was genau heißt das?«

»Nun, vor ein paar Monaten ist sie mit diesem Loser Kyle Deacon nach Vegas durchgebrannt und hat ihn dort geheiratet. Ich habe dafür gesorgt, dass ihr Treuhandvermögen so angelegt wurde, dass er auch nach ihrem 21. Geburtstag nicht an das Geld herankommen kann. Damit habe ich die beiden natürlich noch ein bisschen mehr gegen mich aufgebracht. Wie dem auch sei, ich habe erfahren, dass Kyle einige Lebensversicherungen abgeschlossen hat, die nach dem Ableben meiner Stieftochter zur Auszahlung kommen. Man muss kein Genie sein, um zu erkennen, worauf das alles hinausläuft.«

»Sie vermuten also, er plant, ihre Stieftochter umzubringen?«

»Ja, das tue ich. Dieser Mann ist Abschaum. Er wird es wie einen natürlichen Tod oder Unfall aussehen lassen. Und ich halte ihn für clever genug, damit auch durchzukommen. Er hat Kontakte in die kriminelle Szene. Ich denke, er kennt genügend Leute, die das für ihn erledigen würden.«

»Und Ihre Stieftochter schöpft bei all dem keinen Verdacht?«

»Sie ist verliebt, und Liebe macht bekanntlich blind. Er ist ihr Verbündeter im Kampf gegen die böse Stiefmutter. Je vehementer ich mich gegen ihn und diese Beziehung ausspreche, umso mehr klammert sie sich an diesen Mann. Ich kenne solche Typen und weiß, wie sie andere Menschen manipulieren und von sich abhängig machen können. Als ich in ihrem Alter war, hatte ich auch so einen Schmarotzer am Hals, der mir den Kopf verdrehte und mich gegen meine ach so verständnislose Familie beschützen wollte. Ich bin noch mal mit einem blauen Auge davongekommen. Lediglich mein Ego war ein bisschen angekratzt, nachdem ich sein perfides Spiel durchschaut hatte. Allerdings bezweifle ich, dass Amanda so viel Glück haben wird. Sie ist ein Zwilling, aber keiner von der cleveren Sorte. Ihr Mann hingegen ist Skorpion und besitzt die instinktive Verschlagenheit einer Ratte. Ihre Ehe würde so oder so nie funktionieren, aber ich fürchte, er verspürt wenig Lust, das überhaupt herauszufinden.«

»Und was soll ich nun für Sie tun?«

Dolly Pangfords blasse Züge verhärteten sich, und in ihre grauen Augen trat ein entschlossener Blick. »Ich möchte, dass Sie alles in Ihrer Macht Stehende tun, um Amandas Leben zu retten.«

»Das schließt eine ganze Reihe von Optionen mit ein, Ma'am.«

»Welche Mittel und Wege dazu nötig sind, das überlasse ich ganz Ihnen. Immerhin sind Sie auf diesem Gebiet der Experte, nicht ich – wenngleich ich es für das Beste halte, die Dinge nicht unnötig zu verkomplizieren. Doc Jessup meinte, Sie wären sehr gut in Ihrem Job.«

Bei der Erwähnung des Namens verhärteten sich nun Tarrants Züge. »Darf ich fragen, woher Sie Doc kennen?«

»Mein letzter Ehemann hatte geschäftlich mit ihm zu tun. Henry hatte zahlreiche Kontakte zu … nun, nennen wir sie ruhig einflussreichen Kreisen. Zunächst wollte ich Doc selbst mit dieser Sache beauftragen, erfuhr dann aber, dass der sich zur Ruhe gesetzt hatte. Er scheint jedoch großes Vertrauen in Sie und Ihre Fähigkeiten zu haben und gab mir Ihre Beeper-Nummer.«

»Haben Sie diese Angelegenheit am Telefon oder per E-Mail mit ihm besprochen?«

»Nein, es geschah im Rahmen eines persönlichen Gesprächs. Während eines Dinners in einem recht lauten Restaurant, um genau zu sein. Und er wollte, dass ich Ihnen das hier gebe.« Sie reichte Tarrant eine Visitenkarte.

Tarrant erkannte den geprägten Schriftzug und die Telefonnummer wieder. Das Ganze konnte eine Fälschung sein, wäre auf der Rückseite der Karte nicht eine handschriftliche Nachricht in Docs unverwechselbarer Schrift gewesen: *Die Sache ist sauber, Syko. Lad mich nach dem Job auf ein Bier ein, okay?* Unmerklich hoben sich Tarrants Mundwinkel. Mittlerweile lebten nur noch eine Handvoll alter Kampfgenossen, die ihn Syko nannten; die Angelegenheit schien tatsächlich wasserdicht zu sein. Natürlich würde Doc ihn später treffen wollen, um zu erfahren, wie es gelaufen war. Der Freund war ein erklärter Fan von Spielanalysen.

Tarrant lächelte dünn. »Okay, Mrs. Pangford. Ich denke, ich kann Ihnen eine akzeptable Lösung für Ihr Problem anbieten.«

»Ohne dass Amanda erfährt, dass ich etwas damit zu tun habe?«

»Nicht, so lange ich etwas damit zu tun habe. Doch zunächst brauche ich ein paar Basisinformationen von Ihnen. Jede Menge, um genau zu sein.«

»Fragen Sie, was immer Sie wissen müssen.«

In diesem Moment wurde der Kaffee serviert. Aromatisch duftend und perfekt aufgebrüht. Tarrant trank ihn aus Höflichkeit, denn er hätte lieber eine Pepsi gehabt. Als das Dienstmädchen den Raum wieder verlassen hatte, begann er, seine Fragen zu stellen. Schweigend notierte Caitlin die Antworten der Frau. Kurz darauf war Tarrant im Besitz aller benötigten Namen, Nummern, Adressen, Zeiten und Photos.

Weder Amanda noch Kyle Deacon gingen einer regelmäßigen Arbeit nach. Amanda erhielt monatlich eine bestimmte Summe aus ihrem Vermögensfonds, mit der sie ein Loft in Deep Ellum mieten und ihren Lebensunterhalt bestreiten konnte. Hätte nur einer von den beiden darüber hinaus einen festen Job gehabt, das Paar hätte in Saus und Braus leben können. Stattdessen tingelte Deacon als

Musiker durch die Clubs, während sich Amanda als Künstlerin bezeichnete.

Der Herr bewahre mich vor diesen Studenten der Freien Künste, dachte Tarrant, und er fragte sich, was für ein Idiot sich wohl einen solchen Studiengang ausgedacht haben mochte.

Im Rahmen einer früheren Recherche hatte Dolly Pangford herausgefunden, dass das sorglose junge Paar über je fünf Kreditkarten verfügte. Alle zehn Konten bewegten sich stets gefährlich nah am Kreditlimit. Aus diesem Grund unternahm Amanda regelmäßig den Versuch, auf ihr Treuhandvermögen zuzugreifen, was Dolly noch immer zu verhindern gewusst hatte. Stattdessen schlug sie der jungen Frau ebenso regelmäßig vor, sich einen Job zu suchen und das Plastikgeld aus Sicherheitsgründen zu vernichten.

»Das hatte natürlich zur Folge, dass ich ein ums andere Mal beschimpft und am Telefon beleidigt wurde«, erzählte sie Tarrant. »Doch irgendwann, spätestens jedoch, wenn das nächste Inkassobüro den beiden die Hölle heiß macht, geht das Theater wieder von vorne los. Manchmal versucht sie es mit herzzerreißendem Bitten und Betteln, gelegentlich auch mit Schmeichelei und übermäßiger Unterwürfigkeit. Na ja, so was mag bei Henry gezogen haben, nicht aber bei mir. Ich weiß nicht, warum ihr Vater es nicht geschafft hat, ihr ein bisschen mehr Verantwortungsgefühl beizubringen, und warum er sie nicht wenigstens gelehrt hat, besser mit Geld umzugehen. Wie dem auch sei, als ich auf den Plan trat, da war Amanda schon eine durch und durch verzogene Göre. Ich war der erste Mensch in ihrem Leben, der ihr jemals etwas abgeschlagen hat, und ich denke, es war ein ziemlicher Schock für sie, festzustellen, dass sich die Welt von nun an nicht mehr um sie allein dreht. Vielleicht hätte ich unserer Familie professionelle Hilfe besorgen sollen, als es noch nicht zu spät war. Alles, was ich jetzt noch will, ist, dass meine Stieftochter überlebt und die Chance erhält, aus ihren Fehlern zu lernen.«

Tarrants höchstpersönliche Vorstellung davon, wie mit verzogenem Nachwuchs zu verfahren war, umfasste eine ordentliche Tracht Prügel gefolgt von einem längeren Aufenthalt in einem Erziehungslager. Vielleicht würde er Mrs. Pangford diese Maßnahme vorschlagen, sobald die Angelegenheit geklärt war. Vielleicht sollte sie Amanda auch einfach für geistig unzurechnungsfähig erklären lassen? Vermutlich fand sich allein zwischen den Ritzen der diversen Sofas in diesem Haus genug Geld, um eine ganze Armee von Psychiatern zu bestechen.

Aber das ist erst mal nicht mein Problem, dachte er.

»Ich denke, damit komme ich erst mal weiter«, sagte er. Caitlin hatte sich seitenweise Notizen gemacht – Informationen, die er sich alle würde einprägen müssen, bevor er die Unterlagen dann vernichtete. Um Caitlin musste er sich in diesem Punkt keine Sorgen machen. Sie hatte ein selektives Gedächtnis und vergaß Dinge, sobald sie nicht mehr wichtig waren oder zu gefährlich wurden.

»Was haben Sie sich denn als Honorar vorgestellt?«, wollte Mrs. Pangford wissen.

Tarrant nannte ihr eine Summe, die er angesichts der gewonnenen Erkenntnisse und des bevorstehenden Risikos für angemessen hielt. Ein fairer Preis, der in seiner Branche durchaus im Rahmen des Üblichen lag.

Mrs. Pangford zuckte mit keiner Wimper. Entweder betrachtete sie die Forderung als akzeptabel, oder aber Doc hatte ihr bereits gesagt, womit in diesem Punkt zu rechnen war. »Möchten Sie den Betrag in bar ausgezahlt haben?«

»Ja, bitte. Kleine Zahlungen, keine über hundert Dollar, wenn's recht ist. Die erste Hälfte erhalte ich als Vorschuss, den Rest nach Erledigung des Jobs. Alle entstehenden Kosten sind übrigens inklusive.« Die Erfahrung hatte ihn gelehrt, dass seine Kunden anstandslos selbst das happigste Pauschalhonorar zu zahlen bereit waren, sich aber sträubten wie eine Ziege am Strick, wenn man ihnen im Nachhinein eine Liste aller Spesen aufs Auge drückte.

»Ich werde mich sogleich darum kümmern«, versicherte sie ihm. »Für die Restsumme werde ich etwa eine Woche Zeit benötigen.«

»Ich vertraue Ihnen«, sagte Tarrant, und fast meinte er es auch so. Natürlich hatte es in der Vergangenheit Klienten gegeben, die ihn über den Tisch ziehen wollten, indem sie die zweite Rate nicht gezahlt hatten und stattdessen einfach auf Tauchstation gegangen waren. So was kam vor, doch die meisten seiner Kunden waren nicht so dumm.

»Wenn Sie noch weitere Informationen brauchen, rufen Sie mich an«, sagte Mrs. Pangford.

Ihre Hand war kühl und trocken, als Tarrant sich von ihr verabschiedete. Ein gutes Zeichen. Diese Lady war tough und wusste offenbar genau, was sie tat.

»Und Sie sind sich in dieser Sache wirklich ganz sicher?«, vergewisserte er sich. »Ich meine, Doc hat Ihnen alle zur Disposition stehenden Maßnahmen genannt?«

Ihre grauen Augen erinnerten ihn an polierten Granit. »Ich bin absolut sicher, ja, Mr. Tarrant. Doc hat mich umfassend aufgeklärt. Was immer Sie in dieser Angelegenheit auch unternehmen, ich werde damit einverstanden sein, wenn es nur dazu führt, dass Amanda mit heiler Haut aus dieser Sache herauskommt.«

»Gut, dann ist ja alles klar.«

Sie lächelte. »Glasklar.«

»Du liebe Güte«, meinte Caitlin, als sie wieder auf der Auffahrt standen, und atmete erleichtert auf. »Das war wirklich außerordentlich aufschlussreich. Sag mal, sind deine Kunden alle so?«

»Jeder Job ist anders, aber jeder ist auf seine Art schwierig.« So hatte er zum Beispiel nicht damit gerechnet, dass Mrs. Pangford den Vorschuss schon für ihn bereitgehalten hatte. Normalerweise musste er eine Weile warten, bis der Klient die geforderte Summe beisammen hatte, und dann noch mal bei ihm vorbeifahren, um das Geld abzuholen. Doc Jessup musste die Frau ganz schön bearbeitet haben.

»Mich hast du da drinnen ja nicht wirklich gebraucht.« Caitlin zeigte auf ihre Tasche, in der sich ihre nicht gerade unverfänglichen Notizen und das Geld befanden; sie wog nun deutlich schwerer als noch vor einer Stunde. Tarrant würde den ihr zustehenden Anteil ausrechnen, sobald sie wieder in seinem Apartment waren.

»Doch«, widersprach er. »Du hast ihr die Sache leichter gemacht, wie ich bemerkt habe, als sie während des Gesprächs ein paar Mal zu dir hingesehen hat.«

»Ja, das hab ich mitgekriegt. Hab versucht, möglichst intelligent und souverän zu wirken.«

»Das ist dir gelungen. Dass eine weitere Frau anwesend war, hat geholfen. So hab ich nicht allzu einschüchternd auf sie gewirkt. Weiber ihres Schlages stehen noch total auf Dinge wie Frauensolidarität und so. Im Grunde ihres Herzens sind die nämlich total konservativ.«

»Die trägt bestimmt auch keine weißen Schuhe vor Ostern.«

»Mit Sicherheit nicht.«

»Aber eingeschüchtert hat sie trotzdem nicht auf mich gewirkt.«

»Nein, aber eine gewisse Angst war doch zu spüren. Sie hat sie aber gut zu überspielen gewusst. Die Lady scheint mir einiges auf dem Kasten zu haben. Warum also beschäftigt sie sich mit so einem Nonsens wie Astrologie?« Er sah Caitlin prüfend an. »Und du? Du bist doch auch ein kluges Mädchen. Was treibt dich dazu, deine Zeit mit Tarotkarten totzuschlagen?«

»Für mich ist das nichts weiter als psychologische Lebenshilfe. Die Motive sprechen mein Unterbewusstsein an. So finde ich fast von selbst brauchbare Antworten und Lösungen für Probleme. Und ab und zu haben sie mir auch Ereignisse aufgezeigt, die ich ansonsten nie hätte kommen sehen. Oder vielleicht habe ich diese Dinge auch nur den dazu passenden Karten zugeordnet, doch das funktioniert nicht immer. Wie zum Beispiel im Fall dieses Typen, in den ich mich letzten Sommer hoffnungslos verknallt hatte. Egal wie oft ich die Karten zu meiner Zukunft mit ihm befragt habe, das Ergebnis war immer niederschmetternd. Nie kriegte ich die Antworten, die mir gefielen. Also hab ich versucht, das Ganze ein bisschen zu manipulieren, aber das klappte nicht. Verstehst du?«

»Yup.« Er hatte sich seinerzeit zu der erwähnten Romanze nicht weiter geäußert, obwohl er auch ohne irgendwelche Karten gewusst hatte, dass die Affäre zum Scheitern verurteilt gewesen war. Glücklicherweise war Caitlin am Ende selbst zu dieser Erkenntnis gelangt und hatte die Sache beendet. Er war schon fast so weit gewesen, die beiden einfach über den Haufen zu schießen, weil das Ganze für seinen Geschmack zu viel Aufmerksamkeit in Anspruch genommen hatte.

Caitlin zuckte die Achseln und dachte nach. »Vielleicht hilft die Astrologie Mrs. Pangford ja auch auf dieser psychologischen Ebene weiter. Ich denke, mit so was versuchen die Menschen Ordnung und Struktur in eine ansonsten ziemlich chaotische Welt zu bekommen. So komisch es klingen mag, es verschafft diesen Leuten wohl ein Gefühl von Sicherheit zu wissen, dass bestimmte Ereignisse sich ihrer Kontrolle entziehen oder dass sie in manchen Bereichen des Lebens der Bestimmung ihres Sternzeichens ausgeliefert sind. Es steht in den Sternen, dass was Schlimmes passieren wird? Okay, dann müssen wir das wohl akzeptieren, weil wir ja ohnehin nichts dagegen unternehmen können. Auf diese Weise kann Mrs. Pangford eigene und Fehler der anderen den höheren Mächten in die Schuhe schieben, auf die sie ja ohnehin keinen Einfluss hat.«

»Für mich klingt das eher nach Vogel-Strauß-Strategie.«

»Tja, manchmal trifft das wohl zu«, meinte Caitlin diplomatisch und lächelte. »Wie dem auch sei, was wirst du in diesem Fall denn nun als Nächstes tun?«

»Erst einmal werde ich Mr. und Mrs. Deacon in ihrem schicken

Deep Ellum-Domizil unter die Lupe nehmen. Dabei brauche ich dich aber nicht. Das ist nur langweilige Routine.«

»Glaubst du, vor einem Computer zu sitzen und Infos für dich zu recherchieren ist das nicht?«

»Was willst du? Du hockst immerhin im Warmen und Trockenen und kannst aufs Klo gehen, wann du willst. Ich dagegen sitze höchstwahrscheinlich eine ziemlich lange Zeit in diesem mobilen Gefängnis hier fest, während ich die Lage peile.«

»Okay, du hast gewonnen. Aber du wirst dich doch vorher noch umziehen, oder?«

»Natürlich.« Schon lockerte Tarrant seinen Schlips und öffnete den obersten Kragenknopf. Zuhause angekommen, zog er sich zum Kleiderwechsel in sein Schlafzimmer zurück, während Caitlin es sich vor seinem Computer bequem machte. Er entschied sich für ein verwaschenes schwarzes Polohemd und ein paar dunkle Cargohosen, deren Beine er in die Stiefel stopfte. Mit der Baseballkappe und der lässigen Outdoor-Weste würde er in der eklektischen Umgebung von Deep Ellum nicht weiter auffallen.

»Du brauchst noch einen Ohrring«, meinte Caitlin, während sie die Internet-Suchergebnisse mit ihren Notizen abglich.

Tatsächlich hatte er sich vor längerer Zeit mal ein Ohrloch stechen lassen. »Meinst du?«

»Auf jeden Fall.« Jeder, der nicht mindestens ein Piercing hat, ist da, wo du hingehst, die große Ausnahme. Deswegen passe ich auch nicht wirklich in diese ach so hippe Kunstszene.« Caitlin war dermaßen zimperlich, dass sie schon in Ohnmacht fiel, wenn ihre Katzen geimpft wurden. Und natürlich waren ihren Ohrläppchen jungfräulich wie am Tage ihrer Geburt.

Er ging zurück ins Schlafzimmer und kramte in den Schubladen herum, bis er einen schlichten Silberohrring gefunden hatte, und legte ihn an.

»Das ist besser.« Caitlin nickte zustimmend. »Jetzt siehst du nett und stylish aus.«

»Eigentlich ziehe ich es vor, nett und unauffällig auszusehen.«

»Na ja, stylish für Highland Park-Verhältnisse, aber völlig unauffällig für Deep Ellum.«

Er warf einen Blick über die Schulter und sah, dass sich Caitlin wieder ihren Suchmaschinen und Datenbanken zugewandt hatte. Alles, was sie bisher in Erfahrung gebracht hatte, bestätigte im Wesentlichen Dolly Pangfords Aussagen. Darüber hinaus hatte sie herausgefunden, dass Kyle Deacon bei der Polizei aktenkundig war. Kleinere Trunkenheits-Delikte, nichts Weltbewegendes. Es gab allerdings auch eine passwortgeschützte Datei mit Einträgen aus Deacons Jugendzeit, doch auch diese stellte für Caitlins Hackerfähigkeiten kein großes Hindernis dar.

»Mal sehen ...«, murmelte sie. »Was haben wir denn da? ›Unbefugte Ingebrauchnahme eines Fahrzeugs mit anschließendem Vandalismus‹, einige ›tätliche Angriffe‹, ›Ladendiebstahl‹, ein paar Einträge wegen Drogenhandels ... hm, mir scheint, der Bursche hatte in jungen Jahren 'ne Menge Spaß. Wie dem auch sei, das ist alles noch ziemlich weit entfernt von versuchtem Mord, meinst du nicht?«

»Darum kümmere ich mich später.« Allmählich bereute er es, den Kaffee getrunken und so lange auf den Computerbildschirm gestarrt zu haben, denn gerade kündigte sich hinter seiner Stirn ein dumpfer Kopfschmerz an. Nicht gerade der beste Zeitpunkt für eine Migräne, dachte er. »Ich lege mich was hin, bis es dunkel wird. Sag den Kleinen, sie sollen still sein, okay?«

Eine seiner fünf Katzen miaute ihn an und sah unschuldig zu ihm auf.

Tarrant holte sich eine Flasche Stoli aus dem Kühlschrank und spülte damit ein paar seiner verschreibungspflichtigen Pillen herunter. Eine fatale Kombination, aber sie würde ihn rasch außer Gefecht setzen und den Kopfschmerz hoffentlich im Keim ersticken. Er bat Caitlin, ihn zu einer bestimmten Zeit zu wecken, dann streifte er sich die Stiefel von den Füßen und ließ sich aufs

Bett sinken. Als kleine Einschlafhilfe blätterte er durch den Astrologie-Ratgeber und las, was dort zu seinem Sternzeichen geschrieben stand. Die passenden wie unzutreffenden Beschreibungen seines Charakters amüsierten ihn gleichermaßen. Im Wesentlichen lief es immer wieder darauf hinaus, dass er als Widder abenteuerlustig war, jedoch rasch das Interesse verlor, wenn das Ziel einmal erreicht war.

Als er in den Schlaf hinüberdämmerte, fiel ihm ein, dass sie das Geld noch nicht aufgeteilt hatten.

Später …

Nach drei Stunden erwachte er ganz von selbst. Draußen war es schon dunkel, und er hatte einen miesen Geschmack im Mund. Immerhin hatte sich der Schmerz, der seinen Schädel zu zerquetschen drohte, in Wohlgefallen aufgelöst. Er war erholt, er war bereit, egal, wie lange die Nachtschicht dauern mochte.

Caitlin saß noch immer vor dem Computer. »Ich wollte dich gerade wecken«, meinte sie. »Konntest du nicht einschlafen?«

»Doch. Meine innere Uhr scheint aber immer noch bestens zu funktionieren. Was ist das denn?« Der zuvor aufgeräumte Couchtisch war mit Zeitungspapier bedeckt, unter dem sich hier und da etwas auftürmte. Auf dem Stapel lümmelte eine von Tarrants Katzen. Er verscheuchte das Tier und stellte fest, dass unter den Zeitungen der Vorschuss für den aktuellen Auftrag lag – zu ordentlichen kleinen Päckchen aufgeschichtet. Eine Menge Päckchen …

»Ich wollte mir ein paar Schokoriegel aus der Handtasche holen, musste dazu aber erst mal das Geld ausräumen«, erklärte Caitlin. »Und als ich es dann in der Hand hatte, da konnte ich nicht anders … ich musste es einfach zählen. Das war fast so gut wie Sex, sag ich dir. Wie dem auch sei, die Summe stimmt. Die Lady hat dich nicht übers Ohr gehauen.«

»Wer das auch nur versucht, hat sein Leben verwirkt.« Tarrant ging wieder zum Kühlschrank, schnappte sich die große Flasche

Pepsi und trank in großen Schlucken, um auch den letzten Rest von Müdigkeit zu vertreiben. Das eiskalte Getränk war ein Schock in seiner Kehle, doch es fühlte sich großartig an. Im Kopf stellte er ein paar Kalkulationen an, wandte sich dann wieder dem Geld zu und zählte einen bestimmten Betrag ab, den er zur Seite legte. »Hier ist dein Anteil, Schätzchen.«

»Danke. Das hab ich mir auch redlich verdient.« Langsam stand sie auf und streckte sich, wobei ihre Wirbel vernehmlich knackten. »Mann, mir fällt gleich der Arsch ab. Warum kaufst du nicht endlich mal einen besseren Bürostuhl?«

Tarrant zählte fünfhundert Dollar von seinem Honorar ab und packte sie auf Caitlins Stapel. »Kauf dir einen hiervon, aber nicht so ein Ungetüm aus Leder oder Kunststoff. Sieh zu, dass das Ding farblich zu meinen Möbeln passt, okay?« Das war nicht weiter schwierig, denn Tarrants Inneneinrichtung war hauptsächlich in weiß und schwarz gehalten. »Was hast du denn sonst noch herausgefunden?«

»Ich weiß jetzt, wie viel die beiden auf ihren Kreditkartenkonten haben und wann zuletzt etwas darüber bezahlt wurde«, berichtete Caitlin. »Aber irgendwas stimmt da nicht. Letzten Monat kam so viel Geld herein, dass alle zehn Konten auf einen Schlag wieder gedeckt waren. Keine Ahnung, woher der warme Regen kam. Vielleicht hatte Kyles Band ein paar erfolgreiche Auftritte, vielleicht hat Amanda ein Bild an die Met verkauft und das Museum hat in bar bezahlt. Ich hab's nicht rausfinden können.«

Tarrant runzelte die Stirn. »Oder er dealt wieder mit Drogen.«

»Gut möglich. Ich hab im Zuge meiner Recherchen auch rausgefunden, dass die kleine Amanda bereits ihr Testament gemacht hat. Alles, was sie besitzt, einschließlich ihres angelegten Vermögens, geht nach ihrem Tod an den geliebten Ehemann. Allerdings kann sie ihm nichts davon vor ihrem 21. Lebensjahr vermachen. Stirbt sie vorher, verbleibt das Geld beim Vermögensfond. Bis zu ihrem Geburtstag sind es allerdings nur noch vier Monate. Fast könnte man meinen, sie legt es förmlich darauf an, um die Ecke gebracht zu werden.«

»Hat er denn auch ein Testament gemacht?«

»Ja, Deacon hinterlässt ihr seinen ganzen wertlosen Besitz. Das wären zurzeit vier Gitarren, ein Keyboard und ein 86er Ford Escort.«

»Unglaublich ... Und trotzdem bildet sie sich ein, er liebt sie?«

»Für mich wäre das jedenfalls ein Grund, die Scheidung einzureichen«, schnaubte Caitlin.

»Okay, ich lass die Party dann mal steigen und mach mich auf den Weg.« Tarrant deutete auf das Geld. »Räum das hier weg, okay?« Er wusste, kein Schein würde fehlen, wenn er wieder zurückkam. Von ihrer Schwäche für Tarotkarten abgesehen, war Caitlin äußerst gewissenhaft und umsichtig. Und nie im Leben würde sie ihren Boss betrügen.

»Keine Sorge, ich schließe es sofort weg. Viel Spaß, und lass dich nicht erwischen.«

»Niemals.«

Die Fahrt zu Kyle und Amandas Loft in Deep Ellum, einem Distrikt östlich von Downtown Dallas, dauerte fast eine Stunde. Es war Samstagabend, und die Straßen waren voller Menschen, die entschlossen schienen, Spaß zu haben. Einige der angesagtesten Clubs waren um diese Zeit schon hoffnungslos überfüllt, warben aber auch weiterhin um Kundschaft. Vor einem der Läden stand eine Phalanx aus nagelneuen Harleys, auf denen sich junge Mädchen in knapper Lederkluft räkelten und von jedermann fotografieren ließen. Tarrant war sich nicht sicher, ob er, hätte er die Wahl, sich für eines der Motorräder oder eine der Miezen entscheiden sollte. Er kam zu dem Schluss, dass er mit einer Harley über kurz oder lang auch die Aufmerksamkeit der Frauen auf sich ziehen würde, womit er zwei Fliegen mit einer Klappe geschlagen hätte. Würde er sich stattdessen nur eines der Mädchen an Land ziehen, wäre der Spaß schon nach einem Wochenende vorbei.

Ja, er war ein Freund der Frauen, genoss ihre Gesellschaft aber umso mehr, je weniger sie redeten. Lose-Lose-Diskussionen à la »Sag mal, sehe ich eigentlich fett aus?« oder enervierende Fragen wie »Was starrst du die drüben an?« langweilten ihn. Caitlin war eine der wenigen Frauen, mit denen man sich vernünftig unterhalten konnte, aber Caitlin stand nun mal nicht zur Debatte. Sie zog es vor, Arbeit und Spaß fein säuberlich voneinander zu trennen, um unnötige Komplikationen zu vermeiden. Willige Gespielinnen fand man an jeder Straßenecke, aber fähige Computerexperten aus seiner Branche waren schwer zu bekommen.

Das Haus, in dem sich das Loft der Deacons befand, wirkte nicht halb so heruntergekommen, wie er vermutet hatte, verströmte aber auch keinesfalls jenen Bohemien-Chic, wie man es aus einschlägigen Filmen kannte. Auch hatten die unterkühlt wirkenden Helden, die gemeinhin in solchen Gebäuden wohnten, niemals Parkplatzprobleme. Im Gegensatz zu Tarrant, der sich inzwischen fast drei Blocks entfernt vom Ort des Geschehens befand und noch immer keinen Stellplatz gefunden hatte. Immerhin stimmte bei diesem Auftrag die Bezahlung, da nahm man die eine oder andere Unannehmlichkeit gern in Kauf.

Schließlich fand er eine freie Parkbucht und entstieg dankbar seinem Wagen. Ohne besondere Eile verriegelte er das Gefährt und spazierte im Licht der Straßenlaternen zurück zu seinem Einsatzort. Auf seinem Weg bemerkte er einen geparkten sowie drei Streife fahrende Einsatzwagen. In jedem von ihnen saßen zwei Officer. Ein bisschen viel Polizeiaufgebot für einen ganz normalen Samstagabend, doch Ellum war nicht gerade ein gutbürgerliches Pflaster. Die Beamten in den Streifenwagen bedachten ihn mit einem argwöhnischen Seitenblick, doch Tarrant lächelte nur und winkte ihnen freundlich zu. Cops zählten immerhin zu seinen Freunden und waren dazu da, ihn vor dem Abschaum der Gesellschaft zu beschützen.

Er stieg die metallene Außentreppe des Gebäudes hinauf und klopfte an der Tür der Deacons. Niemand öffnete, aber das hatte er auch nicht anders erwartet. Für gewöhnlich trat Kyle an den Wochenenden mit seiner Band in den Clubs auf, und Amanda begleitete ihn. Zufrieden streifte sich Tarrant ein paar hauchdünne Latex-Handschuhe über und holte sein Pickset hervor. Dreißig Sekunden später stand er in dem Loft.

Drinnen roch es durchdringend nach Räucherkerzen und Schimmel. Der Zustand der Wohnung übertraf Tarrants schlimmste Befürchtungen. Ohne Putzfrau schien die kleine Amanda mit der Haushaltsführung hoffnungslos überfordert. Unnötig das Deckenlicht einzuschalten, hier und dort hatten die beiden einfach ein paar Lampen brennen lassen – das Paar war offenbar erst nach Einbruch der Dunkelheit von hier aufgebrochen.

Rasch checkte Tarrant die üblichen Verstecke und förderte ein Bündel mit 50- und 20-Dollarnoten unter dem Futon zutage sowie eine stattliche Anzahl an verschreibungspflichtigen Medikamenten, etwas Pot, Ecstasy und zahlreiche blaue Pillen, bei denen es sich um Xana handeln konnte. Ein wahres Shoppingparadies für die Generation Party. Nach Tarrants Einschätzung lagerten hier Substanzen im Straßenverkaufswert von siebentausend Dollar, und das war nur die Ausbeute einer ersten flüchtigen Inspektion. Alles in allem genug, um die Jungs von der Drogenfahndung glücklich zu machen. Doch dann würde Amanda hinter Gittern landen, was höchstwahrscheinlich nicht im Sinne von Mrs. Pangford war, obgleich ein kleiner Urlaub im Knast ihrer Stieftochter sicherlich nicht schaden würde.

Wie war Kyle nur an das Grundkapital für all die Drogen gelangt? Die Großhändler lieferten nur in beachtlichen Mengen und überließen den Straßenverkauf den kleinen unbedeutenden Dealern. Kyle hätte mindestens tausend Dollar als Startkapital benötigt, um seine Bestände mit dem Verkaufsgewinn in diesem Umfang aufzustocken. Vielleicht hatte er die Lebensversicherungen oder den Vermögensfond seiner Frau beliehen, ohne seine Geldgeber über die besonderen Umstände zu informieren? Umstände wie die Tatsache, dass seine Frau noch lebte und dass sie im Fall der Fälle keinesfalls an ihr Vermögen würde herankommen können. Seine Financiers würden es ihm ziemlich übel nehmen, wenn sie die Wahrheit erführen. Oder aber es war ihnen scheißegal, und sie würden das Mädchen für Kyle aus dem Weg räumen, falls der Deal nicht lief wie geplant.

Tarrant hatte eine Idee, wie er das Blatt zu seinen Gunsten wenden konnte, doch zunächst einmal musste er hier für klar Schiff sorgen.

Er machte sich daran, die Wohnung gründlich zu durchsuchen, und stieß dabei auf immer mehr illegale Substanzen. Selbst LSD-Tickets lagen gut sichtbar im Kühlschrank. Kyle Deacon mochte zwar den Instinkt einer Scheißhausratte haben, schien zugleich jedoch den IQ einer Boje zu besitzen.

Tarrant fand einen metallenen Papierkorb und verbrannte in ihm die LSD-Pappen, nicht ohne zuvor die Batterie im Feuermelder entfernt zu haben. Das Pot und die Pillen vernichtete er unter Einsatz von viel heißem Wasser ihm Abfallzerkleinerer der Küche. Nachdem er die Batterie wieder in den Feuermelder eingesetzt hatte, verließ er das Loft, wobei er die Haustür wieder ordentlich abschloss.

Die Luft draußen war süß und kühl. Er atmete tief durch, um den Mief aus seinen Lungen zu vertreiben, und sah auf die Uhr. Schon eine Stunde war er jetzt im Einsatz. Nicht schlecht. Er ging die Straße hinab, als ob sie ihm gehörte, bis er den Iguana's Cave Club erreicht hatte. Jeden Samstagabend nach zehn Uhr wurde der Laden in The Temple umbenannt, woraufhin die Goths der Umgebung einfielen, um abzuchecken, wer denn an diesem Wochenende der hirnloseste Modesklave war. Als er den Club in Augenschein nahm, stolzierte ein schlankes Mädchen an ihm vorbei. Sie trug einen durchsichtigen schwarzen Bodysuit und entging der Erregung öffentlichen Ärgernisses nur dadurch, dass sie darunter einen knappen G-String spazieren führte. Ihre Nippel waren kreuzweise mit zwei Streifen aus Klebeband verdeckt.

Tarrant grinste. Und dafür werde ich auch noch bezahlt, dachte er.

Er folgte dem Mädchen in den Club. Obwohl er offensichtlich längst volljährig war, fragte ihn der Türsteher nach seinem Ausweis. Mit gutmütiger Miene präsentierte Tarrant ihm ein Exemplar, das besonders echt aussah, und wurde eingelassen. Nachdem er den Eintritt bezahlt und sich seinen Stempel auf dem Handrücken abgeholt hatte, fragte er sich grinsend, wo das halbnackte Mädchen von eben wohl ihr Geld verstaut haben mochte.

Die dumpfen Technoklänge wurden lauter, je weiter er in die Eingeweide des Clubs vordrang. Die Tanzfläche war eine Art Grube mit je einer Plattform links und rechts, auf der sich die exaltierteren Clubbesucher im Takt verrenkten. Der Laden wurde von Männern wie Frauen frequentiert und einigen Zeitgenossen, die irgendwo dazwischen lagen. Fast jeder hier war von oben bis unten in schwarz gewandet. Viele hatten überdies schwarz gefärbtes Haar, schwarz angemalte Lippen und schwarz lackierte Fingernägel. Hier und da blitzte im Scheinwerferlicht Metall an den Körpern der Vergnügungssüchtigen auf, ab und an auch ein künstliches Vampirgebiss. Ein rundgesichtiges Mädchen bleckte seine Reißzähne und grinste ihm neckisch zu. Dann streckte sie ihre gepiercte Zunge vor, wohl in dem Versuch, gleichzeitig gefährlich und verführerisch auszusehen. Doch alles, was Tarrant sah, war eine kostümierte Göre. Und Tattoos, wohin das Auge blickte. Einst als männliches Initiationssymbol, als Beweis von Mut und Stärke oder als Erkennungszeichen der Zugehörigkeit zu einer bestimmten Gruppe gedacht, waren Tätowierungen inzwischen zu einem reichlich abgeschmackten Modestatement degradiert worden.

Die Mädchen, die hier um Aufmerksamkeit bettelten, trugen durchweg hautenge Outfits, wobei sich die Brüste mittels Spitzenkorsagen bis fast unters Kinn schoben. Die Jungs steckten entweder in hautengen Jeans oder unförmigen Baggypants, die so tief auf den Hüften saßen, dass die Unterhose hervorschaute und das Gehen sich als schwierig erwies. Ein Typ in schwarzem Shirt und Kampfstiefeln flanierte vorbei; offensichtlich ein Vertreter der Exotenecke im Genpool.

Drogen waren überall präsent. Tarrant musste sie gar nicht sehen, um deren Auswirkungen auf die Menge zu registrieren. Eine Spur zu gekünstelt wirkten die meisten Bewegungen, manche der Gäste agierten wie Schauspieler, die ihre Rolle ein paar Mal zu oft gespielt hatten. Was für eine Schande, dachte Tarrant, so jung und schon so lebensüberdrüssig.

Er sah sich nach Kyle Deacon um, doch die Plattform, auf der man eine Liveband hätte erwarten können, war voller Tänzer. Kein Musiker weit und breit. Überhaupt war es schwierig, im nur gelegentlich durch Scheinwerferblitze erhellten Halbdunkel bestimmte Personen auszumachen. Jedes Mal, wenn sich Tarrants Augen an die vorherrschenden Lichtverhältnisse gewöhnt hatten, änderte sich die Lightshow, oder es stiegen Rauch- und Trockeneisschwaden vom Boden auf. Im Gefecht hatte er die wahre Hölle einst durchlebt, doch das hier, das war eindeutig die urbane Variante. Nicht ohne Dramatik für die Neulinge, doch einfach nur lästig für die Veteranen.

Die Musik wurde etwas langsamer, der hämmernde Bass durch elektronisches Gejaule ersetzt, das klang wie startende Düsenjäger. Eine merkliche Änderung zum hektischen Technobeat, der sich für Tarrant immer anhörte wie eine Frau im letzten Stadium der Ekstase. Erstaunlicherweise tanzten die Jugendlichen auch zu diesen Rhythmen, wenn man das Gezappel denn Tanzen nennen konnte. In der Mitte der Grube gebärdete sich ein großes schlankes Mädchen mit langen, zu schwarzen Haaren wie ein Pizzabäcker, der Teigfladen umherwirbelte. Wieder und wieder warf sie die Arme hoch und wedelte mit ihnen in der Luft. Nette Figur, dachte Tarrant. Mit der konnte man bestimmt ein lohnendes Wochenende verbringen, sofern sie den Mund hielt.

Und dann stellte er mit Genugtuung fest, dass sich unter der weißen Totenschminke das Gesicht von Amanda Deacon, geborene Pangford, verbarg. Was für ein glückliches Zusammentreffen. Doch wo war ihr Mann Kyle? Wie es aussah, tanzte das Mädchen allein. Wie jeder hier.

Zeit, sich einen besseren Überblick zu verschaffen. Tarrant entdeckte eine Treppe, die ihn hinauf zu einer Galerie führte, von der man eine gute Sicht auf die versenkte Tanzfläche hatte. Es gab sogar Tische hier, und die meisten der Gäste beobachteten die Tänzer in der Grube oder brüllten sich gelegentlich etwas ins Ohr. Auch war die Beleuchtung hier etwas besser. Tarrant fand einen freien Platz direkt an der Brüstung und ließ den Blick über die Leute unter sich schweifen. Amanda produzierte sich noch immer auf der Tanzfläche. Ihre Beharrlichkeit wurde belohnt, wann immer der Deckenfluter sie gelegentlich ins Visier nahm. Tarrant war sich nicht sicher, ob sie unter Drogen stand, beschloss jedoch, für alle Fälle davon auszugehen, dass sie sich für den Abend etwas genehmigt hatte.

Kyle war da unten nirgends zu entdecken. Andererseits war der Club riesig. Er besaß noch einen weiteren Tanzbereich und eine große Außenterrasse für die Leute, die frische Luft schnappen oder tatsächlich reden wollten. Tarrant war froh, dass er zuhause ein Nickerchen gemacht hatte; die Nacht konnte lang werden.

Ziellos wanderte er auf der Galerie umher, vermied es dabei jedoch, die Leute länger als nötig anzustarren. Er wollte den Eindruck eines Mannes vermitteln, der Anschluss an eine ihm fremde Szene suchte, und nicht wie jemand wirken, der auf der Jagd war.

Im hinteren Bereich der Galerie, an einem Platz für zwei Personen, entdeckte er schließlich Kyle. Gemächlich passierte Tarrant den Tisch auf seinem Weg zur Bar. Hier schenkte man Coke aus, keine Pepsi, und die winzigen Plastikbecher quollen über von zerstoßenem Eis. Zu allem Überfluss verlangte man für diese Frechheit auch noch zwei Dollar plus Trinkgeld.

Wie ich diese Abzocker-Schuppen hasse, dachte er.

Kyle saß einem älteren Mann mit weißem Bart gegenüber, der in seiner betont seriösen Aufmachung hier wie ein Fremdkörper wirkte. Er trug einen roten Filzhut, einen maßgeschneiderten hellbraunen Anzug mit schimmernder gelber Seidenweste, auf Hochglanz polierte Halbschuhe und einen Gehstock. Der Bart war sorgfältig getrimmt, und im Glas der Brille mit dem teuren Metallgestell spiegelte sich das Licht. Ein Mann, der eindeutig zu viel Klasse besaß, um ein Zuhälter zu sein. Fast sah es so aus, als hätte die Geschäftsleitung ihn in dem Wunsch angeheuert, dem ohnehin bizarren Laden noch eine weitere Attraktion hinzuzufügen. Er hätte eine große Nummer im Musikgeschäft sein können, oder eine alternde Tunte, die beim Oak Lawn-Viertel vom Weg abgekommen war und sich hierher verirrt hatte.

Mit ernster Miene redete Kyle auf sein Gegenüber ein. Die Körpersprache des jungen Mannes sollte nichts als Selbstsicherheit signalisieren, bewirkte aber genau das Gegenteil. Er machte einen nervösen, möglicherweise sogar furchtsamen Eindruck, woran auch der verzweifelte Versuch nichts änderte, mit seinem distinguierten Gesprächspartner auf Augenhöhe zu kommunizieren. Der Mann mit dem Filzhut dagegen wirkte ruhig, fast wie ein gelangweilter Souverän, der irgendeinem Bittsteller eine Audienz gewährt. Eine interessante Beobachtung, die das Drogenlager in Kyles Wohnung in einem neuen Licht erscheinen ließ. Was immer da vor sich ging, es schien wichtig zu sein. Vielleicht war der Mann mit dem Filzhut ja der ominöse Finanzier der Deacons? Tarrant lenkte seine Aufmerksamkeit von Kyle zu dem Alten.

War der Mann so unantastbar, dass er sich in aller Öffentlichkeit zeigen und Geschäfte abwickeln konnte, oder trat dieser schrille Paradiesvogel nur als Unterhändler für den wahren Geldgeber auf? Es war im Drogengeschäft der Gesundheit nicht gerade zuträglich, wenn man in den einschlägigen Kreisen herumstolzierte wie ein Pfau. Andererseits mochte diese Aufmachung dazu dienen, die Szene mächtig zu beeindrucken, und ohne Frage hinterließ sie auch bei Kyle die gewünschte Wirkung.

Die Verhandlungen schienen sich in die Länge zu ziehen. Die laute Musik hatte sicherlich ihren Anteil daran; gleichzeitig machte sie es unmöglich, etwas von dem Gespräch aufzuschnappen. Also verlegte sich Tarrant wieder darauf, die Körpersprache der beiden zu analysieren.

Der Mann mit dem Filzhut hatte zwei Bodyguards im Schlepptau. Einen dicken und einen kleinen. Der eine schien fürs Grobe zuständig zu sein, der andere für die etwas subtileren Kampfmanöver. Doch beide wirkten wach und bereit, wenngleich sie sich klugerweise nicht zu nah bei ihrem Chef aufhielten. Irgendwann schienen sie auch Tarrant bemerkt zu haben. Ein Raubtierpärchen, das einen Artgenossen schon von weitem wieder erkannte. Tarrant wollte nicht für einen Cop oder rivalisierenden Großdealer gehalten werden, also trank er seine verwässerte Cola aus und ging weiter. Niemand folgte ihm.

Er erreichte die andere Tanzfläche und ließ sich an einem Tisch nieder, von dem aus er die Eingangstür im Blick hatte. Dann holte er einen Stift aus der Tasche und schrieb ein paar Zeilen auf eine der Servietten. Ein Guinness war hier nicht zu bekommen, also bestellte er ein überteuertes Shiner. Dann lehnte er sich zurück und wartete.

Nach etwa einer Stunde kamen Kyle und Amanda an seinem Tisch vorbei. Er trug eine aufgesetzte Blasiertheit zur Schau, sie wirkte somnambul, wobei sie ihren Mann alle paar Schritte anrempelte. Tarrant gab dem Paar einen Vorsprung von fünf Minuten, umwickelte seine Notiz mit einem Zwanzig-Dollar-Schein und ging zu einem der Türsteher.

»Hey, Kumpel«, sagte er. »Kennst du zufällig den alten Knacker, der da oben auf der Galerie sitzt? Der Typ mit dem roten Hut?«

Der Türsteher zuckte die Achseln. »Hab ihn gesehen, aber kennen tu ich ihn nicht.«

Darauf möchte ich wetten, dachte Tarrant und hielt dem Mann die Notiz und den Geldschein vor die Nase. »Tu mir einen Gefallen, und sieh zu, dass er das hier bekommt, okay? Ich hab nämlich ein Feuer zu löschen, und ich will hier keinen Ärger heraufbeschwören.«

»Muss ja ein wahrer Waldbrand sein«, meinte der Türsteher, doch er nahm das Geld. Wahrscheinlich würde er auch die Nachricht lesen, doch die Zeilen würden ihm nichts sagen.

Tarrant ließ den Krach und den Qualm hinter sich und trat vor die Tür. Kyle und Amanda hatten einen ordentlichen Vorsprung, doch sie liefen nicht besonders schnell. Amanda kicherte und schien guter Laune. Gelegentlich stieß sie mit der Hüfte gegen Kyle und tat so, als ob sie stolperte, damit Kyle sie auffangen musste. Tarrant marschierte zügig los und nahm eine Abkürzung, sodass er sich schon bald einen ganzen Block vor den beiden befand.

Sein Auto stand unversehrt an der Stelle, wo er es abgestellt hatte, ansonsten war die Straße fast menschenleer. Die meisten Partygänger waren inzwischen wohl auf ihre Kosten gekommen und nach Hause gefahren, wie die vielen freien Parkplätze bezeugten. Er fuhr zurück zum Loft und stellte den Wagen ganz in der Nähe ab. Bevor er ausstieg, holte er eine Halbautomatik aus dem Geheimversteck unter dem Armaturenbrett und steckte sie ein. Er hoffte, er würde sie nicht brauchen. Er ließ die Wagentür unverschlossen, doch das war okay, denn er würde sein Gefährt nicht allzu lange aus dem Blick lassen.

Er umrundete das Gebäude und stieg auf der Rückseite die Metalltreppe bis zu einem Notausgang hinauf, der gleichzeitig die Hintertür des Deacon-Apartments war. Dann knackte er das Schloss und ließ die Tür angelehnt. Sicher war sicher.

Wieder zurück auf der Straße suchte sich Tarrant eine dunkle

Gasse zwischen zwei Häusern und verschmolz dort mit den Schatten. Von hier aus hatte er einen ausgezeichneten Blick auf das Loft und den Parkplatz.

Die Gegend war nun um einiges verlassener als noch vor Stunden. Bald würden auch die letzten Bars schließen. Die restlichen Gäste würden nach Hause gehen oder bis zum Morgen in einem der Nachtschwärmer-Cafés ausharren. Ein einsamer Streifenwagen fuhr vorbei. Kurz darauf rollte ein brauner Cadillac vor und parkte auf der gegenüberliegenden Seite des Lofts. Dann wurden die Scheinwerfer ausgestellt. Tarrant kniff die Lippen zusammen, als der kleinere von Filzhuts Bodyguards ausstieg und zum Loft hinaufging. Ohne Schwierigkeiten verschaffte er sich Einlass. Schon nach kurzer Zeit kam er wieder zurück; seine Haltung verriet unbändige Verärgerung, ja, Wut. Wie es schien, hatte Tarrants Nachricht, in der er das Verschwinden von Kyle Deacons Warenbeständen angezeigt hatte, die erwartete Wirkung.

Die Reaktion von Filzhut sollte ihm zwar verborgen bleiben, doch Tarrant verspürte ein großes Gefühl der Befriedigung. Sein Plan schien funktioniert zu haben. Als Nächstes stieg der dicke Bodyguard aus dem Cadillac, Dann pflanzten sich die beiden Schläger vor dem Gebäude auf und warteten. Jeder, der auch nur fünfzig Yards von den beiden entfernt war, konnte sehen, dass die Männer nicht zögern würden, zu tun, was immer ihnen nötig erschien. Tarrant war deutlich weniger als fünfzig Yards von ihnen entfernt.

Weder Amanda noch Kyle bemerkten die drohende Gefahr, bis es zu spät war. Der Dicke schnappte sich Kyle, während der Kleine sich auf Amanda stürzte. Die beiden verstanden ihr Handwerk, denn die ganze Aktion lief schnell und ohne viel Lärm ab. Die Tatsache, dass ihre Opfer völlig ahnungslos überrumpelt worden waren, tat ihr Übriges. Darüber hinaus war Kyle wider Erwarten clever genug, keinen Widerstand zu leisten, wohingegen Amanda schlicht und einfach zu stoned dafür war.

Die beiden wurden Richtung Cadillac gezerrt, wo sich soeben die Beifahrertür öffnete. Tarrant erhaschte einen Blick auf den roten Filzhut. Während des Verhörs schüttelte Kyle oft und nachdrücklich den Kopf und schien alles abzustreiten, was immer ihm aus dem Innern des Wagens zur Last gelegt wurde. Schließlich deutete er mit einer entschiedenen Geste in Richtung seines Lofts.

Nun kam der schwierige Part. Was würde Filzhut als Nächstes tun? Würde er die beiden einfach mitnehmen, oder würde er die Angelegenheit gleich hier und jetzt klären wollen? Tarrants Hand glitt in die Tasche und umschloss die Pistole.

Die beiden Schläger begleiteten das Paar wieder zurück zum Loft. Tarrant kam aus seiner Deckung und sprintete zur Rückseite des Gebäudes. Noch bevor die vier auf der Vordertreppe waren, hatte er sich durch die angelehnte Hintertür ins Apartment geschlichen. Rasch zog er die Latexhandschuhe über, löschte das Licht und hielt Ausschau nach einer geeigneten Waffe. Glücklicherweise fand er eine fast volle Flasche Wodka, und glücklicherweise war es eine Marke, die er zutiefst verabscheute.

Gerade rechtzeitig huschte er hinter die Eingangstür, bevor diese aufschwang. Der Kleine und Amanda traten ein. Sie weinte und fluchte und jammerte, alles gleichzeitig. Dazwischen verlangte sie zu erfahren, was eigentlich los war, und versuchte, sich aus dem Griff des Schlägers zu befreien.

Kyle wurde so heftig in den Raum hineingestoßen, dass er stolperte und der Länge nach hinschlug. Das ging so schnell, dass er nicht mal fluchen konnte. Das Gleiche traf auf den Dicken zu, als Tarrant ihm mit der Flasche eins über den Schädel zog. Der Mann mochte vielleicht stark und kräftig sein, doch nur Wenige ließ eine solche Begrüßung unbeeindruckt. Mit einem Grunzen ging der Bodyguard zu Boden.

Bevor der Kleine reagieren konnte, hatte Tarrant ihm schon zwei Nierenhiebe versetzt, womit auch dieses Problem bis auf weiteres aus der Welt geschafft war.

In diesem Moment erkannte Amanda, dass hier noch eine weitere Person mitmischte. Tarrant stellte sie mit einem leichten Kinnhaken ruhig, der sicherstellte, dass er danach seine Hand noch gebrauchen konnte. Als sie auf dem Boden lag, zog er eine kleine Flasche und einen Wattebausch aus der Tasche und schickte sie ins Land der Chloroform-Träume. Nach dem Erwachen würde es ihr vermutlich hundsmiserabel gehen, aber sie würde leben, und das war die Hauptsache. Tarrant warf sich das Mädchen über die Schulter und verließ das Loft durch die Hintertür.

Als er Amanda auf dem Beifahrersitz festgeschnallt hatte, legte er den Rückwärtsgang ein, fuhr ein Stück auf der verlassenen Straße zurück, wendete und machte sich dann nach Süden auf, bis er die I-30 erreicht hatte. Von hier aus bog er auf die I-35 ab und fuhr so lange, bis er ein geeignetes billiges Motel gefunden hatte. Er buchte ein Zimmer mithilfe seines gefälschten Ausweises und zahlte im Voraus. Der Nachtportier notierte sich Tarrants Autokennzeichen, doch das machte nichts, denn das war ebenfalls gefälscht.

Tarrant trug Amanda aufs Zimmer und legte sie auf das Bett. Ohnmächtig wie sie war, sah sie fast noch besser aus, und wenn man erst einmal die ganze Schminke von ihrem Gesicht entfernen würde, dann wäre sie richtig hübsch. Aber das alles war nicht Teil seines Jobs. Er hatte sie sicher aus der Schusslinie geholt, und das war alles, was zählte. Er zog ihr die Schuhe aus und deckte sie zu. Dann regulierte er die Klimaanlage auf ein Maß, das sicherstellte, dass die Bewusstlose ausreichend Frischluft bekam.

In Druckbuchstaben hinterließ er dem Mädchen eine Nachricht auf dem Schreibblock des Motels: GEHEN SIE UNTER KEINEN UMSTÄNDEN ZURÜCK INS LOFT. WENN SIE HILFE BRAUCHEN, RUFEN SIE MICH AN. Er setzte seine Pagernummer unter die Zeilen und vergewisserte sich, dass sie genug Kleingeld zum Telefonieren in der Handtasche hatte. Dann legte er den Zimmerschlüssel auf den Nachttisch und ging.

Als er wieder in Deep Ellum eintraf, fehlte von Kyle, den beiden Schlägern und dem Cadillac jede Spur. Die Eingangstür des Lofts stand sperrangelweit offen, das Innere des Apartments glich mehr denn je einer Müllhalde, sofern das überhaupt möglich war. Ohne noch etwas anzufassen, verließ er den Ort des Geschehens.

Auf der langen Rückfahrt zu seiner Eigentumswohnung fühlte er eine dumpfe Übelkeit in sich aufsteigen. Doch das war, wie er wusste, nur die natürliche Reaktion auf den lang anhaltenden Adrenalinschub. Es war gut, dass er den Job so schnell erledigt hatte, doch Kyle war ihm auch eine große Hilfe dabei gewesen. Der Junge hätte sich genauso gut ein Fadenkreuz auf die Brust malen können.

Und doch verspürte er wenig Mitleid mit dem glücklosen Kyle. Einige Leute waren Fische, andere Haie – so lief das nun mal in der großen Nahrungskette. Dumm nur, wenn man in die Opferrolle hineingeboren wurde, ohne es zu wissen.

Jeder Job war anders, hatte er Caitlin gesagt. Und das traf besonders auf diesen hier zu. Ausnahmsweise hatte er ein Problem geregelt, ohne den Abzug zu betätigen. Eine nette Abwechslung, keine Frage. Wenn doch nur jeder seiner Aufträge so mühelos über die Bühne gehen würde.

Herausforderung oder Erfolg?

Nur er allein wusste, was er bevorzugte.

Originaltitel: »Boss Man«
Aus dem Englischen von Christina Neuhaus

DIE BIBLIOTHEKARIN

von Simon Brett

Die Tatsache, dass der Astrologe seinen eigenen Tod nicht vorausgesehen hatte, warf einen Schatten auf die Glaubwürdigkeit seiner gesamten Karriere. Allerdings war Lionel Cooper auch nie wirklich Astrologe gewesen. Und überdies noch nicht einmal sehr lange.

Don Gordon hatte schon immer ein gutes Gespür für wirtschaftliches Handeln gehabt, und als er der Herausgeber der *Daily Views* wurde, erkannte er sofort, dass die Astrologiekolumne ein Bereich war, in dem er Geld sparen konnte. Also entließ er den bekannten Fernsehstar, der die Kolumne lange Zeit kostenintensiv geleitet hatte, und ersetzte das Foto des Mannes durch die Karikatur einer freundlichen, alten und weise wirkenden Frau mit dem Namen »Fräulein Tick«, deren Anonymität – da war er sich sicher – die Kosten erheblich senken würde. Anschließend bot der neue Herausgeber den Job dem ehemaligen Abteilungsleiter des Newsrooms, Lionel Cooper, für ein kleines Zubrot zur Versüßung seines vorzeitigen Ruhestands an.

Don Gordon glaubte nicht an Astrologie. Er wusste nur, dass die Leute ihr Horoskop in Zeitungen lasen, und seine einzige Vorhersage für die Zukunft war, dass die Leute auch weiterhin ihr Horoskop in Zeitungen lesen würden. Deshalb war die Horoskop-Kolumne ein Bestandteil, auf den er in der *Daily Views* auf keinen Fall verzichten wollte. So beschloss er, dass Fräulein Ticks Vorhersagen wöchentlich von Montag bis Samstag erscheinen müssten, doch der Inhalt der Kolumne interessierte ihn nicht im Geringsten.

Die einzige Vorgabe, die er Lionel Cooper gegeben hatte, als sie den Arbeitsvertrag festlegten – oder besser gesagt, als der ältere Mann ohne Zögern den Vertrag akzeptiert hatte, der ihm angeboten worden war –, lautete folgendermaßen: »Drück dich möglichst vage aus. Denk daran, einige deiner Leser oder Leserinnen nehmen deine Kolumne zur Hand, nachdem sie in der Nacht zuvor den besten Sex ihres Lebens hatten; andere befinden sich gerade auf dem Weg zur Beerdigung eines nahen Verwandten. Einige von ihnen sind jung, andere alt. Nur sehr wenige von ihnen hatten jemals in ihrem Leben Glück, und noch weniger werden es je haben. Alles, was sie sich von ihrem Horoskop in der *Daily Views* wünschen, ist ein Hoffnungsschimmer, und den geben wir ihnen mit einer einfachen Botschaft, die lautet: ›Vieles ist in der letzten Zeit schiefgelaufen, aber es wird sich alles zum Guten wenden.‹ Dein Job besteht darin, herauszufinden, wie viele verschiedene Formulierungen es dafür gibt.«

Genau die gleiche Vorgabe gab er auch Mary O'Connor, nachdem er sie in sein Büro gebeten hatte, um sie zu fragen, ob sie sich vorstellen könne, in die Rolle von Fräulein Tick zu schlüpfen.

Mary war inzwischen Ende dreißig. In ihren dunkelbraunen Haaren schimmerten hier und da ein paar graue, und ihr Gesicht war schmaler geworden, was ihre spitze Nase hervorhob. Aber sie war immer noch eine attraktive Frau, was Don Gordon mit etwas gemischten Gefühlen zur Kenntnis nehmen musste, als er ihr sein Angebot unterbreitete.

Die beiden hatten eine Art Vorgeschichte miteinander. Sie hatten beide am gleichen Tag bei der *Daily Views* angefangen, beide waren ehrgeizige Reporter gewesen, die ihre Lehrjahre bei regionalen Zeitungen absolviert hatten. Beide waren auf Kriminalität spezialisiert und fest entschlossen gewesen, sich bei überregionalen Zeitungen einen Namen zu machen.

Damit waren ihre Gemeinsamkeiten jedoch erschöpft. Don Gordon hatte seine Ausbildung an Schulen und Universitäten absolviert und sein Arbeitsleben in Manchester begonnen. Er hatte das gute Aussehen eines Ringkämpfers von der lauten und harten Sorte. Manchmal ungestüm, hasste er es, im Unrecht zu sein – und gab es demnach auch nie zu. Wenn er einen Raum betrat, sorgte er dafür, dass alle Aufmerksamkeit sich auf ihn richtete. Seine Auffassung von Journalismus war ähnlich konfrontativ. Er war hartnäckig wie ein Rottweiler, und er schikanierte die Leute, bis sie mit der Wahrheit herausrückten. Die Methode ging auf. Seine fortlaufenden Sensationsmeldungen machten ihn bei der *Daily Views* so berühmt, dass er mit Anfang dreißig zum Herausgeber aufstieg.

Der Unterschied zu Mary O'Connors Auffassung von Journalismus hätte kaum größer sein können. Als Sprössling der Home Counties, ausgebildet an einem vornehmen Damen College und in Cambridge, verstand sie sich darauf, den Leuten ihre Informationen so subtil zu entlocken, dass diese es nicht einmal bemerkten. Sie hielt große Stücke auf eine gründliche Vorarbeit, und bevor sie einen Zeugen oder eine Zeugin aufsuchte, recherchierte sie den jeweiligen Fall bis ins kleinste Detail. Während Don Gordon aus einem Impuls heraus agierte, der sich oft als richtig herausstellte, hielt sich Mary O'Connor so lange zurück, bis sie mit absoluter Sicherheit wusste, dass sie im Recht war.

Ihre Methode war nicht weniger effektiv als seine. Tatsächlich war Marys Trefferquote in der Zeit, in der sie beide als Starkriminalreporter bei der *Daily Views* arbeiteten, sogar geringfügig besser.

Durch ihre ruhige, fleißige Art konnte gelegentlich der Eindruck entstehen, dass sie keinen Sinn für Humor habe, doch das war eine absolute Fehleinschätzung. Ihr Humor war so subtil wie die meisten ihrer Charaktereigenschaften, aber er konnte hin und wieder auch schneidend werden. Gegen Ende ihrer ersten ekstatischen Woche bei der *Daily Views* wandte sich Don in einer Kneipe mit dem anzüglichen Satz an sie: »Weißt du, ich bin Schütze, und ich frage mich gerade, wohin ich meinen nächsten Pfeil abschießen soll ... Was für ein Sternzeichen bist du?«

Mary hatte daraufhin geantwortet: »Ich bin Waage. Ich vermute, wenn unsere Sternbilder zusammenkämen und ich als ›Libra‹ mit dir als ›Sagittarian‹ Kinder hätte, dann würden diese wohl ›Librarians‹, also Büchereiangestellte. Was meinst du?«

Don konnte es überhaupt nicht leiden, wenn ihm jemand überlegen war, vor allem, wenn es sich dabei um eine Frau handelte, und deshalb hatte ihre Antwort ihn abgeschreckt.

An diesem Abend jedenfalls. Aber nicht ein für alle Mal.

Im Anbetracht des Themas ihrer gegenwärtigen Diskussion – sein Angebot an sie, die Fräulein Tick-Kolumne zu übernehmen – fragte sich Mary, ob Don sich ebenso wie sie an diesen früheren Schlagabtausch erinnerte. Während sie ihn in seinem prächtigen Büro so vor sich sitzen sah, wie er von seinem Thron über der Canary Wharf aus London regierte, regten sich in ihr allerdings Zweifel darüber. Don war seit ihrem letzten Treffen vor drei Jahren sichtlich gealtert. Er hatte zugenommen, besonders im Nacken, seine Haare waren dünner geworden, und sein Gesicht zeigte die unverkennbaren Spuren all seiner nervlichen Krisen bei Redaktionsschluss und seines regelmäßigen Zigaretten- und Whiskykonsums. Doch, wie so oft im Leben, dachte Mary reumütig, scheint dies bei Männern einfach keine Rolle zu spielen.

Sie versuchte sich daran zu erinnern, welche Gerüchte sie in den Klatschzeitungen über seine diversen Liaisons gelesen hatte. Damals, nachdem sie ihren Vollzeitjob an den Nagel gehängt hatte, war er etliche, Aufsehen erregende Beziehungen eingegangen, denen eine noch glamourösere Hochzeit mit einer angesagten britischen Filmschauspielerin folgte. Vielleicht waren er und seine Frau nach wie vor glücklich. Mary hatte nichts Gegenteiliges in der Presse gelesen, aber irgendwie zweifelte sie an der Beständigkeit dieser Ehe. Don Gordon, das wusste sie nur zu gut, konnte bei einer Frau anfänglich absolut Besitz ergreifend sein, aber an Durchhaltevermögen mangelte es ihm. Außerdem – da unterschied er sich nicht von den meisten seiner Journalistenkollegen – konnten die Verführungskünste einer Frau niemals mit dem Kick einer guten Sensationsstory mithalten.

Ich beneide keine Frau, die eine langfristige Beziehung mit Don Gordon eingeht. Im gleichen Moment aber, als Mary O'Connor dieser Gedanke durch den Kopf schoss, wusste sie, dass sie nicht hundertprozentig davon überzeugt war.

Das Ende ihrer Affäre war nicht der Grund für die divergierende Entwicklung ihrer Karrieren gewesen, obwohl das zeitgleiche Zusammentreffen der Ereignisse den Vorteil mit sich brachte, dass sie an dieser so entscheidenden Wegkreuzung nicht ständig aufeinandertrafen. Mary hatte ihre Karriere als Journalistin aufgeben müssen, als ihr Vater, George O'Connor, an Krebs erkrankte. Da ihre Mutter beim Ausbruch der Krankheit schon lange verstorben war, zögerte Mary nicht einen Moment bei dem Entschluss, was nun zu tun sei.

Ihre Entscheidung beruhte nicht ausschließlich auf Pflichtgefühl. Sie hatte ihren Vater immer vergöttert und wollte so viel wie möglich von seiner verbleibenden Zeit mit ihm zusammen verbringen. George O'Connor war ein einigermaßen erfolgreicher, humorvoller Kolumnist gewesen, dessen Arbeiten in einer Reihe von Publikationen erschienen waren, und Mary hatte ihre Begeisterung für den Journalismus ihm zu verdanken, genauso wie ihre Leidenschaft für die Englische Sprache. Als Humorist liebte George O'Connor das Potenzial und die Flexibilität von Wörtern. Er liebte Anagramme, das Spielen mit vielfältigen Bedeutungen und das Zergliedern von Wörtern. Eins seiner Lieblingszitate stammte von dem Clown in Shakespeares »Zwölfte Nacht«:

»Für einen einfallsreichen Kopf ist ein Satz nur ein Cheveril-

Handschuh. Wie schnell kann man die verkehrte Seite nach außen stülpen!«

Seine Tochter konnte sich nicht an seine erste Erläuterung dieses Zitates erinnern, so oft hatte er ihr erklärt: »›Cheveril‹ ist eine Art Ziegenleder, Mary, und Zicklein heißt auf Englisch ›KID‹. Er meint also einen ›KID Handschuh‹, und ›KID‹ kann außer ›Zicklein‹ noch ›Kind‹ oder ›Spaß machen‹ bedeuten.«

George O'Connor war süchtig nach Kreuzworträtseln gewesen und hatte seine letzten Jahre, als der Krebs an seinem Körper zehrte und sein Verstand sich durch das Leiden zu schärfen schien, damit verbracht, Rätsel mit immer umfangreicheren Tücken zu lösen.

Mary bereute nicht eine Sekunde der Zeit, die sie und ihr Vater mit dieser Art von Wortspielen verbracht hatten. Während seiner letzten Tage im Krankenhaus, als George O'Connor nicht einmal mehr die Kreuzworträtsel-Kästchen erkennen konnte, hatte sie ihm die Rätselhinweise des Kreuzworträtsels aus der *Times* vorgelesen, und obwohl sein Verstand zwischen dem Zustand der Klarheit und dem der geistigen Umnachtung hin und herschwankte, war er dennoch in der Lage gewesen, einige von ihnen zu beantworten. Einen Rätselhinweis aus dieser leidvollen Zeit hatte sie besonders im Gedächtnis behalten: »Kein leiser Moment«. Und es hatte sich dabei um eins dieser ärgerlichen Vier-Buchstaben-Worte gehandelt, von denen sie wusste, dass sie eigentlich ganz simpel waren, aber auf deren Lösung sie einfach nicht kam. Lücke – U – Lücke – M war das, was sie vor sich stehen sah, und sie hatte sich seit Stunden den Kopf darüber zerbrochen, und versucht, an irgend etwas anderes zu denken als daran, dass sie das Rätsel niemals knacken würde.

Doch plötzlich hatte ihr Vater in einem Moment der Klarheit gelächelt und heiser geflüstert: »Vergiss niemals das stille H, das auf ein allein stehendes U folgen kann. Es ist ›RUHM‹, Mary, ›RUHM‹.«

Das waren seine letzten klaren Worte an sie gewesen.

Als Mary O'Connor den Entschluss, ihre Karriere abzubrechen, ankündigte, hatte der frühere Herausgeber der *Daily Views* mit allen Mitteln versucht, sie zum Umdenken zu bewegen. Sie wäre gut, sagte er, wirklich gut. Sie würde sich gerade an dem Punkt befinden, an dem es mit ihrer Karriere steil bergauf ginge. Es sei einfach verrückt, gerade jetzt aufzuhören.

Doch sie hatte sich nicht beirren lassen, und Zähne knirschend hatte er ihre Kündigung akzeptiert. Weil er große Stücke auf sie hielt und irgendwie in Kontakt mit ihr bleiben wollte, hatte er ihr einen Teilzeitjob angeboten, der weit unter ihren Fähigkeiten lag. Die Bibliothekarin der *Daily Views,* die Frau, die sich zwei Tage in der Woche um die Zeitungsarchive kümmerte, wurde pensioniert. Könnte Mary sich vorstellen, diesen Job zu übernehmen?

Sie hatte sich dazu bereit erklärt, zum Teil, weil ihr das Geld gelegen kam, aber auch weil der Fortschritt in der Computerisierung es ihr möglich machte, nach und nach immer mehr der Arbeit von Zuhause aus zu erledigen, ohne dass sie aus der Sterbebegleitung ihres Vaters herausgerissen wurde. Auf diese Weise blieb ihre Verbindung zur *Daily Views* bestehen, obwohl sie nicht täglich im Büro an der Canary Wharf vorbeischaute. Und die ständigen, zufälligen Zusammentreffen mit Don Gordon erschwerten ihr das Leben nicht noch zusätzlich.

Als dessen Sekretärin, Judy, sie schließlich nach dreieinhalb Jahren anrief, fühlte sich Mary stark genug, die Situation ohne offensichtliche Schamgefühle zu meistern. George O'Connor war letzten Endes vor gut sechs Wochen verstorben, und obwohl sie ihren Vater wahnsinnig vermisste, war sie aus der langen Zeit, in der sie gemeinsam dem Unausweichlichen ins Auge geblickt hatten, gestärkt und für sein Leben dankbar herausgegangen. Da sie sich gerade in der Phase befand, in der sie darüber nachdachte, was sie mit ihrem eigenen Leben anfangen solle, kam ihr das Angebot, in die Fräulein Tick-Rolle zu schlüpfen, sehr entgegen. Mary O'Connor hegte keine langfristigen Ambitionen, Astrologin zu werden, aber für den Moment hatte sie das Gefühl, dass dies der richtige Job für sie sei.

Nachdem sie also in Dons Büro erschienen war, nahm sie seinen Vorschlag an und teilte ihm mit, dass sie für drei Monate einspringen und anschließend mit ihm reflektieren wolle, wie zufrieden sie beide mit dieser Regelung seien. Er teilte ihr mit, dass die Bezahlung, die er ihr für den Job bot, die gleiche sei, die er auch mit ihrem Vorgänger vereinbart hatte, nicht übermäßig großzügig, aber als Übergangslösung angemessen, bis die Bibliothekarin der *Daily Views* entschieden hätte, was sie mit ihrem Leben wirklich anstellen wolle.

»Ich denke, ich werfe besser mal einen Blick auf Lionel Coopers Unterlagen«, sagte Mary, nachdem sie sich erhoben hatte und im Begriff war zu gehen. »Wo befand sich sein Büro?«

»Er arbeitete von Zuhause aus«, antwortete Don, während er aufstand, um sie zur Tür zu geleiten. »Soweit ich weiß, hat er so gut wie nie das Haus verlassen. Auf jeden Fall hat er sich hier so gut wie nie blicken lassen. Er hatte für letzten Donnerstag ein Treffen mit mir vereinbart, aber ...«, er zuckte mit den Achseln, »das hat nie stattgefunden. Zu diesem Zeitpunkt war er schon tot. Judy hat seine Adresse und auch alles Weitere. Ich vermute, dass Lionels Frau inzwischen wieder zurück ist, du kannst sie also anrufen.«

»Wieder zurück?«

»Wie es scheint, war sie auf Mallorca, als er starb.«

»Und wie ist er gestorben?«

Don Gordons zerfurchtes Gesicht verzog sich zu einem überraschten und amüsierten Lächeln. »Oh, wusstest du das nicht? Er wurde ermordet.«

»Wie bitte?«

»Es sah aus wie ein fehlgeschlagener Einbruch. Es gab deutliche

Einbruchsspuren, und etliche Dinge fehlten. Lionel Cooper wurde erstochen in seinem Bademantel aufgefunden, der Messerstich ging direkt durchs Herz.«

»Armer Kerl.«

»Du sagst es.« Don Gordon lachte auf seine ruppige Art, die Mary so gut im Gedächtnis behalten hatte. »Und in seinem Horoskop stand, dass ihm ein guter Tag bevorstünde!«

Das Haus war überraschend luxuriös für einen Ex-Journalisten. Groß, dreistöckig, abgelegen von der West End Lane in Hampstead. Lionel Coopers Frau muss vermögend sein, dachte Mary, als sie die Türklingel läutete.

Doch die Begegnung mit Dilys Cooper machte ihre Annahme sofort wieder zunichte. »Ich werde dieses Haus so schnell wie möglich verkaufen«, verkündete sie, nachdem ihr Gast gerade mal zur Tür hereingekommen war. »Das sollte ein paar Kröten wert sein. Nett, wenn man ein bisschen Kohle auf der sicheren Seite hat, besonders, wenn man noch nie wirklich welche hatte.«

Lionel Coopers Witwe war unverfroren, beinahe das, was Marys vornehme Mutter als »gewöhnlich« bezeichnet hätte. Sie war schätzungsweise Anfang sechzig, genau wie ihr verstorbener Mann, aber sie hatte keine Kosten gescheut, um jünger auszusehen. Sie trug einen lilafarbenen Hosenanzug, der über und über mit Gold ausgestattet war. Schwerer goldener Schmuck klingelte dumpf auf ihrer, in der Sonne von Mallorca gebräunten Haut. Mit einem minimalen Aufwand und ohne die obligatorische Frage nach einem Erfrischungsgetränk wurde Mary O'Connor zu einem grell gemusterten Sessel geleitet. Die Witwe verschwendete keine Zeit mit Höflichkeitsfloskeln.

Sie machte auch keinen Hehl daraus, dass der Tod ihres Mannes nichts anderes als eine Fügung des Himmels war. »Ich wollte ein Appartement auf Mallorca anstelle dieses Hauses kaufen, aber Lionel war dagegen.« Sie setzte ein triumphierendes Lächeln auf.

»Jedenfalls kann ich nun, wo er tot ist, genau dort leben, wo ich leben will. Ich habe einige schöne Immobilien rund um Pollenca gesehen, wissen Sie. Genau mein Menschenschlag dort auf Mallorca – und dieses Land hier ist heutzutage so trostlos. Nein, Lionels Tod hätte zu keinem günstigeren Zeitpunkt kommen können, jedenfalls soweit es mich betrifft.«

Sie trug ihren Triumph so offenkundig zur Schau, dass Mary auf der Stelle die Möglichkeit ausschloss, dass Dilys Cooper irgendetwas mit der Ermordung ihres Mannes zu tun haben könnte. Vorausgesetzt, es handelte sich hier nicht um eine Art doppelten Bluff ... Doch die Frau schien nicht einmal für einen einfachen Bluff clever genug zu sein.

»Es tut mir wirklich leid, Frau Cooper, dass ich Sie in dieser leidvollen Zeit belästige ...« Achselzucken; wenn Mary dies als eine leidvolle Zeit bezeichnen wolle – bitte sehr.

»Sehen Sie, ich werde die Horoskop-Kolumne von Fräulein Tick übernehmen ...«

»Sie Glückliche.«

»Wie bitte?«

Dilys Cooper wies auf ihr luxuriöses, wenn auch geschmackloses Wohnzimmer.

»Womit, glauben Sie, ist dies hier alles bezahlt worden?«

Mary beschloss, die offenkundige Folgefrage auf einen späteren Zeitpunkt zu verschieben.

»Wie mir gesagt wurde, hat Ihr verstorbener Mann den Großteil seiner Arbeit für die Kolumne von hier aus erledigt ...«

»Das ist richtig. Er hat das Haus kaum verlassen. Anders als ich verspürte Lionel keinerlei Reiselust – von irgendeiner anderen Form von Lust ganz zu schweigen.«

»Ah ja. Nun, ich habe mich gefragt, ob ich mir seine Unterlagen auf dem Computer ansehen könnte, um mir einen Eindruck zu verschaffen ...«

Die Witwe unterbrach sie mit einem schroffen Lachen. »Nein,

das können Sie leider nicht. Der Computer war einer der Gegenstände, die gestohlen wurden.«

»Tatsächlich?«

»Von dem Typen, der bei uns eingebrochen ist. Dem gleichen, der meinen Mann ermordet hat«, ergänzte sie ohne Sentimentalität. »Er hat sich nahezu mit Lionels gesamtem Büro-Equipment aus dem Staub gemacht – Computer, Faxgerät, Fotokopierer ...«

Mary O'Connor warf einen Blick auf den riesigen, hypermodernen Fernseher mit Video im Wohnzimmer. »Und das hat er hier gelassen?«

»Die Polizei geht davon aus, dass er seinen Raubzug im Büro startete, weil er durch das Fenster dort eingestiegen ist ... er kletterte dafür über das Dach des Küchenanbaus ... Dann, als er das Equipment im Büro zusammensuchte, muss Lionel ihn gehört und den Raum betreten haben. Der Typ bekam es mit der Angst zu tun und hat ihn mit seinem Messer niedergestochen.«

Etwas an dieser Erklärung war für Mary nicht schlüssig. Würde ein gewöhnlicher Einbrecher nach einem Anfall von Panik und einem Mord in aller Ruhe eine Sammlung von schweren Bürogeräten zusammenpacken und zu dem bereitstehenden Fahrzeug tragen? Und wenn er tatsächlich cool genug dafür war, warum war er dann nicht zum Haus zurückgekommen, um den Fernseher und andere Wertgegenstände mitzunehmen?

Aber sie behielt ihre Zweifel für sich. »Das heißt also, Frau Cooper, dass nichts von den Aufzeichnungen Ihres Mannes zurückgelassen wurde – Hard Copy Ausdrucke, Floppy Disks, CDs ...?«

Erneutes Achselzucken. Die Witwe schien alles im Hinblick auf ihren verstorbenen Mann unendlich langweilig zu finden, und Mary O'Connor konnte sich des Eindrucks nicht erwehren, dass dies auch schon der Fall gewesen war, als dieser noch lebte. »Ich habe keine Ahnung, was verschwunden ist. Das Büro sah aus, als wäre es von einer Bombe getroffen worden, so viel weiß ich jedenfalls. Lionels Arbeit war seine Arbeit; da habe ich mich nicht eingemischt.«

Oder auch nur das geringste Interesse bekundet, solange das Geld weiter floss.

»Wenn wir von dem Computer Ihres Mannes sprechen, sprechen wir dann über einen Desktop oder über einen Laptop?«

»Über beides. Er hatte seit einigen Jahren den einen auf seinem Schreibtisch stehen, und dann hatte er sich gerade diesen modernen Laptop mit den allerneuesten technischen Errungenschaften gekauft.«

»Und beide Geräte wurden gestohlen?«

Dilys Cooper nickte und blickte dann auf ihre Armbanduhr, um zu verdeutlichen, dass es für Mary an der Zeit war, ihren sinnlosen Besuch zu beenden.

Die Bibliothekarin erhob sich bedauernd aus ihrem Sessel, doch ein Gedanke ließ sie innehalten. »Sie sagen, er hatte sich einen *neuen* Laptop gekauft …?«

»Ja.«

»Heißt das, dass er davor schon einen besaß und sich einfach nur das allerneueste Modell zugelegt hat?«

Dilys Cooper nickte kurz. Ihr minimales Interesse, das sie für dieses Thema aufbringen konnte, war schon lange erschöpft.

»Hat er den alten wieder verkauft?«

»Nein. Nein, das wollte er partout nicht machen. Ich habe ihm gesagt, dass das idiotisch sei, weil er bestimmt noch etwas eingebracht hätte.« Mary erkannte im Gesicht der Frau einen Anflug der früheren, weniger wohlhabenden Dilys Cooper, die sich ständig Sorgen machte, wie sie über die Runden käme. »Doch Lionel erwiderte, er wolle den alten Laptop als Rückversicherung behalten.«

»Und«, fragte Mary beiläufig, als ob es keine weitere Bedeutung hätte, »wurde dieser auch gestohlen?«

»Ich habe nicht nachgesehen. Lionel bewahrte ihn im Schrank unter der Treppe auf.«

Das scheint ein eher ungewöhnlicher Aufbewahrungsort zu sein, dachte Mary, wenn sich der ganze Rest des Equipments im Büro befindet.

Wie nicht anders zu erwarten gewesen war, befand sich der alte Laptop nach wie vor in dem Schrank unter der Treppe. Er war vielleicht erst ein paar Jahre zuvor gekauft worden, doch die rasanten technologischen Entwicklungen ließen ihn bereits überholt erscheinen.

Dilys Cooper ließ sich nur widerwillig dazu überreden, aber am Ende erlaubte sie Mary doch, das Gerät mitzunehmen. Allerdings nur für vierundzwanzig Stunden. Die Pfennigfuchserin in der Witwe rechnete sich immer noch aus, irgendeinen Gewinn aus dem Gerät zu schlagen.

Obwohl sie sich des dringenden Wunschs der Frau, sie loszuwerden, wohl bewusst war, verharrte Mary O'Connor auf der Türschwelle für eine letzte Frage. »Frau Cooper, ich hoffe, meine Frage ist nicht zu unverschämt, aber der Herausgeber der *Daily Views* hat mir für die Übernahme der Fräulein Tick-Kolumne ein finanzielles Angebot gemacht, das, auch wenn es adäquat ist, mich ganz sicher nicht in die Lage versetzen würde, um ...« Sie machte eine Geste in Richtung des Hauses »... einen solchen Lifestyle zu finanzieren.«

Das brachte Mary die volle Aufmerksamkeit der anderen ein. Für Geld würde Dilys Cooper sich immer interessieren.

»Deshalb habe ich mich gefragt, ob der Herausgeber mich übers Ohr gehauen hat ...?«

»Nein«, antwortete die Witwe, »Lionels Grundgehalt für die Kolumne in der *Daily Views* war nicht hoch. Aber er verbrachte viel Zeit auf den Internetseiten. Daher bekam er das Geld.«

»Astrologische Internetseiten?«

»Das nehme ich an. Wie ich schon sagte, Lionel kümmerte sich um seine Arbeit, und ich habe mich da nicht eingemischt. Alles, was ich weiß, ist dies ...« Dilys Cooper strahlte erneut voller

Triumph« … Was auch immer er trieb, es brachte einen Haufen Kohle ein.«

Judy, Don Gordons Sekretärin, stellte den Anruf der Bibliothekarin mit beruhigender Gelassenheit durch.

»Nein«, antwortete er ihr. »Ich weiß zwar, dass ich manchmal ein echter Schuft sein kann, aber so würde ich nicht mit dir umgehen, Mary. Die Bezahlung, die ich dir angeboten habe, stimmt exakt mit der von Lionel Cooper überein.«

»Erhalte ich denn auch das Recht, die Gewinne aus der Fräulein Tick-Internetseite einzustreichen?«

»Wie bitte?«

»Es sieht so aus, als könne man einen ordentlichen Reibach mit diesen astrologischen Internetseiten machen.«

»Mary, es gibt keine Fräulein Tick-Internetseite. Und wenn es die gibt, dann ist sie nicht von der *Daily Views* autorisiert. Diesbezüglich habe ich eine Grundsatzentscheidung getroffen. Es macht mir nichts aus, wenn eine nicht existierende Betrügerin bedeutungslose Vorhersagen in einer Zeitung macht, für die die Leute bereits bezahlt haben. Aber ich werde ihnen im Internet nicht noch den letzten Cent aus der Tasche ziehen.«

Nicht zum ersten Mal war Mary verblüfft über Don Gordons schrullige ethische Ansichten. Doch es gelang ihm immer wieder, sie mit der Leidenschaft, mit der er sie vertrat, zu beeindrucken.

»Das heißt also«, fragte sie, »wenn Lionel Cooper eine Fräulein Tick Internetseite unterhielt, dann geschah das ohne deine Erlaubnis?«

»Natürlich. Aber er hatte keine Fräulein Tick Internetseite. Falls er das versucht hätte, wäre mir das auf jeden Fall zu Ohren gekommen, und ich hätte ihm meine Anwälte wie Blutsauger an den Hals geschickt. Du kannst dich darauf verlassen, Mary – Lionel Cooper unterhielt keine Internetseite, die in irgendeinem Zusammenhang mit der *Daily Views* stand.«

Mit dem Gedanken, wie sehr Don Gordon es hasste, im Unrecht zu sein, und dem, wie befriedigend es wäre, ihm genau das nachzuweisen, setzte sich Mary, nachdem sie in ihre Wohnung zurückgekehrt war, sofort an ihren Computer und ging online.

Verärgert stellte sie fest, dass Don Gordon recht hatte. Sie konnte keine Internetseite unter dem Namen »Fräulein Tick« finden. Und auch in den langen frustrierenden – und zum Teil Hirn verdrehenden – Stunden, in denen sie unzählige astrologische Internetseiten aufrief, konnte sie keine Verbindung zwischen diesen und der *Daily Views* herstellen.

Mary O'Connor lehnte sich in ihrem Stuhl zurück, ihr Rücken war von dem anhaltenden Klicken mit der Maus völlig verspannt, und rieb sich gedankenverloren ihre lange Nase.

Aus ihren fehlgeschlagenen Nachforschungen stellte sich ihr nun die eine, große Frage: Wenn Lionel Cooper nicht von einer astrologischen Internetseite profitiert hatte, wie seine Witwe anzunehmen schien, woher stammte dann all sein Geld?

Mary O'Connor begab sich in das Archiv der *Daily Views*, um die Fräulein Tick-Vorhersagen der letzten vollen Woche vor der Ermordung ihres Vorgängers herauszusuchen und auszudrucken. Sie erschienen ihr reichlich uninteressant und bedeutungslos, aber es gab keinen Zweifel daran, dass sie, der Vorgabe von Don Gordon entsprechend, vielen Lesern und Leserinnen mit ihrer einfachen, wiederkehrenden Botschaft: ›Vieles ist in der letzten Zeit schiefgelaufen, aber es wird sich alles zum Guten wenden‹, einen früh-morgendlichen, aufbauenden Hoffnungsschimmer vermittelt hatten.

Mary begann, sie zu lesen, und ihr Respekt vor Lionel Coopers Prosastil löste sich allmählich in Luft auf. Da es sich um ihr eigenes Sternzeichen handelte, las sie zuerst das Waage-Horoskop.

MONTAG: Eines ist gewiss: Einem netten, treuen Umfeld mehr Aufmerksamkeit zu widmen zahlt sich am Ende aus. Diese Weisheit haben Sie in der letzten Zeit zu wenig beherzigt. Saturns großer Einfluss auf Ihre Sternenkonstellation wird Ihnen am Donnerstag zu der Einsicht verhelfen, dass es sich lohnt, alte Bekanntschaften wieder aufzufrischen.

DIENSTAG: Für eine nachhaltige, großartige Leistung ist sicher Courage heute gefragt. Fassen Sie sich ein Herz, und lassen Sie sich überraschen. Die Ereignisse des heutigen Tages werden Sie für alles entschädigen, was Ihnen in der letzten Zeit im Leben misslungen ist.

MITTWOCH: Sie werden heute allseits beliebt sein, Bewunderung und Ruhm genießen und die Wertschätzung erfahren, die Ihnen schon lange zusteht. Alle negativen Gedanken und nagenden Sorgen der letzten Wochen können Sie getrost ablegen.

DONNERSTAG: Heute wird die Glücksgöttin Ihnen Reichtum, Liebe, Ansehen, neues Durchsetzungsvermögen, Einfallsreichtum, Brillanz und vieles mehr zufallen lassen. Sie sind überall gern gesehen, und Ihre Freunde und Freundinnen werden Ihre Umsichtigkeit und Ihre freundliche Zuwendung zu schätzen wissen.

FREITAG: Sie haben wieder Glück, weil Ihre Sterne sich erneut, noch deutlicher erkennbar zu Ihren Gunsten auswirken. Ein Ereignis, das Ihnen heute widerfährt, wird Sie in dem Vertrauen bestärken, dass Ihre Zukunft rosig aussieht.

SAMSTAG – IHRE STERNE AM WOCHENENDE: Ihre Planetenkonstellation heute ist vielversprechend: Sie erwarten mancherlei Abenteuer nebst träumerisch intimen Kontakten zwischen Ihnen und Ihrer großen Liebe, Gesundheit, Unbeschwertheit und Wohlstand. Legen Sie getrost einmal Ihre Hemmungen ab, und genießen Sie Ihr Glück.

Morgen bereitet Ihnen Fortuna einige unvergessliche Momente und nie da gewesene Vergnügungen, obendrauf langlebige Liebschaften und innere Zufriedenheit. Das alles haben Sie sich redlich verdient, also erfreuen Sie sich an dieser besonderen Zeit in Ihrem Leben.

Nachdem sie das Waage-Horoskop durchgelesen hatte, widmete sich Mary O'Connor den anderen Horoskopen mit der gleichen akribischen Gründlichkeit.

Nach Abschluss ihrer Lektüre war sie sich zumindest sicher, dass sich, wenn sie die Rolle von Fräulein Tick übernähme, auf jeden Fall der Sprachstil in den Vorhersagen der alten Dame verbessern würde.

Als Nächstes nahm sie sich Lionel Coopers Laptop vor. Der Akku war leer, aber es gab ein Stromanschlusskabel in der Tragetasche, und so dauerte es nicht lange, bis das Gerät hochgefahren war und lief. Er hatte seine persönlichen Dateien in nur zwei Ordnern untergebracht; sie trugen die Namen »Texte« und »Bilder«. Es wurden keine Passwörter verlangt, um sich Zugang zu den Dateien zu verschaffen. Höchstwahrscheinlich hatte Lionel Cooper in Anbetracht des generellen Desinteresses seiner Frau und der Tatsache, dass er so gut wie nie das Haus verließ, es nicht für notwendig gehalten, Passwörter einzurichten.

Das wiederum war im Hinblick auf den Inhalt der ersten Datei, die Mary im »Bilder«-Ordner vorfand, ziemlich überraschend.

Dilys Cooper hatte ihrem Mann einen Mangel an Reiselust zugeschrieben – »von irgendeiner anderen Form von Lust ganz zu schweigen«. Aber sie hatte sich gründlich getäuscht.

In ihrer Zeit als Kriminalreporterin hatte Mary O'Connor eine große Anzahl von Kinderpornographie zu Gesicht bekommen. Und doch weckte der Anblick in ihr nach wie vor ein Gefühl von abgrundtiefem Ekel.

Sie musste sich nicht mehr viele der Dateien des »Bilder«-Ordners ansehen, um zu dem Schluss zu gelangen, dass sie sich allesamt ähnelten. Also wandte sie ihre Aufmerksamkeit dem Ordner »Texte« zu.

Der Inhalt dieses Ordners ließ sich jedoch nicht ganz so leicht erschließen. Einige der Dokumente enthielten ohne Frage die Entwürfe der Tageshoroskope für die Fräulein Tick-Kolumne. Andere hingegen bestanden aus scheinbar willkürlich zusammengesetzten Wortlisten.

Mary grübelte eine lange Zeit über ihren Sinn nach, bis sie schließlich entschied, dass sie so nicht weiterkam.

Doch wie verhielt es sich mit Lionels Internetgebrauch? Angesichts seiner laxen Haltung in punkto Sicherheitsvorkehrungen war die Wahrscheinlichkeit groß, dass er sein Anmeldepasswort gespeichert hatte und sie sich bei ihm einloggen konnte.

Ihre Vermutung erwies sich als richtig. Er hatte den Internet Explorer benutzt, und durch diesen erhielt sie auf direktem Weg Zutritt zur MSN-Homepage. Es war aussichtslos, ohne das Passwort an Lionel Coopers Hotmail-Verzeichnis zu gelangen, aber sie konnte sich einen Überblick über seine favorisierten Internetseiten verschaffen. Auf diese Weise ließ sich vielleicht etwas Neues herausfinden. Sie klickte auf das Symbol für »Favoriten«.

Etliche der Namen in seinem Verzeichnis waren für jemanden, der früher in einem Newsroom gearbeitet hatte, nahe liegend … Internetseiten von verschiedenen Tageszeitungen, der BBC usw. Aber der Name, der das Verzeichnis anführte, war Mary gänzlich unbekannt. Genau genommen handelte es sich nicht einmal um ein vollständiges Wort, sondern lediglich um eine Reihe von Buchstaben. Sie versuchte mit Hilfe ihres durch Kreuzworträtsel geschulten Verstandes aus den Buchstaben ein Anagramm zu bilden, jedoch ohne Erfolg.

Als sie sich daran machte, die Internetseite direkt aufzurufen, wurde ihr Vorhaben durch eine Passwortabfrage gestoppt. Der

Kursor im Gesprächsfeld blinkte ihr frustrierend entgegen. Sie wusste nicht einmal, ob sich das Passwort aus vier oder sechs oder acht Buchstaben zusammensetzte. Doch sie hatte eine ungefähre Vorstellung davon, wie groß die Wahrscheinlichkeit war, das richtige Passwort per Zufall zu erraten – in Zahlen ausgedrückt lag sie in etwa bei eins zu mehreren Millionen.

Mary O'Connor ließ den Laptop stehen und machte sich erst einmal eine Tasse Tee. Danach setzte sie sich in den Sessel, der einst der Lieblingssessel ihres Vaters gewesen war und in dem er so häufig und so zügig das Kreuzworträtsel der *Times* gelöst hatte, um sich dort erneut ihre Kopie der Fräulein Tick-Horoskope vorzunehmen.

In den Texten stachen ihr etliche Ungereimtheiten ins Auge, sowohl im Ausdruck als auch beim Satzbau. Außerdem waren sie zum Teil einfach schlecht geschrieben. Keine Frage, dachte Mary, niemand würde es schaffen, sich zum Leiter oder zur Leiterin des Newsrooms in einer überregionalen Tageszeitung hochzuarbeiten, wenn er oder sie nicht in der Lage seien, die eigene Muttersprache besser zu beherrschen. (Doch noch während sie das dachte, wurde ihr klar, dass diese Möglichkeit doch bestand – tatsächlich konnte sie hierfür sogar eine beunruhigend große Anzahl an Beispielen nennen.)

Methodisch, wie sie nun einmal war, und mit der Gewissenhaftigkeit vor Augen, die ihr Vater bei der Lösung von tückischen Rätseln an den Tag gelegt hatte, begann sie, eine Liste mit den unbeholfenen und schwerfälligen Ausdrucksweisen in Fräulein Ticks Horoskopen zu erstellen.

Nach ungefähr einer Stunde war sie sich über eine Sache vollkommen im Klaren: Die sprachlichen Mängel häuften sich in ihrem eigenen Horoskop. In den Horoskopen der anderen, des Stiers, der Fische usw., gab es gelegentlich einen unglücklichen verbalen Ausrutscher, aber insgesamt war der Sprachstil ihrer hoffnungsfrohen Botschaften um ein Vielfaches besser. An dieser Stelle gab es also ein eindeutiges Muster.

Mary O'Connor kopierte also die Horoskope des Sternzeichens Waage in eine gesonderte Datei und druckte sie aus. Sie machte sich einen neuen Tee, wobei sie feststellte, dass es bereits nach Mitternacht war und dass sie seit dem Frühstück nichts mehr gegessen hatte, aber sie kehrte schnurstracks zu ihrem Platz zurück, um Lionel Coopers Formulierungen auf das Genaueste zu überprüfen.

Sie wusste, dass die Antwort irgendwo dort liegen musste. Ihr Vater hätte sie in null Komma nichts gefunden. Sie versuchte, sich noch stärker zu konzentrieren, und fühlte sich dabei mit ihrem verstorbenen Vater in einer Art innerem Wettstreit verbunden.

Genauso, wie er es gemacht hätte, begann sie erneut mit dem Waage-Horoskop von Montag:

Eines ist gewiss: Einem netten, treuen Umfeld mehr Aufmerksamkeit zu widmen zahlt sich am Ende aus. Diese Weisheit haben Sie in der letzten Zeit zu wenig beherzigt. Saturns großer Einfluss auf Ihre Sternenkonstellation wird Ihnen am Donnerstag zu der Einsicht verhelfen, dass es sich lohnt, alte Bekanntschaften wieder aufzufrischen.

Die erste Ungereimtheit, die ihr auffiel, war der seltsame Anfang. Warum nur hatte Lionel Cooper seinen ersten Satz mit der unpersönlichen und gestelzt wirkenden Formulierung ›*Eines ist gewiss*‹ begonnen?

Es war sonderbar, aber es musste nicht unbedingt etwas bedeuten. Mary O'Connor hatte im Laufe ihrer Karriere als Zeitungsreporterin viele der unergründlichen Schrullen und Eigenarten ihrer Kollegen und Kolleginnen nur zu gut kennengelernt und hütete sich davor, Dinge wie diese überzubewerten.

Als Nächstes untersuchte sie die eigentliche Wortwahl. Wie auch immer sie den Text las, eine der Formulierungen erschien ihr besonders fehl am Platz: »Einem netten, treuen Umfeld«. Wäre es an dieser Stelle nicht viel angebrachter gewesen, »Ihrem netten Bekanntenkreis«, »Ihren treuen Freunden und Freundinnen« oder vielleicht ganz allgemein »Lieben Menschen« vorzuziehen? Zweifellos war in diesem Kontext das »nette, treue Umfeld« die falsche Wortwahl.

Doch wenn es sich tatsächlich um eine falsche Wortwahl handelte, warum hatte sich Lionel Cooper für sie entschieden? Vielleicht zählte er nicht zu den bedeutendsten Prosa-Schriftstellern aller Zeiten, doch er war ganz sicher nicht ungebildet gewesen.

»Vergiss niemals das stille H.« Der einst so kluge Ratschlag von George O'Connor brachte sie in dieser Situation nicht wirklich weiter, und auch der Cheveril-Handschuh konnte ihr hier nicht helfen. Doch dann fiel der Tochter mit wachsender Anspannung ein weiteres Zitat des Vaters ein, das auf ihre momentane Situation genau zutraf:

»In einem guten Rätsel gibt es für jede Ungereimtheit einen Grund.«

Sie warf einen erneuten Blick auf das Waage-Horoskop von Montag und entdeckte den Grund.

Vollkommen ruhig nun, nachdem sie das Problem gelöst hatte, arbeitete sich Mary O'Connor mit äußerster Gründlichkeit durch alle Wochentage hindurch und nahm dabei noch einmal alle sprachlichen Besonderheiten genau zur Kenntnis. Zunächst schien ihre neu entdeckte Logik nicht zu passen, aber sie ließ sich nicht in Panik versetzen. Sorgfältig analysierte sie das Problem vom Anfang bis zum Ende, und auf diese Weise gelang es ihr, seine Tücke aufzudecken. George O'Connor wäre stolz auf sie gewesen.

Nachdem sie alle sieben Horoskope durchgearbeitet hatte, kehrte sie zu Lionel Coopers Laptop zurück und öffnete seine Dateien im »Texte«-Ordner, wo sie den Beweis dafür fand, dass sie auf der richtigen Spur war. Danach ging sie ins Internet, überprüfte ihre Theorie und erhielt prompt die Bestätigung.

Als sie ihr Tagwerk abschloss, war es bereits nach vier Uhr morgens. Kurz bevor sie ins Bett fiel, hinterließ sie noch eine Nachricht auf Don Gordons Anrufbeantworter, in der sie ihm mitteilte, dass sie eine sehr wichtige Neuigkeit für ihn habe und dass sie sich am Vormittag in seinem Büro bei der *Daily Views* treffen sollten.

»Sieh selbst«, sagte Mary O'Connor und wies auf die Kopien, die verstreut auf dem Tisch des Herausgebers lagen. »Es ist immer der erste Buchstabe der ersten acht Wörter. Aus dem Satzteil *›Eines ist gewiss: Einem netten, treuen Umfeld mehr‹* wird also ›EIGENTUM‹.«

»Aber dieses Prinzip funktioniert nicht am Dienstag.« Wie eh und je versuchte Don, ihr einen Schritt voraus zu sein. »Aus *›Für eine nachhaltige, großartige Leistung ist sicher Courage‹* kriegen wir ›Feng‹, was ja in Ordnung wäre, wenn das nachfolgende Wort ›Shui‹ lauten würde. Aber die nächsten vier Buchstaben lauten ›l i s c‹, und das ergibt meines Wissens überhaupt keinen Sinn. Ich fürchte also, Mary, deine Theorie fällt bei der ersten Feuerprobe in sich zusammen. Dass die Buchstaben am Montag zueinanderpassen, ist wahrscheinlich purer Zufall.«

Geduldig schüttelte sie den Kopf und wischte mit ihrer nächsten Bemerkung das selbstgefällige Lächeln aus seinem Gesicht. »Es klappt nicht, weil wir über Dienstag sprechen.«

»Soll heißen?«

»Dienstag ist der zweite Wochentag, deshalb musst du mit dem zweiten Buchstaben beginnen. Vergiss einmal das ›F‹, und aus *›eine nachhaltige, großartige Leistung ist sicher Courage heute‹* wird …?«

»›ENGLISCH!‹«

»Ganz genau. Am Mittwoch beginnen wir also beim dritten Wort, und *›heute allseits beliebt sein, Bewunderung und Ruhm genießen‹* verwandelt sich in ›HABSBURG‹. Wort vier am Donnerstag – *›Glücksgöttin Ihnen Reichtum, Liebe, Ansehen, neues Durchsetzungsvermögen, Einfallsreichtum‹* – ergibt …?«

»›GIRLANDE!‹«

»Ausgezeichnet, Don. Langsam hast du den Bogen raus.«

Er griff nach der Kopie in ihren Händen. »Am Freitag beginnen wir mit Wort fünf. Mal schauen ... ›*weil Ihre Sterne sich erneut, noch deutlicher erkennbar*‹ ... macht ›WISSENDE!‹«

»Nun noch der zweifache Clou am Wochenende ... Wenn wir mit Wort sechs am Samstag beginnen, so wird aus ›*Sie erwarten mancherlei Abenteuer nebst träumerisch intimen Kontakten*‹ – was auch immer uns das sagen soll – ... ›SEMANTIK‹. Und schließlich wird am Sonntag von Wort sieben aus ›*Momente und nie da gewesene Vergnügungen, obendrauf langlebige Liebschaften*‹ zu ...?«

»›MUNDVOLL!‹«, rief Don Gordon aus und ließ sich triumphierend in seinen Stuhl fallen. Mary konnte in seinen Augen einen Glanz erkennen, den sie lange nicht mehr gesehen hatte, und sie wusste, dass dieser Glanz sich auch in ihren Augen widerspiegelte.

»Nun«, sagte er, »worum handelt es sich hier eigentlich? Um eine Art Quiz?«

Die Stimmung schlug um. »Nein«, antwortete Mary. »Ich fürchte, es ist viel ernster als das. Dürfte ich mal deinen Computer benutzen?«

»Nur zu.«

Sie ging online, rief die Internetseite auf, deren Adresse sie sich einige Stunden zuvor notiert hatte, und wurde erneut aufgefordert, das Passwort einzugeben. Sie holte einen weiteren Ausdruck hervor, den sie mit Hilfe von Lionel Coopers Laptop erstellt hatte, und suchte die Sequenz der Wörter mit acht Buchstaben, »EIGENTUM, ENGLISCH, HABSBURG, GIRLANDE, WISSENDE, SEMANTIK, MUNDVOLL.«

Von dem letzten Wort ausgehend, zählte sie die Tage ab, die seit jenem Sonntag vergangen waren, und stieß so auf das Wort »JUMBOJET«.

Dies gab sie in das Dialogfeld ein.

Die Internetseite wurde frei gegeben. Don Gordon zog mit einem scharfen Geräusch die Luft ein. »Gütiger Himmel«, sagte er, »ich hasse die Schweine, die so etwas tun! Ich wünschte, ich könnte sie allesamt dingfest machen und für eine sehr lange Zeit aus dem Verkehr ziehen!«

»Genau diese Chance hast du jetzt«, erwiderte Mary O'Connor.

Die Polizei war über ihre Informationen höchst erfreut. Sie hatten seit langem versucht, das Pädophilie-Netzwerk, zu dem Lionel Cooper gehört hatte, aufzudecken, aber die Beweise hatten nie ausgereicht, und es war ihnen nie gelungen herauszufinden, wie die täglich wechselnden Passwörter unter den Mitgliedern verbreitet worden waren.

Mary O'Connors Entdeckung lieferte ihnen genau den Hinweis, den sie benötigten. Von nun an konnten sie die Seite beliebig aufrufen, und nach kurzer Zeit hatten sie eine Liste von Usern erstellt, die in einer Reihe von früh-morgendlichen Hausdurchsuchungen überführt werden konnten. Beim Verhör der zutiefst verängstigten und unsicheren Männer dauerte es nicht lange, bis sich die Mitglieder untereinander ans Messer geliefert hatten, und Lionel Coopers Mörder wurde schnell gefunden.

Das ehemalige Fräulein Tick war habgierig geworden, hatte mehr Geld verlangt und eine Bedrohung für das gesamte Sicherheitsnetzwerk dargestellt. Zuvor war der Kontakt zu Lionel Cooper sehr eingeschränkt gewesen. Nachdem die Vereinbarung mit ihm getroffen worden war, hatte er seine Entlohnung für eine fünfjährige Lieferung von Passwörtern erhalten. Die Zahlungen waren anonym auf seinem Konto eingegangen.

Doch in der letzten Zeit hatte er damit gedroht, die ganze Sache auffliegen zu lassen, wenn er nicht noch mehr Geld bekäme. Er hatte angekündigt, dass er die Informationen an die *Daily Views* weiterleiten würde, und sogar ein Treffen mit dem Herausgeber vereinbart.

Jeder vernünftig denkende Mensch hätte erkannt, dass Lionel

Cooper lediglich bluffte. Die Sache auffliegen zu lassen hätte nicht nur das Ende seines netten, luxuriösen Einkommens bedeutet, sondern er hätte damit auch seine eigene kriminelle Verstrickung in jenes Netzwerk zugeben müssen. Die Drohung war also eher so etwas wie seine Verhandlungsbasis gewesen. Er hatte einfach nur geblufft.

Doch dieser Bluff hatte ihn das Leben gekostet.

Der Erfolg von Mary O'Connors Nachforschungen war für Don Gordon ein etwas zweischneidiges Schwert. Obwohl die Zerschlagung des Pädophilie-Netzwerks für die *Daily Views* zweifellos eine Sensationsmeldung war, konnte in der Titelblattstory nicht verschwiegen werden, auf welche unrühmliche Weise die Zeitung selbst der Gruppe geholfen hatte.

Auch die Tatsache, dass Don Gordon eine etwas – gelinde ausgedrückt – nachlässige Haltung gegenüber seiner Horoskop-Kolumne vertreten hatte, musste wohl oder übel erwähnt werden.

Dem Herausgeber blieb keine andere Wahl, als eine Entschuldigung in seiner Zeitung zu veröffentlichen. Und wenn es eine Sache gab, die Don Gordon mehr als alles andere in der Welt hasste, dann war es, zugeben zu müssen, dass er im Unrecht gewesen war.

Fräulein Tick wurde daraufhin natürlich abgesetzt, und an ihre Stelle trat ein kostspieliger Astrologe mit respektablen Zeugnissen – »obwohl das ja eigentlich ein Widerspruch in sich ist«, wie der Herausgeber bei der Einstellung des Astrologen recht düster bemerkte.

Da sich ihr neuer Job noch vor ihrem offiziellen Antritt zerschlagen und sie einmal mehr ihre herausragenden Fähigkeiten als Kriminalistin unter Beweis gestellt hatte, stieg Mary O'Connor zur Leiterin des Kriminalressorts in der *Daily Views* auf. Zweieinhalb Jahre füllte sie ihre neue Rolle sehr erfolgreich aus, bevor sie sich anschließend in Mutterschutz und Elternzeit verabschiedete.

Die Waage hatte ihren Schützen geheiratet und es sich zur neuen Aufgabe gemacht, den ersten von insgesamt drei ansehnlichen, quietschfidelen Librarians zur Welt zu bringen.

Originaltitel: »The Librarian«
Aus dem Englischen von Christina Neuhaus

GEISTER

von Kristine Kathryn Rusch

Es läuft so:

Fünfzehn Stufen zwischen ihm und dem Kunden. Seine Leute meist. Von der Front, die den Auftrag bekommt, bis hin zu dem Hacker, der ihn prüft. Nicht jeder, der einen Auftragskiller anheuern will, muss ihn sich auch selbst beschaffen. Das ist der Grund, warum es Redundanz über Redundanz gibt – für jeden Hacker gibt es einen anderen, der doppelt-und-dreifach-prüft. Schließlich wird er nicht sein Leben, seine Freiheit riskieren auf die Worte hin irgendeines Niemands mit einem Computer, eines Niemands, den er nie getroffen hat.

Der Auftrag kommt über das System – oder die Systeme, wenn er genau sein will –, und wenn alle Informationen passen, bedenkt er den Auftrag. Der Zeitplan ist notwendigerweise flexibel: Wer eine schnelle Nummer will, soll woanders hingehen. Schnelle Nummern bringen einen in Schwierigkeiten. Guck dir die Abendnachrichten an. Immer wenn ein Profi geschnappt wird, ist es jemand, der sich auf schnelle Nummern spezialisiert hat. Sicher, sie werden top bezahlt, aber sie nehmen auch maximales Risiko auf sich.

Er versucht, Risiken zu vermeiden. Er ist Widder mit Aufsteigender Jungfrau, Trabant in Waage. Für den Job geboren, zumindest laut seinem Diagramm. Vermeintlich detailorientiert, fast schon übergenau, ist er ein sorgfältiger Perfektionist, in seinem Herzen ein Krieger, unerschrocken, impulsiv und unabhängig. Sein wahres Selbst, sein gefühlsmäßiges Selbst, ist ein Richter, kalt kalkulierend, immer auf Ausgleich bedacht.

Er hat auch eine abergläubische Seite und ist sich nicht sicher, wo diese herkommt. In der Vergangenheit hatte er versucht, sie zu verbergen, aber schließlich hat er vor zehn Jahren nachgegeben, und seine Arbeit lief besser.

Das war, als er Glenna entdeckte. Sie hatte einen New Age Buchladen in Sedona, Arizona, und die unheimliche Gabe, in seine Zukunft zu sehen. Als er das erste Mal, fasziniert von einem Buch im Fenster, ihren Buchladen betrat, sagte sie von ihrem Tisch im Hintergrund aus: »Sollte ich Angst haben um mich, alter Freund?«

Die Frage hatte ihn sowohl erschreckt als auch neugierig gemacht, und als er sie verneinte, lächelte sie und sagte: »Mein Diagramm war ungewiss. Es sagte, dass der heutige Tag mich mit dem Tod bekannt machen würde.«

Er hatte nie etwas von einem Diagramm gehört, wusste nichts über Astrologie, abgesehen von den albernen Auswertungen in den Zeitungen, Auswertungen, die auf ihn nie zuzutreffen schienen. Aber sie hatte ihn ermutigt, sein Diagramm erstellen zu lassen, und nach sorgfältigem Abwägen hatte er Geburtstag, -zeit und -ort preisgegeben. Sie versprach, in drei Tagen eine Auslegung für ihn bereitzuhaben.

Es war diese Auslegung, die sein Leben veränderte und eine Stufe mehr zwischen ihn und einen Auftrag legte.

Jetzt vergleicht er das Diagramm seines Kunden, das seines geplanten Opfers und sein eigenes auf der Suche nach dem optimalen Tag, dem adäquaten Ort und nach Hinweisen auf Misserfolge. Wenn das Profil des Kunden nicht auf ihn passt, gibt er die Arbeit an jemand anderen weiter. Wenn er das Diagramms des Opfers studiert hat und das Opfer als persönlich mächtig gezeigt wird, ihn dominierend, oder einfach als totaler Glückspilz, gibt er den Auftrag ebenfalls weiter.

Durch Versuche und Irrtümer hat er gelernt, dass er nicht für jeden Auftrag der Richtige ist und dass genauso wenig jeder Auftrag für ihn das Richtige ist. Sein Perfektionismus leistet ihm gute Dienste und beschützt ihn vor seiner impulsiven Natur.

Er hat eine Ausgewogenheit erreicht, die alles in seinem Leben zum Guten wendet.

Die Ausgewogenheit bröckelt das erste Mal am vierten Mai. Er ist in Los Angeles unter dem Namen Carlisle, weil dieser Name ihn fasziniert. Er benutzt ihn als Vornamen, da er gelernt hat, dass die Leute sich einen ungewöhnlichen Vornamen nicht merken können. Sie erinnern sich daran, wie er klingt – »Ich glaube, er hieß Carl«, »Nein, Liebling, er nannte sich Lyle« –, aber nicht daran, wie er wirklich lautet. Wenn dann die Polizei mit ihnen redet, ist er längst über alle Berge, verschwunden wie ein Fähnchen Rauch im Wind.

Er hat ein eigenes Netzwerk von Astrologen, hauptsächlich, weil er an zusätzliche Unterstützung glaubt, aber nie bearbeitet das Netzwerk alle drei Diagramme auf einmal – das des Kunden, sein eigenes und das des Opfers. Nur Glenna bekommt alle drei vorgelegt. Sie ist sein Doppel-Prüfer, teils, weil sie so sehr präzise ist, und teils, weil er ihr mehr traut als irgendwem sonst.

Sie hat sich nie darum gekümmert, wer er ist oder was er tut. Als sie realisierte, was er beruflich machte, rief sie weder die Polizei, wie sicherlich einige getan hätten, noch hatte sie plötzlich Angst vor ihm. Ihr Verhalten ihm gegenüber schien sich nicht zu ändern.

An dem Nachmittag, an dem er zu ihr kam, um seine Auslegung abzuholen, begrüßte sie ihn mit einem Lächeln. »Mein Diagramm hatte recht«, sagte sie. »Gestern bin ich dem Tod begegnet, nur nicht in der Art und Weise, wie ich gedacht hatte.«

Es war dies seine erste Lektion gewesen über Horoskope und Diagramme. Wenn sie von einem Profi wie Glenna gemacht wurden, waren sie unglaublich präzise, wenn auch bisweilen unbrauchbar. Die Sprache war manchmal zu kryptisch, ließ zu viele Fehlinterpretationen zu.

Durch Versuche und Fehlschläge hatte er gelernt, seine Aufträge einzig auf Dinge zu basieren, von denen er etwas verstand – gute Tage, schlechte Tage, Glück und die Möglichkeit einer Zukunft.

Die Diagramme der Opfer waren immer am einfachsten zu lesen. Wenn sie innerhalb eines Jahres nach der Auslegung kein bedeutenderes Unglück prophezeiten, nahm er den Auftrag nicht an. Für gewöhnlich erschien er in den Karten der Menschen als entscheidendes Vorkommnis oder als Krise oder, wie Glenna sagen würde, als »mögliches Ende«.

Das erste Mal, als sie ein solches in dem Diagramm eines Opfers sah, verlangte sie von ihm, dass er schwor, dem Opfer nichts zu erzählen.

»Das kann ich nicht versprechen«, hatte er gesagt. »Aber ich kann versprechen, dass ich dieser Person keine falschen Hoffnungen machen werde.«

Sie hatte daraufhin den Kopf geschüttelt, aber hatte nichts gesagt. Zu diesem Zeitpunkt fragte er sie, warum sie sein Job nicht störte.

»Das habe ich nie gesagt.« Sie faltete ernst die Hände über dem Diagramm des Opfers. »Als ich in das Geschäft eingestiegen bin, habe ich geschworen, ich würde nicht urteilen.«

Er sagte ihr damals nicht – und bis heute hat er es ihr nie gesagt –, dass sie seine Arbeit erleichtert. Er findet, das ist zu viel Information. Vermutlich weiß sie es eh, da sie alles zu wissen scheint. Aber er will das Risiko nicht eingehen, sie zu verlieren. Sie ist eins der wenigen sicheren Dinge in seinem Leben.

Aber Vertrauen hält bei ihm nie lange an, weshalb er sich in einem Laden wiederfindet, der nach Haarspray und Plastik riecht, ganz in der Nähe des Hollywood Boulevard, im Billigmietenteil der Stadt. Der Laden hat eine riesige Hand im Schaufenster – der Ort ist bekannt für seine Handleserin, die seiner Meinung nach ein Scharlatan ist.

Er kommt wegen der Astrologin, eine Haschisch-rauchende Achtzehnjährige mit Namen Elli May. Immer, wenn er nach Los

Angeles kommt, erstellt sie ihm ein Wochen- oder Monatsdiagramm. Als sie das erste Mal sein Geburtsdiagramm sah, fragte sie ihn, ob er Polizist oder Privatdetektiv sei. Ganz offensichtlich fehlte es ihr an Glennas Lebenserfahrung.

»Ich arbeite in der Zwangsvollstreckung«, hatte er gesagt und es dabei belassen. Von diesem Punkt an fragte Elli May nicht weiter. Sie bot ihm auch keine Joints mehr an.

Ihre Diagramme sind täuschend einfach. Sie benutzt ein Computerprogramm, das ihre jüngere Schwester entworfen hat. Sie hat deshalb kein individuell auf ihn angepasstes Diagramm für ihn erstellt, weil er sie nicht darum gebeten hat. Er möchte so normal wie möglich erscheinen, angesichts der Tatsache, dass er ein Auftragsmörder ist, der eine Astrologin im Teenageralter aufsucht, um den besten Zeitpunkt für seinen nächsten Auftrag herauszufinden.

Der Geruch nach Haarspray und Plastik im Laden kommt von dem Raumdeodorant, was sie benutzt, um den widerlich süßlichen Grasgestank zu überdecken. Sie hat noch nicht den Wert von Räucherstäbchen entdeckt. Die Handleserin sollte es wissen – sie ist alt genug, um ihre Großmutter zu sein –, aber es scheint sie nicht zu kümmern. Oder vielleicht erkennt sie, was das Mädchen nicht tut: dass das einzige Gesetz, dem er folgt, das ist, was er sich selbst auferlegt.

»Hey Sie«, sagt Elli May, als sie ihn erblickt. Sie knallt mit einem Juicy-Fruit-Kaugummi und kaut mit offenem Mund. »Hatte nicht gedacht, Sie heute zu sehen.«

Augenblicklich ist er auf der Hut. Sie wusste, dass sie ihn heute sehen würde. Sie sind verabredet.

»Wie kommt das?«, fragt er und steuert ihren winzigen samtbedeckten Tisch im hinteren Teil des Raumes an.

Elli May zuckt mit den Achseln. Sie ist keine besonders gute Lügnerin. »Ich bin heute nicht so wirklich bereit für Sie, Mr. Carlson.«

Hier ist er Carlson, auf der Straße ist er Carlisle. Ein einfacher

Irrtum, würde er sagen, wenn ihn jemand fragen würde. Die Namen klingen ähnlich, und er hatte sich nie bemüht, sie zu korrigieren – es war sinnlos, das Mädchen wissen zu lassen, dass sie sich irrte.

Er lässt sich auf den Stuhl sinken, streckt seine langen Beine aus und legt die Hände auf den Bauch, wodurch er eine Ruhe vortäuscht, die er längst nicht mehr fühlt. »Ich glaube sehr wohl, dass du bereit bist. Ich denke, das Diagramm zeigt etwas, dass du nicht gerne sagen willst.«

Ihre Wangen färben sich in ein fleckiges Rot. »Ich werde nicht –«

»Du kannst es mir genauso gut sagen«, sagt er. »Du wirst dich daran gewöhnen, den Kunden sowohl gute als auch schlechte Nachrichten zu erzählen.«

Die Handleserin räuspert sich hinter ihm, steht auf und greift nach ihrer Handtasche. »Wollt ihr einen Kaffee oder irgendetwas?«, fragt sie Elli May.

»Nein«, sagt Elli May mit großen bittenden Augen. Er kann sie lesen, vermutlich besser als die Handleserin aus Händen lesen kann: *Bleib. Bitte bleib. Er ist ein unheimlicher Mann, und ich habe schlechte Nachrichten.*

»Bin bald zurück«, sagt die Handleserin und geht los. Die Tür knallt hinter ihr zu.

Elli May schaut ihn an und schluckt, dann hustet sie. Er würde alles Geld in seinem Portemonnaie wetten, dass sie gerade ihren Kaugummi verschluckt hat.

»So schlimm kann es doch gar nicht sein, Kind«, sagt er, hauptsächlich, weil er weg will, aber nicht ohne das zu wissen, was sie weiß. »Lass es uns hinter uns bringen, und du kannst dich wieder deinen Kippen zuwenden.«

Sie schielt ihn an und misst ihn auf eine völlig andere Weise als sonst. Dies sind ihre letzten Momente zusammen, und sie hat gerade begonnen zu verstehen, dass auch er das weiß.

Während sie um den Tisch herumrutscht, lässt sie eine Hand in die Tasche ihrer Jeans gleiten und zieht einen weiteren Kaugummi hervor. Sie bietet ihm keinen an. Sie nimmt ihn aus der Folie und schiebt ihn sich in den Mund.

Dann setzt sie sich, zieht eine Schublade auf, und sein Diagramm kommt zum Vorschein. Es sieht aus wie alle anderen auch – ein Rad mit sinnlosen Bezeichnungen am äußeren Radkranz, mehr Symbole als Speichen, und Zahlen im inneren Radkranz. Die Zahlen sind durch Linien verbunden, die alle in einem Bereich einen Haufen bilden. Glenna hat ihm einmal erklärt, dass dieser Teil seines Geburtsdiagramms seine ganze Stärke zeige. Er vermutet, er zeigt auch seine ganze Schwäche.

Elli May legt das Diagramm vor ihn hin.

»Puppe«, sagt er, weil er weiß, dass sie dies verunsichert. »Du hast mein Geburtsdiagramm bereits gelesen. Ich habe dich um das von nächster Woche gebeten.«

Sie trägt Ringe an jedem Finger, auch am Daumen, große billige Ringe, die ihre Haut verdecken. Sie spielt jetzt nervös an einem von ihnen herum, als überlege sie, was sie als Nächstes tun solle. Dann greift sie erneut in die Schublade und zieht eine andere Karte hervor.

Elli May nennt den Tisch einen Aktionstisch, und darin hat sie kleine Schachteln für nichtige Dinge wie »Der beste Zeitpunkt, Urlaub zu nehmen« und »Der beste Zeitpunkt, einen Kredit aufzunehmen«.

Er lässt seine Hand unter das neue Blatt gleiten und greift das Geburtsdiagramm. Er legt es ganz oben auf den Aktionstisch und klopft darauf. »Schau nur, wie sich alles im Achten Haus konzentriert. Was war das noch mal?«

»Finanzen«, murmelt sie.

»Und Geheimnisse, Rätsel, Macht, Tod und Umwandlung, nicht wahr?«

Sie nickt.

»Mach keine Spielchen mit mir«, sagt er mit entschiedener

Stimme. »Du gibst mir, um was ich dich gebeten habe, und ich werde mich daran erinnern, dass du erst ein Kind bist, das seinen Job noch lernt.«

Ihre Augen weiten sich. Sie faltet die beringten Hände. »Ich, ähm, habe es weggeschmissen.«

»Mit Sicherheit hast du das getan«, sagt er. »Aber du erinnerst dich.«

Sie beißt auf ihre spröde Unterlippe. »Mr. Carlson, bitte, meine Tante«, – offensichtlich war das die Handleserin – »sie sagt, ich soll nicht alles erzählen. Das ist nicht klug.«

»Für gewöhnlich ist es das nicht«, sagt er. »Aber ich bin nicht dein Durchschnittskunde. Wusstest du, dass Präsident Reagan einen Astrologen hatte?«

Das Mädchen schluckt noch einmal, und während sie das tut, schiebt sie den Kaugummi in ihre Wange, wo er zu einem ausgebeulten unattraktiven Knoten wird. Sie ist zu jung, um sich an Reagan zu erinnern. Sie wurde während seiner zweiten Amtszeit geboren. Er ist für sie nur ein Name aus einem staubigen Lehrbuch.

»Ich würde wetten, dieser Astrologe hat ihm vorausgesagt, er würde beim ersten Mal gewählt werden. Aber glaubst du, er erzählt ihm, dass am 30. März 1981 etwas Unheilvolles passieren wird? Vermutlich nicht. Aus Angst davor, dass der Präsident durch die Auslegung verärgert wird. Also weiß dieser nicht, dass er in Gefahr ist, in größerer Gefahr als sonst. Er steigt also an diesem Tag aus seinem Auto und peng! durch die Lunge geschossen von einem Kind, was gerade erst aus dem College raus ist. Er lebt weiter, aber das hat er ganz bestimmt nicht seinem Astrologen zu verdanken. Und ich bin sicher, das Diagramm verschwand unbeachtet und der Astrologe sagte: »Niemand kann ein so willkürliches Ereignis vorhersehen, Mr. President.«

Die gefleckte Röte im Gesicht des Mädchens wird stärker. Er weiß, dass er sie jetzt hat. Er hatte sie bereits bei dem Wort »unheilvoll«, aber er hat weitergesprochen, weil sie jung ist und die Pointe hören musste. Nicht ihm zuliebe. Er kommt nicht wieder hierher – er mag es nicht, so hart zu arbeiten, nicht mit einem seiner Leute – aber vielleicht jemand anderem zuliebe.

Gelegentlich kann er selbstlos sein, auch wenn ihn das immer wieder überrascht. Er denkt, es kommt vielleicht von seinem Aufsteigenden Sternzeichen. Jungfrauen sind dafür bekannt, zuweilen hilfsbereit zu sein.

Sie greift ein drittes Mal in die Schublade und zieht ein computergeneriertes Blatt Papier heraus mit Schnörkeln und Symbolen darauf, die er nicht versteht. Die Wochentage stehen an der Seite, 4. bis 11. Mai. Das ist alles, was er erkennen kann.

Er verbirgt seine Überraschung. Er war so überzeugt davon gewesen, dass sie es zerstört hatte, dass er kaum glauben konnte, dass es nun vor ihm lag.

»Okay«, sagt er und lehnt sich nach vorne. »Erklär es mir.«

»Man sagt dazu Endereignis.« Ihre Stimme bebt. »Aber es heißt nicht notwendigerweise, dass Sie sterben werden. Es bedeutet, dass etwas Bedeutendes in Ihrem Leben enden wird. Enden, sich ändern, sich auflösen, Sie wissen schon.«

»Inwiefern bedeutend?«, fragt er. Er weiß, dass diese Diagramme unterschiedliche Aspekte herauspicken können – Beziehungen, das Leben zu Hause, die Arbeit. Er braucht genauere Informationen.

»Es zieht sich durch alles hindurch«, sagt sie. »Arbeit, Beziehungen, Finanzen. Ich habe noch nie etwas Derartiges gesehen.«

Natürlich nicht. Sie ist ein Baby. Sie hat Derartiges nie derartig gesehen.

»Es hat heute Morgen angefangen oder vielleicht schon vor ein paar Tagen. Aber für die Zeit sollte ich Ihnen ja nichts auswerten, deshalb weiß ich es nicht.«

Und sie war nicht clever genug gewesen, es zu prüfen. Er ist froh, nicht einer dieser fahrlässigen Typen zu sein, einer von der

Art Mensch, die ihre Macht leicht ausnutzen. Er kann sich jedoch leicht vorstellen, wie er seine Pistole aus der Pistolentasche unter seiner Anzugjacke zieht und diese Sitzung mit einer Kugel beendet. Aber er wird es nicht tun, ganz egal wie verärgert er ist. Er plant weiter als bis hierhin.

Außerdem hat er das Gefühl, dies ist nicht die Art Endereignis, von der sie spricht.

»Es steigt an bis zum Sechsten, wo sich alles zuspitzt, und dann, ich weiß auch nicht. Das Diagramm schnellt um, und um ehrlich zu sein, Sir, ich habe so etwas noch nie gesehen.«

»Was meinst du mit so etwas?«

»Nichts.«

Zuerst denkt er, sie will ihm ausweichen, aber dann realisiert er, dass sie im wahrsten Sinne des Wortes Nichts meint.

»Wie kann das sein?«, fragt er.

Sie zuckt mit den Schultern. »Ich habe versucht, den Typen anzurufen, der mich ausgebildet hat, aber er ist auf irgendeinem Retreat in Michigan bis zum Fünfzehnten.«

Er seufzt, schmeißt einen Fünfziger auf den Tisch und nimmt alle drei Diagramme, auch wenn sie nicht viel wert sind.

»Sonst noch etwas?«, fragt er, schon im Stehen.

»Ja«, sagt sie ebenfalls im Stehen und deutet auf das oberste Blatt. »Im Augenblick ist Ihre Energie uneins mit sich selber. Viele Dinge werden preisgegeben werden, Geheimnisse werden ans Licht kommen. Hier ist so viel Dunkelheit, dass es mir Angst einjagt.«

»Das kann ich mir vorstellen«, sagt er.

»Nein.« Sie richtet ihre Schultern auf, offenbar denkt sie, das würde sie stärker und größer wirken lassen. Tatsächlich aber sieht sie dadurch erst recht verängstigt aus. »Sie verstehen nicht. Alle diese Dinge sind sehr schlecht. Ich habe so ein furchtbares Diagramm noch nie gesehen. Ich an Ihrer Stelle ginge zu Bett und käme für eine Woche nicht mehr heraus.«

»Das glaube ich gerne«, sagt er.

Ihre Lippen werden schmaler, und Zorn blitzt in ihren Augen. »Ich versuche, Sie zu warnen.«

»Wovor?«, fragt er und hofft, dass sie dieses Mal spezifischer wird.

»In dieser Woche«, sagt sie, »könnten Sie alles verlieren.«

Er beobachtet sie für einen Moment genauer. Sie scheint so ehrlich um ihn besorgt, dabei kennt sie ihn gar nicht wirklich.

»Es wäre nicht das erste Mal«, sagt er und tritt durch die Tür nach draußen.

Das erste Mal war vor zwanzig Jahren. Er hatte als Türsteher in einem großen New Yorker Nachtclub gearbeitet und hatte sich mit dem Inhaber angefreundet, einem glatzköpfigen Mann, der zu viel Schmuck trug und etwas zu sehr auf Haschisch stand. Er besorgte es auch für seine Freunde und nutzte Ben, als der er damals bekannt war, um es auszuliefern.

Der junge Ben bewies seine Ehrlichkeit – stets gab er dem Inhaber des Clubs das Geld, jedes noch so kleine Zehncentstück, zurück – und seine sicheren Instinkte. Er hatte mehr als einen Raubversuch verhindern können, und er hatte eine Handvoll Männer, die viel größer waren als er, zu blutigem Brei geschlagen.

Nach einem solchen Vorfall, den Ben gewann, aus dem er jedoch mit einer gebrochenen Rippe, einem gesplitterten Fingerknöchel und zwei blauen Augen hervorging, gab der Inhaber ihm eine Pistole und zahlte ihm Stunden am Schießstand, sodass er lernen konnte, mit der Waffe umzugehen.

Ben hatte eine Neigung für Schusswaffen. Eine hohe Zielfertigkeit, die sich mit der Praxis noch verfeinerte, und ein nahezu perfektes Auge, selbst wenn der Sucher in Bewegung war. Er kannte den Schaden, den eine Waffe anrichten konnte – er hatte es in einer Nacht hautnah erlebt –, und hatte geschworen, sie nur zur Selbstverteidigung einzusetzen.

Natürlich ist Selbstverteidigung nicht immer das, was die Cops daraus machen.

Ben war bei einer Übergabe, als der Lieferant des Inhabers zum Club ging und alles niederriss. Ben hatte die Gelder zwar weitergegeben, aber der Inhaber nicht. Der Club brannte mit nur Angestellten darin. Es war, wie die Cops sagten, das Ergebnis von Kokaingebrauch, Wettkämpfen und zu viel Alkohol. Es gab keine Überlebenden. Die Warnung war ausgesprochen – und die einzige Person, die übrig war, um sie zu erhalten, war Ben.

Als er es sah, hatte er drei Möglichkeiten: für den Rest seines Lebens davonzulaufen, um die (nichtvorhandene) Gnade des Lieferanten zu flehen oder sich selbst zu verteidigen. Er verteidigte sich mit einer Gefühlskälte, die er zuvor nicht an sich kennengelernt hatte. Er plante den Angriff so ruhig, wie er alles plante, in dem Wissen, dass er einfach den ersten Kugelhagel abfeuern konnte in einem nie enden wollenden Krieg.

Aber Warnungen konnten in beide Richtungen ausgesprochen werden, und er wollte, dass alle wissen, dass man mit ihm keine Spielchen trieb. Er ließ sich alles Geld auszahlen, zog aus seiner Wohnung aus und wurde ein Geist.

Sechs Monate Arbeit, Beziehungen zurückverfolgen, Leute finden, die sich darauf spezialisiert hatten, unsichtbar zu sein, und sie dann zu erledigen, schnell, effizient und mit einem Minimum an Aufhebens.

Er war fast fertig, als sie ihn schnappten. Fünf unsichtbare Jungs verwundeten ihn so schwer, dass er sich nicht länger selbst verteidigen konnte.

Damals lernte er, dass er nicht vorbereitet genug gewesen war. Der Inhaber des Clubs war ein kleiner Fisch gewesen, der Lieferant ebenfalls; die Leute, die er getötet hatte – ebenfalls kleine Fische. Der Mann, der mit ihm sprach, war vermutlich ein mittelgroßer Fisch, jemand, der von sich behauptete, ein großer Fisch zu sein.

Er bot Ben ein Training für einen Job an, einen hochbezahlten, wo er nur ein paar Mal im Jahr arbeiten musste.

»Du hast ein Händchen dafür«, sagte der mittelgroße Fisch. »Es wäre eine Schande, solch ein Talent zu verschwenden.«

Er verschwendete es nicht. Irgendwann verlor er Ben, den Türsteher-Jungen, und wurde der Geist, der Mann, der von Ort zu Ort gehen konnte, ohne je erkannt zu werden, der Mann, der fünfzehn Stufen zwischen sich und der Welt hatte.

* * *

Jahre später, als Glenna diesen Vorfall in seinem Diagramm sah, sagte sie: »Du hast alles verloren, und es hat dich zerlegt in deine Kriegernatur. Seitdem hast du nie mehr zurückgeschaut.«

Er sieht keinen Sinn darin zurückzuschauen. Er lernt seine Lektion und bewegt sich weiter nach vorn, in der Welt und doch kein Teil von ihr.

Alles zu verlieren bedeutet nur eins: sich selbst zu verlieren.

Die Nachmittagssonne wirkt blass durch den Smog. Autos hupen, Touristen glotzen auf die Armut, die der Hollywood Boulevard verkörpert, und er weiß wieder, wieso er Los Angeles hasst.

Er hatte solche Nachrichten nicht erwartet. In den vergangenen Monaten war er unachtsam gewesen – hatte sich sein eigenes Diagramm nur machen lassen, wenn er einen Auftrag hatte. May war unbekanntes Land für ihn.

Bis jetzt.

Er zieht sein Handy aus der Gürteltasche. Dieses Handy hat er vor einer Woche in Detroit nachbilden lassen. Er hat es bisher nicht gebraucht, sodass es so sauber ist wie das Handy in seinem Mietwagen und den fünf, die er im Flughafen versteckt hat.

Er wählt im Gehen. Glenna wird dieses Diagramm erklären können. Sie wird es selbst durch den Computer laufen lassen und ihm erklären, was die Dunkelheit und das Nichts bedeuten. Sie hat keine Angst vor ihm, und sie hat Erfahrung, um jede noch so kleine Nuance eines Diagramms zu verstehen.

Er hört den Klingelton, während er an einem Imbiss voller Transvestiten, Nutten und Möchtegernstars vorbeikommt. Sein Wagen steht auf halbem Wege die nächste Straße hoch, hinter einer Ecke und dann den Berg hoch, unmöglich, ihn von der Hauptverkehrsstraße aus zu sehen.

Selbst wenn er gerade keinen Auftrag hat, ist er vorsichtig.

»Cosmos«, sagt eine unbekannte männliche Stimme laut durch die Hörmuschel.

Kein »Kann ich Ihnen helfen?«, kein »Wir führen Sie zur Harmonie«, wie der Slogan des Ladens lautet und worauf Glenna immer bestanden hat, dass ihre Angestellten ihn sagen. Die Stimme des Mannes klingt vielmehr so flach, dass er desinteressiert klingt, wie ein Polizist, der ans Telefon geht, um zu sehen, wer am anderen Ende der Leitung ist. Dennoch beschließt er, noch eine Weile mitzuspielen, nur um zu gucken. »Ich möchte bitte mit Glenna sprechen.«

»Wer spricht? Ich brauche einen Namen, Sir«, und er weiß, dass seine Vermutung stimmt. Glenna hat ihre Anrufer nie überprüfen lassen. Nicht in den zehn Jahren, seit denen er sie kennt.

Man muss nehmen, was kommt, sagt sie, *wie auch immer es kommt.*

Sie ist, soweit er sich erinnert, irgendeine Mischung aus Fische, Krebs und Wassermann, ganz Intuition und Emotion, sensibel, übersinnlich und einzigartig. Mit Sicherheit niemand, der auf eine so kühle Stimme wie diese positiv reagieren würde.

Er entschließt, ein letztes Mal zu drängen. »Glenna hat nie nach meinem Namen gefragt. Geben Sie sie mir einfach.«

»Das geht nicht, Sir«, sagt die Stimme. »Ich brauche einen Namen.«

Er legt auf, schaltet dann das Telefon aus und lässt es zurück in seine Tasche gleiten. Er wird es wegwerfen, wenn er auf der Autobahn ist, irgendwo neben einer Brücke oder einer Auffahrt in der Nähe eines Bandengebiets. Nachdem er es zuvor von seinen Spuren gereinigt hat, versteht sich.

Noch bevor er zu seinem Mietwagen kommt, merkt er, wie aufgewühlt er ist. Eine solch ungewöhnliche Gefühlsregung, dass er nahezu vergessen hatte, wie sie sich anfühlt – die Kühle, die ihm den Rücken hinunterläuft, das Drehen in der Magengegend, das unbeständige Nervenzucken in seinen Händen.

Denn er hatte unrecht, als er glaubte, das Einzige, das er noch habe, sei er selbst. Er hat Glenna, seine Seherin, seinen Prüfstein und die einzige Person, der er vertraut hat, seit er irgendwann vor zwanzig Jahren angefangen hat.

Das Web ist der beste Freund eines anonymen Menschen. Er fand dort Seiten, die ihm erzählten, wie man Schlüsselkartenschlösser knackt, wie man an illegale und unauffindbare Waffen herankommt, wie man Identitäten stiehlt.

Jetzt, in der Privatsphäre seines touristischen Hotels nahe der Universal Studios, nutzt er das Web, um etwas herauszufinden, das er nicht wissen möchte.

Glenna ist tot.

Nicht nur tot. Ermordet. Vor zwei Tagen, ein Auftragsmord in der Art der Unterwelt, wie die Flagstaff-Zeitung schreibt. Mit anderen Worten, die Arbeit eines Profis.

Er erhält mehr Informationen von den lokalen Radionachrichtenseiten und einer so genannten Phoenix-Zeitung, die es sich zur Aufgabe gemacht hat, Nachrichten aus dem gesamten Staat zu bringen. Die Details kommen ihm bekannt vor. Er erkennt die Methode. Der Job war eine schnelle Nummer, die Waffe blieb am Tatort, registriert auf einen Kriminalpolizisten aus New Orleans, der sie bei einer Hausdurchsuchung vor fünf Jahren gestohlen hatte (oder in New Orleans mit seiner korrupten Abteilung, die sie verkauft hat). Der Mord geschah spät in der Nacht, in einer Privatecke in der Nähe eines veganen Restaurants, das sie öfter besuchte. Ein Schuss, abgefeuert aus nicht mehr als drei Fuß Entfernung, von den Anwohnern unbemerkt. Eine Waffe mit schalldämpfendem Aufsatz vermutlich, oder ein Kissen oder eine Handtasche, um das Geräusch zu schlucken.

Es gab vermutlich noch andere Details, die die Cops für sich behielten, Dinge wie solche, dass an jenem Tag oder jener Nacht ein Fremder gesehen worden war, ein herrenloser, blankgeputzter Leihwagen oder eine Zeugenaussage, die auf einen bestimmten Ort hingewiesen oder eine, die zu nichts geführt hatte.

Was ihn am meisten beunruhigt, ist, dass die örtliche Polizei den Fall nicht alleine bearbeitet. Sie bitten nicht einmal Phoenix um Hilfe. Sie vermuten, es handelt sich um einen Auftragsmord, was bedeutet, dass der Gangster Beziehungen hatte, und sie rufen den FBI.

Er ist jetzt froh, dass das nachgebildete Handy weg ist. Er muss auch weg. Keine Zeit zu verlieren. Vermutlich ist ihm schon jemand in Hollywood auf den Spuren, wenn er seinen Laptop schließt.

Das Auschecken ist leicht. Touristenhotels muss man einfach lieben. Dem Personal ist der Grund seiner frühen Abreise gleich. Sie glauben ihn zu kennen. Zu viel Spaß in der Sonne. Zu viele Ausflüge. Zu viel Alkohol und nicht genug Geld.

Er verschwindet so leise, wie er gekommen ist, gibt den Leihwagen bei LAX ab und springt auf den nächsten Southwest-Flug nach Vegas.

Zum ersten Mal seit Jahren braucht er wirklich Hilfe, und es gibt nur einen Ort, wo er diese bekommen kann.

Er fliegt mit Southwest, weil der Fluggast dort seinen eigenen Sitzplatz wählen darf. Wenn man seinen Sitznachbarn nicht mag, kann man den Platz wechseln, ohne Fragen gestellt zu bekommen. Er wählt einen Platz im hinteren Bereich des Fliegers, nimmt eine der Kotztüten und versucht, möglichst übel auszusehen.

Niemand setzt sich neben ihn.

Der kurze Flug verläuft ruhig, aber sein Geist rast. Glenna könnte Beziehungen zu kriminellen Organisationen haben, aber das bezweifelt er. Sie könnte einen Ex-Ehemann haben, der Verbindung dazu hat, aber das glaubt er nicht. Zum Teufel, sie könnte die Mutter einer High-School-Cheerleaderin sein, deren eifersüchtige Nebenbuhlerin einen Auftragsmörder anheuert, aber diese Geschichte hat er von vornherein nicht geglaubt. Und ganz sicher wird er sie auch jetzt nicht glauben.

Er hat die Vermutung, er ist ihre einzige Beziehung zu der dunklen Welt, in der er lebt.

Sollte ich Angst haben um mich, alter Freund? Mein Diagramm war ungewiss. Es sagte, dass der heutige Tag mich mit dem Tod bekannt machen würde.

Er lehnt sich gegen das winzige Fenster und starrt auf die Wolkendecke. Sie hatte ihm bei dieser ersten Auslegung gesagt, dass Diagramme nicht sicher vorhersehbar seien. Sie hatte sein Diagramm gesehen und gedacht, er stehe für den Tod, wegen seines Jobs.

Gestern bin ich dem Tod begegnet, nur nicht in der Art und Weise, wie ich gedacht hatte.

Sie hatte zweimal falsch gelegen. Ihr Diagramm hatte gesagt, dieser Tag würde sie mit dem Tod bekannt machen. Ohne ihn hätte der Tod sie nie gefunden, zumindest nicht auf diese Art und Weise.

Er braucht keinen tatsächlichen Beweis. Er hat wichtigere Dinge, um die er sich Sorgen machen muss.

Er muss herausfinden, ob sie eine Warnung ist oder ein Spielzeug. Oder beides. Der Schütze muss gewusst haben, dass die Polizei sie finden würde, lange bevor er es tat. Wenn der Schütze hinter ihm her war und über Glenna Bescheid wusste, war alles, was dieser tun musste, zu warten.

Er ist also offensichtlich keine Zielscheibe. Er ist etwas anderes, aber was, weiß er nicht.

Sie hatte seine Diagramme für den nächsten Auftrag. Sein Diagramm, das des Kunden und das des Opfers. Keine Namen, nur Referenznummern. Nummern, die, wie sie versprochen hatte – und er hatte es überprüft (eines Nachts ganz spät war er mühelos in diesen dämlichen kleinen Laden eingebrochen) –, nie in Verbindung mit Namen stehen würden.

Sie kannte eh nie seinen wirklichen Namen oder seine Adresse. Immer war er es gewesen, der sie kontaktierte, und ihr schien das nichts auszumachen.

Alles, was sie hatte, waren sein Geburtstag, -zeit und -ort.

Das war reichlich.

Seine rechte Hand zerdrückt die Kotztüte. Er ist immer noch aufgewühlt, aber neben diesem Gefühl ist noch etwas anderes, etwas noch Beunruhigenderes.

Er will nicht untersuchen, was für ein Gefühl das ist.

Angel Bridges hat einen Astrologie-Palast neben einer der Elvis-Kapellen auf dem Las Vegas Strip. Der Astrologie-Palast ist so auffällig wie alles andere in Vegas: sechs Etagen mit Türmchen und neonfarbenen Astrologiesymbolen, die je nach Jahreszeit und den Schwankungen im Kosmos aus- und angehen.

Angel verdient sich ihr Geld, indem sie den Glücksspielern erzählt, wie sie sich nach den Sternen richten können, aber daneben führt sie ein Geschäft für wahre Gläubige. Mit Letzterem verdient sie kein Geld – sie tut es aus Liebe. Und sie stellt nie Fragen, denn sie wertschätzt ihr Leben und ihre Position in einer Stadt, in der die Menschen alles tun, um Glück zu gewährleisten.

Es ist fünf Uhr, als er hereinkommt, der Beginn des Abendandrangs. Eine der dürren Gestalten, die dort als Hilfskräfte arbeiten, kommt auf ihn zu, aber er ignoriert sie. Die dürre Gestalt meckert, aber er geht weiter auf Angel zu, an einer langen Menschenschlange vorbei.

Sie sitzt auf einer dicken Couch, einen Kaftan um ihren breiten Körper gehüllt. Diamanten glitzern an ihren Ohren und Fingern – sie kann andere nicht zu Wohlstand führen, wenn nicht ersichtlich ist, dass auch sie einen Teil davon für sich beansprucht.

Sie sieht ihn, lächelt ihren neuen Kunden an und entschuldigt sich, als ginge sie weiteres Forschungsmaterial holen. Sie verschwindet hinter einem goldenen Türflügel. Er geht in den Seitengang, der in die entgegengesetzte Richtung zu führen scheint, was aber nicht der Fall ist.

Sie landen in ihrem Büro, einem ergonomisch korrekten Raum ohne Fenster und mit einer Deckenbeleuchtung, die nachts Neonmuster über den dunklen Boden wirft. Das hat er um ein Uhr morgens an einem Heiligabend herausgefunden, als er ihre Akten prüfte, um sicherzugehen, dass ihre Beziehungen sauber waren.

Als sie die Metalltür schließt, reicht er ihr das Geburtsdiagramm. Sie hat es nie zuvor gesehen. Sie hat nur Kundendiagramme für ihn erstellt. Sie hat keine Ahnung, dass es seins ist.

»Ich brauche zwei Monate«, sagt er, »angefangen am 20. April diesen Jahres. Und ich werde darauf warten.«

Das hat er noch nie getan. Er ist immer gegangen und dann später wiedergekommen. Sie blickt ihn prüfend an, dann rückt sie ihre rote Perücke zurecht. Sie gefällt ihm nicht. Ihr natürliches Schwarz steht ihr besser.

»Das wird kosten«, sagt sie. »Ich werde ein Viertel der Trottel da draußen einbüßen.«

»Ich werde zahlen«, sagt er.

Sie nickt, drückt auf einen Knopf und sagt einer Assistentin, sie solle die Kunden informieren, sie habe Neuigkeiten erhalten über eine Fluktuation in den Sternen. Dann konzentriert sie sich auf das Diagramm und tippt etwas in ihren Computer ein.

Er setzt sich auf einen gepolsterten Stuhl, der für einen kleineren und schwereren Körperbau als den seinen gedacht ist. Es ist der unkomfortabelste Stuhl, in dem er je gesessen hat. Aber er bewegt sich nicht. Stattdessen denkt er nach.

Ein Auftragsmord wie dieser zieht immer das FBI an, eher morgen als heute in solch kleinen Städten, obgleich er vermutlich in einer seltsamen kleinen Stadt wie Sedona Raffinesse vermuten sollte. Was wird das FBI aus den Daten, die den vielen Diagrammen seiner Opfer und Auftragsgeber zugrunde liegen, lernen?

Mit Sicherheit zu viel, wenn sie die Daten, Ortsnamen und Geburtszeiten in ihre ungelöste Datenbank eingeben. Eine Hälfte der Informationen wird übereinstimmen mit Personen im ganzen Land, die durch Auftragsmorde ums Leben gekommen sind. Man wird keinen Raketentechniker benötigen, um herauszufinden, dass die andere Hälfte zu den Leuten gehört, die gutes Geld bezahlt haben, um diese erste Hälfte aus dem Weg zu räumen.

Und dann ist da natürlich noch sein Geburtsdiagramm sowie seine monatlichen und wöchentlichen Diagramme. Nicht, dass das den FBI-Agenten viel weiterhilft. Ben ist vor zwanzig Jahren verschwunden. Ein Geist hat seinen Platz eingenommen, ein Geist, den seit sehr langer Zeit niemand hat ausfindig machen können.

Sie werden dennoch seine Muster herausfinden und, wenn sie jemand Cleveren mit dem Fall beauftragen, eine ziemlich gute Analyse seiner Vorgehensweise, verdammt sei seine perfektionistische Jungfrauenseite. Auch werden sie eine exzellente Beschreibung von ihm erhalten von den benachbarten Ladenbesitzern und ehemaligen Angestellten, da sie genau wissen, welche Fragen sie zu stellen haben.

Und anhand der Kundenliste werden sie vermutlich einige seiner Hacker ausfindig machen oder vielleicht die Frontleute, die den Auftrag entgegengenommen haben. Seine sorgfältig aufgebauten fünfzehn Stufen werden auf sechs oder sieben oder vier zerfallen.

Ein kleines Stück Information, und seine Operation wird zunichte gemacht. War das das Ziel? Oder wird er kaltgestellt, weil der große Fisch schließlich weg ist oder weil jemand ihn schließlich eingeholt hat?

Sie hatten ihn schon vorher eingeholt, aber Mann gegen Mann waren sie immer gescheitert. Es war einiges an Planung vonnöten, um ihn unfähig zu machen. Einiges an Planung und unwilliger Übereinstimmung von sich und seinem Aberglauben.

Er war selbstgefällig geworden, in seinem Job ein schlechtes Zeichen.

»Das Diagramm ist ein Stück Scheiße«, sagt Angel.

»Fehlerhaft?«, fragt er.

»Nein, nur unvollständig, als hätten sie eine dieser Computerdownloads benutzt, die von jemandem gemacht werden, der sich einen Scheißdreck dafür interessiert.« Sie fährt sich mit einer mit Juwelen geschmückten Hand über die Augen. Wie kommt es, dass Astrologen immer so viele Edelsteine an den Fingern tragen?

»Das bedeutet also, dass, was immer mir diese Person gesagt hat, unvollständig ist?«

»Weiß nicht«, sagte Angel. »Was wurde dir gesagt?«

Er lässt das andere Diagramm zu ihr hinübergleiten, das der kommenden Woche.

Angel schaut es missbilligend an. »Wieso gehst du zu einem Scheißkünstler, wenn du mich hast?«

»Du bist nicht immer in meiner Nähe, Baby«, sagt er, faltet die Hände und lehnt sich zurück.

Sie schüttelt den Kopf und schiebt ihm das Blatt mit dem Wochendiagramm zu. »Guck dir das an. Es passt nicht. Es ist, als hätte dieser Astrologe das Geburtsdiagramm völlig außer Acht gelassen. Wir haben ein Geburtsdatum in Östlicher Winterzeit, und wir haben eine Analyse für jemanden, der in Westlicher Sommerzeit geboren wurde. Das funktioniert nicht. Das ist so grundsätzlich.«

»Also stimmt es nicht«, sagt er.

»Dieses Wochending ist einfach nur Müll.« Sie wirft es mit überschwänglicher Geste in den nächsten Papierkorb. »Aber dieses Geburtsdiagramm, ich sag dir, ist eins der scheußlichsten Dinge, die ich je gesehen habe.«

»Wegen der Art, wie es gemacht wurde?«

»Wegen dem, was es aussagt.« Sie wirft ihm einen finsteren Blick zu und schiebt die Perücke so weit zurück, dass er ihre rosafarbene Kopfhaut sehen kann. »Ist das ein Kunde von dir?«

Er nickt, da er sich nicht traut zu antworten.

»Das ist ein gemeiner Hurensohn. Gefährlich. Er glaubt, er ist sauber, aber das ist er nicht. Töten ist sein Job, und auch wenn Diagramme in Bildern sprechen können, glaube ich nicht, dass dies hier der Fall ist. Er sieht sich selbst als Krieger, aber er ist schlicht und einfach ein Killer. Nicht die Art Mensch, mit der nette Leute rumhängen sollten.«

»Was sollst du für diesen Typen tun?«, fragt sie, und im Geiste verflucht er sie und wünscht, sie würde sich daran erinnern, dass sie keine Fragen stellen soll. »Ein Auftrag wie alle anderen?«

Er nickt.

»Ich hoffe, der Job ist rechtens. Du willst dich nicht wirklich mit diesem Typen anlegen.«

»Was sagt das Geburtsdiagramm dir sonst noch?«, fragt er. Irgendwie gelingt es ihm, seine Stimme ruhig klingen zu lassen.

»Dass er mehr Geheimnisse hat als Gott. Dass er unvorhersehbar ist und charmant und dass er jemanden ganz plötzlich anfallen kann. Ich würde nichts für ihn tun, ganz gleich, wie viel er mir zahlt.«

Sie versucht, nett zu ihm zu sein. Sie weiß nichts. Seine Muskeln frieren fest. Er hält die Wahrheit zurück, dass sie fünf Jahre für ihn gearbeitet hat und glaubt, er sei ein Freund, jemand, dem sie vertrauen kann.

»Gut«, sagt er. »Dann lass uns sehen, was das Zwei-Monats-Diagramm sagt.«

»Du scheinst nicht so schockiert davon.«

»Ich habe mir schon gedacht, dass er zwielichtig ist. Du überraschst mich nicht.«

Sie nickt und betrachtet den Computerbildschirm. Für eine lange Zeit hört er nur das Hämmern der Tasten. Er widersteht dem Verlangen, aufzustehen und auf- und abzugehen.

Sie werden mittlerweile ganz sicher schon einige seiner Leute ausfindig gemacht haben. Der einzige Weg, zu Glenna zu finden, war der, über das Schließfach in Flagstaff Bescheid zu wissen. In der Vergangenheit ist er dort hingegangen, hat alles rausgenommen und hinuntergefahren. Vor drei Jahren hat er beschlossen, dass Glenna die Box gelegentlich öffnen könnte. Er brachte ihr den Schlüssel, und manchmal rief er an und bat sie, die verschiedenen Diagramme herauszunehmen. Das tat sie.

Einige seiner Hacker und ein paar seiner Frontleute haben diese Adresse. Andere haben ein Schließfach in Vegas und eine weitere in L.A. Wenn die Cops seinen Anruf vom Handy zurückverfolgt haben, wissen sie, dass er in L.A. war. Oder vielleicht weiß es jemand anderes.

Er steht so abrupt auf, dass der Stuhl auf den Boden knallt. Angel zuckt vor Schreck zusammen. »Alles in Ordnung mit dir?«

»Ich muss mal privat telefonieren«, sagt er. »Ich bin sofort zurück.«

»Lass dir Zeit«, sagt sie. »Das ist ein ganz schön verwirrender Haufen Planeten hier.«

Auch das gefällt ihm gar nicht. Er tritt aus der Tür heraus, geht über den äußeren Seitengang und in die Elvis Kapelle. Auch hier ist eine Menschenschlange, hauptsächlich besteht sie aus Betrunkenen. Er gratuliert einem der champagnertrinkenden Männer, und während er ihm auf die Seite klopft, zieht er ihm das Handy aus der Tasche und geht dann weiter auf dem Strip.

Die Straße hat sich mit den Jahren verändert. Große Gebäude zeichnen sich über ihm ab und geben vor, etwas zu sein, was sie nicht sind – der Eiffelturm, das Empire State Building, eine komplette europäische Stadt. Durch die Neonlichter ist es taghell. Autos fahren vorüber, Leute stolpern vorbei, viele von ihnen halten Behälter mit Spielmarken oder Nickeln darin in der Hand. Einige haben Zeitungen, und andere umklammern Bargeld, als könnten sie es nicht glauben.

Er wählt die Nummer des Ladens in L.A. in der Hoffnung, dass dieser so spät noch geöffnet hat. Beim fünften Klingeln antwortet eine Frauenstimme. Er erkennt die Stimme. Die Handleserin.

»Sorgen Sie dafür, dass Ellie May aus dem Laden verschwindet«, sagt er.

»Du bist es also.« Die Handleserin verflucht ihn auf irgendeiner romanischen Sprache – vermutlich Italienisch. »Du hättest sie warnen können.«

»Ich hatte keine Ahnung.«

»Sie ist hergekommen, um Abenteuer zu erleben, nicht um eine Waffe ins Gesicht gedrückt zu bekommen.«

Eine Waffe im Gesicht? Das hatte er nicht erwartet. Er hatte etwas erwartet in ein paar Tagen, vielleicht einen Besuch des FBI oder einen ersten vorsichtigen Kontakt. Aber nicht einen direkten Angriff. »Geht es ihr gut?«

»Sie ist verängstigt. Sie hat ihm alle ihre Diagramme gegeben. Er wollte kein Geld. Gut, oder? Jetzt kann sie zurück zu ihren Eltern gehen, die sicher nicht einmal bemerkt haben, dass sie überhaupt weg war.« Die Handleserin stößt wieder wüste Beschimpfungen gegen ihn aus.

Er lässt sie. »Wer hat ihr die Waffe ins Gesicht gehalten?«

»Ich kenne seinen Namen nicht.«

»Haben Sie ihn vorher schon einmal gesehen?«

»Nein«, sagt sie.

»Was können Sie mir über ihn erzählen?«

»Warum sollte ich Ihnen etwas erzählen?«

»Weil ich ihn vielleicht davon abhalten kann, noch einmal zurückzukommen.«

Sie zögert. Er kann fühlen, wie ihr Gehirn arbeitet. Er fragt sich, ob er einen Fehler macht anzurufen, falls der Angreifer noch immer dort ist. Dann entscheidet er, es spielt keine Rolle. Die wenigsten Leute können einen Handyanruf zurückverfolgen. Selbst wenn sie eine Anruferkennung hat, kann sie lediglich die Handynummer ausfindig machen, nicht von wo aus der Anruf getätigt wurde.

»Er kam vor drei Stunden«, sagt sie. »Er war jung, weiß, hat Geld – oder zumindest glaubt er das. Maßgeschneiderter Anzug, aber schmutzige Schuhe, als wäre er gereist oder als habe er vergessen, sie zu polieren.«

Mit angespanntem Körper hört er zu.

»Zuerst richtet er die Waffe auf mich, und ich zucke mit den Achseln. Ich habe schon öfter Waffen gesehen, aber nie solche Augen wie seine. Groß und braun und fast, als würden sie sich drehen. Verrückt. Er glaubt, er ist schlau, aber er ist nur schlau wie ein Fuchs. Diese Art überlebt nicht lange.«

Spricht sie jetzt zum Angreifer? Oder ist das immer ihre Art zu sprechen? Er wünscht, er hätte ihr mehr Beachtung geschenkt, anstatt sie von vornherein abzutun.

»Er will die Diagramme. Er wird wütend, als er herausfindet, dass sie alle das gleiche Geburtsdatum haben. Er will die anderen, die Diagramme der Kunden. Sie sagt, sie hat keine Ahnung, was er meint, und sie gibt ihm alles, was sie hat. Er schlägt ihr die Waffe ins Gesicht, und sie fällt hin. Ich habe meine eigene Waffe und hole sie heraus. Er dreht sich um, lacht mich aus und sagt: »Oma, du bist keine Partie für mich«, und dann geht er, als ob die Tatsache, dass wir ihn gesehen haben, ihm egal ist, als wenn sein Besuch normal wäre.«

»Und dann?«, fragt er.

»Wir haben natürlich die Polizei gerufen. Bis jetzt ist noch niemand gekommen. Dieser Teil der Stadt, wen interessiert's? Aber dich interessiert's. Du kennst den Mann.«

»Nein«, sagt er. »Das tue ich nicht.«

»Er kennt dich. Er sagt, du wirst alt und müde und merkst es nicht einmal. Eine Reliquie nennt er dich. Eine abergläubische Reliquie.« Sie macht eine Pause. »Du kommst nicht hierher zurück.«

»Das ist richtig.«

»Ich sage dir, du kommst nicht hierher zurück. Meine Nichte glaubt, er will dich umbringen. Sie glaubt, es ist ihre Schuld.«

»Sagen Sie ihr, dass das Diagramm falsch ist. Sie hat vergessen, die Zeitzonen anzupassen.« Und dann legt er auf.

Er wischt das Telefon ab und wirft es auf den Bürgersteig vor der Elvis Kapelle. Der Betrunkene wird meinen, es sei ihm aus der Tasche gefallen. Erst wenn er die Rechnung bekommt, wird er merken, dass etwas falsch gelaufen ist.

Er geht zurück in den Astrologie-Palast. Die Schlange ist kürzer geworden. Der Mann, mit dessen Diagramm Angel vorhin beschäftigt war, sitzt immer noch neben der Couch, erst jetzt blickt er auf die Uhr.

Er zieht sich zurück und geht in das Büro. Sie hat ihren Stuhl so gedreht, dass sie jetzt an der Rückseite des Schreibtischs sitzt, und benutzt Winkelmesser und Papierdiagramme und bunte Stifte. Er braucht einen Moment, um zu verstehen, dass sie ihre Arbeit noch einmal per Hand macht.

»Was ist das Problem?«, fragt er.

»Es kommt aufs Gleiche heraus«, sagt sie und klingt völlig überrascht. »Selbst mit den exakten Einstellungen kommt bei dem Wochendiagramm genau das Gleiche heraus. Irgendetwas hat vor einer Woche begonnen, etwas sehr Ernstes, was vor ein paar Tagen zu einem großen Verlust geführt hat und heute eine Wirkung gezeigt hat.«

Als sie das sagt, schaut sie zu ihm auf, als könne er ihr die Informationen geben, nach denen sie sucht. Das kann er natürlich, aber er wird es nicht tun.

Als deutlich wird, dass er nichts sagen wird, fährt sie fort. »Es steigt an, und dann ist da auf einmal Nichts.«

»Nichts?«, sagt er, und langsam hasst er das Wort. »Was zum Teufel ist Nichts?«

Sie zuckt mit den Achseln. »Ich habe so etwas noch nie gesehen. Es gibt kein weiteres Diagramm mehr.«

»Also bedeutet es Tod?«

Sie schüttelt den Kopf. »Ich habe den Tod schon gesehen in Diagrammen, oft in denen, die du mir gegeben hast, manchmal auch in den Diagrammen der Glücksspieler. Aber für gewöhnlich zeigt er sich als eine Umwandlung. Das Leben eines Menschen geht weiter, selbst wenn er tot ist.«

»Was zum Teufel soll das heißen?«

Sie lächelt. Das ist ganz offensichtlich eine Konversation, die sie schon öfter geführt hat. »Sagen wir, du stirbst morgen. Deine finanziellen Angelegenheiten gehen weiter. Deine Beziehungen gehen weiter, zumindest für eine gewisse Zeit. Du kannst noch lange, nachdem du gestorben bist, einen Einfluss auf die Welt haben. Ich vermute, irgendwann wird das Diagramm dann zum Nichts kommen, aber das habe ich nie bei irgendeinem gesehen. Normalerweise kommt die Person, die stirbt, nicht zurück und bittet um eine neue Auslegung.«

Die letzten Worte sagt sie mit trockenem Humor, als würde ihr der Humor gegen ihr Unbehagen helfen. Er hilft nicht.

Wenn er aufhört, wenn er stirbt, wird nichts weitergehen. Er hat keine Beziehungen, nichts von dem, worüber sie spricht. Er hat weder Freunde noch Familie (das heißt, er hat eine Familie, aber an die hat er seit Jahrzehnten nicht gedacht. Er hat sie verlassen, als er aufgehört hat, Ben zu sein, vielleicht auch schon früher, als er zum Arbeiten in die Stadt gegangen ist), und seine finanziellen Angelegenheiten werden zu vernachlässigten Bankkonten, mit denen Banken überall auf der Welt sich irgendwann einmal befassen werden.

Er hat kein Testament, keine Erben, kein wirkliches Leben. Wenn er geht, wird er nichts zurücklassen. Er wird verdunsten wie eine Seele im Wind.

»Ich verstehe nicht«, sagt er.

»Ich auch nicht«, sagt sie und runzelt die Stirn. »Alles, was wir wissen, ist, dass es zu einem unheilvollen Ereignis kommt, und danach zum Nichts. Vielleicht sollte ich mein eigenes Diagramm machen. Vielleicht ist das das Ende der Welt.«

Sie sagt das nicht mit Humor. Er starrt sie an, dann schmeißt er ihr fünfmal ihren normalen Lohn auf den Tisch. »Danke.«

»Komm morgen wieder«, sagt sie. »Ich werde nachforschen, sehen, ob jemand anderes versteht, was es bedeutet.«

»Ich denke, du solltest es einfach vergessen«, sagt er. »Genau wie ich.«

»Ich kann es nicht vergessen. Es könnte eine große Bedeutung haben.«

»Das bezweifele ich«, sagt er und tritt aus der Tür.

Die Schlange ist kürzer geworden. Der Mann, der auf seine Auslegung wartet, redet verärgert mit einer der dürren Gestalten.

Er geht ins Freie und guckt auf die unechten Städte und die Leute, die so tun, als würden sie es sich gut gehen lassen. Das Handy auf dem Bürgersteig vor der Elvis Kapelle ist verschwunden. Er fragt sich, ob der Betrunkene es gefunden hat oder ob jemand anderes es genommen hat.

Es ist an der Zeit zu verschwinden. Zeit, ein richtiger Geist zu werden, an den nie mehr jemand denkt und von dem nie wieder jemand etwas hört. Im Laufe der Jahre hat er sich um die hundert Fluchtversuche überlegt, und keiner davon hat ihm gefallen. Nichts klingt langweiliger, als für den Rest seines Lebens an einem tropischen Strand zu sitzen und Mai Tais zu trinken.

Ganz gleich, was Angel gesagt hat oder mit wie viel Missachtung sie es gesagt hat, er *ist* ein Krieger. Und er will den Tod eines Kriegers sterben. Wenn er nicht arbeiten kann, kann er das Leben nicht genießen.

Vielleicht sollte er alle Bänder zur Vergangenheit abschneiden, die fünfzehn Stufen (von denen es einige nicht mehr gibt und von denen einige ihn verraten haben), in ein anderes Land ziehen und dort ein neues Leben aufbauen. Irgendwann kann er vielleicht als freier Mann hierher zurückkommen und von vorne beginnen.

Aber er ist zu alt, um von vorne zu beginnen. Es bleiben ihm nur noch zehn weitere gute Jahre, zwanzig, wenn er sich in perfekter Kondition hält und sich solche Opfer wählt, die so alt sind wie er oder älter.

Vielleicht spiegelt das Nichts auf seinem Diagramm seinen Status als Geist wider. Vielleicht bedeutet das, dass er sich eine neue Identität suchen wird, mit einem neuen Geburtsdatum, und von vorne beginnen wird.

Vielleicht. Aber er glaubt nicht daran. Er ist am Ende angekommen, und er ist nicht sicher, was das bedeutet.

Aber er weiß, was er tun wird.

Er wird warten.

Er glaubt Folgendes:

Der junge Mann ist hinter ihm her wegen seiner Kundenliste, was bedeutet, dass er die Frontleute nicht gefunden hat, nur die Hacker. Er kann sogar nur einen Hacker gefunden haben – nur einer mit Zugang zu dem Schließfach in Flagstaff würde ausreichen.

Was ihn beunruhigt, ist die Verbindung zur Astrologie. Der Typ wusste irgendwie von seinem Aberglauben – und er glaubt, er weiß woher. Manchmal werden Auftragsmörder in ihrem Bereich zu Legenden, besonders, wenn sie schon länger im Geschäft sind, so wie er. Man gibt ihnen Spitznamen, die für gewöhnlich auf irgendetwas Ungewöhnlichem basieren.

Er hat seit Jahren nichts mehr mit dem Netzwerk zu tun – zu viel Risiko, Risiko, das er nicht mag. Aber das Netzwerk hat natürlich nach wie vor mit ihm zu tun beziehungsweise mit seinem Ruf. Den Tierkreiskiller können sie ihn nicht nennen – der Name wurde schon vergeben an irgendeinen Psycho, der einen professionellen Auftragsmord selbst dann nicht erkennen würde, wenn ihm genau gezeigt würde, was er zu tun hat –, deshalb haben sie ihm vermutlich einen anderen Namen gegeben: der Horoskopmann, der Astrokiller, irgendetwas in der Richtung. Und seitdem hat dieser Typ so lange gesucht, bis er etwas Ungewöhnliches gefunden hat.

Was nicht passt und was ihn beschäftigt, ist, dass die Nachforschungen über diesen Typen ihn als vorsichtigen Menschen zeigen, seine Begegnungen aber – sowohl die mit Glenna als auch die mit Elli May – den Anschein machen, als habe er auf eine schnelle Nummer abgezielt.

Auch ist der Typ arrogant, sodass er seine Spuren nicht verdeckt. Die Tatsache, dass er die Diagramme hat, ist sowohl erfreulich als auch beunruhigend. Beunruhigend, weil dieser Typ geschnappt werden wird und er sein Wissen weitergeben wird. Erfreulich, weil das FBI, obwohl es sich mit dem Fall befasst, die Diagramme nicht hat und keine Verbindungen zu Glennas Kunden herstellen kann.

Wenn der Typ so clever ist, wie er scheint, wird er Vegas ausfindig machen. Wenn er Vegas gefunden hat, wird er Angel finden. Wenn er Angel gefunden hat, wird seine amüsante Tour vorbei sein, so oder so.

Es gibt sogar einen Zeitplan, entsprechend dem Wochendiagramm. Am sechsten Mai wird der Typ in Vegas sein – und es wird eine Konfrontation geben. Besser, das vorher zu wissen. Keine Überraschungen.

Je weniger Überraschungen, desto höher die Chance zu gewinnen.

Wenn es überhaupt etwas zu gewinnen gibt.

Was er vor sich selbst nicht zugibt, während er wartet, ist, wie beunruhigt er ist. Tief drin. Er war nie im Blickfeld von irgendwem gewesen, nie der Ausgang irgendeiner Suche – er nicht und sein geisterhaftes Selbst ebenfalls nicht. Er ist zwar bestimmt in einem Haufen Datenbanken von Polizei und FBI verzeichnet, aber wegen seiner vielen Verbrechen.

Jetzt wird er verfolgt dafür, wer er ist, ins Visier genommen wegen dem, was er weiß, und die Menschen, mit denen er sich umgeben hat, werden bestraft.

Er hasst das.

Erst als er die zweite Nacht in Folge in Angels Büro sitzt und versucht, einen bequemen Stuhl zu finden, realisiert er, wie sehr er es hasst. Die Lichter sind aus, aber die Deckenbeleuchtung sorgt für so viel Neonambiente, dass alles gut erleuchtet ist.

Der Computer ist ausgeschaltet, aber er hat sich Zugriff verschafft zu ihren Akten und realisiert, dass sie einige Beziehungen hat, die ihn nervös machen. Er fragt sich, ob sie wissen, wer er ist, ob sie von seinem früheren Einbruch wissen und ob es sie kümmert.

Vermutlich nicht. Wenn es sie kümmern würde, hätten sie sich bereits um ihn gekümmert. Vermutlich beobachten sie ihn jetzt, nur um zu gucken, was er tut, nur um herauszufinden, was er weiß.

Was er weiß, ist, dass er Schwierigkeiten hat, ruhig zu bleiben. Und das ist nicht er. Aber er denkt weiter an Glenna, ihre lockere Art, ihr Lächeln, wenn sie ihn nach langer Abwesenheit wieder gesehen hat, die Art, wie sie daran glaubte, dass alles, was sie tat, in bester Absicht geschah.

Er hat den Typen direkt zu ihr geführt, und sie war gestorben, eines gewaltsamen Todes, wegen ihm.

Merkwürdigerweise bringt ihn das durcheinander. Wenn er bezahlt wird, um ein Leben auszulöschen, ist es etwas anderes. Es hat nichts mit der Person zu tun. Das ist nun mal sein Job. Es ist nicht persönlich.

Das hier ist es. Dieser Verlust hat eine direkte Verbindung zu ihm, direkter, als einfach abzuziehen.

Der Verlust macht ihn wütend. Und die Tatsache, dass er ihn wütend macht, macht ihn noch wütender. Er darf keine Bindungen haben. Er ist darüber hinausgewachsen. Sie sind wertlos in seinem

Geschäft. Er muss ein völliger Einzelgänger sein, und irgendwie hat er in diesem Punkt versagt.

Ein Teil von ihm hat sich Sorgen um Angel gemacht, bis er sah, mit wem sie zu tun hatte. Wenn der Typ sie aus dem Weg räumt, wird er einer ganzen Familie von Menschen Rede und Antwort stehen müssen. Sie wird beschützt sein.

Seine noch verbliebenen Astrologen sind es, die in Schwierigkeiten sind. Sie und die Hacker – die, die dem Typen noch nicht begegnet sind – und die Frontleute und alle anderen, die diesem kleinen Arbeitsablauf angeschlossen sind. Er hat sich abgemüht, sie so sauber wie möglich zu halten. Er will nicht, dass ihnen irgendetwas passiert wegen ihm.

Zumindest ist es das, was er sich sagt, während er im Halbdunkeln sitzt und das neonblaue Skorpionzeichen betrachtet – ein M mit einem spitzen Ende –, das vor dem kirschfarbenen Teppich aufblinkt. Er denkt sich auch, er könnte diesen Typen überschätzt haben, als er plötzlich hört, wie das Sicherheitsschloss sich mit einem Klicken öffnet.

Endlich.

Er zieht die halbautomatische Pistole hervor, die er bei einer Milizversammlung außerhalb von Denver bekommen hat, und richtet sie auf die Tür. Er muss warten, bis er sicher ist, denn er möchte nicht aus Versehen Angel an die Wand nageln.

Jemand schlüpft hinein, so dünn wie eine der dürren Angestellten. Das Neonlicht geht für einen Moment aus, verdammt, und der Raum ist dunkler als gewöhnlich. Dann leuchtet der goldene Stier auf – ein Kreis mit Hörnern –, und er sieht die dunkle Lederjacke, das zurückgegelte Haar, die grausame Kurve um den Mund.

»Du hättest einfach nach meiner Kundenliste fragen können«, sagt er.

Der Typ dreht sich überrascht um. Aber er versteckt es gut. »Ich musste dich zuerst finden.«

Seine Antwort ist ein Kugelhagel, der sich durch den Körper des Typen bohrt und ihn tanzen lässt, bevor er gegen die Wand stürzt, leblos und leer.

Jetzt muss er schnell handeln. Er vermutet, der Palast hat Wände, die dick genug sind, um das Geräusch zu verschlucken, aber etwas zu vermuten ist nicht das Gleiche, wie es zu wissen. Er geht näher an den Körper heran, klaffende Leere und Blut anstelle des Rumpfes, und starrt auf das Gesicht.

Unbekannt, nicht dass er wüsste, wer dieser Typ war. Und jung, arrogant. Eine schnelle Nummer, ein Quickie, genau wie er gedacht hatte. Er zieht sich seine Handschuhe über und tastet die Taschen ab, in denen er einen Hilton-Zimmerschlüssel findet sowie einen Beleg mit der Zimmernummer und eine Brieftasche mit einem schlecht gefälschten Ausweis von irgendeiner Computerseite.

Also nicht einmal ein Quickie. Ein Amateur, ein Möchtegern. Kein Wunder, dass er die Kundenliste wollte. Er hatte keine Beziehungen, um selbst Aufträge zu bekommen. Glenna war nur Übung gewesen, der Beweis, dass er es konnte.

Aber vielleicht konnte er es nicht. Ein wirklicher Profi hätte Elli May und die Handleserin erschossen. Ein wirklicher Profi hätte keine solch offensichtlichen Spuren hinterlassen.

Ein winziges rotes Licht blinkt auf der Hinterseite des Computers. Er sucht nach der Quelle – denkt, dass jemand einen Lasersucher auf ihn richtet. Wie kann das sein? Aus diesem Winkel kann niemand den Sucher auf ihn richten. Das Deckenlicht würde Schatten werfen. Er hat es überprüft. Die Sternzeichen werfen ihr Licht auf den Teppich.

Eine Art Warnlicht. Eine Art Sicherheitsauslöser. Er steckt den Zimmerschlüssel in die Tasche, aber zerstört den Beleg. Dann zieht er sich die Handschuhe aus und wickelt sie sich um die Schuhe wie ein billiges Paar Turnschuhe. Er wird blutige Fußspuren hinterlassen. Es geht nicht anders. Aber das wird der einzige Anhaltspunkt sein, den sie haben, und mit Angels zwielichtigen Beziehungen werden die Cops vermutlich woanders weitersuchen.

Er greift nach der Tür, dreht den Knauf und hört ein zweites Klicken. Kein Sicherheitsklicken diesmal. Ein leises und beunruhigendes Klicken, etwas, das er erwartet haben sollte, aber was er nicht erwartet hatte, weil dies für ihn ebenfalls eine schnelle Nummer war.

Er zieht an der Tür, aber sie öffnet sich nicht. Darauf programmiert, nach solcher Gewalt zuzusperren. Er hat Sicherheitsvorkehrungen wie diese schon früher gesehen. Es wird ihm nicht möglich sein, durch die Metalltür zu schießen, zumindest nicht rechtzeitig.

»Mist«, sagt er, während er sich herumdreht, in der Hoffnung, Zeit zu haben, um zur Deckenbeleuchtung hochzusteigen und dort durchzubrechen. Das rote Licht am Computer blinkt so schnell, dass es fast scheint wie ein einziger feststehender roter Punkt.

Er steht auf einem der unbequemen Stühle, die Pistole auf die Deckenbeleuchtung gerichtet. Er drückt den Abzug, als der Computer explodiert.

Er hat Zeit, es zu analysieren.

Es ist nicht wirklich ein weißes Licht. Es ist mehr wie Sonnenlicht, breit und schillernd, mit vielen Farben darin, aber so hell, dass alles, was er sehen kann, weiß ist.

Er hat Angst, es anzugucken, Angst, zu sehen, dass niemand auf ihn wartet, oder dass die Leute, die auf ihn warten, sehr, sehr, sehr verärgert sind.

Er schließt die Augen, aber das Licht dringt durch die Augenlider hindurch, so als befände er sich tatsächlich darin. Er blickt es nicht an, tut, als fühle er nicht das warme Glühen, und allmählich lässt es nach, als habe es nie existiert.

Als habe er nie existiert.

Was, wie er meint, seit sehr langer Zeit nicht mehr der Fall ist.

»Ben?«

Er öffnet die Augen. Die alte Frau, die über ihn lehnt, hat graues Haar und ein breites Gesicht. Ihre Gesichtszüge kommen ihm bekannt vor.

»Ben?« Sie klingt, als werde sie gerade Zeuge eines Wunders. Hinter ihrem Kopf schmettert ein Fernsehbildschirm die Nachrichten. Eine Frau liest die Schlagzeilen, und unter ihr läuft eine Zeile mit den Sportnachrichten. Es wird der Spielstand aller All-Star-Spiele durchgegeben.

Er runzelt die Stirn. Die alte Frau ruft nach den Krankenschwestern, und er realisiert, dass er in einem Bett liegt, unbeweglich und sehr, sehr müde.

»Du bist zurück, Ben. Gott sei Dank. Ich war jeden Tag hier.«

Endlich erkennt er die Stimme. Die alte Frau ist Angel. Er hatte falsch gelegen. Ihre natürliche Haarfarbe ist nicht Schwarz. Die Spitzen schon, aber sie hat aufgehört, es zu färben. Ein Schal liegt auf einem kleinen Tisch, gemeinsam mit einem Buch über Schicksal. Sie hatte auf ihn gewartet und gelesen.

»Du hast mir das Leben gerettet. Dieser Serienmörder –«

Sie hat keine Möglichkeit, zu Ende zu reden. Sein Zimmer wird überflutet von unzähligen Gesundheitsfachleuten in weißen Kitteln. Sie umzingeln ihn, bekleben ihn mit Dingen und stellen ihm Fragen, auf die er keine Antworten weiß, sagen ihm, dass er Glück, Glück, Glück hat, am Leben zu sein.

Er hat mehr als zwei Monate verloren. Es ist Mitte Juli. Er hatte zwei Monate lang unbeweglich in einem Vegas-Krankenhaus gelegen – weder tot noch lebendig.

Ein Leben in der Schwebe. Existierend. In dieser Zeitspanne war er überhaupt nichts, realisiert er.

Sie bringen Angel nach draußen, aus Angst, dass sie ihn ermüdet, aber sie verspricht zurückzukommen.

Er muss viele Erkenntnisse verkraften – dass seine Rehabilitation Monate dauern wird, vielleicht Jahre. Vielleicht kann er nie wieder laufen. Sein linker Arm wurde zerstört. Er hat Angst, sein Gesicht anzugucken.

Seine wirkliche Identität haben sie mit Hilfe seiner Fingerabdrücke herausgefunden, haben seine Familie anrufen wollen und erfahren, dass er keine Familienangehörigen mehr hat. Seine Fingerabdrücke wurden aktenkundig gemacht, erinnert er sich, bei einer Verhaftung wegen Drogen vor zwanzig Jahren. Einer der Clubbesitzer hatte die Kaution bezahlt. Er hatte es völlig vergessen. Er hat mehr vergessen, als er weiß.

Was er die nächsten Tage über von Angel erfährt, ist, dass er in ihren Augen ein Held ist. Irgendwie glaubt sie, er habe das Diagramm des Typen gehabt. Sie sagen der Typ – Dante Evans – sei ein Serienmörder, der sich auf Astrologen spezialisiert hat.

Evans war nicht so vorsichtig, wie er geglaubt hatte. Er hat am Tatort von Glennas Mord Anhaltspunkte hinterlassen, und Elli May hat ihn anhand eines Fotos als den Kerl identifizieren können, der sie an jenem Nachmittag des vierten Mai geschlagen hatte.

Angel glaubt, dass »Ben« wusste, dass etwas nicht stimmte, und als er es herausfand, beschützte er sie. Sie hat keine Ahnung, wer er wirklich ist, und wenn sie keine Ahnung hat, haben ihre Kontaktpersonen auch keine – diejenigen, die Sprengfallen in ihrem Büro versteckt hatten.

Sie schämt sich, als sie es erklärt. »Sie haben gewollt, dass ich verspreche, diese Information geheim zu halten«, sagt sie. »Sie haben diese Falle eingebaut. Zuerst sollte es hochgehen bei inoffizieller Aktivität in dem Raum, aber ich hatte Angst um meine Assistenten, sodass sie es so eingestellt haben, dass es aus anderen Gründen hochgeht. Ich habe nie gefragt, was diese anderen Gründe sind. Sie haben versprochen, dass es nie dazu kommen würde.«

Er wusste es. Es konnte vieles sein: die Antwort auf das Schießpulver, auf das Geräusch der Schüsse, auf die Spritzer einer warmen Flüssigkeit – wie Blut. Oder lediglich eine ferngesteuerte Vorrichtung, ausgelöst von jemandem, der den Ort beobachtet hat, wann immer er glaubte, es gebe Ärger.

Eine Schießerei zählt als Ärger.

Aber er sagt ihr nichts, und er sagt auch nichts, als sie ihm anbietet, sein Zimmer zu zahlen. Seine Spuren sind verdeckt, so fest, dass er weiß, es bietet sich ihm eine Möglichkeit.

Angel sitzt neben seinem Bett. Sie bittet ihn immer noch um Vergebung, fühlt sich schuldig, dass sie das Diagramm falsch ausgelegt hat. Sie versteht nicht, dass es nicht Evans Diagramm war, sondern sein eigenes, aber das wird er ihr nicht erzählen.

»Ich habe immer noch Schwierigkeiten, zu glauben, dass es nach dem Tod so etwas wie Nichts gibt. Aber sie können nichts über ihn herausfinden. Wir sind die einzigen Betroffenen«, sagt sie.

Er hört zu. Er erzählt ihr nicht, was er glaubt. Er kann es nicht. Er hat Angst, dass sie sein Diagramm oder das des Serienmörders, für das sie es hält, noch einmal erstellt. Wenn sie es für die Zeit nach dem 11. Mai macht, wird sie herausfinden, dass das Nichts geendet hat an dem Tag, an dem er aufgewacht ist. Das Nichts war das Koma.

Auch wenn es nicht wirklich Nichts war, nicht so, wie das Diagramm gesagt hatte. Schließlich ist Angel hier, und sie glaubt, er sei ein Held. Er hat eine Bedeutung in ihrem Leben gehabt.

Vielleicht war das Nichts eine Fehlinterpretation – oder eine Nichtinterpretation. Vielleicht war alles in einem solchen Fluss, dass niemand vorhersagen konnte, was geschehen würde.

»Angel«, sagt er, als sie schließlich eine Pause macht, um zu Atem zu kommen, »glaubst du an eine zweite Chance?«

»Natürlich, Süßer«, sagt sie und tätschelt seine verschont gebliebene Hand. »Alle Religionen befassen sich damit. Man findet sie sogar im Diagramm eines Menschen, in den Knotenpunkten. Vergangene Leben haben immer einen Einfluss auf gegenwärtige Leben.«

»Nein, nein«, sagt er. »Ich rede über dieses Leben. Was, wenn es eine klare Linie gäbe, ein Bruch zwischen dem, der man war, und jetzt. Kann man jemand anderes sein?«

Sie beobachtet ihn eine Weile. Er fragt sich, wie sehr sie versteht, was er sagt. Glaubt sie, er redet über seine frühere Drogenverhaftung, seinen umherziehenden Lebensstil? Oder glaubt sie, etwas Tieferes geht vor sich, vielleicht vermutet sie sogar die Dunkelheit, die er über seine Seele hat einbrechen lassen?

»Ich glaube, ein Mensch bekommt so eine Chance aus irgendeinem Grund«, sagt sie, »Und nur ein Idiot würde sie vorbeiziehen lassen.«

Er nickt. Das hatte er auch gedacht.

»Soll ich dein Diagramm machen, sodass wir sehen können, welchen Pfad du einschlagen sollst?«

»Nein«, sagt er. Damit hat er abgeschlossen. Diagramme sind zu präzise. Er wird sein Leben nicht mehr auf diese Weise planen. Außerdem möchte er vergessen, dass er ein Krieger ist mit einer Richterseele. Er möchte glauben, er ist im Juli wiedergeboren worden. Krebs. Sensibel, nährend, beschützend. Jemand völlig anderes.

»Wieso hast du mir nie erzählt, wer du wirklich bist, Ben?«, fragt sie und blickt auf ihn hinunter. Diese Frage beschäftigt sie.

Er denkt darüber nach. »Ich schätze«, sagt er, »weil ich mich selbst nie kannte.«

Als er geschützt war durch fünfzehn Stufen, ein Soldat im Krieg, hat er nicht an Sinn geglaubt oder ihn verstanden oder nach einem gesucht, wo es keinen gab, einem Sinn, der die falschen Menschen tötete.

Er ist kein Held, nicht einmal kurz davor. Er bezweifelt, je einer sein zu können. Er ist immer noch abergläubisch, vielleicht mehr als er je zuvor war. Er hängt seine Waffen an den Nagel und findet einen neuen Weg – einen, der ihn des Lichts würdig werden lässt.

Vielleicht kann er beim nächsten Mal, wenn es ihn umgibt, hinein- und durchschauen, auf die Welt dahinter. Vielleicht hat er das nächste Mal mehr Mut, hinzugehen und dem gegenüberzutreten, was er war, und dem, was er getan hat.

Die Gedanken bringen ihn durcheinander, und er schließt die Augen, das erste Mal, soweit er sich erinnern kann, versucht er nicht, Gefühle zu verdrängen, sondern sie sich einzugestehen.

Etwas zu fühlen, wo früher einmal gar nichts war.

Ein Mensch zu sein anstelle eines Geistes.

Originaltitel: »Ghosts«
Aus dem Englischen von Sabine Rissmann

DER BLAUE SKORPION

von Anne Perry

11. November 1919. Zwei Schwestern hatten Geburtstag, Alice und Dori Taylor. Genau drei Jahre waren sie auseinander. Den Feiertag einzelner Menschen überschatteten jedoch die Tränen und das Frohlocken des ganzen Landes, dass der größte Krieg in Europas Geschichte ein Jahr nach dem Waffenstillstand mit der Rückkehr der letzten Soldaten endlich vorüber war. Jedes Dorf, ja jedes Haus gedachte seiner Toten: Familienangehöriger, Freunde, Nachbarn. Niemand war ungeschoren davongekommen, niemand hatte nicht irgendeinen geliebten Menschen verloren. Bei einigen war es mehr als nur einer; vielleicht waren der Vater, der Ehemann und ein Bruder gefallen. Manche Frau betrauerte alle ihre Söhne – dezimierte Familien.

Für Dori, die an diesem Tag zweiundzwanzig wurde, bedeutete ihr Geburtstag das Ende eines langen, schrecklichen Albtraums, und sie fand, dass es mehr als an der Zeit war, endlich ein wenig Spaß zu haben. Die Toten sollten ruhen, die Lebendigen in die Zukunft blicken. Nach den vielen langen grauen Jahren wurde wieder gelacht und Musik gespielt ... und was für eine Musik! Voller Leben und Rhythmus, verhieß sie Aufregung. Die Mode hatte sich auf eine Art verändert, wie man es früher nicht zu träumen gewagt hätte. Keine erstickenden Korsette mehr, keine Röcke, die bis zum Boden reichten. Man konnte frei gehen, sich bewegen, atmen, beugen. Und es konnte nur noch besser werden! Alle Soldaten waren vom Kontinent zurück. Mit dem Ende des ewigen, bangen Wartens auf bestürzende Neuigkeiten hatte unterschwellig eine neue Freiheit Einzug gehalten. Alles schien möglich. Die alten, starren

Umgangsformen wurden mit allem hinweggefegt, was steif und wichtigtuerisch wirkte.

Nur schien es, als käme die Hälfte der jungen Männer, die Dori von früher kannte, nie mehr nach Hause. Gott allein wusste, wie viele von ihnen tot in Frankreich oder Belgien oder sonst wo lagen. Dori hätte eine Liste von ihnen aufsagen können, aber das wollte sie nicht. Sie wollte froh sein und die neuen Modetänze aus Amerika tanzen, die so viel Spaß machten, sie wollte lachen und jemanden Wunderbares kennenlernen, jeden einzelnen Augenblick des Lebens wahrnehmen und genießen.

Im angrenzenden Zimmer dachte Alice etwas völlig anderes. Sie war zwanzig gewesen, als der Krieg begann, und im ersten Jahr ihres Medizinstudiums. Um den Platz an der Universität hatte sie sehr kämpfen müssen, aber ihn bei Kriegsausbruch ohne langes Nachdenken aufgegeben und sich beim Heer als Krankenschwester gemeldet. Auch sie hatte Geburtstag, doch was zählte das angesichts des Waffenstillstandstags? Zu viele Erinnerungen stiegen auf, zu viele Menschen kamen ihr in den Sinn, die sie gekannt hatte und die ihr etwas bedeutet hatten, aber heute nicht da waren und nie wiederkämen, es sei denn in ihren Gedanken.

Und zu viele andere gab es, die nie wieder völlig gesund werden würden, weil sie Gliedmaßen oder Augen verloren hatten, entstellt oder verkrüppelt waren und nachts schluchzend aus dem Schlaf fuhren.

Auch sie würde an diesem Abend fröhlich sein, denn mit Niedergeschlagenheit wäre den Toten nicht gedient. Alice wollte lächeln und tanzen. Vor allem aber würde Matthew bei ihr sein, den sie von dem Augenblick an geliebt hatte, in dem man ihn in ihr Feldlazarett gebracht hatte. Er war verwundet gewesen, totenbleich im Gesicht, die Uniform blutgetränkt, und doch hatte er sich mehr Sorgen um seine Männer gemacht als um sich selbst.

Dori musterte sich im Spiegel und war sehr zufrieden mit dem

Bild, das sie anlächelte. Ihr helles Haar war weich und schön und zeigte seine Naturkrause. Dori war schlank, aber wohlgeformt, und ihre Fesseln sahen entzückend aus. Vor allem aber strahlte sie Fröhlichkeit aus, Lebenslust. Nach den langen grauen Kriegsjahren war diese Ausstrahlung eindrucksvoller als Schönheit oder Tugend, und das wusste sie. Zu viele Menschen hatten zu sehr getrauert. Nun wollten sie den Schmerz eine Weile vergessen. Es herrschte ein hektisches Bedürfnis nach Lebhaftigkeit und Empfindung, nach dem Beweis, dass man voll und ganz lebte.

Das Einzige, was ihre Welt bewölkte, war der Umstand, dass es so wenige Männer gab, die nicht an irgendeinem Gebrechen litten. Man musste viel Glück haben, um solch einen Mann zu finden, und Dori beabsichtigte, dem Glück ein wenig nachzuhelfen. Matthew war gewiss der Beste von ihnen, der einzige überlebende Sohn einer wohlhabenden Familie mit Landbesitz in Berkshire und einem schönen Haus in London. Im Krieg hatte er sich bewährt und war zwei Mal für seine Tapferkeit ausgezeichnet worden. Wenn er so weit war, konnte er sich seine Position in der Hauptstadt aussuchen. Er war ihre erste Wahl: Er sah besser aus als Freddie und hatte bessere Manieren als Robert; ihre Eltern wären von ihm entzückt, und das machte das Leben erheblich einfacher.

Sie fuhr sich ein letztes Mal durchs Haar, glättete über den Hüften den engen Rock und öffnete die Tür.

Die Party war ein großer Erfolg. Die ältere Generation hatte beschlossen, den Abend still zu begehen und die Tanzfläche den jungen Leuten, dem Lachen und der neuen Musik zu überlassen. Jeder tanzte zu dem fliegenden, synkopischen Takt.

Matthew hätte nicht erwartet, dass ihm der Abend gefallen würde, sah man davon ab, dass Alice zugegen war. Zu viele verlorene Freunde drängten sich an diesem Tag in seine Erinnerung. Vor genau einem Jahr waren die Geschütze endlich verstummt. Beim Gottesdienst hatte der Pfarrer die Namen der Gefallenen verlesen, eine Liste, die nie enden wollte, und jede Familie, die er kannte, war betroffen. In Berkshire sah es vermutlich noch schlimmer aus.

Er stand im Eingang zum Saal, aus dem die Teppiche entfernt worden waren. Die Band, elegant bis an den Rand des Geckenhaften, spielte fieberhaft, bis den Leuten der Schweiß auf den Gesichtern glänzte. Matthew entdeckte Alice und empfand eine süße Vertrautheit, als er sich an ihren Mut erinnerte, ihr nie versiegendes Mitgefühl während der schrecklichen Nächte und Tage. Als ihre Blicke sich trafen, wusste er, dass sie das Gleiche dachte.

Dann trat aus der Menge Dori auf ihn zu. Sie lachte, und der Rock schwang ihr beim Gehen im Takt der Musik um die Beine. Sie war zu jung, um zu wissen, wie die Kämpfe gewesen waren. Hier in London hatte sie Härten ertragen müssen wie jeder, und sie hatte viele Freunde verloren, aber sie erfasste nicht, wie es in Frankreich gewesen war, in den Schützengräben, wusste nichts vom Lärm und vom Blut, von den Ratten, dem allgegenwärtigen Tod, der Kälte im Winter und der nie nachlassenden Angst.

Er sah das Glück in ihrem Gesicht, ihre Aufregung. Sie war erfüllt von der Lebenslust und der Hoffnung des Heute.

»Matthew!«, rief sie fröhlich und reichte ihm ihre schlanke Hand. »Komm, tanz mit mir! Hast du je solch eine Band gehört? Marge hat mir heute einen herrlichen Witz mit Teddy Armstrong und zwei Fröschen erzählt. Dir werden vor Lachen die Tränen kommen. Mir jedenfalls ist es so gegangen!« Sie ergriff seine Hände und zog ihn auf den Tanzboden.

Er ging gern mit ihr und spürte, wie der Rhythmus von ihm Besitz ergriff. Sie tanzte gut. Der Witz mit den Fröschen war albern und lustig, und er lachte wirklich. Es war ein wundervolles Gefühl, unschuldig und frei aller Sorgen und aller Schuldgefühle noch am Leben zu sein.

Der Abend verging wie im Flug. Es war Mitternacht, ehe er begriff, dass er nicht mit Alice getanzt hatte. Gesprochen hatte er natürlich mit ihr, aber nur in einer Traube von Menschen. Sie war leicht abweisend gewesen. Ein oder zwei Mal erhaschte er einen Blick auf sie und hatte den Eindruck, dass sie die Unbeschwertheit des Abends ein wenig missbilligte, als wäre es in irgendeiner Weise ein Verrat an den Gefallenen, so laut zu lachen und sich zu solch frivoler Musik ausgelassen über die Tanzfläche zu bewegen.

Um Mitternacht stand er mit Dori gemeinsam am Rand, froh, eine Pause machen und ein Glas eiskalten Champagner trinken zu können.

»Sie kann nicht anders!«, sagte Dori schulterzuckend und lächelte nachsichtig. »Sie ist eben so. Am glücklichsten ist sie, wenn es ihr schlecht geht. Sie wollte diese Party überhaupt nicht geben, aber Mutter hat sie überredet.« Ihr Gesicht war aufmerksam und amüsiert zugleich. »Sie findet, wir sollten alle noch Trauer tragen. Ihre Jahre als Heldin waren die beste Zeit in Alice' Leben. Auf die eine oder andere Weise wird sie für immer daran festhalten.« Sie sah mit glänzenden blauen Augen zu ihm hoch. »Wir können das Gestern nicht mehr ändern. Aber was ist mit dem Heute – und dem Morgen? Es gehört uns.« Sie stellte ihr Glas ab. »Komm mit, kennst du diesen Tanz schon? Ganz neu aus Amerika – einfach grandios! Ich bring ihn dir bei. Er ist wunderbar!«

Und das war er. Dori war eine gute Lehrerin, er ein williger Schüler. Um drei Uhr morgens war Matthew erschöpft, und nachdem er zu Hause war, schlief er tiefer als in Jahren und träumte von Musik, Doris lächelndem Gesicht und ihrem warmen Körper, den er in seinen Armen gehalten hatte.

In der Vorweihnachtszeit besuchte Matthew beide Schwestern oft. Obwohl er Alice' Mut ungemindert bewunderte und niemals die Hingabe vergessen würde, die sie endlos bewiesen hatte, ohne an ihre eigene Müdigkeit und Angst zu denken, beflügelte Doris Gesellschaft sein Herz, ihre wenn auch dornige Schlagfertigkeit unterhielt ihn, und sie wusste ihn von den in der Friedenszeit andauernden Härten abzulenken und zum Lachen zu bringen. Sie war so oft so fröhlich. Was sie erzürnte, waren belanglose Ärgernisse des täglichen Lebens, und diese konnte er abtun, ohne Gefühl auf sie zu verschwenden. Matthew vermochte dann sogar durch Scherze ihre Übellaune zu vertreiben, was ihm bei Alice niemals gelungen wäre. Sie kannten einander zu gut und teilten die gleiche Last an Erfahrungen.

Er hatte lange mit der Idee gespielt, Alice eine Aquamarinbrosche in Form eines Skorpions zu schenken, ihres Sternzeichens. Er hatte sie bereits anfertigen lassen, und sie war ein schönes, funkelndes Schmuckstück, das aus Licht auf klarem Wasser zu bestehen schien. Da der Skorpion offenbar zu den Wasserzeichen gehörte, erschien diese Form angemessen.

Aus dem Augenblick heraus, aber ohne irgendeinen Zweifel zu hegen, entschied er nun, die Brosche Dori zu schenken. Sie passte hervorragend zu ihr: Sie war hell und schön und lenkte den Blick auf sich. Und der Skorpion war schließlich auch ihr Sternzeichen.

Er wählte einen Abend, an dem eine der neumodischen Cocktailpartys stattfand, eine der vielen Erfindungen von der anderen Seite des Atlantischen Ozeans, die momentan als schick galten. Musik spielte im Hintergrund, süßlich und eingängig, mit einem Rhythmus, den man leicht behielt. Die Lampen schienen hell, die Gäste waren modisch gekleidet.

Er hielt Dori das schwarze Samtkästchen hin.

Sie öffnete es, und die helle Freude trat ihr in die Augen.

»Matthew! Das ist wunderschön! Hast du es eigens für mich machen lassen?«

Er konnte nur eine Antwort geben. »Ja, aber selbstverständlich.« Ihn überraschte, wie froh ihn ihre Reaktion machte. Er bemerkte nun, wie oft sie seine Stimmung hob. Seit der Party am Waffenstillstandstag hatte sie jedes Mal, wenn er sie sah, etwas Fröhliches zu sagen gehabt, eine Hoffnung ausgedrückt, einen Plan zu besprechen, ihm einen Witz erzählt oder Klatsch hintertragen, über den er lachen musste.

Treue gehörte weiß Gott zu den höchsten Tugenden, die vergangenen fünf Jahre hatten es bewiesen. Er hatte gesehen, wie Männer für die Treue gelebt hatten und gestorben waren. Dennoch brauchte Matthew einen Ort der Genesung, Freundlichkeit und Freiheit von jeder Pflicht, vor allem aber von dem überwältigenden Schuldgefühl, überlebt zu haben, während so viele seiner Freunde gestorben waren. Er war unversehrt und konnte sehen, während andere blind waren, seine Lungen waren nicht von dem schrecklichen Senfgas verätzt worden, das unzählige Männer erstickt hatte. Freilich litt er Albträume, doch sie verblassten, und ihn plagten keine Gespenster. Er war weder innerlich taub, noch konnte er nicht aufhören zu weinen.

Dori war für Matthew ein Lichtblick nach langer Dunkelheit.

»Danke«, hauchte sie mit glänzenden Augen und wendete das Schmuckstück hin und her. »Ich glaube, du bist der beste Mensch, den ich kenne ... Ich glaube nicht, dass ich es hätte ertragen können, wenn wir uns während des Krieges schon so nahe gestanden hätten wie jetzt.« Sie hob die Hand und berührte ihn an der Wange in einer eigentümlich vertrauten Geste, die seinen Puls hochschnellen ließ. »Ich möchte nur wissen, dass du in Sicherheit bist und für immer glücklich ... dass ich mich um dich kümmern kann, dich zum Lachen bringe und dir einige Schwierigkeiten aus dem Weg zu räumen vermag.«

»Das würdest du tun?«, erwiderte er halb im Scherz, doch bei sich wusste er, kaum dass er den Satz ausgesprochen hatte, dass er ihn ernst meinte.

Sie riss die Augen auf, und hinter ihrem neckischen Gebaren stand Ernst. »Das möchtest du? Bestimmt weißt du, dass ich ...« Dann sank ihre Stimme zu einem Flüstern. »Ich will.« Und sie küsste ihn, zuerst sanft, fast als hätte sie Angst, dann mit Verlangen, und hielt ihn, überraschend kräftig, fest in den Armen.

Eigentlich war es nicht ganz das, was er gemeint hatte, und schon gar nicht so bald ... oder doch? Vielleicht doch? Jemand, der sich um ihn kümmerte, jemand, zu dem er gehörte, mit all der Schlagfertigkeit, dem Frohsinn und der strahlenden Erscheinung von Dori. Und sie war schön, daran bestand kein Zweifel. Was wäre besser? Was glaubte er denn, worauf er wartete? Alice war eine gute Freundin, aber zwischen ihnen gab es keine Liebe. Sie war für ihn mehr eine Waffengefährtin, und des Krieges und seines Leides war Matthew müde: Er wollte nichts mehr davon hören. Er brauchte Lachen so dringend wie die Luft zum Atmen.

Er schloss die Arme um Dori und erwiderte den Kuss ihrer süßen Lippen.

Den blauen Skorpion trug sie nie. Obwohl Matthew behauptete, er habe ihn eigens für sie anfertigen lassen, vermochte Dori den Gedanken nie völlig zu verdrängen, dass er eigentlich Alice zugedacht gewesen sein mochte. Schließlich war sie ebenfalls ein Skorpion. Sogar ihren Geburtstag hatte sie vor Dori gefeiert.

Matthew und Dori heirateten im Februar. Sie hatten keinen Grund zu warten. Jeder hatte gelernt, wie kostbar die Zeit war, wie flüchtig. Man musste den Augenblick ergreifen, durfte ihn nicht verschwenden.

Alice wünschte dem jungen Paar das Beste, oder wenigstens versuchte sie es. Sie hoffte, dass sie sich den vernichtenden Schmerz nicht anmerken ließ. Niemand durfte erfahren, dass ihr von ihrer jüngeren, hübscheren Schwester der einzige Mann weggeschnappt worden war, den sie je wirklich geliebt hatte.

Alice konnte Matthew nicht verübeln, wie er sich entschieden hatte. Nach der langen Nacht des Krieges war Dori wie ein Sonnenstrahl. Ganz gewiss war er nicht der einzige Mann, der sie bewunderte, der sie wollte, sondern der beste von allen, der tapferste und der freundlichste. Wenn Alice ihn nicht glücklich machen konnte, so zwang sie sich, froh zu sein, dass wenigstens eine andere es vermochte.

Frühling und Sommer vergingen, und die Helligkeit des Sommers verblasste zum Herbst. Andere Freunde heirateten. Wunden begannen zu heilen, einige wenigstens, während andere immer klaffen würden.

Am Waffenstillstandstag des Jahres 1920 standen andere, dunklere Schatten am Horizont. Seit seiner Heirat hatte Matthew Alice nur selten gesehen und fühlte sich deshalb ein wenig schuldig, als hätte er sie auf eine unbenennbare Weise im Stich gelassen. Er vermisste ihre Freundschaft. Sie hatte eine Aufrichtigkeit in sich, eine Großzügigkeit, die Dori ein wenig abging.

Einige Male sprach er davon, sie sollten Alice einladen, sie für eine Weile zu besuchen. Als er es das dritte Mal vorschlug, fuhr Dori ihn mit einer Übellaunigkeit an, die sich in letzter Zeit bei ihr häufte.

»Wenn du Alice so dringend sehen möchtest, dann fahr zu ihr, und besuche sie selbst!«, sagte sie scharf, mit schmalen Lippen. »Ich nehme an, du weißt, wo sie zu finden ist? Denn ich weiß es nicht! Immer streicht sie irgendwo herum wie eine Kreuzung aus Nonne und Schoßhündchen, zeigt allen, was für eine gute Frau sie doch ist, erbarmt sich der Verzweifelten und hält Trauernden die Hand.« Sie hob auf eine abschätzige Art die hübschen Schultern. Matthew bemerkte voll Erstaunen, wie hässlich die Gebärde wirkte. »Was meinst du denn eigentlich, was sie von dir will!«, fuhr sie fort. »Sie interessiert sich nur für die Schwachen und Verstümmelten, die sie bemitleiden und an denen sie ihre Tugend zeigen kann. Selbst wenn sie einen richtigen Mann hätte, sie wüsste doch gar nicht, was sie mit ihm anstellen sollte!«

Ihre Lieblosigkeit traf Matthew tief. Bis zu diesem Augenblick hatte er über die Seichtigkeit ihres Lachens hinweggesehen, über die Gier, mit der sie an sich raffte, was sie wollte, und sei es nur zur Befriedigung eines spontanen Bedürfnisses, die kränkende Art hinter ihrer Schlagfertigkeit. Plötzlich erschien ihm ihre strahlende Helligkeit als kalt wie Morgenlicht auf Eis, und er fühlte sich einsamer, als er es selbst in den schlimmsten Augenblicken, die er in Frankreich erlebt hatte, für möglich gehalten hätte. Hier spielte das Kriegsglück keine Rolle, hier gab es kein höheres Ziel. Es war ganz allein seine Schuld. Er hatte sich nach dem ganzen Elend Wärme und Ruhe ersehnt, und er hatte nach einem Trugbild gegriffen. Nun lag er im glühendheißen Sand der Besitzergreifung ohne Liebe, der Ausgelassenheit ohne Freude, des Lachens ohne Güte. Am schlimmsten aber war die grenzenlose Engstirnigkeit, in der keine Erkenntnis möglich war.

Auf das, was sie gesagt hatte, gab es keine Erwiderung. Ihre Worte waren nicht aus der Vernunft geboren.

»Es würde doch viel mehr Spaß machen, mit Teddy und Mabel nach Brighton zu fahren«, erteilte sie sich selbst eine Antwort. »Im Hotel Royal spielt eine neue Band. Teddy sagt, sie ist der letzte Schrei.«

»War er nüchtern, als er das sagte?«, fragte Matthew beißend, Teddys dümmliches Gesicht vor Augen, sein brüllendes Gelächter im Ohr, das noch Tage später schmerzte.

»Wen kümmert das?«, erwiderte Dori. »Warum bist du denn so giftig, Matthew? Früher warst du nie so wählerisch. Was spielt es für eine Rolle, ob Teddy ein bisschen mehr trinkt als du? Er ist ein guter Kerl und tanzt göttlich.«

Er sparte sich die Mühe einer Entgegnung. Teddy war ein Trinker und Langweiler, aber vielleicht nicht schlimmer als viele junge Männer mit hässlichen Erinnerungen, die im Leben kein besonderes Ziel hatten und für ihren Unterhalt nicht zu arbeiten brauchten. Die Welt, die Teddy vor dem Krieg gekannt hatte, die Welt, in der er sich zurechtgefunden und eine sichere Stellung besessen hatte, war für immer vernichtet. Mit der neuen Welt, die ihren Platz eingenommen hatte, fing er nichts Sinnvolles an, aber vielleicht wusste er auch einfach nicht, wie er es anstellen sollte.

»Und er bewundert dich außerordentlich, weißt du«, fügte sie hinzu und sah ihn tadelnd an. »Du solltest ihn netter behandeln.«

»Es ist Waffenstillstandstag«, erwiderte er und wandte sich ab. »Mir ist nicht nach Tanzen.«

»Mein Gott! Manchmal bist du wirklich ein blasierter Langweiler!« Sie hob in explodierender Wut die Stimme. »Der Krieg ist aus! Du bist kein Held mehr, du bist einfach nur ein gewöhnlicher Mann wie alle anderen! Sieh in die Zukunft, nicht in die Vergangenheit! Ich fahre nach Brighton! Du kannst machen, was du willst!« Damit verließ sie das Zimmer, und er hörte, wie sie leichten, flinken Fußes die Treppe hinaufging.

Dori fuhr in der Tat nach Brighton, und sie fuhr allein. Sie verließ sich ganz darauf, dass Matthew ihr folgen würde, und benahm sich entsprechend. Eine Reihe Freunde – wohl mehr Doris Freunde als Matthews – wohnten im gleichen Hotel. Als Dori sich eintrug, sah sie vier von ihnen durch den überwölbten Durchgang zur Bar: Maude Campbell in kirschroter Seide, eng anliegend und übertrieben, mit dem Rocksaum weit über den Fußgelenken. Sie gestikulierte und sprach angeregt auf Gillian Walsh ein. Als sie Dori erblickte, begrüßte sie sie laut und fröhlich. Im Hintergrund spielte eine Band etwas Jazziges mit einem raschen, unaufdringlichen Takt, das ansteckend fröhlich war.

Doch drei Stunden später, als Matthew noch immer nicht eingetroffen war, fand es Dori zunehmend schwierig, unbeschwert zu bleiben, und gegen Mitternacht gestand sie sich selbst ein, dass sie die Macht, die sie über ihren Mann ausübte, falsch eingeschätzt hatte – zumindest diesmal. Das war ärgerlich; sie müsste die Taktik ändern und sich ein wenig mehr anstrengen.

Doch der November kam und ging, ohne dass es Dori gelang, ihr Verhältnis wieder einzurenken. Im Gegenteil, es wurde eher schlechter. Matthew bat Alice, sie über Weihnachten zu besuchen, und war so beharrlich, dass sie tatsächlich kam. Sie wirkte zunächst ein wenig scheu, als wären sie einander fremd und müssten sich erst wieder von Neuem kennenlernen.

»Um Himmels willen, jetzt verbring nicht die ganze Zeit mit Brüten!«, sagte Dori scharf. »Es ist eine Zeit der Freude. Frohe Weihnachten heißt es … und frohes neues Jahr! Der Waffenstillstandstag ist vorüber. Wir wissen alle, du warst eine große Heldin, und wir bewundern dich dafür. Man muss nicht immer darauf herumreiten.«

»Natürlich nicht«, stimmte Alice zu und rang sich ein Lächeln ab, aber ihre Lippen waren steif, als hätte die Bemerkung sie verletzt. »Ich möchte auch fröhlich sein. Ich würde gern im Schnee spazieren gehen, vielleicht sogar ein bisschen Schlitten fahren. Das würde mir Spaß machen.«

»Schlitten fahren?«, erwiderte Dori fassungslos. »Das ist doch was für Kinder!«

»Dann suchen wir uns ein paar Kinder«, erwiderte Alice. »Ich wette, wir finden sie scharenweise im Park, wenn das Wetter besser wird.«

»Du meinst wohl schlechter!«

»Ich meine weihnachtlicher.« Alice blickte aus dem Fenster in den bleigrauen Himmel. »Und es sieht gut aus.«

Und tatsächlich, die Vorhersage erfüllte sich. Als sie am nächsten Tag erwachten, lag auf Dächern und Straßen eine saubere, blendende Schneeschicht. Jeder Ast der kahlen Bäume war weiß bestäubt, und die Immergrüne im Garten sackten unter dem zusätzlichen Gewicht durch.

»Wunderbar!«, rief Alice entzückt. »Lasst uns nach dem Frühstück losziehen.«

Es war das Letzte, was Dori wollte. Sie hätte sich lieber vor das Kaminfeuer gesetzt und die Klatschspalten in der Zeitung gelesen oder das Grammophon aufgezogen und Schallplatten gespielt. Zurückbleiben wollte sie aber auf keinen Fall. Sie hatte bereits beobachtet, auf welche Art Matthew nun mit Alice lachte; er unterhielt sich nicht ernst mit ihr wie früher, als wären sie sich des Krieges und der Geschütze bewusst, der Möglichkeit, verwundet zu werden, ehe man den nächsten Satz zu Ende gesprochen hatte. Sie wusste, dass Alice in einem Hospiz für Kriegsversehrte arbeitete, ohne dass sie je davon sprach; sie hatte es lediglich erwähnt, als sie danach gefragt wurde, und gleich darauf das Thema gewechselt. Wie es schien, war sie nur allzu bereit, von den Kriegsschrecken Abstand zu nehmen und den Wiederaufbau zu beginnen.

Das war vielleicht das Schlimmste daran. Alice war nicht mehr die berechenbare, sich selbst aufopfernde Jammergestalt wie früher. Wäre sie jemand anderes gewesen, hätte Dori sie womöglich sogar ganz lustig gefunden, nur dass Alice niemand Wichtigen kannte und niemals tratschte, weil sie zweifellos über niemanden etwas wusste, und ihr Sinn für Humor war ziemlich eigenartig.

Das eigentliche Problem bestand allerdings darin, dass Dori Alice' neu gewonnene Unbekümmertheit durchschaute; sie wusste genau, dass ihre Schwester Matthew noch immer liebte. Dori sah es daran, wie Alice ihn anschaute, wenn Matthew sich ihres Blickes nicht bewusst war, an der Weichheit ihrer Stimme, sobald sie seinen Namen aussprach, und daran, dass sie sich stets an alles erinnerte, was er gesagt hatte.

Daher gingen sie zu dritt in den Park und gesellten sich zu den Kindern, die auf Schlitten die steilen Hänge hinunterfuhren, lachten und einander zuriefen, auf dem zusammengepressten Schnee ausrutschten und sich mit Schneebällen bewarfen.

Alice war es, die den schüchternen Jungen, der am Rand stand, bei der Hand nahm, sich mit ihm auf den Schlitten setzte und ihn zum Mitmachen überredete. Sie war es, die dafür sorgte, dass er den Schneemann taufen durfte, den sie gebaut hatten.

Auf dem Heimweg, als Dori hinter Alice und Matthew ging, begriff sie eine große, schreckliche Wahrheit. Ob er mit ihr brach oder nicht, selbst wenn er nicht einmal einen Augenblick lang in Betracht zog, sie tatsächlich zu verlassen, ein Stück von ihm war bereits von ihr fort und gehörte wieder Alice, und zwar mehr als zuvor. Dori hatte ihn nur zeitweilig besessen, ihn bezaubert und den erlebten Schrecken vergessen lassen, als er es brauchte, aber das war alles. Es war so unausweichlich wie der nächste Wintereinbruch, dass Dori ihn am Ende in jeder Hinsicht verlieren würde, die zählte, und nur noch in dem Sinne seine Ehefrau wäre, dass sie seinen Namen trug.

Und andere würden es sehen. Neugierige Augen würden bemerken, dass es zwischen ihnen keine Blicke mehr gab und nicht mehr die gleichen Worte wie früher. Dann würde Dori im Mittelpunkt des Klatsches stehen, wäre Ziel der scharfzüngigen Bemerkungen ihrer Feindinnen und, was noch schlimmer war, des Mitleids ihrer Freundinnen.

In einem Museum war es, dass sie ihren Plan fasste. Um genau zu sein, war es eine Ausstellung von Exponaten aus dem südamerikanischen Dschungel, Pfeilen und dergleichen, eigentlich entsetzlich langweiliger Dinge. Natürlich würde ein bitterer Geschmack zurückbleiben, aber unter den gegebenen Umständen war das unvermeidbar. Ein wenig Vorbereitung wäre nötig, aber eigentlich wäre alles recht einfach.

Alice konnte von diesem Weihnachtsfest nicht behaupten, dass es froh gewesen wäre. Sie liebte Matthew noch immer, und alle Arbeit auf der Welt, so wichtig sie auch sein mochte, konnte daran nicht das Geringste ändern. Sie hatte jedoch gelernt, mit ihrer inneren Einsamkeit zu leben, mit den Träumen, die sie stets tief in ihrem Herzen schmerzten, den Gedanken, von denen sie wusste, dass sie sie besser gar nicht erst aufkommen ließ.

Während sie nun ihn und Dori besuchte, bei Matthew war und mit ihm sprach wie früher, so unbefangen und mit instinktivem Einverständnis, war der Schmerz akut geworden. In ihn mischte sich jedoch auch eine Freude, die sie niemals vor sich verleugnet hätte. Sie würde nie wieder so lange fortbleiben. Wenn sie keine Liebe bekommen konnte, so würde sie dennoch den Mut aufbringen, die Freundschaft zu pflegen mit allem, was sie ihr gab und nahm.

An Heiligabend zog sie sich zum Abendessen um, ein weiches, eng tailliertes blaugraues Kleid, das sehr preiswert gewesen, aber hübsch geschnitten war, als es an der Tür klopfte und Dori eintrat, ohne dass Alice sie dazu aufgefordert hätte. Ihre Schwester trug ein raffiniertes schwarzes Abendkleid, und mit ihrem vollen hellen Haar sah sie hinreißend aus.

»Ich habe ein Geschenk für dich«, verkündete sie mit Jubelstimme. »Ich habe mich entschieden und überlege es mir nicht anders.«

Alice zögerte, es anzunehmen, doch dann stieg eine warme Zuneigung in ihr auf, und sie stellte fest, dass sie lächelte. Dori war gewöhnlich nicht großzügig zu ihr, aber vielleicht änderte sich nun wenigstens das.

»Danke«, sagte sie. »Was ist es denn? Möchtest du nicht bis zur Bescherung warten?«

»Nein, du sollst es heute Abend tragen.« Dori hielt etwas hinter ihrem Rücken. Nun holte sie es hervor: eine kleine schwarze Samtschachtel. Ihr Lächeln strahlte auf, als sie den Deckel hob. Darin lag eine exquisit gefertigte Brosche in Form eines Skorpions, und das Licht spielte und brannte über ein Dutzend klare Aquamarine.

Alice holte scharf Luft. Etwas Schöneres hatte sie noch nie gesehen. Es war erstaunlich. Sie rang nach Worten und fand keine. Sie sah Dori an und versuchte zu begreifen.

»Sie ist ... sie ist wunderschön«, hauchte sie. »Warum schenkst du mir das? Es ist doch auch dein Sternzeichen.«

»Ich möchte eben, dass du sie bekommst«, antwortete Dori. Ihre Augen strahlten so hell wie die Edelsteine. »Lass sie mich dir anstecken. Sie passt großartig zu deinem Kleid. Ich öffne die Nadel.« Sie hob die Brosche sehr behutsam aus der Schachtel, fast als wäre sie ein echter Skorpion. Der Verschluss war bereits offen und nicht, wie es üblich war, um den Samteinsatz geschlossen. Dori streckte die Hand vor, und die dunkel angelaufene Nadel schwang frei. »Halt still«, befahl sie. »Ich will dich nicht stechen.«

Alice ging einen Schritt auf sie zu, um es ihr leichter zu machen.

In diesem Augenblick hörten sie beide Matthews Stimme im Korridor. »Dori!«

Dori erstarrte.

»Sie ist bei mir!«, rief Alice.

Dori wandte sich halb um, die Brosche noch immer erhoben, als beabsichtige sie, sie an Alice festzumachen, ehe Matthew sie unterbrechen konnte.

Doch es war zu spät; er musste näher gewesen sein, als sie dachte. Er drückte die Tür auf. Dori fuhr herum und schlug den Arm auf den Rücken, um die Brosche vor ihm zu verstecken. Dann schrie sie auf, ein hoher, scharfer Schmerzenslaut, als habe sie sich ernsthaft verletzt, und im nächsten Moment torkelte sie in Alice' Arme, die Augen aufgerissen, das Gesicht erstarrt und leer. Sie versuchte zu sprechen, aber ihre Kehle schien sich nicht zu bewegen. Ihr Kopf sank nach vorn. Alice versuchte, sie aufrecht zu halten, doch Doris Knie gaben nach, und nach Atem ringend brach sie zusammen. Um die Lippen begann sich die Haut blau zu färben.

»Was ist denn?«, fragte Matthew fassungslos. Seine Stimme stieg beunruhigt an.

»Ich weiß es nicht.« Alice war erschrocken und verwirrt. Dori wurde nie ohnmächtig. »Gerade noch ging es ihr gut. Sie hatte ein

Geschenk für mich, eine wunderschöne Brosche. Sie …« Ihr Blick glitt hinab und entdeckte den strahlend blau leuchtenden Skorpion auf Doris halb nacktem Rücken. Die lange Nadel war tief in ihr Fleisch eingedrungen. Ein Fleck aus scharlachrotem Blut umgab die Wunde. Ihre rasche Bewegung hatte sie aus dem Gleichgewicht gebracht, und sie hatte sich die offene Nadel in den Rücken gebohrt, die sie gerade durch Alice' Kleid hatte stechen wollen.

»Dori?«, fragte Alice sanft und berührte das Gesicht ihrer Schwester. »Dori?«

Doch Dori bewegte sich nicht. Ihr Atem ging leicht und flach, dann hörte er auf.

Kurare, das Pfeilgift der südamerikanischen Indios, wirkt sehr rasch. Man nennt es dort den »fliegenden Tod«.

Später begriff Matthew, was geschehen war, aber aus vielen Gründen eröffnete er es Alice in all den langen, süßen Jahren, die sie zusammen verbrachten, niemals. Unter anderem wollte er ihr nicht das Vergnügen an der blauen Skorpionbrosche verderben. Sie trug sie zum Andenken an die letzte Großzügigkeit ihrer Schwester. Wieso sollte er das zerstören?

Originaltitel: »The Blue Scorpion«
Aus dem Englischen von Dietmar Schmidt

COPYRIGHTVERMERK

»Reginald Hills Romane sind wahrhaft Tänze zur Musik der Zeit.«

IAN RANKIN

Reginald Hill
DAS FREMDENHAUS
Roman
544 Seiten
ISBN 978-3-404-15935-2

Im Dorf Illthwaite findet das gewohnte Leben ein Ende, als zwei Fremde auftauchen: Sam Flood, eine junge Australierin, deren Großmutter vierzig Jahre zuvor aufgrund einer dubiosen Aussiedlungsinitiative Illthwaite verlassen musste, und Miguel Madero, ein ehemaliger spanischer Priester, der nach einem Vorfahren forscht, der zuletzt gesehen wurde, als er versuchte, den Häschern der spanischen Inquisition zu entkommen. Es scheint, als seien Sams und Miguels Schicksal eng miteinander verknüpft, denn plötzlich trachtet man ihnen nach dem Leben. Das kleine Dorf birgt offensichtlich ein dunkles Geheimnis. Alle Spuren führen in ein altes historisches Gebäude: das Fremdenhaus ...

Bastei Lübbe Taschenbuch